国家社会科学基金项目成果

GUOJIA SHEHUI KEXUE JIJIN XIANGMU CHENGGUO

伦理驱动管理

——当代企业管理伦理的走向及其实现研究

龚天平 著

人民出版社

目　录

序　一

龚天平教授在我们专业攻读博士学位时，我们就曾经合作做过管理伦理的研究，合著了《管理伦理学纲要》（湖南人民出版社出版）。毕业后，他去武汉中南财经政法大学工作，仍然从事企业管理伦理的教学和研究，并出版了《追寻管理伦理——管理与伦理的双向价值解读》（中国社会科学出版社出版）的专著。从那时起到现在，他已经在管理伦理研究领域辛勤耕耘10年了。最近，他又撰写了《伦理驱动管理：当代企业管理伦理的走向及其实现研究》一书，即将由人民出版社出版，我感到非常欣慰和高兴。他嘱我为之作序，自然，我只好勉为其难了。

企业及其管理活动中蕴涵着大量的伦理道德问题，研究这些问题的学术领域被人们称为企业管理伦理。它于20世纪70年代产生于美国，到现在虽只有40来年，但已是整个人文社会科学领域的一个极为重要的方面。在经济全球化的推动下，管理伦理领域又获得了新的发展，出现了很多新现象、新理念、新方法、新主张、新逻辑、新规范。对于这种发展动向，迫切需要我们从理论上深入系统地总结和严肃认真地评估，把握其规律，从而拓展企业管理伦理研究的理论视野，揭示其发展脉络。正是为了适应这种需要，龚天平教授的这部新著，立足于当代企业管理的实际情况，以哲学和伦理学为理论基础，以企业管理与伦理的互动互融为视阈，运用理论分析、价值评估、纵横结合和比较研究、案例分析等方法，探讨了20世纪70、80年代企业管理伦理产生以来的走向及其实现问题。读了这部著作，我感到受益匪浅。它具有鲜明特点，值得向广大读者推荐。

第一，该书令人信服地揭示了企业管理的伦理属性，确立了企业管理伦理研究的逻辑起点，展示了当代企业管理伦理发展的背景与特征。

从学理上研究一个对象，必须确立一个思维的逻辑起点。企业管理伦理研究的逻辑起点应该是企业管理的伦理属性。但研究企业管理的伦理属性，又必须结合企业管理活动得以开展的市场经济这个平台，因此，市场经济的伦理属性也应该得到探讨。我曾经提出，市场经济并不是一种孤立的单纯的经济现象，它同时也是一种特定的社会关系载体，它具有为他性和为己性、服务性和牟利性对立统一的伦理属性。而在市场经济中活动的企业及其管理相应地也内在地具有自身的伦理属性。根据这一观点，作者对企业管理的伦理属性进行了探讨，提出企业管理的伦理性是市场经济伦理属性在企业上的表现，是企业对自身活动舞台之伦理属性的天然承载，是企业管理的内在本性的必然构成；同时，企业管理的伦理性又是整个社会文明进步在企业管理上的折射，是契约关系和利益关系的要求，也由企业本身的意识能力所决定。对这种伦理本性，作者具体地解释为企业在管理活动中遵守那些道德性要求的行为所体现出来的特性，就是企业在管理活动中以企业管理伦理规范，或者说是以企业责任意识、企业良心和企业价值观指导自身行为时所体现出来的特性。它的这种伦理性决定了企业在管理中必须讲究伦理道德，谋求道德化的生存之路。对于这一论断，我深以为然，并认为是很有启发的。

研究一个事物或现象的走向，就是探讨其发展趋势，而这又必须紧密结合其赖以出现的背景，包括学理背景和社会背景。作者认为，当代企业管理伦理是在经济全球化这一宏观背景下发生发展的。各种经济丑闻的频出是其发展的直接促因；竞争加剧、参与经济全球化、应对社会经济化的趋势，应对人的基本权利伸张和维护的各种法律法规日益完善、信息技术的广泛应用和人与地球共生共存的需要等时代方面的原因，则是其发展的深层缘由；而伦理学走向应用则是其发展的理论启导因素和契机。在这一背景下，当代企业管理伦理的发展表现出以“追求卓越”为主题、东西方企业管理伦理互动共融、新观念不断产生的历时性特征，也表现出功利价值与道义价值统一、价值理性与工具理性共融、人际伦理与生态伦理并重、普遍伦理与地方智慧结合等共时性特征。该书对这一背景和特征的论述，显示了作者视阈的开阔和对论题的全面把握，应该说是比较精到的。

第二，该书深入地总结了当代企业管理伦理的发展动向，从内容和形式两方面揭示了当代企业管理伦理的发展的七大走向。这是颇有新意且难能可贵的。

要梳理一个研究对象的发展动向是非常困难的，因为对象的复杂性很容易让人感到茫无头绪。该书结合经济学、管理学和伦理学的研究，把当代企业管理伦理的发展总结为：凸显社会责任是当代企业管理伦理发展的新选择；成为好企业公民是当代企业管理伦理发展的新诉求；与生态伦理交融，是当代企业管理伦理的新拓展；强调领导者德性，是当代企业管理伦理发展的新经验；以人为本的意识、利益相关者的观念和追求卓越的精神的理念，是当代企业管理伦理发展中的新观念；道德推理走向多元化，是当代企业管理伦理发展的新现象；从非正式到正式即当代企业管理伦理的规范化，也是当代企业管理伦理发展的一种新走向。这七个方面的归纳，从总体上给人们呈现了当代企业管理伦理发展的镜像，对人们了解当代企业管理伦理的发展态势具有很重要的意义。作者在研究这些走向的过程中，提出了以下值得重视的观点。

(1)作者认为企业的社会责任就是社会对企业的伦理期待，但是企业社会责任并不是没有限度的，这些限度包括合法性、成本、效率、范围及复杂性等。同时，由于企业所处发展阶段不同，其社会责任意识和承担社会责任的能力也是不同的。企业承担社会责任是一个与企业的实际状况、经济实力、管理者的责任意识及权限等密切相关、逐步扩展的过程。

(2)作者对当代企业管理伦理发展中出现的最新的理念——“企业公民”伦理进行了研究，这就把当代企业管理伦理的研究推到了学术前沿。我们知道，“企业公民”是世纪交替之际从企业社会责任概念延伸出的新概念。作者在研究了各种文献后，提出了自己对企业公民的理解，他认为企业公民是指那些能够按照法律和道德的要求享有经营谋利的权利，同时履行对利益相关者和社会的责任的企业。其实质是企业拥有“公民身份”，是权利与义务的统一体。企业社会责任的思想与实践是企业公民概念的思想前提，而企业公民概念则是企业社会责任运动发展的必然结果。企业管理伦理是企业公民概念不可或缺的一个维度，是企业公民概念的伦理学规定。

(3)通过对当代企业管理伦理的发展过程的考察，作者提出了与生态伦理交融是当代企业管理伦理发展的新趋势的观点。人们不难看到，为了人类的生存和延续，当代企业管理伦理与生态伦理确实承载着一个共同的使命，即环境保护。这一共同的使命使得两者日益紧密地相互交融、渗透，又形成了一种新的伦理价值形态——企业生态伦理。著名经济伦理学家 R. 爱德华·弗里曼等人在2000年出版的《环境保护主义与企业新逻辑》一书中提出，在今天的世界中，任何观念都要经过环境保护主义的审视，任何企业都必须把企业管理、人类兴旺、资本主义、伦理规范与环境保护的思想整合在一起，环保意识深藏于基于价值的商务观念中，“它反映着人们最深层次的关爱，增益着我们的自然人性。它既是利润和员工效率的驱动者，更是一种新商务逻辑和价值观念的源泉”。“今天的企业家们面临的挑战是：以正道赚钱，同时保护环境。”这实际上是说，企业生态伦理是当代企业管理伦理和生态伦理发展的共同逻辑。所以，作者在书中把这一发展趋势加以理论总结，揭示了两者互动与合流的自然条件、经济理由，论述了当今企业必须以企业生态伦理来规导管理行为，确立以环境责任为核心，以生态效益、生态友好为原则，以清洁生产、绿色管理、节约资源、保护环境为具体要求的观念。

(4)作者从伦理学角度对当今非常流行的管理理论——“利益相关者”理论进行了深入探讨。“利益相关者”理论是弗里曼于1984年正式提出的一种管理学理论和管理方法，它具有深厚的伦理学底蕴。但是很多人都只是从管理学角度研究它，作者则在书中揭示了其道德合理性基础，认为相互关系、信任、权利和广泛的公正性是其伦理基础，它要求当代企业应从认清关系、认定权益、对社会负责等方面，加强与利益相关者的关系的有效管理。

(5)作者还深入地探讨了当代企业管理伦理发展中出现的道德推理多元化的新现象。作者认为，当代企业管理伦理发展中出现的道德推理多元化现象可以从层次和程度两个方面来认识。就层次看，有原理多元化、实践多元化与个体多元化；就程度而言，有激进的多元论与温和的多元论。而就其合理性而言，原理多元化是较为可取的。作者在仔细考察了人们运用于企业管理伦理的道德推理方式，即后果论、非后果论、结合了后果论和非后果论的综合社会契约论、规范性原则、德性论的方式等类型后，提出了道德推理多元化表明道德原理或理论之间必须相互合作，道德推理多元化有利于经济主体在经济活动的价值目标上进行多样化的选择，有利于“地方智慧”与全球企业管理伦理的辩证互动。作者认为多元化与综合化是一个过程的两个侧面，多元化与道德相对主义有一定联系，但不能归结为道德相对主义，而是民主社会长期存在的企业管理伦理现象。

第三，该书对当代企业管理伦理新走向的实现方法进行了有价值的研究。

当代企业管理伦理到底如何落到实处？也就是说，到底如何才能真正成为广大企业管理人士践履的价值观？这是一个很有意义但又难度非常大的问题。我们经常看到这种现象：很多人在没有遇到利益冲突时谈论伦理谈得很好，但是一旦遇到要在道德和利益之间作出正确抉择时，他们选择的并不是道德；也有许多人同意在管理实践中应该讲伦理道德，但是他们讲伦理道德是因为这样做可以带来回报，并不是因为这样做是正确的、应当的。从这一意义上看，利益和道德的关系是经济伦理、企业管理伦理的核心问题。要解决这个问题，恐怕要深入研究当代企业管理伦理的实现机制问题。作者在本书中做了这方面的尝试，这就是本书的第三部分当代企业管理伦理的实现。作者提出了当代企业管理伦理得以实现的两种基本方法：一是注重"价值驱动"。这是指企业管理要成功，必须进行以价值观的批判与建构活动为基础的管理，它要求以价值观指导经营管理活动、驱动管理行为，以使企业经营管理行为合乎伦理。作者认为"价值驱动"是当代管理发展到文化管理阶段的产物，当代企业管理所需要的价值观应该蕴涵自由、公正、安全、和平、繁荣、宜人的自然环境和人工环境等人类的基本价值，并具有"顾客导向"的纲领、"清晰简明"的特征和"知行合一"的目的等共性。二是开展"伦理管理"。这是指企业在把握了伦理价值观后自觉地用伦理价值观来进行公司治理的行为，包括企业进行内部的伦理管理和外部的伦理管理两个方面。作者认为伦理管理是文化管理的具体化，它以人与自然、人与人的和谐关系为中心，以道德竞争力为核心竞争力，把企业道德建设作为管理中心工作；它要求企业进行伦理决策、制定伦理准则、建立操作机制。那么这两者是什么关系呢？作者认为，前者的重点在于价值观，主要表现为一种信念；后者的重点在于管理，主要表现为一种行为。由前者所导致的实际行动就是后者。作者所做的这一尝试是否成功还有待实践检验，但这种探索本身，是值得肯定的。

最后，我想要指出的是，龚天平教授是一个非常勤奋、刻苦、实在的青年学者。他有着一种抓住问题就咬定青山不放松的执著精神，这十多年来他一直在企业管理伦理领域里进行研究而不转移学术兴趣就是明证，这也恰恰是他能够在这一领域不断作出成果的重要原因。当然，我这样说并不意味着他的这本著作已经完美无缺。该书对拓展企业管理伦理研究的理论视野，把握当代企业管理伦理研究的发展脉络，对我国社会主义市场经济条件下的企业的道德建设是有价值和意义的，但是也有一些需要进一步探讨的地方，如作为一种舶来品的企业管理伦理到底如何在中国"着陆"，企业管理伦理的实现是否只有书中提出的两个方法,等等。指出这些,意在表明我对作者深怀着期待,希望能百尺竿头,更进一步,也希望有更多的学者特别是青年学者来研究这些问题,真正建构出具有全球视阈又扎根本土的中国企业管理伦理学。

是为序。

唐凯麟

2010年11月于长沙岳麓山下

序　二

企业管理伦理是当代经济社会发展的深沉呼唤和经济伦理的重中之重。它是“正确经济学(还包括管理学——序者注)和崇高伦理学”的结晶,表征着人们对经济发展如何走出达尔文式的“丛林”走进一个和谐共生的园地的深刻思索和精神智慧,反映了伦理在管理中的贯彻和管理对伦理的置重等现代综合理性的内在要求,故此它不仅受到政府和社会的高度关注,而且也体现了诸多有良知、有担当的企业家的价值追求和精神慧命,成为我们时代哲学社会科学一道亮丽的风景。

2008 年 9 月 27 日温家宝总理在天津达沃斯年会上深沉地谈到企业家要有道德的问题,“我希望每个企业家、每个企业,在他们的身上都流着道德的血液。生产经营与道德的结合才能使一个企业成为社会所需要的企业。”2009 年 2 月 2 日,在英国访问的他又在英中贸易协会为他举行的晚宴上发表了同样的话语,呼吁国际社会采取切实措施,反对贸易保护主义,依靠知识和道德的力量应对金融危机。历史、现实乃至未来,都在从事实和价值的双重维度彰显着经济、管理与道德的结合问题,只有将经济和管理活动与道德有机结合起来的企业才是社会所需要的企业,其经济和管理活动才有真正的社会意义。中国的企业要真正成为社会主义市场经济的主体,成为促进中华民族伟大复兴的经济主体,就必须而且应该走与伦理相通、与道德相结合的道路,以合乎伦理道德的方式来开展管理,发展和振兴我们民族的企业和经济。正确的经济学和管理学应当坚守以人为本和服务于人的全面发展的伦理方向,使财富的创造获取一种道德的基质。崇高的伦理学也应当在日常的经济和管理活动中发挥自己的功能效用,展现其“致广大而尽精微,极高明而道中庸”的日用价值。正确经济学和管理学与崇高伦理学之间有着许多可以共同开发的价值资源,它们在自身的发展完善中不断彰显着对对方内在价值的真挚认同和相互依持相互需要的学术特质。它们的结合或联姻既是人类社会文明和人生发展完善的深刻呼唤和内在要求,也是建构良序社会和成就健康人格的精神确证,正可谓"离则两伤,合则两美"。

近读龚天平教授的新作《伦理驱动管理:当代企业管理伦理的走向及其实现研究》一书,深觉其在经济学、管理学和伦理学结合方面所作出的论证功夫之缜密,学术视野之开阔,有一种沉浸其中而欲罢不能的阅读感觉,不特为其对时代精神的把握和对企业管理伦理发展走向的深刻分析所折服,为其对正确经济学和管理学与崇高伦理学的深刻洞见和自觉融合而感奋,更为其对企业管理伦理的当代内容之深度阐释以及所呈现出来的高远智慧所陶醉。我既缘乎激情也出自理性地以为,这不是一部普通的以介绍学科知识和理论观点为尚的企业管理伦理迻译之作,而是一部用生命的智慧和对人类文明的价值沉思写出来的集现象企业管理伦理或行为企业管理伦理、理论企业管理伦理、规范企业管理伦理于一体的企业管理伦理研究的创新之作,融思辨哲学、分析哲学和价值哲学的理论旨趣于一炉,具有"坐集千古之智"而又别开生面的综合创新之特点,故唯可以说是代表新世纪新阶段我国企业管理伦理研究发展趋势的重要著作,在某种意义上昭示了真正具有中国特色和中国气派的企业管理伦理研究新阶段的开启。

该著吸收了当代国外经济伦理和企业管理伦理研究的最新成果并予以创造性的转化,把当代企业管理伦理的走向确定为以"追求卓越"为主题,对此作出了颇富中国特色的价值诠释和意义重构。"追求卓越"是20世纪80年代美国IBM(美国国际商用机器公司)提出的一个口号;1982年,著名管理学家托马斯·彼得斯和罗伯特·沃特曼共同出版《追求卓越:美国优秀企业的管理圣经》一书。在他们看来,卓越实质上是一种精神动力,一种经营境界,一种经济和管理伦理。1993年,美国经济伦理学家所罗门(罗伯特·C.所罗门)推出了《伦理与卓越:商业中的合作与诚信》一书,从"企业是人类企业、社会企业"及企业所应承担的社会责任的观点出发,对企业经营管理中的合作与诚信作出了全面的论述与分析,揭示了企业经营管理中的伦理卓越问题。但是,卓越作为一种经济和管理伦理的特质究竟何在?企业又如何臻于卓越?卓越之于企业管理伦理的内在价值该作何论说?托马斯·彼得斯和罗伯特·

沃特曼，还有所罗门及其后继者均未能对此作出自己的界说，他们的语焉不详和论证缺失构成现代企业管理伦理的“价值之痛”。龚天平教授以一个中国企业管理伦理研究者的学术敏思，特别是建构中国特色企业管理伦理研究的使命意识，对卓越的伦理特质及其道德内涵作出了别开生面的论证与分析，从而为企业管理伦理研究矗起了一根价值趋附和精神追求的标杆。龚天平教授的这本著作认为，卓越实质上是内在精神的完善与超迈，是“好”的顶级呈现或至善的集中体现。如同“好”有道德意义和非道德意义一样，卓越也兼具市场的要求和伦理的要求双重品质。所谓市场的要求，就是经济绩效好；伦理的要求，就是道德表现优良。企业管理的卓越境界要求企业的经济绩效和道德表现两者处于双优状态。此即儒家所向往的“内圣外王”。经济绩效是企业的良好道德表现的物质基础，缺少了它，企业的道德表现是空洞的；道德表现是企业的良好经济绩效的价值指针，缺少了它，企业的经济绩效是盲目的。而企业经营管理达于卓越的方法是超法求德、自律、提供服务、增强竞合意识、坚持可持续发展。我以为作者提出的观点是很有见地的，对企业管理伦理的实际操作具有很强的启示意义。

该著的另一突出特点是对当代企业管理伦理新动向的跟踪与把握，尤其是对企业管理伦理与生态伦理日益紧密地相互交融、渗透，从而形成企业生态伦理的科学考察与分析。该著清晰地描述了两者互动与合流的征象，认为生态环境及其价值为企业生态伦理的形成提供了自然条件，自工业革命以来企业对生态环境的影响为企业生态伦理的形成提供了经济条件，以企业生态伦理规导企业行为则是当今经济发展和企业可持续发展的必然要求。不仅如此，该著还对企业生态伦理价值规范体系的具体内容做了探讨，认为企业生态伦理是以企业的环境责任为核心，以生态效益、生态友好为原则，以清洁生产、绿色管理、节约资源、保护环境为具体要求的伦理价值规范系统，是当代企业管理伦理价值规范系统的重要组成部分。我认为作者的这一观点是很有价值的。我国当前正在坚持科学发展观，构建社会主义和谐社会，而社会主义和谐社会本质上是以生态经济、循环经济和资源节约型经济为主体而向着政治、文化、精神等方面展开的社会，它十分注重人、社会与自然界的和谐，包括公平正义等伦理道德价值观是解决许多社会问题的重要价值追求。它所看重的伦理是一种超越了单纯意义上的经济伦理或生态伦理的既兼顾生态伦理又兼顾经济伦理的生态经济伦理，是一种立足于生态经济基础上的社会伦理与自然伦理的有机统一。实现生态经济伦理当从努力建设环境友好型社会,积极提倡资源节约,强化合理消费观念,妥善协调各方面的利益等方面着手,也应当从进行符合生态保护理念的企业管理,建立生态化的企业方面着手。我所概括的这种生态经济伦理也是反映当代经济伦理的走向的,当然也反映了当代生态伦理得以落实的必要机制是经济伦理和企业管理伦理这种发展趋势。作者在书中提出的企业生态伦理与我所言说的生态经济伦理在实质上是一致的,生态经济伦理是一种宏观描述,而企业生态伦理则是一种微观探究,两者可以很好地补充并深化。

该著的第三个重要创新是提出"伦理管理"的理念、范畴及其作出的深刻论证。这一概念的提出不仅大大拓展了企业管理伦理的空间,而且深化了企业管理伦理的层次,并为其注入了一泓清泉。当代企业管理学中,公司或企业治理是一个热点问题。管理学者、经济学者从效率原则的角度提出了许多有益的方法,但问题还是不断地出现,这次生发于美国继而蔓延全球的金融危机就是明证。有识之士认为,这次金融危机表面上看来是经济危机,而深层次上则是道德危机。这就说明,公司或企业治理中伦理道德价值观是不能缺位的。但伦理价值观又是一种观念,要发挥它的力量,必须依赖于实践。实践才是企业经济伦理和管理伦理从观念走向现实的经济生活和企业生活的桥梁。实践的具体内容又是什么,或者说企业如何去实践?学界并没有很好地解决这一问题。龚天平教授在该著中提出的"伦理管理"方法可以说是对这一问题的科学回答。该著认为,"伦理管理"是指企业在把握了伦理价值观后自觉地用伦理价值观来指导自己的经营管理活动的行为,或者说是企业用伦理价值观来进行公司治理的行为,包括企业进行内部的伦理管理和外部的伦理管理两个方面;它是文化管理的具体化,以人与自然、人与人的和谐关系为中心,以道德竞争力为核心竞争力,把企业道德建设作为管理中心工作;它要求企业进行伦理决策、制定伦理准则、建立操作机制。我以为,这也是非常独到的见解。

还有一点值得肯定的是,作者在书中不仅运用了传统的理论论证、价值分析、比较研究等方法,还大量运用了图表分析方法,特别是典型案例分析方法。这是应用伦理学研究中必不可少的。本书选取了一些企业管理中发生的与伦理有密切关系且具有企业管理道德内涵,能对之进行道德评价和伦理判断,能从中得出启示、经验教训的典型案例进行理论分析,从而提炼出一些对当代企业管理具有普遍引导意义的伦理价值观念,总结了卓越型企业开展管理伦理建设的有效经验。这使得该书能以点带面，具有很强的生动性、实践性，对企业的道德建设有一定的指导作用。

社会主义经济伦理学的研究与建设是繁荣发展我国马克思主义伦理学的重要组成部分。崇高伦理学的建设离不开企业管理伦理研究的深入推进。无论是崇高伦理学的建设，抑或是管理伦理学的深入推进，都需要一批像龚天平教授一样“抱荆山之玉”，“握灵蛇之珠”的“戛戛独造”之士，他们秉具“为往圣继绝学”，“为万世开太平”的学术使命，在既仰望星空又关注人内心的道德法则的同时，全面提升向历史扎根、向现实逼近和向未来探求的学术气质，立足历史文化的丰厚土壤而又面向世界作创造性的开拓，就一定能够推动社会主义伦理文化的大发展和大繁荣，为中华民族的伟大复兴作出自己应该有的贡献。我清醒而又乐观地相信，在中国共产党领导下的中华民族一定能够创造将经济学、管理学与伦理学有机结合起来从而促进中国社会持续进步和人的全面发展的伟大奇迹！衷心地祝愿龚天平教授及当代的伦理学子不断推出与伟大时代精神相契合、与伟大民族文化相承接的精品力作！

“筚路蓝缕，以启山林”，吾所盼矣，是为序。

王泽应

2010 年 11 月 19 日于长沙湖南师范大学景德楼

导　　论

一、问题缘起

如果说伦理学是21世纪最重要的哲学分支，那么这种伦理学在很大程度上是指应用伦理学，而领应用伦理学之风骚的又是生命伦理学、经济伦理学和生态伦理学（或环境伦理学）。经济建设及其发展是社会的基础和前提，在当代则成为中心工作，生命伦理学和生态伦理学也与经济伦理学有着密切的关系。在这一意义上，可以说经济伦理学是当今极为重要、也迫切需要研究的应用伦理学。

经济伦理学的重中之重又是企业管理伦理。企业管理伦理不仅是经济伦理学的一个极为重要的问题，也是企业管理学特别是企业文化学极为关注的一个重要问题。它是20世纪60、70年代以来，人们把经济学、企业管理学和伦理学进行交叉，并综合运用管理学、经济学、伦理学、社会学、哲学、法学等学科方法，发展出的一个新的交叉性问题。当代国内外经济学、企业管理学和伦理学研究中，很多学者都把企业管理伦理作为一个相对独立的伦理价值规范系统，进行专门的研究，这是一个最新趋势。尽管人们对这种研究选择了不同的名称，但其研究对象则都是企业经营管理行为中的伦理问题。虽然思想史上有思想家对此进行思考，但是企业管理伦理概念的正式提出和研究的大幅开展，则是近几十年的事。在这一意义上，企业管理伦理的发生与发展是一个“当代事件”。

众所周知，企业管理伦理的研究兴起于欧美，从20世纪50、60年代起至今近60年，已取得了丰硕成果。我国企业管理伦理的研究与社会主义市场经济的发展密切相关，始于20世纪80年代中期，迄今也已取得较为可观的成果。这些成果既有从伦理学角度的反思，也有从经济学和企业管理学角度的研究。但无论从哪种角度研究，都是把市场经济中的企业经营管理行为的伦理问题作为对象。综合现有成果来看，我们可以大胆地作出这一判断：企业管理伦理研究已成为人文社会科学领域的一个极为重要的方面。在经济全球化愈演愈烈的今天，企业管理伦理更显重要，并出现了许多新的主张，发展出了更为丰富的内容。因而，对“当代企业管理伦理的走向及其实现”的研究，是一个具有重大学理意义和实践价值的课题。

第一，研究当代企业管理伦理的走向是企业管理伦理理论深化的迫切需要。从学理上看，目前国外的研究主要集中在企业伦理精神、企业行为的道德推理方式与模型、企业伦理与经济绩效的基本关系、企业的社会责任、利益相关者及其管理、企业领导人的道德问题、公司文化与企业伦理、企业跨国经营中的伦理问题、企业利用信息技术的伦理问题等方面。自企业管理伦理的研究传入我国后，它迅速被作为一个新的研究领域引起学术界的高度重视，目前已确立了其基本问题，具有了特有的范畴，比如，企业伦理精神、公平与效率、义与利、自由与秩序、权利与义务、企业发展与人的全面发展、竞争与协作、先富与共富、市场道德规范等，而且围绕这些范畴，形成了各具特色和逻辑递嬗关系的企业管理伦理理论体系或大致框架，企业管理伦理研究在整个伦理学体系中已具有了一定地位，初步得到学界的认同，各地也经常举办企业管理伦理或与此密切相关的学术会议，有的地方还专门成立了企业管理伦理研究机构和学术团体，一些高校开设了企业管理伦理课程，还有的高校招收了企业管理伦理硕士生、博士生，而许多实业界人士也认识到企业的伦理形象决定着企业在市场竞争中的地位和竞争优势的形成，所以制定了企业的伦理行为守则，如中国企业联合会和中国企业家协会联合颁布的《企业诚信经营自律守则》，用以规范企业的经营行为和管理行为，维持自身的生存和发展，推进中国经济的正常运行。通过学术界和实业界的这种共同努力和探索，企业管理伦理在中国已成为一个经济学、企业管理学、伦理学相互结合、共同发展的新的学科生长点，并显示出蓬勃旺盛的生命力和良好的发展前景。

然而，当代企业管理伦理领域出现的新理念、新方法、新主张、新逻辑、新规范等，应该是企业管理伦理理论的重要内容构成。相对于这种洪流般的发展趋势，研究其走向的专题性研究成果非常有限。尽管当代企业管理伦理出现这些新走向的原因很复杂，人们的心态和目标也各自不同，但毕竟出现了。

这种动向应该也必须从理论上进行很好的专门的总结。只有从理论上深入系统地总结这些成果,严肃认真地评估当代企业管理伦理的发展动向,总结其规律,才能拓展企业管理伦理以至经济伦理学的理论视野,丰富并深化其知识体系,使其越来越厚实和充盈,也才能使人们紧跟时代步伐、充分把握当代企业管理伦理的发展脉络。而这对于我们合理消化当代企业管理伦理的基本理论,科学借鉴国外的研究成果和方法,建构具有中国特色的企业管理伦理理论体系,也具有重要的价值。

第二,研究当代企业管理伦理的发展趋势,并认真探讨这种发展趋势的实现,是当代企业管理伦理实践深入拓展的迫切需要。毋庸讳言,国外经济学家、管理学家和伦理学家们研究企业管理伦理问题,企业家们关注企业管理的道德问题,是为了解决企业管理领域出现的若干不道德现象,因此,研究者们普遍注意研究对象和结论的具体性、针对性,特别是可操作性。比如,他们注意把伦理融合到企业日常的经营管理活动之中,这主要表现在:建议制定伦理守则、设置企业伦理主管、设置道德委员会等专门机构、建议企业开展伦理培训和企业伦理建设等。这些措施使得企业管理伦理作为一种价值观念融入企业经营管理活动的各个环节和方面,其目的是使经营管理活动向"更道德"的方向发展,保持效益原则得到长远的实现。但是,在这些企业伦理建设措施付诸实施后,不说很多中小企业,就是知名的大企业仍然遭遇伦理道德困境,有的企业身陷伦理困境而不自知,也有企业知德而故意背德。这说明很多企业对企业管理伦理的内容、功能和意义并不是很清楚的,在价值观上没有把经营管理企业的活动从根本上当做有利于社会、造福人类的活动。因而,深入研究当代企业管理伦理的走向,特别是这种走向如何得以实现,对于指导企业正确地开展经营管理活动,注意自己形象,具有很重要的价值。

就国内来看,企业管理伦理研究的兴起,不是偶然的,也不是学者和实业界人士一时心血来潮,而是中国30多年以市场化为导向的经济体制和企业经营管理体制改革过程中内生的大量企业经营管理伦理问题,包括深层次的伦理矛盾冲突所必然引发的。近年来,许多企业的不道德经营行为大量上演:会计信息失真、贪污贿赂时有耳闻、回扣现象见怪不怪、虚假广告充斥媒体,性骚扰、性别歧视、知识产权及工人权益、工业安全等也日益成为突出的伦理问题。这说明,只有搞清楚并能够解决企业经营管理伦理问题,中国社会主义市场经济才能真正健康持久地获得发展。因而,深入研究当代企业管理伦理的走向及其实现,不仅可以为建立符合我国社会主义市场经济要求的企业管理伦理道德价值体系提供参照,而且可以提高人们在企业管理活动中识别善恶、抵制腐败现象的能力,从而推动我国企业管理实践的健康发展,保证社会主义现代化建设的顺利进行和全面建设小康社会目标的最终实现。

第三,研究当代企业管理伦理的走向及其实现可以为企业经营管理走上和谐化之路提供必要的指导。企业管理伦理的目的无疑是求得企业经营管理的和谐,使企业成为一个和谐的整体,也使企业与社会、与生态环境构成和谐的关系。在经济成为当今世界命脉的大背景下,企业管理伦理就承担起了使"经济活动与社会和生态相和谐的使命,简言之,就是承担起了实现社会和谐的使命",其"中心任务是将企业的自由转化为社会的和谐"①。在企业谋求经营管理和谐的过程中,企业管理伦理都具有不可忽视的重要价值。可以说,企业管理伦理是企业求得内部和谐,从而保持与社会、与生态环境和谐的必由之路。

企业要求得经营管理的和谐,首先必须求得自身的和谐。自身的内部和谐是外部和谐的前提。企业内部和谐的形成必须撬动经济杠杆,依靠民主与集中、约束与激励等企业管理手段。而民主与集中、约束与激励恰恰是企业管理伦理的基本功能。也就是说,企业管理伦理对于企业管理既具有民主、激励等方面的功能,也具有集中、约束等方面的功能。企业管理既需要依靠伦理的民主、激励的一面来充分调动和发挥员工的工作积极性,也需要依靠伦理的集中、约束的一面来合理规范和控制员工的行为。企业的内部和谐就是以企业管理伦理的这些基本功能的发挥而形成的一种道德化的秩序。

现代企业管理中正在大力推行以人为本的原则,积极推行人本管理的管理方式。这种人本管理从企业的内外关系中体现出来。企业内部的以人为本或人本管理主要表现为许多企业将人力资源作为第一资源,让员工参与企业管理。尊重员工人格,关注员工的生命安全和身体健康,不断改善工作环境。规范劳动合同,明确工时与薪酬标准,而且薪酬标准还随着企业经济效益的提高和社会消费水平的变化而不断提高;许多企业还制定了符合相关要求的规章制度并狠抓落实;持续不断地开展提高员工素质的教育和保障员工权利的

---

① [德]霍尔斯特·施泰因曼、阿尔伯特·勒尔:《企业伦理学基础·中译本序》,李兆雄译,上海社会科学院出版社2001年版,第3页。

法律法规的培训，规范员工自身行为；有的企业还帮助员工进行职业生涯设计，设法促进员工的全面发展，提高他们适应激烈竞争的能力。所有这些做法，都是为了保障员工的合法权益，维持良好而稳定的劳资关系，真正推行人本管理，使企业成为一个和谐的整体。这既是对员工行为的集中和约束，也是对员工实施的有效激励和民主，可以增进他们对企业的忠诚感和归属感，调动员工的工作积极性和对企业的责任感，从而协调、处理企业内部矛盾，消除不和谐因素，这是企业管理伦理的民主与集中、约束与激励功能的发挥使企业成为一个和谐整体的突出表现。

企业外部的人本管理主要表现为许多企业强调自身经营行为的合法化和合德化，积极主动地处理好与各种利益相关者比如消费者、供应商、竞争者、社区等的关系，尊重和维护广大顾客、所在社区居民、社会公众的合法权益和合理要求，不搞假冒伪劣产品，不搞坑蒙拐骗行为，努力增加利益相关者对企业提供的产品和服务的满意度，还有企业努力地正确处理与生态环境的关系，积极从事环境保护事业。这样既树立了企业的良好声誉和形象，又减少或消除了因企业不道德行为而引发的社会矛盾，从而增强了企业与利益相关者关系的和谐度，维护了社会的稳定，这是企业管理伦理有利于企业经营管理和谐化的又一个突出表现。企业追求并努力做到内部的民主管理，以求得内部和谐的行为；力图做到外部的合法守德经营，以求得外部和谐的行为，就是企业管理伦理的功能得以发挥的必然表现。这也表明企业管理伦理是企业经营管理和谐化的必要的精神基础和价值支撑。因而，研究当代企业管理伦理的走向及其实现，可以让企业进一步明确管理伦理是其走向德化生存、科学发展、和谐经营的必不可少的精神武器。

二、概念厘定

对于企业经营管理行为中伦理问题的研究，我国学界和实业界人士所运用的概念有几个。这些概念分别是“经济伦理”、“企业伦理”、“企业管理伦理”等，这些概念在英语中只有一个，即 Business Ethics。为了能更好地展开对话，形成共识，在开始内容探讨前，对这些概念进行一番辨析是必要的。

（一）关于“经济伦理”

“经济伦理”是一个众说纷纭的概念。1985 年，菲利浦 · 刘易斯（Phillip V. Lewis）概括出国外文献中人们主要有以下理解：一是指经济行为中的道德规范(包括道德原则、道德判断标准、道德行为准则等);二是指经济行为的道德正当性(即行为的正义性、合理性等);三是指行为的正当性、真实性;四是指面对道德难题或困境时所做的道德选择[①]。其中英语国家如美国学界主要从企业的角度来理解,把经济伦理直接当做企业伦理;而德语国家如德国则主要从宏观制度层次来理解,探讨经济制度的经济伦理。

经济伦理在我国是一个使用度较高[②]的词汇,但也是一个内涵最为丰富的词汇。1987 年东方朔教授发文认为,"所谓经济伦理,就是人们在现实的社会经济活动中产生并对其评判和制约的道德观念"[③]。1993 年王小锡教授发文认为,经济伦理是指经济现象中的伦理道德问题,是指人们在社会经济活动中协调各种利益关系的善恶取向及其应该不应该的经济行为规定[④]。1998 年罗能生教授又提出,"经济伦理就是社会经济生活中的伦理道德,它是一定社会经济关系在人们意识中的伦理化反映,是调节人们之间经济利益关系的一种行为规范,是主体把握社会经济生活的一种实践精神,是一定的社会道德在经济生活中的特殊反映"[⑤]。2000 年万俊人教授在《道德之维——现代经济伦理导论》一书中提出,"经济伦理实际上是一种以人类社会实践中某一特殊类型的道德伦理问题——即经济生活中的道德伦理问题——为主题对象的伦理价值研究。它所关注的首先是人类经济活动本身的道德基础、道德规范、道德秩序和道德意义问题,其次才是为人们寻求合理有效的经济伦理策略或决策提供必要的伦理咨询或伦理参考,从而最终为人类及其社会的经济生活或行为达于既正当合理又合法有效的状态,提供独特而具体的伦理价值解释"[⑥]。2008 年孙春晨研究员认为,"经济伦理是建立在经济主体相互关系基础上的、反映经济与伦理关系的一个概念,包括经济机制和经济结构的伦理

---

① Lewis, P. V., Defining Business Ethics: Like Naling Jello to a Wall, *Journal of Business Ethics*, 1985(4), pp. 377 – 383.

② "使用度较高"并不代表其基本含义已取得人们的较高认同,而是指人们一般把与经济活动有关的伦理问题,如商业伦理、消费伦理、营销伦理、分配伦理、市场伦理、管理伦理、经济制度伦理等,都称为经济伦理,或者说用经济伦理概念代替。

③ 东方朔:《经济伦理思想初探》,《华东师范大学学报》1987 年第 6 期。

④ 王小锡:《经济伦理学论纲》,《江苏社会科学》1993 年第 2 期。

⑤ 罗能生:《义利的均衡——现代经济伦理研究》,中南工业大学出版社 1998 年版,第 53 页。

⑥ 万俊人:《经济伦理》,卢风、肖巍主编:《应用伦理学概论》,中国人民大学出版社 2008 年版,第 124 页。

性、处理经济主体利益矛盾的伦理原则和评价经济活动主体行为是否正当的伦理规则等内容”①。

综合各种含义,我认为,所谓经济伦理,就是经济活动——生产、交换、分配、消费——的伦理,是经济主体在经济交往中的伦理意识、伦理关系、伦理规范、道德实践的总和。经济活动有生产、交换、分配、消费等环节,因而,经济伦理可分为生产伦理、交换伦理、分配伦理、消费伦理等类型;经济活动中的主体有群体和个体,因而,经济伦理又可分为群体经济伦理和个体经济伦理等方面;经济活动有国家、企业和个人等行为层面,因而,经济伦理又可分为宏观即国家和政府制定的制度和政策等的经济伦理、中观即企业伦理、微观即个体经济伦理等层次。恩德勒说:“为了尽可能具体地确认责任的主体,人们提出了三种性质上不同的行动层次:微观的、中观的和宏观的层次,每一层次都包含着怀有各自的目标、兴趣和动机的行动者。在微观层次上,研究的对象是个人,亦即为了把握和履行他或她的道德责任,他或她作为雇员或雇主、同事或经理、消费者、供应商或投资者,做了什么,能够做什么,应当做什么。”“在中观层次上,研究的对象是经济组织的决策和行动———主要是厂商,也包括工会、消费者组织、行业协会等的决策和行动。最后,宏观层次的研究对象包括经济制度本身以及工商活动的全部经济条件的塑造:经济秩序与它的多种制度、经济政策、金融政策和社会政策等。”②当代经济活动的占绝对优势的主体是企业,企业的最为核心的行为是经济行为和管理行为,因此,尽管我们不能把经济伦理都归结为企业伦理,但企业伦理是当代经济伦理的重中之重则是不言而喻的。

(二)关于“企业伦理”

企业伦理是指企业在生产、经营和管理过程中应该遵循的伦理道德的总和。它是在企业处理与内部员工之间、与外部环境或利益相关者(包括其他企业、社区、政府、自然环境等)之间、运用科学技术时处理内外交往之间的关系时发生的伦理道德,它是一个包括企业伦理关系、企业伦理规范、企业道德

---

① 孙春晨:《经济伦理》,甘绍平、余涌主编:《应用伦理学教程》,中国社会科学出版社 2008 年版,第 98 页。

② [德]乔治·恩德勒:《面向行动的经济伦理学》,高国希、吴新文等译,上海社会科学院出版社 2002 年版,第 31 页。

活动等在内的价值系统。

企业伦理可以按照企业的活动进行类型划分。企业活动一般有两类:经济活动和管理活动①,因而企业伦理就可以划分为企业经济伦理和企业管理伦理。按照前文关于经济伦理含义的论述,企业经济伦理就是企业的生产、交换、分配、消费等经济活动中的伦理,可分为企业生产伦理、企业交换伦理、企业分配伦理和企业消费伦理;企业管理伦理就是企业的管理活动中的伦理,对此,下文还要做进一步交代。在此,必须指出的是,企业管理伦理既然属于企业伦理,而企业伦理又属于经济伦理,因而,企业管理伦理当然是经济伦理的重要部分。

(三)关于"企业管理伦理"

1."企业管理伦理"概念的界定

根据上文所述,按照概念的外延,从大至小,这些概念的顺序是:第一位是经济伦理,第二位是企业伦理,第三位是企业管理伦理。因此,把 Business Ethics 理解为企业管理伦理也说得通。

所谓企业管理伦理,是指企业管理活动中的伦理道德原则、规范及其实践的总和。围绕企业与内外利益相关者的关系,以企业经济绩效与企业管理伦理的关系为基本问题,我们可以把企业管理伦理分为企业管理伦理关系、企业管理伦理意识、企业管理伦理规范和企业管理伦理活动等要素,可以把其核心确定为企业管理伦理价值观。一个企业的管理伦理,是企业在管理实践的基础上,经过市场经济的洗礼,适应社会的需要,经过一定时间的积累、提炼而形成并凝结于企业的管理文化结构之中的,指导企业管理活动的道德理性和实践精神。

企业管理伦理的重中之重是企业社会责任,其目的是使企业成为对社会负责的企业公民。企业社会责任就是社会对企业的伦理期待。美国企业伦理学家阿奇·B.卡罗尔(Archie B. Carroll)说:"企业的责任不仅仅局限在对所有者和股东的义务上,它还要对社会负有一定的责任。……企业应该同时对社会或其利益相关者履行经济的、法律的、伦理的以及自觉的(或说慈善的)责任。从更实际和管理的角度来说,对社会负责的公司应该在各个方面追求

① 这只是一种大致划分,实际上企业还有文化活动、社会公益活动等,但因为这类活动一般不以经济效率为目的,所以在这里不作讨论。

卓越——提高利润，遵守法律，遵守伦理，做一个优秀的公司公民。”①他的观点极为清晰地揭示了企业管理伦理的实质和目的。因此，企业社会责任不过是企业管理伦理的另一说法。

2. 企业管理伦理是企业管理关系的伦理反映

企业管理伦理并不是抽象的、永恒的，而是历史的、具体的，是当时社会经济状况的产物。“人们自觉地或不自觉地，归根到底总是从他们阶级地位所依据的实际关系中——从他们进行生产和交换的经济关系中，获得自己的伦理观念。”②所以，作为对人们在企业管理关系中的道德行为和道德关系的普遍规律的反映和概括，作为人们判断和评价企业管理行为是与非、对与错、善与恶的标准，企业管理伦理是企业权利与责任的统一。它并非人们主观臆造的产物，而是来源于企业的管理实践和管理关系，是企业管理关系的伦理反映。

任何企业的管理活动必定处于一定的关系结构之中。市场经济条件下的企业，作为具有独立法人财产权、自主经营权和自负盈亏的经济实体，通过管理活动，与社会结成多角的关系。企业的全部活动大致可分为经济活动和管理活动，管理活动又可分为外部管理活动和内部管理活动。所以，企业管理关系可以分成企业外部管理关系和企业内部管理关系。

为了赢利，企业必然要与外部世界打交道。企业面对的外部世界主要包括自然环境、消费者、政府、社会、其他企业等，因而企业与外部世界之间必定构成一定的关系，这种关系可以称为企业的外部管理关系。企业的外部管理关系主要包括两类：其一是企业与生态环境的关系；其二是企业与消费者、与其他企业、与社区、与政府、与社会等之间的关系。企业的外部管理关系主要是以竞争为轴心而开展的购买、销售或营销、交换、消费等，因而又可细分为购买关系、营销关系、交换关系、消费关系等。企业要达到赢利的目的，必须正确而合理地处理好这方方面面的外部关系。

要实现赢利之目的，企业同样必须协调好与内部员工、资产所有者、各层次管理人员等之间的关系。企业与内部员工之间的关系可以称为企业的内部

---

① ［英］帕特里夏·沃海恩等主编：《布莱克维尔商业伦理学百科辞典》，刘宝成译，对外经济贸易大学出版社2002年版，第644—646页。

② 《马克思恩格斯选集》第3卷，人民出版社1995年版，第434页。

管理关系。企业的内部管理活动，从环节上看，主要包括计划、组织、指挥、协调、领导和控制等环节或过程，因而，企业的内部管理关系又可细分为计划关系、组织关系、指挥关系、协调关系、领导关系和控制关系等，其中协调关系是轴心。因为管理的实质是协调，目标是企业和谐，而计划、组织、指挥、领导和控制等都不过是为达到和谐目标服务的。

企业的外部管理关系、内部管理关系是相互渗透、相辅相成的，它们共同构成企业管理的关系结构。当然，这种区分是相对的，现实中的企业管理关系则是相互纠缠、铰结在一起的，除了运用理论思维将其作相对区分外，我们没有办法从现实中将它们剥离开来。

企业管理关系之中蕴涵着伦理关系。企业管理关系表现为一个复杂的网络结构，是企业管理中所有关系的总和或整体。在总和性的关系中，伦理关系是很重要的关系"单子"。虽然企业管理关系是以经济关系，其中主要是利益关系为基础的，但企业并非只在经济领域建构其管理关系结构，只有经济关系，他们必定还进行其他交往，发生一定的文化关系和政治关系。这意味着，企业管理关系是以经济关系为基础，以相互交织的政治关系、法律关系、伦理关系等为表象的体系。相对于政治、法律关系来说，伦理关系是企业按照一定的伦理观念和伦理原则而形成，并通过企业管理中的伦理活动和行为表现出来的。企业的其他关系受非伦理价值观念的支配，而伦理关系则是受伦理价值观念的支配，企业管理的善恶观念、企业良心、社会舆论、传统习俗等维系着企业管理伦理关系的存在和发展。

3. 企业管理伦理的类型

企业管理伦理关系不过是企业在管理活动中按照一定的伦理观念和伦理原则而结成的、以利益关系为基础的企业管理关系类型，其中企业管理所依凭的伦理观念和伦理原则就是企业管理伦理。按照前述企业管理关系类型，我们同样可以把企业管理伦理划分为企业外部管理伦理和企业内部管理伦理两类。

企业外部管理伦理是从企业外部交往关系之中产生的企业管理伦理类型，它主要用来协调和处理企业与外部进行的经济的和其他的交往活动中的关系。企业通过购买、销售、交换或生产、分配、交换、消费等经济活动，给社会创造了巨大的物质财富，本身也获得了丰厚的报酬。因而它们构成了社会的经济柱石，赢得了整个社会的赞誉。但是，当前企业的外部交往活动中出现了很多问题:各种经济丑闻不断出现,还有企业的各种不道德行为如制假售假、坑蒙拐骗、不公平交易、破坏环境等,本位主义、地方保护主义、极端利己主义观念的流行等,都直接导致企业经营管理交往中的伦理危机。因此,为了协调企业的外部交往关系,治理企业经营秩序,使所有的企业都在一个良好的环境里开展经营,除了必须健全有关法制,还必须制定和培育企业外部管理伦理。

企业内部管理伦理是从企业内部管理关系之中产生的企业管理伦理类型,它主要用来协调和处理企业与内部员工之间的管理关系。企业内部管理伦理是企业管理伦理价值体系的必要构成,没有这种企业管理伦理类型,企业外部管理伦理就失去了操作平台,不能得以落实,而且这种企业管理伦理类型本身也是需要管理的。正如林恩·夏普·佩因(Lynn Sharp Paine)所认为的,企业要成为一个道德的行为人,就应该做到“遵守普遍接受的伦理原则”、“为公司的行为或错误行为承担责任”或“寻找机会为公司所在的社区作出贡献”等规范,但要做到这一点,就必须积极地管理公司的价值观①。这种“公司价值观”实质上就是以企业外部管理伦理、企业内部管理伦理等形态而存在的企业管理伦理,这些企业管理伦理必须进行良好的管理,否则,就形同虚设。

4. 企业管理伦理的环节

企业管理伦理作为一种价值体系,我们还可以对其进一步细分②。因为整个企业管理活动从开始到结束,显然是一个过程。而这一过程一般说来表现为企业管理的职能,表现为企业管理运行的环节和方面。反过来说,正是这些职能、环节和方面,才使企业管理运行机制构成为一个过程。日本管理学家占部都美在《现代管理论》中指出,管理的各种职能是作为管理过程的一个整体被执行的,管理通常是以计划、组织、控制的顺序进行的整体。而美国管理学家哈罗德·孔茨(Harod Koontz)在《管理理论的丛林》中则说得更明白,管理是一个过程,可以通过分析管理人员的职能从理性上很好地加以剖析。但是关于管理的过程,管理学界一直就存在不同认识,自从法约尔提出管理有五项职能以来,管理学家们就从不同角度对管理的活动过程进行不同的强调或补充。其中,美国著名管理学家罗宾斯(Stephen P. Robbins)在《管理学》中划

---

① [美]林恩·夏普·佩因:《公司道德——高绩效企业的基石》,杨涤等译,机械工业出版社2004年版,第144页。

② 龚天平:《管理伦理新解》,《河北学刊》2004年第6期(有改动)。

分的计划、组织、领导、控制四项职能这一意见比较能得到学界的认同。所以，我们在这里也按照四项职能划分方法，将完整的企业管理过程看做计划、组织、领导、控制四个相互渗透、相互联结、循环往复的基本环节或过程。与这四个环节或过程相适应，现实的企业管理伦理系统也分为四个要素即企业计划伦理、企业组织伦理、企业领导伦理、企业控制伦理。

企业计划伦理是指蕴涵于企业管理的计划环节或过程中的伦理道德原则与规范。对于企业计划进行伦理考量，包括计划的目的和手段，即从伦理上审视人们制订的企业管理计划将要做什么、如何做，也就是什么样的企业管理计划才是合乎道德的，怎样进行计划才是合乎道德的。这其中包括许多伦理问题，如：计划的目的是否能满足企业管理活动所及范围内的大多数人的需要，是否仅仅为了经济目标即管理效率、财务业绩、市场份额、利润率等的实现，而不考虑大多数人的精神需要；企业在制订计划时的目的是什么，企业管理者包括基层管理者、中层管理者和高层管理者在制订计划时的目的各是什么；计划涉及目标，这种目标是否考虑了社会责任（包括帮助治理污染、消除歧视、为缓解贫困出力等）、企业成员的福利（包括关心企业成员的满意度和他们的工作、生活质量等），是否考虑了服务或产品的质量，是否正确处理了长远目标与短期目标的关系；企业管理者将要依靠什么人，采用什么方法去完成计划，达到目标，等等。

企业组织伦理是指蕴藏于企业管理的组织过程（组织设计）和组织结构之中的伦理道德价值，它既是一种动态的伦理价值形态，又是一种静态的伦理价值形态。作为动态的，它存在于企业组织的设计过程之中，表现为一种行为伦理；作为静态的，它又蕴涵在企业组织结构之中，表现为一种道德价值目标即目标伦理。管理的核心是人，但人都是存在于一定的组织之中的。这是人的社会本性的必然表现。这就决定了管理与人之间的联结中介必然是一定的组织形式（其中包括企业）。组织是人的存在方式，也是管理的具体表现形式。需要交代的是，“组织”一词，在中文中既可以作动词理解，也可以作名词理解，当人们在名词意义上理解组织时，是指某一具有结构特征的，相对稳定的单位、团体；当人们在动词意义上理解组织时，是指管理人员对某一组织结构的设立或变革活动，此时，它是作为管理运行过程的一个逻辑阶段而存在的。在此意义上，组织伦理也就可以相应地区分为组织设计伦理和组织结构伦理，它们都对组织的生存与发展具有重要意义和价值。但是，必须指出的是，无论是组织设计伦理，还是组织结构伦理，都是一种伦理道德价值，而任何伦理道德价值都必然以一定的准则为表现形式，都具有形式化的特征。所以，组织设计伦理和组织结构伦理也都是以一定的相对稳定的伦理道德价值规范表现出来的，在一定时间内它们都是稳定的、统一的。其区分也只是在抽象的思维中才有意义，在实践中，它们是统一的、一体的。企业组织伦理要研究的问题包括：组织的分工是否合理？现代管理学、经济学的研究成果证明，并不是所有分工都是合理的。合理的分工不仅有利于经济效率的提高，也有利于人的积极性的发挥和人的全面发展；而不合理的分工虽然有利于经济效率的提高，但是它却产生组织成员的非经济性后果，使工作人员的能力片面化发展，工种交替与职能变换的能力和频率下降，是对人的全面发展的一种限制，所以对分工也是可以作伦理评判的。领导者是否建立起根据岗位需要与组织成员的实际能力相结合的公平的用人机制？组织在追求自身利益最大化时，是否以不损害其他组织利益，不损害社会共同体的利益为道德底线？组织是否贯彻义利并重的伦理价值观？组织是否以集体主义为道德原则？组织是否树立起服务社会、奉献大众的道德价值观念？等等。

企业领导伦理是指企业领导过程中的伦理原则和规范，而企业领导过程是指领导者指挥、带领、引导和激励下属为实现企业管理目标而努力的过程。对于领导行为进行伦理考量，包括什么样的企业领导行为才是合乎道德的，如何进行领导才是合乎道德的。企业领导过程中的伦理问题有：指挥行为合乎道德吗？是符合管理实际的正确的指挥，还是不符合实际的瞎指挥？引导行为的目标是否符合社会的主导价值取向？采取激励手段时，领导者是否全面考虑了被管理者的需要，对被管理者的期待是否全面，所分配的工作是否考虑员工的特长和爱好，能否调动他们的工作积极性，所支付的报酬是否公平？是单纯采取物质刺激的方式，还是采取物质刺激与精神激励并用的方式？对被管理者即员工的评价是否合理，赏罚是否分明、合理合情？等等。

企业控制伦理是指企业管理的调节控制活动过程中人们之间关系的各种伦理原则和道德规范。所谓控制，是指"监视各项活动以保证它们按计划进行并纠正各种重要偏差的过程"。[①] 这一过程是主体在一定价值观指导下的

---

① ［美］斯蒂芬·P. 罗宾斯：《管理学》（第四版），黄卫伟等译，中国人民大学出版社 1997 年版，第 476 页。

主动性和创造性行为,价值观是它的基础和保证。因此,企业控制活动中必然包含着伦理价值观念即企业控制伦理。对于控制的伦理道德评判,就是指什么样的控制行为才是符合道德的,什么样的控制行为是不符合道德的?这包括控制行为是否实事求是,讲究实效?是否注意上下协调,以德服人?是否注意事前施控,防患于未然,而不是搞事后诸葛亮,不教而诛?实施控制时,是否尊重被管理者的权利特别是隐私权,是否注意有所为,有所不为,适度施控?等等。企业控制伦理是保证整个控制过程合理化的必要机制,是保证和监督企业计划活动、组织活动、领导活动相一致,从而促使整个企业管理活动合理进行,顺利实现自己目标这一个过程的必要条件和精神基础。

5. 企业管理伦理的层面

与经济伦理可以分为宏观、中观、微观三个层次一样,企业管理伦理也可分为三个层面:其一,微观层面。微观层面就是内部性企业管理伦理。它主要是指企业中的作为个体的人,如企业中的员工、经理、领导者、管理者等的伦理。其二,中观层面。中观层面是外部性企业管理伦理的一部分。它主要是指作为组织的企业或群体的管理伦理。其三,宏观层面。宏观层面也是外部性企业管理伦理的一部分。它主要是指企业在处理与社会制度、经济运行体制、政治治理方式、政策、生态环境、科学技术、文化环境等之间的管理关系时应遵循的伦理。

值得指出的是,与"企业管理伦理"概念密切相关的概念,还有"商业伦理"、"管理伦理"、"经营伦理"等,在此,也有必要交代一下。

商业伦理是企业(主要是商业企业)工商活动中的伦理。企业的经营和管理活动都属于企业的工商行为,即传统意义上的"商",从事这一行业称"商业",因此,有人将企业管理伦理理解为商业伦理有一定道理。但是,"商业"的"业"在此处是指一种行业,在这种行业内有很多活动着的表现为或组织的、或个体的、或两者兼而有之的主体;而企业则是一种组织,是活动着的实体。从状态上来理解,企业管理伦理与商业伦理并非完全等同。同时,企业的工商行为往往只是一种流通行为,而流通行为已为经济行为即交换所包含,所以,商业伦理只是反映了企业伦理的一部分,属于企业经济伦理,不属于企业管理伦理。

管理伦理是指企业在管理(或决策)过程(含计划、组织、领导、控制等)中应该遵循的伦理道德的总和。"管理"一词既指企业根据市场变化而对内部资源的有效整合,即处理内部人、财、物的关系的活动,也指企业处理内、外关系的一切活动,即包括企业的科技、经营等活动。因此,企业伦理又可称为管理伦理。学术界有人将企业伦理译为管理伦理,应该说在这一意义上是正确的。值得一提的是,人类的管理活动还有公共管理活动这一类,其中的伦理问题是公共管理伦理,而公共管理伦理属于政治伦理。

经营伦理是指企业在经营过程中应该遵循的伦理道德的总和。过去人们一般把"经营"一词理解为企业处理外部关系的活动,但现在大量的文献表明,经营与管理已演变为同义词,在这一意义上,企业伦理又可称为经营伦理。因此,有学者特别是日本学者将企业伦理理解为经营伦理。

三、学术起点

研究当代企业管理伦理的走向及其实现,显然离不开对国内外学界关于当代企业管理伦理发展问题的各角度、层面的研究成果的借鉴,这些成果构成本书的学术起点。

(一)国外理论界的研究状况

1. 关于企业管理伦理的研究状况

国外关于企业管理伦理研究的兴起,是由于世界特别是美国一系列经济丑闻事件不断发生和频频曝光而引发的。如今其研究仍然非常发达。就研究历程来看,我们大致可以分三个阶段。

20 世纪 50—60 年代是第一阶段。此期欧美诸国在经济迅速发展,取得巨大成就的同时,也带来了许多社会问题,如环境污染、商业欺骗、侵犯消费者权益、员工歧视等。企业的这种单纯谋利而损害社会利益的经营管理行为,引起了社会公众的强烈不满。这使欧美许多大学的工商管理学院提出了企业组织的社会责任问题。这一阶段重要的历史文献主要有 1962 年美国政府公布的《对企业伦理及相应行动的声明》,1963 年 T. M. 加瑞特(T. M. Garret)等人编写的《企业伦理案例》,1968 年美国天主教大学原校长 C. 沃尔顿(C. Walton)撰著的《公司的社会责任》等。

70—80 年代初是第二阶段。此期企业组织的不道德行为暴露得更加突出,各种社会矛盾越发激化,而接连不断的经济丑闻,如贿赂、胁迫、欺骗、偷窃、不公平歧视等,则成了人们思考企业组织的信任危机和伦理危机的直接原因,政府也开始出面健全法规,加强管理,大学教授也无法安坐"象牙塔",纷纷加盟企业管理伦理的研究。以企业管理伦理为重要研究对象之一的经济伦理学正式诞生。其诞生的标志是1974年11月在美国堪萨斯大学召开的第一届企业伦理学(经济伦理学)讨论会,此次会议为其诞生制定了一份相当重要的文献即《伦理学、自由经营和公共政策:企业中的道德问题论文集》。此后,有关这方面的学术论文、著作纷纷问世,研究企业管理伦理的专业刊物也得到创办和出版。

80年代后期至今是第三阶段。此期企业管理伦理研究从美国逐渐扩展到世界各地,受到许多发达国家的高度重视。这一重视表现在学者的兴趣日渐浓厚,大学建立研究机构、开设课程、召开学术研讨会,创办刊物,出版教材、专著和工具书。有代表性的如帕特里夏·沃海恩(P. H. Werhane,一译帕特丽夏·沃哈恩,一译帕特里夏·沃翰)和R.爱德华·弗里曼(R. E. Freeman)主编的《企业伦理百科辞典》、W.科夫(W. Korff)等人主编的4卷本《企业伦理手册》、乔治·恩德勒(Georges Enderle)等主编的《经济伦理学大辞典》、霍尔斯特·施泰因曼(Horst Steinmann)和阿尔伯特·勒尔(Albert Löhr)著《企业伦理学基础》、托马斯·唐纳森(Thomas Donaldson)和托马斯·邓菲(Thomas W. Dunfee)著《有约束力的关系——对企业伦理学的一种社会契约论的研究》、里查德·T.德·乔治(Richard T. De George,一译理查德·狄乔治)著《经济伦理学》和《国际商务中的诚信竞争》、林恩·夏普·佩因的《领导、伦理与组织信誉案例:战略的观点》和《公司道德——高绩效企业的基石》、阿奇·B.卡罗尔和安·K.巴克霍尔茨(Ann K. Buchholtz)的《企业与社会——伦理与利益相关者管理》、弗里曼和丹尼尔·R.吉尔伯特(Daniel R. Gilbert)的《公司战略与追求伦理》、戴维·J.弗里切(David J. Fritzsche)的《商业伦理学》以及理查德·A.斯皮内洛(R. A. Spinell)的《世纪道德——信息技术的伦理方面》、肯尼斯·布兰查德的《道德管理的力量》、索能伯格的《凭良心管理》、乔·L.皮尔斯和约翰·W.纽斯特朗的《管理宝典》,等等。各种研究企业管理伦理的学术论文更是不胜枚举。

这些成果至少表明,关于当代企业管理伦理的研究有两个方面的特点:一是理论上,人们开始探讨经济伦理学(含企业管理伦理学)的理论基础,寻找企业管理伦理的合法性依据,确立公司的道德地位,理清伦理道德与企业经营管理活动的关系;尤其是,有学者还开始设计企业管理决策的伦理分析模式。二是实践上,企业管理伦理规范在美、英、加、澳等国的企业中也得到广泛应用,企业的伦理建设战略得以广泛开展。

2. 关于企业管理伦理走向的研究状况

虽然企业管理伦理研究的相关成果蔚为壮观,但探讨和研究其走向的成果还非常少见。就现有研究成果来看,国外的研究有下列成果是值得重视的。

其一,是美国哈佛商学院的经济伦理学家林恩·夏普·佩因在2003年出版的《公司道德——高绩效企业的基石》一书,其主题是"解释为什么现在必须努力去关注公司道德以及应该如何去做"。作者认为,近年来世界公司出现一个引人注目的变化:公司绩效的全新标准正在形成,这一标准整合了道德和财务两个维度。这一转变的证据是:公司声望调查、最佳公司排名、员工承诺调查、世界范围的全民投票、扩展的投资者关注焦点、每日新闻等。据此,作者判断:所有这些都暗示着员工、客户、公众甚至也包括一些投资者都正在使用伦理和经济两方面的标准来评价企业。"即便是公司的赢利可以掩盖产品风险、虚报收入、规避法律或依赖使用强制员工的供应商,这些行为也越来越被认为对一个领先企业来说是不能接受的和不相配的。更加引人注目的是越来越多的证据指明了伦理导向的正面利益——这些利益不仅来自于更好的风险管理,也来自组织功能的完善、市场吸引力的提高以及与公众和公共官员关系的改善。"因此,"为了建立能够在新标准下产生良好持久绩效的公司,经理们将需要超越伦理计划、价值原则和相关利益者行为","他们需要培育新的组织技能,采用新的思考和管理方式"。作者认为,"未来的绩效优异者是那些能够同时满足公众的社会期望和财务期望的公司"①。作者的这一判断是正确的,但对于当代企业管理伦理的学理走向没有研究,而只是对于实践的判断,当然,这一判断非常重要。

其二,自20世纪80年代以来,美国IBM(美国国际商用机器公司)提出了"追求卓越"的企业管理伦理价值观,在整个管理界掀起了巨大波澜,极大地影响了许多知名企业。为了回应实践中的这种表现,1982年,著名管理学家托马斯·彼得斯和罗伯特·沃特曼(Thomas J. Peters and Robert H. Waterman)出版了《追求卓越:美国优秀企业的管理圣经》一书,将此概括为企业管理伦理的"追求卓越"的走向。著名经济伦理学家罗伯特·C. 所罗门(Robert C.

---

① [美]林恩·夏普·佩因:《公司道德——高绩效企业的基石》,杨涤等译,机械工业出版社2004年版,前言。

Solomon）于 1992 年出版《伦理与卓越：商业中的合作与诚信》一书，对彼得斯和沃特曼所概括的企业管理伦理的卓越走向予以认同。

其三，1994 年德国霍尔斯特·施泰因曼和阿尔伯特·勒尔出版《企业伦理学基础》，提出企业管理伦理的任务不在于提供什么"新思维"，而在于关注"新的实践"。也就是说，企业管理伦理并不是要提供一套适用于企业管理行为的价值规范系统，而是要建立一种在企业管理活动中使伦理得到贯彻的操作程序。这样他们实质上是判定当代企业管理伦理的走向是从内容趋向形式、从目的论理性走向对话理性。

其四，乔治·恩德勒在《面向行动的经济伦理学》中把当代企业管理伦理的走向判断为"追求一种'新实践'"，即企业管理伦理要与企业管理实际相结合，开展面向行动的企业伦理管理，企业管理伦理应向"为在所有的经济行为（也包括管理行为——引者注）层次上改进整个决策过程的伦理质量而作出贡献"①的方向发展。

（二）国内理论界的研究状况

就国内来看，研究企业管理伦理的成果不少。据笔者以 1981—2009 年为时间段，以"企业管理伦理"为关键词在中国期刊网进行搜索，发现有学术论文 174 篇；以"企业伦理"为关键词进行搜索，有学术论文 1131 篇；以"经济伦理"为关键词进行搜索，有学术论文 1943 篇；以"商业伦理"为关键词进行搜索，有学术论文 247 篇；以"商务伦理"为关键词进行搜索，有学术论文 20 篇；以"经营伦理"为关键词进行搜索，有学术论文 76 篇；以"管理伦理"为关键词进行搜索，有学术论文 581 篇。但以"当代企业管理伦理的走向"为关键词进行搜索，发现相关成果几乎没有；以"经济伦理的走向"为关键词进行搜索，也仅有学术论文 7 篇，而其中也只有 1 篇是在真正谈论与本书相关的问题。这说明，研究当代企业管理伦理的走向及其实现，是非常必要的学术任务。而要完成这一任务，也只能从相关成果中"读"出来。就笔者搜集到的资料来看，下列成果有很大启发。

1. 研究当代企业管理的伦理走向的成果

直接研究当代企业管理的伦理走向，这实质上是把伦理当做当代企业管

① ［德］乔治·恩德勒：《面向行动的经济伦理学》，高国希、吴新文等译，上海社会科学院出版社 2002 年版，第 5、8 页。

理发展的应有诉求,伦理是企业管理的目的理性。这方面以周祖城、戴木才和我的成果为代表。周教授认为,管理与伦理结合正在和将会给管理思想带来一系列深刻的变革:从追求利润最大化到通过合乎法律和伦理的方式提供具有国际国内竞争力,能增进社会福利的产品和服务;从以所有者为中心到注重利益相关者;从手段人到目的人;从遵守法律到法律和道德并重;从注重目标、战略、结构、制度到强调企业价值观;从他律到自律;从对立到兼得;从玩弄技巧到注重修养①。戴教授认为,管理伦理是管理变革的新趋势,管理方式趋向伦理化,管理伦理领域出现了追求理想与利润最大化的结合、从手段人到目的人、从注重目标战略结构制度到强调企业价值观、从遵纪守法到德法并重、从玩弄技巧到注重道德修养等表现②。我认为,现代管理应追求伦理,这种伦理由积极负责、秉持目的人理念、推崇合理的价值观、注重自律和追求卓越等内容构成③。由此看来,这是学界的主流观点,而且学界对企业管理应追求的伦理的具体内容的看法也很一致。

2. 研究当代企业管理伦理的走向的成果

研究当代企业管理伦理的走向,这与第一种稍有不同,它是把当代企业管理伦理当做一个整体性的东西,而不是当做两个东西,从而研究两者的关系。这方面的成果散见于各种专著中,既有以问题为中心的,也有从学科角度进行研究的。现将有代表性的成果分述如下。

以问题为中心,判断当代企业管理伦理的走向。如湖南大学欧阳润平教授的博士论文就对当代西方国家的企业管理伦理的走向进行了研究。她认为,发达国家企业伦理已经清楚地显现出个人主义与整体主义共融、人际伦理与生态伦理共融、股东利益与整体利益共融、工具理性与实质理性共融四大趋势④。这一概括虽然失之简约,但这是国内较早总结企业管理伦理的发展趋势的努力,因而值得重视。

2005 年河北经贸大学纪良纲教授主编的《商业伦理学》一书,其中列专章

① 周祖城:《管理与伦理结合:管理思想的深刻变革》,《南开学报》(哲学社会科学版)1999 年第 3 期。

② 戴木才:《西方管理伦理的发展趋势》,《中国党政干部论坛》2002 年第 12 期。

③ 龚天平:《伦理:现代管理的应有追求》,《襄樊学院学报》2002 年第 1 期。

④ 欧阳润平:《义利共生论——中国企业伦理研究》,湖南教育出版社 2000 年版,第 108—116 页。

“商业伦理的发展趋势”也探讨了这一问题。该书认为，当前商业伦理的发展趋势表现为：一是东西方商业伦理的共融趋势，其中东方商业伦理以日本为代表，西方商业伦理以美国为代表，自20世纪80年代开始，这两派明显地出现个人主义与整体主义的共融、股东责任与社会责任的共融、工具理性与实质理性的共融等趋势；二是商业伦理新观念的产生，这主要包括创新的观念、利润新观念、共同责任意识、服务创新意识、竞争合作意识、科学的资源价值观、新型的生态生产观①。这一总结是从商业伦理的角度进行的，商业伦理与企业管理伦理虽然不能完全等同，但也有密切联系。因而，这一概括对我们研究当代企业管理伦理的走向具有重要的启示。值得指出的是，该书所总结的第一大发展趋势应该是当代商业伦理发展的特征，第二大发展趋势才真正是商业伦理的走向。

2005年河南财经学院朱金瑞教授在其博士论文中也对中国企业管理伦理的走向进行了探讨。她认为中国企业管理伦理的演进整体上呈进步态势，表现为三种走向：一是从内容上说，企业管理伦理日益与社会主义市场经济相契合；二是从建设方法上说，企业管理伦理从群众运动、机械模仿走向渐趋博采众长；三是从模式特点上说，企业管理伦理模式由单一的政治化模式走向多样化、个性化。而中国企业管理伦理发展的未来走向是将会形成一个以社会主义道德为指导，与中华民族传统美德相承接，与社会主义市场经济相适应，与国际企业管理伦理规则相协调的企业管理伦理体系②。这是研究中国经济伦理和企业管理伦理的历史发展进程问题的重要成果，对本书的研究具有重要意义。

2007年厦门大学郑若娟博士发表关于经济伦理的理论演进历程与实践状况考察的成果，认为经济伦理发展的最新趋势有三点：一是全球化议题的兴起，这表现在“经济伦理研究与实践在国际范围的兴起”和“经济伦理研究领域的全球视野”两方面；二是对企业伦理管理的关注，这表现在“基于价值的伦理管理”和“面向行动的伦理管理”两种发展趋势上；三是对信息和其他新技术应用中所产生的伦理议题的关注③。作者主要是从经济伦理理论演进的

---

① 纪良纲主编：《商业伦理学》，中国人民大学出版社2005年版，第126页。

② 朱金瑞：《当代中国企业伦理的历史演进》，江苏人民出版社2005年版，第285—291页。

③ 郑若娟：《经济伦理：理论演进与实践考察》，厦门大学出版社2007年版，第110—111页。

角度,对其当代理论研究所关注的问题的总结,而企业管理伦理属经济伦理学的内容,因此,这也包含着对当代企业管理伦理的走向的判断。

从2004年起,我发表文章提出,当代企业管理伦理的走向是伦理化管理的革命,"追求卓越"是其主题;2009年我又撰文指出,研究领导者伦理和道德推理的原理多元化是当代企业管理伦理的新动向①。这是近年来比较集中研究当代企业管理伦理的走向的代表性成果。

从企业伦理学这一学科角度,判断当代企业管理伦理的走向。如辽宁大学赵德志教授于2002年由经济管理出版社出版的《现代西方企业伦理理论》,以企业社会责任理论、企业伦理与经济绩效、利益相关者及其管理、企业行为的伦理分析工具、领导者道德与企业伦理、公司文化与企业伦理、符合伦理的决策、企业伦理文化建设、跨国经营与企业伦理、信息技术的伦理问题等为主线,对现代西方企业伦理理论和观点做了较为系统的梳理,这对企业管理伦理的学理研究和建构适合中国国情的企业管理伦理学体系具有重要意义。虽然该著没有直接对当代企业管理伦理的发展趋势作出判断,但从字里行间可以看出作者的判断,即当代西方企业管理伦理走向对上述问题的关注。

也有从经济伦理学的角度来包含对企业管理伦理的走向作出判断的,如2003年湖南师范大学王泽应教授发表的总结新中国伦理学研究50年的成绩与问题的专著,就带有一种强烈的学科意识,认为当代中国经济伦理学重在领域拓展,即产权伦理学、分配伦理学、竞争伦理学、生态经济伦理学的勃兴代表了我国经济伦理学的新走向,相应地,当代企业管理伦理也应该走向对产权管理、分配管理、竞争管理、环境管理等的伦理问题的关注②。

2008年上海社会科学院陆晓禾研究员发表其关于经济伦理学研究的最新研究成果,也从学科角度认为,经济伦理学的研究改变了人们对市场制度作用、公司组织、经济伦理作用的认识,使人们认识到伦理责任是企业管理无法回避的,因此,当代企业管理伦理走向对企业伦理责任问题的高度关注;当代企业管理伦理也正在走向世界,在不断世界化的过程中,它同时呈现出民族化

---

①　龚天平:《追求卓越:现代西方管理伦理的走向》,《国外社会科学》2004年第6期;《领导者伦理:当代企业伦理发展的新动向》,《哲学动态》2009年第2期;《道德推理的原理多元化:当代西方经济伦理的新走向》,《国外社会科学》2009年第5期。

②　王泽应:《道莫盛于趋时——新中国伦理学研究50年的回溯与前瞻》,光明日报出版社2003年版,第380—392页。

和多元化的特点;它的未来走向是面向实践、企业、操作①。

四、研究路径

本书把企业管理行为中的伦理问题作为研究对象,但重点是探讨当代企业管理伦理的走向及其实现。所谓"当代",是指自20世纪70、80年代企业管理伦理正式产生以来的时段,因为其正式产生,所以才有了企业管理伦理问题的研究;因为其在这一时段产生并发展,而这一时段正值当下,所以才冠之以"当代"。从这一意义上说,"当代企业管理伦理"是一个区别于其他时代学者关于企业管理的伦理思考的带有整合性的概念。所谓"走向",就是动向,也就是发展趋势。通过对这种发展趋势的研究,凝炼其基本问题,梳理其基本特征,研究其各种走向的具体表现,提炼其新理念,总结其发展规律,探讨其得以实现的基本方法。简单地说,本书的题旨是,当代企业管理伦理的发展趋势是什么,为什么要这样发展,这样发展如何变为现实。

(一)研究思路与方法

本书的基本思路是,立足于当代企业管理的实际情况,以管理哲学和企业管理伦理学为理论基础,以企业管理学与伦理学互动互融的交叉视境,来研究当代企业管理伦理的走向及其实现的问题。

对当代企业管理伦理的走向及其实现的研究,从学科归属来看,应该是一种哲学伦理学的探讨。因为我们要研究的是企业管理伦理这种伦理价值形态,而不是企业管理。研究伦理价值形态就必须在哲学伦理学的范围内进行,对企业管理活动进行哲学伦理学的抽象,而不能停留在纯粹的管理学范围内。从运思理路来看,是要研究**企业管理伦理**的**走向**,而不是要研究**企业管理**的**伦理走向**,当然,这种探讨必须紧密联系企业管理实践。我采取这种运思理路时遵循了如下原则:一是整体性原则。"……整体研究法……是研究经济伦理(包括企业管理伦理——引者注)问题时的通用方法。"②我把当代企业管理伦理当做一个相对独立存在的伦理价值形态,结合伦理化的管理实践,从整体上研究当代企业管理伦理的发展趋势及其实现机制。这一原则也是学科意识

① 陆晓禾:《经济伦理学研究》,上海社会科学院出版社2008年版,第398—407页。

② [美]柯林斯·菲舍尔、艾伦·洛维尔:《经济伦理与价值观:个人、公司和国际透视》,范宁译,北京大学出版社2009年版,第31页。

的体现和要求。因此研究过程中,我时刻考虑学科的整体发展和内容之间的联系,以使得出的结论宏观全面,解决问题有广度。二是问题意识。问题意识的原则使本书研究显得注意力集中,解决问题有深度,针对性强。本书的问题是:当代企业管理伦理的走向和这种走向如何在实践层面得到实现。具体说来,就是当代企业管理伦理发展过程中各种走向的具体表现,关注的是哪一方面,这方面是如何解决企业管理行为的最终目标与伦理目标的关系的,这些走向得以实现的具体操作性机制是什么。

这种思路促动我选择了如下研究方法:

其一,理论论证的方法。以马克思历史唯物主义为指导,力求做到生产力标准与道德标准的统一,历史与逻辑的统一,综合哲学、伦理学、企业管理学、经济学、政治学、法学、社会学、环境科学等学科知识和方法,对当代企业管理伦理的走向进行深入的理论分析。

其二,价值分析法。企业管理伦理是关乎企业管理中的善恶价值取向的问题,价值分析法应是其基本的研究方法之一。所谓价值分析法,就是对一定事实进行价值反思和价值评判的方法,运用这种方法来分析企业管理活动要借助于伦理学中的各种价值符号或价值词,比如善与恶、正当与不正当、应该与不应该等。本书将这种方法作为基本方法,在于两个理由:一是,对企业管理伦理的研究在很大程度上也属于伦理学的研究范围,是应用伦理学的分支,这就理所当然地要运用伦理学的价值分析方法;二是,企业管理行为也有善与恶、正当与不正当、应该与不应该之分,而且由于利益关系的不同,不同阶层、群体的人们对企业管理行为往往有不同的价值评价,这也使得价值分析法成为企业管理伦理研究的一个重要方法。

其三,纵横结合、比较研究的方法。这将从历史(纵)和中外企业之间(横)相互结合的角度来分析当代企业管理伦理的走向,总结当代企业管理伦理发展的规律。

其四,案例分析法。这种方法是通过对企业管理实践中发生的典型案例进行分类并展开系统分析,从中把握不同情况下处理问题的不同手段,以达到掌握企业管理原理、提高管理技能与水平的方法。本书将选取一些企业管理中发生的与伦理有密切关系、且具有企业管理道德内涵,能对之进行道德评价和伦理判断,能从中得出启示、经验教训的典型案例进行理论分析,从而提炼出对当代企业管理具有普遍引导意义的伦理价值观念,总结卓越型企业开展管理伦理建设的有效经验。这种方法的重要特点是以点带面，具有很强的生动性、实践性，而且从经典案例中获得的认知具有普遍意义，对预知未来有一定的帮助。

(二)研究内容

全书分为上、中、下三个部分，共十一章，外加导论和结语。

第一，以论证企业的伦理本性为理论思考的起点，揭示当代企业管理伦理发展的背景与特征。

其一，市场经济与企业的伦理本性，这是当代企业管理伦理研究的逻辑起点。市场经济既是一种经济形式，也是一种特定的社会关系载体，它具有伦理属性。其伦理属性就是为他性和为己性、服务性和牟利性的对立统一。市场经济与企业紧密地联系在一起，企业的存在是市场经济合理配置资源的要求和产物。市场经济条件下的企业具有经济性、社会性和伦理性。从企业本身来看，企业的伦理性就是市场经济伦理属性在企业上的表现，是企业对自身活动舞台之伦理属性的天然承载，是企业在经济交往中不能不表现出的伦理属性的天然结晶，是企业的内在本性的必然构成；从社会角度来看，企业的伦理性是整个社会文明进步在企业上的折射，是契约关系和利益关系的要求，也由企业本身的意识能力所决定。企业具有伦理性，决定了企业在经营管理中必须讲究伦理道德，遵守企业管理伦理规范，谋求道德化的生存。这样，企业管理伦理就构成了企业道德化生存的必要条件。

其二，当代企业管理伦理是在经济全球化这一宏观背景下发生和发展的；各种经济丑闻如贿赂、胁迫、环境污染、欺骗、偷窃、不公平歧视等构成了当代企业管理伦理发展的直接促因；竞争加剧、参与经济全球化、应对社会经济化的趋势、人的基本权利伸张和维护的各种法律法规日益完善、信息技术的广泛应用、人类与地球共生共存的需要等时代方面的原因则是当代企业管理伦理发展的深层缘由；同时，伦理学走向应用则是当代企业管理伦理发展的理论启导因素，为其提供了良好契机。在这一背景下，当代企业管理伦理的发展表现出以"追求卓越"为主题、东西方企业管理伦理互动共融、新观念不断产生的历时性特征，也表现出功利价值与道义价值统一、实质理性与工具理性共融、人际伦理与生态伦理并重、普遍伦理与地方智慧结合等共时性特征。

第二，深入阐述当代企业管理伦理发展的七大走向。

当代企业管理伦理的走向可分为内容和形式两方面。内容上看，主要出现了凸显社会责任、成为好企业公民、与生态伦理交融、强调领导者道德以及以人为本、利益相关者和追求卓越等观念的出场等动向;形式上看,主要是出现了道德推理多元化和规范化的走向。现分说如下。

其一,凸显社会责任是当代企业管理伦理发展的新选择。企业社会责任概念是在20世纪50年代正式提出的,但当其一被明确提出,学界和实业界就展开了激烈的争论。赞成者有之,反对者有之。本书把其当做当代企业管理伦理发展的一种新选择。因为企业道德责任是企业管理伦理的核心,所以企业的社会责任就是社会对企业的伦理期待。企业是道德行为者是企业社会责任成立的可能性条件,企业承担社会责任有利于企业与社会的共同存在与发展是企业社会责任的必要性条件。同时,企业社会责任可分企业整体责任和个体责任,因此,企业整体责任与企业中的个体责任之间就有一个有效转化的问题。通过这种有效转化,使企业中的个体承担起自己的责任,从而保证企业整体责任的落实。其有效转化必须建立起一种机制,这种机制就是有效划分责任的机制和有效的监管体系。企业社会责任并不是没有限制的,这些限制是企业在履行社会责任时必然会遇到的合法性、成本、效率、范围及复杂性等约束。企业履行社会责任的程度和范围与企业的实际状况、经济实力、管理者的责任意识及权限等也密切相关。由此,本书把企业社会责任划分为两类:企业整体的社会责任和企业中个体的社会责任。企业整体的社会责任又划分为对雇员或员工、对消费者、对供应商和竞争者、对政府、对社区、对环境六个方面,其首要的社会责任是为社会提供所需要的产品和服务,其次是公平地对待上述六类利益相关者,即对六类利益相关者承担责任;企业中个体的责任分为企业中所有成员的行为都必须有利于企业整体的社会责任的履行和企业中所有成员都必须做好分内之事、尽职尽责两种。

其二,成为好企业公民是当代企业管理伦理发展的新吁求。“企业公民”是世纪交替之际,从企业社会责任概念延伸出的新概念。所谓企业公民,就是指按照法律和道德的要求享有经营谋利的权利,同时履行对利益相关者和社会的责任的企业。其实质是企业拥有“公民身份”,是权利与义务的统一体。企业社会责任思想与实践是企业公民概念的思想前提,而企业公民概念则是企业社会责任运动发展的必然结果。企业管理伦理是企业公民概念不可或缺的另一维度,是企业公民概念的伦理学说法。在此基础上,本书对我国的企业公民行动也做了探讨。

其三，与生态伦理交融，是当代企业管理伦理发展的新逻辑。通过对当代企业管理伦理发展过程的考察，我们可以明显看到，为了人类的生存和延续，当代企业管理伦理与生态伦理都有一个共同的主题：环境保护，而这一主题使得两者日益紧密地相互交融、渗透，从而形成了企业生态伦理。本书对两者的互动与合流的征象进行了描述，提出生态环境及其价值是两者交融的自然条件，自工业革命以来企业对生态环境的影响是两者交融的经济理由，以企业生态伦理规导企业行为是两者交融的结论。而企业生态伦理则是以企业的环境责任为核心，以生态效益、生态友好为原则，以清洁生产、绿色管理、节约资源、保护环境为具体要求的当代企业管理伦理价值规范系统的重要组成部分。

其四，强调领导者道德，是当代企业管理伦理发展的新经验。企业管理伦理的极为重要的部分也包括企业领导者伦理。强调领导者伦理已成为当代企业管理伦理发展的一个重要走向。而在领导者道德研究方面，人们又非常重视对领导者道德观的经验研究，把领导者的道德观分为投机基本定向、企业管理伦理定向、四种（艾希曼式、理查三世式、浮士德式、组织公民式）道德水准等类型；注意探讨领导者道德观与企业的组织伦理观的关系，塑造领导者的道德个性；引入劳伦斯·科尔伯格关于个人的道德发展学说，运用于领导者的道德水准的分析和测度；提倡培育领导者的道德资本，认为道德资本是指卓越优秀的品格，伦理道德是领导者的道德资本，领导者要为道德资本增加投资股，投资于追求善德的生活方式；注重对领导者的基本德性的归纳，认为当代领导者应具备责任担当的意识、诚信正直的操守、民主平等的态度、关爱他人的情感、求实进取的精神等道德素养。

其五，以人为本的意识、利益相关者观念、追求卓越的精神的出场，是当代企业管理伦理发展中的新观念。“以人为本”的管理思想是现代经济发展的必然产物，也是一个被人们倍加推崇的基本的企业管理伦理理念。它要求在企业管理中坚持以人为中心的伦理理念，把“人”作为企业管理的核心和企业最重要的资源，把企业全体员工作为管理的主体，围绕着怎样充分利用和开发企业的人力资源，服务于企业内外的利益相关者，公正、宽容、民主地开展企业管理，从而使企业目标和企业成员个人目标都能得以实现。“利益相关者”是R. 爱德华·弗里曼于1984年正式提出的一个具有很深厚的伦理底蕴的管理学理论和管理方法，其道德合理性基础是：相互关系、信任、权利和广泛的公正性，它要求当代企业应从认清关系、认定权益、对社会负责等方面，加强与利益相关者的关系的有效管理。“追求卓越”是20世纪80年代企业界新出现的一个新的企业管理伦理观念，但是，它一经出现就成为引领当代企业管理伦理发展的基本主题；其基本含义是企业不仅要有良好的经济绩效，而且要有良好的道德表现，两者处于双优状态；企业管理要达成卓越，就必须超法求德、自律、提供服务、增强竞合意识、坚持可持续发展。

其六，道德推理走向多元化，是当代企业管理伦理发展的新现象。道德推理就是人们从道德上列举出种种具有说服力的理由和观点为自身行为进行辩护的过程。当代企业管理伦理的发展中出现了道德推理多元化的新现象。就层次看，有原理多元化、实践多元化和个体多元化；就程度而言，有激进的多元论和温和的多元论；就合理性而言，则原理多元化较为可取。人们运用于企业管理伦理的道德推理方式主要有后果论、非后果论，以及结合了后果论和非后果论而提出的综合社会契约论、规范性原则、德性论的方式等类型。道德推理多元化表明道德原理或理论之间必须相互合作；有利于企业在管理活动的价值目标上进行多样化的选择，并尊重其选择，也有利于“地方智慧”与全球企业管理伦理的辩证互动；多元化与综合化是一个过程的两个侧面；多元化与道德相对主义有一定联系，但不能归结为道德相对主义，而是民主社会长期存在的企业管理伦理现象。

其七，从非正式到正式即当代企业管理伦理的规范化，也是当代企业管理伦理发展的一种新走向。在当代企业管理伦理走向全球化的进程中，全球性的经营伦理信条的出现与发布是一个重要事件。这些经营伦理信条内容丰富，层次不同。本书分别选取了“联合国全球协议”、“考克斯原则”、“ISO 9000质量管理体系”、“ISO 14000环境管理体系”和“SA 8000社会责任管理体系”等对全球企业都具有约束力的企业管理伦理准则，来研究当代企业管理伦理的规范化走向。本书对美国和日本的企业管理伦理规范进行了比较，认为前者偏重法律，后者则具有偏重集体的价值取向的特点。同时，本书也总结了中国的企业管理伦理规范的研究状况，认为中国企业制定的管理伦理规范大都有诚信经营、和谐合作、集体主义、团队精神、义利统一、讲究公平、效率与进取、服务社会八个方面的内容。但是，中国企业管理伦理规范也有内容的不足、专业性不明显、制定规范的动机不纯、小企业制定规范的积极性不高等缺陷。

第三，研究当代企业管理伦理实现的基本方法。

任何一种事物出现新的发展动向，往往是因为采取了新方法，甚至可以说,这种新方法的采用也是这种事物新的发展动向的表现。因此,研究事物的走向与研究这种走向的实现应该是一而二、二而一的事情。研究当代企业管理伦理的走向与这种走向的实现方法也是一个问题的两个侧面。

当代企业管理伦理的新走向的实现方法,从根本上说,有两种:一是注重“价值驱动”,即指企业管理要成功,必须进行以价值观的批判与建构活动为基础的管理,即以价值观指导经营管理活动、驱动管理行为,以使企业经营管理行为合乎伦理;它是当代管理发展到文化管理阶段的产物;企业管理活动需要价值观是因为价值观具有重要功能;当代企业管理所需要的价值观应该蕴涵人类的基本价值,并具有“顾客导向”的纲领、“清晰简明”的特征和“知行合一”的目的等共性。二是开展“伦理管理”,即指企业在把握了伦理价值观后自觉地用伦理价值观来指导自己的经营管理活动的行为,或者说是企业用伦理价值观来进行公司治理的行为,包括企业进行内部的伦理管理和外部的伦理管理两个方面;它是文化管理的具体化,以人与自然的和谐关系为中心,以道德竞争力为核心竞争力,把企业道德建设作为管理中心工作;它要求企业进行伦理决策、制定伦理准则、建立操作机制。这两者的关系在于,价值驱动的重点在于价值观,主要表现为一种信念;伦理管理的重点在于管理,主要表现为一种行为。“价值驱动”所导致的实际行动就是“伦理管理”。

上　　篇

企业的伦理本性与当代企业管理伦理发展的背景

第一章
市场经济与企业的伦理本性

因为在资源配置方面具有其他经济形式所不具有的效率优势，市场经济成为人类当代经济生活中占主导地位的经济形式。在市场经济中，企业又扮演着极其重要的角色。它是社会财富的主要提供者，通过各种方式与我们所有人发生联系。正如著名经济伦理学家德·乔治所描绘的："我们为自身的生存和享受购买各种产品，我们的生活离不开电力与汽油等各种资源的提供。我们购买食品、衣服以及各种服务。""企业并非独立于社会之外或是被强加于其中的内容，它是社会不可或缺的构成部分。"①特别是在当今经济全球化的背景下，随着现代化、信息化发展速度的日益加快，企业的影响力越来越显著，其经营管理行为越来越深刻地牵动着人们的神经，吸引着人们的眼球。而社会也对企业经营管理行为的伦理问题越来越关注，并提出了相应的伦理要求和主张。企业管理伦理对当代市场经济条件下企业的经营管理活动发挥着越来越重要的作用。本章将从理论上深入阐述当今企业经营管理活动得以展开的平台——市场经济——的伦理特性，说明市场经济与企业的本质联系，并导入对企业的性质——经济性与伦理性——的探讨，说明其应该道德化生存的学理依据。

① ［美］理查德·T. 德·乔治：《经济伦理学》，李布译，北京大学出版社2002年版，第16—17页。

注重伦理训练的企业

近年来，美国很多企业加紧建立员工行为规范，制订伦理训练计划，据估计，60%的美国公司已建立员工行为准则，《财富》列名的500家大企业中，更是有95%都建立各自的规范标准。哈佛企业管理研究所是培养美国企业主管的主要摇篮之一，最近刚投票决定大幅度更新企业管理课程，主要的变动就是加强企业伦理的训练。

华盛顿伦理资源中心曾对10万名美国各行业的员工进行调查，发现每三位雇员中就有一位曾目睹破坏公司章程或违反法律的行为。其中，56%的人曾经目击同事对主管说谎；41%的人看到资料造假；35%的人看到偷窃案件的发生。这种种违规行为不仅带来严重的士气问题，还会对企业的财务构成重大打击。有研究表明，员工行为不轨每年让美国企业损失4000亿美元。

近年来，揭发公司不良秘密的案件增多，玩具制造商马特尔公司的一位前任主管指控该公司的会计账有问题，营业额有夸大之嫌；布朗威廉森烟草公司的前任研究主管则指责这家烟草业巨头阻挠发展更安全的香烟；谷物加工商ADM公司以前的一位高级主管也宣称公司涉嫌操纵市场价格。

美国公司推动企业伦理计划，都要求雇员必须遵守公司制定的规范章程，这类章程有时也称为价值声明、利益冲突政策或是廉洁管理声明。规范的条文可能很含糊，也可能很明确，列举“可做”、“不可做”的各种条款，如有些公司会规定雇员不可活跃于某些政治组织。而有些公司则规定不可购买哪些公司的股票。

美国公司每年花在企业伦理计划的经费，有时高达100万美元，其中企业伦理教育训练是重要的一环。最流行的角色扮演训练往往要求雇员与经理对演角色，以便熟悉如何处理若干特殊的情势。例如，看到有人偷窃时要如何应付？如果同仁对客户撒谎，是否该介入？此外，越来越多企业设立企业伦理部门，针对员工和经理在行为规范方面存在的疑问予以指导和建议。

专家表示，美国企业伦理计划大行其道，与1991年通过的联邦判决基本法大有关联，其中提升企业形象的色彩也相当浓。根据该法，犯内线交易或欺诈等罪行的企业，如果公司本身未定有详尽的伦理规范，法庭对他们惩处的罚金最多可以提高达30倍。反之，若公司已定有规范，则罚金最多可以减少95%。

不过,专家还表示,如果公司表面上公开支持企业伦理,暗地又默许违规行为的存在,这类规定便毫无用处。行为规范与伦理训练计划究竟如何直接影响员工的行为,如今并没有共识,但能有一套规范制度存在,总是个好的开端。

(资料来源:苏勇、陈小平主编:《管理伦理学教学案例精选》,复旦大学出版社2001年版,第61—62页,案例名称是引者加的。)

一、市场经济的伦理特性

所谓市场经济,就是一种以市场为中心的经济运作机制,或者说是市场起基础性作用的资源配置方式。萨缪尔森和诺德豪斯指出:"市场经济是一种主要由个人和私人企业决定生产和消费的经济制度",其"多数经济问题是由市场来解决的"①。美国的道格拉斯·格林沃尔德也认为,市场经济是"一种经济组织方式,在这种方式下,生产什么样的商品,采取什么方法生产以及生产出来以后谁得到它们等问题,都依靠供求力量来解决"②。市场经济是商品经济发展到一定历史阶段的必然产物,而当代市场经济则已发展到非常成熟和完善的程度。作为一种全球流行的当代经济形式,市场经济的直接目标是利润,而达成这一目标的关键则在于市场、供求力量和竞争机制等。以此为基础,它主要有如下基本特征:

一是市场主体自主。市场主体是指在市场上从事交易活动的组织和个人,最基本的主体是企业。市场经济条件下的企业必须是自主经营、自负盈亏、自我约束、自我发展的经济实体,既是责、权、利相结合的利益主体,又是自主决定命运的经营主体和投资主体。也就是说,企业的经营管理行为和决策权等必须是自主决定的,同时对这种行为的结果也是自我负责的。

二是市场利益多元。市场经济条件下,利益主体是多元化的。多元化的利益主体决定了各主体利益追求的多元性,多元性的利益追求则推动简单的商品交换发展成为发达的交换经济即市场经济。因此,追求经济利益最大化

---

① [美]保罗·萨缪尔森、威廉·诺德豪斯:《经济学》(第十六版),萧琛等译,华夏出版社1999年版,第5页。

② [美]格林沃尔德主编:《现代经济辞典》,商务印书馆1981年版,第275页。

构成市场经济的基本动力。

三是市场关系平等。在市场中所有参与交换的经济主体都是平等的。“每一个主体都是交换者,也就是说,每一个主体和另一个主体发生的社会关系就是后者和前者发生的社会关系。因此,作为交换的主体,他们的关系是平等的关系。在他们之间看不出任何差别,更看不出对立,甚至连丝毫的差异也没有。”①这种平等包含两方面:一方面是地位平等。各市场主体不论规模大小,“出身”如何,均无高低贵贱之分,在法律上一律平等,不承认一方对另一方拥有特权和强制,都能够机会均等地获取资源,进入市场,参与竞争,开展经营。另一方面是规则平等。各经济主体都必须遵循以等价交换原则为中心的市场规则,除了利用自己的能力和社会平等地提供的环境、资源条件等,凭借自己的劳动去获取各种利益外,不允许拥有规则之外的特权。

四是市场竞争自由。竞争是市场经济的灵魂。所谓竞争,是指市场经济条件下各经济主体为谋求经济利益而展开的资源争夺。“而竞争无非是许多资本把资本的内在规定互相强加给对方并强加给自己。”②竞争由社会分工带来。“社会分工则使独立的商品生产者互相对立,他们不承认任何别的权威,只承认竞争的权威,只承认他们互相利益的压力加在他们身上的强制。”③由于市场主体的利益追求是自主的、多元的,而且都趋于最大化,因此各主体之间必然展开竞争。而竞争必定是建立在利害关系的基础上的。它是市场主体求得生存和发展的唯一平台。市场竞争也是自由的。市场经济“除了平等的规定以外,还要加上自由的规定”,在这里,市场主体都是把自己的意志渗透到商品中去的实体,“谁都不用暴力占有他人的财产。每个人都是自愿地转让财产”④。

五是靠契约维系市场运行。市场经济是一种契约经济。所有市场主体对契约的遵循,是市场有效运行的重要保证,否则市场经济就会混乱无序。市场经济的公平性、竞争性、秩序性、对资源配置的有效性和市场主体的各种权益等,都是靠市场主体对契约和游戏规则的遵从才得以实现的。当然这种遵从并不是完全靠市场主体的自觉,法律等刚性约束力量对市场的良性运行也同

---

① 《马克思恩格斯全集》第30卷,人民出版社1995年版,第195页。
② 《马克思恩格斯文集》第8卷,人民出版社2009年版,第180页。
③ 《马克思恩格斯文集》第5卷,人民出版社2009年版,第412页。
④ 《马克思恩格斯全集》第30卷,人民出版社1995年版,第198页。

时发挥着关键作用，也正是在这个意义上，人们又称市场经济是法制经济。

由此可见，市场经济首先是一种经济形式，或者说是一种经济现象。但是，它又并不是一种孤立的单纯的经济现象，而是一种特定的社会关系载体。在这种社会关系中既有物质的社会关系，也有思想的社会关系。而思想的社会关系中必然包含伦理关系。正如美国哲学家诺兰等人所言："经济体制是一个价值实体，它包含着一整套关于人的本性及其人与人之间的相互关系的价值观。"①"每一种经济体制都有自己的道德基础，或至少有自己的道德含义。"②因此，市场经济必然也具有伦理属性。

众所周知，市场经济体制的原点在于"商品"。"'商品'这个词，常常被用来指生产和消费的东西，但它又具有讽刺意味地表明了经济与道德的联系。"③市场经济条件下的商品生产和服务都是为了交换而进行的，而不是自给自足或"无代价地转交给别人消费，而不考虑其交换价值的实现"，"是一种为满足他人或社会需要（通过市场交换）而进行的生产"④和服务。它的"这种特定的规定性决定了它首先是一种为他性、服务性的"生产和服务。同时，市场经济条件下的经济主体之所以要进行这种生产、提供这种服务，其目的"是为了自身的需要和利益"，是为了实现其生产和服务的交换价值，"获得他们所追求的利润，以满足他自身的特殊需要"。因而，它"同时又是一种为己性、牟利性的"生产和服务。可见，市场经济"作为一种经济形式，同时具有为他性和为己性、服务性和牟利性的二重属性，它就是这二重属性的对立统一"⑤。

市场经济的这种对立统一的"二重属性"，就是其伦理属性。也就是说，市场经济的伦理属性表现为经济主体既是利他的，也是利己的，它要处理利己与利他的矛盾。那么这种矛盾是如何处理的呢？市场中的商品具有使用价值和价值二重基本属性。其背后隐藏着商品生产私人劳动和社会劳动的矛盾，

---

① ［美］R. T. 诺兰等：《伦理学与现实生活》，姚新中等译，华夏出版社 1988 年版，第 322 页。

② ［美］R. T. 诺兰等：《伦理学与现实生活》，姚新中等译，华夏出版社 1988 年版，第 324 页。

③ ［美］R. T. 诺兰等：《伦理学与现实生活》，姚新中等译，华夏出版社 1988 年版，第 323 页。

④ 唐凯麟：《伦理大思路——当代中国道德和伦理学发展的理论审视》，湖南人民出版社 2000 年版，第 51 页。

⑤ 唐凯麟：《伦理大思路——当代中国道德和伦理学发展的理论审视》，湖南人民出版社 2000 年版，第 51 页。

只有通过商品交换,才能解决这一矛盾。商品所有者不可能独自兼得商品的价值和使用价值,他要求获得和实际能获得的,是商品的价值。为了获得商品的价值,他必须让渡商品的使用价值,让购买者获得商品的使用价值之利。可见,要完成交换过程,不可能只利己不利他。绝对利己在这里没有存在的余地。商品生产者为了创造利己的价值,它必须同时创造利他的使用价值。正如马克思所说:“要生产商品,他不仅要生产使用价值,而且要为别人生产使用价值,即生产社会的使用价值。”①商品交换是按自愿、平等的原则进行,商品生产者为顺利交换而获得最大价值以利己,就必须同时生产更多更好的使用价值以利他。对这一点,斯密早有论述:“各个人都不断地努力为他自己所能支配的资本找到最有利的用途。固然,他所考虑的不是社会的利益,而是他自身的利益,但他对自身利益的研究自然会或者毋宁说必然会引导他选定最有利于社会的用途。”②斯密在这里使用“选定”一词表明,商品经营者对“最有利于社会的用途”的“选定”行为是有主观目的性的,也是利他的。可见,从商品生产到交换,利己和利他都是紧密联系、不可分离的。在这里,只有利他,才能利己,要更好地利己,就必须更好地利他③。也就是说,市场经济是通过经济主体的互利来使利己与利他得以统一的,而这实质上就是市场经济的互利性。再从伦理学角度来看,对这种矛盾的协调和处理,恰恰是伦理学研究的重要内容,因为伦理学是研究道德价值的,而所谓道德,就是调整和处理个人同他人、社会的利益关系的观念、原则规范和行为,这其中就包括处理利己与利他的关系的行为。凡是存在利己与利他的关系需要处理和调整的时候和地方,就会有道德的存在,而这种关系的载体也就必定具有相应的伦理属性。由于这种伦理属性的存在,市场经济活动也可以被判定为道德活动,也正是在这一意义上,人们说市场经济是道德经济。

二、市场中为什么需要企业

企业是市场经济最基本的主体,这表明了市场与企业的紧密关系。那么

---

① 《马克思恩格斯文集》第5卷,人民出版社2009年版,第54页。

② [英]亚当·斯密:《国民财富的性质和原因的研究》(下卷),郭大力、王亚南译,商务印书馆1974年版,第25页。

③ 欧阳超:《试论互利主义》,《天府新论》2003年第6期。

市场为什么需要企业？或者说企业在市场经济中的出现有何必然性？

马克思认为，企业是适应协作的需要而产生的，因而企业是适应市场发展到一定历史阶段而产生的协作组织。在他看来，市场经济就是资本主义生产，“资本主义生产实际上是在同一个资本同时雇用人数较多的工人，因而劳动过程扩大了自己的规模并提供了较大量的产品的时候才开始的”①。资本主义生产是需要协作的，协作就是“人数较多的工人在同一时间、同一空间（或者说同一劳动场所），为了生产同种商品，在同一资本家的指挥下工作”的劳动过程，是最简单和最基本的内部分工形式，“这在历史上和概念上都是资本主义生产的起点”②。这种协作的产生，也就是最初的企业的产生。那么，协作的必要性何在？马克思说：“单个劳动者的力量的机械总和，与许多人手同时共同完成同一不可分割的操作（例如举起重物、转绞车、清除道路上的障碍物等）所发挥的社会力量有本质的差别。在这里，结合劳动的效果要么是单个人劳动根本不可能达到的，要么只能在长得多的时间内，或者只能在很小的规模上达到。”③而通过协作不仅是“这里的问题不仅是通过协作提高了个人生产力，而且是创造了一种生产力，这种生产力本身必然是集体力”④。集体力就是由协作发展起来的组织形式所体现和发挥出来的，这种组织形式就是企业。协作组织即企业的重要意义在于：“一方面，协作可以扩大劳动的空间范围，因此，某些劳动过程由于劳动对象空间上的联系就需要协作；例如排水、筑堤、灌溉、开凿运河、修筑道路、铺设铁路等。另一方面，协作可以与生产规模相比相对地在空间上缩小生产领域。”⑤协作还“可以生产更多的使用价值，因而可以减少生产一定效用所必要的劳动时间”⑥。这就是说，企业具有扩大生产规模、增加产出、缩短劳动时间、提高劳动效率、合理配置资源等经济功能，而这正是市场经济所需要的。

马克思还认为，企业与市场是有区别的。这一点很重要，因为如果两者没有区别，那么企业就没有产生的必要性。在马克思看来，企业内部存在劳动分

---

① 《马克思恩格斯文集》第5卷，人民出版社2009年版，第374页。
② 《马克思恩格斯文集》第5卷，人民出版社2009年版，第374页。
③ 《马克思恩格斯文集》第5卷，人民出版社2009年版，第378页。
④ 《马克思恩格斯文集》第5卷，人民出版社2009年版，第378页。
⑤ 《马克思恩格斯文集》第5卷，人民出版社2009年版，第381页。
⑥ 《马克思恩格斯文集》第5卷，人民出版社2009年版，第382页。

工,但成员之间没有商品交换,而只是具有权利关系,而市场既有商品交换,也有从属于法权的自由与平等权利。

科斯认为,企业是节约交易费用的契约组织,是价格机制的替代物。在《企业的性质》一文中,科斯提出:"既然注意到如果价格变动调节生产、生产无须任何组织时就可以进行这一事实,我们很可能要问,为什么还存在组织呢?"①这一问题换一种说法就是,如果市场机制能够自动且有效地配置资源,那么根本就不需要企业;而事实上大多数经济活动都是在企业内部进行的。在此,科斯实际上是在问,企业在市场经济中的必然性何在?在科斯看来,企业与市场是有区别的:市场是一种由一系列的交易及其规则所组成的协调机制;而企业则是一个内部实行行政协调机制的组织,即以"指挥生产的协调者"(企业家)为中心的组织系统。但是企业和市场都属于资源配置的协调机制,它们之间可以相互替代。科斯说:"在企业之外,价格变动指导生产,而生产由市场上的一系列交易来协调。在企业之内,消除了这些市场交易,取代充斥交易的复杂市场结构的是企业家——也就是指挥生产的协调者。显然这是另一种协调生产的方法。"②那么,为什么需要这种协调方法?科斯认为,根本原因在于市场这种协调机制中交易费用③的存在。人们为了节约交易费用,才把某些资源配置活动转到企业内部,即用企业这种协调机制予以代替。而企业能节约交易费用的关键在于合约。"如果企业组织者向要素所有者支付比后者在上文假设体系(即市场——引者注)中所获更多的报酬,他们就能够与后者订立合约,而在这种合约基础上生产要素就会服

---

① [美]罗纳德·H. 科斯:《企业的性质》,[美]奥利弗·E. 威廉姆森、西德尼·G. 温特编:《企业的性质——起源、演变和发展》,姚海鑫、邢源源译,商务印书馆 2007 年版,第 24 页。

② [美]罗纳德·H. 科斯:《企业的性质》,[美]奥利弗·E. 威廉姆森、西德尼·G. 温特编:《企业的性质——起源、演变和发展》,姚海鑫、邢源源译,商务印书馆 2007 年版,第 23—24 页。

③ "交易费用"又称"交易成本",它是科斯企业理论中的一个关键概念,但科斯本人并没有明确的界定,他只是在 1991 年诺贝尔奖获得者演讲中指出:"谈判要进行,合约要签订,监督要实行,解决纠纷的安排要制定,等等。由此产生的成本后来被称为交易成本。"([美]罗纳德·H. 科斯:《生产的制度结构》,[美]奥利弗·E. 威廉姆森、西德尼·G. 温特编:《企业的性质——起源、演变和发展》,姚海鑫、邢源源译,商务印书馆 2007 年版,第 302 页)后来学者们从狭义和广义来理解,狭义的是指进行交易所需要的时间和所费努力的成本;广义的是指某些合约进行谈判和强制实施所需要使用的除生产资源以外的任何资源。

从他们的支配。”[①]“合约的本质是限定了企业家的权力范围,只有在这种限制下,他才能指挥其他生产要素。”[②]科斯的合约是一次性的和长期的。“当企业存在时,合约不会被取消,但却大大减少了。某一生产要素(或它的所有者)不必与企业内部同他合作的一些生产要素签订一系列的合约。”[③]“为某种商品或劳务的供给而签订长期合约可能是人们所期望的……如果签订一个长期合约来代替若干较短期的合约,就可以节省签订每一个较短期合约的支出。”[④]正是由于企业家与生产要素所有者之间的一次性的、长期的合约,代替了市场交易各方之间的一系列的、短期的合约,才使得交易费用得以大大节省。科斯写道:“市场的运行需要成本,而组成组织,并让某些权威人士(如‘企业家’)支配其资源,如此便可节省若干市场成本。”[⑤]交易费用的节省使得企业代替了市场,因而企业的存在是合理的、必然的。

总之,马克思认为企业是适应市场发展到需要扩大生产规模、增加产出、缩短劳动时间、提高劳动效率、合理配置资源等的阶段而产生的协作组织。科斯认为企业是节约交易费用的契约组织,是市场机制的替代物。前者是从生产力层面的解释,后者是从生产关系层面的解释。两者的共同点在于都认为企业是适应市场经济合理配置资源的要求而产生的。他们的这一界定和对企业的存在原因的阐释对许多学科产生了深远的影响。

三、企业的经济性与伦理性

(一)企业的性质

关于企业这一概念,学术界进行了表述不同但实质相同的界定,比如乔治·恩德勒等主编的《经济伦理学大辞典》的解释是:“企业系一种经

---

① [美]罗纳德·H.科斯:《企业的性质:影响》,[美]奥利弗·E.威廉姆森、西德尼·G.温特编:《企业的性质——起源、演变和发展》,姚海鑫、邢源源译,商务印书馆2007年版,第82页。

② [美]罗纳德·H.科斯:《企业的性质》,[美]奥利弗·E.威廉姆森、西德尼·G.温特编:《企业的性质——起源、演变和发展》,姚海鑫、邢源源译,商务印书馆2007年版,第26页。

③ [美]罗纳德·H.科斯:《企业的性质》,[美]奥利弗·E.威廉姆森、西德尼·G.温特编:《企业的性质——起源、演变和发展》,姚海鑫、邢源源译,商务印书馆2007年版,第25—26页。

④ [美]罗纳德·H.科斯:《企业的性质》,[美]奥利弗·E.威廉姆森、西德尼·G.温特编:《企业的性质——起源、演变和发展》,姚海鑫、邢源源译,商务印书馆2007年版,第26页。

⑤ [美]罗纳德·H.科斯:《企业的性质》,[美]奥利弗·E.威廉姆森、西德尼·G.温特编:《企业的性质——起源、演变和发展》,姚海鑫、邢源源译,商务印书馆2007年版,第26—27页。

济单位，它立足于经济性和财政平衡，以提供和利用产品及服务来满足外部的需求。”① 我国企业伦理学者欧阳润平教授认为："企业是以利益、契约和义务为纽带，通过商品与资本的创造和经营获取适当利润的协作组织。”② 由此可知，企业首先是一种正式的组织或利益共同体，其次这种组织的目的性很明确，是为了追求利润。在此，笔者把企业表述为，适应一定需要，由两个或两个以上相互作用、相互依赖的个体所组成的、组织严密、体系完整、相互关系密切的，为了实现某一特定经济目标而组成的集合体，是有着明确的工作任务和工作分工的正式的利益共同体。这一界定表明企业具有如下基本特性。

1. 经济性

无论是马克思关于企业的存在和发展是为了提高生产效率的观点，还是科斯关于企业的存在和发展是为了降低交易费用的观点，都表明企业的目标与追求利润有关，虽然这并不一定是企业的唯一目标。这就说明企业的基本性质包含经济性。企业形成以后，为了存在和发展，必定会进行经营管理活动，其目的是为了追求利润，这可以从“经营”和“管理”的含义中看出。

“经营”一词，中文中最早见于《诗·大雅·灵台》的“经始灵台，经之营之”③和《尚书·周书·召诰》的“卜宅，厥既得卜，则经营”④，本意为经度营造，后引申为谋划创业，即对某一具体事业等的营思、营构、营谋、营划、营筑的活动，再后还扩大到对天下的营谋、营建、营造的实践本身。该词被用来特指经济实践，则多见于《管子》，其中主要有三种意指⑤：其一，开辟市场，以利于产品的流通。如“聚者有市，无市则民乏”（《管子·乘马》）、“而市者天地之财具也，而万人之所和而利也”（《管子·问》）。其二，征收关税。如“关者，诸侯之陬隧也，而外财之门户也，万人之道行也”（《管子·问》）。其三，通过开辟市场等经营活动来聚集民众，以丰富百姓的物质财富，使社会生活安定有序。如“市者，货之准也。是故百货贱，则百利不得；百利不得，则百事治；百

① ［德］乔治·恩德勒等主编：《经济伦理学大辞典》，王淼洋译，上海人民出版社 2001 年版，第 66 页。

② 欧阳润平：《义利共生论——中国企业伦理研究》，湖南教育出版社 2000 年版，第 49 页。

③ （清）阮元校刻：《十三经注疏》，中华书局 1980 年版，第 524 页下。

④ （清）阮元校刻：《十三经注疏》，中华书局 1980 年版，第 211 页上。

⑤ 参见许建良：《伦理经营——21 世纪的道德学》，人民出版社 2006 年版，第 6—7 页。

事治，则百用节矣"，"市者可以知治乱，可以知多寡，而不能为多寡，为之有道。"(《管子·乘马》)在西文中，作为经济学、管理学用语的"经营"，法国管理学家法约尔(Henri Fayol)较早地对其进行了界定，他认为，企业的全部活动就是经营活动，经营活动可分为技术活动(生产、制造、加工)；商业活动(购买、销售、交换)；财务活动(筹集的最适当的利用资本)；安全活动(保护财产和人员)；会计活动(财产清点、资产负债表，成本、统计等)；管理活动(计划、组织、指挥、协调和控制)6种。科斯说："经营的意思是进行预测，利用价格机制和新合约的签订而进行操作。而管理却正好是只对价格的变化有反应，并依此重新安排生产要素。"①总之，"经营"是与利润有关的活动，是指企业的一种对外经济交往实践。

"管理"一词，在法约尔和科斯那里，是与"经营"相区别的。在法约尔看来，"经营"的外延要大于"管理"，"管理"只是"经营"的一个重要方面；而在科斯那里，"管理"是指企业根据市场的变化而对内部生产要素的安排，也就是说，它是企业内部的事情。但是，当代管理学已大大扩展了"管理"的含义，尽管人们对其界定各不一样。当代企业管理是指对企业的资源进行有效整合以达成企业既定经济目标与责任的动态性创造活动，企业管理包括企业的计划、组织、指挥、协调和控制等活动，但其核心在于对企业的资源的有效整合。比如，托马斯·贝特曼(T. Bateman)和斯考特·斯奈尔(S. Snee)就指出："管理就是通过对人和资源的配置实现组织目标的过程。优秀的管理者做事时既有效果又有效率。有效果就是实现组织的目标，有效率就是通过最小的资源投入实现目标，也就是最优化利用金钱、时间、材料和人……最好的管理者是保持对效率和效果的关注……管理过程涉及一系列不同的活动，包括计划组织领导和控制。"②因而，当代企业活动中，"经营"与"管理"几乎是同一个意思，企业的全部活动在一定意义上都可称为管理活动。但无论"管理"如何演变或拓展，其目的就是为了获取经济利益。德鲁克(Peter F. Drucker)在《21世纪的管理挑战》中就明确指出：管理是为了组织的绩效而存在的。因此，企业首先是一个经济性的组织。

---

① [美]罗纳德·H. 科斯：《企业的性质》，[美]奥利弗·E. 威廉姆森、西德尼·G. 温特编：《企业的性质——起源、演变和发展》，姚海鑫、邢源源译，商务印书馆2007年版，第37页。

② [美]托马斯·贝特曼、斯考特·斯奈尔：《管理学：构建竞争优势》，王雪莉等译，北京大学出版社2004年版，第5页。

2. 社会性

经济性是企业的基本特性,但并不是企业的唯一特性。企业与社会不可分离,社会是企业生存和发展的基础,企业也是社会构成的基本单元。两者既是对立的又是统一的。其对立性表现在,企业是为了达成一定经济目标而组成的基本单元,有其特定的活动方式和需要。为了实现一定经济目标,企业总是从其自身特有的角度去与其他企业、社会进行交往,表现出自身的特性和相对独立性。这也就是任何企业都会具有且必定会表现出的经济性特征。但是,企业又具有社会性。企业是社会的企业,处于一定的社会关系之中,在社会中获得生存和发展的条件。任何企业的经济性都深深打上了"社会性"的烙印。企业的经济性与社会性是辩证统一、相辅相成的。企业的经济性中蕴涵着社会性。企业以相对独立的形式存在,同时又以社会的形式存在。因此,企业还是一个社会性的组织。企业的这种社会性意味着企业在经营管理活动中必须融入社会,使其经济性与社会性有机统一起来,才能获得自主经营、自负盈亏、自求平衡、自我发展的基本条件。

企业的经济性与社会性的统一在企业的生存与发展中具有重要的意义。首先,它表明企业的生存和发展需要与社会需要、企业自身利益与社会利益是统一的。企业作为一个相对独立的存在于社会中的基本单元,有维持其自身生存与发展的基本需要,即自身利益。但是,它的这种需要或利益是社会性的,这种需要或利益的满足只能借助于社会,凭借一定的社会关系,通过一定的社会方式实现。而且这种需要或利益也并非只有纯经济性的需要或利益,还包括社会提供的良好的生存与发展的条件和环境。社会需要或利益往往代表的是社会整体的、根本的、全局性的需要或利益,但它也并非脱离企业而独立存在,社会必须由企业提供物质财富,它不过是所有企业的需要或利益在整个社会中的反映。其次,它表明企业享有权利与承担责任是统一的。一方面,现代企业已对社会构成越来越大的影响,成为人们生活环境的一部分,那么,社会当然有理由要求企业为行使这种力量所产生的后果承担责任。另一方面,任何企业的存在和发展都离不开社会的支持。具体而言,企业需要雇员、消费者、所有者、社区、政府等利益相关者,需要和谐的外部环境和内部环境,企业履行相应的责任有利于协调与各利益相关者的关系,树立良好的经营形象,得到社会的认同与接纳,最终必然从改善了的社会环境中获得更大的利益。因此,作为一个"社会公民",企业在追求自己正当利益、体现自身经济本性时，应该重视社会利益，对社会负责。特别值得指出的是，随着全球生态环境的日趋恶化，20世纪90年代以来，许多企业伦理学家提出企业考虑利益相关者的需要时，应慎重对待生态环境问题。社会上出现的消费者维权运动、环境保护运动、生态女权主义运动等，大都是以尊重和维护利益相关者的环境权为重要主题的。良好的生态环境也是利益相关者的需要，是社会利益的一部分。只有承担起对环境的责任，企业才能实现良性经营，经济最终走向可持续发展之路。这也是社会对企业及其管理的要求。

3. **伦理性**

企业是经济性与社会性的统一体，表明企业及其管理活动也是经济性与伦理性的统一体。它们的经济性的一面，使它们可以去谋求利润；而其社会性的一面，则决定了它们是整个社会共同体的成员，社会共同体必然对其提出相应要求，这种要求往往是从伦理道德方面提出的。德·乔治曾说："社会施加于企业的限制或要求通常是道德性的。某个企业或许敢于将单个人的道德要求忽略不计，但却绝对不敢对整个社会的道德限定有丝毫轻慢。因为即使它是作为社会的服务者出现，它也仍是社会的组成部分，必须以社会作为其生存与发展的基础和保证。"①对这些道德性的要求，企业有道德义务去遵守。企业遵守这些道德性要求的行为所体现出来的特性就是企业的伦理性。企业的伦理性可以具体解释如下。

企业的伦理性就是企业在经营管理活动中以企业管理伦理规范，或者说是以企业责任意识、企业良心和企业价值观指导自身行为时所体现的特性。企业的伦理性归根到底还是从其社会性中衍生出来的，或者说是社会性要求的伦理化反映。企业有义务遵守社会所提出的道德性要求，它的伦理本性的发挥就是对企业管理伦理的遵守，这些企业管理伦理规范是由社会绝大多数成员以其态度和行为公认为正确的规范，它们被美国经济伦理学家托马斯·唐纳森和托马斯·邓菲称为综合社会契约。他们认为，企业是通过与社会建立社会契约而获得合法性的，这种社会契约不是一种正式的书面合约，而是一种从人群或社会共有的目标、观念和态度中产生的关于

---

① [美]理查德·T.德·乔治：《经济伦理学》，李布译，北京大学出版社2002年版，第20页。

行为准则的非正式协议①,“是为了通过发挥企业特有的优势和使劣势最小化的方式来增加消费者和工人的利益,进而增进社会财富。这就是企业作为生产性组织的‘道德基础’。也就是说,当企业履行契约的条款时,就做得很好;否则,从道德角度来说,社会有权谴责之”②。作为一种社会契约,企业管理伦理就是社会对企业的普遍性约束,是企业在社会中生存和发展的道德基础。因此,企业的伦理性是企业取得合法性的重要依据,是企业通向社会的身份标识。

对于企业的伦理性,我们还可以从与企业法规相比较的角度来解释。社会为了维持一个有助于经济有效运行的环境,获得社会效率,就必须对企业的经营管理行为进行约束和管理。而社会在约束企业经营管理行为、实施管理时的重要手段则是企业法规和企业管理伦理道德。根据现代新制度经济学的观点,社会效率的提高取决于社会管理活动中管理成本的尽可能降低。而管理成本又取决于有效的制度安排,包括法律、契约等正式制度安排和伦理道德、意识形态等非正式制度安排。企业法规是社会对于企业的最重要的制度安排,它对降低社会管理成本具有至关重要的作用。但是,相比较而言,企业法规的实施却需要支付相对较高的成本或费用,比如立法机关和警察、法庭、检察、监督等司法机关的设置等,而企业发挥伦理本性、遵守管理伦理道德的行为却根本无须这些强制性力量来为自己开辟道路,而仅仅凭借企业责任意识、企业良心和经营管理信念来调解企业利益冲突和摩擦,规范企业经济交往活动,维持正常经营秩序。这种能够节约社会管理成本,提高社会效率,与企业法规相区别的企业责任意识、企业良心和企业价值观就是企业的伦理性的体现。

从市场经济角度来看,企业的伦理性是企业对市场经济伦理属性的承载。前文已述,企业是市场经济中最重要、最主要的经济主体,但它同时也是特定利益关系的载体。而市场经济是一种具有伦理二重性的经济形式,它的这种伦理二重性就是通过企业的生产经营活动体现出来的。在市场经济条件下,企业自身价值的实现,只有通过市场经济活动才能实现,即只有通过提供自己的产品和服务,通过市场交换才能获取自己的生存和发展空间。这就决定了

① Dunfee, Thomas, Business Ethics and Extant Social Contracts, *Business Ethics Quarterly*, 1991, Vol. 1, No. 1.

② Donaldson, Thomas, *Corporations & Morality*, Englewood Cliffs, NJ: Prentice-Hall, Inc., 1982, p. 54.

企业的生产经营活动首先是一种利他性、服务性的活动。但是,各企业又无疑都是一个独立的利益主体。作为独立的利益主体,企业都有维持自身生存和发展的需要,即企业自身利益,这种利益是独立的、不可侵犯的。这又决定了企业的生产经营活动的利己性、牟利性特征。因而,企业实质上是一个把利他性和利己性、服务性和牟利性内在地集于一身的统一体。这种利他性和利己性、服务性和牟利性也是企业的伦理性。企业的这种伦理性决定了企业必须处理利他性与利己性、服务性与牟利性的矛盾。这种矛盾也就是本企业与员工之间、与其他企业之间、与社会之间、与国家之间的利益关系的调整,而调整和处理这些利益关系的观念、原则规范和行为活动所构成的结果就是企业管理伦理。因此,所谓企业的伦理性,不过就是市场经济伦理属性在企业上的表现,是企业对自身活动舞台之伦理属性的天然承载,是企业在经济交往中不能不表现出的伦理属性的天然结晶。从这一意义上看,企业的伦理性当然就是企业的内在本性的必然构成。

(二)企业的伦理性的根据

首先,企业的伦理性是整个社会文明进步在企业上的折射。从历史角度看,社会文明先后经过了农业文明、工业文明,而现代社会则正逐步由臣民社会向公民社会转变,人们的角色正逐步由身份向契约转变,契约文明处于朝气蓬勃的生长发育期。而企业发挥伦理本性,遵守管理伦理则是契约文明从而也是整个社会文明程度的重要反映。日裔美籍学者弗朗西斯·福山说:"我们从检验经济生活中获得的一个最重要的启示是:一个国家的福利以及它参与竞争的能力取决于一个普遍的文化特性,即社会本身的信任程度。"①"最有效的组织都是建立在拥有共同的道德价值观的群体之上的。这些群体不需要具体周密的契约和规范其关系的立法制度,因为道德上的默契为群体成员的相互信任打下了坚实的基础。"②这说明,成就成功的经济的关键要素是充满信任的有效且合乎伦理的企业组织,企业组织讲究伦理道德与社会的文明进步相互作用,共同反映并推动着整个社会的文明进步程度;而不讲伦理道德的

---

① [美]弗朗西斯·福山:《信任:社会美德与创造经济繁荣》,彭志华译,海南出版社2001年版,第8页。

② [美]弗朗西斯·福山:《信任:社会美德与创造经济繁荣》,彭志华译,海南出版社2001年版,第31页。

企业经营行为则有损于社会的文明与进步。可见,企业的伦理行为在社会文明进步程度中具有不可低估的催化作用。在市场经济时代,作为契约文明之基石的契约已成为所有经济活动有序进行的纽带和保证,而契约文明又在很大程度上通过建立现代企业制度和企业的符合现代化要求的经营管理行为折射出来。因为无论是制度式的契约还是合同式的契约,无论是文本式的契约还是口头或心理式的契约,都是用来规导各种经济主体尤其是企业的经营管理行为的。而这些契约又无不是作为文明重要组成部分的伦理道德的体现,或者说以伦理道德为背景的。人们常说企业经营管理要现代化,这种现代化实质上主要表现为民主化、科学化、效益化、伦理化等,它内在地要求企业发挥其伦理本性,在经营管理中讲究伦理道德,从而促进契约文明的完善。从这一意义上看,企业的伦理性实质上是现代契约文明对企业的要求,从而也是一个国家、社会的进步和文明程度的反映。

其次,企业的伦理性不仅是契约关系的要求,还是利益关系的要求。任何企业都处于内部的与外部的利益关系之中。就内部关系来说,企业本身就是一个利益共同体,其产生的原始动力就是通过协作即"团队生产"来节约交易成本,提高劳动效率,"实现个体无法从事的生产经营活动,使参与协作的各方都能够获得独立生产所不能得到的利益,实现每个企业人员以自己所富有的资源投入获取自己所缺少的资源收益(以有换无),以最小的投入获得较大收益(以小换大)的愿望"①。就外部关系来说,企业与国家、与消费者、与企业、与社区也是处于利益关系之中:它是社会资源的消费者,需要不断地从国家获得社会资源的消费利益,而国家也需要企业提供税收;它是消费品的创造者和供应者,必须不断地生产出消费者满意的产品或服务,以此实现自身的利益,而消费者也需要购买企业的产品和服务以获得满足;它还必须从相关企业那里获得资源利益和行业利益,而其他企业也需要从它这里获得这些利益;它必须从社区那里获得空间资源,而社区则需要从它这里获得就业机会和社会福利。由于企业处于这种利益关系网络中,因此它必须不断地进行利益选择,而其利益选择又同时是道德选择。因为它必须对其选择的利益有一个正确的理解。马克思和恩格斯说:"正确理解的个人利益,是全部道德的基础。"②

---

① 魏文斌:《走向形而上的管理学》,吉林人民出版社 2006 年版,第 135 页。

② 《马克思恩格斯文集》第 1 卷,人民出版社 2009 年版,第 333 页。

"'思想'一旦离开'利益',就一定会使自己出丑。"[1]马克思虽然在这里讲的是整个社会利益与作为个体的人的利益的关系,但这种"个体"同样可以理解为社会中一个一个的企业,相对于整个社会,一个一个的企业就是一个一个的个体。如果企业合情合理地选择自身利益,而尊重或不伤损国家、消费者、其他企业、社区的利益,这种选择就是道德的;如果企业主动地承担社会责任,为社会的进步和发展作出贡献,那么这种行为就更体现了企业高尚的道德境界。

最后,企业的伦理性是由企业本身的意识能力所决定的。科斯说,企业是市场经济中的"有意识力的岛屿"[2]。任何企业一经成立并运转,就具有了不同于其个体成员的需要、目标和意志,成为一个具有超个人的行为能力的系统,这种超个人的行为能力是不能还原为企业中的任何个体的。"个体在群体中的行为与他们独自一人时的行为十分不同","个体应从事的行为都是由组织目标所规定好的,并直接指向组织目标"[3]。企业具有特定的目标,就相应地具有特定的行为能力,具有特定的行为能力,也就要承担相应的责任,而这也就使企业具有了伦理性。那么企业的意识能力从何而来?任何企业都具有明确的目的,这是企业的基本特征。为了实现这一目的,企业必定会采取意向性的行动,这往往通过其决策体现出来。决策是一个包含计划、组织、领导和控制的复杂过程,"组织中的许多决策,尤其是对组织的活动和人事有极大影响的重要决策,是由集体制定的,很少有哪个组织不采用委员会、工作队、审查组、研究小组或类似的组织作为制定决策的工具"[4]。而且这种群体决策形式能够提供更完整的信息、产生更多的方案、提高决策的合法性,从而造成不同于个体决策的显著后果。显然,这种群体决策非常明显地反映了企业的意识能力及其行为选择。

(三)企业的经济性与伦理性的对立统一

企业的经济性与伦理性并存于企业的本性之中而构成一个对立统一体。一般说来,企业的经济性往往外化为经济目标,伦理性则往往外化为伦理目标。经济目标一般表现为短期内就可实现的有形的物质利益,而伦理目标一

---

① 《马克思恩格斯文集》第1卷,人民出版社2009年版,第286页。

② [美]罗纳德·H.科斯:《企业的性质》,[美]奥利弗·E.威廉姆森、西德尼·G.温特编:《企业的性质——起源、演变和发展》,姚海鑫、邢源源译,商务印书馆2007年版,第23页。

③ [美]斯蒂芬·P.罗宾斯:《管理学》,黄卫伟等译,中国人民大学出版社1997年版,第369页。

④ [美]斯蒂芬·P.罗宾斯:《管理学》,黄卫伟等译,中国人民大学出版社1997年版,第134页。

般表现为长期的无形的精神利益即企业的无形资产。因此，经济性与伦理性的对立往往表现为企业的经济目标与伦理目标的相互冲突。在一定的历史时期，企业会为了成长和壮大，以特有的手段谋求经济目标的达成，而不顾及伦理目标，此时，企业的伦理目标为经济目标所遮蔽。马克思在《资本论》中所描绘的资本原始积累就是明证。但是，经济性与伦理性又是统一的。虽然从表面上看，企业的经济性仅仅与企业对物质财富的追求有直接的关系，但在更深的层次上，这种经济性还与企业对物质财富以外的其他目标的追求有关，包括对更基本目标如自由、公正、安全、和平、福利、宜人的生态环境和人工环境等的评价和增进。正如著名经济学家、经济伦理学家、诺贝尔经济学奖获得者阿马蒂亚·森(Amartya Sen)引用亚里士多德的话说："挣钱是不得已而为之，财富显然不是我们真正要追求的东西，只是因为它有用或者因为别的什么理由。"①

可是，企业的经济性与伦理性的这种对立统一关系，在许多学者那里却发生了旷日持久的争论，得出了大相径庭的结论。

其一是认为企业只有经济性，没有伦理性，其代表人物是米尔顿·弗里德曼(Milton Friedman)等。

其二是认为企业是经济性与伦理性的统一体。这些学者或者把企业的伦理性当做满足经济性的手段，如英国当代最负盛名的管理大师查尔斯·汉迪(Charles Handy)、托马斯·贝特曼、斯考特·斯奈尔等；或者把企业的伦理性看做高于经济性的属性，如林恩·夏普·佩因、罗伯特·F. 哈特利(Robert F. Hartley)、斯蒂芬·P. 罗宾斯、沃尔特·W. 曼利(Walter W. Manley)、罗伯特·C. 所罗门等。如沃尔特·W. 曼利批评那些认为企业没有伦理性的人时说道："这些人完全忽视了伦理关切有助于企业的经济绩效。"他认为，"理性的自利也是和伦理思考相一致的"②，而且应该"将伦理作为一种终极目标……根据这种观点，经理们不会放弃自利，但更重要的是他们将伦理行为作为其提升利润的一种基石"③。约翰·杜勃逊(John Dobson)也认为，企业的两个任务——为股东牟取最大利益(即经济性的一面)与行为要符合伦理(即伦理性

① [印]阿马蒂亚·森：《伦理学与经济学》，王宇等译，商务印书馆2000年版，第9页。

② Manley, Walter W., *Critical Issues in Business Conduct: Legal, Ethical, and Social Challenges for the 1990s*, Westport: Quorum Books, 1990, p. 7.

③ Manley, Walter W., *Critical Issues in Business Conduct: Legal, Ethical, and Social Challenges for the 1990s*, Westport: Quorum Books, 1990, p. 8.

的一面),并不必然是冲突的①。

其三是认为企业既有经济性,也有伦理性,但企业体现这些属性时是复杂的,不能简单判定,如当代著名的管理学家哈罗德·孔茨、乔治·斯蒂纳(George A. Steiner)、约翰·斯蒂纳(John F. Steiner)、阿奇·B.卡罗尔等。

我们认为,企业的经济性与伦理性应该是统一的,但这种统一经过了一个复杂的历史过程。从历史角度来看,企业直到近代由政府授权才产生。"东印度公司"就是一例。它和当时多数商业企业一样,都由英国皇家授权成立并用于发展国外及殖民地贸易。由于企业由政府授权成立,因而它们是国家的代表,本身不是独立的,以企业家和法官为主的公众普遍认为企业没有灵魂,所以,既不会犯法也不会悖德。因此,在当时,企业只是政府意志的附属物,没有道德问题可言。

从资本主义自由企业的产生一直到20世纪上半叶的现代历史时期,也是很少有人关注企业的伦理性,在这期间,企业疯狂地掠夺利润、积累资本,企业经营的目的就是追求利润的最大化即追求经济性的满足。我们从马克思的《资本论》中可以看出,由于资本家追求利润最大化,他们在工作日上表现为尽量延长工作时间与加大工作强度;为降低产品成本,大量雇用童工、女工,减少对劳动者工作环境与居住条件的改善费用;对劳动者的健康、教育与社会保障的漠视,等等。因此,马克思说:"资本来到世间,从头到脚,每个毛孔都滴着血和肮脏的东西。"②

为什么会出现这种只关注经济性、不关注伦理性的情况?其原因在于现代经济学与伦理学的分离。经济学虽然从伦理学、政治学等学科脱胎而来,但是,"随着现代经济学的发展,伦理学方法的重要性已经被严重淡化了"③,而随着这种伦理学方法的严重淡化,"现代经济学已经出现了严重的贫困化现象"④。可以这么说,企业在不顾伦理的情况下追求利益的最大化正是经济学出现严重的伦理"贫困化"的表现。反过来说,如果没有经济学与伦理学的分离,企业的生产经营也许不会仅以利润为目的,而是有超越利润的伦理追求,进而也

---

① Dobson, J., Management Reputation: An Economic Solution to the Ethics Dilemma, *Business & Society*, Spring, 1991, pp. 13－20.

② 《马克思恩格斯文集》第5卷,人民出版社2009年版,第871页。

③ [印]阿马蒂亚·森:《伦理学与经济学》,王宇等译,商务印书馆2000年版,第13页。

④ [印]阿马蒂亚·森:《伦理学与经济学》,王宇等译,商务印书馆2000年版,第13页。

就很可能不会出现经济性和伦理性的分裂。

那么,经济学与伦理学分离的原因又是什么?这可以追溯到被誉为“资本主义之父”的亚当·斯密,他创立了独立于伦理学的现代经济学。著名经济史学家熊彼特说:斯密在现代经济学上“被授予了‘创立者’的称号”①。分离后,两者的研究内容就不同了。与伦理学主要研究人类的道德行为不同,经济学主要研究人类的经济行为;伦理学的目的主要是为了让人们求善,而经济学主要是为了让人们求利。同时两者的研究方法也不同了。经济学与伦理学分道扬镳,开始向科学主义发展,大量运用数学和数理逻辑方法,出现大量的代数方程和几何图形,俨然成为工程科学、技术科学。这也使得经济行为和道德行为的衡量标准不同,前者的标准主要是“利润”等物质性价值,后者的标准则是善恶、公平、正当、自由等精神性价值。而对于经济主体来说,两者就是对立的,经济价值比道德价值更为重要,是其唯一任务和目的。如果它从事责任、公益、利他等道德行为,就是不务正业,只会阻碍经济价值的创造,或者淡化其主要功能。

那么在斯密那里,经济学与伦理学的关系到底怎样呢?这得到其著作中寻找答案。在《国富论》中,他说:“把资本用来支持产业的人,既以牟取利润为唯一目的,他自然总会努力使他用其资本所支持的产业的生产物能具有最大价值,换言之,能交换最大数量的货币或其他货物。”②他的这一观点被人们误解为人性是自私的,在经济活动中,它会谋求利润最大化。这种人性自私论被误认为是其经济理论建立的基础。自私的经济人,通过“看不见的手”的作用,其追求利润最大化的行为自然会出现有利于社会公利增进的结果。因此,经济人放手追求利润最大化的行为在道德上是合理的。这一误解就使以后的一些经济学家对斯密思想体系做了片面把握。主观上可能是因为他们误解了斯密的意图;从客观上说,不考虑伦理、道德因素而只采用利润最大化原则来评价经济发展可能会更容易,基于此,后来的许多经济学家们更愿意采纳利润最大化原则。

其实,斯密还有一部与《国富论》密切联系着的巨著《道德情操论》,而《国

---

① [美]约瑟夫·熊彼特:《经济分析史》第1卷,朱泱等译,商务印书馆1994年版,第303页。

② [英]亚当·斯密:《国民财富的性质和原因的研究》(下卷),郭大力、王亚南译,商务印书馆1974年版,第27页。

富论》是《道德情操论》的哲学课题的继续。罗伯特·C.所罗门说,《道德情操论》的主旨是“人生来就是团结合作、富有同情心的,而且对他人和他人的观点的关注也是人自我利益的一部分”①。而这个主旨同时也贯穿在《国富论》的经济理论中。在《道德情操论》中,他写道:“无论人们会认为某人怎样自私,这个人的天赋中总是明显地存在着这样一些本性,这些本性使他关心别人的命运,把别人的幸福看成是自己的事情,虽然他除了看到别人幸福而感到高兴以外,一无所得。这种本性就是怜悯或同情,就是当我们看到或逼真地想象到他人的不幸遭遇时所产生的感情……最大的恶棍,极其严重地违犯社会法律的人,也不会全然丧失同情心。”②这就是说,他认为人的本性既有自私性的一面,也有利他性的一面,人就是自私与利他的统一体。在《道德情操论》和《国富论》中,他都认为人具有利己本性,但是要对人的利己行为进行控制。在《道德情操论》中,他表明人的利己行为可以被某种东西控制,这种东西就是人的同情心;在《国富论》中,他表明“经济人”的利己行为可由竞争机制来加以控制。

由此可知,在斯密的理论中,经济学与伦理学是分不开的。然而,斯密以后的很多经济学家却片面地发展了斯密的思想,斯密“被其崇拜者尊为自利的‘宗师’(与他实际所提倡的正好相反)”③。他们继承、发展了斯密经济学中科学化的一面,而忽视了其伦理性的一面。从这个时候开始,伦理学逐渐淡出了经济学家的视野。由此便形成了这样一种传统的经济理论观点:“企业如果尽可能高效率地使用资源以生产社会需要的产品和服务,并以消费者愿意支付的价格销售它们,企业就尽到了自己的社会责任。企业唯一的任务就是在法律允可的范围内,在经营中追求利润最大化。传统经济学家认为,企业如果做到了这一点,它就实现了其主要的责任。”④

而当代现实生活实际表明,企业的地位和身份发生了很大变化:企业已不再是国家的依附体或投资人之间的私人协议,而是一种社会性组织;企业不仅

---

① [美]罗伯特·C.所罗门:《伦理与卓越:商业中的合作与诚信》,罗汉等译,上海译文出版社2006年版,第96页。

② [英]亚当·斯密:《道德情操论》,蒋自强等译,商务印书馆1997年版,第5页。

③ [印]阿马蒂亚·森:《伦理学与经济学》,王宇等译,商务印书馆2000年版,第29页。

④ [美]乔治·斯蒂纳、约翰·斯蒂纳:《企业、政府与社会》,张志强等译,华夏出版社2002年版,第127页。

是从事经济活动的工具,它们已成为影响我们生存的环境。根据1992年的调查,87.9%的美国工作者即7900万人是受雇于企业的。1998年,大约有一半的美国人拥有企业的股票或通过共同基金及退休账户拥有企业股票①。既然如此,企业就应该把经济性与伦理性有机统一起来。

企业要把经济性与伦理性统一起来是经济发展的必然要求。就当今世界经济的发展来看,讲究伦理是一种不可逆转的趋势。恩格斯早在1892年就明确地指出了这一趋势,他认为现代政治经济学的规律之一就是:"资本主义生产越发展,它就越不能采用作为它早期阶段的特征的那些小的哄骗和欺诈手段。"②这种不可逆转的趋势,无论在理论研究上,还是在实际操作上,都有明显的表征,比如世界知名的默克公司在其内部管理指南中这样陈述:"改善人类的生活是我们的事业。我们所有的行动都必须由我们为实现这一目标的成功来衡量。"③甚至有了在世界范围内统一设定企业管理伦理规则的愿望,如1994年之后,世界范围内的大公司通过了"考克斯圆桌商业原则"(Caux Round Table Principles),此原则在序言中就表明了在不断全球化的过程中,"法律和市场的制约很必要,但是还不能充分指导商业行为……没有道德准则,就没有稳定的经济关系和全球的可持续发展"④。

企业要展示其伦理性源于公众、社会对企业的要求,人们对企业提出伦理要求,也就是期望企业不仅能够成为"经济人"的表率——创造财富、提供优质的产品和服务,而且还要能够勇做"道德人"的榜样——成为遵照伦理规范开展业务的代表。当代社会企业与公众生活联系越来越紧密,公众对企业的要求会越来越高。

值得强调的是,经济性是企业存在和发展的基本理由。在市场经济中,企业的最重要的职能就是谋求良好的经济业绩。"赢利原则是竞争经济的一个历史—结构性的预先规定,是任何企业所不可抗拒的,企业的任何战略规划都

---

① 李萍:《企业伦理:理论与实践》,首都经济贸易大学出版社2008年版,第80页。

② 《马克思恩格斯选集》第4卷,人民出版社1995年版,第419页。

③ [美]托马斯·贝特曼、斯考特·斯奈尔:《管理学:构建竞争优势》,王雪莉等译,北京大学出版社2004年版,第118页。

④ [美]乔治·恩德勒主编:《国际经济伦理:挑战与应对方法》,锐博慧网译,北京大学出版社2003年版,第146页。

必须服务从它。”①德鲁克说：“经济绩效是企业的基础，离开了它，企业就无法履行任何其他责任，也就算不上一个好的雇主、合格的公民或友好的社区邻居。”②因而，经济性对于企业及其管理活动来说不可缺少。同时，它也构成企业之伦理性的物质基础。我们说企业要展示伦理性并不是说企业只一味地追求那些形而上的、超越性的东西，毕竟企业的生存发展离不开利润，因此我们说的企业的伦理性不是毫无根基的纯粹的东西，它必须有存在的经济理由。乔治·恩德勒在其《面向行动的经济伦理学》中提到“伦理的工具价值”表现在“伦理可以促进底线，保证团队精神，整合劳动力，提高生产率，增强全球竞争力，激发创新方案并节省很多不道德行为所带来的成本”③。也就是说，用长远的眼光来看，企业展示伦理性能够带来经济效益，这就是企业之伦理性的“形而下”的理由。

总之，企业的伦理性是企业不可缺少的价值基础，像那种认为企业只有经济性的观点是不符合时代发展潮流的。如果企业不讲道德，那么市场交易根本不可能正常进行，“任何市场经济只有在共享的道德观（信守契约、履行支付承诺、尊重市场伙伴）的基础上才能正常运行”④。企业展示伦理性是市场正常运转的必要条件。同时，把伦理性工具化也是不妥当的，对于其危害性，乔治·恩德勒的分析非常简单明了：“如果工具所要服务的目的不受道德的检验，那么对伦理的工具性使用就是有问题的、自拆台脚的。工具性的观点也就成了唯一合适的观点。只要伦理有助于提升底线，它就被采用；而只要它对追求这种目的有害，它就被拒斥。结果，不仅作为内在价值的伦理被认为是无关紧要的，而且作为工具价值的伦理也失去了其可信度和威力，并可能蜕化为一种破坏性的力量。”⑤

---

① ［德］霍尔斯特·施泰因曼、阿尔伯特·勒尔：《企业伦理学基础》，李兆雄译，上海社会科学院出版社 2001 年版，第 101 页。

② ［美］彼得·德鲁克、约瑟夫·马恰列洛：《德鲁克日志》，蒋旭峰等译，上海译文出版社 2006 年版，第 129 页。

③ ［德］乔治·恩德勒：《面向行动的经济伦理学》，高国希等译，上海社会科学院出版社 2002 年版，第 161—162 页。

④ ［德］霍尔斯特·施泰因曼、阿尔伯特·勒尔：《企业伦理学基础》，李兆雄译，上海社会科学院出版社 2001 年版，第 25 页。

⑤ ［德］乔治·恩德勒：《面向行动的经济伦理学》，高国希等译，上海社会科学院出版社 2002 年版，第 162 页。

第二章

当代企业管理伦理发展的背景与特征

当代企业管理伦理的发展是在经济全球化趋势这一宏观背景下进行的，而企业经营管理活动中日益泛滥的种种经济丑闻及其种种恶果则构成企业管理伦理发展的直接动力，竞争加剧和社会时代方面的原因等则是其深层原因。而从学理上看，伦理学走向应用也为其奠定了理论基础。同时，企业管理伦理在发展中也表现出了种种特征。本章拟揭示其背景和影响其发展的诸多因素，并概括其特征。

沃尔玛的企业管理伦理

当美国《财富》杂志1955年开始评选“世界500强”时，沃尔玛还不存在，它直到1962年才创办。然而谁也没想到，在21世纪的今天，在这样一个科学技术如此发达、生产技术如此先进的信息时代，雄踞世界500强之首的不是搞航空航天的，不是搞钢铁、汽车、石油的，也不是搞计算机、IT业的，而是古老的零售业的后起之秀——沃尔玛。

1962年7月，沃尔玛的创始人山姆·沃尔顿从美国西部一个小镇白手起家，1991年沃尔玛成为美国第一大零售商；1999年，沃尔玛以年销售收入1392亿美元、利润44.3亿美元的成绩跃居全球500强企业的第四位；2002年《财富》杂志评选美国企业500强，沃尔玛以2198.1亿美元的销售总额一举登上美国和世界企业的第一把交椅；2005年，沃尔玛又以2879.89亿美元的销售总额蝉联第一。

沃尔玛为何具有如此神奇的力量？除了注重管理创新、营销战略等以外，重视企业文化建设也是其成功的重要原因之一。创始人山姆·沃尔顿将其独特的处世原则和做人的理念融入企业文化，制定了三条原则：顾客是老板、尊重每位员工、每天追求卓越。这是沃尔玛企业文化的精华，也是沃尔玛以后一直信奉的经典。而在企业文化建设中，沃尔玛又十分重视企业伦理建设。

"送支笔，请杯茶。"这些在国内商务活动中是再正常不过的礼仪，但在沃尔玛供应商说明会上居然被列为"行贿"。沃尔玛十分注重对供应商的"环境和人文道德管理"，考核相当苛刻。除去产品自身质量、价格以外，就连生产厂家是否雇用童工、能否按时发放薪金、是否体罚员工都在考察之内。如果发现供应商出现上述违规行为，立即淘汰出局。并且，严禁供应商以任何理由向公司采购人员馈赠礼品，包括"一支笔，一杯茶"，一经查实，沃尔玛公司将终止与该供应商的合作。有些供应商习惯于请客送礼、拉关系，而沃尔玛根本不看重这些，"如果你优秀，沃尔玛会请你来"。

沃尔玛在美国一个叫阿希兰的小镇上打算开一家连锁店。该镇实行听证会制度，沃尔玛完全服从"议会"的要求，派人在听证会上阐明自己的计划，承诺要对小镇福利作出贡献。耗时一年半，方在该镇开张一家连锁店，由此可见沃尔玛的社会道德和责任感。

沃尔玛还通过他们惯有的善举来体现他们的企业道德。有一个学生叫肖捷京，他父亲为儿子筹措学费和生活费，赶制两万多只土碗却积压在家，沃尔玛中国公司从报上得知消息后，立即在深圳 6 家沃尔玛商场举行"爱心碗义卖活动"。所得款项，一部分用作肖捷京的学费、生活费，另一部分则根据肖捷京父子的意愿，捐赠给中国扶贫基金会。

沃尔玛采取各种措施维护消费者的利益。如在销售食品时，从保质期结束的前一天开始降价 30% 销售，保质期到达的当天上午 10 点全部撤下柜台销毁，以保证消费者健康。

一个企业只有在不仅能够增加自己的经济利益，而且能够增加全社会的利益时，才是合乎社会道德的。

（资料来源：罗长海等著：《企业文化建设个案评析》，清华大学出版社 2006 年版，第 1、44—45 页，有改动，案例名称是引者加的。）

一、宏观背景:经济全球化

自20世纪80年代以来,由于科技的进步、生产力水平的提高、国际分工的深化、世界市场的扩大、跨国公司的发展等诸种因素的交互作用,出现了经济全球化的趋势。经济全球化是当今世界经济发展的一个基本特征,是世界经济发展的客观趋势。经济全球化带来全球化的企业管理,即企业的经营管理活动必须跨越国界,走向开放。经济全球化及由此形成的全球经济伦理构成当代企业管理伦理发展的背景。

"全球化"是一个新概念。虽然学界有人指出,这一概念在1985年就有人使用,或者认为它是由经济合作与发展组织前首席经济学家奥斯特雷(Sylvia Ostry)在1990年首先使用。但无论如何,说全球化是一个最近几年才开始广泛流行的概念应该是没错的。正由于全球化的概念出现得比较晚,因而人们关于其认识就仁者见仁、智者见智。有人对全球化持怀疑态度,认为所谓全球化即使不是一种并不存在的神话和幻想,但至多也只是一种有限意义上的"国际化";有人对此持肯定态度,认为全球化主要是在某种单一社会层面如经济、文化或技术层面的发生过程,或者认为全球化是一种趋同化、同质化、一元化的过程,如有人就提出"全球化就是全球资本主义化"的观点。其实,这些观点都是片面的。

全面地看,所谓全球化,指的是各个个人、国家和民族,以及各个国家、民族内部的经济、政治、文化和社会生活的总体,由一种地域性的存在而转变成一种全球性的存在的过程。这一理解包括两个方面的含义:其一,全球化是在社会的经济、政治、文化、技术等各个层面统一发生的过程,而非在某一单独层面独自发生的过程,当然,各个层面全球化的进程会有所不同;其二,全球化是一种普遍化和特殊化、一元化和多元化、同质化和异质化的互动过程,而非一种单向度的普遍化、一元化和同质化的过程①。

全球化以经济的全球化为根本动力和基础。所谓经济的全球化,"主要讲各国经济都在走向开放,走向市场化,世界经济趋向于某种程度的一体化,各国经济互相依赖的程度大大提高,等等"②。全球经济在现代资本主义推动

① 庞元正主编:《当代中国科学发展观》,中共中央党校出版社2004年版,第153页。

② 丁一凡:《大潮流——经济全球化与中国面临的挑战》,中国发展出版社1998年版,第1页。

的市场经济条件下出现世界经济一体化。经济全球化主要表现为以下特点[①]:第一,国际分工不断深化,统一世界大市场加速形成;第二,生产要素如资本、技术、劳动力等,商品和服务贸易等以空前的速度和规模在全球流动,并融为一体;第三,跨国公司、全球公司成为世界经济活动的主体力量。跨国公司是经济全球化的主要载体和承担者,它们挟其资金、技术以及管理方面的优势,进行全球范围内的最佳资源配置和生产要素组合,出现了一批以所有者全球化、生产要素全球化、经营领导层全球化为基本特征的全球公司。全球公司的出现,全面地冲破了国界,成为一个驰骋全球市场的独立的经济王国。

其实,无论对经济全球化如何概括,其基本特征总少不了这几个关键词[②]:经济资源的分享需求与资源紧缺限制的共同负担、世界金融体系的相互关联和互动影响、国际贸易的空前发达与各国经济的相互依存和互动影响、以计算机技术为根本标志的知识和科学技术成为当代世界经济的主导元素、国际性和跨国地区性经济组织和合作制度建设的更深更高层次发展。经济全球化的发展必然"需要建立新的全球经济秩序,因之也将会产生新的国际经济伦理(包括新的经济制度伦理、经济合理性准则规范体系、经济伦理观念或经济责任伦理等),并要求创立新的国际经济的道德维度"[③]。

值得指出的是,经济全球化是一个交织着征服与对抗、开放与封闭、现代与蒙昧、罪恶与进步等方面矛盾与对抗的进程,其在伦理文化上的表现也是一个普遍伦理与地方伦理、一元化与多元化互动的过程。在经济全球化进程中,发达国家是居于主导地位,也是全球化的主要受益者,而发展中国家虽然面临着发展机遇,但与发达国家比较,如果不主动抓住这一机遇,则有被"边缘化"的危险。江泽民同志于2000年9月7日在联合国千年首脑会议的分组讨论会上发表的看法和主张,对于像中国这样的发展中国家是具有很大的指导意义的:(1)经济全球化是随同社会生产力发展而产生的一种客观趋势,经济全球化趋势正在给全球经济、政治和社会生活等诸多方面带来深刻影响,既有机遇,也有挑战。(2)在经济全球化进程中,各国的地位和处境是很不相同的,在发达国家尽享全球化"红利"的同时,广大发展中国家却仍饱受贫穷落后之

① 杨明:《全球化及其时代特点》,载《学海》2007年第3期。
② 万俊人:《寻求普世伦理》,商务印书馆2001年版,第557—559页。
③ 万俊人:《寻求普世伦理》,商务印书馆2001年版,第559—560页。

苦。当前发展中国家的经济安全和经济主权正面临着空前的压力和挑战。这不利于全球经济的健康发展,也给一些国家的社会稳定、地区乃至世界的和平带来威胁。(3)我们需要世界各国"共赢"的经济全球化,所有国家,无论南方还是北方,不管是大国还是小国,都应该是全球化的受益者;我们需要世界各国平等的经济全球化,少数国家的富裕不应该也不能够建立在广大南方国家的贫困之上;我们需要世界各国公平的经济全球化,世界的贫富差距应该逐步缩小,而不是不断扩大,否则人类将会为此付出沉重的代价;我们需要世界各国共存的经济全球化,只有相互尊重,相互促进,保持经济发展模式、文化和价值观念的多样性,世界文明才能生机盎然地发展。(4)如何在经济全球化进程中趋利避害,促进人类的共同发展?关键在于建立公正合理的国际经济新秩序①。

二、直接促因:经济丑闻

从20世纪70和80年代起,全世界特别是美国,发生了一系列经济丑闻事件。到了21世纪,这些丑闻仍不绝于耳,特别是随着经济全球化的发展,这些丑闻还具有连环性。这些丑闻当时就直接引发了人们关于企业管理伦理的讨论,而现在每当一起丑闻在公众中传播开来,人们也会不约而同地把眼光集中于卷入其中的企业的管理伦理状况。经济丑闻主要有如下几类。

第一,贿赂。贿赂是指提供、给予、接受或要求有价值之物,以达到影响和改变企业管理人员角色职责时所做行为之目的的一种活动。有价值之物一般表现为现金或其他资产,通通可称为"好处"。这是经济丑闻中常见的一种现象。比如美国洛克希德飞机公司为争夺日本市场的贿赂案,美国国际电话电报公司、海湾石油公司、埃克森公司、格鲁曼宇航公司、默克公司等在国外的贿赂事件,海湾石油公司、布兰尼弗和美国航空公司非法捐款资助尼克松竞选连任,美国牛奶生产商公司为提高联邦牛奶价格而贿赂前总统尼克松,等等,都属于这种不道德事件。

① 转引自庞元正主编:《当代中国科学发展观》,中共中央党校出版社2004年版,第155—156页。

西门子公司在中国行贿

西门子全球腐败案牵涉了中国。美国司法部文件披露，西门子“行贿门”事件涉及在华3家子公司，分别是西门子中国输变电集团（下称“西门子PTD”）、西门子交通（下称“西门子TS”）和西门子医疗集团。

西门子中国公司昨日向本报证实，全球行贿确实涉及中国电力、交通、医疗市场，但对于相关涉及人员的处理问题，西门子中国公司无法给予回应，并表示将尽快把相关问题提交德国总部。截至发稿，记者仍未收到相关回复。

前不久，西门子曾透露，2003年11月份行贿事件被曝光后，西门子中国已开除了20多名员工。

根据美国哥伦比亚特区地方法院公布的诉讼书，2002年到2007年间，西门子TS支付了约2200万美元，给设在香港的商业咨询公司和相关机构，并通过这些机构对中国官员行贿，以得到总额逾10亿美元的7个地铁列车和信号设备项目。

而在2002年、2003年，西门子PTD通过支付约2500万美元给商业咨询公司，来行贿中国官员，并得到华南地区两个总价值约为8.38亿美元的电力高压传输线项目。同时，2003年到2007年间，西门子医疗集团支付了约1440万美元的贿赂款，向5家国内医院行贿，从而获得2.95亿美元的医疗设备订单。根据美国方面的调查，西门子在2006年5月，向中国吉林的松原医院出售一套价格为150万美元的核磁共振成像系统时，支付了6.48万美元贿赂款。关于这笔“佣金”的支出方案，时任西门子医疗集团（中国）的首席财务官曾签过字。

对于案件中涉嫌行贿中国医疗部门官员一事，西门子表示不对此发表任何评论。本周一，西门子已经同意向美国和德国支付近13亿美元的罚金，从而结束行贿案调查。

（资料来源：田丛、钟晶晶：《西门子公司证实行贿中国官员 涉及电力交通市场》，载《新京报》2008年12月18日，案例名称是引者加的。）

第二，胁迫。胁迫是指用暴力或威胁控制他人。企业管理伦理领域，胁迫往往用于保证公司在某一市场内继续经营，躲避威胁性竞争或防止其他种类的危害降临在公司身上，其目的仍然在于以不道德的手段谋求利润。比如1982年9月发生的强生公司“泰诺”胶囊掺毒事件就是一个胁迫案例，给“泰诺”下毒的目的是通过破坏强生公司的名誉和迫使它花大量费用去处理麻烦来损害这家公司①。类似的还有垄断、非法操纵市场和股票交易，等等。

第三，环境污染。环境污染是指企业的生产行为破坏了人们生活的自然环境，使人们的生命财产受到威胁。它一般表现为乱排“三废”和其他有害物质。比如1984年12月发生的美国联合碳化物公司建在印度博帕尔市郊的一家农药厂毒气泄漏事件，1989年3月发生的埃克森公司在阿拉斯加的漏油事件，等等，都是世界工业史上有名的环境污染事件。还有，如随意处置有毒化学物质、严重污染环境、生产有毒或危险产品、无视工人和顾客生命安全，甚至致使化学工厂有毒气体大爆炸等事件。

山东临沂河水砷超标事件

近日，临沂亿鑫化工有限公司恶意偷排废水，造成当地南涑河及下游部分河段突发性砷化物超标。经查，2008年11月，该公司经理于浩与江苏淮安市洪泽嘉禾畜禽生物有限公司总经理张伟飞商定，洪泽嘉禾畜禽生物有限公司将其生产阿散酸（饲料添加剂）的旧设备卖给亿鑫化工有限公司。2009年4月，在明知存有严重环境污染风险，未经有关部门许可及办理工商、环保等手续的情况下，私上阿散酸生产设备隐匿生产。该公司生产过程中产生大量含砷有毒废水，并将废水输送到生产区外一处蓄意隐藏的污水池存放。7月23日前，公司经理于浩指使副厂长许长贤、采购员于宗友（又名于飞），分两次在凌晨趁降雨南涑河水量较大之机，用水泵将污水排放到南涑河中，造成重大环境污染。

事发后，临沂市委、市政府极为重视，迅速作出安排部署，在第一时间启动相关应急预案，全力控制事件危害。在河道内同步构筑拦蓄坝14座，对受污河道水体实施层层拦蓄，拦截河道20公里左右、水体70万立方米左右，落实了积极的治理措施，使绝大部分超标水体被拦在临沂境内（即南涑河流域），只有极少部分流向江苏，污染事态得到有效控制。

① ［美］戴维·J.弗里切：《商业伦理学》，杨斌等译，机械工业出版社1999年版，第10页。

同时在污染河段抛撒石灰，添加降砷物料，在重点河段抛撒三氯化铁，启用大型机械设备和船只进行搅拌，加快治理工程进度，使超标水体含砷浓度在短时间内得到大幅度下降。目前，境内大部分河段已经实现稳定达标。同时，临沂市积极做好沿河群众的疏导和解释工作，严防误取误用污染河水现象发生。

据介绍，7月26日，临沂市公安局开发区分局以"重大环境污染案"立案侦查，截至7月31日，先后将涉案的6名犯罪嫌疑人于浩、顾召娟（于浩的妻子）、许长贤、刘开明、于宗友、张伟飞抓获归案。目前，于浩、许长贤、于宗友被依法逮捕，刘开明、张伟飞被刑事拘留。纪检监察、检察机关已介入案件后续调查，违法违纪者必将受到严肃追究。

（资料来源：吴修安、张纪珍：《山东临沂河水砷超标事件6名疑犯被抓获》，载《齐鲁晚报》2009年8月8日，案例名称是引者加的。）

除上述三类外，像欺骗、偷窃、不公平歧视等不道德事件也频频发生和曝光。这些经济丑闻直接导致企业经营管理中的伦理危机、公众信任危机和生存危机，迫使经营者们开始清醒地思考棘手的伦理问题。对此，阿奇·B. 卡罗尔说："关于现代企业时期（几乎是过去的三四十年）公众对企业伦理的兴趣，也许可以得出两个结论：第一，在过去40年的每10年中，公众对企业伦理的兴趣不断提高；第二，重要的、轰动性的丑闻似乎也激发了公众对企业伦理的兴趣。"[①]由此，世界各国特别是美国，理论界和实业界纷纷采取各种措施把伦理和经济活动、企业管理活动结合起来，大力开展经济伦理和企业管理伦理的教学与研究，提升伦理在经济学、管理学中的地位，一些经营者也把伦理融合到自身经营实践之中，或者制定伦理守则，或者设置伦理机构、官员，或者开展伦理培训等，企图以伦理的手段谋求企业经营的卓越之途。

三、深层原因：时代需要

经济丑闻只是促动当代企业管理伦理的直接因素。恩德勒说："丑闻会引起义愤并呼吁一种新的更好的企业实践。但我并不认为丑闻的论据是非常

---

① ［美］阿奇·B. 卡罗尔、安·K. 巴克霍尔茨：《企业与社会——伦理与利益相关者管理》，黄煜平等译，机械工业出版社2004年版，第104页。

强有力的,尽管它会受到大众的广泛注意。大多数丑闻都会引起很大的民众情绪,但人们很少知道其背景材料。丑闻可以使人震惊,但是不能推动持久的实践变化。”①当代企业管理伦理作为企业经营管理发展的一种“新实践”,还有社会时代方面的深层原因。

竞争加剧。市场经济是竞争的经济,竞争就是实力的较量。企业竞争的实质是努力降低生产成本和价格即用最少的投入,获得最大的产出,以取得优势,赢得消费者。企业在竞争中赢得了消费者的“货币选票”,就表明它占据了优势。企业竞争优势的取得,实质上有三个关键因素:技术、管理、伦理。技术因素要求企业必须不断开发新技术、新产品和新工艺,管理因素要求企业努力改善经营管理,而伦理因素则要求企业必须为消费者着想,如此才能生产质量更好、成本更低的产品或提供更好的服务,赢得消费者和社会的青睐。在激烈的市场竞争中,技术、管理固然不可或缺,但伦理因素更不可少。只有那些真正为消费者着想,诚实守信、公道正派、热情周到地为消费者提供高质量的产品和服务的企业才能赢得消费者。同时,竞争也是人才的竞争。现代社会对人才的争夺已成为竞争的主题,企业要占据优势就必须拥有高素质的人才,而人是有利益需要的,因此,企业必须改善管理,重视员工的需要和利益,尊重员工、关心员工,创造企业内部和谐的人际关系氛围。这些都与伦理息息相关。正是这些因素使得伦理在企业中的地位越来越重要,成了企业管理追求的应有境界。所以,日趋激烈的竞争使得企业必须以高度的社会责任感、善待员工的人道主义情怀等伦理意识去谋求财务业绩。

参与经济全球化。在经济全球化中,企业的经济交往是最基本的方面。企业的经济交往全球化趋势是谁也回避不了、都得参与进去的。参与企业的经济交往全球化,要求企业的经营管理在全球范围按照国际规范行事。在全球性经济规范中既有国际性的经济法律,也有全球性的道德规范。各企业要在经济全球化中赢得竞争优势,就必须遵守这些全球性的共同规则,那种违反全球共同规则的经营行为比如劳动时间过长、轻视人权、性别歧视、不人道不公平的待遇等在经济全球化中是完全行不通的。像这些不道德的经营行为都属于企业经营价值观上的问题,必须首先从伦理上处理,培植伦理化经营

---

① [德]乔治·恩德勒:《面向行动的经济伦理学》,高国希、吴新文等译,上海社会科学院出版社2002年版,第6页。

观念。

应对社会经济化的趋势。恩德勒指出:“今天经济对整个的社会生活起着前所未有的重要指导性作用。由此社会的‘经济化’也在成为趋势。经济化的思维方式和行为方式正渗透和支配着越来越多的领域,包括大型投资、研究与开发、大众传播、政治生活、教育、文化、家庭等。”①经济化的思维方式和行为方式认为,任何东西只有在经济上可以量化并产生利润才是值得考虑和追求的。为应对和改变这种趋势的普泛化,人们期待确立一种划定不可逾越的边界的新学科——企业管理伦理(学)——通过这种学科规导企业行为,使经济及其管理更加人性化,并将这种趋势转化为一种超越利润谋划、追求伦理的新实践。

人的基本权利伸张和维护的各种法律法规日益完善。现代社会是法制社会,法制的实质在于伸张和维护人的基本权利。世界各国对法律的重视日益明显,规范企业行为的经济方面的法规框架如环境保护、产品安全、就业机会、证券交易、反垄断和不正当竞争、反贿赂等都已制定,其执行力得到增强,法律尊严得以树立。“如果在法律上处于不利地位,公司及其经理人员可能会因此付出更昂贵的代价。”②同时,在许多地区,规范跨国交易的国际性法规也逐步形成,世界各国通过世界贸易组织和世界银行等全球性机构制定了区域性的贸易协定,或者通过国际上的环境保护组织、维护员工权益的组织等力量制定了一些衡量合格法人资格的国际性标准。“虽然很多这样的商业行为标准都不具有法律强制性,然而它们却成为划分公司责任的公共规范,而公司责任则反映了公司在世界范围内的社会地位。”③

信息技术的广泛应用。信息技术的广泛应用使现代社会成为知识社会、信息社会,这更加凸显了经济交往在社会中的基础性作用。信息社会使人的行为、组织的行为处于各种传媒、社会团体、政府等的广泛监督之下,企业无时无刻不处于“第三只眼”的观照之中,任何企业企图逃避“监察人员”的视线,

---

① [德]乔治·恩德勒:《面向行动的经济伦理学》,高国希、吴新文等译,上海社会科学院出版社 2002 年版,第 6 页。

② [美]林恩·夏普·佩因:《领导、伦理与组织信誉案例:战略的观点》,韩经纶、王永贵、杨永恒主译,东北财经大学出版社、McGraw-Hill 出版公司 1999 年版,第 7 页。

③ [美]林恩·夏普·佩因:《领导、伦理与组织信誉案例:战略的观点》,韩经纶、王永贵、杨永恒主译,东北财经大学出版社、McGraw-Hill 出版公司 1999 年版,第 8 页。

打擦边球,都是不可能的。否则,它就将处于各种麻烦或是非如被起诉、制裁、限制的中心,成为被谴责、抨击的对象,陷入极大困境。但是,如果企业以优秀的伦理价值观来指导自己的经营行为,树立起良好的社会形象和较高的社会地位,那么它就将与这些麻烦和是非无缘。佩因说:“高信誉的公司拥有优秀的企业形象,在利害关系群体中拥有较高的地位,因而减少了它们遭受起诉、法律制裁以及政府限制性法规制裁的可能性。在某些情况下,与外部利害关系群体如环保组织等的积极合作,也便于公司制定出一些创新性的方案来解决商业难题。”相反,“那些涉嫌错误的、甚至是危害社会行为的公司可能会发现,自己成为从新闻界到法庭等各种场合上的热门话题。”①

人类与地球共生共存的需要。“建立一种可以与生态相融合的经济,它使得所有的人类能体面地在唯一的地球上生活。”②这是恩德勒提出的企业管理追求伦理这一新实践所不能回避的挑战:人类与地球的共生共存、协调发展。由经济增长所带来的地球环境危机日益严峻,以至从20世纪80年代起成为企业突然要面对的重大问题,企业与资源、环境的关系以及人类的可持续发展成为世界性的中心议题。这是企业何去何从,才能求得地球和人类共存的时代。企业必须认识到,“外部经济的内部化是今后的原则,企业要担负起保护环境的责任”,“不仅仅要防止公害,还要对包括保护大自然为内容的环境保护尽自己的义务和作出自己的贡献”③,企业要把它作为经营管理伦理的重要支柱并积极参与,这是当今时代的迫切要求。

四、理论启导:伦理学走向应用

当代伦理学中应用伦理学的广泛兴起也为当代企业管理伦理的发展提供了良好的契机。

所谓伦理学,是指“告诉我们为了合乎伦理或道德应当怎样行动”的科学,其任务是“制定规范或行为规则”,现实生活中的“行为者要保证他的行为

---

① [美]林恩·夏普·佩因:《领导、伦理与组织信誉案例:战略的观点》,韩经纶、王永贵、杨永恒主译,东北财经大学出版社、McGraw-Hill出版公司1999年版,第7页。

② [德]乔治·恩德勒:《面向行动的经济伦理学》,高国希、吴新文等译,上海社会科学院出版社2002年版,第7页。

③ [日]水谷雅一:《经营伦理理论与实践》,李长明、连奇方译,经济管理出版社1999年版,第13页。

有道德”,就“必须遵守这些规范或规则”①。它是一门古老的科学。在西方,它由古希腊时期著名的思想家亚里士多德创立。在中国,虽然伦理学作为科学出现的时间比较晚,但先秦时期就已经有了具有丰富伦理思想的著作,如《论语》、《孟子》、《荀子》等。从学科组成上看,伦理学可分为理论伦理学和实践伦理学(或应用伦理学)。“既有一种理论伦理学,也有一种实践伦理学。前者发现规律,后者应用规律;前者告诉我们已做的是什么,后者告诉我们应当做什么,实践伦理学是理论伦理学的应用。”②

应用伦理学,是20世纪60、70年代以来,在西方得到蓬勃发展的一种伦理学范式。其兴起与发展有着诸多原因和条件,总的来说是元伦理学因其形式主义、非理性主义伦理学因其相对主义特征而暴露出严重的局限性,日渐式微,推动着人们把目光转向现实的伦理问题,社会发展进程中也出现的许多实际问题向理论伦理学提出了挑战,伦理学要想继续保持其合法性地位,“必须提出能够解决道德实践的理论框架”③的需要而产生的。其兴起有着深刻的学理背景和深厚的社会历史背景。

就学理来看,20世纪上半叶,伦理学领域盛行的是元伦理学(或称分析伦理学),以英国著名哲学家G. E. 摩尔为代表。而元伦理学则是分析哲学的产物。分析哲学是一种严格区分思想研究与思维心理过程研究,运用逻辑分析的方法,着力于思想结构的语言分析,企图真正解决历史上争论不休的种种哲学问题的哲学形态,由19世纪末英国著名哲学家弗雷格、罗素首倡。它在20世纪的英语国家哲学领域长期占据主导地位。由于分析哲学和语言哲学主宰着哲学领域,因而伦理学也就不能不受分析哲学的影响。根据分析哲学家们为哲学所定下的“哲学不应试图提供关于超验实在的真理体系,而只应是一种进行语言分析和逻辑分析的活动”,建立“科学的”哲学这一宗旨,元伦理学家们为“纯化”伦理学理论,建立起“科学的”伦理学,极力把实际的社会道德问题排除出伦理学的研究领域,而聚焦于道德概念的逻辑分析、道德语言的语义分析,以确立道德语言的明晰性的问题上。元伦理学家们认为,元伦理学不应参与伦理学研究,而应参与伦理学的更高层次即元层次这一真正的哲学伦

---

① [美]弗兰克·梯利:《伦理学导论》,何意译,广西师范大学出版社2002年版,第15页。

② [美]弗兰克·梯利:《伦理学导论》,何意译,广西师范大学出版社2002年版,第15页。

③ [美]约瑟夫·P. 德马科、理查德·M. 福克斯编:《现代世界伦理学新趋向》,石毓彬等译,中国青年出版社1990年版,第1页。

理学研究。因此,哲学伦理学不必且不应关注具体的、现实的道德问题。艾耶尔等人认为:“不能指望哲学伦理学能给人们的现实道德实践以积极指导,哲学伦理学家也别想做什么道德楷模。无论何种类型的哲学家,如果他摆出道德楷模(the champion of virtue)的架势,那便既愚蠢又傲慢。许多人对道德哲学不满是出于他们对道德哲学的误解,他们期望道德哲学家能给他们以道德实践上的指导,但这是对道德哲学家的过高期望。另一位分析哲学家布劳德(C. D. Broad)则说:‘告诉人们应该做什么、不应该做什么根本不是道德哲学家分内的事情,关于什么是对的,什么是错的,道德哲学家没有什么比一般公众特殊的知识,他们也不发挥通常由牧师、政客、社论作家通常发挥的那种勉励作用。’简言之,哲学伦理学应专注于对道德话语的逻辑分析或语言分析,而不应越位去关注现实的道德实践。”①

尽管元伦理学对道德语言明晰性的关注,对价值与事实关系的深入探讨,极大地拓展了伦理学的研究领域,在促使伦理学科学化方面作出了有价值的努力,但是,由于它过分关注道德判断的逻辑性问题,夸大了事实与价值的对立性,因而失去了伦理学应该干预社会生活的直接现实性品格,它的形式主义的致命弱点,使它“不恰当地忽视实际问题”②,而日益成为不受欢迎的空洞虚无的理论体系。

在元伦理学受到当代规范伦理学的挑战而失去了应有地位的同时,各种非理性主义伦理学如存在主义、弗洛伊德主义、实用主义等应运而生。这些伦理学属于规范伦理学的理论类型,它们并不关心伦理学本身是否能成为真正的“科学”,而是关注并力图解决人自身的道德问题,探讨道德主体性问题。如存在主义伦理学从本体论意义上去理解伦理现象和人的存在问题,或者强调人的自我的存在才是真实的存在(基尔凯郭尔),或者认为良知就是人的真实存在方式(海德格尔),或者承认“存在”在本体论意义上的优先地位,断言“存在先于本质”,提出自由是人的存在的最高价值的体现的伦理结论(萨特);弗洛伊德主义伦理学对人的非理性因素进行心理分析,企图解决人的道德问题。弗洛伊德从个体内在心理结构出发揭示道德的根源,从无意识本能

① 卢风:《西方应用伦理学兴起的思想背景和社会背景》,《湖南师范大学社会科学学报》2003年第3期。

② [美]约瑟夫·P. 德马科、理查德·M. 福克斯斯编:《现代世界伦理学新趋向》,石毓彬等译,中国青年出版社1990年版,第2页。

与道德的关系上揭示道德的主体性特征，延伸并丰富了伦理学的道德心理学维度。弗洛姆在接受马克思主义的社会历史分析方法的基础上，运用精神分析方法来阐释现代社会人性和自由的根源。他对现代西方社会道德现状的批判，对符合人的本性的道德标准的追寻，见解独特，也从道德心理学的角度为伦理学拓宽了视野。但他们有意识地把人的非理性因素、个人情感等夸大、膨胀为人类的道德生活的全部，无疑遮蔽了社会因素、理性因素等对人的道德生活的影响；实用主义伦理学运用的是价值分析的方法，杜威从生物进化论和彻底经验论出发，认为道德判断来自经验，只不过是应付环境的手段。詹姆斯把实用主义原则运用于道德领域，将伦理学变成一种获取成功的便利工具。尽管他们强调伦理学要关注人的现实利益，也注重道德价值规范对于人的生活的重要性，但是由于他们否认道德的目的性，而过于夸大道德的工具性，从而走向道德相对主义和主观主义的泥潭。

总之，这些规范伦理学理论各吹各的号，各唱各的调，主张一切道德信仰和道德原则都由于不同的社会文化和个体而只有相对的意义，不存在什么客观的、能够成为人们共识的道德价值准则。因此，走向“谁也未能充分协调”的道德的怀疑主义、相对主义、虚无主义泥坑，致使伦理学陷入“对日常生活的实际问题提不出什么解决办法”①的不受欢迎的境地。

由于元伦理学安坐“象牙塔”，走入死胡同，各种非理性主义伦理学又“公说公有理，婆说婆有理”而让人无所适从，整个伦理学越来越引起人们的不满和牢骚。因此，伦理学开始反省自身，力图超越科学主义与非理性主义的对立，介入人的道德生活实践。这就是20世纪60年代以来伦理学向规范伦理学的复归现象。这种复归现象肇始于50年代的元伦理学阵营的规定主义伦理学，这种现象是值得注意的。规定主义伦理学以黑尔、图尔闵为代表，属于语言分析学派。黑尔等人一方面加强了对道德语言本身的逻辑研究，力图以具体的逻辑证明维护伦理学蕴涵真理的科学性，以反对情感论者否认伦理学的科学性的观点；另一方面他们又借助于一些新规范伦理学理论（如“新功利主义”等）来改造和修缮道德语言学的分析范式，使之保持其科学性（事实描

① ［美］约瑟夫·P. 德马科、理查德·M. 福克斯编：《现代世界伦理学新趋向》，石毓彬等译，中国青年出版社1990年版，第2页。

述)和实践性(行为指导)的基本特性①。图尔闵通过对道德判断的逻辑分析,竭力为道德判断寻找某些客观合理的依据,以至于把现实的社会制度、法律等外在客观因素作为道德行动的"指南"②。为了克服主观情感论的理论矛盾,他认为从道德经验中可以推理出普遍的道德原则。这就偏离了元伦理学的基本主张,而靠近了规范伦理学,也影响了稍后的黑尔。黑尔认为,道德语言是一种规定语言,它对人们的日常生活具有特定的规定作用和行为指导意义。70年代以后,黑尔还转而关注规范伦理学,80年代甚至研究应用伦理学。这反映了西方伦理学的研究内容已与现实的道德内容联系起来,向恢复伦理学的实践规范功能的方向发展。

向规范伦理学复归的现象还表现为传统伦理学流派——功利主义的再兴起。60年代以来的功利主义大致可分为准则功利论和行为功利论。准则功利论在持守传统功利主义的主张即最大多数人的最大幸福原则的基础上,也承认道德准则对行为的重要性;行为功利论则主张人们在进行行为选择时,应根据具体情境作出决定,最好的行为结果才是符合道德的。

向规范伦理学复归的最重大的表现就是60年代后期出现的正义理论,它以罗尔斯(John Rawls)、诺齐克、麦金太尔(A. MacIntyre)等为代表,尤其是罗尔斯《正义论》的出版,巨大地刺激了应用伦理学的研究。美国特拉华大学价值研究中心主任N. E. 鲍伊(Norman E. Bowie,一译博维)说:"罗尔斯的著作倒是可能让人们觉得应用伦理学是值得重视的。"③罗尔斯正义论是一种区别于功利主义的道义论,是诸多正义理论中的一种,也是一种道德情感理论。他把社会基本结构确定为正义原则的基本主题,系统研究一种合作图式中的主要社会制度安排所依凭的正义原则,从而精心构造了一个宏大而又缜密的正义论理论体系。就应用伦理学而言,罗尔斯其书还贡献了一个重要的方法"反思的平衡"。该书不仅深刻地影响了理论伦理学的发展,而且深刻地影响了应用伦理学的发展。就应用伦理学而言,德马科和福克斯说:"从实践伦理

① [英]黑尔:《道德语言·中译本序言》,万俊人译,商务印书馆1999年版,第2页。

② 万俊人:《现代西方伦理学史》(上),北京大学出版社1990年版,第490页。

③ [美]约瑟夫·P. 德马科、理查德·M. 福克斯编:《现代世界伦理学新趋向》,石毓彬等译,中国青年出版社1990年版,第203页。

学的观点看，他的理论似乎可应用于从医学到企业、法律等许多方面。”①

就社会背景来看，诸多社会问题的存在也日益推动伦理学走向应用。当今社会上存在着“许多道德的、社会的和政治的难题”在困扰着人们，“如战争、迫害、贫困、社会不公正和不平等等。一方面是犯罪和腐败，另一方面是道德争论和对道德的漠不关心，由此激起了对于严重缺乏道德知识和道德敏感性的关注”②。比如，20 世纪 50、60 年代美国发动的朝鲜战争、对越战争，“冷战”期间的核军备竞赛等，引起哲学家和伦理学家们思考战争和核战略的伦理道德问题；社会生活中出现的性别歧视、不公平等现象又促使人们思考歧视与机会均等的道德问题；现代科学技术的迅猛发展也带来了许多伦理学必须回答的问题，如生物科技革命的发展所带来的安乐死、生殖遗传工程、克隆技术等给人们提出的生命伦理问题，信息科技革命的发展所带来的人工智能技术、电脑犯罪等给人们提出的信息伦理或网络伦理问题，新材料、新能源技术的发展所带来的环境污染、生态失衡等生态伦理或环境伦理问题等。

总之，在这种学理因素和社会因素的综合作用下，当代伦理学向规范伦理学复归已成为一股潮流，在这种潮流的影响下，各种新学科不断地渗透到伦理学研究中，而当代伦理学也不断走向多样化、专门化和实用化，应用伦理学学科广泛兴起。

就研究对象来看，应用伦理学是以现实社会生活中的道德难题为研究对象的伦理学的学科群，它以道德理论和原则规范应用于实际生活的具体规律为研究主题。应用伦理学研究“是想搞清怎样把一般的理论原则用于个别的行为过程”，其具体内容“通常集中在对具体实例的详细考察上，并通常在探索价值冲突的、制度的、社会的及文化的根源”③。应用伦理学的研究者们抱着这样的动机：“打破分隔着各个特殊知识部门的那些界限，揭示伦理分析同实际问题和多数人关心的问题的关系”，从而使其“成为进行社会抉择的一种

---

① ［美］约瑟夫·P. 德马科、理查德·M. 福克斯编：《现代世界伦理学新趋向》，石毓彬等译，中国青年出版社 1990 年版，第 17 页。

② ［美］约瑟夫·P. 德马科、理查德·M. 福克斯编：《现代世界伦理学新趋向》，石毓彬等译，中国青年出版社 1990 年版，第 1 页。

③ ［美］约瑟夫·P. 德马科、理查德·M. 福克斯编：《现代世界伦理学新趋向》，石毓彬等译，中国青年出版社 1990 年版，第 255 页。

理智力量"①。由此可见,应用伦理学是解决某些道德问题的科学,它"应用理论伦理学所提供的伦理学原理,去评价人们行为的对与错,去评价各种社会制度、政策策略乃至技术手段及其运用方式的道德合理性和正当性"②。具体地说,应用伦理学关注的对象是人的同社会政治、法律、经济活动、科学技术、生命评价、生态环境等相关的公域行为和制度。而这些往往与集体性的组织相关,是集体性的行为。所以,与传统伦理学相区别的是:"应用伦理学不太关注个体的道德选择问题,它关注的是人类群体的道德决策。"③在现代社会中,个体行为的力量对于社会整体的影响是微不足道的,带有整体性、集群性的组织主宰着各种事件的进程。因而,应用伦理学的道德主体主要是各种组织。"现代组织的兴起,已使社会生活的结构发生了变化。社会中的个人通过多样化的组织交织成丰富的网状结构。社会生活中活动的个体、集体较以往都具有了丰富的内涵:个体不仅有自然意义上的个人——自然人,而且有社会意义上的组织概念——法人;集体由于其层次的多样性也有了分化——组织和社会,组织成了各种关系的节点。"当代社会生活中,由于分工的日益丰富,组织也越来越多样化,如经济组织、政治组织、军事组织等,其道德影响也日益强劲。因此,"组织是当代道德哲学范式研究的中心,组织伦理是当代道德哲学的核心。"④其中,企业组织及其管理活动中的伦理道德问题即企业管理伦理就是应用伦理学特别是经济伦理学研究的一个重要内容。

企业管理伦理属于企业伦理学,企业伦理学又属于经济伦理学。经济伦理学以社会经济领域、经济行为主体的道德现象及其伦理问题为研究对象,如今已形成一组包括企业(公司)伦理学、(经济)制度伦理学、产权伦理学、经济伦理史学等在内的宏大的学科群。其中观部分即企业伦理,而企业伦理又主要包括企业的经济伦理和管理伦理。

企业管理伦理的研究目的是通过对企业管理伦理价值观、企业管理伦理原则和规范、企业管理伦理实践活动的研究,为企业管理科学提供道德辩护,也为其提供伦理批判武器,促进企业管理科学合伦理性地发展;为企业管理活

---

① [美]约瑟夫·P. 德马科、理查德·M. 福克斯编:《现代世界伦理学新趋向》,石毓彬等译,中国青年出版社 1990 年版,第 257 页。

② 卢风:《应用伦理学——现代生活方式的哲学反思》,中央编译出版社 2004 年版,第 4 页。

③ 曹刚、戴木才:《问题与主义之间——应用伦理学该如何应用》,《哲学研究》2004 年第 8 期。

④ 王珏:《组织伦理与当代道德哲学范式的转换》,《哲学研究》2007 年第 4 期。

动提供一套符合现代化要求的伦理化管理模式，规范企业管理行为，促进企业管理的发展和企业管理水平的提高；遏制企业管理中的见利忘义、唯利是图、损公肥私、损人利己、以权谋私、贪污受贿、买岗卖岗、挥霍浪费等腐败现象，提高人们识别善恶的能力，使人们正确认识企业管理活动中的善与恶，增强抵制腐败现象的自觉性；使企业管理者具备企业管理实践所需要的合作精神、勇于负责、敢于创新、尊重他人、品德超人等道德素质，成为合格的管理者。

总而言之，"描述企业道德现状"、"讨论企业道德规范"、"对企业及其成员的行为进行道德评价"、"探索新颖的、既符合企业道德又能给企业带来利益的经营管理模式"、"造就'道德的企业'和'道德的个人'"等，使企业及其成员更讲道德是企业管理伦理研究的根本任务，也是社会赋予它的光荣使命①。企业管理伦理必须适应伦理学走向应用伦理的契机，通过伦理学的道德评判功能的发挥，促使企业管理者追求伦理，走向企业管理的卓越之境。

五、特征：历时态与共时态

对研究对象的特征的考察，一般说来可以从历时态和共时态两个方面来进行。所谓历时态研究，是指把研究对象当做一个运动的事物，而对其进行动态的考察和研究；所谓共时态研究，是指把研究对象当做一个静止的事物，而对其进行静态的解剖和分析。我们也采取历时分析和共时分析的方法来揭示当代企业管理伦理发展的特征。

（一）当代企业管理伦理的历时特征

1. 以"追求卓越"为主题

按照企业管理学流派的演变轨迹，大致可以把企业管理学流派概括为科学管理学派、行为管理学派、文化管理学派三大类：科学管理学派力图按照科学研究的基本要求来思考和探索反映企业管理活动过程中的普遍原则及其客观规律；行为管理学派的重点是对人性进行深入的研究和采取相应的行为准则，使得企业管理活动在处理人与人、人与企业、企业与企业、人和企业与环境的关系时达到最佳的平衡状态，更加符合人性，它们是人本主义原则在企业管理中的最直接反映；文化管理学派注重企业文化和人的价值观管理，特别是对

---

① 陈炳富、周祖城：《企业伦理学概论》，南开大学出版社2000年版，第9—11页。

知识社会中知识工人的知识创造和智力资本管理的研究，是适应知识经济、信息革命和网络时代需要的新的企业管理学说体系①。这三大类型的管理学派分别在科学主义、人本主义、文化主义原则的主导下，所秉持的伦理精神分别是科学理性精神、人本伦理精神、科学理性与人本伦理相结合的精神，而其主题也相应地表现为追求绩效、尊重人性、寻求绩效与人性的紧密结合即追求企业管理伦理。在此基础上，人们又提出了“追求卓越”这一价值观，这实质上是用卓越伦理价值观对企业管理应追求的伦理精神的高度概括，这样的概括也正发生在当代文化管理学派兴盛之时，因而“追求卓越”也就理所当然地构成了当代企业管理伦理发展的主题。其他价值观也都是围绕着这一主题而不断补充进来的新内容。虽然其他价值观包含的具体内容和表述形式有一定差异，但都没有远离这一主题，而是从属并受制于这一主题。

2. **东西方企业管理伦理互动共融**

当代企业管理伦理大体上可以分为东方企业管理伦理和西方企业管理伦理两大主要流派，而东方企业管理伦理可以日本企业管理伦理为代表，其特点是坚持整体主义原则、注重社会责任、偏向实质理性；西方企业管理伦理可以美国企业管理伦理为代表，其特点是坚持个人主义原则、注重股东利益、偏向工具理性。这两大企业管理伦理流派自20世纪80年代企业文化思潮兴起以来明显地呈现出互动共融的发展趋势：西方企业管理伦理吸收东方企业管理伦理的有益成分；东方企业管理伦理借鉴西方企业管理伦理的优秀内容，双方都在向对方靠拢、对接。这种互动共融的发展趋势，在企业的经营管理、学习交流的过程中方兴未艾②。比如当代企业管理伦理中个人利益与整体利益双赢的观念，就是在这种互动共融中形成的重要成果。

任何一个企业的经济利益大致可以划分为两部分：企业员工的个人利益和企业的整体利益。企业管理臻于卓越之境，需要这两部分的利益处于和谐、双赢的状态：企业员工和企业整体共同发展、各得其所。如果这两部分利益求得了双赢，那么企业必定求得了经济绩效；又由于企业合理地处理了这两部分利益，因而企业在伦理道德上必定是经得起检验的。

---

① 魏文斌：《走向形而上的管理学》，吉林人民出版社2006年版，第24—31页。

② 欧阳润平：《义利共生论——中国企业伦理研究》，湖南教育出版社2000年版，第108—116页。

以个人利益为中心的个人主义在20世纪80年代以前一直是美国等西方国家企业管理的伦理原则,突出个人努力、个人行为、个人差异的计件工资制和高级主管的高薪制,否认集体行动、集体决策与管理的观点,占据企业管理伦理价值系统的主导地位;而以整体利益为中心的整体主义则一直是日本等东方国家企业管理的伦理原则,企业中普遍实行的金字塔式的课件制、以资历为导向的年功序列工资制、论资排辈的晋升制度等就是整体主义原则的实际表现。然而,当代企业管理伦理的发展则越来越强调这两种原则的共融和个人利益与企业整体利益的双赢。欧美等国家的企业管理者,由于日本企业文化的冲击和应对信息时代的挑战的需要,领悟到企业员工对企业集体的认同、员工与企业集体的合作和关系的和谐等对于企业的生存和发展具有至关重要的作用,于是,他们开始强调学习和引进日本的整体主义经验,强调团队合作精神;日本也开始向欧美等国学习,他们感到日本的企业管理缺乏欧美企业管理的个人主义伦理所激发的创新精神,因此,他们开始在强调团队精神的同时也提倡个人的突出表现,鼓励个人的突出成就,对员工的合理化建议给予积极的奖励和赞扬,在整体主义的管理伦理中吸收、融入个人主义伦理的合理因素①。这种管理伦理文化上的个人主义与整体主义共融的发展趋势,实质上表明的是,任何一个企业要得到更好地生存和发展,就必须正确地处理好企业员工与企业整体的利益关系:员工个体的努力、收入、晋职、成就等利益必须得到满足,而企业整体则必须为其合理利益的满足提供条件;企业整体必须得到存续和发展,整体利益必须得到维系,而员工则必须为其作出贡献和劳动,加强对企业整体的认同和忠诚。这就是当代企业管理伦理的个人利益与整体利益双赢的原理。

3. 新观念的不断产生

由于受经济全球化、网络经济、信息革命的推动,当代企业管理伦理中一些新的伦理观念还在不断产生,如人是目的的观念、创新的观念、利润是未来的利息观念、社会责任意识、服务意识、竞争合作意识、可持续发展观、生态伦理意识、利益相关者意识、经营美德意识、科学的资源价值观、经济公平观、社会和谐观等。这些新观念是人类对于自身本质、对于自身需要和社会需要的

① 欧阳润平:《义利共生论——中国企业伦理研究》,湖南教育出版社2000年版,第109—110页。

认识不断深化的结果，是对于人与企业、企业与内外利益相关者包括自然环境的关系的重新定位，是人类对当代全球性问题深入反思的结晶，极大地丰富了当代企业管理伦理价值系统。

（二）当代企业管理伦理的共时特征

1. 功利价值与道义价值统一

从伦理学角度看，企业的经济绩效又可称为功利，伦理道德又可称为道义。因而，当代企业管理伦理的经济绩效与伦理道德双优，又可表述为功利与道义的统一。企业在价值追求上的这种功利与道义的统一，是当代企业管理伦理涵包着的重要关系，也是其重要特征。

当代企业管理伦理要求企业把功利的追求置于道义的指导与规约之下。企业管理活动既是一种人与物之间的关系，又是一种人与人之间的关系。企业管理伦理要求在物与物、人与物的关系的基础上看到人与人之间的关系。企业管理伦理是企业管理伦理关系和企业管理伦理活动的表现和反映，涉及的是人与人之间的利益关系的协调和处理。功利性的追求主要表现为企业管理活动必须按照等价交换的原则来进行，道义性的追求则表现为企业管理活动必须具有人性化的色彩和为人服务的性质。正如我们在第一章所指出的，企业及其管理活动实质上是把利他性和利己性、服务性和牟利性内在地集于一身的。因而，其所追求的伦理也是把利己与利他、员工个人利益与他人利益、员工个人利益与企业整体利益辩证地统一在一起的。

企业管理伦理的功利与道义统一的特征具体表现为效率原则与公平原则的有机统一。一个企业有经济绩效，肯定有效率；一个企业懂道义，肯定讲公平。效率原则是功利原则的集中反映，它使企业在管理活动中力求用最少的投入来获取最大的产出，充分实现自己的利益最大化。效率是企业管理活动的基本目标，因而企业必定追求效率并把它放在重要地位。企业管理伦理也应该理所当然地崇尚效率，使效率意识在其中获得高度的认同和新的生长。公平原则是道义原则的集中体现，它提醒企业在谋利计功的过程中不仅应当考虑到自己的利益，同时也应当考虑到员工、其他企业和社会集体的利益，使各种利益都能得到合理均衡的发展。公平在本质上是一个利益分配和关系对待的范畴，它要求以公正平等的态度对待各方利益关系，要求各利益主体的付出与获得对等、权利与义务相称、投入与产出对应、贡献与索取相符。这种公平的价值追求精神也是当代企业管理伦理的题中之意。

2. 实质理性与工具理性共融

同功利价值与道义价值统一的特征紧密相连，当代企业管理伦理还表现出实质理性与工具理性共融的特征。

实质理性和工具理性是德国著名思想家马克斯・韦伯提出的，他从社会学的角度，把社会行动分为工具合理性行动、价值合理性行动、传统行动、情感行动四种类型，其中工具合理性行动指对处于周围和他人环境中的客体行为的期待所决定的行动，这种期待被当做达到行动者本人所追求的和经过计算的目的的"条件"或手段；价值合理性行动指出于某些伦理的、审美的、宗教的、政治的或其他行为方式的考虑，与成功的希望无关，纯由对特定价值的意识信仰决定的行动①。前者可称为形式合理性，简称工具理性，指向责任伦理；后者可称为实质合理性，简称实质理性，指向信念伦理。

当代企业管理伦理既是实质理性，也是工具理性，体现了两者的统一。人本意识、责任意识、诚信意识、勤奋意识、节俭意识、创新意识等是当代企业管理伦理的重要内容，但它们在不同的伦理氛围中的作用是不同的。比如，按照韦伯在《新教伦理与资本主义精神》中的观点，勤劳节俭、诚实守信是经济伦理的重要内容，但它们在英美功利主义伦理体系的指导下，被工具化、形式化，"信用就是金钱"、"时间就是金钱"是其典型表达，尤其是与利润最大化的经济理性的结合，其工具理性特征大大强化；而在日本，由于受中国儒家德性伦理体系的指导和禅宗的影响，"家内和合"的命运共同体意识、企业功利与国家利益结合的意识、勤俭精神等得到强化，雇佣意识、个人意识、享乐意识等被弱化，因而属于实质理性；在德国由于受康德为代表的义务论指导，无论企业管理者还是员工都认为，"应该为工作而工作，不是为了金钱而工作"，主张"用灵魂创造财富，勤奋劳动、诚实守信、节俭朴素是灵魂的需要"②，因而也属于实质理性。但是，在当代企业管理伦理出场后，英美企业管理伦理普遍地从强调勤劳节俭、诚实守信的工具性到强调它们的目的性，从强调工作的效益性、经济性到强调工作的意义和精神价值；而日德企业管理伦理也在强调伦理道德的义务性和实质性的同时，融入其效益性、功利性和形式性理解，比

---

① 苏国勋编：《当代西方著名哲学家评传・社会哲学》，山东人民出版社 1996 年版，第 69—70 页。

② 欧阳润平：《义利共生论——中国企业伦理研究》，湖南教育出版社 2000 年版，第 115 页。

如日本就通过改造和创造性转移本国的“非理性化制度”,与移入的“理性化制度”相衔接,从而形成独具特色的、工具理性与实质理性共融的企业管理伦理。

3. 人际伦理与生态伦理并重

著名的“敬畏生命”伦理学的创始人施韦泽(Albert Schweitzer)曾批评道:“过去的伦理学则是不完整的,因为它认为伦理只涉及人对人的行为。实际上,伦理与人对所有存在于他的范围之内的生命行为有关。”①传统伦理学主要是人际伦理,只思考人与人之间的关系,人与自然之间的关系没有被纳入思考的范围。为企业经营管理行为提供伦理辩护和道德理性支撑的伦理主要有三种:其一,“新教伦理”。它认为世俗中的人勤奋工作、诚实守信、积累财富是对上帝的遵从,是每个人的天职,否则,就要受到上帝的惩罚而不能进入天堂。这样,为了获得上帝赐予的幸福这种终极利益,“在现代经济制度下能挣钱,只要挣得合法,就是长于、精于某种天职的结果和表现”②。以合理合法的手段挣钱、谋求最大化利益成了一种神圣的美德,成了一种至善和人生的终极目的。其二,“自由意志伦理”。在需要获取成就和对个人的世俗努力应给予报酬的前提下,政治制度必须有助于实现个人自由,于是,以洛克为代表的,为个人自由、私有财产和用它来追求幸福的权利提供政治、法律制度设计的“自由意志伦理”应运而生。“它支持放任主义的经济,鼓励追求个人的报酬,保证拥有财产的权利,保护契约并且为人民提供了一个公正的制度。”③其三,“市场伦理”。谋利行为在获得了意识环境、政治环境后,还必须获得经济环境。亚当·斯密提出的“看不见的手”、自由竞争和劳动专业化等思想就顺应了这种需要,而人的谋利行为也从中获得了有力的文化佐证。人们“在市场伦理中找到了在经济上对发挥个人主动性的支持……找到了竞争而不是保护,找到了创新而不是经济停滞,而作为激励的力量找到的是自我利益而不是国家利益。市场伦理是为工业制度繁荣发展而创造了文化环境的三种力量中

---

① [法]阿尔贝特·施韦泽:《敬畏生命》,陈泽环译,上海社会科学院出版社 2003 年版,第 9 页。

② [德]马克斯·韦伯:《新教伦理与资本主义精神》,于晓、陈维纲等译,三联书店 1987 年版,第 38 页。

③ [美]丹尼尔·A. 雷恩:《管理思想的演变》,赵睿等译,中国社会科学出版社 2000 年版,第 39 页。

的一个因素”[①]。这三种伦理都是人际伦理，反映的是“古老的传统社会同新兴的社会之间的一场斗争……国家同个人的斗争，人权和正当法律程序对反复无常的独裁的斗争，以及中央集权同权力分散的斗争”[②]。

但是，随着工业化的日益深入的发展，企业对生态环境的影响越来越大，经济发展以环境破坏为代价。“任何一种经济都是建立在一种生态环境之上的；尽管经济可以改变生态环境，但企业必须生存于生态系统之中。”[③]所以，企业必须承担起对于环境的保护责任，把道德判断贯穿于企业所参与的整个事件中，兼顾经济利益和环境效益，正确地处理企业与自然的关系，即让生态伦理进入企业。当代企业管理伦理就是这样一种生态伦理与人际伦理并重的价值体系。日本文化中有注重人与物、人与自然界“共生”的概念，这种观念对欧美企业管理模式产生了很大影响，成为连接东西方管理伦理的桥梁。根据肯尼思·古德帕斯特的观点，从“共生”可以发展出人际伦理和生态伦理。人际伦理是失业与雇员的再培训，工作与家庭事宜包括工作压力对婚姻关系的影响、孩子的教育、生理心理健康、社会和谐，创造财富的效率以及在当地、国家、地区和国际社区中分配财富的公正性，使用广告信息、提供错误消息或误导潜在的消费者而消费者很容易受骗；生态伦理是公司生产的环境影响，包括污染、资源保持、生物物种保持；这些理念都能够影响企业的决策[④]。现代经济中的可持续发展、循环经济、资源节约型经济、生态经济等模式，各国通过的各种旨在保护环境的法规，世界上的各种环境保护运动，各著名企业的经营信条，都是在这种融入了人际伦理与生态伦理的伦理理念的启导下出现的。

4. 普遍伦理与地方智慧结合

当代企业管理伦理既是一种通行于全球的普遍伦理，也是一种存在于特定地域、民族的特殊伦理。作为一种普遍伦理，它是企业经营管理适应市场经

---

① [美]丹尼尔·A.雷恩：《管理思想的演变》，赵睿等译，中国社会科学出版社2000年版，第42页。

② [美]丹尼尔·A.雷恩：《管理思想的演变》，赵睿等译，中国社会科学出版社2000年版，第42—43页。

③ [美]霍尔姆斯·罗尔斯顿：《环境伦理学》，杨通进译，中国社会科学出版社2000年版，第445页。

④ [美]肯尼思·古德帕斯特：《连接东西方管理伦理的桥梁："共生"与道德观念》，[美]乔治·恩德勒主编：《国际经济伦理：挑战与应对方法》，锐博慧网译，北京大学出版社2003年版，第157页。

济的世界性发展趋势而形成的。马克思和恩格斯说:“由于开拓了世界市场,使一切国家的生产和消费都成为世界性的了。……过去那种地方的和民族的自给自足和闭关自守状态,被各民族的各方面的互相往来和各方面的互相依赖所代替了。物质的生产是如此,精神的生产也是如此。各民族的精神产品成了公共的财产。”①市场经济的全球性发展,促使企业张扬开放性和流动性,适应市场经济规范和要求,扩大经济交往空间,而这也促动了通行于全球的普遍企业管理伦理的形成。对全球所有企业都具有规范和约束意义的《考克斯原则》、《社会责任国际标准(SA 8000)》、ISO 14000 环境管理体系等,就属于全球企业管理伦理。企业经营管理要达成卓越之境,就必须对这些伦理标准进行吸收、借鉴,贯彻于行为之中。但是,当代企业管理伦理也吸取了各地区、各民族的伦理智慧,体现了对地方道德智慧的尊重,因而也是一种特殊伦理,是普遍伦理与特殊伦理的结合。比如,据古德帕斯特的研究,《考克斯原则》就以两个基本伦理原则为基础:人的尊严和“共生”概念,特别是日本文化中的“共生”概念,因为强调“为所有人的善而一起生活和工作”,强调通过更为包容的“公共善”来调节个人、企业甚至民族自利的概念,而成为当代企业管理伦理的重要内容②;金黛如则在《地方智慧与全球商业伦理》一书中,从我国儒家学说的创始人孔子的伦理思想中发掘出“仁”、“公”,从日本哲学家和辻哲郎的思想中发掘出“信赖”、“人类存有”、“公共”、“私有”等范畴对于企业行为的伦理意义,而使其成为企业管理伦理价值体系的组成部分③。

当代企业管理伦理对普遍伦理与地方道德智慧的结合,反映了伦理文化的差异性和可公度性。事实上,伦理文化既有普遍性品格,也有特殊性品格。地方伦理适应于人际交往极其有限、生存空间相对封闭、只在某一孤立的地点和狭窄范围发展的民族社会;普遍伦理则适应于经济交往普遍化、社会生活复杂化、利益与价值观念多元化,人和企业的伦理选择多样化的现代社会。因应于对企业的经营管理行为进行有效的社会控制,实现经济交往秩序的有序与稳定。所以,当代企业管理伦理必然要以普遍伦理的形式出现。但是,奔走于世界各地的企业家和在某一空间内进行跨国经营活动的企业,所遇到的各种

---

① 《马克思恩格斯选集》第1卷,人民出版社1995年版,第276页。

② [美]肯尼思·古德帕斯特:《伦理规范公司》,陆晓禾、[美]金黛如主编:《经济伦理、公司治理与和谐社会》,上海社会科学院出版社2005年版,第325页。

③ 该书于2005年由静也翻译、北京大学出版社出版。

伦理道德价值观念与其母国、母族、母域之间的道德价值观念、与普遍伦理之间也是相互冲突的，普遍伦理也并不是“终极伦理”。这就需要企业和企业家尊重地方道德智慧，从中挖掘资源。也就是说，企业和企业家既需要以全球普遍伦理的精神去规约和激励自己，把普遍伦理精神传播出去，也需要尊重各种地方道德智慧，把合理的、有益的地域伦理文化吸收进来，如此才能形成一个适应性强、各方都能实现自身需要的企业管理伦理价值体系，并有效地指导企业的经营活动及其发展。

中　　篇

当代企业管理伦理的走向

第三章

凸显社会责任:当代企业管理伦理发展的新选择

越来越强调企业的社会责任,是当代企业管理伦理的重要走向之一。乔治·恩德勒在"国际企业、经济学和伦理学学会"(ISBEE)于澳大利亚墨尔本大学举行的、以"经济中的自由与责任——全球经济中的伦理、领导和公司治理"为主题的第三届世界大会上提交的《全球化与全球伦理》的报告中认为,责任在当代道德理解中已经成为一个关键术语,因此,企业管理伦理也可被称为企业责任,企业成为责任的主体,承担着经济的、社会的和环境的责任①。20世纪德国著名哲学家汉斯·约纳斯(Hans Jonas)认为,当代伦理学的核心问题就是责任问题②。企业管理伦理是当代伦理学尤其是经济伦理学的重要一脉,责任问题具有极为重要的地位,而且企业社会责任是企业管理伦理的源头。在当代企业管理伦理价值体系中,企业社会责任已经成为价值核心,社会责任感的强弱已成为衡量一个企业是否成功的公认指标。

联想的企业社会责任之旅

联想控股有限公司(Legend Holdings Ltd.,简称"联想控股")1984年由中

---

① 陆晓禾:《国际企业、经济学和伦理学研究面临的五大挑战》,《哲学动态》2005年第4期。

② 甘绍平:《伦理智慧》,中国发展出版社2000年版,第69页。

科院计算所投资20万元人民币,11名科研人员创立。2005年,联想控股综合营业额1081亿元人民币,利润总额20.51亿元人民币,总资产622亿元人民币,历年累计上缴税收75.5亿元人民币。

作为一家战略驱动的投资控股公司,联想控股采用母子公司治理结构,初步形成了涉及IT、投资、地产等三大行业、五大业务单元的非相关多元化经营格局,同时紧紧抓住发展机遇,积极探索新的产业发展方向。联想控股行使定方向、选人才、配资源、监督考核的职能,为各专业子公司提供资金、品牌、管理、文化等方面的有力支持,推动子公司成为所在行业的领先企业。

经过20年努力,公司走出了一条有中国特色的高科技产业化道路;成功实施了国有股份制改造,建立起现代企业制度;立足中国本土市场,在和国外企业竞争中初战告捷,促进了民族IT产业的发展;学习西方成功企业的管理经验,结合中国实际,提炼出具有联想特色的企业管理理念,并成为核心竞争力。

联想控股的愿景是:以产业报国为己任,致力于成为一家值得信赖并受人尊重,在多个行业拥有领先企业,在世界范围内具有影响力的国际化控股公司。"产业报国"是联想企业社会责任的集中体现;"值得信赖并受人尊重"是联想履行企业社会责任所期望实现的社会效应;最终达到企业持续发展,成为基业常青的百年老店的目标。

联想在20多年的发展史上,一贯积极主动地履行企业公民应有的社会责任,"对社会负责,对客户负责,对股东负责,对员工负责"。

2004年联想成立20周年,也是联想企业社会责任工作的一个重要里程碑。2004年以前,联想的企业社会责任意识处于自发阶段,公司以回报社会为宗旨,在社会公益方面进行了较全面的投入:比如,在重大抗灾救助中积极为华东水灾、"非典"等捐款;对教育事业进行全方位的支持,实施和参与了希望工程、幸福园丁工程、联想育苗计划、打工子弟小学、大学生跨世纪寻才、西部大开发MBA师资奖学金等项目;努力推进信息化进程,向边远地区捐赠电脑,赞助国际国内信息奥林匹克竞赛,为联合国信息通信技术组提供经费支持,支持共青团县县通工程等;推动体育及全民健身事业的开展,支持中国申奥,赞助中国女足、北大清华赛艇对抗赛等;积极促进文化事业,对中国京剧院、国家图书馆、国际中国研究会等众多文化机构和项目给予了资金帮助。

2004年联想控股正式将公益工作和企业社会责任纳入企业的战略层面

来考虑，制定了“系统设计，长期坚持”的原则，使社会公益投入进入了系统规划与实施的阶段。宏观来说，公益成为联想一项长久的事业，持续进行；微观来说，针对具体的领域和重点的公益对象，进行相对长期的投入，作出规模、作出成效。

回顾联想在企业社会责任方面的实践，联想控股公司总裁柳传志认为，联想主要做了两件事。一是认真考虑员工的发展和福利，联想应该是第一家实行企业年薪制度的中国企业。第二件事，坚持教育公益为主线。

（资料来源：中国企业家调查系统编著：《企业家看社会责任：2007 中国企业家成长与发展报告》，机械工业出版社 2007 年版，第 200、192—193 页，根据该书材料综合而成，案例名称是引者加的。）

一、企业社会责任概念的提出

关于企业的社会责任问题的讨论，在 20 世纪初叶曾有学者在其著述中涉及有关思想，但并没有明确的理论建树。只是 1932 年，哈佛大学法学院教授多德在《哈佛法学评论》上发表的一篇文章中提出：“企业财产的运用是深受公共利益影响的，除股东利益外，法律和舆论在一定程度上正迫使商事企业同时承认和尊重其他人的利益；企业管理者应因此树立起对雇员、消费者和广大公众的社会责任，‘社会责任感’亦将成为企业管理者‘妥适的态度’而得到采纳；企业的权力来自企业所有利益相关者的委托，并以兼而实现股东利益和社会利益为目的；不仅要通过确立一定的法律机制促使企业承担对社会的责任，而且控制企业的管理者应自觉地践行这种责任。”①这可以看做“企业社会责任”概念的最早提出，但并没有引起社会的广泛关注，更没有合法化。

企业社会责任的合法化是在 50 年代。1953 年，美国最高法院在 A. P. 史密斯制造公司案件裁决中，出现股东反对公司捐赠的行为。在该案中，公司在对自己没有任何明显经济利益的前提下，给普林斯顿大学捐赠了 1500 美元。一批股东质疑这笔款及新泽西州 1930 年通过的许可法，声称经理人员无权赠送股东的股金。新泽西州最高法院裁决公司有权作出捐赠而不必受与公司利益是否有直接关系的限制，美国最高法院以拒绝听证支持了新泽西州最高法

① 曹凤月：《企业道德责任论——企业与利益相关者的和谐与共生》，社会科学文献出版社 2006 年版，第 20—21 页。

院的裁决,虽然它没有就公司慈善活动是否合法这个问题本身发表评论。这一裁决最终宣告了有关公司慈善活动越权教条的死亡,企业社会责任问题合法化①。

也就在这一年,被卡罗尔称为"现代企业社会责任领域的开拓者"②的美国学者 H. R. 博文(H. R. Bowen)因为看到大型公司所拥有的权力及其经营活动对社会所造成的重大影响,发表《商人的社会责任》一书,其中提出"商人应该为社会承担什么责任"的问题,他认为:"商人有义务按照社会所期望的目标和价值,来制定政策、进行决策或采取某些行动。"③这个观点被认为是企业社会责任的最早定义,因而,博文也被誉为"企业社会责任之父"。1968 年,美国天主教大学原校长 C. 沃尔顿在其《公司的社会责任》一书中,倡导公司之间的竞争要以道德目的为本④。这是关于企业社会责任的道德维度的较早提出。之后,众多学者和企业家开始重视企业社会责任问题,并从法学、经济学、伦理学等各个角度探讨之。

二、关于企业社会责任概念的争论

在企业社会责任问题被明确提出时,学界和实业界就展开了激烈的争论。赞成者有之,反对者有之。争论主要围绕两个方面展开:其一是企业社会责任的含义;其二是赞成或反对企业社会责任的论据或理由。

(一)关于企业社会责任的含义的不同观点

关于企业社会责任的含义,可以从概念演进的视角,以企业社会责任的讨论中是否关注企业管理伦理为基点,看出研究者们的不同看法。

在较早的时候,美国雷蒙德·鲍尔(Raymond Bauer)从企业与社会的关联性的角度提出:"企业社会责任是认真思考公司行为对社会的影响。"⑤1963 年,约瑟夫·麦奎尔(Joseph W. McGuire)把企业的经济目标和法律目标与企业社会责任联系起来,提出:"社会责任的思想主张公司不仅有着经济和法律

---

① 李洪彦主编:《中国企业社会责任研究》,中国统计出版社 2006 年版,第 4 页。

② Croll, A. B. , Corporate Social Responsibility: Evolution of A Definitional Construct, *Business and Society*, Sept. (38:3), 1999.

③ Bowen, H. R. , *Social Responsibilities of the Businessman*, New York: Harpor & Row. , 1953.

④ 吴新文:《国外企业伦理学:三十年透视》,《国外社会科学》1996 年第 3 期。

⑤ Paluszek, John L. , *Business and Society*: 1976 – 2000, New York: AMACOM, 1976, p. 1.

方面的义务,除这些义务之外,还承担有其他社会责任。”①1975 年,基思·戴维斯和罗伯特·布洛姆斯特朗(Keith Davis & Robert L. Blomstrom)从企业对社会的积极贡献即保护和改善社会福利的角度提出:“社会责任是决策者在考虑自己的利益的同时,也有义务采取措施以保护和改善社会福利。”②与上述观点类似的还有哈罗德·孔茨和海因茨·韦里克提出的企业社会责任“就是认真地考虑公司的一举一动对社会的影响”③和里基·W. 格里芬(Ricky W. Griffin)提出的企业社会责任“是指在提高本身利益的同时,对保护和增加整个社会福利方面所承担的责任”④等观点。上述各种定义都有各自的特点,对人们深入揭示企业社会责任的内涵和本质具有重要意义,但不可否认的是,它们都有共同缺陷:在界定企业社会责任时都嫌模糊含混,尤其是没有清晰地凸显企业社会责任的伦理维度。

从 1974 年企业伦理学产生时起,许多哲学家在过去宗教哲学家们对企业管理伦理的开拓性贡献的基础上,从企业管理伦理的角度来探讨企业社会责任。比如,1979 年,由哲学家文森特·巴里著的《企业中的道德问题》、汤姆·比彻姆和 N. E. 鲍伊合著的《伦理理论和企业》、托马斯·唐纳森和帕特丽夏·沃哈恩合著的《企业中的伦理问题:一种哲学上的探讨》,这第一批三本企业伦理学教科书都研究过企业社会责任问题⑤。而 1980 年美国企业伦理学教育委员会起草并获得委员会通过的企业伦理学教学指导原则中则明确规定:考察企业活动和道德责任之间的关系是每门课程的基本要求⑥。此时管理学、经济学、法学及其他领域的研究者们也逐步涉足企业伦理议题,希望从企业伦理角度获得企业社会责任的新结论。1984 年,管理学家爱德华·弗里曼著的《战略管理:利益相关者方法》(*Strategic Management: A Stakeholder*

---

① McGuire, Joseph W., *Business and Society*, New York: McGraw-Hill, 1963, p. 144.

② Davis, Keith & Blomstrom, Robert L., *Business and Society: Environment and responsibility*, 3rd ed., New York: McGraw-Hill, 1975, p. 39.

③ [美]哈罗德·孔茨、海因茨·韦里克:《管理学》,郝国华等译,经济科学出版社 1993 年版,第 689 页。

④ [美]里基·W. 格里芬:《实用管理学》,杨洪兰等译,复旦大学出版社 1989 年版,第 73 页。

⑤ [美]约瑟夫·P. 德马科、理查德·M. 福克斯编:《现代世界伦理学新趋向》,石毓彬等译,中国青年出版社 1990 年版,第 200 页。

⑥ [美]约瑟夫·P. 德马科、理查德·M. 福克斯编:《现代世界伦理学新趋向》,石毓彬等译,中国青年出版社 1990 年版,第 202 页。

Approach)一书出版,提出:企业社会责任是增进企业的利益相关者的利益①。1987年,埃德温·爱泼斯坦(Edwin M. Epstein)把企业社会责任与企业管理对利益相关者和伦理规范日益增多的关注联系起来,提出:"企业社会责任主要与组织对特别问题的决策(有一定规范性的)结果有关,决策要达成的结果应对利益相关者是有益而不是有害的。企业社会责任主要关注企业行为结果的规范性、正确性。"②上述各种观点在界定企业社会责任上大都凸显了伦理维度,但仍嫌含糊不清,可能是由于研究资料的局限性,他们都没能指出企业社会责任到底包含什么样的道德责任。

在凸显企业社会责任的伦理维度的观点中,特别值得一提的是管理学家斯蒂芬·P.罗宾斯,他认为,企业社会责任是指"一种工商企业追求有利于社会的长远目标的义务,而不是法律和经济所要求的义务",他还特别提醒,这一定义的前提是所有企业都会遵守社会颁布的所有法律,并追求经济利益,同时,这一定义将企业看做一种道德机构,在它努力为社会做贡献的过程中,它必须分清正确的和错误的行为。罗宾斯认为,社会责任是比社会义务层次稍高的概念,社会义务仅仅是指企业的经营管理行为符合其经济和法律责任,它是一个表明"企业追求社会目标仅限于它们有利于该企业实现其经济目标的程度"的概念;而社会责任则"加入了一种道德规则,促使人们从事使社会变得更美好的事情,而不做那些有损于社会的事情"③。这种观点综合了当时学界的最新成果,明确了企业社会责任包括经济责任、法律责任、道德责任三个层次,内容全面系统,对企业经营管理活动也具有较强的可操作性。从此企业社会责任研究者们大都强调企业应该承担道德责任,而且有很多学者仔细研究企业所应承担的道德责任的具体内涵,当然也有不同看法。其中有代表性的看法主要是:

其一,核心道德责任论。这由P.普拉利(Peter Pratley)提出。普拉利认为,"正如实行质量管理一样,企业也接受具体的道德责任。在最低水平上,

---

① 该书于2006年由王彦华等翻译、上海译文出版社出版。

② Epstein, Edwin M., "The Corporate Social Policy Process: Beyond Business Ethics, Corporate Social Responsibility and Corporate Social Responsiveness", *California Management Review*, Vol. XXIX, No. 3, 1987, p. 104.

③ [美]斯蒂芬·P.罗宾斯:《管理学》(第四版),黄卫伟等译,中国人民大学出版社1997年版,第97—98页。

企业须承担三种责任:(1)对消费者的关心,比如能否满足使用方便、产品安全等要求;(2)对环境的关心;(3)对最低工作条件的关心。"①普氏把这三种责任称为"最低限度的核心道德责任",并将核心道德责任分为三个层次:"首先,企业有义务承担最基本的道德责任:即为消费者提供安全而又性能良好的商品和服务。在这一基础性和永久性的责任之上,现在又增加了新的道德责任。其次,道德责任的范围扩大了,涉及关心环境和减少资源消耗。最后,道德责任指的是企业作为一个道德共同体的质量。这意味着起码没有滥用(道德责任)。"②

其二,多层次的企业责任框架。这由乔治·恩德勒提出。恩德勒认为,企业的责任范围包括经济责任、社会责任和环境责任三方面。其中经济责任是:赢利或使利润最大化;提高生产率;保护或增加所有人或投资者的财富;尊重供应商;公平对待竞争者;关心雇员,为消费者服务。社会责任是:尊重法律和规则的精神及条文;尊重社会习俗和文化遗产;有选择地参与文化和政治生活。环境责任是:致力于可持续发展;消耗较少的自然资源;让环境承受较少的废弃物。他还指出,企业责任是可分层次的,上述每一方面都可分为"最低限度的道德要求"、"超出最低限度道德要求的积极义务"和"理想的道德要求"三个层次。比如企业对环境的起码责任是:不污染环境;积极责任是:保护环境;理想责任是:促进和改善环境③。

其三,企业社会责任金字塔。这由阿奇·B.卡罗尔提出。卡罗尔认为,企业社会责任意指某一特定时期社会对组织所寄托的经济、法律、伦理和自由决定(慈善)的期望。企业的所有社会责任等于经济责任、法律责任、伦理责任和慈善责任之总和,其中经济责任指赢利,法律责任指守法,伦理责任指合乎伦理地做事,慈善责任指成为好的企业公民,如给社区捐献资源、改善生活质量等。这四种责任构成一个金字塔,经济责任处于最底层,第二层为法律责任,第三层为伦理责任,最高层为慈善责任④。

---

① [美]P.普拉利:《商业伦理》,洪成文等译,中信出版社1999年版,第98页。

② [美]P.普拉利:《商业伦理》,洪成文等译,中信出版社1999年版,第119页。

③ [德]乔治·恩德勒:《面向行动的经济伦理学》,高国希、吴新文等译,上海社会科学院出版社2002年版,第229、234页。

④ [美]阿奇·B.卡罗尔、安·K.巴克霍尔茨:《企业与社会——伦理与利益相关者管理》,黄煜平等译,机械工业出版社2004年版,第26页。

其四,企业道德义务论。这由德·乔治提出。他从自由企业制度上寻找企业社会责任的根源,认为企业社会责任的含义是模糊的,“有时它超越了法律意义,指企业履行其道德义务的责任;有时指社会加之于企业的义务本身。通常,它是指企业对社会、对自身行为给社会所造成影响的关注,不管这种关注是否符合社会的要求”①。企业道德义务可分为四类一般义务。其中“一般义务根源于企业、社会的性质以及二者之间内含的合约性质。首要的义务是‘不造成任何危害’”,“第二类一般义务来源于企业建立于其间的自由企业制度的本质。企业依赖于制度整体,因此企业就有道德义务不危及该制度的自由与价值。”“第三类一般义务即在企业所从事的交易活动中做到公平。”“第四类一般义务在于按照自己自由签订的契约合同去做。”②

(二)反对和赞成企业社会责任的不同理由

所有关于企业社会责任的讨论,基本上可以分为两类:一类是经济主义的观点。这种观点也称股东理论,斯蒂芬·P. 罗宾斯称之为古典观,是反对企业社会责任的,主要是以弗里德曼为代表。弗里德曼认为,企业的社会责任主要是其经营管理者的责任,是他们按股东的利益来经营业务,追求最大化的利润。弗氏的观点也得到一部分人的响应。他们或者借用产权学说、契约理论,或者运用亚当·斯密“看不见的手”使个体利润自然而然地增加社会总体福利,或者借用企业承担其他社会责任会陷入竞争的“铁笼”而无法生存来支持这一观点。他们的反对理由主要有:企业承担社会责任违反了利润最大化原则,淡化了企业的使命,增加了成本,使企业权力过大;从企业本身来说,企业作为商人缺乏处理社会问题的技能,与公众之间没有社会责任的直接联系,也缺乏大众支持。

另一类是超经济主义的观点。这种观点也称社会责任论,罗宾斯称之为社会经济观,是赞成企业社会责任的。弗氏的观点虽然也得到了一些经济学家的支持,但是,其一出笼就受到了猛烈批判,即使是股东理论内部也有人不赞同他的观点。或者认为他的论证不适当,或者认为要求人们使所有道德考

---

① [美]理查德·T. 德·乔治:《经济伦理学》,李布译,北京大学出版社 2002 年版,第 235 页。

② [美]理查德·T. 德·乔治:《经济伦理学》,李布译,北京大学出版社 2002 年版,第 228 页。

虑从属于利润考虑是不道德的,企业经营并不仅仅只是针对股东的责任,它还有针对消费者、雇员、社区以及下一代的责任,而且这些责任比针对股东的责任更为基本而重要①。当然,赞成企业社会责任者在其具体内容上也有不同看法,大致也可分为两类:一是有限度的超经济主义。持这种看法的人认为,企业的责任是利润最大化,但要在其中作出理性选择,他们或者认同顾客导向即把消费者放在首位,或者认同员工导向即把提供有意义的就业作为商业的首要目标,或者认同利益相关团体导向即平衡多个利益相关方。二是扩展的超经济主义。这又主要包括前文已述的核心道德责任论、多层次责任论、企业社会责任金字塔和企业道德义务论等。总的说来,赞成企业承担社会责任的理由主要有:企业承担社会责任是公众期望,可以获得长期利润,是企业的道德义务,可以树立良好的公众形象,赢得更好的经营氛围,减少政府调节,使责任与权力平衡,可以提高股东收益,企业因拥有财政资源、技术专家和管理人才而有能力帮助需要援助的公共项目和慈善计划,有预防社会弊端的优越性。

三、企业社会责任是社会对企业的伦理期待

(一)企业的道德责任是企业管理伦理的核心

作为企业在社会中存在和发展的道德基础,和市场经济伦理在企业中的表现的企业管理伦理,其核心是企业的道德责任。从根本意义上看,要探讨企业管理伦理问题就是要探讨企业的道德责任问题,抓住了企业的道德责任问题也就抓住了企业管理伦理的实质和要害。

企业的道德责任问题的出现,是与企业的社会责任问题的出现密切相关的,最初企业的道德责任问题以企业社会责任问题的形式被讨论,在经历了一个历史过程后被有关学者凸显。所以,尽管企业管理伦理产生的时间要早于企业的社会责任提出的时间,比如美国在 20 世纪 20 年代就有了关于企业管理伦理的著作②,而那时候关于企业管理伦理到底要研究一些什么问题,人们并不是很清楚的,只是到了 50 年代明确提出了企业的社会责任概念和实践上企业社会责任合法化以后,人们关于企业管理伦理的认识才逐渐清晰起来,企

---

① 陆晓禾:《走出“丛林”——当代经济伦理学漫话》,湖北教育出版社 1999 年版,第 194 页。

② 陈炳富、周祖城:《企业伦理学概论》,南开大学出版社 2000 年版,第 18 页。

业管理伦理著作也渐渐多了起来。企业的社会责任概念的提出极大地推动了企业管理伦理作为一个新的研究领域的形成,使企业管理伦理从此有了明确的研究对象和学术使命。特别是卡罗尔、罗宾斯、恩德勒、德·乔治等人明确划分企业社会责任的伦理层次后,企业管理伦理更为清晰地挺立起来。这就说明,企业的社会责任问题也是企业管理伦理要研究的重要问题,但并不是企业管理伦理研究的全部。企业管理伦理还要探讨企业的道德权利、企业管理伦理精神、企业经营管理者和员工的道德规范等,而这些问题不在企业社会责任问题讨论的范畴。企业管理伦理对于企业社会责任的讨论重点是其中的道德责任,虽然对于社会责任的其他方面如经济责任、法律责任等也发表意见,但也主要是从道德的角度进行。也就是说,企业的道德责任是企业管理伦理的核心问题。那么,企业管理伦理何以要以企业的道德责任为核心?

企业管理伦理问题是以企业管理道德为研究对象的,而企业管理道德又是以企业经营管理活动中的道德责任为核心的。就学科归属来看,企业管理伦理属于企业伦理学范畴,是应用伦理学的一个分支。作为伦理学的一种,责任问题毫无疑问地构成其核心。在伦理学中,道德责任是最为基本的理论问题,也是其核心问题。"责任所包含的道德强制力和道德理性,是所有道德规范中最多的,也是社会的道德要求和个人的道德信念结合得最紧密的。从这个意义上说,责任在道德规范的整个体系中,是处于最高层次的道德规范。"①诺兰曾经也强调过这一点,他说:"人类把实然(What is)和应然(What ought to be)区分开来。我们常常意识到要为应然的东西而努力的个人责任感。发展这种道德义务感,如果脱离了选择的能力,就是毫无意义的。自由意识充分表现在这种应然的意识中,这是道德生活的核心。"②因为责任与自由是不可分割的,自由是责任的前提,有多大的自由,就意味着有多大的责任;同理,有多大的责任,也就意味着有多大的自由,所以,诺兰强调自由意识是道德生活的核心,也就是在强调责任意识或责任感是道德生活的核心。既然道德责任是伦理学的核心问题,那么企业的道德责任理所当然地构成企业管理伦理研究的核心问题。从这个角度看,企业管理伦理就是要求企业在经营管理活动中

---

① 罗国杰主编:《伦理学》,人民出版社 1989 年版,第 187 页。

② [美]R. T. 诺兰等:《伦理学与现实生活》,姚新中等译,华夏出版社 1988 年版,第 40 页。

对其利益相关者的利益要予以合乎道德的考虑,就是要求企业意识到自己对于利益相关者的道德责任。

(二)企业的社会责任是社会对企业的伦理期待

卡罗尔曾说,企业社会责任意指某一特定时期社会对企业组织所寄托的期望①。而“期望”不过是“责任”的另一种表达。责任说到底是一个伦理范畴,因而人们谈到责任时往往是从伦理的意义上来指称的。

1. 责任概念的含义

“责任”这一概念的词根为拉丁文的“respondo”,意指“我作答”,即允许一件事情对另一件事情的回答。责任主要是指行为主体对行为及其后果的担当。《现代汉语词典》解释为:第一,分内应做的事;第二,没有做好分内应做的事,因而应当承担的过失。伦理学的“责任”也从这一意义上演绎而来,“是指由一个人或一个团体的资格(包括作为人的资格和作为某种特定角色的资格)所赋予,并与此相适应的从事某些活动、完成某些任务以及承担相应后果的”②经济的、政治的、法律的、道德的等方面的要求。从内容上看,责任包括许多种类:经济责任、政治责任、法律责任、道德责任等。道德责任有两方面的含义:一是一个人或一个团体在一定道德意识支配下,对他人、团体、社会所自觉承担的责任;二是一个人或一个团体对自己行为的过失及其不良后果在道义上所应当负的责任。前者为应尽的道德责任,后者为应负的道德责任。与其他责任相比,道德责任主要是一个人或一个团体自觉自愿承担和履行的,虽然也有一定的强制性比如社会舆论,但主要还是依靠人或团体的自觉性;而其他责任则主要依靠强制手段才得以落实,虽然也需要一定程度的自觉性,但主要还是建立在强制性的基础上。因而,所谓企业社会责任,是指企业对社会所应尽和应负的各方面的责任。而企业道德责任则是指企业对社会和各利益相关者所应尽和应负的道德责任。

2. 企业社会责任是指企业伦理责任

所谓“企业社会责任”在实质上是指“企业伦理责任”。企业伦理学者们往往把企业社会责任划分为经济责任、法律责任、伦理责任和慈善责任。按照

---

① [美]阿奇·B.卡罗尔、安·K.巴克霍尔茨:《企业与社会:伦理与利益相关者管理》,黄煜平等译,机械工业出版社2004年版,第23页。

② 沈晓阳:《责任的伦理学分析》,《湖州师范学院学报》2005年第3期。

这种意思，企业道德责任包含在伦理责任和慈善责任之中，特别是慈善责任就是道德责任。笔者不同意这种观点。笔者把部分经济责任、法律责任、伦理责任和慈善责任统称为伦理责任，其中包括三种责任：部分经济责任、法律责任和道德责任。道德责任属于伦理责任毋庸赘述，部分经济责任和法律责任为什么也是伦理责任？

第一，法律责任属于伦理责任之一。

黑格尔在《法哲学原理》中认为，法、道德、伦理都源于人的自由意志，自由意志在实践中的发展要经过三个阶段：抽象法、道德、伦理。其中，抽象法是客观外界的法，是自由意志发展的客观阶段，表现为客观的、外在的善，这种自由是一种自在的自由。道德是主观内心的法，是内心信念的规定，是自由意志发展的主观阶段，表现为主观的、内在的善，这种自由是一种自为的自由。伦理则是自由意志发展的高级阶段，是客观法与主观法的统一，在黑格尔看来，主观的善和客观的、自在自为地存在着的善的统一就是伦理，它是自在自为的自由。伦理作为自由意志发展的高级阶段，又表现为各种关系，依次是家庭、社会、国家。从黑格尔的充满辩证法智慧的论述中，我们可以看出，伦理是法与道德的统一，法与道德都属于伦理。也正是在此意义上，人们常说法律是“底线伦理”，而道德是“高线伦理”；法律是最低限度的道德，道德是不成文的法律。伦理表现为各种关系，而法律与道德就是促使人们或团体各在其位、各司其职，以维护这种关系的行为规则即“律”，法律因为是客观的、外在的，所以其基本特征是“他律”，表现在责任上，就是应负的责任；而道德因为是主观的、内在的，所以其基本特征是“自律”，表现在责任上，就是应尽的责任。各种责任要能得到履行和承担，社会关系要能得到维系和拓展，他律与自律就都不可缺少，法律与道德也都不可或缺。

那么，同属于伦理责任的法律责任和道德责任到底是什么关系？法律责任和道德责任是相互交织、相互渗透、相互支撑的，在现实生活中无法将两者明确划界，人们指称企业的法律责任和企业的道德责任不过是为了表述的方便。其中法律责任对于道德责任具有重要价值：其一，法律责任有助于道德责任的认识、把握和落实，强化企业对道德责任的履行。法律责任的内容都是确定的、明晰的。它的这种确定性启发了历史上人们经常把一些普遍性的、基本的道德要求用法律的形式确立下来。博登海默说：“法律的制定者经常会受到社会道德中传统的观念或新观念的影响。……道德中的最为基本的原则，大多已不可避免地被纳入了法律体系之中。”①人们之所以要把道德责任纳入法律之中,就在于各种法律制度能够按照行业、部门的特点把道德责任化为工作的具体要求,这些要求是量化的、细化的,从工作范围、标准、程度到工作态度、义务,都有明确规定,人们看得见、摸得着,便于认识和把握。而一旦把握,人们对于道德的履行就变得容易了。所以博登海默又说:“实质性的法律规范制度仍然是存在的,其目的就在于强化和确使人们对一个健全的社会所必不可少的道德规则的遵守。”②

其二,规定法律责任的法律制度有助于企业道德责任意识的养成。尽管事实上规定法律责任的法律制度的确是人的创设物,具有主观性,但是人并不能随意创设法律。法律的创设需要各种条件和环境,因此规定法律责任的法律制度的形成与确立是一个自生自发与人为建构相结合的过程,是一个由习俗到规则反复博弈的过程。恩格斯在《论住宅问题》中曾说:“在社会发展某个很早的阶段,产生了这样一种需要:把每天重复着的产品生产、分配和交换用一个共同规则约束起来,借以使个人服从生产和交换的共同条件。这个规则首先表现为习惯,不久便成了法律。”③这种经过反复博弈而形成的法律规则,具有极强的生命力、适应力和调控力,一经确立后,在一定时段内都是稳定的。这种稳定性使规定法律责任的法律制度有助于企业道德责任意识的养成,因为其所规定的责任内容能在不可违逆的命令性力量的支撑下,成为许多企业反复践履的行为,而企业的道德责任意识也就在这一过程中养成为一种无意识的存在。

其三,规定法律责任的法律制度对企业不履行责任的行为的惩治就是对那些积极履行责任的企业的褒奖,从而有助于形成良好的经营秩序。规定企业法律责任的法律都是对企业经营管理行为界限的划定,是以明确具体的表达形式对企业不该做什么、不该怎么做的禁止,这种禁止从反面看实际上是对企业该做什么、该怎么做的引导。如果企业不该做的做了,就要根据法律的规定受到相应惩罚,这种惩罚实际上是对那些积极履行责任的企业的褒奖,而这

---

① [美]E. 博登海默:《法理学:法律哲学与法律方法》,邓正来译,中国政法大学出版社1999年版,第376页。

② [美]E. 博登海默:《法理学:法律哲学与法律方法》,邓正来译,中国政法大学出版社1999年版,第379页。

③ 《马克思恩格斯选集》第3卷,人民出版社1995年版,第211页。

种过程，无疑也是一种形成和维护良好经营秩序的过程。

道德责任对于法律责任也具有重要价值：其一，道德责任是法律责任的前提和基础。在人类早期的经济生活中，人们所依靠的并不是法律，而是习惯和道德。而在法律产生之前，法律的功能是由道德在行使。正是在此意义上，道德成为法律的前提。同时，道德还是法律的基础。对此，新自然法学派的富勒在《法律的道德性》中做了深入的探讨，他认为，法律所蕴涵的道德基础包括两方面：内在道德和外在道德，内在道德是关于法律的解释和执行的方式问题，即一种特殊的、扩大意义上的程序问题，它包括法律的一般性、颁布、适用于将来的而非溯及既往的法律、法律的清晰性、避免法律中的矛盾、法律不应要求不可能之事、法律在时间之流中的连贯性、官方行动与公布的规则之间的一致性等八个法制原则，法律的内在道德既包括否定式的要求不作为，也包括肯定式地要求必须致力于特定的成就，它表现为程序的自然法；外在道德是指法律的实体目标，表现为实体自然法①。为了强调道德是法律的基础，博登海默也曾说："如果法律规则和法律原则能够得到准确无误的阐述，从而司法机关在裁定争议时无须再依赖法律范围以外的概念，那么上述坚持要在司法中把法律与道德区分开来的要求也许就有可能实现。然而，数个世纪的经验告诉我们，任何法律制度都不曾也不可能达到如此之准确无误的程度。至于一个法律制度是否能够完全不使用含有道德含义的广义概念，如诚信、犯意（犯罪意图）和违背良心的行为等概念，也是颇令人怀疑的。"②

其二，道德有助于法律的先进性程度的提高。道德往往代表着社会生活中的先进性成分或力量，代表着人类对未来的向往和理想追求。博登海默说："道德……乃是一个关系到某些规范性模式的价值侧重概念，因为这些模式的目的就在于在个人生活和社会生活中扬善驱恶。在道德命令同个人对自我的态度的关系上，道德命令被定义为召唤，亦即号召人们以一种对社会负责的方式发挥自己的潜力，充分施展自己的创造才能，从而获得真正的幸福和内心的满足。"③其目的"就是要通过减少过分自私的影响范围、减少对他人的有害

---

① ［美］富勒：《法律的道德性》，郑戈译，商务印书馆2005年版，第55—96页。

② ［美］E.博登海默：《法理学：法律哲学与法律方法》，邓正来译，中国政法大学出版社1999年版，第378页。

③ ［美］E.博登海默：《法理学：法律哲学与法律方法》，邓正来译，中国政法大学出版社1999年版，第370页。

行为、消除两败俱伤的争斗以及社会生活中其他潜在的分裂力量而加强社会和谐"①。这就是说，道德从总体上看，是积极的，是人的主体性本质力量的展现。人们运用道德的目的，在很大程度上并非仅仅理性地控制自身，而是认识和把握社会、协调人际关系，促进自身的全面而自由的发展。过去人们只看到了道德的规范性一面，而对其主体性一面则视而不见。这是对道德的误解。

既然道德代表着社会的先进性力量，那么将道德贯彻于法律，就有助于法律先进性程度的提高和人道化发展与提升。富勒曾将道德看做法律的优越性成分，认为以道德为基础是法制原则或法律优越性的必备条件，他把真正的法律制度的道德基础区分为两类：愿望的道德和义务的道德，愿望的道德是关于幸福生活、优良和人的力量的充分实现方面的道德，背离这种道德的人是没有实现其全部能力的人，在道德上是一个不完善的、还有待于进一步努力的人，他们尽管失败了但仍然值得人们尊敬；义务的道德是那些成为一个有秩序的社会所必不可少的基本原则，背离这种道德的人是因为他们不尊重社会生活的基本要求，他们的失败仍然要受到人们的谴责。现在可以看出，义务的道德基本上是指法律或与法律类似的规则，愿望的道德就是与人们日常理解的道德重合一致的规则，是法律的人道化内涵。富勒认为，道德不仅是法律的基础，而且是法律的评判尺度，如果缺少了道德，"都不仅仅会导致一套糟糕的法律体系；它所导致的是一种不能被恰当地称为一套法律体系的东西"②。

如果我们撇开社会生活中的其他控制性力量，而仅仅将道德责任与法律责任相比较，那么道德责任显然在地位上要高于法律责任，先于法律责任，因而道德责任意识也要高于、先于法律责任意识。法律是一种"底线伦理"，只有主体具有了良好的法律责任意识，并把这种法律责任意识内化为自身的道德素质，再付诸行动，才能达到道德层次。现实中有很多企业能遵守法律、讲法律，但不守企业道德，那是因为法律具有强制性这一优势，企业由于畏惧强制手段而不得不服从它。因而仅仅是守法只能表明企业经营的境界比较低下。林恩·夏普·佩因曾说："尽管法律服从是必需的，但是用它来指导责任

---

① ［美］E. 博登海默：《法理学：法律哲学与法律方法》，邓正来译，中国政法大学出版社1999年版，第371页。

② ［美］富勒：《法律的道德性》，郑戈译，商务印书馆2005年版，第47页。

行为,会呈现很大的局限性,并且它根本就不能为处于领导地位的公司所追求的模范行为提供指导。"①这就说明,道德责任相比于法律责任,是先进的、积极的。正是在此意义上,守德比守法更难,更需要主体的自觉性,而这种自觉性在决定性的程度上则是由道德素质提供的。

第二,经济责任中的"增进社会财富"也是伦理责任。

把经济责任看做伦理责任是有限度的,并不是所有的经济责任都是伦理责任。所谓企业经济责任,包括两层含义:一是为股东谋求最大化利益;二是为社会提供高质量的产品和服务,以增进社会财富和福利。而根据企业的根本目的和宗旨,可以推知,企业经济责任的第一层含义即为股东谋求最大化利益是企业的基本责任,也是企业赖以生存和发展而必须承担的义务,所以它基本上是一个客观的、无法否认的事实,但它不是企业的伦理责任。因为它仅仅是在为企业自身负责,而没有有利于企业以外的道德行为。能够称为企业的伦理责任的,是企业经济责任的第二层含义。经济责任与法律责任和道德责任的关系在于经济责任是后两者的物质基础,后两者是经济责任的升华。

3. 企业道德责任的规定

企业道德责任也不是笼统的、平面的,而是可以根据道德的特性划分层次的。道德是他律性和自律性、现实性和理想性、协调性和进取性的统一,因而它也可以被划分为义务性的道德和理想性的道德,其中义务性的道德是最基础的层次,是必须做到的,而理想性的道德属较高层次,需要人们去努力追求。与此相对应,道德责任也可分为义务性的道德责任和理想性的道德责任,其中义务性的道德责任是有强制性的,企业必须履行,如果不履行,就会受到谴责;理想性的道德责任是以积极的、自觉的态度为基础的,希望企业履行,如果企业履行了但又没有取得良好效果,但仍然值得社会尊重。道德责任的具体内容必须具有道德的特征,人类所追求的道德价值观念如公正、平等、人道、诚信等都构成道德责任的价值核心,它们也构成企业道德责任的具体规定。

四、企业社会责任的根据

企业社会责任在内容上是企业伦理责任,那么企业为什么要承担这种伦

---

① [美]林恩·夏普·佩因:《领导、伦理与组织信誉案例:战略的观点》,韩经纶等译,东北财经大学出版社、McGraw-Hill 出版公司 1999 年版,第 103 页。

理责任，或者说企业伦理责任的依据何在？回答这一问题的关键在于企业是否是道德行为主体——企业伦理责任的可能性，企业承担伦理责任对于企业的意义是什么——企业伦理责任的必要性，如果这两个问题的答案是肯定的，那么与此相关的还必须回答企业如何承担伦理责任——企业伦理责任的机制。

（一）企业是道德行为者：可能

前文我们对企业有没有道德责任的问题做了肯定的回答，但这一回答是建立在作为一个整体的企业能够承担道德责任的基础上的。而作为一个整体的企业能否承担道德责任，又建立在它是不是一个道德主体这一问题的基础上。如果它是一个道德主体，它才能承担道德责任；否则，就不能。那么，作为一个整体的企业是不是一个道德行为者？人们过去的回答是否定的。因为传统伦理学把道德主体都定位在个人身上，个人是道德主体，当然道德责任由个人承担。所以，传统伦理学中根本就不存在团体或集体或组织被当做道德角色，从而承担道德责任的问题，而且传统伦理学也不对制度、集体或组织行为等进行道德评判。之所以不对组织行为进行道德评判，是因为在传统伦理学看来，组织不是人，没有意识，没有感情，没有良知，不能自主选择，其行为是由组织中的人发出的，而不是作为一个整体的组织发出的，因而无法对行为结果负责。如经济学家弗里德曼、组织理论学家西蒙（Simon）等人就坚定地认为：企业等正式组织并非道德实体，至多只能算是法律上的实体，因而，企业只需要承担法律上的责任，受法律的约束；只有人才有道德行为，因而也只有人才有道德责任。因而，在他们看来，企业并不能发出道德行为，也就没有道德责任，人们不能也不应当从道德的角度来对它进行评价。所以，传统伦理学视角的企业道德实质上被化约成企业家和管理者的道德。然而，得到传统伦理学支持的这一观点受到了挑战，在现代伦理学视阈，道德责任对象往往是集体或团体，于是道德主体就发生了相应的转换。企业道德责任研究中的主体就是企业集体，而不仅仅是企业家和管理者。

企业集体承担道德责任是可能的。对于这种可能性，西方伦理学大体上从哲学和社会学两个角度进行了论证。哲学角度的论证理路是：道德能力与行为能力是相辅相成的，判断企业是否像自然人那样是道义责任的载体，关键在于看它是否具有自然人那样的行为能力。那么，人的行为又如何判断？著名的行为学研究专家施维默尔（O. Schwemmer）确定了四项标准：一是行为主体是一个行动的个人;二是他具有某一意图;三是他通过某种行动来实现或试图实现这一意图;四是该行动能导致效果。我国学者甘绍平教授以这四项标准为依据,根据组织学理论得出四点结论:第一,企业是一个超个体的行为者、一个有行为能力的系统;第二,由其决策机制所决定,企业具有意向性,具有自身的行为意志;第三,企业能够将其决策付诸行为;第四,企业行为能够导致远大于个体行为的积极或消极的结果①。这表明,企业具有如自然人一样的行为能力,相应地也具有道德能力,从而也就是道德责任的载体。

社会学角度的论证理路是:企业具有法人地位,在整个社会活动中均被视为自主独立的、法律意义上的行为权利与义务的载体,享有独立于企业内部自然人的存在,但作为法人又像自然人一样具有某种个体特征(如可信性、可靠性)。企业作为法人拥有法律权利,这法律上的权利的合法性来源于其道义基础。因此,有法律上的权利就意味着有道义上的权利。而权利又总是与义务和责任联系在一起的,行为主体拥有某种权利,就意味着它有义务认可别的行为主体也有这种权利。这样法律上的权利总是连接着法律上的责任与义务,道义上的权利连接着道义上的责任与义务。于是从上述的法律上的权利便是道义上的权利的命题中,我们可以推出法律上的责任一定同时也是道义上的责任的结论来。道义上的责任是行为者对其行为过程及行为结果的自我责任感受,它比法律上的责任更为广泛,并且能够呈现更为强烈的影响力和约束力。作为法人的企业,由于具有法律上的责任因而也承担着道义上的责任,企业像个体一样也是道德责任的载体②。

把企业集体当做道德主体,具有重要的意义。从学理上看,这意味着道德责任的承载对象变得丰富多样。从个人是道德主体到集体是道德主体、企业家个体以个人良心承担道德责任到企业集体以“企业良心”承担道德责任,这是伦理学从理论形态向实践形态的重大变革,也是伦理学从企业家的职业道德向企业伦理学的重要跨越。它标志着道德责任的承担者已不是只有企业家及经营管理人员,除此以外,还包括企业集体和相关的“制度”。

从实践上看,企业是道德主体,为企业道德责任提供了可能性,企业也就成为人们道德评价的对象。此时,企业是以一个整体的面目出现的。当我们

---

① 甘绍平:《伦理学的新视角——团体:道义责任的载体》,《道德与文明》1998 年第 6 期。

② 甘绍平:《伦理学的新视角——团体:道义责任的载体》,《道德与文明》1998 年第 6 期。

把企业当做一个整体进行道德评价时,"我们不必知道公司中的个人或哪些人当中应当由哪个承担责任。从法律的角度,我们可以要求公司承担道德责任;从道德角度,我们也能要求公司承担责任"。[①] 要求企业承担道德责任的目的,就在于证实企业的哪些行为是负责的、道德的、应该受到褒奖和提倡的;哪些行为是不负责的、不道德的,使这些不负责的、不道德的行为引起社会公众的注意,把人们团结起来形成对企业的巨大道德压力,致使他们停止这些行为。因此,"将某一行为以及行为的道德责任归因于一个企业是令人难以理解的,而从实践角度看可能是有效的"[②]。

(二)有利于企业与社会的共同存在与发展:必要

企业是道德行为者意味着企业具有承担道德责任的能力,但并不意味着企业就必定会承担道德责任。要使企业承担道德责任,还必须挖掘企业的这种行为的必要性。这是对企业道德责任行为的价值论探讨。企业伦理责任行为的必要性从两个方面体现:对于企业自身的必要,对于社会的必要。

1. 承担伦理责任是企业自身的需要

现实中的企业一般以两种方式存在:利益性存在和契约性存在。作为一种利益性存在,企业必定要追求利益以维持自身的生存,而在追求利益的过程中,必然要与内部和外部各种利益主体发生关系,从而处于各种利益相关者所构成的关系之网中,受到各种利益相关者的制约。企业与利益相关者构成利益关系,也就构成权利、责任关系,而这种权利、责任关系具有法律和道德的双重意义。相对于各种利益相关者,企业具有相应的权利,同时也就具有相应的法律义务和道德责任,对这些法律义务和道德责任,企业必须尊重、担当、履行。如果企业对这些法律义务和道德责任以一种正确、积极主动的伦理立场和道德态度,切实地予以履行和担当,那么其自身的利益和权利就能更好地得以实现;否则,企业的利益、权利就必然遭到抵制,其生存和发展就必然受损。正如理查德·E. 渥库齐(Richard E. Wokutch)和乔恩·M. 谢巴德(Jon M. Shepard)所言,利益相关者"被公司所影响,反过来也影响了公司。由于这一

---

① [美]理查德·T. 德·乔治:《经济伦理学》,李布译,北京大学出版社2002年版,第222页。

② [美]理查德·T. 德·乔治:《经济伦理学》,李布译,北京大学出版社2002年版,第223页。

点，公司在追逐‘开明的自我利益’时，必须考虑这些相关利益者的利益。这样，公司就可能参加不同的活动，从而使一个或者多个相关利益者受益，尽管这在短期内会花费高额的成本，但在长期会使公司受益”①。所以，企业的利益性存在形式实质上是建立在它与利益相关者之间互利互惠、相互尊重、相互合作、相互负责的道德价值基础上的。

企业不仅是一种利益性的存在，还是一种契约性的存在。科斯在研究企业的性质时提出了企业是一个契约性组织的著名论断。他认为，企业是社会关系中的存在，企业与复杂的经济关系和社会关系中的各种利益群体的关系是靠一系列契约来维系的。托马斯·唐纳森和托马斯·邓菲认为，企业的形成源于人们之间因接受核心价值观和共同任务而达成的社会契约，其发展和繁荣也离不开对这种社会契约的信守和遵循。“他们对共同体内规范形成程序的赞同，以及他们对结果的接受，构成对微观社会契约的一致同意。”②

企业形成和发展都离不开的契约可以从多方面来划分，如可以划分为正式契约和非正式契约、显性契约和隐性契约等。但笔者以为，契约的目的都是用来管理企业行为的，不如说是一组解决企业经营管理活动中的激励约束问题的价值集，因此，又可称为管理契约。而这种管理契约又可以分为法律契约、道德契约、心灵契约。法律契约显然是正式契约或显性契约，而道德契约和心灵契约则是非正式契约或隐性契约。法律契约在敦促企业承担法律责任方面的作用不用多说，但道德契约和心灵契约在激励企业承担道德责任方面的作用也不可忽视：就契约的本质来看，无论什么契约都是组成企业的绝大多数人真实意思和愿望的表达，是其自由意志自主选择、自主决定的结果，因而也是他们对企业道德责任的理性承诺。因为这些道德责任不过是契约当事者自己服从自己的意志和决定的表现。如同企业的形成和发展都离不开契约一样，契约的道德责任约束也贯穿于契约的形成和发展的始终，其实现依赖于道德自律。从这一意义上看，企业道德责任本质上是契约当事者订立契约、承诺按其接受的某些价值观和共同任务而行事的行为的必然结果；就它们与法律

---

① ［美］乔治·恩德勒主编：《国际经济伦理：挑战与应对方法》，锐博慧网译，北京大学出版社2003年版，第404页。

② ［美］托马斯·唐纳森、托马斯·邓菲：《有约束力的关系——对企业伦理学的一种社会契约论的研究》，赵月瑟译，上海社会科学院出版社2001年版，第52页。

契约的关系来看,它们不仅可以弥补契约的不完全性,缓解市场失灵,遏制腐败,而且可以减少交易损失,节约交易成本,增加交易中的相互信任,减少不确定因素,从而有利于法律契约的履行。从这一意义上看,企业道德责任本质上是企业法律契约得以更好地履行的逻辑结论。

2. 承担伦理责任是社会的需要

社会对企业伦理责任行为的需要主要表现在三方面。

第一,要求企业承担伦理责任是社会制衡企业权力过大的有效途径。现代世界由于企业的经济力量只会越来越强,因此,社会财富会越来越向企业集中。据统计,单世界500强的财富就占世界的一半以上,而且一些跨国公司的经济实力就可以和一些小国的经济实力相提并论。我国现代企业制度的建立和发展也使公司规模不断扩大,一些具有跨国经营特点的大规模企业集团逐步增加,它们对国民经济的贡献度、影响力急剧增加。所以,现代企业在社会中拥有巨大的权力,从社会中所有的企业组织,到一个行业,再到单个的企业,甚至企业成员,都能对社会施加相当程度的影响。对于整个人类,企业组织深刻地影响了其生活质量,人类的衣、食、住、行、工作、科学文化艺术活动、娱乐、生存环境等都离不开企业,企业的影响渗透于人类的家庭生活、职业生活、社会公共生活的方方面面;对于社会,企业的经营管理行为都会或浅或深地、或直接或间接地、或可见或不可见地引起社会变化。企业对于社会的影响可从六个方面来分析①:经济上,企业通过对资源特别是财产的控制、提供产品和服务来影响事件、活动和人们;政治上,企业可以影响政府决策;文化上,企业可以影响文化价值观、社会结构,比如家庭、风俗、生活方式以及个人习惯等;技术上,企业可以在技术发展过程中对技术的发展方向、发展速度、特征等施加影响;环境上,企业会影响人们的生活环境甚至整个大自然的生态环境;个人上,企业直接作用于内部员工、经理、股东、消费者、居民等,而在深层次上则决定了人们的日常生活状况。既然企业对社会具有如此巨大的影响力,拥有如此巨大的权力,就应该对行使权利所造成的后果承担责任;社会对这种权利进行制衡的有效办法也就是要求企业承担相应责任,谁不承担相应责任,就应该让他无法拥有权利。正如凯思·戴维斯(Keith Davis)阐述的"责任的铁律"所表明的:"谁不能以社会认可的负责的态度行使权力谁就

---

① 周祖城:《企业伦理学》,清华大学出版社2005年版,第46—47页。

将失去权利。”①

第二，企业承担伦理责任是现代市场经济体制正常运行的需要。根据经济学家们的研究成果，一个有效的市场体系需要几个条件：(1)拥有可占有和控制私有财产的权力；(2)拥有买卖产品和服务的自由选择权；(3)能获得关于这些产品和服务的准确信息。可是，现实中的市场经济由于各种复杂因素并不能达到如此理想状态，而是具有各种缺陷，比如不完全竞争、外部性效果、信号失真等，几乎是其常态。这就表明，仅有市场机制是不够的，还必须有法律、伦理道德予以配套，而需要伦理道德，就是需要作为市场经济重要主体的企业具有良好的企业伦理意识，积极主动地承担伦理责任。

第三，企业承担伦理责任是社会秩序完善化的需要。现代社会法制虽然日益健全，但法律本身仍然有其自身固有的局限性：(1)法律所管辖的范围毕竟有限，它只是对那些触犯了社会最起码的行为规则的行为予以追究，而人和组织还有大量的行为并不能纳入其中；(2)法律在形式上是有限的，它只以禁止的、不应该的形式对各种行为予以规范，而人和组织还有大量的行为是要鼓励的、激励的；(3)法律具有滞后性；(4)法律在实施上需要花费社会大量的成本。现代社会既是法制社会，也是一个强调伦理道德的社会，其正常运行和发展、良好秩序的形成与维持等不仅需要大量的良好的个人，也需要大量的良好的组织。只有个人和组织都具有良好的守法和守德意识，各自承担起应该承担的伦理责任，社会秩序才能日益完善。

(三)有效转化伦理责任：机制

企业伦理责任不仅是可能的，也是必要的。但企业整体承担伦理责任与企业中的个体承担伦理责任是不同的。两者相互区别，不能互相归结、互相替代，但可以进行划分，“我们可以把责任仅仅归属给企业；可以把责任归属为企业以及企业中的某个人或某些人的共同责任；也可以把责任归属为企业中的某些人或某个人的责任。”然而，企业毕竟不是人，没有意识，没有感情，没有良知。我们说企业是有良知的也是在企业中的“人的行为方式能够产生某种可以与人的良知相当的东西”这一意义上说的。“因为企业只有通过为其

---

① Davis, Keith & Frederick, William C., *Business and Society: Management, Public Policy, Ethics*, 5th ed., New York: McGraw-Hill, 1984, p. 34.

做事的人才能够行动，所以后者才是为企业承担道德责任的主体。"①企业伦理责任最终只有落实到人才是现实的。因此，企业整体责任与企业中的个体责任之间就有一个有效转化的问题。通过这种有效转化，使企业中的个体承担起自己的责任，从而保证企业整体责任的落实。

企业整体伦理责任与企业中个体的责任要进行有效转化，首先必须对责任进行有效划分：整体责任要根据利益相关者理论和企业伦理理论，把企业整体的对外与对内的两种责任区分清楚；个体责任是由于企业整体责任最终要靠企业成员去履行而得来的，要根据企业成员在企业的地位和作用清晰地划分层次，现代企业中的人员的层次大致可分一般员工、企业所有者代表和股东、企业管理人员等，这些人员都具有与其地位和作用相称的道德责任。其次必须建立有效的监管体系：企业高层领导的率先垂范机制、各种制度的制定与实施、建立专门的监督机构等。

五、企业到底有哪些社会责任

具有相应机制，企业社会责任才能得以落实。企业社会责任主要是针对其利益相关者的伦理责任，但是，企业究竟在什么情况下应履行什么责任，把责任归为谁，取决于所讨论的事实及对应的具体情况。因此，企业社会责任并不是没有限制的，这些限制是企业在履行社会责任时必然会遇到的约束。如果不考虑这些限制，一味地脱离企业经营管理实际地强调企业社会责任，可能会导致两方面的后果：一方面是理论上陷入绝对责任论的误区，而绝对责任论的最终结果是取消责任；另一方面是实践上会使企业不堪重负，而不堪重负的最终结果是规避责任。同时，也正因为有这些约束，为了让企业真正承担起与其实际相应的社会责任，我们还必须考虑企业的实际能力，考察企业在不同的发展阶段所能承担的社会责任，也还必须对这些责任进行范围界定。

（一）企业社会责任的限制

各个企业的经营管理实际是千差万别的，因而它们在履行社会责任时也并非完全一样，而是会遇到诸如合法性、成本、效率、范围及复杂性等的约束。

---

① ［美］理查德·T. 德·乔治：《经济伦理学》，李布译，北京大学出版社 2002 年版，第 223 页。

著名管理学家詹姆斯·E.波斯特对这些约束做了较为全面的分析①。

1. 合法性的限制

企业需要承担社会责任，但这并不意味着企业什么事情都能做，其社会责任行为必须在法律许可的范围内，即企业社会责任行为必须合法。如果企业经营管理行为超出法律的限定，从事非法经营，是与企业社会责任要求相悖的。比如，一种药物的使用会引起一系列的安全问题，一家医药公司支付大量资金去进行医药知识教育和建立治疗中心，保护使用药物的社会成员，便是合法的。

2. 成本和效率的限制

企业承担社会责任必然要付出一定的成本，而付出一定成本必然会降低效率，从而影响企业在市场中的竞争能力。因此，成本和效率是企业承担社会责任的主要限制，要求企业超出成本和效率条件而承担社会责任是不现实的。

3. 范围和复杂性的限制

企业履行社会责任会受到社会问题的范围和复杂性的限制。有些不太复杂的问题，如工人劳动条件、工资、福利、消费者的权益保障等，是企业自身作出努力就可以做到的，也是企业必须承担的。但是有些复杂的社会问题，如酸雨一类的污染问题、臭氧层破坏和热带雨林减少等生态环境问题、艾滋病和其他流行性的疾病等危害人类生命健康问题、民族关系和种族歧视以及宗教冲突等政治文化问题，等等，这些问题带有全球性，范围大且复杂性强，单靠企业承担社会责任是不能解决的，而需要政府、企业、社会团体、社会公众甚至全球性联盟一起共同努力。

（二）企业社会责任的扩展

企业履行社会责任不仅受到上述诸种限制，而且还有一个与其实际能力相称的问题。也就是说，企业要承担对于利益相关者的社会责任是多方面的，但是这些责任也不能不符合企业实际，不考虑企业的相应能力，而这些责任也不是没有主次之分。事实上，由于企业所处发展阶段不同，其社会责任意识和承担社会责任的能力也是不同的。企业承担社会责任是一个过程。罗宾斯曾提出了一个企业承担社会责任的四阶段逐步扩展的模型。

罗宾斯认为，作为一个管理者，在追求社会目标方面，即在承担社会责任

① 赵德志：《现代西方企业伦理理论》，经济管理出版社2002年版，第23—24页。

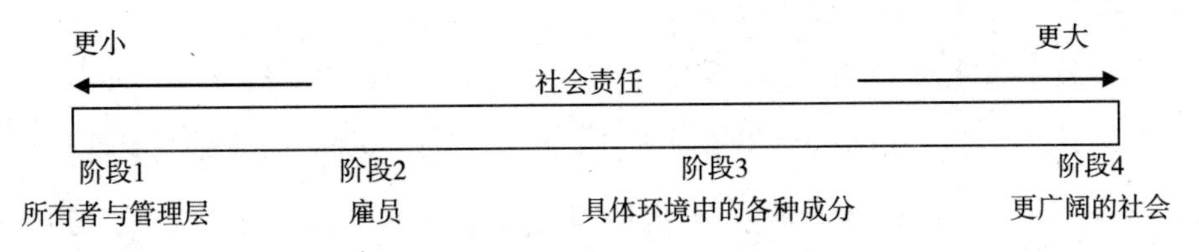

图3-1　管理者对谁负责

资料来源:[美]斯蒂芬·P.罗宾斯著:《管理学》(第四版),黄卫伟等译,中国人民大学出版社1997年版,第101—102页。

方面,他所做的一切取决于他认为对其负有责任的人或人们,即取决于他的社会责任意识。处在第一阶段的管理者,将通过寻求使成本最低和使利润最大化来提高股东的利益。在第二阶段,管理者将承认他们对雇员的责任,并集中注意力于人力资源管理,因为他们想获得、保留和激励优秀的雇员。他们将改善工作条件、扩大雇员权力、增加工作保障等。在第三阶段,管理者将扩展其目标,包括公平的价格、高质量的产品和服务、安全的产品、良好的供应商关系以及类似的方式。此时管理者觉察到他们只有通过间接地满足其他利益相关者的需要,才能履行对股东们的责任。第四阶段同社会责任的严格意义上的社会经济定义一致。在此阶段,管理者对社会整体负责。他们经营的事业被看做公众财产,他们对提高公众利益负有责任。承担这样的社会责任意味着管理者积极促进社会公正、保护环境、支持社会活动和文化活动。即使这样的活动对利润产生消极影响,他们的态度也不会改变。在这四个阶段都伴随着管理者自由决定权的程度的提高和社会责任意识的增强。当管理者的自由决定权沿着上图的连续谱向右端移动时,他们必须作出更多的判断,即作出承担更大社会责任的行为。

罗宾斯的这一社会责任扩展模型实际上揭示了企业在不同发展阶段和拥有不同能力时期的选择,虽然不一定完全符合实际,而且根据企业的根本宗旨和目的,为股东谋求利润最大化并不是企业的社会责任①。但是他说明了一个道理,企业履行社会责任的程度和范围与企业的实际状况、经济实力、管理者的责任意识及权限等密切相关,它有利于管理者对企业社会责任的明晰,企业整体责任与企业中个体的责任的划分及其有效转化,从而有助于企业及其

① 参见本章三之(二)的论述。

管理者在社会责任上的正确选择。

（三）企业社会责任的规定

既然企业社会责任是有限制的，也是不断扩展的，那么企业到底有些什么社会责任？这也是学界经久谈论的话题。1971年美国经济发展委员会列出企业社会责任优先考虑具体条目包括经济增长和效率、教育、雇佣和培训、人权和机会平等、城市重建和发展、污染防治、保护和再造土地、发展文化和资助艺术机构、医疗上资助社会健康计划并开发低成本医疗项目、帮助政府改进管理以实现管理现代化等10项①。而1997年8月由美国的非官方机构社会责任国际发起制定的SA 8000中关于企业社会责任的具体内容是最新、最全面的规定，其中具体阐述了企业社会责任的各个方面。从中可以看出，企业社会责任非常广泛。但学界和实业界很多人认为，这一标准并不具有绝对的约束力。其理由是：其一，这是由非政府组织制定的责任标准，至今尚未得到国际组织的承认，也未得到任何国家的法律认可，因此也就不具备法律效力。其二，有关工作环境、保证工会权利、禁止性别歧视和使用童工等问题，各国法律早已作出规定，国际劳工组织也有相关章程，目前主要是加强执法而不是制定新的法律。其三，如果把公司对社会的资金回报责任作为一项企业标准以“国际法律”的形式固定下来，目前看还过于超前②。因此，企业社会责任的具体内容仍在讨论之中。

我国学界也有学者对企业社会责任的具体内容发表了有价值的看法。如著名经济学家厉以宁教授在“2005年创业中国高峰论坛”上提出，中国企业的社会责任应从三方面来认识。第一，企业最重要的社会责任是为社会提供优质的产品、优质的服务，出人才、出经验；第二，企业必须重视经济增长的质量；第三，企业要为社会的和谐作出贡献③。著名管理学家陈炳富教授和其弟子周祖城教授认为，中国企业的社会责任应划分为七个方面：一是企业对顾客的责任；二是企业对供应者的责任；三是企业对竞争者的责任；四是企业对政府、社区的责任；五是企业对所有者的责任；六是企业对员工的责任；七是企业在

① 赵德志：《现代西方企业伦理理论》，经济管理出版社2002年版，第20—21页。

② 李丽：《SA 8000产生背景及现状》，《瞭望新闻周刊》2004年10月11日第41期。

③ 厉以宁：《企业的社会责任》，《中国流通经济》2005年第7期。

解决社会问题方面的责任①。曹凤月博士认为，企业社会责任有对股东、对雇员、对消费者、对政府、对社区、对环境等六项具体内容②。这些观点对于人们清楚地认识企业的社会责任，引导企业切实地履行社会责任，特别是对中国企业如何履行社会责任、应履行哪些责任是有很大启示的。

笔者以为，对企业社会责任应根据企业责任的限制、企业的实际能力、企业的根本宗旨等，以企业管理伦理理论为参照，划分类别。徐大建教授在《企业伦理学》中对企业的宗旨和目的做了非常清晰的分析，可以作为我们界定企业社会责任的依据。他说："企业的根本目的可以说至少有两个：一是提高经济效率，为社会提供最大产出；二是必须满足所有利益相关者的需要，公平对待所有利益相关者。"③由此，我们可以把企业社会责任划分为两类：企业整体的社会责任和企业中个体的社会责任。对于企业整体的社会责任，又必须根据利益相关者理论，划分为六个方面：对雇员或员工、对消费者、对供应商和竞争者、对政府、对社区、对环境。企业整体的首要的社会责任是为社会提供所需要的产品和服务，其次是公平地对待上述六类利益相关者，即对六类利益相关者承担伦理责任。这些社会责任的具体内容就如上述各学者在各自著作中的归纳。企业中个体的责任可以分两种：企业中所有成员的行为都必须有利于企业整体的社会责任的履行，企业中所有成员都必须做好分内之事、尽职尽责。其所尽之责由其在企业中的职位、作用所决定，职位越高，责任越大。

---

① 陈炳富、周祖城：《企业伦理学概论》，南开大学出版社2000年版，第61—63页。

② 曹凤月：《企业道德责任论——企业与利益相关者的和谐与共生》，社会科学文献出版社2006年版，第33—40页。

③ 徐大建：《企业伦理学》，上海人民出版社2002年版，第43页。

第四章

成为好企业公民:当代企业管理伦理发展的新吁求

世纪交替之际,企业管理伦理的发展又出现了一种新走向:从企业社会责任概念延伸出"企业公民"(Corporate Citizenship,CC)概念①。许多企业管理伦理学者,如詹姆斯·E.波斯特、阿奇·B.卡罗尔、D.伍德等,都开始研究企业公民问题;许多著名的企业管理伦理学刊物,如《企业与社会评论》(*Business and Society Review*)、《企业伦理学刊》(*Journal of Business Ethics*)、《企业伦理季刊》(*Business Ethics Quarterly*)、《管理学会评论》(*Academy of Management Review*)等,参与到企业公民问题的研究和讨论。与此呼应,我国学界也有学者开始研究企业公民这一新思潮、新运动,如周祖城教授在2005年于清华大学出版社出版的《企业伦理学》一书第二章"企业社会责任"中专门列了一节"企业公民",初步讨论了这一问题;2006年李洪彦主编、由中国统计出版社出版的《中国企业社会责任研究》一书第一章"企业社会责任概念与本质"中也列了"企业公民概念"的标题,认为对企业公民观点的认识,是理解广义企业社会责任的基础;2007年沈洪涛、沈艺峰著,上海人民出版社出版的《公司社会责任思想:起源与演变》一书第九章认为,踏上公司公民之路是21世纪公司社会责任思想的主流;2008年李萍教授著、首都经济贸易大学出版社出版的《企业伦理:理论与实践》一书的第七章"企业公民身份"在当代公民社会、

---

① 关于这一概念,我国学界有两种译法:一是公司公民;一是企业公民。考虑到英文中的Company的汉译是公司,而Corporate还有更为广泛的社会性的含义,因此,本书采用第二种译法。

市场经济、工业民主的社会背景下，深入地讨论了这一问题，并对我国的企业公民现状作了很有意义的反思。这些成果都表现出两个特点：一是企业公民概念的出现是企业社会责任思想深入发展的必然结果；二是成为一个好的企业公民是当代企业管理伦理的新吁求。

做优秀企业公民：诺基亚的努力

诺基亚公司一直在努力成为一个优秀的企业公民。其努力可以归纳为三个方面：

一是建立“以人为本”的企业文化。诺基亚的成功与其“以人为本”的企业文化是分不开的。目前，诺基亚在全球的员工近5万人，代表着多个不同的民族和国籍。诺基亚不仅为员工提供安全健康的工作场所，而且在全球范围内对不同的业务和就业环境以及员工个人需要为其员工提供具有竞争力的工资福利待遇。诺基亚的整个工资待遇是根据不同国家的情况而定，一般包括基本工资、奖励、奖金、股票期权以及其他地区性福利。诺基亚根据员工的个人能力、业绩以及公司总体赢利情况来制定奖励方案，为员工创造能充分发挥其潜能并能得到公正奖励的机会，从而创造积极向上，努力进取的工作环境。

诺基亚员工的健康生活是诺基亚经营之道的一个重要内容。诺基亚根据员工不同的需求和生活状况为其提供相关的指导和服务，帮助他们在工作、职业生涯与个人生活之间获得平衡，其中包括远程办公、移动办公、灵活的工作时间、健康保健服务、健身活动以及业余休闲的俱乐部活动等。此外，诺基亚鼓励员工分享经验，勇于承担风险，共同学习。诺基亚每年都在员工中进行“倾听您的意见”民意调查，通过这种民意调查可以充分了解员工的工作环境和状况，并在今后加以改进。

二是致力于环境保护。环境问题是当今世界面临的重要问题，诺基亚公司非常重视可持续发展，特别是环境保护方面的工作，并严格执行与全球一致的环保政策。诺基亚的环保措施贯穿于产品生命周期的整个过程。从产品的设计开发、原材料采购、生产运营、到售后服务、废品回收利用的每一个环节都充分考虑到环保的因素。诺基亚提出为环境而设计，使产品实现最高的环保效率。诺基亚在产品设计阶段就充分考虑到环保因素从而使材料和能源消耗保持在最低水平上。相关的环保知识现已成为诺基亚对员工培训的内容之一,以便使所有员工了解与自己的工作有关的环保常识。

诺基亚在环境保护方面的努力和成功赢得了国际社会的广泛认可。2003年,诺基亚成为道—琼斯可持续性指数中排名第一的欧洲公司,是2003年排名第一的全球性通信集团公司。

三是回报社会,积极履行社会责任。诺基亚的目标是在发展业务的同时,不忘回报社会,为社会做贡献。诺基亚在全球每一处有经营业务的地方都努力成为当地模范的企业社区成员,并为当地的社区活动提供支持。在英国,诺基亚支持一项旨在帮助有学习障碍的孩子和成年人的慈善活动。在巴西,诺基亚教育基金会为数百名学生提供电子及信息方面的学习机会。在墨西哥,诺基亚为帮助流浪儿童的社会项目提供资金。

十几年来,诺基亚在中国积极参与和赞助了一系列文化、艺术、教育、环保等社会公益事业。

1998年,诺基亚对中国文化艺术事业给予了大力支持,赞助举办了“’98中国国际美术年”和美国纽约的“中国:5000年文明艺术大展”。同时,诺基亚还在中国多所大学设立了奖学金,并以竞赛形式帮助中国大学生提高包括时装设计、体育和科技等多方面的专业技能。同年,诺基亚还向中国洪涝灾区捐赠了价值1000万元人民币的赈灾款物。1999—2000年,诺基亚在中国著名高校中成功举办了“智慧之源、创造为先”诺基亚开发创造性思维系列活动。2001年,诺基亚作为唯一的电信赞助商倾力支持第21届世界大学生运动会。2000—2002年,诺基亚连续三年与中国各方合作伙伴共同开展了全国范围的义务植树活动。到目前为止,诺基亚在中国的绿化面积已达30万平方米。

实践表明,经常参与社会公益事业的企业更易获得公众的好感。2004年5月,由北京大学管理案例研究中心和《经济观察报》联合举办的2003—2004年度“中国最受尊敬企业”评选揭晓,诺基亚(中国)投资有限公司再度入选中国最受尊敬的企业,成为两届获此殊荣的企业。

(资料来源:赵长春:《诺基亚欲作全球模范》,载《瞭望新闻周刊》2004年10月11日第41期,有改动,案例名称是引者加的。)

一、企业公民概念的出现

企业公民概念首先出现在企业实践中。1979年强生(Johnson & Johnson)公司在“我们的信条”中这样表述:“我们应做个好公民——支持好的事情和慈善事业,并且依法纳税。我们应促进社会进步和医疗与教育的改良。我们应爱护我们有权使用的财产,保护环境和自然资源。”

1982 年从事飞机制造和航空航天服务的麦道(McDonnell Douglas)公司在“麦道公司理念”中承诺:“公司的各项事务应遵守公正和道德原则。为此,我们将……成为好的公司公民,鼓励员工为他们的社区服务。”

1983 年美国第五大杂货零售商戴顿·休斯敦(Dayton Huston)公司宣称:“我们希望成为公司公民的楷模……这对公司来说,意味着全面的公共介入活动,包括社区捐赠和志愿工作、社区投资和发展以及政府关系。”

1989 年学界才有个别学者注意到企业的这种公民实践行动。美国加州大学伯克利分校的爱泼斯坦当年在《企业伦理学刊》上发表《企业伦理、企业好公民和企业社会政策过程:美国的观点》一文,从而成为较早研究企业公民的学者①。

与学界表现不同的是,政府却积极地支持并推动了企业公民行动。政府的推动主要是两个事件:一是,1996 年春天,美国总统克林顿将一群商界领袖召集到华盛顿乔治敦大学,召开“企业公民会议”,专门讨论企业公民和社会责任问题。克林顿在会上提出了界定企业公民的五个基本要素:(1)工作场所应该更亲近家庭,有助于员工同时成为好雇员和好父母;(2)应该为员工提供足够的健康和退休福利;(3)工作场所必须确保员工的安全;(4)员工的教育和培训是提高生产能力的根本;(5)在工作场所应鼓励员工参与,避免裁员。同年,克林顿又倡议设立了“罗恩·布朗(Ron Brown)企业公民总统奖”。从 1997 年开始每年评选一次,以表彰那些通过对员工和社区的支持而获得发展的美国企业。到 2000 年,分别有 IBM 公司因致力于员工的多元化行动、世界啤酒酿造巨头安休斯—布施(Anheuser-Bush,A-B)公司因积极保护当地环境和社区的行为、通用电气设备(GTE)公司因推广惠及美国 4000 万有阅读困难的成年人的扫盲计划而获得“企业公民总统奖”。二是,1999 年美国国务院为顺应经济全球化的发展和企业公民概念的全球化特性,设立了“企业杰出奖”,以推动美国企业在全球范围内实践企业公民行为。这一奖项按照 1996 年白宫和美国商务部颁布的五条“模范商业原则”,表彰那些在美国以外承担

① Epstein, Edwin M., “Business Ethics, Corporate Good Citizenship and the Corporate Social Policy Process: A View from the United States”, *Journal of Business Ethics*, Vol. 8, 1989.

企业社会责任的企业好公民。这五条"模范商业原则"的主要内容是:(1)提供安全和健康的工作场所;(2)公平雇用;(3)保护环境;(4)遵守美国和当地的法律;(5)维持尊重自由表达的企业文化,鼓励好的企业公民行为,为企业所在的社区作出积极的贡献。"企业杰出奖"分别颁给两类公司:一是中小公司;二是跨国公司。当年中小公司奖的获得者是总部设在路易斯安那州的 F. C. Schaffer & Association 公司,该公司在过去的 20 年间致力于埃塞俄比亚糖业的发展,在促进埃塞俄比亚经济成长的同时,遵守美国、国际及所在国的法律,并在环境、员工和道德等方面的做法堪为其他公司的楷模;跨国公司奖的获得者是施乐公司,该公司借助社区投入等社会计划投资于巴西的当地社区,为巴西人民作出了贡献①。

由于这些公司的企业公民行动和政府的推动,"企业公民"成为一个被企业管理人员和社会公众所熟知并广泛接纳的概念。而学界则在 20 世纪 90 年代才开始关注和研究企业公民概念,大量的研究则在进入 21 世纪后才展开。也许正是学者的理论分析介入时间太晚的缘故,企业公民概念至今没有一个清晰明确的理论框架。什么是企业公民?它与企业社会责任是什么关系?它与企业管理伦理又是什么关系?企业公民概念的实质是什么?如何成为一个好的企业公民?这些问题都有待学者的理性探讨和分析。

二、企业公民概念的含义与实质

(一)公民概念

什么是企业公民?在回答这个问题之前,让我们先了解一下公民概念的含义。公民概念在我国近代之后才出现,而在西方则从古希腊时期就开始使用。古希腊的"公民"概念来源"城邦",原意是"属于城邦的人"。成为"公民"就是成为"属于城邦的人"。"成为公民"的希腊文的原意为"始分神物",公民的其他权利都由参与部落宗教活动的权利(如进入神坛、参与佳节庆典、享受公餐等)而来。公民内部是平等的,城邦的治权属于全体公民。城邦实行直接民主制度,公民直接参与城邦重大事务的讨论与决策。公民的地位是

① 沈洪涛、沈艺峰:《公司社会责任思想:起源与演变》,上海人民出版社 2007 年版,第 211—213 页。

通过赋予所有公民最基本的政治权利,即参与公民大会、陪审法庭的权利来实现①。由此可以看出,“公民”代表着政治和经济上的一种特权如工作权、居住权、政治参与权等,但同时它也代表着一种义务,即遵守法律、使城邦变得更好。雅典城邦规定,长期居住于城邦中的市民要成为雅典的公民,就必须做如下宣誓:我们将永远为这个城市神圣的理想而奋斗,无论个人还是集体;我们将不断地增强公共责任感,尊敬并遵守该城市的法律;我们将把祖上留给我们的城市更多、更好、更美丽地传给我们的后代。应该说,公民概念一产生就表现为权利与义务相统一并对等的特征。

近代的公民概念成为一个以个人权利为基础的法学、政治学概念。这与资产阶级的兴起、资产阶级革命的完成和资本主义制度的确立之时代背景有关,也与代表资产阶级利益的民主主义政治思想、法律思想的流行有关。资产阶级民主主义政治、法律思想的重要特点就是强调以法治国,把国家和社会的一切重大问题用法律的形式固定下来,确立起个人在国家中的法律地位,规定公民的权利和义务。法律就是人的权利和义务体系,法律面前人人平等。而这在封建专制制度及其政治、法律思想中是没有的。马克思曾对封建专制制度体系下没有个人的权利这种现象批评道:“专制制度的唯一思想就是轻视人,使人非人化,而这一思想比其他许多思想好的地方,就在于它也是事实。专制君主总把人看得很低贱。这些人在他眼前沉沦下去而且是为了他而沉沦于庸碌生活的泥沼中,可他们还像癞蛤蟆那样,又不时从泥沼中露出头来。”②与此相反,资产阶级的民主法律制度则“在个人与国家之间小心地划出一条界限,将人们生活中的某些部分视为个人的领域,个人的权利范围通过法律加以规定,以防止和抵御国家权力的侵犯”③。

现代的公民概念虽然是一个哲学、社会学、法学、政治学、伦理学等都在使用的概念,但其基本内涵并没脱离法学和政治学规定。在西方,它表示“个人在一民族国家中,在特定平等水平上,具有一定普遍性权利与义务的被动及主动的成员身份”④。古斯特纳(Herman Van Gunsteren)说,“公民”概念是对这

---

① 焦国成、李萍主编:《公民道德论》,人民出版社 2004 年版,第 15 页。

② 《马克思恩格斯全集》第 47 卷,人民出版社 2004 年版,第 58—59 页。

③ 焦国成、李萍主编:《公民道德论》,人民出版社 2004 年版,第 21 页。

④ [美]托马斯·雅诺斯基:《公民与文明社会》,柯雄译,辽宁教育出版社 2000 年版,第 11 页。

样一个问题的回答,即在公共领域中涉及的“我是谁”、“我应该做什么”①。在我国,其一般意义是指具有一个国家的国籍,并根据该国宪法和法律规定,享受权利和承担义务的自然人。由此可见,公民概念指称的是一个人在公共生活中的角色归属。公民的现实性就是公民身份(Citizenship)。公民是他的称谓,公民身份才是他的本质。有了公民身份的公民,才是完全的、真正意义上的公民。“公民”与“公民身份”等同,而公民身份是成为公民并承担相应责任和权利的条件②。因此,公民概念的实质是公民身份,这种身份体现的是权利与义务的统一。权利与义务共同反映和决定着公民在国家中的政治和法律地位。

(二)企业公民概念

企业公民与上述自然人意义上的公民既不相同但又密切联系。企业公民概念由“企业”和“公民”两个相互规定的概念组成,企业公民的身份是一种“拟公民”身份。“作为企业公民的公民虽然与作为自然人的公民在内涵上不尽相同,但企业公民既然沿用了公民这一概念,它就在某些方面具有了公民所指称的内涵、理念及品德。”③其不同之处在于,企业不是人,而是人造物;不是个体,而是一个集体或组织,是群体性的概念。因此,企业公民是一种组织性、群体性的公民,而不是个体性的公民。其联系之处在于,作为企业公民的公民与作为自然人的公民都是权利与义务的主体,虽然各自的权利与义务的内容不尽相同。自然人意义上的公民是权利与义务的有机统一体,企业公民也是一种权利与义务的有机统一体。企业公民的权利就是谋利的权利,义务则是社会责任。企业公民的实质就是企业要把谋利与社会责任有机统一起来,求得两者的和谐一致。这可以从以下几种有代表性的关于企业公民的定义中得到求证。

一是美国波士顿大学企业公民研究中心提出的定义。该中心认为,企业公民是指一个公司将社会基本价值与日常商业实践、运作和政策相整合的行为方式;一个企业公民认为公司的成功与社会的健康和福利密切相关,因此,它会全面考虑对所有利益相关者的影响,包括雇员、客户、社区、供应商和自然

---

① 焦国成、李萍主编:《公民道德论》,人民出版社 2004 年版,第 3 页。

② 焦国成、李萍主编:《公民道德论》,人民出版社 2004 年版,第 3 页。

③ 宗晓兰:《企业社会责任:企业公民的伦理维度》,《中共山西省委党校学报》2009 年第 1 期。

环境。

二是英国企业公民公司(Corporate Citizenship Company)提出的观点。该公司认为企业公民有以下四点:一是企业是社会的一个主要部分;二是企业是国家的公民之一;三是企业有权利,也有责任;四是企业应该为社会的发展作出贡献。

三是2003年全球CEO世界经济论坛提出的看法。该论坛认为,企业公民包括四个方面:一是好的公司治理和道德价值,主要包括遵守法律、现存规则以及国际标准,防范腐败贿赂,包括道德行为准则问题以及商业原则问题;二是对人的责任,主要包括员工安全计划、就业机会均等、反对歧视、薪酬公平等;三是对环境的责任,主要包括维护环境质量、使用清洁能源、共同应对气候变化和保护生物多样性等;四是对社会发展的广义贡献,主要是指对社会和经济福利的贡献,包括传播国际标准,向贫困社区提供要素产品和服务,如水、能源、医药、教育和信息技术等。

综合上述定义,我认为,所谓企业公民,就是指按照法律和道德的要求享有经营谋利的权利,同时履行对利益相关者和社会的责任的企业。这一定义有以下三个内涵。

一是只有遵守法律的企业才能成为企业公民。正如自然人意义上的公民一样,企业的公民资格或身份是由法律赋予的,法律赋予企业以权利,企业必须相应地遵守法律,否则其公民资格或身份就没有了来源。遵守法律是企业对法律赋予的公民资格或身份的回报。这是企业公民概念的底线,也是企业成为一个企业公民的必要条件。

二是企业要成为一个好的企业公民,还必须遵守企业管理伦理。遵守法律只是表明企业仅成为一个企业公民,但还不是好企业公民。要成为一个好企业公民,企业还必须遵守企业伦理。企业管理伦理是赋予企业公民以道德地位或身份的价值源泉,不遵守企业管理伦理,企业公民的道德地位或身份就不能获得。企业管理伦理是好企业公民概念的充分条件。

三是一个企业要想成为好的企业公民就应该认真、忠实地承担社会责任。这实质上反映了企业公民与企业社会责任的密切联系。

(三)企业公民概念的实质

公民概念的核心和本质是"公民身份",公民身份强调的是权利与义务的统一。这里强调的是自然人意义上的公民。作为一种集体性的组织,企业是否具有自然人意义上的公民的权利？企业在社会中是否起到像自然人意义上的公民一样的作用或者履行与自然人意义上的公民相同的义务？企业公民是否意味着企业可以像自然人一样拥有公民身份？对此，企业公民研究者的认识是不太一致的。有学者认为，企业就是公民，如洛格斯登和伍德（Logsdon & Wood）就认为，企业可以成为一个企业公民，企业区别于拥有它或受雇于它的个人，企业具有保持它在社会中的身份和边界所必需的权利和义务①；有学者认为，企业像公民，如穆恩（Moon）等人认为，从法律地位来看，企业并不是公民，但另一方面，企业和公民一样参与社会和治理，与政府和社会组织合作并管理个人公民权利，所以企业"像"公民，是一种"隐喻的"公民②；也有学者认为，企业是公民权的管理者，如马特恩（Matten）等人就认为，企业公民描述了企业管理个人公民权利的作用③。

笔者赞同第一、二种观点。第一、二种观点实质上是一致的，说企业"是"公民也好，"像"公民也好，都是在拟人的意义上把企业与公民联系起来，都是在强调企业是一个权利与义务的统一体。正如罗伯特·C. 所罗门所说："企业伦理的第一原则是：企业本身即是公民。"④企业是公民或像公民，也说明了企业公民概念的实质和核心是企业拥有"公民身份"，这种公民身份同样体现的是企业权利与义务的统一。

公民社会赋予企业公民以很大的权利。世界著名管理学家霍曼·梅纳德曾说过："未来属于企业，社会中心将是企业，因为企业是社会的中坚力量，经济基础，左右世界的主要力量。"⑤企业公民的权利来源于企业的影响力，企业的影响力就是企业的权力。权力是一种职权和身份，与权利紧密地联系在一起。乔治·斯蒂纳和约翰·斯蒂纳说："企业影响力是企业通过行动改变社

---

① Logsdon, Jeanne M. & Wood, Donna J., "Business Citizenship: From Domestic to Global Level of Analysis", *Business Ethics Quarterly*, Vol. 12(2), 2002, p. 161.

② 沈洪涛、沈艺峰：《公司社会责任思想：起源与演变》，上海人民出版社 2007 年版，第 222 页。

③ Matten, Dirk & Crane, Andrew., "Corporate Citizenship: Toward a Extended Theoretical Conceptualization", *Academy of Management Review*, Vol. 30(1), 2005, p. 173.

④ [美]罗伯特·C. 所罗门：《伦理与卓越：商业中的合作与诚信》，罗汉等译，上海译文出版社 2006 年版，第 178 页。

⑤ 霍季春：《企业公民：对企业社会责任的匡正与超越》，中共中央党校博士论文 2008 年，第 108 页。

会的力量和强度。企业影响力的来源是社会赋予企业的一种职权，可以将资源有效地转化成社会所需的产品和服务。作为实施这种转化的回报，社会给予公司采取必要与合理的行动的权利，并允许获得投资回报。"①作为公民的企业拥有的权利总的说来就是经营发展、公平竞争、追求利润的权利，具体说来，主要包括：

一是经济权利，这主要包括法人财产权、经营管理权和公平竞争权②。法人财产权是企业作为民事法律关系主体依法所享有的，对基于投资而产生的财产和生产、经营活动中积累的全部财产进行独立支配的民事权利；经营管理权是企业在经营过程中对企业财产经营、投资和其他事项所享有的支配、管理权，通常是由非财产所有者享有和行使的权力，它除了具有对企业依法财产占有、使用权利外，还有企业法人财产的收益权、收益支配权以及法人财产处分权；公平竞争权是竞争者之间所进行的公开、平等、公正的竞争的权利。公平竞争可以调动经营者的积极性，使经营者不断完善管理，向市场提供质优价廉的新产品，可以使社会资源得到合理的配置，并最终为消费者和全社会带来福利。简单地说，这些权利就是经营权、所有权、产权、支配权、分配权、处分权、收益权等。中国改革开放后把企业确定为市场经济中的"自主经营、自负盈亏、自我约束、自我发展"的经济主体，实质上是把企业确立为权利主体。

二是政治权利，这主要包括用人权、发言权、参加协会权等。

三是技术权利，这主要包括专利权、开发权等。

四是其他社会权利，这主要包括文化权、环境资源权等。

与企业公民的权利相对应的是企业公民的义务。任何权利中都对应着某种义务，这是企业公民身份的又一个侧面。企业公民拥有经济、政治、技术、文化、社会等权利，同样就有相应的经济、政治、技术、文化、社会等义务。这些义务也就是企业社会责任。企业社会责任的具体内容包括创造利润、遵守法律、遵守企业管理伦理、致力于环境保护、增进社会财富、改善生活质量等。

---

① ［美］乔治·斯蒂纳、约翰·斯蒂纳：《企业、政府与社会》，张志强等译，华夏出版社 2002 年版，第 55 页。

② 冯梅、姜艳庆：《浅析优秀企业公民的基本特征》，《中国经贸导刊》2009 年第 15 期。

总之,作为公民社会的一员,企业具有举足轻重的地位和作用,它们已经成为人们的生活环境。尤其是在经济全球化的今天,企业对人们的影响已经从国内扩展到国外,其经营行为具有牵一发而动全身的效果,而且它们也享受了社会所赋予的诸多权利。因而它们应该承担起与其身份相称的义务。人们也都希望企业公民不仅通过提供产品和服务来获取利润,也要积极参与公共生活,履行对于社会的义务。

三、企业社会责任:企业公民概念的思想基础

沈洪涛、沈艺峰认为,20 世纪 70 年代之前,人们关于企业社会责任的狭义理解即企业慈善、受托责任等是企业社会责任思想的主流;70 年代人们把企业社会责任主要理解为企业社会回应;80 年代主要理解为企业社会表现;90 年代与利益相关者理论结合,企业社会责任概念被理解为对企业的利益相关者负责;进入 21 世纪后,企业社会责任思想为企业公民概念所替代①。这一历史过程充分说明,企业公民概念的出现与企业社会责任概念有着非常密切的关系,企业社会责任思想是企业公民概念的历史文化前提。企业社会责任思想与实践的充分发展为企业公民概念的出现提供了思想的、历史的酵母,但两者又具有不同的内涵。

对这两个概念的内涵,不同的学者有不同的看法,马特恩(Matten)等于 2003 年总结为三类观点②:一是企业公民局部观,将企业公民概念只看做企业社会责任概念的一个部分。如爱泼斯坦认为,企业公民的核心是企业对社区的介入。"实际上,长期以来,通过经济和非经济的贡献来改进社区的福利的'好公民',一直被看做是有社会责任感的企业行为的典范。""社区参与,特别是在经济上支持或采用类似的方法支持公共或非营利机构,通常被看做是衡量企业好公民的一个重要标准。"③二是企业公民等同观,将企业公民概念与企业社会责任概念等同。如卡罗尔认为,企业公民行为不仅仅是指企业与社

---

① 沈洪涛、沈艺峰:《公司社会责任思想:起源与演变·前言》,上海人民出版社 2007 年版,第 2 页。

② 沈洪涛、沈艺峰:《公司社会责任思想:起源与演变》,上海人民出版社 2007 年版,第 213 页。

③ Epstein, Edwin M., "Business Ethics, Corporate Good Citizenship and the Corporate Social Policy Process: A View from the United States", *Journal of Business Ethics*, Vol. 8, 1989. pp. 586、591.

区之间的关系，还应该包括企业对其他重要的利益相关者的回应。企业公民有经济面、法律面、道德面、慈善面四个面的责任：经济面的责任是赚取利润；法律面的责任是遵守法律；道德面的责任是遵守企业的描述性道德和规范性道德，特别是要注重那些回答“应该做什么”的规范性道德；慈善面的责任是在改善自己生活的同时改善他人的生活，主要有为公共目的而自愿服务、自愿交往、自愿捐赠，企业的最常见的慈善行为就是对社区的回报①。卡罗尔显然仅仅是把他提出的企业社会责任四层次说做了企业公民意义上的演绎，而并没有拓展出新的含义。三是企业公民延伸观，将企业公民看做对企业社会责任概念的超越。如韦多克（Waddock）通过追溯和比较企业社会责任、企业社会回应、企业社会表现、利益相关者理论、企业管理伦理、企业社区关系等概念后认为，企业公民体现在“企业与利益相关者和自然环境的关系以及企业对待利益相关者和自然环境的做法”之中，企业公民是企业社会责任与利益相关者理论、自然环境保护的结合②。由于这种结合，使企业公民概念不同于企业社会责任概念，而是超越、延伸了这一概念。

笔者赞同第三类看法。根据第一类看法，如果仅仅把企业公民概念看做企业社会责任概念的一个部分，显然遮蔽了提出企业公民概念的意义。而事实上，企业公民概念的出现极大地推动了企业社会责任概念的落实。企业公民概念后于企业社会责任概念出现，其凸显的是企业与利益相关者、社会的互动和“公民权”，企业因为获得公民身份、资格、权利而能够积极主动地履行责任；而企业社会责任概念强调的则是责任，从企业社会责任概念中难以发现企业的权利，权利与责任的对等关系难以彰显，因而企业在履行社会责任的过程中只有强制性，而没有主动性，这也是企业社会责任的实际效果不佳的重要原因之一。根据第二类看法，如果把两者等同，显然抽掉了提出企业公民概念的必要性。既然两者是等同的，那么提出企业公民概念就是多此一举。而第三类看法则合理一些。其一，它没有忽视义务，因而有效地继承了企业社会责任运动强调“责任”的一面；其二，它强调了“公民权”，因而使企业社会责任概念的“责任”有了合法性，调动了企业履行社会责任的积极性、主动性；其三，它

① Carroll, A. B., “The Four Faces of Corporate Citizenship”, *Business and Society Review*, Vol. 100/101, 1998, p. 2.

② Waddock, Sandra, “Parallel Universes: Companies, Academics, and the Progress of Corporate Citizenship”, *Business and Society Review*, Vol. 109(1), 2004, p. 9.

把企业拟人化,赋予企业以公民人格,这就“活化”了企业,使企业因获得生命而与社会中的其他公民一样具有平等的地位;其四,它更进一步地密切了企业与社会的关系,使企业能够在社会中进行准确的定位。正如范·卢杰克(Van Lujik)2001年所认为的,企业界之所以会起用企业公民这个新名词,是因为企业界从来就不是很喜欢企业管理伦理的一些用语,无论是“企业道德”还是“企业社会责任”,都暗含着企业缺乏“道德”或是反对“责任”。这些词常常被用来提醒企业应该甚至必须去做一些额外的事情。相反,“企业公民”对企业来说却有不同的含义。它让企业看到或者说重新意识到企业在社会中的正确位置,它们在社会中与其他“公民”相邻,企业与这些公民一起组成了社区①。瓦洛(Valor)也认为,提出企业公民概念的实践者将企业公民看做一个比企业社会责任更为积极的理念,企业公民通过在企业社会表现的框架内将企业社会责任与利益相关者管理糅合在一起,从而克服了企业社会责任在运作和实施上的困难。所以企业公民是对“企业—社会关系”的重新界定,它借助公民意识明晰其含义,企业可以从个人公民的表现中明白社会对公民的要求②。

正是在上述理由的基础上,我们把企业公民概念当做企业社会责任运动发展的必然结果或逻辑延伸。许多知名企业都把社会责任行动与成为一个企业公民的目标紧密结合起来。比如,福特(中国)汽车公司借福特汽车总公司庆贺百年华诞之机,向社会发布了重达23.6公斤的《企业公民报告》,彰显其数十年在中国践行企业公民理念的丰硕成果,从中可以看出,遵守商业道德、善待员工、增加就业机会、保护自然环境、消除贫困和慈善捐赠等突出人文价值的东西都被摆在显著的位置上。作为体现社会责任的举措,福特公司还宣称,它是全球第一个在汽车上全面安装安全带的汽车生产商,这样虽然加大了公司成本,并且一开始并不为市场所接受,但“安全责任”最终战胜了“市场观望”。在福特汽车公司的倡导和推动下,美国通用、日本丰田、德国奔驰等驰名厂商纷纷给自己生产的小轿车加装了安全带,有效地保障了司机和乘客生

① 沈洪涛、沈艺峰:《公司社会责任思想:起源与演变》,上海人民出版社2007年版,第216页。

② 沈洪涛、沈艺峰:《公司社会责任思想:起源与演变》,上海人民出版社2007年版,第217页。

命财产的安全①。这说明，一个企业只有重视企业公民理念，并在经营管理活动中切实践行，才能成为一个真正的企业公民，而重视和践行的有效办法就是在享有权利的同时，不忘积极主动地承担社会责任。

四、企业管理伦理：企业公民概念的道德内涵

惠普公司构建"企业公民体系"

北京报道今年4月26日，美国著名的《商业道德》杂志（Business Ethics）公布了"全美100名最佳企业公民"的年度评选结果，惠普公司（Hewlett-Packard）名列第二。这一排名是基于各企业对七种受益人群服务的定性评估，他们分别是：股票持有者、雇员、顾客、社会团体、环境、海外投资者和女性与少数民族。这表明，人们正在对成功的企业行为作重新定义。

惠普公司早在公司创始之初，其领导人就提出了一个颇具企业道德色彩的理念——"开拓科学的疆界，为人类的福利作贡献"。在这样的观念指引下，惠普公司持续开展建设企业伦理体系方面的工作。今年4月，惠普公司发布了首次《社会和环境责任年度报告》。报告中明确地把企业公民责任上升到惠普公司发展战略的高度，是企业竞争优势的一部分。报告系统地发布了惠普公司在履行社会责任方面的成就和计划，标志着惠普公司企业公民体系的建立，也折射出世界一流企业的发展趋势——不仅更加遵守企业伦理和商业道德，而且已开始成体系地推进企业公民体系建立和完善。惠普公司主要从如下方面构建"企业公民体系"。

一是关心人力资本。竞争优势首先来源于人。惠普拥有多样化的员工以及由此而来的多样化的思想，这是惠普公司竞争优势的主要来源。惠普认为，发挥员工多样化优势的前提是每个员工无论种族、性别、年龄、宗教信仰、性取向和身体残疾，都应得到公正待遇。

工作中安全和健康是容易度量的指标。所以惠普公司提出，按照职业安全和健康政策，打造环境安全、健康管理系统，短期目标是伤害事故发生比率每年递减，长期目标是实现工作场所零伤害事故。

---

① 李洪彦主编：《中国企业社会责任研究》，中国统计出版社2006年版，第10页。

员工个人职业生涯规划也被纳入惠普公司的企业公民体系中。惠普公司通过很多项目来帮助员工取得职业和个人生活的双重成功。比如：LEAD (Leadership Effectiveness and Development)项目，这个全球性的项目旨在发现潜在的商业领导人才，帮助他们成功；LifeWorks 项目，称为生活工作项目，是为员工就工作或生活中的问题提供专家咨询、参考资料等。

为了兑现对社会的承诺，惠普公司鼓励员工为社区建设出钱出力。比如在美国，惠普的员工每个月要花4个小时为社区学校或非营利组织工作，公司照常为员工发工资。

对员工隐私严格保护，在收集、使用和披露公司员工的业绩记录、就医记录、个人档案、求职申请等文件方面有严格的控制措施。

二是回报社会。在2001年，惠普在全球一共捐献5410万美元现金和物品用于解决教师、学生和一般居民的困难。和传统的慈善事业不同，不仅要帮助个人通过信息技术获得更多的教育和发展机会，而且还要致力于消除数字鸿沟——全球还有40亿人口不能从最先进的信息技术中受益，帮助他们获得技术带来的便利，不仅是惠普公司的市场策略，同样也是慈善事业的任务。

三是保护环境。如果没有量化的指标，管理政策的效果就难以评价、控制和调整。所以，惠普企业责任报告中明确提出了环境保护的测评指标。这些指标非常具体，比如其中规定：对电力能源消耗规定了使用多少千瓦时、天然气用多少，二氧化碳排放量多少；不同废物，按照危险品和非危险品进行分类，并且根据土地掩埋转化率和吨数进行统计。

环境保护的内容主要是消除产品、生产过程和供应链上的对环境的负面影响。

像惠普这样的公司，制造销售的产品数以百万计，分布在世界的各个地方。如果处理不好，这些产品对环境的负面影响不亚于工厂对环境的破坏。这就需要对产品的设计、生产和分销重新进行思考，注意减少对自然环境的影响。

基于这种思想，惠普早在10年之前就开发了一套叫做“面向环境的产品设计”，力求在提供给顾客满意的产品和服务的同时，减少产品和服务对环境造成的负面影响。在每个产品小组，专门设置一名“产品环境干事”，他和产品设计人员、解决方案设计人员一起工作，重点解决针对保护环境所做的产品改进。节约能源、节省原材料、容易回收利用是设计产品时主要考虑的因素。

惠普公司企业公民体系建设得非常细致,这从他们对各分公司电力、天然气使用量的统计中就可以看出来。为了节省能源,惠普公司甚至鼓励员工在家里工作。通信的发展节约了能源和原料,给公司带来了可以衡量的财务收益。包括:减少了驾驶给环境的影响,减少了废气排放、缓解了交通堵塞;减少了对办公空间的要求;不需要停车位;工作更加方便,更加高效。

根据估算,在2001年,惠普通过远程通信计划,大概节约了358万英里的驾驶里程,向空气中少排放了16800吨碳化合物。为员工节省了110万小时的上下班时间,节省了1070万美元的汽车使用费用。惠普同时意识到,员工的航空旅行同样是公司二氧化碳排放的重要来源,为此,公司将更多地使用网络通信技术,尽量少坐飞机,以减少这方面的环境污染。

四是将供应商纳入企业公民体系。在向供应商的采购方面,惠普企业公民体系提出多样化要求,每年制订针对少数民族公司、妇女公司和小公司的采购计划,并进行专门的统计。

将供应商纳入企业公民体系,要求供应商和自己采取同样的社会和环境政策,是世界级全球公司希望达到的目的。因为是首次系统地报告公司在社会和环境责任的工作成果,惠普公司还没有完成对供应商道德状况的调查,但惠普公司对供应商提出了在产品生产过程、包装、能源消耗和产品回收方面的建议,其结果将反映到下一年的报告中。

(资料来源:佚名:《一流企业如何扮演企业公民》,网址:http://www.mba163.com/glwk/qygl/200811/96967.html。有改动,案例名称是引者加的。)

2008年9月27日"2008天津夏季达沃斯年会"上回答对企业界的领导人有何建议时,温家宝总理谈到了两点要求:第一,要坚持创新;第二,企业家要有道德。他说:"我希望每个企业家、每个企业,在他们的身上都流着道德的血液。生产经营与道德的结合才能使一个企业成为社会所需要的企业。"在回应"问题奶粉事件"时又再次强调,这一事件"从一个方面暴露出我们在现代化进程中,在生产监管环节还有许多问题,也暴露出一个国家在发展的过程中应该尤其重视企业道德、职业道德、社会公德"。温家宝总理在这里实际上强调的是企业管理伦理是企业成为一个好企业公民的应有道德内涵。

无独有偶,政治哲学学者威廉姆·甘斯通认为,一个负责任的公民要具备四种类型的公民品德:第一,一般品德:勇气、守法、诚信;第二,社会品德:独立、思想开通;第三,经济品德:工作伦理、要有能力约束自我满足、要有能力适应经济和技术变迁;第四,政治品德:要有能力弄清和尊重他人的权利、要有提出适度要求的意愿、要有能力评价官员的表现、要有从事公共讨论的意愿①。这是自然人意义上的公民所应具备的伦理道德。以此类推,企业公民应该讲究的是企业管理伦理。作为一个公民,企业不能只讲自身的权利,而忽视自身的义务。权利与义务是对等的。权利越大,责任也越大。而责任或义务往往具有道德属性。因此,企业管理伦理是企业公民概念不可或缺的另一维度,或者是企业公民概念的伦理学说法。

企业管理伦理是可以进行多种划分的。李萍教授曾提出一种划分方式,值得借鉴。她认为,按主体特征划分,可以把企业管理伦理分为内向伦理(主要关注的是个人的伦理问题,如企业家、员工、消费者等)和外向伦理(主要关注的是组织的伦理问题,如竞争、广告等)。如果按行为特征划分,则可以分为消极伦理(包括企业利益优先、利润优先这样的观念等)和积极伦理(包括社会利益优先、企业形象优先等观念)两种。在此基础上,她将企业管理伦理划分为:其一,内向的消极企业管理伦理,如容忍企业内性别歧视、企业内人事制度中的非人性规定等,但不做明显违法的事,只是守住法律的最低要求;其二,外向的消极企业管理伦理,如放纵公害、政商勾结、偷税漏税,但保持企业的赢利业务的扩大和雇佣的增长,始终履行企业的经济义务;其三,内向的积极企业管理伦理,如主人翁精神、人才培养,努力营造良好的企业氛围,但受益者主要限于企业内或与企业直接相关的少数人;其四,外向的积极企业管理伦理,如福利、消费者保护、产学结合、注重企业管理伦理对企业经济目标和经营活动的引导②。

企业公民概念属于上述企业管理伦理的第四种划分。也就是说,企业公民概念强调外向的积极企业管理伦理。而其他一般的企业管理伦理则只注意企业管理伦理的两三种划分即外向的消极企业管理伦理和内向的积极企业管理伦理。这样,企业公民概念因强调外向的积极内容而在层次上与一般的企业管理伦理区别开来,同时,也在内容上与整个企业管理伦理价值系统紧密联

---

① [加]威尔·金里卡:《当代政治哲学》(下),刘莘译,上海三联书店 2004 年版,第 519 页。

② 李萍:《企业伦理:理论与实践》,首都经济贸易大学出版社 2008 年版,第 196—197 页。

系起来。

企业公民概念也强调责任，但这种责任已上升到了道德的层面。企业公民是公民社会出现的概念，公民社会凸显公民的权利，强调民主、平等、人道等价值观念，但同时也强调公民的责任意识和公益心，因此，企业公民概念也强调公益心和奉献意识。1993 年德鲁克就指出，企业公民意味着积极的贡献，意味着责任，意味着为社区带来改变，为社会和国家带来改变。李萍也说："不论是否与己有关，是否能够直接给自己带来益处，但只要是有益于大众的，就积极参与，这就是公民社会所要求的基本美德。"①强调企业作为公民社会的一员，不再仅仅关注自身的财务绩效，还必须与社会互动，进一步积极参与解决社会问题。因为凸显行为特征上的积极性，企业公民概念超越了企业社会责任概念。在公民社会里，好企业公民应该根据"让多种群体获益"的原则来决定自己的企业行为，这些行为至少有：与企业密切相关的人群，如股东、员工、供应商等，对他们的利益负责；对整个社会财富的增长负责；对公共环境负责；为社会公益活动作贡献。正如福特汽车公司董事长兼首席执行官比尔·福特所言："一个好企业与一个伟大的企业是有区别的。一个好的企业能为顾客提供优秀的产品和服务，而一个伟大的企业不仅能为顾客提供产品和服务，还竭尽全力使这个世界变得更美好。"企业公民概念即是强调企业的自律，即企业内在地、自愿地、主动地选择责任而行动。

正因为意识到了企业公民概念的道德内涵，所以许多著名企业都积极开展企业公民实践。2008 年 11 月 27 日，波音公司副总裁安妮·罗斯福在清华大学的演讲《全球参与、全球责任：从波音的角度看全球企业公民行动》②中说，全球企业公民行动正改变着像波音这样的公司在其运营社区里如何表现的传统方式。目前，公司行为不仅仅限于在全球体系中运营，也包括尽到公民责任，为社会及其可持续发展作贡献。这样一种责任即被称为全球企业公民。安妮·罗斯福认为，企业社会责任并不是指企业公民本身，而是企业公民的一种行为或者说一种表述。"企业社会责任"隐晦的含义是公司的自然行为是不对社会负有责任，除非他们受法律约束或被某些外力施加了压力而必须将

---

① 李萍：《企业伦理：理论与实践》，首都经济贸易大学出版社 2008 年版，第 204 页。

② 安妮·罗斯福：《全球参与、全球责任：从波音的角度看全球企业公民行动》（在清华大学的演讲稿），网址：http://mil.news.sohu.com/20081127/n260891725_2.html。

企业的行为记录在册。"企业公民"是"存在"所不可缺少的一部分,而不是"存在"的附加条件,是企业形成所有积极的行动及互动的DNA、蓝图。企业的领导必须将"社会责任"活动与企业的DNA以及最核心部分进行统一,这些活动包括慈善、环保可持续性、员工志愿者精神或遵循管理及道德规范。只有在那时,他们才能感觉到为企业公民这一角色作出了真诚和充满热情的承诺。"企业公民"不是企业的"善行",而是企业履行公民身份的水平,做得好会让企业被视为领袖。它也不是企业慈善捐款数额的大小,而是企业激发出的能量与创造力。它不只是解决一个社区的问题,而是与他人一道去创造我们居住的这个世界——地方、州、地区、国家和全球范围都是如此。它不是成为偶像,而是成为一个合作伙伴。

安妮·罗斯福在演讲中介绍,在这种观念的指引下,波音全球企业公民部的职能主要集中于早期教育、医疗健康、文化艺术、公共事业和社会环保这五个领域。2007年,波音的企业慈善捐赠总计超过5000万美元。波音对全球各地发生的灾难,包括发生在中国四川的地震,作出响应,并提供国际救援航班,公司与救援组织以及接收新飞机交付的客户合作,将急需的物资运往印度尼西亚海啸以及得克萨斯州和路易斯安那州飓风影响的受灾地区。波音的长期支持保证了像位于亚利桑那州梅萨的儿童危机中心家庭资源中心、这样的家庭教育项目得以成功实施。在位于南加州太平洋海岸高速沿线以及佛罗里达州布里瓦德县印第安河和巴那那河沿岸,公司的员工志愿参与了湿地清理工作。自2002年以来,波音在世界许多国家和地区,如西非的科特迪瓦,支援"人道主义居所"项目。利用义工的劳力和捐赠的资金和材料,"人道主义居所"为贫困家庭建造安全、卫生的庇护所。在以色列,公司支持课外活动项目为青少年提供机会参与滑浪风帆、帆船、皮划艇、潜水等挑战性活动,以此来培养他们新的社交和个人技能。在德国,公司向柏林一家名为Burgerstifung的本地非政府组织提供帮助,该组织发起的一个项目为移民儿童及其父母提供双语图画书,帮助他们更好地融入德国文化和日常生活。在中国,自2004年以来,公司一直致力于各种教育项目,其中包括帮助中国的青少年增进对航空的了解,以及学习如何成为成功的商业领袖。在公司所做的努力中,比较突出的一项活动是国际青年成就中国部的波音学生公司计划,该项目旨在促进青少年的企业家精神,帮助他们更好地了解商业在社会中所扮演的角色。在其他许多项目上公司也有大力投入,其支持的对象包括特奥会、海星儿童服务组织、希望工程职业教育项目、金钥匙工程和菲利普海德基金会。在安妮·罗斯福此次中国之行期间，波音公司宣布将斥资50万美元用于发展主题为“放飞梦想”的航空航天科教项目。该项目旨在通过从小学开始加强航空学教育来为中国的航空工业培养高素质的专业人员。波音公司通过这种企业公民行动体现出一个企业如何在它运营的各个层面，包括物质、社会和经济的领域，影响着这个世界。体现出企业公民的意义在于一种不间断的伙伴关系，努力去做正确的事情，互相帮助，尊重我们不熟悉的事物，怀着对世界和平的信心捍卫健康和人的尊严。

五、我国的企业公民行动

据2008年6月2日人民网夏锋先生《企业公民责任意识在公共危机中提升》①一文所描述的，从新中国成立到现在，中国的企业公民行动大致经历了三个阶段。

第一阶段，20世纪50年代到90年代中期，企业承担了过多的社会责任。在计划经济时期，城镇居民普遍都以“单位人”的形式存在，当时的各种国家福利，如医疗、养老、保险、住房、教育等，大部分通过以单位和集体为提供者的“单位福利”的形式体现出来，这些福利被看成是公有制企业责无旁贷的社会责任。对于单位人来说，单位是他们的衣食父母，是生活福利基本的甚至是唯一的来源。个体一旦进入单位，单位就具有代表国家负责其生老病死无限义务。单位制度及与之相配套的一整套社会制度安排，对于当时高度集中的政治经济体制运作以及整个社会秩序的整合，从组织上提供了非常有效的保证，发挥了重要的功能，其历史意义不容否定。但是，在发挥历史作用的过程中，单位制度也不可避免地产生了一系列的制度性后果。尤为突出的是“单位办社会”使企业不堪重负，国有企业经营效益长期低下，不适应现代企业发展的要求。剥离企业过多的社会责任，真正赋予企业经营主体地位成为企业改革的主要任务。

第二阶段，从20世纪90年代中期至今，企业社会责任意识的“缺失”。改革开放以来，中国城市基层社会由国家集中控制和统一分配资源的体制正

---

① 夏锋：《企业公民责任意识在公共危机中提升》，网址：http://theory.people.com.cn/GB/40537/7329933.html。

在逐步改变，一些新的结构性要素逐渐形成并日趋成熟。社会结构的变迁，使在我国持续了30多年的传统单位制受到强烈冲击。这个时期，企业改革的主要任务是减负增效，将不应该由企业承担的社会福利从企业中剥离出来，以赢利为目标的企业经营主体地位逐渐得到加强。这个过程客观上造成了相当一部分企业走到了另一个极端，忽视社会责任，将赢利作为企业主要的甚至是唯一的目标。在“唯利是图”的价值理念下，企业追求的是规模的扩大、资本的原始积累和短期利益，忽视对企业可持续发展的管理。企业作为公民所应承担的社会责任逐渐被淡漠。与国际知名企业相比，中国企业最大的差距不仅在于硬实力，更主要的在于价值理念、企业文化等软实力的差距。

第三阶段，公共危机激发了中国企业的公民责任意识，中国企业发展进入了企业公民建设的新阶段。四川汶川地区的8级地震，给中国的企业以强烈的震撼。企业家认识到，如果没有社会的和谐发展，没有宏观经济的稳定，那么企业也就丧失了可持续发展的环境。企业不只是一个赢利单位和生产单位，企业首先是一个社会公民。企业公民除了享有其应有的权利外，必须履行一个公民应承担的社会责任。面对公共危机，企业公民有义务与政府、民间组织和普通公民合作，共同应对挑战。在汶川地震中，中国绝大多数企业都积极踊跃向灾区人民捐款、捐物赈灾，数量之多、规模之宏大自不待言，此外，中国企业的价值理念也悄然发生变化。中国企业在整体上向社会公众展现出一个逐步走向成熟、负责任的企业公民形象，也反映出中国企业在机制完善上更进了一步。可以说，中国企业在一次次的公共危机中迈向了企业公民建设的新阶段。

尤其值得肯定的是，2009年8月30日，在具有2800年历史的中国历史文化名城——襄樊（已更名为襄阳）举办的中国企业公民道德建设论坛①上，号召中国企业家主动履行企业社会责任、倡导企业道德文化的《襄樊宣言》被大会通过，并公开发布。据介绍，《襄樊宣言》又称《中国企业公民道德宣言》，是我国首次发布的有关企业公民道德方面的宣言，是中国企业公民责任领域具有纲领性意义的文件。

此次中国企业公民道德建设论坛由中国企业公民委员会、襄樊市精神文明建设委员会主办，主题是“金融危机与企业公民道德建设”。中华全国工商

---

① 田豆豆、涂玉国：《中国企业公民道德建设论坛通过〈襄樊宣言〉》，网址：http://society.people.com.cn/GB/1062/9953928.html。

业联合会副主席孙晓华，原国家出入境检验检疫局局长、中国企业公民委员会会长田润之，全国政协委员、经济日报社原社长、总编辑武春河，国务院国有资产监督管理委员会研究中心副主任李保民等国内一批知名专家、学者及企业家参会。

《襄樊宣言》的主要内容包括"爱国守法、公平正义，自觉维护国家利益和社会稳定；敬业奉献、服务人民，为社会提供更多优质产品和服务；明礼诚信、公平竞争，构建和谐共赢的合作伙伴关系；保护生态、节能减排，谋求经济发展与生态平衡的统一；勤俭节约、抑制奢侈，优化配置资源、引领社会风尚；自强不息、奉献社会，努力增长财富并与社会分享"等六个方面的内容。

企业公民委员会对"企业公民"的定义是指在企业的经营活动中，以地球环境和人类幸福为出发点，遵循"天人合一，道法自然"，走全面、协调、可持续发展的道路。

襄樊市企业公民活动开展情况在论坛上被中国企业公民委员会进行重点推介。该市自2007年4月开展企业社会责任教育活动以来，全市200多家企业参与了此项活动。2008年9月，该市又启动了"责任献社会"活动，从建设和谐劳动关系、加强企业诚信建设、促进社会就业、关爱"弱势群体"等9个方面全面推进企业公民实践，引导各类企业积极服务和奉献社会。2009年2月，该市116家企业家联名发出了《关于保障就业促稳定、勇担责任抗危机的倡议书》，号召每一个企业在金融危机中要主动承担社会责任，最大限度地做到"限产不停产、停产不裁员、发薪不减薪、待岗不停薪"，在全国引起重大反响。襄樊的企业社会责任教育活动，得到了中央文明办、湖北省委宣传部、湖北省文明办和中国企业公民委员会高度评价。2008年，湖北省文明委将这项活动评选为第二届全省精神文明创建工作十大创新品牌，在全省进行推广。

论坛上，与会的嘉宾代表、专家学者共同探讨了推行企业精神文明建设特别是企业道德诚信建设的新方法、新途径。认为在全球大力消除金融危机的重要时期，仅靠政府监管、媒体推动及全社会的监督是不够的，还需要用企业社会责任进一步唤醒企业家的良心，加强企业公民道德建设，运用好法制和道德的双重手段，以全面、协调、可持续发展为目的，引导企业承担相应的社会责任，才能保证经济社会又好又快的发展及和谐世界的实现。可以相信，中国企业公民道德建设论坛及其通过的《襄樊宣言》将对我国的企业公民建设产生积极的影响。

第五章

与生态伦理交融:当代企业管理伦理发展的新逻辑

当代企业管理活动面临着复杂的环境,员工、消费者、供应商、竞争者、政府、社区等利益相关者是其人为环境。但还有一类环境——大自然或生态环境——也必须引起企业的重视。阿奇·B. 卡罗尔把"自然环境"也当做企业管理的"利益相关者"①。企业要向社会提供产品和服务,获取利润,就必须利用自然资源。因此,企业的经营管理不可能不与生态环境发生关系。相应地,企业与生态环境的交往中也必定有大量的伦理问题。事实上,从产业革命开始,随着各种技术的运用,企业经营活动对环境的负面影响日益明显地表现出来——各种工业废气、废水、废渣的排放破坏了生态循环系统,有的深层污染甚至已经达到了无法清除的地步。现代社会以环境保护为主题的各种运动就是由于人们对企业的不道德的污染行为不满而掀动的。人们认为,企业在向社会提供产品和服务的过程中,环境保护也是其不可推卸的责任,以环境保护为道德实践目标的生态伦理应该被纳入企业管理活动之中。因此,当代企业管理伦理发展的一个重要走向就是企业管理伦理与生态伦理日益紧密地相互交融、渗透,从而形成了企业生态伦理。本章将描述这种走向的表现,挖掘其原因,并揭示这种走向所导致的企业管理伦理中的一种新的伦理价值形态——企业生态伦理的具体内涵。

---

① [美]阿奇·B. 卡罗尔、安·K. 巴克霍尔茨:《企业与社会——伦理与利益相关者管理》,黄煜平等译,机械工业出版社 2004 年版,第 267 页。

联合利华的环保行动

联合利华是全世界最成功的日用消费品的生产商之一。世界上，每天有1亿5千万人次选用联合利华的产品。该公司以业绩与生产力作为企业的重心，鼓励员工在实践中创新，并要求他们对所服务的社区负有强烈的责任感。在公司看来，经济效益并不是衡量成功的唯一标准，奋斗的过程也同等重要。“工作努力，注重诚信，尊重员工，尊敬顾客，关心周围的环境”是该公司的经营信条。在环境保护方面，该公司采取了如下行动。

一是保护植被。2000年，联合利华中国公司启动“联合利华中国绿水青山行动”计划，旨在提高人们的环保意识并开展植树活动，为期5年。在2000年内，公司投入700万元人民币，致力在全国各地尤其是风沙及土地荒漠化日益严重的西部地区以及华东、华南等地植树超过50万棵，并举办包括环保基础教育在内的一系列活动。9月9日，公司向青海省青少年发展基金会捐赠35万元，用于在青海省西宁及省内其他地区，特别是玉树州等三江源头地区种植树木及灌木植被，以改善青海省日益脆弱的生态环境。

二是保护水资源。2008年5月11日，联合利华（中国）有限公司与合肥市环保局、合肥市委宣传部、合肥市建委共同主办“母亲河守护行动”。

三是推广可持续性发展。1996年，联合利华作出重大决定，今后所有的鱼类原料都从可持续发展渔场获取，并与世界野生动物基金合作为可持续渔场建立认证程序，称为“海洋管理委员会”（MSC）。到2003年年底，公司一半的鱼类原料来自可持续发展的资源，每生产一吨产品的耗水量下降了13%。2002年，与达能公司和雀巢公司为推进可持续农业发展，率先发起了相关活动。2009年6月4日，该公司、特易购（Tesco）中国有限公司与黄山市人民政府签订协议，共同促进黄山市生态环境的永续利用，推动可持续农业发展。三方将共同建设茶叶等绿色环保生态农产品的生产、加工和供应基地，并推动农产品的深加工和产业化经营。

四是节能减排。2009年11月10日，联合利华合肥生产基地向国家发改委、农业部等部门及中外媒体的300多人演示了正在实施的绿色工厂计划的重要部分——洗衣粉车间的中国日化行业中唯一一组以秸秆作为燃料的燃炉。该燃炉满负荷运行每天使用秸秆燃料约80吨，年消化生物秸秆2.5万吨,比使用天然气减少温室气体减排 1.5 万吨。此外,燃炉炉渣还可用作建筑材料,生产用水全部密闭式循环利用,可使生产线实现污染物的“零排放”。

“联合利华一直为响应国家节能减排降耗的号召作出努力,投入大量人力和物力发展可持续项目。”联合利华大中国区副总裁曾锡文表示,“生物质秸秆燃炉的应用,是联合利华公益事业的一部分。作为一家负责任的企业公民,联合利华在全球范围内致力于增强人们的环境保护意识,把对环境产生的影响降到最低。”

(资料来源:根据联合利华发布在网上的材料综合而成,网址:http://www.unilever.com.cn/ourvalues/environmentandsociety/。)

一、当代企业管理伦理与生态伦理的互动与合流

当代企业管理伦理与生态伦理的交融,是由于“经济发展越来越向着生态经济和伦理经济的目标迈进,环境保护日趋脱却反经济的悲观主义束缚和非伦理的价值中立主义的纠缠;道德建设也在摆脱为道德而道德的纯粹道德状态,发展到一个既注重经济发展和环境保护又寻求经济发展和环境保护相协调的新阶段”而出现的新事件①,是 20 世纪后半叶在全球范围内兴起的企业管理伦理运动和环境保护运动深度发展及其合流化的结果。当时,企业管理伦理运动在世界范围内的勃兴,证明企业的经营管理活动再也不能无视道德,而必须把讲道德与经营管理活动和经济发展有机结合起来。与此同时,世界范围内的环境保护运动也成星火燎原之势。现代意义上的环境保护运动源于 20 世纪 60 年代的美国。R. 卡逊(Rachel Carson)所著的《寂静的春天》被认为是第一次倡导环境保护的经典著作。60 年代中叶,美国成立了“信仰—人—自然团体”的环境组织,参加者都是新教中著名的环境保护主义者。林恩·怀特 1967 年发表了《生态危机的历史根源》一文,对西方社会盛行的人类中心主义展开了批评。70—80 年代,环境保护运动向世界范围发展,并成立了许多地区性和国际性的环境保护组织,如“北美基督教和生态联合会”、“向沙漠进军”协会(北美基督教福音派中的环境保护先进分子倡导成立)、世界自然保护同盟等②。

① 卢风、刘湘溶主编:《现代发展观与环境伦理》,河北大学出版社 2004 年版,第 268 页。

② 卢风、刘湘溶主编:《现代发展观与环境伦理》,河北大学出版社 2004 年版,第 269 页。

世界范围内的企业管理伦理运动和生态伦理运动从20世纪80年代开始结合起来,并找到了共同的目标——节约资源、保护环境。一些经济学著作如丹尼斯·L.米都斯(Dennis L. Meadows)等人著的《增长的极限》,世界环境与发展委员会1987年交给联合国大会的报告《我们共同的未来》,以及芭芭拉·沃德(Barbara Ward)和勒内·杜博斯(Rene Dubos)合著的《只有一个地球》,等等,都表明了如下主题:环境问题是经济发展带来的问题,地球的承载能力是有限的,经济发展必须在地球的承载能力之内,等等。这些著作从宏观上指出了人类应该将保护环境纳入经济发展的决策之中,其中也包含了与企业相关的环境问题的描述,但对如何从企业方面着手来解决环境问题并没有关注。1989年10月26—27日,美国本特利商学院企业伦理学研究中心举行了议题为"商业、伦理学与环境"的学术会议。与会者来自美国商界、政府、学术界和公益组织的知名人士。会后出版了《商业、伦理学与环境》(*Business, Ethics, and the Environment*)和《公司、伦理学与环境》(*The Corporation, Ethics, and the Environment*)两部论文集。这次学术会议标志美国企业管理伦理研究从利润与伦理的关系、企业人士的道德素养、企业发展的社会道德环境等议题转向企业经营管理与自然环境的关系问题,从单纯关注企业中人与人、企业与企业、企业与社会的道德关系转向全面关注企业中人与人、企业与企业、企业与社会、企业与自然环境的道德关系。这种转向说明,与生态伦理交融是当代企业管理伦理发展的一个重要趋势。

从20世纪90年代末期开始,随着世界各地环保运动的进一步扩展,人们特别是研究企业管理伦理的学者认为企业应该对生态环境有更多的伦理关怀,企业在生产经营过程中应该承担保护环境的伦理责任。比如,阿奇·B.卡罗尔和安·K.巴克霍尔茨(Ann K. Buchholtz)在《企业与社会——伦理与利益相关者管理》中专章论述了"作为利益相关者的自然环境",他们认为,企业承担环保责任是为了回应其利益相关者团体,从而使得企业因为环境计划而赚钱。企业的环境利益相关者"包括以环境为导向的供应者、顾客、投资者和管理者,也包括自然环境本身"①。因此,企业在制定决策时,要考虑到这些利益相关者的需求,从而保证其与这些利益相关者的友好关系。施泰因曼和勒

---

① [美]阿奇·B.卡罗尔等:《企业与社会:伦理与利益相关者管理》,黄煜平等译,机械工业出版社2004年版,第285页。

尔在《企业伦理学基础》中说:“一种以生态定向的企业管理是确保自身长期生存意义上的理性的要求。为了经济而过度利用或毁坏自然资源,长此以往将毫无经济成就可言。”①乔治·恩德勒在《面向行动的经济伦理学》中也明确提出企业的责任领域包括经济领域、社会领域和环境领域。他认为企业应该对生态环境承担伦理责任,其原因在于“企业在特殊的意义上是内在地、不可逃脱地嵌入自然中的。企业无论作出什么样的决策、采取什么样的行动都和‘环境’有关,并在消耗自然资源(作为企业生产过程的‘投入’,如原材料、能源等)和加重环境负担(作为废料和各种类型的污染的‘产出’)两个方面产生影响”②。他还介绍,经济优先权委员会自1987年以后设立“公司良心奖”,在五大奖项里有“环境托管与保护”奖。其中获此殊荣的有强生公司、新英格兰公司、数字设备公司等。理查德·T.德·乔治在《经济伦理学》中指出:“世界各国都已开始认识到自然界所能提供的资源量并非无限,在全球工业化进程中,人类已经付出了巨大代价。整个生态系统处于一种如此精致平衡之中,我们对其造成的每一次改变都会引发诸多连锁反应,而其中一些有害的结果并非出于我们的本意。”③他认为,企业“适当安全地处理污染物的义务是一个甚至先于政府关于此规定的道德义务”④。“在处理环境危害问题上,我们的任务就是要在尊重所有受影响的人的权利的同时,利用增加的科学知识和技术进步把造成的伤害最小化,把可获得的利益最大化。”⑤同时,他还提出了几种合乎道德地处理污染的方法,如补偿受伤害的人、在污染危害到别人之前尽力消灭或彻底清除,以及把污染消灭在源头等。R.爱德华·弗里曼等人在2000年出版的《环境保护主义与企业新逻辑》一书中提出,在今天的世界中,任何观念都要经过环境保护主义的审视,任何企业都必须把企业管理、人类兴

---

① [德]霍尔斯特·施泰因曼、阿尔伯特·勒尔:《企业伦理学基础》,李兆雄译,上海社会科学院出版社2001年版,第180页。

② [美]乔治·恩德勒:《面向行动的经济伦理学》,高国希等译,上海社会科学院出版社2002年版,第231页。

③ [美]理查德·T.德·乔治:《经济伦理学》,李布译,北京大学出版社2002年版,第23页。

④ [美]理查德·T.德·乔治:《经济伦理学》,李布译,北京大学出版社2002年版,第267页。

⑤ [美]理查德·T.德·乔治:《经济伦理学》,李布译,北京大学出版社2002年版,第263页。

旺、资本主义、伦理规范与环境所有的思想整合在一起,环保意识深藏于基于价值的商务观念中,"它反映着人们最深层次的关爱,增益着我们的自然人性。它既是利润和员工效率的驱动者,更是一种新商务逻辑和价值观念的源泉"①。"今天的企业家们面临的挑战是:以正道赚钱,同时保护环境。"②

特别值得一提的是,20 世纪 90 年代以后的生态伦理运动也开始超越早期的"浅绿色"生态观念而提出"深绿色"的生态观念,这两种观念的区别如下表所示。

表 5-1 "浅绿色"生态观念与"深绿色"生态观念对照

特征	"浅绿色"的生态观念	"深绿色"的生态观念
时间	20 世纪 60—70 年代	20 世纪 90 年代以后
对应的环保运动	第一次	第二次
思想主题	环境保护与发展经济分裂	环境保护与发展经济和推动人类进步结合
关注焦点	对各种生态环境问题的描述、强调环境问题解决的重要性	生态环境问题产生的经济社会原因及在此基础上的解决途径
倾 向	把生态环境污染同经济发展对立,具有悲观、消极的倾向	要求从发展机制上解决生态环境问题的发生,主张采取积极的经济社会措施,实现环境与发展双赢
与企业伦理的关系	没有紧密联系	紧密联系在一起

从上表可以看出,以环境保护为使命的生态伦理运动也与企业管理伦理紧密地结合起来,寻求解决环境污染问题的现实途径。W. M. 霍夫曼和 J. M. 摩尔认为,90 年代以后的环境保护运动的特点是,环境保护工作不可避免地同企业管理伦理联系在一起。环境保护工作与一般的生产经营活动一样,既不是为了环境保护而从事环境保护,也不是为了任何别的目的而搞环境保护,

① [美]R. 爱德华·弗里曼、杰西卡·皮尔斯、里查德·多德:《环境保护主义与企业新逻辑》,苏勇、张慧译,中国劳动社会保障出版社 2004 年版,第 38 页。

② [美]R. 爱德华·弗里曼、杰西卡·皮尔斯、里查德·多德:《环境保护主义与企业新逻辑》,苏勇、张慧译,中国劳动社会保障出版社 2004 年版,第 3 页。

环境保护的目的是人的真正的幸福、发展与完善①。著名生态伦理学家罗尔斯顿在《环境伦理学:大自然的价值以及人对大自然的义务》中认为大自然有其自身的价值,商业活动应该选择一种道德的方式来适应自然。“商业应该关心它对环境所带来的影响。”②他提出了“商业与人本主义环境伦理”和“商业与自然主义的环境伦理”,认为保护环境是企业的社会责任之一。他认为应该为企业制定一些生态伦理准则来约束企业的行为,为此,一方面,他提出了人本主义的企业行为原则,其目的在于增进人类这一物种的利益;另一方面,他将人本主义伦理观的视野扩大,提出了自然主义的企业行为原则,希望协调人类系统与自然系统、经济系统与生态系统的关系。

20世纪90年代开始,中国学界也研究了企业经营与生态环境的关系,这一方面是由于受到西方环保浪潮的影响,另一方面则是因为国内企业的污染也确实到了非常严重的地步。虽然这一研究在中国起步比较晚,但却引起了诸多学者的重视。比较有代表性的是,企业管理伦理研究方面,陈炳富、周祖城编著的《企业伦理》中提出了“绿色营销”,欧阳润平在《企业伦理学:培育企业道德实力的理论与方法》中分析了“企业环境责任”;生态伦理学方面,余谋昌在《生态伦理学——从理论走向实践》中提出了“企业生产的生态道德规范”和“企业活动与生态关系的道德规范”,等等。还有众多学者也对这一问题投入了大量的精力,期望找出一条解决环境问题的良途,取得了质量很高的成果。这些研究成果同样也表明,企业管理伦理与生态伦理日益紧密地结合起来。

二、交融的自然条件:生态环境及其价值

从20世纪60、70年代世界上第一次环保运动以来,社会各界关于“生态”、“环境”这样的词使用频率逐渐增高,而与之相关的“绿色经济”、“绿色政治”、“绿色消费”等词汇也成为现在的时髦用语。人类对生态环境如此之关注,当代企业管理伦理与生态伦理交流互动如此之频繁,根本原因在于生态环境是人类生存和发展的基本条件。也就是说,生态环境及其价值是当代企

① Hoffman, W. M. & Moore, J. M. , *Business Ethics*, New York: McGraw-Hill, 1990, pp. 487 - 494.

② [美]霍尔姆斯·罗尔斯顿:《环境伦理学》,杨通进译,中国社会科学出版社2000年版,第397页。

业管理伦理与生态伦理交融的自然方面的原因。

(一)生态环境的含义

在环境科学中,一般认为“生态是指生物与其生存环境的关系。环境是指某一特定的生物或生物群体以外的空间及直接、间接影响该生物体或生物群体生存的一切事物的总和。环境是相对于某一特定的主体或中心而言的客体”①。由此可见,生态环境是指影响生物生存与发展的水资源、土地资源、生物资源、气候资源及其他资源数量与质量的总称。而从我们人类生存的角度来说,生态环境是指人类生存所必需的自然条件的总和。

(二)人与生态环境的关系

人与生态环境的关系即人与自然的关系。在过去相当长的一段时间内,在人与自然的关系问题上人类持有什么观点对自然来说是无足轻重的,因为那时人类还没有足够的力量改变自然;而今天,人类的力量已经足以毁灭自然,因此,现在人类在这个问题上持什么样的观点已经变得十分重要了。而且,真正弄清人与自然的关系不仅有助于人类将人的理性与自然给予的限度统一起来、用应然指导实然;也有助于人类认识自己曾经走过的弯路并勇于承担起保护生态环境的责任。

自从人类诞生以后,人与自然的关系问题就一直被人们所关注和探求,而在这个过程中,不同的个人或团体对人与自然的关系有不同的认识,从纵向历史来看,人与自然的关系经历了三个阶段:从第一阶段的“敬畏自然”到第二阶段的“战胜自然”,再到第三阶段的“人与自然和谐共处”。这三个阶段代表了人类在处理与自然的关系中不同阶段的理念。

在第一个阶段中,由于生产力水平比较低下,原始人只是本能地依赖自然生活,人类的祖先对自然有一种膜拜心态。在这样的情况下,人类不可能充分认识自然界发展的规律,因此生存状态极端的不自由。

到了第二个阶段,人类惊奇地发现自己的力量可以战胜自然、改造自然。当培根喊出“知识就是力量”时,人类理所当然地认为自己就是自然界的绝对主体,希望可以按照自己的发展要求,更加彻底地改造自然。然而人类的这种急迫地想征服自然的欲望很快就带来了我们无法预料的后果,关于这一点,恩

---

①　赵廷宁等:《生态环境建设与管理》,中国环境科学出版社2004年版,第2页。

格斯分析得很透彻,“我们不要过分陶醉于我们人类对自然界的胜利。对于每一次这样的胜利,自然界都对我们进行报复。每一次胜利,起初确实取得了我们预期的结果,但是往后和再往后却发生完全不同的、出乎预料的影响,常常把最初的结果又消除了。”①

第三个阶段,即人与自然和谐共处的阶段,应该说,我们现在还没有能够做到与自然的和谐发展,由于有一部分人已经有了这个意识,因此,我们姑且认为我们已经进入了这个阶段的萌芽期。这个意识的形成基于人类对所谓的“战胜自然”的观点及行为的反思。在这个反思的过程中,很多人认识到:人是自然界的一部分,人本身是自然界的产物并始终归属、依存于自然界。虽然在自然界的长期演化中,人类形成了超越其他物种的智能,并建立起极其复杂而严密的社会组织体系;虽然人类同其他生物和无生命的物质相比具有许多不同的特征,最明显的是人类具有高度的能动性和创造性,但是人类本身是自然长期进化的结果,而且始终同自然之间保持着物质、能量和信息的交流。没有人类,自然照样存在,自然不依存于人类;但是人类只有在一定的自然环境中才能生存,人类始终依存于自然。由此可见,尽管人类改造自然的能力已达到了相当高的水平,但人类还是无法逃脱自然的限制,因此,人类要取得进一步的发展,必须学会与自然和谐共处。

这三个阶段的发展过程中,每到一个新的阶段都标示着人的认识能力的提高。虽然第一阶段和第三阶段在形式上有相同之处,都是人类在不破坏自然的基础上取得生存和发展,但我们目前所处的阶段不是对第一个阶段的简单回归或复兴,而是在内容上发生了质的变化,在第一阶段是人力不可为,第三阶段则是人力可为而不为之。

(三)生态环境的价值

现在大多数人习惯的思维方式是,一谈到某某物的价值便直接将其等同于它的经济价值。不可否认,生态环境对于人类来说具有经济价值,它可以为人类提供使用价值以创造经济利益,它是人类生存和发展的基本条件,是社会、经济发展的基础。但是,生态环境的价值是否仅仅局限于此呢?

关于生态环境的价值问题,在学术界存在着一些争论,争论的焦点在于生态环境是对于人来说才具有价值,还是它本身就具有某种内在的价值。这可

---

① 《马克思恩格斯选集》第4卷,人民出版社1995年版,第383页。

以分为两种对立的观点：人本主义价值观和自然主义价值观，其中前者为人本主义价值观，后者为自然主义价值观。

传统的人本主义价值观认为，人是主体而自然物是客体，客体只有对于主体来说才有价值和意义，因为只有人才具有价值意识、只有人才能发现价值，如果没有人类，再璀璨的钻石也只不过是一块普通的石头。

以罗尔斯顿为代表的自然主义价值论认为，把自然界仅仅视为人的工具是不对的，它遮蔽了自然界自身的内在价值，而这正是当代环境危机的价值论根源。自然的价值是客观存在的，是由自然物自身的属性和生态系统的功能性结构生成的，即自然界作为一个自给自足的生态循环系统，自然物之间彼此联结、相互利用而产生的动态平衡效应，可以被称为自然自身的价值。自然主义价值论在承认自然价值客观存在的前提下，将自然价值划分为两大类——对人的非工具性价值（自然的内在价值）和对人的工具性价值（自然的外在价值）。从表面上看，自然主义价值观似乎包括了人本主义价值观的内容，因为自然主义价值观中的自然对人的工具性价值的观点，与人本主义价值观中的客体只有对主体来说是有价值的观点，具有相同之处，但实际上二者是有区别的，人本主义价值观强调的是以人为中心，以人的需要和感受为根据去判断价值；而自然主义价值观则着力强化自然价值的原生性特征，尽管它也承认人类可以通过改造自然的方式创造价值，但这只是对自然属性的开发和再利用，这就是罗尔斯顿所说的，"正是对自然界的资源性利用，即我们对自然物的有目的性的开发利用，创造了价值"①。

自然主义价值论认为，大自然所承载的价值有"生命支撑价值"、"经济价值"、"消遣价值"、"科学价值"、"审美价值"、"使基因多样化的价值"、"历史价值"、"文化象征的价值"、"塑造性格的价值"、"多样性与统一性的价值"、"稳定性和自发性的价值"、"辩证的价值"、"生命价值"、"宗教价值"，等等②，这些观点颠覆了传统的以人为中心的价值评价系统，它敬重大自然的神奇力量，肯定自然物也具有内在价值，这进一步丰富和发展了价值理论。尽管这种富有浪漫色彩的理论还有需要完善的地方，如它没有解决人们在实践操作中

---

① ［美］霍尔姆斯·罗尔斯顿：《环境伦理学》，杨通进译，中国社会科学出版社2000年版，第38页。

② ［美］霍尔姆斯·罗尔斯顿：《环境伦理学》，杨通进译，中国社会科学出版社2000年版，第3—35页。

应该如何权衡自然物的内在价值和外在价值的问题,但是,它比传统的以人为中心的价值论更客观地展示了人与自然的关系以及自然的价值。它的这些揭示大自然内在价值的客观判断能够使人们更全面地认识大自然,进而尊重大自然。

需要指出的是,我们在这里探讨生态环境的价值问题,目的并不在于在以上两种价值观中做非此即彼的选择,更不是对人本主义价值观进行全盘否定而对自然主义价值观全盘美化,而是期望人们通过对自然价值的进一步认识而树立一种尊重大自然的道德义务,并将这种义务感带到具体的生活实践中去。

三、交融的经济理由:企业对生态环境的影响

现代企业对于推动人类文明的进步功不可没。然而,与此同时,企业的经济活动打乱了自然生态平衡,加剧了生态危机,对自然环境产生了极其广泛而深刻的影响。这是当代企业管理伦理与生态伦理交融的经济方面的理由。

(一)工业革命时期企业对生态环境的影响

在封建社会后期及资本主义社会初期,企业的萌芽——手工作坊就已经产生并得到初步的发展,这时的工作主要是依赖畜力和人力手工完成的,可以这么说,一直至工业革命前,人类生存和发展所面对的生态环境基本上是未被人化的自然界,简单技术的使用对自然界乃至对社会进步的影响都不是很大。

到 18 世纪中叶,英国人瓦特改良蒸汽机之后,由一系列技术革命引起了从手工劳动向动力机器生产转变的重大飞跃,由此,企业开始飞速向前发展,这时的企业能够创造出比手工作坊高出数倍的劳动生产率,为资本主义的发展积累了大量的社会财富。马克思和恩格斯在分析资本主义社会时曾写道:"资产阶级在它的不到一百年的阶级统治中所创造的生产力,比过去一切世代创造的全部生产力还要多、还要大。"①在现代经济生活中,企业更是具有了举足轻重的作用,由于不断地使用先进科学技术,企业似乎无所不能:它缩短了距离而延长了时间,使人类的活动范围超出了地面区域,而扩展到太阳系及银河系;它改变了人类的生活方式、工作方式甚至思维方式;它推动了社会进

① 《马克思恩格斯选集》第 1 卷,人民出版社 1995 年版,第 277 页。

步，创造了社会文明。企业在不断创造奇迹的同时，以其强大的生产力为社会创造了巨大的财富，因此，在目前，企业往往掌握着一个国家或地区的经济命脉。

显然，企业在人类历史上发挥的积极作用是不可磨灭的。但是，除了生产力的发展、人们物质生活水平的提高，企业的发展还为我们带来了什么？生产过程中产生的废气、废水、废渣和噪声等，这些也是企业生产为我们留下的"副产品"。企业与生态环境的关系是非常密切的，企业是利用资源的基本单位，任何一个企业的生产活动，无不是直接或间接地从所依赖的自然环境中取得资源和能源，把它加工成社会需要的物质产品；与此同时，企业在生产和经营的过程中，产生的废弃物主要是向环境中排放，由此产生了环境污染，造成了社会公害。早在英国工业化初期，就出现了非常严重的污染现象，恩格斯称之为"社会谋杀"，他在《英国工人阶级状况》一书中曾对18世纪英国工业的发源地曼彻斯特的环境污染状况作过真实的描述。到现在，由于多年来未解决的环境问题的积累以及新的环境问题的产生，我们所面临的由企业带来的环境污染问题比恩格斯所处的时代更为严峻。

（二）当前企业对环境的影响

我们根据企业的生产过程将其对环境造成的影响分为三个阶段。

第一个阶段即企业在生产前准备原材料阶段所产生的环境破坏问题。如木材公司的乱砍滥伐、水产品公司的无节制的打捞，以及煤矿企业的无度开采，等等，这些以直接获取自然资源为生产原料的企业的过度行为都会对生态环境造成恶劣的影响。当然，几乎所有的生产企业所需要的原料都直接或间接地从自然资源中来，因此，任何生产企业对生产原材料的过量需求都会对生态环境造成一定的影响。

第二阶段即企业在生产过程中对生态环境造成的不利影响，如一些企业在生产过程中所排放的废气、废水、废渣、废料，以及由此产生的噪音污染、电磁污染、光电污染，等等。有一个例子能够非常好地说明这一点：第二次世界大战期间，在美国华盛顿州设立的Hanford核武器工厂中，"生产核武器的每道工序都会产生放射性废料和化学废料，数量和致命性各有不同，由一吨铀矿只能得到几磅铀，剩下的'尾矿'具有一定的放射性。铀矿中制造原子弹的必需的铀-235同位素的含量只有1%，因此它必须'浓缩'，这道困难重重且代价昂贵的加工工序分别在南卡罗来纳州的Savannah River，俄亥俄州的

Fenald,田纳西州的 Oak Ridge 和肯塔基州的 Paducah 完成。成千上万吨废料存放在这些工厂内……在 1943—1970 年期间,几十亿加仑的放射性废料就这样直接倒入土壤,渗进地下水,Hanford 的 Clumibia 河、Oak Ridge 的 Clinch 河以及南卡罗来纳州的 Savannah 河都遭到了放射性废料的污染。废燃料棒储藏在生锈的容器中,有些储藏年限已有 50 年之久,存放在没有衬里的水泥池中。最糟糕的情况是出现'临界状态',由于积累了足够多的裂变材料,可导致核链式反应的发生。"①我们知道,放射性污染可严重影响生物的健康状况甚至导致生物的死亡,放射性污染也能损伤遗传物质,主要在于引起基因突变和染色体畸变,使一代甚至几代受害。这样的核武器工厂在全球范围内并不少见,它们所产生的废料给生态环境带来了致命性的破坏和隐患。也许其他类型的企业在生产过程中对环境的影响没有上面描述的那样可怕,但是,从它们已经对环境造成的各种负面影响的事实来看,这也是不容忽视的。

第三阶段是企业生产的产品对生态环境的影响。企业生产的产品多种多样,人们在使用这些产品的过程中对生态环境的影响也不容忽视。如原子弹对生态环境的毁灭性破坏、汽车尾气对空气的污染,以及化学农药对生态环境的影响。随着企业中技术应用的不断更新换代,企业利用新技术开发的产品能够对生态环境造成的影响超出了传统观念中的所有想象。总部位于美国密苏里州圣路易斯市的孟山都(Monsanto)公司,是一家经营农业化工、农业和医药产品的跨国公司,其对先进技术尤其是生物技术的采用在全球处于领先地位。20 世纪 90 年代该公司开发了一种名为"终结者"的基因,植入这种基因的植物将失去繁殖能力,这意味着下一季度还想种植具有同样基因改良特征的作物将不得不回头向孟山都公司购买。生物学家们对于这一技术本身的分析以及对其操作过程中涉及的诸多因素的研究表明,由于植入终结者基因的种子与普通种子外观上无法分辨,通过出售或交换,播种后可能会对生产造成不可弥补的损失——不育基因通过花粉可能会在种植地大肆传播,导致当地农业崩溃。因此,这种基因改良产品刚在市场上出现,就受到一些农民、环境专家等人的强烈反对。从这个例子我们可以看出,目前有些企业生产的产品对生态环境的破坏作用可能会超出人类的控制力。

---

① [美]L. H. 牛顿、C. K. 迪林汉姆:《分水岭:环境伦理学的 10 个案例》,吴晓东等译,清华大学出版社 2005 年版,第 155 页。

企业在实际循环生产经营的过程中，这三个阶段在空间上是并存的，我们在这里是为了更清楚地表述企业对生态环境造成的影响而将其分开进行讨论。一个企业对生态环境的影响程度不是一成不变的，因为企业总是在不断地变化发展，其所采用的技术不断升级，使得企业有更大的能力对生态环境造成更大的影响。当然，这个影响可以是正面的，也可以是负面的，也就是说企业可以采用新技术来减少其对环境的破坏，如采用技术对排出的废气、废水、废渣进行处理；同样，企业可以采用新技术来加快对环境的破坏速度，如在木材企业刚刚兴起的时候，砍断一棵参天大树需要五六个人花几天时间才能完成，然而随着新的伐木工具的使用，一个人一天就可以砍断上百棵大树。由此可见，企业是否采用新技术以及怎样使用新技术对生态环境的影响是不同的。

（三）当代主要生态环境问题

由于企业长期只注重经济效益而轻视或者忽视了环境保护，而这又导致环境问题日趋严重。英国著名生态学家爱德华·戈德史密甚至认为："全球的生态环境恶化可喻为第三次世界大战。由于这场大战，大自然在崩溃，在衰亡，其速度之快已到了这种程度：如果让这种趋势继续发展，自然界将很快失去供养人类的能力。"①当今的生态环境问题主要有以下几个方面。

1. 全球气候变暖

全球变暖是指全球气温升高。近一百多年来，全球平均气温经历了冷—暖—冷—暖两次波动，总的说来为上升趋势。进入20世纪80年代后，全球气温明显上升。1981—1990年全球平均气温比一百年前上升了0.48℃。导致全球变暖的主要原因是一个世纪以来由于人口的增加和人类生产活动的规模越来越大，大量使用矿物燃料（如煤、石油等），排放出大量的二氧化碳（CO_2）、氯氟碳化合物（CFC）、一氧化二氮（N_2O）等多种温室气体。由于这些温室气体对来自太阳辐射的短波具有高度的透过性，而对地球反射出来的长波辐射具有高度的吸收性，也就是常说的"温室效应"，导致全球气候变暖。

全球气候变暖将会对全球产生各种不同的影响，较高的温度可使极地冰川融化，海平面每10年将升高6厘米，因而将使一些海岸地区被淹没。全球变暖也可能影响到降雨和大气环流的变化，使气候反常，易造成旱涝灾害，这

① 中国企业管理百科全书编辑委员会：《中国企业管理百科全书》，企业管理出版社1981年版，第503页。

些都可能导致生态系统发生变化和破坏，全球气候变化将对人类生活产生一系列重大影响。

2. 臭氧层的耗损与破坏

臭氧层是大气平流层中臭氧集中的层次，距离地面高约20—25公里，臭氧层有一种神奇的功效，即它能把太阳辐射到地球表面的紫外线吸收掉99%，从而保护地球上的生命免遭过量紫外线的伤害。但臭氧层是一个很脆弱的大气层，如果进入一些破坏臭氧的气体，它们就会和臭氧发生化学作用，臭氧层就会遭到破坏。1985年，科学家们发现南极上空有一个大小如美国大陆面积的臭氧层空洞，第二年在北极上空也出现了臭氧空洞，面积像格陵兰岛一样大。经过调查，地球各部分都有不同程度的臭氧耗损。长此下去，地球上的生命将会受到威胁。

造成臭氧层耗损的罪魁祸首是氯氟烃（又称氟利昂，发明于1930年，被用于电冰箱、空调器、泡沫塑料、溶剂、喷雾剂和电子工业中），这种化合物很稳定，进入大气后可以一直上升到平流层，在平流层受到太阳紫外线的照射就会分解，释放出氯原子。氯原子对臭氧有很强的亲和力，一个氯原子可以破坏10万个臭氧分子。现在，大气层中的氯浓度为百万分之三点五，而且正以每10年增加百万分之一的速度递增。1900年大气层中的氯浓度只有百万分之零点六。

3. 生物多样性减少

《生物多样性公约》指出，生物多样性是指活体种类存在的三个层次：物种（包括动物、植物和微生物）多样性、遗传多样性和生态系统多样性，其中物种多样性是核心。在漫长的生物进化过程中会产生一些新的物种，同时，随着生态环境条件的变化，也会使一些物种消失，所以说生物多样性是在不断变化的。据报道，1600—1900年有75个物种灭绝，平均每四年一个，而现在每6小时就有一个物种灭绝，全球生物多样性展望报告表示：自从6500万年前恐龙灭绝时代以来，物种灭绝的速率已经达到了最高峰。

近年来，由于人口的急剧增加和人类对资源的不合理开发，以及环境污染等原因，地球上的各种生物及其生态系统受到了极大的冲击，生物多样性也受到了很大的损害。生物多样性是不可替代的，正是各类物种构成了地球的生命，并维持地球上生命的生存条件，失去了其他物种人类也不可能长久地生存下去。

4. **酸雨污染**

酸雨是由于空气中二氧化硫(SO_2)和氮氧化物(NOX)等酸性污染物引起的酸碱度(PH值)低于5.6的雨、雪或其他形式的降水。这是大气污染的一种表现。酸雨对人类环境的影响是多方面的。受酸雨危害的地区，出现了土壤和湖泊酸化，植被和生态系统遭受破坏，建筑材料、金属结构和文物被腐蚀等一系列严重的环境问题。酸雨在20世纪50、60年代出现于北欧及中欧，当时北欧的酸雨是欧洲中部工业酸性废气迁移所至，20世纪70年代以来，许多工业化国家采取各种措施防治城市和工厂的大气污染，其中一个重要的措施是增加烟囱的高度，这一措施虽然有效地改变了该地区的空气质量，但大气污染物远距离迁移的问题却更加严重，污染物越过国界进入邻国，甚至漂浮很远的距离，形成了更广泛的跨国酸雨。此外，全世界使用矿物燃料的量有增无减，也使得受酸雨危害的地区进一步扩大。

5. **森林锐减**

森林是人类赖以生存的生态系统中的一个重要组成部分。在今天的地球上，我们的绿色屏障——森林正以平均每年4000平方公里的速度消失。联合国发布的《2000年全球生态环境展望》指出，由于人类对木材和耕地等的需求，全球森林减少了一半，9%的树种面临灭绝，30%的森林变成农业用地，热带森林每年消失13万平方公里；地球表面覆盖的原始森林80%遭到破坏，剩下的原始森林不是支离破碎，就是残次退化，而且分布极为不均，难以支撑人类文明的大厦。

森林的减少使其涵养水源的功能受到破坏，造成了物种的减少和水土流失，对二氧化碳的吸收减少进而又加剧了温室效应。

6. **土地荒漠化**

简单地说，土地荒漠化就是指土地退化。1992年联合国环境与发展大会对荒漠化的概念作了这样的定义：荒漠化是由于气候变化和人类不合理的经济活动等因素，使干旱、半干旱和具有干旱灾害的半湿润地区的土地发生了退化。

1996年6月17日第二个世界防治荒漠化和干旱日，联合国防治荒漠化公约秘书处发表公报指出：当前世界荒漠化现象仍在加剧。全球现有12亿多人受到荒漠化的直接威胁，其中有1.35亿人在短期内有失去土地的危险。荒漠化已经不再是一个单纯的生态环境问题，而且演变为经济问题和社会问题，它给人类带来贫困和社会不稳定。到1996年为止，全球荒漠化的土地已达到3600万平方公里，占到整个地球陆地面积的1/4，相当于俄罗斯、加拿大、中国和美国国土面积的总和。全世界受荒漠化影响的国家有100多个，尽管各国人民都在进行着同荒漠化的抗争，但荒漠化却以每年5—7万平方公里的速度扩大，相当于爱尔兰的面积。到20世纪末，全球将损失约1/3的耕地。在人类当今诸多的环境问题中，荒漠化是最为严重的灾难之一。对于受荒漠化威胁的人们来说，荒漠化意味着他们将失去最基本的生存基础——有生产能力的土地的消失。

7. 大气污染

大气是包围在地球周围的一层气体，大气也称为大气圈或大气层。大气圈是地球四大圈（土石圈、水圈、生物圈和大气圈）之一，是地球上一切生命赖以生存的气体环境，也是人类的保护伞。大气污染物主要分为有害气体（二氧化硫、氮氧化物、一氧化碳、碳氢化合物、光化学烟雾和卤族元素等）及颗粒物（粉尘和酸雾、气溶胶等）。它们的主要来源是燃料的燃烧和工业生产过程。

大气污染对人体的危害主要表现为呼吸道疾病，大气污染导致每年有2500万儿童患慢性喉炎；对植物的危害表现为：其可使植物的生理机制受抑制，从而导致植物生长不良、抗病抗虫能力减弱，甚至死亡；大气污染还能对气候产生不良影响，如降低能见度，减少太阳的辐射（据资料表明，城市太阳辐射强度和紫外线强度要分别比农村减少10%—30%和10%—25%）而导致城市佝偻发病率的增加；大气污染物能腐蚀物品，影响产品质量。近几十年来，不少国家出现雨雪中酸度增高，使得河湖、土壤酸化，鱼类减少甚至灭绝，森林发育受影响，这与大气污染是有密切关系的。

8. 淡水紧缺

淡水是绝大多数生物赖以生存的重要资源，联合国环境规划署的分析资料指出：地球的淡水比例仅占2.8%左右，其中99%以上蕴藏在南北两极的冰雪中或在地下中。其余不到1%的淡水又有将近一半被土壤和空气吸收，余下的部分蕴藏在地球表面分布极不均等的江河湖泊之中。据统计，过去的50多年，全世界淡水使用量增加了将近4倍。淡水资源越来越少，而与此同时许多国家水资源的污染状况使得淡水资源的紧张状况进一步加剧。随着工业革命以来人类社会的飞速发展，由于大量的生活污水和工业废水未经处理而直接排出,超出了生态环境的自净能力,从而导致许多河流、湖泊、地下水和近海的水质恶化。目前,水资源问题已经成为世界上大部分地区面临的最严峻的自然资源问题之一。

9. 海洋污染

海洋具有调节气候(吸收二氧化碳)、蒸发水分有利降雨、提供能源(潮汐能可以利用来发电)等功能。工业革命以来,人类对环境的污染已经扩展到了海洋,引起海洋污染的原因主要有油船泄漏、倾倒工业废料和生活垃圾、生活污水直接排进海洋,等等。

海洋污染给人类和海洋带来许多危害,它使海洋食品中聚积毒素,人食用后会影响健康;使浮游生物死亡,海洋吸收二氧化碳能力减低,加速温室效应;使海洋生物死亡或发生畸形,改变整个海洋的生态平衡。

10. 危险性废物污染

危险性废物是指除放射性废物以外,具有化学活性或毒性、爆炸性、腐蚀性和其他对人类生存环境存在有害特性的废物。美国在资源保护与回收法中规定,所谓危险废物是指一种固体废物和几种固体的混合物,因其数量和浓度较高,可能造成或导致人类死亡率上升,或引起严重的难以治愈疾病或致残的废物。

总的说来,目前的生态环境问题从广度上说已经扩展到全球范围,而且每一种环境问题都不是单独存在的,只要一个方面出现问题,其他方面都会受到影响,正如美国著名的环境科学家巴里·康芒纳(Barry Commoner)曾经提出的主宰生态圈的基本法则之一,“每物均与其他物相联系”①;从深度上说正经历着“从宏观损伤到微观损伤的扩展”,“‘环境的宏观损伤’,是指人的肉眼看得见的,如城市空气弥漫着烟雾,碧水变得污浊,山坡上砍光森林,草原变成沙漠,水土流失后土地上露出了石漠,等等;‘环境的微观毒害’,是指人的肉眼看不见的,主要是化学污染物质排放到环境后,污染物质通过呼吸或食物链进入人体或生物体内,并且在生物体内积累。”②这表明,几乎所有的生态环境问题都是在工业革命以后产生的,因此可以说生态环境问题就是由于经济发展

---

① [美]巴里·康芒纳:《与地球和平共处》,王喜六等译,上海译文出版社2002年版,第5页。

② 余谋昌:《生态伦理学——从理论走向实践》,首都师范大学出版社1999年版,第132页。

而带来的问题。

(四)企业对环境影响的实质与根源

企业对技术的运用是现代企业能对环境造成如此严重影响的一个非常重要的原因,而现代技术在企业中的运用给环境造成的某些影响又是不可逆转的。工业革命以来的短短二百多年时间,技术给人们生活带来的巨变超出了此前时代人的所有想象。化学技术让我们能够杀死害虫,使得农作物的产量年年升高;工业技术让我们实现了日行千里甚至万里的梦想;生物技术甚至能够复制出相同的人……然而,这不是技术给我们带来的全部。我们都知道,技术是一把“双刃剑”,很多人已经充分认识到某些技术给我们带来的不幸后果并要求抵制它们。如美国科学家 R. 卡逊在《寂静的春天》里批评了滥用杀虫剂给环境带来的严重后果,DDT 是一种用来驱除害虫的农药,由于被大量地喷洒,DDT 能破坏森林的生态系统、污染河流、杀死鸟儿,由此带来了“寂静的春天”。然而我们真的杀死害虫了吗?“1938 年有 7 种昆虫显示出农药抗药性。到 1984 年,这个数字达到了 447 种。与合成农药发明之前相比,今天有差不多同样比例的农作物——15%受到害虫和杂草的侵害。”①我们付出了如此大的代价来改造自然,希望自然能够朝着我们既定的方向发展,但事实上,我们并未能实现预期的目标,因为自然是不会任人摆布的。技术给人带来了巨大的、难以弥补的灾难,这种灾难使我们再也不可能回到以前田园诗般的生活中。然而,如果我们由此认为技术就是造成我们目前所面临的灾害的根源,那就是“错把征兆当做根源”②,因为发明和使用技术的是人,而技术只是人用来实现自己目标的手段,因此我们要找出企业影响环境的根本原因就必须挖掘技术背后的更深层的因素,而这个因素就是技术的操纵者——企业本身。因此我们说,企业对环境造成破坏的实质在于企业对技术的非理性运用,也就是说,企业不计后果地使用技术破坏了环境。

企业为什么会不计后果地使用技术?这还要从企业产生的原因以及企业的目的来分析。前面我们说过,企业是伴随着分工协作而产生的,作为协作组织的企业的生产缘由是通过节约生产成本、降低交易费用、创造规模效益、提

---

① [美]L. H. 牛顿、C. K. 迪林汉姆:《分水岭:环境伦理学的 10 个案例》,吴晓东等译,清华大学出版社 2005 年版,第 94 页。

② [加]威廉·莱斯:《自然的控制》,岳长龄等译,重庆出版社 1996 年版,第 4 页。

高生产率，从而使参与协作的个体生产者获得其在单独生产中无法得到的合作剩余。也就是说，企业的产生是为了自身更好地“求利”，这就是企业的经济性，即企业的存在以赢利为目的，如果没有利润的追求，企业也就无法生存发展。企业求利的天性容易导致企业不计后果地行动。

其实，正如前文已证明的，企业既是经济主体，也是道德主体，这二者是不可分的，如果一个企业弃市场规则、道德原则于不顾，那么这个企业也是不可能长久发展的。是不是所有的企业都做到了经济性与道德性的良好结合呢？从表面上看，企业似乎都是从消费者的需要出发来设计、生产产品，消费者也确实从中获得了某种程度上的满足，这似乎体现了企业的道德性，而这正是企业家们所津津乐道的。但是，为消费者提供其所需的产品就一定是道德的吗？我们共同生活在大自然中，如果企业在满足消费者某种需要的同时却破坏了生态环境是不是也可称为道德？换句话说，企业有没有权利为了追求利润而破坏生态环境？一些企业认为在生产经营过程中对环境造成不利影响是不可避免的，而且他们的生产经营活动是为了满足公众的需要，既然公众享受了企业提供的产品，那么环境责任应该由政府和公众来承担。企业的这种分析完全掩盖了这样一个事实：企业在生产经营过程中破坏环境是把成本导入社会，而把利润引向自己。既然企业在生产中所需的资源取之于自然，生产过程中的污物也排放于自然，而自然不是企业的私有物，是地球上所有生物共同的居所，因此企业应该对破坏环境的行为承担伦理责任。为什么多年来企业并没有承担这种责任呢？那是因为企业将“公共化的成本（Commonized Cost）——私有化的利润（Privatized Profit）”①分开了，出现这种分离的原因主要有以下几点。

首先，从历史传统来说，企业有“外部不经济性”②的传统，这种核算方法使得企业从产生开始就逃避了对环境的责任，也许企业在产生初期并没有预料到会对环境造成如此大的影响，或者说当时企业的生产规模并不是很大，地

① ［美］加勒特·哈丁：《生活在极限之内：生态学、经济学和人口的禁忌》，戴星翼等译，上海译文出版社2001年版，第378页。

② 所谓“外部不经济性”，就是从早期的工业革命开始，企业在核算生产成本时没有将企业对外部生态环境破坏的处理费用计算在成本里，而现代工业体制依然沿用这种核算成本的方法（［美］芭芭拉·沃德等：《只有一个地球——对一颗小小行星的关怀和维护》，《国外公害丛书》编委会译，吉林人民出版社1997年版，第65页）。

球还来得及净化它们产生的污染物，因此没有在成本核算中考虑环保因素。但是现在，随着人们对人与自然之间关系认识的不断加深，几乎每一个人都能够感受到人类对环境的污染已经濒临地球承载能力的极限，在这种情况下，如果污染大户——企业仍然视其对环境的影响于不顾，是没有道理的。

其次，从企业的价值观来说，目前人们在经济发展过程中重经济效益而轻伦理价值的观念对企业价值观有一定的影响。现代经济学的伦理性的一面已经被严重淡化了，这种深层的伦理贫困并不会因表面的经济繁荣而消失，大到国家，小到组织或个人，在追求经济利益的过程中如果没有伦理目标的指引，其发展很有可能会走向歧途。目前很多企业在经营过程中对生态环境的漠视是与它们伦理目标的缺失不可分的。

再次，从市场规则来说，市场经济的丛林法则带来的疯狂竞争使得很多企业为了在竞争中不被淘汰而不顾一切。市场规则鼓励竞争，其本意是要起到促进发展的作用，但实际上现在的企业将竞争的手段发挥到极致，而忽视了竞争的真正目的。在这种大环境下，企业很有可能为了在竞争中取胜而忽略其对环境的影响甚至是破坏。

最后，从环保制度的执行来说，很多地方政府的环保制度执行不严格，导致破坏环境的企业有生存空间。一些政府只重视经济的发展策略导致环境保护必然处于与经济发展相比较的一个次要位置，在这些地方，对于能够大量上缴税金的企业，即使其对环境的破坏相当之大，政府也往往网开一面，甚至保护纵容。因此，很多坚定的环保主义者所面临的主要问题往往不仅仅是来自企业方面的，还要面对地方政府出于经济利益的考虑而对其所施加的压力。违规成本相较于能够带来的利润如此低廉，怎能使以追逐利润为天性的企业不趋之若鹜呢？

四、交融的结论：以企业生态伦理规导企业行为

以往有人认为用技术可以完全解决企业带来的生态环境问题，这种观点直接导致了先发展生产、后治理环境的思路。现在看来，这种观点虽不能说是错误的但也是有问题的、欠明智的。在解决生态环境问题时，技术固然不可缺少，但企业生态伦理观念及其规范体系却是解决该问题的基础和前提，它为企业行为提供了价值规导，为技术的研究和运用指明了方向。这是当代企业管理伦理与生态伦理交融互动的结论。

（一）解决环境问题的应有视点

所谓生态伦理观，是指人与生态环境关系的伦理信念、道德态度和行为规范的观念体系，是一种尊重自然的价值和权利的伦理价值系统。它以道德为手段去协调人与生态环境的关系。这里的"人"，可以作宽泛的理解，既指个体，也指各种组织和群体，企业是现代社会最为重要的组织之一。生态伦理观是企业为解决环境问题作贡献时应该持有的基本价值观。作为一个价值系统，它主要体现在观念层面、技术层面和实际操作层面。

首先，在观念层面，我们要坚持与自然的和谐发展观。我们知道，观念能够对人的行为产生非常大的影响，17 世纪以后，"征服自然"的观念一直深入人心，而且成为一种不证自明的东西，这种观念带来的直接行为是人们通过科学和技术的运用来证明自己统治自然的能力。一直到今天，这种观念对人们行为的影响还随处可见。从 17 世纪到现在，人类在体验科学和技术带来的高速发展的同时，也饱尝了环境被破坏的恶果。现在，越来越多的人在对过去行为的反思中认识到人类的生存和发展是离不开自然的，人类必须尊重自然才能获得长足的发展。如果我们都确立了与自然和谐发展的观念，那么人们目前的行为方式将会发生很大的转变。

其次，在技术层面，要有能够解决环境问题的技术支持，环境问题的解决离不开技术。如汽车尾气污染的问题，根据 20 世纪 70、80 年代美国、日本对城市空气污染源的调查，城市空气中 90% 以上的一氧化碳、60% 以上的碳氢化合物和 30% 以上的氮氧化物来自汽车排放。这些污浊的气体使人类的生存环境受到极大威胁。目前解决环境问题的汽车技术主要有三类：替代燃料车、电池电动车和氢燃料电池车。很多国家都在加快这些方面的开发步伐，使新技术同合理的规划、可持续的交通体系相结合，同人类理性的发展方式和生活方式相结合。又如，工业废水的污染问题。长期以来，一些企业在生产过程中产生的废水直接排入河流，这些废水中包含着一些细菌所不能分解的物质，其中有些物质具有毒性，这种污染的持续对人类的健康以及对整个生态循环系统的影响都是无法估量的。现在我们已经有了比较先进的污水净化技术，如清华大学研制出的新型多孔载体微生物废水处理技术，是根据捕获剩余污泥的流离原理、厌氧及好氧微生物的协同代谢原理而开发出来的，该技术可广泛应用于生活、高中低浓度有机工业废水的处理。类似的可以帮助我们解决环境问题的技术还有很多，如信息技术、生物技术、新材料技术、新能源和再生能源技术、先进制造技术、海洋技术等,这些可用于环保的技术的发展可以为缓解资源短缺、抑制环境恶化、改善人类健康状况、实现社会经济和环境的协调发展提供有效的途径。

最后,在实际操作层面,要有切实可行的环保规范。目前,我们并不缺乏与环保相关的规章制度,以中国为例,自1989年颁发《中华人民共和国环境保护法》以来,陆续制定和颁发了有关水污染、大气污染和固体废料污染等多部全国性环保法律,以及有关水资源、水土、煤炭、矿山、草原和渔业等自然资源保护法,而且民法、行政诉讼法和刑法也有许多涉及环保的条款,而各级环境保护部门规章、环境保护标准以及管理办法更是数不胜数。然而,我们可以看到中国的生态环境并没有因为环保法律体系的日渐完善而有明显的好转。原因何在?关键在于环保制度没有得到根本的贯彻执行,因此,要有有效的监督机制来保证环境制度的执行。

在解决环境问题的过程中这三者缺一不可,和谐发展的价值观是前提,技术是手段支持,规范确保落实,只有将这三者有机结合起来,才有可能解决生态环境问题。即使不能彻底解决,至少可以大大缓解。

(二)企业应有的认识

企业的生产经营离不开自然环境。企业的发展是一个不断向自然界索取物质能量、向人类社会贡献物质财富的过程,同时又是一个不断向自然界排放各种废弃物或有害物质的过程。自然以其巨大的包容能力在供给的同时,吸收、消化着企业所排放出的一切废弃物。企业既然享用了自然提供的资源,当然就有责任保护自然、维护生态平衡。以往人们在研究企业自身的责任时,往往只注重企业的社会责任,强调企业对社会、对公众的责任,却忽视了其对环境的责任。看到今天日益严重的生态环境,每一个企业都要反思自己的行为:企业是否存在着对环境污染、破坏的行为,是否尽到了保护环境的责任。另外,企业是社会环境的一部分。每个人都有同样的基本和平等的权利,包括人的生存权、自由权和安全的权利。个人、社会或民族都不具有剥夺他人生计的权利,基于此,企业也没有剥夺他人健康的权利。以往我们在强调企业有助于提高人们的生活水平的同时,却忽视了它对人类造成的危害——企业对环境的污染已经成为威胁人类健康的隐性杀手。企业应该寻求发展与环保之间的平衡,而要做到这一点,关键是将生态伦理观念落实到企业的具体行为中。

（三）企业生态伦理体系的核心

从学理上看，任何一个伦理价值规范体系都是由道德核心、道德原则和具体的道德规范组成的。规约企业经营的生态伦理规范体系同样如此。

企业生态伦理是企业在处理与自然环境关系的过程中所应遵循的伦理原则、道德规范和道德实践的总和，是企业管理伦理价值体系的一个组成部分。其理论旨趣在于指导实践，要求企业的生存和发展必须有利于生态的平衡。本书第三章已经指出，企业管理伦理的核心是企业的道德责任。因此，企业生态伦理价值体系的核心就是企业的环境责任。

企业的环境责任要求企业尊重自然、善待自然。在生产经营的过程中，企业要善待自然环境，主动地把企业与自然环境的利益关系调整到伦理道德关系的高度去认识，把自己对自然界的行为约束在不破坏自然环境系统原有的平衡有序关系前提下进行。所以，企业必须改变传统的伦理价值观，尊重自然的内在价值和整体性，将对人的伦理关怀扩展到对整个生态环境的伦理关怀，把道德目的的中心放在完善人与自然的一体性关系上，承认自然的内在价值，把对自然的权利与义务统一起来，使人与自然都成为在发展中受益的主体，这是企业实现可持续发展的生态伦理基础。

（四）企业生态伦理体系的原则

企业生态伦理的原则是企业在生产经营过程当中应该遵守的对生态环境的道德原则。企业在生产经营过程中对待生态环境的态度有道德和不道德之分，对于企业来说，凡是能给自然环境带来现实的潜在的破坏行为就是不道德的；凡是有利于生态恢复的行为就是合乎道德的。企业有必要运用这种生态伦理原则来规范其行为。

1. 生态效益原则

所谓生态效益，是在投入一定劳动的过程中，给生态系统的生物要素和非生物要素以及整个生态平衡造成的某种影响，进而对人类生产、生活环境产生的某种结果。生态效益分为正效益和负效益，一般情况下，我们将生态效益理解为对生态环境的好的影响、好的结果，它通常是指人们在进行社会经济活动时，通过生态系统获得物质和能量转换的最大效率，使生态系统处于良性循环的最佳状态，从而保持生态平衡和改善生态条件而对人们所带来的某种受益。

对于企业来说，生态效益原则是指企业在生产过程中在抓经济效益、生产利润的同时，要关注其对生态环境带来的影响，实现可持续发展。根据可持续发展理论，企业价值的最大化应建立在经济效益、生态效益和社会效益这三种效益的最大化的基础之上。企业生态效益主要表现为资源的节约、水质的改善、空气的净化、固体废弃物的减少以及绿色产品生产规模的扩大、生产能力的增强，等等。企业注重生态效益是一种新的管理思维，即企业在追求利润的同时，能尽量减少自然资源的使用，负起环境保护的责任。并且企业因为效率的提升及污染的减少，而节省了成本，进而提升了企业在行业领域内的竞争力。

然而，虽然我们可以给生态效益以明确的定义，但对于很多企业来说，生态效益与经济效益相比，其概念无疑要“模糊”得多，因为短期内它既无法具体体现，也不能用数字标出它的多寡。因此，在许多企业中，环境保护、生态效益之类只是挂在嘴上说说而已。有的企业甚至认为经济效益与生态效益是不可兼得的，他们认为，保护环境会增加企业成本，从而会减少企业的利润，甚至会让企业无利可图。由此看来，企业生产过程中的经济效益与生态效益之间似乎有着不可调和的矛盾。

事实上，从人类与自然界的物质交换来看，生态效益与经济效益是对立统一的关系。经济系统借助技术把社会的物质和能量与生态系统中自然物质和能量交换为经济产品，这些产品，在经济系统内部通过包括生产、分配、交换、消费在内的总过程后，再输入生态系统，以补偿输出的物质和能量，从而使物质循环和能量流动保持平衡。因此，经济系统和生态系统是可以协调统一的，生态系统和经济系统协调发展是企业发展的必然趋势。

2. **生态友好原则**

党的十六届五中全会指出建立环境友好型社会，并在《中共中央关于制定国民经济和社会发展第十一个五年规划的建议》中把建设环境友好型社会提到前所未有的高度。建设资源节约型、环境友好型社会的实质就是以环境保护的标准去衡量社会、塑造社会、发展社会。由此可见，中国将从“环境换取增长”的阶段过渡到“环境优化增长”阶段。

环境友好型社会或生态友好型社会是一种新型的社会发展状态，这种友好当然也包括对处于发展的先导性、全局性地位的企业对待生态环境的友好态度。生态环境是企业生存与发展的空间和舞台，是制约企业发展的“因变量”。生态友好原则对于企业来说就是，以企业生产与自然和谐为目的，以环境承载能力为基础，以遵循自然规律为核心，倡导企业生态文明，追求企业经济与社会环境协调发展的原则。生态友好是由生态友好型技术、生态友好型产品等组成。生态友好的内容主要包括：有利于环境的生产和经营方式；无污染或低污染的技术、工艺和产品；对环境和人体健康无不利影响的各种开发建设活动；持续发展的绿色产业；人人关爱环境的企业风尚和文化氛围。

由此看来，生态友好原则主要是指企业对待生态环境的一种友好态度。企业应该将这种对待环境的友好态度贯穿于企业的决策及企业的生产经营活动当中，这是企业和人类社会持续发展的必然要求。

（五）企业生态伦理体系的规范

1. 清洁生产

1989 年联合国环境规划署首次提出"清洁生产"这一术语，但并没有给出清晰的定义。直到 1992 年才在联合国环境与发展大会通过的《21 世纪议程》中，对清洁生产作出了较详细的定义，即清洁生产是指既可满足人们的需要又可合理使用自然资源和能源并保护环境的实用生产方法和措施，其实质是一种物料和能源消费最少的人类活动的规划和管理，将废物减量化、资源化和无害化，或消灭于生产过程之中。具体说来，企业的清洁生产包括清洁的生产过程和清洁的产品两个方面的内容，即不仅要实现生产过程的无污染或少污染，而且生产出来的产品在使用和最终报废处理过程中也不对环境造成损害。清洁生产是企业对生产过程与产品采取整体、预防性的环境策略，以减少其对人类及环境可能的危害，对生产过程而言，清洁生产包括节约原料与能源，尽可能不用有毒原料并在全部排放物和废物离开生产过程以前就减少它们的数量和毒性；对产品而言，则是通过对产品生命周期的分析，使得从原材料取得至产品最终处置过程中，尽可能将对环境的影响降到最低。

实施清洁生产，为企业提出了最大限度地提高资源利用率和减少污染物产生的目标，它是可持续发展的必然选择和重要保障。现代工业文明的建设过程，就是在思想观念、管理方式、工艺革新、技术进步等方面改变和提高的过程，企业通过清洁生产，不仅可以提高竞争能力，而且在社会中可以树立起良好的环保形象，这必将得到公众的认可和支持，特别是在国际贸易中，能增加国际市场准入的可能性，减少贸易壁垒。清洁生产不仅是现代工业发展和现代工业文明的重要标志，也是企业树立良好社会形象的内在要求。比如，美国 3M 公司（全称明尼苏达矿务及制造业公司，Minnesota Mining & Manufacturing Company）就是一个实施清洁生产的企业。它于 1974 年实行了一个称为"污染预防总会得利”(Pollution Prevention Pays,简称3P)的制度,运用系统管理思想将预防污染的理念贯彻到公司的每一项产品设计生产和服务中。“3P”计划主要通过四条途径来实现:产品改良、工艺改进、设备改善和资源回收。工艺改进即改变制造工艺,以控制副产品的产生或者为使用无污染或低污染的原材料创造条件;设备改善即使设备在特定的操作条件下能更好地运行,或使设备更便于利用可用的资源(如来自另一工艺过程的副产品蒸汽);资源回收即副产品被回收以供出售或在其他3M的产品或工艺中使用。自3P制度实施以来,3M公司已减少了10亿磅的总体排放量,同时还节省了5亿美元的资金,该公司正逐步采用闭路和无废物工艺。3P的成功,不仅仅对3M公司,而且对全球的其他公司而言,均是一种鼓舞。自从1975年以来,4650个雇员项目已经防止了16亿磅污染物的产生,节约额大约为8亿1千万美元。

3M公司的预防污染制度所遵循的就是清洁生产的思路,它的3P规划可能是由企业所发起的最著名和最成功的防污染规划。事实上,3M公司声称他们已经从其环境政策中获益。他们清洁生产、减少废弃物意味着制造效率更高,危害性材料的排放量越少,给环境带来的危害就越小。3M公司的这一环境策略得到了顾客广泛而有效的支持,该策略被认为是美国商界中最优秀的策略之一。

2. **绿色管理**

“绿色是生命的原色,约在1万年前,人类为了生存,开始栽培植物,从此绿色象征着生命、健康和活力,绿色也代表着人类生活环境的本色,是春天的颜色、常青永恒的标志,是对未来美好的向往与追求。绿色还意味着和谐的生态环境,沉静恬适的精神境界,民族与事业的蓬勃发展。哪里有绿色,哪里就有生命。”①正是因为“绿色”一词有着如此美好的内涵,所以在20世纪90年代初的西方绿色运动浪潮中,一些学者将“绿色”这一修饰语套用到企业经营管理领域,从而有了“绿色管理”。具体说来,“绿色管理就是企业在公众日益增长的绿色消费需求和环保舆论压力下,在政府适当的激励与约束条件下,主动将环境保护和可持续发展观念纳入企业生产、经营与管理的决策之中,对产品开发、设计、生产、流通和促销等过程全面‘绿化’,使企业的全部生产经营活动朝低消耗、低污染、高附加值的方向发展,通过生产和经营绿色产品,在市

① 万后芬主编:《绿色营销》,高等教育出版社2001年版,第1页。

场上获得绿色竞争优势，在社会上获得政府的鼓励和保护，赢得公众的信赖与支持，满足消费者绿色消费需求，实现经济效益、社会效益和环境效益三者的兼顾，从而促进社会经济和企业自身可持续发展的企业经营管理活动的总称。"①在环境保护呼声如此高涨的形势下，企业要想树立良好的社会形象就必须搞好绿色管理，在产品的设计、生产、销售过程的各个环节中，都充分考虑环境保护，减少污染的因素。比如，美国杜邦公司就大力开展"绿色管理"。该公司是世界上历史最长、规模最大的综合性化工公司，该公司以注重"绿色管理"闻名于企业界。20 世纪 80 年代末，杜邦公司的研究人员把工厂当做实验室，创造性地把循环经济三原则发展成为与化学工业相结合的"3R(reduce、reuse、recycle)制造法"，以达到少排放甚至零排放的环境保护目标。1992 年，杜邦公司进一步革新环境管理体制，在公司董事会下设环境政策委员会和环境领导委员会，环境政策委员会由五名外部董事和一名公司内部副主席组成，负责监督环境政策的执行；环境领导委员会负责制定公司安全、卫生、环境政策以及工作目标、环境质量指标，指导公司的环境计划。杜邦公司还成立了一个安全、卫生及环境中心，其任务是通过与经营部门的直接联系，将决策、监督、安全、卫生和环境管理结合起来，该中心下设与化学品制造商协会的"责任照管"要求相配套的机构，包括职工健康与安全、环境管理、工艺安全管理、产品管理、化学品销售、公众意识与应急对策等。到 1994 年已经使该公司生产造成的废弃塑料物减少了 25%，空气污染物排放量减少了 70%。

杜邦公司的绿色管理体现了他们的社会价值观、伦理道德观，作为一个对社会充满责任的企业，杜邦公司充分考虑到社会效益和生态效益，恰到好处地协调了企业利益和环境保护之间的关系。

3. 节约资源

可持续发展对于发达国家和发展中国家同样是必要的战略选择，但是对于像中国这样的发展中国家，可持续发展的前提是发展。发展的目标之一就是为了满足全体人民的基本需求和日益增长的需要，生产更多的物质和文化产品。而自然资源的多寡则制约着这些物质产品的数量，资源的分布和配置决定着产业结构和投资分配，它们都在很大程度上制约着经济发展目标的实现。环境污染问题归根到底是人们限于一定的认识水平和经济技术条件，把

---

① 李会太：《"绿色"与绿色管理的概念界定》，《生态经济》2007 年第 4 期。

各种氧化物、重金属盐类、有机物等不加利用地排入环境所致,是资源浪费的表现。生态破坏则归咎于人们不能充分有效地使用自然承载限度之内的生物、土地和淡水等资源,过度地向自然索取而不注意养护。因此,节约资源既是提高经济效益的一项重要内容,也是防止环境污染和生态破坏的最佳办法。

合理开发和利用资源是社会可持续发展的首要条件。节约资源已经成为全社会的共同责任和共同行动。资源紧缺是目前绝大多数国家面临的一个非常严峻的问题,因此,对于资源的消耗大户——企业来说,节约资源是非常必要的。我们只有一个地球,对于企业来说,节约资源是一种责任。只要我们改变浪费又污染的生产经营方式,就能够改善环境,减轻地球的负担。无节制地消耗地球资源将使人类生存无法持续。节约,在这里不只是经济行为,也是一种道德行为。比如,我国海尔集团作为在海内外享有较高美誉的大型国际化企业集团,在节约资源方面作出了表率①。多年来,海尔一直坚持开发节能、节水的环保产品,并取得了显著的成绩。海尔的28种空调产品在中国首次节能产品认证中全部通过认证。如海尔开发的“直流双新风”空调,KFR—35GW/v(DBPZXF),按每天使用8小时计算,单制热每天省电16.4度,单制冷省电11.5度,每年使用7个月,则可以省电1001度;海尔宇航变频冰箱,将宇航科技与制冷技术相结合,采用全变频、太空智能及纳米绝热材料技术,率先实现了冰箱“厚度减半、省电一半”的效果,在节能与节材上实现了突破;海尔还推出了世界上第一台真正不用洗衣粉的洗衣机——“环保双动力”,与常规洗衣机相比,减少了水污染,实现节电、节水各50%。

4. 保护环境

在社会经济与可持续发展中,自然资源与环境容量愈来愈显出其有限性。加快科技导入资源,不仅能够防止人为破坏与浪费,还可以促进资源再生和培植,用尽可能少的自然资源消耗,创造出更多的人类社会必需产品,实现自然资源的最大效益,在自然资源不断再生与使用中实现良性发展。近年来,世界知名企业在全球化战略经营中,纷纷推出“环境援助计划”,在向自然资源索取的同时,重视了对自然资源的再生和培植。日本企业在进入中东市场后,拨出巨款援助当地政府改造沙漠、植树种草。很多企业非常重视资源利用与再生中的科技进步,不断增加对自然资源的再生投入,推广资源综合利用与环境

---

① 海尔集团:《发展循环经济　建设资源节约型海尔》,《资源与发展》2006年第1期。

综合治理，探索资源的可持续供应体系和资源永续利用新路径。比如，奔驰公司在研究新型环保汽车方面的经验就值得借鉴。尽管汽车给人们带来很多的好处，遗憾的是，汽车加速了环境的污染。汽车马达的发动增加了城市的噪音；汽车排出的废气污染了人们呼吸的空气……环境污染成为汽车的两大克星之一（另一是能源危机）。然而奔驰公司却把对环保问题的关切作为其诉求重点，长期以来重视环保技术的研究，研制节能和保护环境方面的新型汽车。石油危机发生后，奔驰公司着力研究汽车代用能源，例如乙烷、甲烷、电子发动或混合燃料发动装置。奔驰公司的专家们预言，未来的汽车是环保汽车，比如利用电能的电车，石油、太阳能、煤、核能、水力、风力都可以用来发电，这就使得汽车能源不局限于某一种能源，又可彻底地消除噪音与废气的污染。另外，奔驰公司还每年定期推出强化企业形象的广告，对环境问题的高度关心是它的重要内容。一般汽车公司是以美国环保法规为最终标准，多数的商品开发也以满足美国的标准为前提，但奔驰公司除了这些之外，另外制定了一套比美国标准还严格的管理规定。“使你加入节约能源及环境保护的工作”就是奔驰广告的口号。

第六章

强调领导者道德:当代企业管理伦理发展的新经验

企业是一种组织,企业管理者或领导者的企业管理是一种集体性的活动。由于企业管理行为与企业领导者个人的行为是不同的,因此,人们在确定企业责任时面对如此困难:究竟是企业集体还是企业领导人是行为责任的主体?如果两者都是,那么这种责任如何确定和划分?企业领导者个人的道德品性对企业集体性的管理活动有影响吗?如果有,这些影响因素是什么?有一些学者认为,企业管理伦理并非是一些适用于个人的道德准则在企业组织上的套用,作为集体性的伦理而存在的企业管理伦理不能简单地与个人伦理等同,不能化约为个人伦理。这种观点有其合理之处,但也有一个理论危险:由于企业道德责任既可归因于企业整体也可归因于企业中的个体,企业整体的道德责任最终也是通过有关转化机制而由个体承担,而由于把个人伦理与企业管理伦理截然分开,也就分离了企业道德责任的个体承载者,从而使企业道德责任无所依凭。由此看来,企业领导者道德是很重要的。

当代许多企业伦理学者,比如沃哈恩、霍夫曼(Hoffmann)、佩因、特里维诺和尼尔森(Trevino & Nelson)、卡罗尔等,越来越强调领导者道德的研究。弗里切说:"商业决策是由个人和团体作出的,因此商业伦理事实上是组成商业界的每个人的伦理。于是商业伦理的讨论就是对商业决策者伦理的讨论。"①波斯特也说:"一个公司的行为是伦理的还是非伦理的,管理者是关键

① [美]戴维·J.弗里切:《商业伦理学》,杨斌等译,机械工业出版社1999年版,第88页。

性因素之一。作为主要决策的制定者，管理者比其他人有更多的机会为公司建立伦理形象。管理者，特别是顶层管理者所秉持的价值，将为在公司工作的其他人树立榜样。”①曼纽尔·伦敦（Manuel London）说：“当我们处在一个动荡而快速发展的21世纪世界中，领导的挑战在于迅捷而得当地处理事务，并且通过一种能高度体现的诚信、信任和诚实的方法。”②许多有关领导的著作和教科书中都有关于伦理领导和领导者道德的章节，著名的如罗宾斯的《管理学》。这就是对上述问题的回应，因而，强调领导者道德可以说是当代企业管理伦理发展的一个重要走向，也已成为当代企业管理活动中的一个新经验。而在当代企业管理伦理研究中，属于领导者道德研究方面的理论主要有：领导者道德的类型理论、弗里切的领导者的道德个性理论、科尔伯格的道德发展理论、领导者的道德资本理论等。本章先对这些代表性理论进行评述，然后探讨当代企业领导者应该具备什么样的道德素养。

张瑞敏的素质与魅力

张瑞敏，一个喜欢哲学的企业家，一个读了不少书的学者，问及企业家成功的秘诀，他的回答是“不断提高素质”。

1984年张瑞敏来到一个亏损147万、几乎一半人想调走的工厂。转过几年，发生了一个故事：76台“瑞雪”牌冰箱经检验不合格，张瑞敏命令直接责任者自己动手砸毁了这批冰箱。从那时起直到今天，干部汇报工作时如果用了“一切正常”4个字，就被看做不合格，因为他缺乏发现问题、发现矛盾的素质，不能把有可能发生的事故事先处理掉。

一个故事

（张瑞敏语：）“当时，有一个用户找上门来，说海尔冰箱买回去，刚一用就发现有很大的毛病。我说你到仓库去挑吧，当时仓库内有400多台冰箱，他挑了好多台但没有一台满意的。他走了以后，我就叫人把余下的所有冰箱检查一遍，检查后发现总共有76台冰箱存在不同程度的缺陷。

① 赵德志：《现代西方企业伦理理论》，经济管理出版社2002年版，第71页。

② ［爱沙尼亚］玛丽·库斯科拉：《论领导者道德》，陆晓禾、［美］金黛如主编：《经济伦理、公司治理与和谐社会》，上海社会科学院出版社2005年版，第478页。

我首先要求所有的人都来参观。然后要求谁做的这个冰箱谁自己把它砸了。许多老工人都流泪了，因为那时候，工人都开不出工资。我到这个工厂来时，一开始的几个月，都是到农村生产大队去借钱。借到第四个月的时候，人家怎样也不肯借给我们了。就在这种情况下，我说即使我们明天没有钱也必须把它砸了，因为如果我们放行了这些产品，就是放松了质量意识。通过这次非常大的震慑效应，改变了人们在质量观念上存有的问题，可以说，海尔在非常困难的情况下，通过创新观念的转变，先抓质量后发展起来的。这件事对我们现在创国际名牌也起了很大的作用。

有一国际著名的企业到中国寻找合作伙伴，从国内60多家企业中层层汰选下来，仅剩下广东、上海和青岛的琴岛海尔集团三家。最后的决心下在哪儿？一个偶然也不偶然的故事发生了：考察专家在‘琴岛海尔’的流水线旁边发现一个备用模具。他用手摸了一把，举起来看看，一尘不染。下面的故事不用说了，这只没有沾上灰的手拿起了签字的笔。”

造就完美的人格

人格的伟大在于给予而不在索取。“兵随将转，无不可用之人。我认为人人是人才，作为一个领导者，你可以不知道下属的短处，但不能不知道他的长处，用人之长，并给他们创造发挥才能的条件，此所谓你能翻多大跟头，我就给你搭多大的舞台。”

总装车间年轻女工王俊成，因患绝症而即将辞世。在弥留之际，她向家人留下一条遗嘱，请装运遗体前往火葬场的车经过厂门口时停一下，让她再最后看一眼自己心爱的工厂，让她的心魂再一次依傍着厂里的领导和同事。也许，一种卑下的人格，一种把人当做机器或是机器附件的管理方式，也能创造高额利润，但绝对创造不出一个凝聚力极强的群体！

人格，很多时候是附着在国格上的。“1984年，我为了技术合作到德国去，当天晚上，正是他们的一个节日，放焰火。陪同我的德国老板指着焰火说：‘这是从你们国家进口的。’他没有伤害我的意思，我的心却在流血。在德国的超级市场里，见不到‘中国制造’的产品，难道我们就永远只靠祖宗的四大发明混日子吗？”8年之后，“海尔”冰箱已被它老师的国家所接受，堂而皇之地摆在德国的超级市场里。

“我们产品到德国，花了差不多一年时间，非常艰苦。最后一个项目，把冰箱吊起来像洗淋浴一样，所有地方喷上水，喷完之后通上电，看会不会通电，非常严格。但对我们来讲，很有好处，它可以提升我们的竞争力。我们通过了德国的认证，但产品再到德国去销售时销售商还不接受，因为中国货在这里都是低档货。德国人说，不要说中国货，就是日本的冰箱在德国都没有市场。为什么呢？因为德国是一个老牌工业强国，他们对自己的东西有一种自豪感，对别人的特别挑剔；而我们是按德国的要求做的，我们100%保证海尔冰箱绝对没问题。因为他们不相信中国产品，我们就做了一个实验：把我们的冰箱和德国的冰箱摆在一起，都把商标撕掉，让经销商选，看能否挑出哪个是我们的，哪个是他们的。如果挑出来我们的那台恰恰是不好的，就说明我们的产品确实需要改进。25个经销商，挑了半天没有挑选出来，我们就把我们的冰箱拉出来说，'这就是我们做的，你再仔细看有没有问题。'看了之后还是没问题，他们就接受了。"

（资料来源：佚名：《张瑞敏的素质与魅力》，网址：http://31.toocle.com/detail—4641623.html，有改动。）

一、领导者道德的类型

（一）投机基本定向的领导者

企业管理伦理学者们注意到，企业的不道德行为除了受制度框架、组织结构等因素影响外，还受企业领导者的影响。因此，为了解决这一问题，许多学者也开始从领导者特别是处于管理高层，决定企业决策方向并常常影响企业其他成员的领导者个人的价值观和基本态度方面寻找答案。

这方面的开创性研究是，美国学者雷蒙特·C.鲍姆哈特（Raymond C. Baumhart）于1961年对1500名阅读《哈佛商业评论》的经理做了一项调查，要求被调查者对所列五项可能影响员工道德水准的因素根据影响程度大小进行排序。这五项因素是：（1）上司的行为；（2）组织当中同事的行为；（3）行业或职业的伦理行动（惯例）；（4）正式的组织制度（政策）；（5）个人财务需要（经济状况）。1977年，斯蒂夫·布伦纳（Steve Brenner）和伊尔·莫兰德（Earl Molander）调查了1200名同一刊物的读者，他们在以上五个因素的基础上补充了一个因素：社会的道德氛围（风气）。1984年，巴里·Z.波斯纳（Barry Z. Posner）和华伦·H.施米特（Warren H. Schmidt）对1400名经理进行了调查，要求对上述六个因素进行排序。三项研究的调查结果见下表。

表6－1　影响不道德行为问题的因素

因素	波斯纳和施米特的研究（人数＝1443）	布伦纳和莫兰德的研究（人数＝1227）	鲍姆哈特的研究（人数＝1531）
上司的行为	2.17(1)	2.15(1)	1.9(1)
组织当中同事的行为	3.30(2)	3.37(4)	3.1(3)
行业或职业的伦理行动	3.57(3)	3.34(3)	2.6(2)
社会的道德氛围	3.79(4)	4.22(5)	—
正式的组织制度	3.84(5)	3.27(2)	3.3(4)
个人财务需要	4.09(6)	4.46(6)	4.1(5)

资料来源：[美]阿奇·B.卡罗尔、安·K.巴克霍尔茨著：《企业与社会：伦理与利益相关者管理》，黄煜平等译，机械工业出版社2004年版，第143页。

上表说明，领导者的道德水准是企业管理伦理状况的一个影响因子，企业不道德行为的出现与其有重要关系。这三项研究证实，此时期企业的道德水平没有恶化，但领导者的道德水准也没有多大提高。而其他实证研究表明，领导者的伦理价值观总体上是消极的。“企业领导的道德水准与其说是促进了伦理标准，还不如说是正在逐步侵蚀伦理标准。”①此后的一些实证研究，比如贝克尔和弗里切，德国的考夫曼、克贝尔和楚勒纳等表明，企业的不道德行为可能会因为组织制度、行为规范的完善和实施、社会的舆论压力等而有所减少，但领导者的道德水准则未见有多大改善。领导者的伦理价值观一直以来表现出一种明显的“投机基本倾向”即机会主义定向模式，持这种基本倾向的领导者都“为了自己的利己主义偏好而把遵循共同规范置于次要地位”，有四种基本特征②。

第一，明显的“自我中心化”倾向。其核心价值观是，即使人人都是手足同胞，谁也不会无缘无故地赠予；或者是，我的效用与你的效用是相互交换的关系。

第二，为了目的，可以不择手段。持这种定向的领导者信奉“要想成功，就不能有所顾忌”；“要想实现更高的目标，有时就可以不忌讳不正当行为”。

第三，高度的物质享乐主义态度。这主要表现在年轻的领导者身上，他们认为成功的生活就是按照“必须使生活尽可能舒适”的基本原则享有更多的闲暇和更大的物质丰裕。

① [德]霍尔斯特·施泰因曼、阿尔伯特·勒尔：《企业伦理学基础》，李兆雄译，上海社会科学院出版社2001年版，第39页。

② [德]霍尔斯特·施泰因曼、阿尔伯特·勒尔：《企业伦理学基础》，李兆雄译，上海社会科学院出版社2001年版，第41页。

第四,情感主义的道德观。持这种定向的领导者认为"道德是纯粹的情感表达",否认普遍道德标准的存在,以自我主观意识评判善与恶,责任、伦理并不是一个需要作出解释的对他人的回应的问题,而只是一个主观的、个人良知的、独白的问题。

(二)企业管理伦理定向的领导者

上述道德类型的领导者让人们对企业管理伦理改善及领导者道德水准的提高抱悲观态度。事实上,作为一种实证研究成果,它是通过归纳得出的结论,而归纳不可能穷尽所有现象,因而极有可能以偏概全。利己主义类型的领导者在现实生活中的确存在,但也未必所有的人都是这样。有学者对上述结论表示怀疑。德国企业管理伦理学家乌尔利希和蒂勒曼就批评道:"这些研究者只是用自己的价值衡量尺度来判断经理的道德价值观,只是作为旁观者的研究人员根据经理对规范调查表所列的'良好的经济业绩就是良好的伦理道德'这类问题的回答肯定与否来作出伦理道德判断,而没有想方设法从根本上去了解为什么被调查的经理会这样回答。赞同上述命题,并不意味必定是非伦理的,反而还有可能具有一种经过深思熟虑后形成的理由,那就是市场经济竞争制度的特殊运行条件,它不允许经理拥有其独立的道德行为空间。"①他们认为,研究领导者的个人道德应该进行一种方法论的转换:按照定性社会研究的概念,首先追溯这些判断的不同动机,由研究者进行"解释"②。这就意味着,研究领导者的个人道德首先必须认真对待被调查的领导者,并乐于听取他们对其行为的辩解,而不是急于武断地作出道德判断;相信他们完全有自己的道德信念和良心,善意地对待他们的道德价值取向,而不是一味地进行道德谴责。基于此,他们从理论上提出了一系列关于领导者的企业管理伦理定向模式,并根据两个方面将他们划分为四类③。

第一个方面,根据领导者对经济过程的认识。其一,系统定向。此种定向的领导者认为,经济现象和管理现象有其自身的客观逻辑,市场机制具有一种凌驾于

① [德]霍尔斯特·施泰因曼、阿尔伯特·勒尔:《企业伦理学基础》,李兆雄译,上海社会科学院出版社2001年版,第43页。

② [德]霍尔斯特·施泰因曼、阿尔伯特·勒尔:《企业伦理学基础》,李兆雄译,上海社会科学院出版社2001年版,第43页。

③ [德]霍尔斯特·施泰因曼、阿尔伯特·勒尔:《企业伦理学基础》,李兆雄译,上海社会科学院出版社2001年版,第44—46页。

个人之上的作用力,个人只能顺应市场竞争。其二,文化定向。此种定向的领导者认为,经济、企业管理与其他领域一样属于生活世界的一部分,也可以撇开顽强的经济利润强制力。因此,并不存在特殊的企业管理伦理问题,因为伦理恰恰在经济和管理中有其自身的价值地位,正像在文化中有普遍的价值地位一样。

第二个方面,根据领导者对伦理与成功之间的关系的认识。其一,和谐定向。此种定向的领导者认为,追求企业成功与伦理观点之间虽然不是任何时候但通常是和谐的。其二,冲突定向。此种定向的领导者认为追求企业成功与伦理观点一般是相互对立的。

将这两个方面结合起来,可以有下表中四种类型的领导者道德。

表6-2　乌尔利希和蒂勒曼划分的企业伦理责任基本类型

	系统定向者(43%)	文化定向者(57%)
和谐论者(88%)	经济论者(33%)	习俗论者(55%)
冲突论者(12%)	改革论者(10%)	理想论者(2%)

资料来源:[德]霍尔斯特·施泰因曼、阿尔伯特·勒尔著:《企业伦理学基础》,李兆雄译,上海社会科学院出版社2001年版,第45页。

乌尔利希和蒂勒曼还在一次实证研究中,通过采访60位瑞士企业界经理,按照上述论证方式,划分出了"经济论者"、"习俗论者"、"理想论者"、"改革论者"四种类型的领导人。四种类型的领导者的道德观念分别是:

经济论者认为,伦理必须通过市场才能导入企业管理,市场的竞争机制能够确保企业管理行为符合伦理要求,领导者个人用不着进行独立的伦理思考。

习俗论者认为,伦理与在经济和管理活动中同样可行的传统美德是相一致的,不必为此作出伦理上的特别努力。

理想论者认为,企业管理的业绩追求与伦理追求的协调,只能通过领导者把个人意识转变为社会意识并承担责任才能实现,而很少或不是通过改变经济制度来实现,因此,领导者个人有必要作出伦理上的特别努力。

改革论者与理想论相反,认为由个人承担责任,是对个人的要求过高了,因此应该从制度、企业管理框架上进行变更、修正和发展。

(三)领导者的典型行为方式

与定量研究方法可能会过于武断地对领导者的道德意识作出判断相比,定性研究对领导者的道德意识充满了信任和善意。但是,定性研究不能解决这样一个问题,即当机会主义定向或选择在经济生活中大量蔓延时,这种善意和信任还是可能的吗?也就是说,定性研究存在一个重大缺陷:对领导者的道德意识的虚构,而这种虚构与领导者本人的真实道德动机显然是有出入的,尽管领导者本人的真实道德动机与其实际的行为极有可能会不一致。察觉到这一问题,理查德·P.尼尔森根据领导者的具体行为模式,把领导者的道德水准分为四种:艾希曼式、理查三世式、浮士德式、组织公民式。其中前三种都是在道德上有缺陷的,他提倡第四种理想类型的道德和具有这种道德水准的领导者[①]。

第一,艾希曼式的道德。艾希曼是纳粹德国屠杀犹太人的主要工具,是纳粹德国行将崩溃前执行丧心病狂的"彻底解决方案"的负责人;在被屠灭的600万犹太人中,大约有200万犹太人的死与他有着极紧密的关系。对这位罪责极大的纳粹官员的审判和定罪,曾引起了全球的关注。审判从1961年4月11日开始,持续近4个月。这场审判极其复杂,因为审判的对象不只是一个简单的自然人,而是牵涉"国家行为"和"自上而下的命令的行为"的一个恶性事件中的罪人。在国家机构组织的行政杀人事件中,作为国家机器齿轮上的一个部分,作为"自上而下的命令"这一行为链条上的一环,对其该如何定罪?对此人们争论不休[②]。曾参与审判的著名哲学家和政治理论家汉娜·阿伦特在《耶路撒冷的艾希曼:伦理的现代困境》中,借"艾希曼"的例子提出了一个概念:"没有心灵的恶",指一种常人,这种人只知道履行职责而不问其道德后果,其唯一追求就是从技术上确保任务的完成,而从不思考这种做法合法与否。尼尔森运用这一概念来指一种企业领导人,这种领导人对自身行为的道德性质毫不关心,只注重客观事实和完成任务的技术效果,而全然不关注其行为的伦理性质。艾希曼式的道德水准的领导人就是其行为在技术上的高效率而在道德上的漠然即没有心灵。例如,联邦水果公司早在20世纪50年代,就决定通过帮助反对派颠覆危地马拉政府来改善公司在当地的经营状况。根据联邦水果公司当时的一位助理副总裁(后来成为副总裁)所说:"当时,我把我的工作和公司紧紧相连视为一体,以至于我没有用道德或伦理准则去思考这种行为。"这位管理者仅仅关注于提高联邦水果公司的市场份额和利润地位。他作为助理副总裁一直在掩盖着他们为反对派颠覆政府提供资金援助,

---

① [美]理查德·P.尼尔森:《伦理策略——组织生活中认识和推行伦理之道》,伏宝会等译,中国劳动社会保障出版社2005年版,第10页(本书把"Eichmann"译为"依持门",似不妥)。

② 王珏:《组织伦理与当代道德哲学范式的转换》,《哲学研究》2007年第4期。

他是绝不会考虑到那些在颠覆运动中被剥夺公民权或被杀的人们①。

第二,理查三世式的道德。理查三世是莎士比亚戏剧中的一个对不道德行为明知故犯的人。尼尔森运用这一概念来指称那些懂得善恶之分,但为了牟取个人私利,仍然有意识地从事不道德行为的企业领导人,其遵循的道德是"蓄谋的邪恶"模式。例如,1946 年,通用电气的总裁查尔斯·威尔森,记下了他几个前任和其他高级执行官明知故犯地违反反托拉斯法,与其竞争者通过协议定价来达到瓜分市场的目的。他们为什么这么做呢?威尔森在批判他们的行为时指出,故意采用不道德行为的一个重要动机,是出于个人的职业发展以及个人财富和权利积累的需要。前几任总裁和高级管理人员意识到固定价格和划分市场可以提高利润,从而促进他们个人的职位升迁。他们关心的是他们自己的物质利益②。

第三,浮士德式的道德。浮士德是歌德的《浮士德》中的一个人物,他为了自己的追求可以向魔鬼出卖自己的灵魂。尼尔森运用这一概念来指那些为了获取自认为具有较高价值的东西或实现更高目标而不惜采用卑劣手段的企业领导人。其所信奉的道德观念是:"为了良好的目的可以不择手段,有时甚至可以是恶毒的手段。"这种领导人往往毫无保留地去完成任务,不顾忌手段的道德性规定,因而往往会导致不道德的消极后果。例如,通用电气辛辛那提直升发动机厂的厂长向 FBI 承认,他曾指使过管理人员按照某些政府合约伪造工人的工作计时卡。有些合同低于工资清单,有些则高于工资清单。他说这么做是因为他不想让员工失业。他注意到如果有些项目的实际成本被泄露,就可能有人会失业,甚至工厂也可能被迫关闭。他认为他的动机是好的,那时他是在帮助员工保住工作,因此伪造计时卡是正当的③。

第四,组织公民式的道德。这是尼尔森针对前三种成问题的道德类型而提出的一种理想的道德类型。具有这种道德的领导人具有如此特点:"他不是毫不思索地服从所有的指令,他的行为也不纯粹取决于利益考虑。他拥有一

---

① [美]理查德·P. 尼尔森:《伦理策略——组织生活中认识和推行伦理之道》,伏宝会等译,中国劳动社会保障出版社 2005 年版,第 13 页。

② [美]理查德·P. 尼尔森:《伦理策略——组织生活中认识和推行伦理之道》,伏宝会等译,中国劳动社会保障出版社 2005 年版,第 14—15 页。

③ [美]理查德·P. 尼尔森:《伦理策略——组织生活中认识和推行伦理之道》,伏宝会等译,中国劳动社会保障出版社 2005 年版,第 23 页。

种道德判断力，并通过独立思考将这种道德判断运用于具体的行为情景，以及通过质疑将其运用于决策过程。他表现出极大的勇气，敢于同组织中的不道德要求抗争。"①同时，尼尔森还认识到，对这种领导人要给予相应的、组织上的外界支撑，从制度化权利方面予以保护，否则就有可能演变为对于个人的苛求。

二、领导者的道德个性

所谓道德个性，又称道德人格，是指个体带有本质倾向性的较稳定的道德心理特征之总和。一个人的道德个性，既包括道德需要、动机和兴趣，也包括道德理想、信念、价值观等，其中道德需要和价值观最为集中地体现一个人的道德个性。而道德个性也体现一个人处理问题时的道德水准。因为他的道德水准主要是通过他的行为反映出来，这些行为来源于他对问题的认识和态度，而这种态度又以其价值观为基础。因此，当人们要分析一个人的道德个性或道德水准时，往往先考察其价值观。企业领导者也是一个个体，其道德个性或道德水准同样通过其价值观体现出来。正因如此，当代企业管理伦理研究者们在探讨企业管理中的伦理问题时，非常强调对领导者价值观的研究。这方面的研究最有代表性的，应该是弗里切。

弗里切引用罗基奇的价值观调查结果，建构了如下表中领导者的价值观模型。

表6－3　领导者的道德个性特征

个人 1. 价值观 a. 类型 1）工具性价值观 2）最终价值观 b. 监督者 1）自我力量 2）环境依赖 3）控制点 2. 道德发展阶段 3. 道德获准

资料来源：[美]戴维·J. 弗里切著：《商业伦理学》，杨斌等译，机械工业出版社1999年版，第89页。

---

① [德]霍尔斯特·施泰因曼、阿尔伯特·勒尔：《企业伦理学基础》，李兆雄译，上海社会科学院出版社2001年版，第49页。

弗里切认为,领导者个人价值观模型显示了企业管理决策的最初影响来自领导者的个人价值观,这些价值观是人在一生的经验中形成和改变的。他同罗基奇一样,也把领导者个人价值观分为两类:最终价值观和工具性价值观。最终价值观是关于最终目标或所希望的最终生活状态的观念和概念;工具性价值观是关于所希望的行为模式的观念或概念,这一行为模式有助于获得所希望的最终生存状态。这就是说,最终价值观是关于生活的终极目标的观念,是一种目的性价值;工具性价值观是关于实现生活的终极目标的手段的观念,是一种手段性价值。那么,最终价值观和工具性价值观的具体内容各是什么呢?对此,罗基奇的价值观调查用下表进行了详细描述。

表6-4　最终价值观与工具性价值观

最终价值观	工具性价值观
生活舒适(生活富裕)	有抱负(工作努力,充满热情)
令人兴奋的生活(刺激的,积极的生活)	思想开阔(思想开放)
成就感(持续的贡献)	有能力(能干,有成效)
和平的世界(无战争和对抗)	快乐(高兴,愉快)
美好的世界(大自然和艺术的美)	清洁(干净,整洁)
平等(手足情谊)	有勇气(维护自己的信仰)
家庭安全(照顾所爱的人)	宽容(愿意原谅他人)
自由(独立,自由的选择)	乐于助人(为他人的利益而工作)
幸福(满足感)	诚实(诚挚,真诚)
内心和谐(无内心斗争)	有想象力(大胆,有创造力)
成熟的爱(灵与肉的亲密关系)	独立(自立,自足)
国家安全(防御外来进攻)	智慧(聪明,思想有深度)
快乐(愉快,休闲的生活)	逻辑性强(思维有一致性,有理智)
获得拯救(被拯救的,无尽的生命)	友爱(亲切,温柔)
自尊(自我尊重)	顺从(有义务感,彬彬有礼)
社会认可(尊重,赞赏)	有礼貌(谦恭,文雅)
真正的友谊(亲密的伙伴关系)	负责(可靠,可信赖)
智慧(对生命的成熟理解)	自我控制(自我克制,自律)

资料来源:[美]戴维·J.弗里切著:《商业伦理学》,杨斌等译,机械工业出版社1999年版,第89—90页。

领导者的个人价值观左右着私人生活中的伦理决策,并对个人在组织中的决策具有重要影响。但在组织中,个人价值观也往往受其他力量的影响。弗里切认为,"在职业生活中,个人价值被组织结构中其他力量中和了,这些力量能改变个人价值观在决策中的作用"①。在他看来,有三种个人特征在决

① [美]戴维·J.弗里切:《商业伦理学》,杨斌等译,机械工业出版社1999年版,第90页。

策行为中影响着个人价值观的作用，即“自我实力”、“环境依赖性”、“控制点”。

“自我实力”也称自信。自我实力与个人价值观念相联系。自我实力较强的领导者更多地依赖和坚信自己的个人价值观念和是非判断，而受他人的影响较小；自我实力较弱的领导者则相反。相应地，“组织对决策的伦理方面的影响相对自我实力较强的人比自我实力弱的人要小”①。

“环境依赖性”是指企业领导者对外界或其他人提供的信息的依赖程度。当情况不清楚时，环境依赖性较强的人更多地利用他人提供的信息来确定问题，因而在对付伦理问题时他们在很大程度上受他人的影响，其个人价值观的作用力度也较小；而不依赖环境的人则依靠自己拥有的信息和自己开发的信息来作出抉择和判断，他们在决策中使用的信息往往是自己收集和拥有的，对他人提供的信息的依赖程度较小，而主要依靠其个人价值观，其个人价值观的作用力度也相应较大。

“控制点”反映的是一个人如何理解自己对生命中事件的控制能力。分为外部控制和内部控制。前者认为生命中的事件是由命运、天命或运气控制的，自己不能掌控自己的命运，其被动性较强，个人价值观的作用力度较弱；后者认为生命中的事件是由自己的行动掌控的，其主动性较强，个人价值观的作用力度较强。内部控制论者更多地依赖自己的个人价值观和是非观念来指导自己的行动，其选择是主动作出的，因而对行动后果具有较强的责任感；外部控制论者的责任感则较差，更容易受组织内其他力量的影响。

三、领导者道德的发展阶段

领导者往往是一个企业决策的关键，而领导者的道德水准则又是领导者这一关键的关键。企业管理合乎伦理道德，在很大程度上由领导者具有正确的伦理价值观及对这种价值观的坚持与贯彻，而伦理价值观及其实践反映了领导者的道德水准。因此企业管理是否合乎伦理，与领导者的道德水准的高低密切相关。正因为领导者的道德水准对于企业管理伦理的如此重要的意义，所以当代企业管理伦理研究中，学者们大都非常注意探讨领导者的道德水准问题。美国著名道德心理学家劳伦斯·科尔伯格关于个人的道

---

① ［美］戴维·J. 弗里切：《商业伦理学》，杨斌等译，机械工业出版社 1999 年版，第 90 页。

德发展学说被很多企业管理伦理学者引入进来,运用于领导者的道德水准的分析和测度。

科尔伯格在对美国的男孩子进行了 20 年的研究后提出了个人道德的发展阶段的“三水平(层次)六阶段”学说。他认为,个人的道德发展要经过三个水平:前习俗水平(前传统层次)、习俗水平(传统层次)、后习俗水平或原则水平(后传统层次);每一水平都相应地包含两个阶段:第一阶段和第二阶段、第三阶段和第四阶段、第五阶段和第六阶段。个人的道德按照这些阶段有顺序地发展,但很少有人能达到最高的两个阶段。小孩子行为的正确性由外部法规和标准决定,随着其成熟,正确行为的指导逐步发展为内部控制。个人道德发展的每个阶段的正确行为的标准都不同。他于 1981 年将个人的道德发展阶段模型编成了如下表所示。

表 6-5　六个道德阶段

水平	阶段	内容		社会观点
		所谓的对	做得对的理由	
水平一:前习俗水平	阶段 1:他律阶段	避免破坏规则而受惩罚,完全服从,避免对人和物造成物理损害。	避免惩罚和权威的强力。	自我中心观点。不考虑他人的利益或认识到它们与行为者的利益之间的区别,不能把这两种观点联系起来。依据物质后果而不是依据他人的心理兴趣来裁判其行动。把自己的观点与权威的观点相混淆。
	阶段 2:个人主义、工具性的目的和交易	遵守会给人即时利益的规则。行动是为满足自己的利益和需要,并允许别人这样做。对的也就是公平的,即一种公平的交易、交换和协定。	在满足自己需要或利益情况下,也要承认别人有自己的利益。	具体的个人主义观点。意识到每个人都有自己追求的各种利益,且充满着冲突。所谓对是相对的(具体的个人主义意义上的)。

续表

水平	阶段	内容		社会观点
		所谓的对	做得对的理由	
水平二：习俗水平	阶段3：相互性的人际期望、人际关系与人际协调	遵从亲人的期望或一般人对作为儿子、兄弟、朋友等角色的期望。“为善”是至关重要的，意指有良好的动机，表明关心别人；也意指维持相互关系，如信任、忠诚、尊重、感恩等。	需要按自己和别人的标准为善，关心别人，相信“金科玉律”，愿意维护保持善行的规则和权威。	与他人相联系的个人观点，意识到共享的情感、协议和期望高于其个人的利益。联系“具体的金科玉律”观点，设身处地地考虑问题，但仍不能考虑普遍化的制度观点。
	阶段4：社会制度和良心	履行个人所承诺的义务，严格守法，除非它们是与其他规定的社会责任相冲突的极端情况。对的也是指对社会、团体或机构有所贡献。	致力于使机构作为一个整体，避免破坏制度，或者迫使良心符合规定的责任。	把社会观点与人际之间的协议、动机区分开来。采纳制度观点，并据以指定角色和规则。依据制度来考虑个人之间的关系。
水平三：后习俗水平或原则水平	阶段5：社会契约或功利和个人权利	意识到人人都持有不同的价值和观点，而大多数价值和规则都相对于所属的团体。但这些相对的规则通常只有是公平的才应该遵守，因为它们是社会契约。有些非相对的价值和权利诸如生命和财产都应该在任何社会中都必须遵守，而不管大众的意见如何。	有义务遵守法律，因为个人缔结的这种社会契约的目的乃在用法律来发展所有人的福利和保护所有人的权利。签订的承诺自由地进入家庭、友谊、信任和工作义务之中。关心法律和义务是基于整体的功利，即“为了绝大多数人的最大利益”。	超越的社会观点。这是一种理性的个体意识价值和权利超过社会依附和契约的观点。通过正规的协商、契约、客观的公平的机制和正当的过程来整合各种观点。考虑到道德和法律观点，承认它们有时冲突，发现整合它们的困难。
	阶段6：普遍的伦理原则	遵守自己选择的伦理法则。特定的法律和社会协议之所以通常是有效的，因为它们是建立在这种法则之上。当法律违背这些原则时，人们会按照原则行事，因为这些法则是普遍的公正原则；人权平等和尊重个人作为人类的尊严。	作为一个理性的个体相信普遍的道德原则的有效性，并且立志为之献身。	基于治理社会的道德依据的观点。这种观点使任何理性的个体都懂得道德的本质和人作为目的的这个事实。

资料来源：[美]劳伦斯·科尔伯格著：《道德发展心理学：道德阶段的本质与确证》，郭本禹等译，华东师范大学出版社2004年版，第165—167页。

上表中,所谓"习俗","是指遵守和坚持社会或权威的规则、期望和习俗,之所以遵守和坚持也仅仅因为它们是社会的规则、期望和习俗"①。三种水平的划分围绕着与"习俗"的关系来确定。处于道德发展不同阶段的个体对"习俗"的理解很不一样。处于前习俗水平的个体只是机械地接受社会的习俗(规则),这些习俗(规则)外在于他;处于习俗水平的个体基本上理解或把握了习俗(规则),习俗(规则)已经得到了他的认同或被他内化;处于后习俗水平的个体把握了习俗(规则)得以确立的道德原则,能够超越习俗(规则)的机械性而按照作为习俗(规则)基础的道德原则来灵活地而非僵死地对待习俗(规则),当习俗(规则)与习俗(规则)背后的道德原则发生冲突时,能够遵从道德原则而打破习俗(规则)的束缚采取灵活的行动。六阶段的划分依据是"所谓的对"、"做得对的理由"、"社会观点"。"所谓的对"指对行为或现象的是非对错的区分,把哪些现象或行为看做是对的;"做得对的理由"指行为人作出道德判断时所提供的标准或理由;"社会观点"是各个道德阶段界定道德判断所依据的核心概念,"是指个体用来界定社会事实和社会道德价值(或者说'义务')的观点"②。科尔伯格认为,"社会观点"因道德发展水平不同而不同:前习俗水平是"具体个人的观点"、习俗水平是"社会成员的观点"、后习俗水平是"超社会的观点"。

科尔伯格的个体道德发展模式是一种理想模式,现实具体的个人往往并不明显地处于某一发展阶段上,而是交叉或混合了几个道德阶段的思维、判断和行为特征③。但是,他的理论为正确的道德行为提供了理论基础,认为人的道德行为从以自我为中心转变为以团体为中心,进而以原则为中心。六个阶段的规则:第一阶段是避免惩罚;第二阶段是满足自己需要;第三阶段是关心别人以得到赞同;第四阶段是遵守社会制度(如法律和权威);第五阶段是遵守社会契约;第六阶段是遵守普遍的伦理原则,都为道德行为提供了可以辩护的理论依据。企业伦理学者们正是将此应用于企业领导者个人道德研究,提出:"处于较高道德发展阶段的人比处于较低道德发展阶段的人更易于作出

① [美]劳伦斯·科尔伯格:《道德发展心理学:道德阶段的本质与确证》,郭本禹等译,华东师范大学出版社2004年版,第163页。

② [美]劳伦斯·科尔伯格:《道德发展心理学:道德阶段的本质与确证》,郭本禹等译,华东师范大学出版社2004年版,第164页。

③ 聂文军:《西方伦理学专题研究》,湖南师范大学出版社2007年版,第225页。

符合伦理的决策。"①而波斯特则据此进行研究提出,大多数人,包括领导者的道德发展仅处于第三到第四阶段之间,其道德水平受家庭、近友、所在团体、社会法律和习俗的影响,企业的规则和习俗是其主要的道德指导,而上司或同事的认可与可接受性是其确定行为正确与否的主要依据②。

四、领导者的道德资本理论

在领导者道德问题的研究中,有一种新的理论是值得注意的,即西班牙学者阿莱霍·何塞·西松最近提出的"领导者的道德资本"理论。他出版的《领导者的道德资本》一书比较系统地论述了这一问题。就笔者目前掌握的资料来看,这为西方学者中所仅见。但有必要交代的是,我国较早从事经济和企业伦理学研究的学者、南京师范大学王小锡教授于2000年开始在《江苏社会科学》连续发表"论道德资本"系列文章以来,到2006年已"六论",而且于2005年与人合著,由人民出版社出版《道德资本论》一书,其间虽然赞同者有之,质疑者有之,但依笔者拙见,这是一种不宜忽视的经济伦理学(含企业管理伦理——引者注)观点,它至少代表了我国学者开始深入思考道德对于经济发展和企业发展的价值定向功能问题,反映了经济伦理学的一种新的发展动向。鉴于学界已对王小锡教授的观点开始了热烈的讨论,反映其基本看法的资料较易见到。因此,本章拟不赘述,而只谈谈西松的看法③。

(一)道德资本的概念

1. 道德资本是指卓越优秀的品格

西松把"道德资本"定义为"卓越优秀的品格",他说:"道德资本可以被定义为卓越优秀的品格,或者拥有并实行特定的社会背景下认为适合人类的各种美德。""具备美德或者优秀的品质可以被视为道德资本。"④但是,人类的美德是多种多样的,在不同领域、不同时代、不同地域有不同的美德,而在当今市场经济社会和公司世界中,道德资本集中表现为"诚信"。他把"诚信"理解为"一种让人联想到值得他人依靠或者信赖的人格上的健全性

---

① [美]戴维·J.弗里切:《商业伦理学》,杨斌等译,机械工业出版社1999年版,第91页。

② 赵德志:《现代西方企业伦理理论》,经济管理出版社2002年版,第77页。

③ 王小锡:《六论道德资本》,《道德与文明》2006年第5期。

④ [西]阿莱霍·何塞·西松:《领导者的道德资本》,于文轩、丁敏译,中央编译出版社2005年版,第41页。

和稳定性的品质”。“美德”为什么是道德资本？原因在于“它们是一种财富形式”，“是在个人身上积累和发展起来具有生产力的能力或者力量，其积累和发展途径是在时间、努力和其他方面的投资，其中也包括在资金方面的投资。”

2. 积累道德资本就是追求幸福

西松对道德资本的界定是非常明确的。在他看来，只有那些作为美德的道德、科学的道德，即体现为社会生活追求之积极的、正面的维度——“应然”的道德才能成为道德资本。道德资本的确定的表现形式是幸福。他说：“幸福在一定意义上代表了道德资本的确定的表现形式。幸福就是最大的道德资本，这种资本只会不断地积累和收益，而不会有任何损耗。对这种道德资本的使用并不会使之变少，相反会更加促进它的增长。体现为幸福的道德资本一经养成，就不会受到任何未来的风险，而且价值将变得更加内在，而不是简单的工具性。积累道德资本就是在追求幸福。”①此处的“幸福”是本体性的目的价值，也就是说，“幸福”因为其本身的内在的意义而值得追求。显然，西松是在亚里士多德意义上理解“幸福”。他说：“一种真正幸福的生活要追求一种本身具有意义的事物，而且最好是一种对人类最高的、终极的善的目标。”②“在幸福的最佳状态，只有收获和享乐，没有任何损失或风险。幸福作为道德资本，价值是本体性的而非工具性的。”③

3. 道德资本永远不会被用于罪恶的目的

正因为各种美德才能成为道德资本，所以道德资本的作用是积极的、正向性的。“道德资本不能像其他形式的资本那样具有善恶二重性或者同等的效用”，“它永远不会被用于罪恶的目的。”④而这与其他形式的资本如人力资本、货币资本等不同。其他形式的资本发挥作用后导致的结果都有善恶之分，给企业管理活动带来或者增效或者减效的后果。而道德资本的“一个显著特

---

① [西]阿莱霍·何塞·西松：《领导者的道德资本》，于文轩、丁敏译，中央编译出版社2005年版，第189页。

② [西]阿莱霍·何塞·西松：《领导者的道德资本》，于文轩、丁敏译，中央编译出版社2005年版，第190页。

③ [西]阿莱霍·何塞·西松：《领导者的道德资本》，于文轩、丁敏译，中央编译出版社2005年版，第195—196页。

④ [西]阿莱霍·何塞·西松：《领导者的道德资本》，于文轩、丁敏译，中央编译出版社2005年版，第46页。

征就在于不会引发任何损失"①。其原因在于，"道德资本或者美德在一个人身上得到体现的同时不会排他，也不会消耗，美德具有'正外部性'"②。美德之所以为美德，就在于一旦人们拥有它，就不会丢失。而美德资源也是无穷的，总量是没有限度的。只要人们愿意拥有它，它并不会因人而异，愿意拥有它的人与人之间也不会发生任何冲突。因此，一个人的美德的增加并不意味着另外的人的美德的减少。同时，一旦人们拥有美德，就会在行动中体现出来，给别人带来好的后果，相应地，自己也会受益。要注意的是，美德的一个重要特征就是关注别人的利益，而不能在乎自己的利益，尽管它往往带来的是双赢。正是在此意义上，西松说："如果一个人的美德只能够使自己受益，那么，基于'公共物品'的属性，我们可以认定美德已经出现缺失。"③道德资本与其他形式的资本还有一个重要区别：其他形式的资本依赖于市场交换关系而存在，有成本与效益、低效与高效之分；而道德资本领域则不存在交换关系，没有成本与效益、低效与高效之分。但一个人的道德资本却可以不需要别人的付出而让其获益。因此，虽然道德资本渗透于其他形式的资本、管理制度、市场机制等之中，通过人的言行体现出来，但不能用市场机制去阐述它。西松说："由于我们常常能够从别人的美德中获益而不需要我们付出任何成本，因此市场机制是不能解释美德的。"④

西松进一步比较了道德资本与其他形式的资本，如人力资本、知识资本、文化资本或者社会资本。他认为，其他形式的资本仅从有限的方面去完善个人，例如从健康、知识、智力或者技能等方面，或者通过获得有利的人际交往、形成人际关系实现；而道德资本却将人作为一个整体进行全面的完善。"道德资本不会使人更加有力、更加聪明、更加节俭（相反，它会使人更加慷慨）；它甚至不会使人必然在商业上取得成功。但是，道德资本却可以使人成为人

---

① [西]阿莱霍·何塞·西松：《领导者的道德资本》，于文轩、丁敏译，中央编译出版社2005年版，第130页。

② [西]阿莱霍·何塞·西松：《领导者的道德资本》，于文轩、丁敏译，中央编译出版社2005年版，第216页。

③ [西]阿莱霍·何塞·西松：《领导者的道德资本》，于文轩、丁敏译，中央编译出版社2005年版，第216页。

④ [西]阿莱霍·何塞·西松：《领导者的道德资本》，于文轩、丁敏译，中央编译出版社2005年版，第217页。

类的优秀分子。"①西松在这里并不是说，具有较丰富的道德资本的人必定会丧失强健的体魄、健康和智慧或者必须要放弃商业利益；其意是指，具有较丰富道德资本的人不会为了健康、知识、社会关系或者利润而轻易地以牺牲其优秀的道德品质为代价。当然，西松为了凸显道德资本，在与其他形式的资本的比较中流露出把道德资本独立化，忽视其对于其他形式的资本的渗透性特点的倾向；同时，他也忽视了其他形式的资本的功能发挥对于道德资本的依赖和联系，这是欠妥当的。

4. 行动是道德资本的基础货币

由于西松把道德资本界定为美德，而美德伦理学从亚里士多德以来一直非常强调行动，黑格尔指出，德性等于人的一连串的行为，当代美德伦理学家麦金泰尔也强调实践。因此，西松指出："开发道德资本的关键，在于充分利用人类自身在行动、习惯以及性格这三个操作层面上所具有的动力。在这些层面中，行动是最基本的构成要素，可以被视为道德资本的基础货币。这就意味着，除非付诸行动或者产生结果，否则人类的活动将不具有道德上的意义。"②他特别强调，"道德资本由行动构成，这意味着，仅具有行动能力——或者仅能够依理智行事——是不够的。除此之外还需要真正地运用此种能力"，"而非仅仅对行动能力的拥有"③。

（二）领导者的伦理道德：领导者的道德资本

虽然道德资本是西松本书中的一个关键概念，但他并不需要全面论述关于道德资本的学说，其目的是要论述领导者的道德资本。也正是在此意义上，笔者把他的理论划归"领导者道德"的理论行列。事实上，他也的确重点关注了"领导者"。他认为，一个领导者的关键在于领导力，而领导力来自伦理道德，"领导力是一种存在于领导者与其被领导者之间的双向作用的、内在的道德关系。在领导关系中所涉及的双方——领导者和被领导者——通过相互作用，在道德上相互改变和提升。由此，在道德上的领导就成为主要的领导途

① ［西］阿莱霍·何塞·西松：《领导者的道德资本》，于文轩、丁敏译，中央编译出版社2005年版，第41页。

② ［西］阿莱霍·何塞·西松：《领导者的道德资本》，于文轩、丁敏译，中央编译出版社2005年版，第62页。

③ ［西］阿莱霍·何塞·西松：《领导者的道德资本》，于文轩、丁敏译，中央编译出版社2005年版，第85页。

径，基于此，个人及其所服务的组织都具有伦理道德性。领导力丰富了个人道德，使个人道德不断成长，并有助于形成良好的组织文化”①。他强调：“领导力的核心是伦理道德。”②这表明，领导者要具有领导力，必须具有很好的道德品性，而很好的道德品性，恰恰就是道德资本。

那么，领导者的道德资本具体包含哪些？西松认为，首先，道德上合格。“优秀的领导者的必备要件是，不仅要在道德上合格，同时还要在职业上合格或者高效。”③其次，服务型和仆人型领导方式。“服务型领导体现了领导力思维方式上的重大变革，因为其强调领导者对组织及其员工的深层次的道德责任”，“应当认可员工就其自己的工作作出决定的权利，以及其影响组织的目标、组织、制度的能力。”④“仆人型领导与服务型领导相比更具革命性，它颠覆了传统的领导力思维模式，否认领导者的特殊地位和干预的权力。仆人型领导者不仅应当认可组织中其他人的利益，而且他还有义务超越自己的利益以更好地服务于他人的要求。仆人型领导者的义务是，为受其领导的人提供成长和发展的机会；他还应当提供机会，使被领导者能够通过在组织中的工作，获得物质和道德上的收获。”⑤其三，信任理念。因为没有信任，“就不会有对话，不会有理解，不会有合作，不会有商务，不会有社区”，“由相互信任发展起来的社会凝聚力降低了交易成本，推动了创业活动，并促进了经济的竞争性”⑥。

（三）领导者道德资本的培育与管理

1. 为道德资本增加投资股

所谓资本，是能够带来价值的价值。道德资本与人力资本、货币资本不同，它能够带来价值吗？显然，当道德还是一种知识形态、行为规范时，还只是

---

① ［西］阿莱霍·何塞·西松：《领导者的道德资本》，于文轩、丁敏译，中央编译出版社2005年版，第50页。

② ［西］阿莱霍·何塞·西松：《领导者的道德资本》，于文轩、丁敏译，中央编译出版社2005年版，第49页。

③ ［西］阿莱霍·何塞·西松：《领导者的道德资本》，于文轩、丁敏译，中央编译出版社2005年版，第48页。

④ ［西］阿莱霍·何塞·西松：《领导者的道德资本》，于文轩、丁敏译，中央编译出版社2005年版，第50—51页。

⑤ ［西］阿莱霍·何塞·西松：《领导者的道德资本》，于文轩、丁敏译，中央编译出版社2005年版，第51页。

⑥ ［西］阿莱霍·何塞·西松：《领导者的道德资本》，于文轩、丁敏译，中央编译出版社2005年版，第52页。

沉睡于人的身上的德性时，它还不是资本。只有当这些价值被经济主体自觉地贯穿于行动，即主观见诸客观，并使财富增值时，它才能被称为道德资本。而道德作为一种非物质性的东西，并不是经济主体天生就具备的，而是通过后天的习染、教育等养成的。道德意识需要主体主动地培育，它又是一种可能的道德资本，因而，人们增强道德意识、涵育道德品性的行为，就是在增强和培育道德资本。西松认为，养护道德品性是增强道德资本的重要途径。“努力培养美德，即是为道德资本增加投资股。”①那么，领导者又如何为道德增加投资股呢？

首先，要尽力形成良好习惯。因为习惯能使道德资本不断增加和延续。西松认为“习惯产生于人类自愿行为的反复”，“如果行为可以视为道德资本的基础货币，构成了账户的本金，那么习惯就可以看做行为产生的福利。习惯就是人类反复的自发行为所产生的道德资本。”②在西松看来，习惯的形成需要两个条件：一是时间。“时间意味着一定的性能和状态持续存在。”③二是自由。他的自由有物理自由、心理自由和道德自由三个层面。物理自由“意味着个人所处的环境开放，运动自如”；心理自由“是指一个人作出选择时，不受任何外来因素的支配，而只依赖于他的主观意愿”；道德自由“是一种超越个人自然状态的更强大的自由，道德自由来自于个人的美德和善德习惯”④。物理自由和心理自由均属“消极自由”，即不受到外来力量干涉的自由；而道德自由则是一种“积极自由”。形成习惯的自由是道德自由。

其次，塑造良好性格。西松认为，习惯在道德资本形成和发展中并不是最终的决定因素，人的性格往往发挥着更大的影响力。因为性格是由习惯塑造的。他形象地描述道：“我们可以把性格或文化称为道德资本中的债券。”⑤

---

① ［西］阿莱霍·何塞·西松：《领导者的道德资本》，于文轩、丁敏译，中央编译出版社2005年版，第155页。

② ［西］阿莱霍·何塞·西松：《领导者的道德资本》，于文轩、丁敏译，中央编译出版社2005年版，第97页。

③ ［西］阿莱霍·何塞·西松：《领导者的道德资本》，于文轩、丁敏译，中央编译出版社2005年版，第111页。

④ ［西］阿莱霍·何塞·西松：《领导者的道德资本》，于文轩、丁敏译，中央编译出版社2005年版，第112页。

⑤ ［西］阿莱霍·何塞·西松：《领导者的道德资本》，于文轩、丁敏译，中央编译出版社2005年版，第129页。

"性格和文化与债券类似，是一种长期投资的结果，通常意味着主体多年来坚持不懈的努力。不过一旦形成，他们就不会轻易发生改变，也不会随便丢失。他们所产生的风险很小。这是由于他们是主体多年来自由和理性的结果，体现出了主体的良知和意愿，深植于主体的习惯之中。与债券不同的是，性格和文化可以在低风险的同时保持较高的收益率。一旦一个人的习惯完全形成为他的性格，他就不仅仅能够做得更多更好，而且可以养成其他与之相关的习惯，并相辅相成，不断实现自我完善。"①

2. **投资于追求善德的生活方式**

道德资本不仅需要培育，也需要管理。而道德资本的管理又需要好的管理方法。西松说："管理道德资本的最佳战略，是投资于追求善德的生活方式。"②"生活方式"不仅有针对领导者个人的，也有针对企业的。领导者个人的生活方式体现其感觉、行为、习惯和性格，体现其存在的意义；企业的生活方式就是企业的历史，同样体现企业的文化、行为和经营管理风格。"投资于追求善德的生活方式"就是领导者个人和企业都应该细心呵护自己的道德价值观，努力培养道德觉悟，践履各种美德，实现道德资本的增长。

西松认为，要实现对道德资本的有效管理，需要能够衡量道德资本。他提出了两种"衡量战略"："一个是间接衡量，针对缺乏道德资本所产生的后果；另一个是直接衡量，针对存在道德资本时的后果。"③间接衡量是指通过对员工的流动率、旷工率和懒散等行为和对员工的诸如殴打、袭击、杀人、盗窃、故意或疏忽盗用公司资源等违法犯罪行为的定量分析，通过对员工生活质量、快乐程度、宗教信仰、价值取向等的负面因素的定性分析，了解道德资本的缺少量④。直接衡量也包括定性分析和定量分析两种：其中定性分析是指对"公司层面上人力资本适格水平、人力资本忠诚度、人力资本满意度指数以及公司氛

---

① ［西］阿莱霍·何塞·西松：《领导者的道德资本》，于文轩、丁敏译，中央编译出版社2005年版，第130页。

② ［西］阿莱霍·何塞·西松：《领导者的道德资本》，于文轩、丁敏译，中央编译出版社2005年版，第194页。

③ ［西］阿莱霍·何塞·西松：《领导者的道德资本》，于文轩、丁敏译，中央编译出版社2005年版，第205页。

④ ［西］阿莱霍·何塞·西松：《领导者的道德资本》，于文轩、丁敏译，中央编译出版社2005年版，第206—208页。

围指标等”①的分析，具体说来，就是对企业和个人社会责任、环境责任和伦理责任状况，企业吸引、激励和留住人才的能力，企业有效留住客户群、增强员工忠诚度和投入度的声誉，企业领导者是否“强调团队合作、以客户为中心、欣赏公平竞争、不断创新、富有主动性”②的分析；定量分析是指对“人力资本收益、人力资本投资回报和人力资本附加价值”③的分析。这种分析是了解道德资本的拥有状况。

五、当代领导者的应有道德素养

领导者的道德素质对企业员工，乃至企业、社会的利益，都是有着巨大影响的。马克斯·德普利（Max Depree）曾说：“领导就是严肃认真地干预他人生活。”他将三样东西置于领导者的明细表之首，它们是：对领导人的受托性质的理解、对领导能力的宽泛定义和由道德目标提供的教化④。还有学者认为，当代领导者应具备两个基本素质：其一，是有道德，能对事件作出正确的判断；其二，是有效率，能对事件作出迅速的处理。因此，一个合格的领导者行使领导行为的过程是与伦理道德价值观相一致的。在企业管理伦理研究中，有人还探讨了领导伦理学的内容。在他们建构的领导伦理学中，领导人的道德品质居于首位⑤。那么，具体来讲，当代领导者应该具备哪些道德素质呢？根据当代企业管理伦理实践及其发展要求和企业管理伦理学者的研究成果，一般说来，主要有以下几点。

（一）责任担当的意识

“领导的实践是引导和关心人、组织、国家或事业的利益，并且是把组织

---

① [西]阿莱霍·何塞·西松：《领导者的道德资本》，于文轩、丁敏译，中央编译出版社2005年版，第211页。

② [西]阿莱霍·何塞·西松：《领导者的道德资本》，于文轩、丁敏译，中央编译出版社2005年版，第212页。

③ [西]阿莱霍·何塞·西松：《领导者的道德资本》，于文轩、丁敏译，中央编译出版社2005年版，第219页。

④ [爱沙尼亚]玛丽·库斯科拉：《论领导者道德》，陆晓禾、[美]金黛如主编：《经济伦理、公司治理与和谐社会》，上海社会科学院出版社2005年版，第478页。

⑤ 其他两个内容是：体现在领导人的被下属接受或拒绝的观点、阐述和计划中的价值观的伦理合法性；领导人与下属从事和共同追求的社会伦理选择与行动过程中的道德性（[爱沙尼亚]玛丽·库斯科拉：《论领导者道德》，陆晓禾、[美]金黛如主编：《经济伦理、公司治理与和谐社会》，上海社会科学院出版社2005年版，第479页）。

的使命或组织的成员的善置于首位，承担起责任。”①领导者都承担着决策、组织、领导、控制、协调等方面的职责，对企业及其员工、社会大众、国家等都负有重要的责任。因此，领导者必须具有强烈的责任心和使命感，具有责任担当意识。如果没有这种责任担当意识，那么作为领导者就是不合格的。领导者的地位和角色与其他人不一样，其所担当的责任也不一样；领导者的行为及其道德素养具有一种放射效应，其责任感也具有一种示范影响，这种影响甚至会波及其决策。“领导者道德和其他人的道德的区别在于，领导者伦理的失败和成功会因为他们的角色、可见性、权力和其行为举止对他人的影响而被放大。个体的心智类型不仅是建立最终决定他或她的伦理框架的信仰和价值观的框架，也是影响他或她能够作出有质量的决策的一种关键因素。”②

当然，责任与权力是紧密联系在一起的，也就是说，职权是责任及其行动空间的限度。任何人要求职权，就要承担责任，而任何人承担责任也就是要求职权。责任与职权是对等的。但是，有了职权并不等于就能很好地履行领导职能，高质量地完成自己的任务和使命。要很好地行使领导职权，就必须具有责任担当意识，具有强烈的责任心和使命感，靠这种责任心和使命感去推动自己履行职责。影响领导人的责任担当意识的因素除了职权这一微观层面的因素外，还有企业的企业文化、政策和战略等中观层面的因素，这是领导者只能接受的一系列既定条件；另外，市场力量、法律制度框架和其他社会文化因素也对其责任感有重要影响。但这只是说明责任担当是有限度的，并没有否认责任感是领导者的基本道德素养。如果领导者能以“责任重于泰山”的精神和意识，从事自己的领导工作，处处以身作则，身先士卒，其效果要好得多。正如美国管理学家切斯特·巴纳德所说的：“责任心是领导人应具有的基本的、重要的品质。领导人是否具有强烈的责任心，对被领导者的影响极大。马马虎虎、反复无常、不负责任的人很少能取得成功。”③

领导者在企业管理中的责任有诸多方面，其中有一种责任最易为人忽视，即对公司的价值观进行积极管理的责任。库斯科拉指出：“领导者对组织中

---

① [爱沙尼亚]玛丽·库斯科拉：《论领导者道德》，陆晓禾、[美]金黛如主编：《经济伦理、公司治理与和谐社会》，上海社会科学院出版社2005年版，第479页。

② [爱沙尼亚]玛丽·库斯科拉：《论领导者道德》，陆晓禾、[美]金黛如主编：《经济伦理、公司治理与和谐社会》，上海社会科学院出版社2005年版，第479页。

③ 孙耀君主编：《西方管理学名著提要》，江西人民出版社1995年版，第331页。

支配行为的那套伦理和规范负有责任。在组织中确保道德目标的活力和可见性是领导者的责任。”①纳什也认为，领导者必须以身作则，“作为为许多人用许多形式创造价值的人。他们不应将利润看做是他们想竭力达到的目标，而只是作为建立牢固的经济关系和为他人创造价值的结果”②。

（二）诚信正直的操守

领导者之所以能走向领导岗位，一个很重要的原因就是因为他们在管理中能以诚实正直的操守待人处事。许多学者的调查结果表明，诚信、能力和领导才能是员工最为称道的领导者品质。所谓诚信，就是诚实守信，能够践行承诺、讲究信用，从而取得他人信任；所谓正直，就是公正耿直，能够不偏不倚、实事求是。诚信与正直是一致的，诚信者必定正直，正直者必定诚信。诚信正直的操守是每个人的立身之本、立事之本、处世之本。

对于领导者来说，具有诚信、正直的个人品质特点是至关重要的。中国传统的经济伦理思想史上素有“诚工”、“诚贾”的提法，认为诚信乃商道之本。中国古代的“徽商”、“晋商”就是以其诚信经商的行为赢得了良好的信誉，从而称雄商界，遍及宇内。晚清“红顶商人”胡雪岩于同治年间在杭州创建胡庆余堂药店，至今历百余年而不衰，其经营秘诀就在于胡雪岩亲手制定的店规“戒欺”。讲究诚信之德，对现代的企业经营管理实践仍然具有极其重要的意义。香港长江实业公司董事长李嘉诚说：“一时的损失，将来是可以赚回来的，但失去了信誉，就什么也做不成了”，因此“我做生意，一直抱定一个宗旨，那就是不投机取巧和以诚待人”，“在对客户作出承诺之后，无论碰到什么样的困难，仍要履行对客户的承诺，以取得客户信心”。李嘉诚就是以他的诚信之德和高超的经营才能获得成功的。香港金利来公司靠制作领带起家，到现在已发展成包括领带、服装、皮制品等产品在内的大型企业集团，金利来产品成为世界一流产品，形成品牌效应和良好的企业形象，其秘诀也在于曾宪梓一贯讲究的诚信，他把“勤俭诚信”作为其人生的座右铭，既是他做人的准则，也是他经营管理企业的基本信条。由此可见，诚信是立企之本③。

---

① ［爱沙尼亚］玛丽·库斯科拉：《论领导者道德》，陆晓禾、［美］金黛如主编：《经济伦理、公司治理与和谐社会》，上海社会科学院出版社 2005 年版，第 480 页。

② 转引自［爱沙尼亚］玛丽·库斯科拉：《论领导者道德》，陆晓禾、［美］金黛如主编：《经济伦理、公司治理与和谐社会》，上海社会科学院出版社 2005 年版，第 480 页。

③ 唐凯麟、龚天平：《管理伦理学纲要》，湖南人民出版社 2004 年版，第 178 页。

前文已述，西班牙学者西松把诚信正直的操守看做领导者的道德资本。我国的王小锡教授在《道德资本论》中也做过类似的表述①。领导者都希望获得员工的忠诚和信任，但信任和忠诚是互动性的概念。即是说，领导者和员工之间必须相互信任和忠诚，任何一方的信任和忠诚的获得都以另一方的信任和忠诚为前提。领导者如果不讲究诚信，轻诺寡行，偏袒护伪，那么他或她就不能获得员工的信任和忠诚，也不能实施有效的管理。所以，领导者应该慎重决策，谨慎用权，讲究诚信，兑现承诺，言出必行，绝不食言。

（三）民主平等的态度

政治学视野里，民主既是一种政治体制，也是一种国家管理形式；管理学中的民主是政治学的民主在企业管理中的扩展和延伸，它既表现为企业的民主管理体制、企业决策的民主原则和程序这一组织形式，也表现为领导者的民主作风、民主方法这一行为方式。当它体现为领导者的行为方式时，就是对领导者个人的道德要求：尊重员工的发言权——参与企业决策和发表对企业决策的直接或间接的意见和建议——民主权利，使企业决策和措施能体现出广大员工的利益和意愿。美国人力资源管理学家约翰·W. 巴德认为，员工的“发言权是在决策中提出有益见解的能力”，“发言权是参与的内在性标准——对于民主社会中的理性自然人而言，参与决策本身就是目的。不管是否有利于经济行为的改善，不管是否改变经济报酬的分配，内在的发言权都是非常重要的”②。他认为，发言权概念根源于两个要素：“根植于政治自主理论的工业民主以及源于人性尊严自治之重要性的员工决策。”③这就是说，无论是作为制度的民主和作为原则的民主，还是作为德性的民主，都蕴涵着一个基本的伦理精神：应给一个人在与他密切相关的问题上有发言权。通过对这种发言权的尊重，使一个人能对他自己生活中的重大事件、财富、收入、民主权利、精神需求乃至生命都能为他自己所控制。

要求领导者具有民主态度也就是要求领导者应具有平等态度，讲究平等待人。企业要维持生存和发展，必须具有强烈的向心力和吸引力，而这又要求

---

① 王小锡等：《道德资本论》，人民出版社2005年版，第6页。

② ［美］约翰·W. 巴德：《人性化的雇佣关系——效率、公平与发言权之间的平衡》，解格先、马振英译，北京大学出版社2007年版，第33、18页。

③ ［美］约翰·W. 巴德：《人性化的雇佣关系——效率、公平与发言权之间的平衡》，解格先、马振英译，北京大学出版社2007年版，第34页。

企业必须是一个人际关系和谐的集体。企业中和谐的人际关系一方面有赖于员工自身的修养,另一方面有赖于领导者对人际矛盾和障碍的化解与消除,互助互爱的平等的人际关系的建立与维护,尤其后一方面是领导者的主要工作,从一定意义上讲,领导者承担的就是协调人际关系的角色。只有领导者对这种人际关系的合理协调与引导,员工才能充分调动自己的主动性、创造性,激发自己的潜力,才能感到力有所用,才有所展,劳有所得,功有所奖,从而自觉地努力进行工作。

领导者要做到平等待人,首先必须做到从思想意识上"重人",即尊重员工。在当今企业管理中,领导者与员工之间的关系是平等的关系。人与人之间在人格上是平等的,没有高低贵贱之别,其区别只是在分工、角色上不同而已。因此,人格上受到尊重和平等对待,正当利益和欲求上得到满足,是广大员工的基本权利之一。领导者对员工人格上的尊重,权利上的平等对待,正当利益和欲求上的关心,会使他们产生自信、自立、自强、自重的心理和思想感情,有助于调动他们的工作积极性和主动性,激发他们对于企业的依恋心理和热爱情感,从而增强企业的向心力、凝聚力。如果领导者不尊重广大员工的人格,看不起他们,把他们视作获得效益的工具,任意驱使,就会使他们对领导者产生逆反心理,处处与领导者对着干,企业也会失去吸引力,从而导致企业的涣散、解体。当今许多企业、公司出现的"炒老板鱿鱼"、倒闭、破产等现象,不能说与此毫无干系。人们无法想象,那些不讲究平等待人、独断专行的领导者,会受到广大员工的欢迎和信任,树立起威信和声望。

(四)关爱他人的情感

领导者的不同于普通员工的角色决定了领导者的决策行为不仅会产生技术的、经济的、政治的等方面后果,也同样会产生影响员工的后果。这一后果应该是积极的,即使员工得到发展的。但是,领导者仅仅做到使员工得到发展还是不够的。他还必须使员工达到学习和表现的新水平,在工作中发挥潜能。这就需要领导者以最好的状态工作,关爱员工、关切他们的福利,从而使员工发挥主人翁精神,成为像领导者一样的"领导者"。创建于 1933 年的日本欧姆龙公司就是如此。该公司创始人立石一真在著作中曾强调:"让每一位员工像社长一样思考自己的工作。"这个理念伴随着欧姆龙公司 70 年的成长历程。尽管欧姆龙公司已是世界级的大企业,但仍然充满活力,并不断制造出适应社会飞速进步的自动化产品,它的这一管理伦理价值观起了至关重要的作用。贯穿于其中的伦理意蕴就是“关爱他人”,并产生了如下道德后果:第一,充分调动了员工的工作主动性。欧姆龙为了让管理层培养健康的价值观,部门经理为公司服务 6 年后,必须休假 3 个月,利用这段时间对人生、工作进行再思考。这一措施使得员工在没有领导直接管理的情况下,仍然能自觉地为企业贡献自己的力量。第二,有利于员工积极创新。欧姆龙的 DNA 是“创造社会需求”,即及时掌握社会变化和用户潜在的需求,不断创造新价值、开拓新市场。欧姆龙曾作为一个制作零部件的小企业,承接并成功研制了许多大企业都不敢研制的“售票检票机”。公司鼓励员工创新。它不仅长期地在经营哲学方面教育员工,在制度上也有许多保障。如成立“改善小组”,在总部设立“改革奖”、“创新奖”等,还废除了年功序列制,鼓励年轻人施展才华。它成立了许多“微型公司”,鼓励有潜力的员工走出去当总经理。第三,有利于员工团结协作。虽然倡导员工像总经理一样思考,但这并不意味着每个人可以特立独行。欧姆龙所有岗位都是为满足顾客的需求而设立。无论是产品开发、生产还是销售,都不能只考虑自身的环节。员工必须像公司的总经理,顾全大局,调动资源。

关爱他人的情感的精髓是“爱”。爱能使他人成长并达到其最佳状态,许多成功人士总结成功经验时,都非常强调他们创业时期所经历的爱的滋养。爱能创造奇迹,生成道德。正如库斯科拉所说:“伦理的领导获得爱的治疗和激励人的力量,最重要地就是认识到,领导是一种互动关系,领导者的热情来自于同情,对道德(生成)的领导来说,领导者的服务、支持和诚实是至关重要的。”①

(五)求实进取的精神

正如要具备诚信正直的操守一样,当代领导者也要具备求实的精神。所谓求实的精神,是指实事求是,即领导者根据企业管理的实际过程和客观规律,来处理企业中的各种矛盾和问题,坚持一切从实际出发。求实精神与诚信操守是一脉相承的关系。求实者,必定诚信;诚信者,必定求实。

实事求是既是一种哲学认识路线,也是一种伦理美德。作为一种认识和实践活动准则,它具有重要的道德属性和道德价值,是领导者管理活动中必须

① [爱沙尼亚]玛丽·库斯科拉:《论领导者道德》,陆晓禾、[美]金黛如主编:《经济伦理、公司治理与和谐社会》,上海社会科学院出版社 2005 年版,第 482 页。

遵循的一个基本道德要求。领导者在决策中能否做到实事求是，对企业员工的利益影响重大，大到整个企业的盛衰兴亡，小到员工的福祸哀乐，都与领导者是否实事求是密切相关。因此，实事求是在本质上是对领导者思想和行为的一种道德要求，是一个重要的企业管理伦理规律，是领导者必须履行的一种道德义务。同时，领导者能否做到实事求是，直接受他自身的立场和动机的制约，体现着他在对待和处理与员工、本企业与其他企业、国家相互关系问题上的基本态度，体现着他的道德品质的优劣高下，坚持实事求是的领导者，能够处处关心员工，尊重其他企业的利益和国家、社会的整体利益，能够胸怀宽广，放眼全局；坚持实事求是的领导者，能够以巨大努力和强烈的责任感紧跟时代前进的步伐，坚持真理，及时捕捉新信息，认真研究新情况、新问题，大胆突破传统，积极探索，开拓创新，推动企业的前进和发展。因此，求实精神同其他高尚道德情操一样，还是一种强大的道德力量。

求实精神作为领导者在企业管理活动中的自觉追求，是一种高尚的道德情操和精神境界，包含着极为丰富的具体道德内容。对于一个领导者来说，当求实能给自己带来实际利益，而不求实就会损害自身利益时，要做到自觉主动追求实事求是并不难。但是当求实并不能给自己带来实际利益，反而会给自己的利益造成损害时，要做到求实就难了。这就需要领导者具有公正无私的高尚情怀，神圣的社会责任感，勤奋刻苦、锐意进取的敬业精神，严肃认真、谦虚谨慎的科学态度，光明磊落、诚实真正的人格品质。总之，需要具有高尚的道德情操和精神境界，通过艰难甚至痛苦的思想斗争才能作出正确的道德选择。正是由于这个原因，所以一个领导者若能做到始终如一地把求实作为自己在企业管理活动中的自觉追求，那就意味着他形成了作为高尚道德情操和道德境界的求实精神与品德。

但是，领导者在企业管理实践中要坚持求实精神和品德，并不是很容易的事。一方面，求实作为一种认识路线必须领导者根据实际情况，把握时机，抓住形势，量力而行，也必须因时而异，因地而变，因人而宜地进行决策和领导；另一方面，求实精神作为一种道德情操和精神境界，还必须领导者自身经过长期的端正认识、陶冶情操、砥砺意志、养成作风，即培养和涵育实事求是的优良品质，才能做到。当然，从根本上说，这两个方面是统一的。总之，具有求实精神和品德，坚持从一切实际出发，密切联系实际的思想和行为准则，是领导者带领企业走向成功的必要条件。

领导者仅仅求实还不够,还必须具有进取精神。进取精神实质上也是求实精神的延续,因为“实际”是不断运动、变化和发展的,领导者“求实”,就必须也根据“实际”不断转换思维、变换方法,才能紧跟“实际”的发展步伐,落后于“实际”就不叫“求实”了。所以,“求实”要求“进取”。当代由于新科技革命的迅猛发展,信息经济时代的来临等诸多因素,使企业管理每天都面临许多新的情况、新的问题。所以,企业管理已成为创新管理或管理创新。可以毫不夸张地说,当代企业的管理已到了不创新就无法维持的地步。当代企业管理的实质就在于创新。这是资源整合、社会系统运行和社会发展的大趋势的必然要求。如果领导者因循守旧,墨守成规,就无法应付新形势的挑战,更无法完成当代企业这一新社会的经济支柱的使命与任务。而企业管理创新要得以实现,首先就必须要有具备进取精神的领导者这一主体条件。如果领导者不具备进取精神,任何管理都无法创新,他或她所领导的企业也无法在社会中存续。因此,进取精神是企业管理创新的内在的深层的动力。

事实上,人自身的完善和发展,社会的进步,都是和人的进取精神分不开的。随着当代企业管理的日益科学化、系统化、民主化、法制化的发展和管理变革的纵深进行,当代企业管理已向领导者提出了越来越高的要求和挑战,如果领导者不具备强烈的求实进取精神,安于现状,满于已成,不求上进,不具备锐意探索、永不满足的观念,不具备远大的志向和有所作为的意识,丧失勇气,失去信心,那么,他或她必将为历史抛弃,被时代淘汰。这是已被无数管理案例所证明了的真理。

第七章

以人为本与追求卓越：当代企业管理伦理发展的新观念

当代企业管理伦理是一个伦理价值规范系统。这一系统在发展的过程中既有对以往优秀的企业管理伦理思想的继承，也有随着企业管理实践的深入发展而出现的新的企业管理伦理观念，从而为当代企业管理伦理文化的形成提供了新的道德价值观念基础。当代企业管理伦理中除了前几章研究过的企业的社会责任意识、企业生态伦理意识等以外，还有以人为本的意识、利益相关者意识、追求卓越的意识等，本章试对这些新出场的企业管理伦理价值观念进行研究。

一、以人为本的意识

摩托罗拉的以人为本

摩托罗拉公司的根本宗旨是尊重人性，为员工、客户和社会做有益的事情。其所以在全球取得巨大的成功，很大程度上要归功于它坚持了人本管理。

一是成熟的雇聘制度。摩托罗拉公司在员工雇佣方面力求多样化，并对应聘者一视同仁，不要求应聘者的种族、肤色、宗教、性别、婚姻状况、年龄、国籍等，也不歧视应聘者身上的残疾和其他缺陷。摩托罗拉在员工雇佣方面的显著特点是所有正式员工均与公司签订无限期合同，这就意味着除非员工犯有重大错误，公司在正常经营情况下将对其进行实际上的终身雇佣。与很多公司的三年合同期至一年合同期相比,这一制度为员工提供了重要保障,增强了员工对企业的认同感和责任感,同时也使得企业对员工在技术和管理上进行长期投资成为可能。

二是完备的培训体系。在摩托罗拉,培训既是责任也是个人发展机会,公司承诺支持员工技术和能力方面寻求发展,提供了多种类型的培训并鼓励员工积极参加。每一个新员工都必须接受公司为他安排的为期两天的新员工在职教育培训,培训课程包括:摩托罗拉的发展历程、企业文化、员工教育及发展计划、公司和个人资源部的相关政策、公司的规章制度及奖惩条例和公司薪资与福利政策等。此外,由于业务发展变化很快,对员工具体工作的要求经常会发生改变,某些工作将因此而取消,公司将对这些员工进行重新培训以保证员工的就业、生产能力和工作绩效。一般地,公司每年为每个员工提供5天在职培训。在职业培训之外,公司还非常重视为员工提供高级的技术、管理培训及多层次的学历教育。在美国,公司与多所大学合作为员工提供在职MBA教育,在中国,公司除与清华大学合作为员工提供MBA教育外,还资助员工在南开大学在职攻读硕士学位。公司还经常派员工到国外进行短期和长期的技术和管理交流。由于公司在培训方面的持续投入,员工在技术、知识和能力上不断提高,使摩托罗拉在同业竞争中一直保持领先地位。

三是科学的工作安排。摩托罗拉公司普遍实行工作轮换制度,使员工能够得到多方面的锻炼,培养跨专业解决问题的能力,也便于员工发现最适合自己的工作岗位。以半导体天津厂为例,前工序、后工序和测试部门的工作经常性地进行岗位轮换,这样不但使得员工成为技术上的多面手,而且还能够站在别道工序的角度想问题,从而使很多质量问题消灭于形成之前。对于管理人员,通常也采用轮换的方式进行培养。人力资源、行政、培训、采购等非生产部门的领导多数具备生产管理经历,这不但有利于各部门更好地为生产服务,也有利于管理人员全面掌握公司情况并成为合格的领导者。

四是公正的评估体系。摩托罗拉制定薪资报酬时所遵循的原则是"论功定酬",员工有机会通过不断提高业绩水平及对公司的贡献而获得加薪。在"论功定酬"中,对员工进行公平、公开、公正的绩效评核至关重要,对于直接从事生产的员工,其直属主管每月统计并公布所属员工的产量、质量、效率和出勤情况,并以此为根据进行打分,在每年调薪时将主要根据这个绩效分来决定加薪与否与加薪幅度。对非生产性员工来说,他们的绩效分要根据他们完成半年工作计划的程度来定。每年的6月和12月,员工的直接主管将逐条对照计划对员工的工作业绩进行审核并评分,而薪酬的调整将主要由此决定。摩托罗拉的这种绩效评核制度调动了员工的积极性,也体现了报酬分配的公平与竞争原则。正是这种信念营造出相互尊重、相互信任和积极进取的良好工作环境,有了这样的环境,员工才会有归属感,才不会转向其他途径寻求个人发展机会。

五是真正的人格尊重。摩托罗拉企业文化的基石是对人保持不变的尊重,而对人的尊重主要是通过"肯定个人尊严"活动体现出来的。在摩托罗拉,人的尊严被定义为:实质性的工作;了解成功的条件;有充分的培训并能胜任工作;公司有明确的个人前途;及时中肯的反馈;无偏见的工作环境。每个季度,员工的直接主管会与其进行单独面谈,就以上六个方面或更广的范围进行探讨,在双方取得共识后,员工会将自己对以上六个方面的评价输入一个全球性的电子系统中供总公司汇总并存档,在谈话中发生的问题将通过正式的渠道加以解决。

此外,摩托罗拉的员工还享有充分的隐私权。员工的机密记录,包括病例、心理咨询和司法调查清单等都与员工的一般档案分开保存,公司内部能接触到雇员所有档案的仅限于"有必要知道"的有关人员,员工的私人资料,只有在征得本人书面同意的情况下才能对外界公布。这种对员工隐私的周密保护也充分体现了公司尊重人性的原则。

六是开放的沟通渠道。摩托罗拉的开放沟通政策是指公司为促进员工关系,鼓励员工的参与意识所采取的双向沟通策略。它充分体现了摩托罗拉以人为本,尊重个人、发挥人的潜能、实现个人价值与企业共同发展的经营理念,使员工和企业共同营造开放的沟通环境及相互尊重的文化氛围成为可能。

通过开放式沟通,一方面公司可以随时了解和关注员工中存在的各种问题,听取员工的改善意见;另一方面,员工也可以采用公司内部各种沟通渠道与公司管理层及相关部门进行直接沟通或通过各种途径全面了解公司内部有关政策和生产、经营、管理、业务、培训及发展的状况。员工可以根据个人情况选择不同的直接沟通方式,参与"总经理座谈会"、"肯定个人尊严"对话等。公司还设有业绩报告会、内部报刊、公司网等面向全体员工的沟通渠道。此外,员工还可以通过"畅所欲言"和"我建议"等形式反映个人问题,进行投诉或提出合理化建议。

通过开放式的沟通,使员工便于采用不同的沟通方式进行直接沟通,管理层也可以根据存在的问题及时有效地处理好员工事务,以不断促进员工关系,创造良好的工作环境。

平和的离职安排

在摩托罗拉,即使是在离职问题上也能体会到公司对员工的尊重。公司尽最大的可能将裁员降至最低限度。当必须裁员时,裁员人选将根据员工业绩、技能和服务年限等各方面作出抉择。在公司服务满十年的员工,未经董事长和总裁批准不准被列入裁员的名单。当员工由于个人或公司业务需要而离开时,公司还将视情况提供诸如安排其他工作,帮助介绍外面的工作,发放补偿金和继续发给某些福利和工资的帮助等。

(资料来源:戴旭东:《摩托罗拉的人本管理》,载《秘书》2003年第5期,有改动,案例名称是引者加的。)

"以人为本",这种管理思想是现代经济发展的必然产物,是现代企业管理学的一项重要认识成果。自从人际关系学说到行为科学理论①创立,再到当代各种管理理论,它就一直是企业管理的基本原则之一,而当代企业管理伦理也把它作为一个基本理念加以推崇。"像对待成人一样对待他人。像对待合作伙伴一样对待他人;给他人以尊严;给他人以尊敬。不要只像花费资金、购置机器实现自动化一样对待他们,而要把他们看做是提高生产率的主要源泉。这些都是对一些优秀公司进行研究得出的最重要的成果。""以人为本实际上也早已扎根于公司内部的'语言'之中。"②

(一)以人为本的意识的发展历程

以人为本成为企业管理中的一个时髦用语,是从人际关系学说开始的。

1. 以人际关系为本:人际关系学说的以人为本

人际关系学说是以"社会人"假设为基础的。"社会人"假设是由美国哈佛大学工商管理学院教授梅奥于1933年出版的《工业文明的人类问题》一书中提出的。他建立在"社会人"假设基础上的人际关系学说的以人为本实际

---

① 包括孔茨的管理过程学派、巴纳德的社会系统学派、西蒙的决策理论学派、数量学派、德鲁克的经验主义学派、经理角色学派、系统学派等。

② [美]托马斯·彼得斯、罗伯特·沃特曼:《追求卓越——美国优秀企业的管理圣经》,戴春平等译,中央编译出版社2004年版,第216、218页。

上是以人际关系为本。它充分肯定人的社会需要及其满足、良好的人际关系、地位上的成就。这种肯定人际关系的管理理论及其模式不仅引起了一场大大拓展企业管理学研究的视野的讨论，而且开创了企业管理学全面重视人的因素，坚持企业管理以人为本，而不再是以物为本的新局面，具有重要的理论价值和实践意义。从此，人们开始将社会学、心理学应用于分析企业管理问题。

2. 以人的需要为本：行为科学的以人为本

20 世纪 40 年代末 50 年代初，人际关系理论演化为行为科学。同人际关系学说一样，行为科学理论也是建立在“社会人”假设基础上，强调人的社会性需要，认为人是以追求满足社会需要为主要目的而进行经济活动的主体，不是单纯追求金钱和地位，还追求人与人之间的友情、安全感、归属感等方面的心理欲望和社会欲望。行为科学的基本内容就是围绕如何满足人的各种社会需要，激发人的动机和行为而建立起的学科体系。因而行为科学理论的以人为本是以人的社会性需要为本。以人的需要为本与以人际关系为本是有一定区别的，前者在对企业管理活动的本质的认识上显得更为深刻。随着时间的推移和人们对管理认识的深化及企业管理学的发展，行为科学理论被现代企业管理理论所取代，但是行为科学的发展并未终结。在当代企业管理理论中，行为科学仍然占有不可替代的重要地位，构成了“管理理论丛林”的核心内容①。

3. 当代管理理论的以人为本

当代管理理论已有了巨大的发展，但其发展仍然是以相应的人性假设为基础的。当代管理学家们继“社会人”假设之后，又相继提出了“自我实现的人”、“复杂人”、“决策人”、“文化人”假设等。其以人为本也就建立在这些人性假设的基础上而显得更为多样化。

第一，以人的自我实现为本：Y 理论的人本。Y 理论是麦格雷戈在人本主义心理学家马斯洛的“需要层次论”所提出的“自我实现的人”的假设的基础上提出的。其“Y 理论”的以人为本，从根本上说，是以人的自我实现的需要为本。按照这一理论，“管理的任务在于创造一个良好的组织环境，从而使人们的智慧潜能充分发挥出来，更好地为实现组织的目标和自己个人的具体目

① 卢正惠：《管理学演化中的人性问题》，《云南财贸学院学报》2002 年第 2 期。

标而努力。”①事实上，这种以人为本的理论也的确深刻地影响了管理实践的发展。无论是管理的任务、重点，管理人员的职能，管理激励方式，还是管理制度等都发生了质的变化，它使管理者与被管理者的关系建立在一种充分信任、充满爱的伦理关系和道德氛围之中。

第二，以人的复杂性为本：“复杂人”假设、Z 理论及超 Y 理论的以人为本。“复杂人”是美国管理心理学家 A. 沙因于 20 世纪 60 年代提出的一种新的关于管理的人性假设。在管理的发展过程中，受系统论等现代科学的影响，人们认识到人是一个复合体。不仅人与人不一样，就是每一个人其自身在不同年龄、不同时间和不同地点都会有不同表现，人的需要、潜能等，也会随着年龄的增长、知识的增加、地位的改变，以及人与人之间关系的变化而各不相同。由此，沙因提出了“复杂人”之人性假设。“复杂人”的人性假设所坚持的以人为本是以人的复杂性为本。

以“复杂人”的人性假设为基础，日裔美籍学者威廉·大内（W. G. Duchi）在其《Z 理论》一书中，提出了以“Z 理论”为代表的权变管理理论。其关键之点就在于“权变”即权衡与变化，坚持管理者与被管理者是平等的、“彼此都把对方当做人来对待”的原则。这既突出了人在管理活动中的重要地位，也突出了管理方式上的灵活性和被管理者个性上的差异性。

为适应这种权变管理理论，美国学者莫尔斯和洛希（Morse & Lorsch）于 1972 年提出著名的“超 Y 理论”。他们认为，管理者应根据员工与组织的不同情况采用不同的管理方式，设计不同的管理模式。“超 Y 理论”强调工作任务和人员的复杂性，重视工作性质、组织与人员的恰当匹配，从而使每个成员都能取得胜任感。胜任感作为激励因素，“作为一个动力，它比工资和津贴更为切实可靠”②。这就要求以人的复杂性需要为本，采取权变管理的方式。权变管理方式在科学上是系统理论，在人性假设上是“复杂人”假设，而以人为本则是主张以人的因时因地不断变化的多样性需要、以人的差异性为本。

第三，以人的有限理性为本：决策人与决策理论的以人为本。20 世纪 60 年代，美国著名管理学家西蒙建立了决策理论，认为人是决策的主体。当时的

---

① 黎红雷：《人类管理之道》，商务印书馆 2000 年版，第 226 页。

② ［美］J. J. 莫尔斯、J. W. 洛希：《超 Y 理论》，《哈佛管理论文集》，孟光裕译，中国社会科学出版社 1985 年版，第 157 页。

管理者们认为,管理决策行为是理性的,也就是说,管理者在具体的约束条件下能作出一致的、价值最大的选择。而西蒙经过研究发现,决策的完全理性假设是有局限的,在实际的决策过程中,某一项决策制定经常改变完全理性假设中隐含的逻辑性、一贯性和假定,有限理性比完全理性更有利于决策的制定。基于这样的人性假设和逻辑判断,西蒙建立了现代决策理论。他的以人为本是以人的有限理性为本。

第四,以人的文化性为本:"文化人"假设与企业文化理论的以人为本。"文化人"假设的最初来源应该是20世纪中叶德国哲学家卡西尔,他在《人论——人类文化哲学导引》中提出,人是符号的动物,而符号是人类文化的形式,其实质内容则是文化。所以,"人是符号的动物"实质上是说"人是文化的动物"。语言、艺术、宗教、科学等都不过是文化发展的表现,经济人、社会人、自我实现的人、复杂人、决策人等也都不过是人的文化本性在管理活动中的表现。因此,卡西尔提出的这一命题具体到管理学上就是综合了此前的所有人性假设,从而把管理的人性假设推进到"文化人"假设阶段,把以人为本的理论也推进到以人的文化性为本的阶段。

(二)以人为本的定义

在企业管理中,以人为本的含义正如托马斯·彼得斯和罗伯特·沃特曼所说:"以人为本只有一个关键,那就是'信任'。"①我国著名管理学家、东方管理学派创始人苏东水教授认为,"以人为本"包含着两层含义:"(1)将人视为管理的首要因素,一切管理工作都围绕着如何调动人的积极性、主动性和创造性来展开,这是它的浅表内涵;(2)通过给人们提供充分施展才华的空间,不断地运用挑战来锻炼人的智力、体力乃至意志品质,并在此全面发展的基础上,努力实现摆脱自然束缚的自由发展,提高人的生命存在质量。"②这实质上给"以人为本"下了一个更为准确的定义。"以人为本"就是要在企业管理中坚持以人为中心的伦理理念,把"人"作为企业管理的核心和企业最重要的资源,把企业全体员工作为管理的主体,围绕着怎样充分利用和开发企业的人力资源,服务于企业内外的利益相关者,从而使企业目标和企业成员个人目标都

---

① [美]托马斯·彼得斯、罗伯特·沃特曼:《追求卓越——美国优秀企业的管理圣经》,戴春平等译,中央编译出版社2004年版,第213页。

② 苏东水:《东方管理学》,复旦大学出版社2005年版,第123页。

能得以实现。企业管理中的“以人为本”的“人”是指企业的员工和广大的服务对象，即内外利益相关者。

1. 全体员工是人本管理的主体

与“以物为本”的管理相比较，“以人为本”的管理的最大特征在于，企业的全体员工是管理的主体。管理既是对物的管理，也是对人的管理，但核心是对人的管理；而对人的管理终究是为了人的、服务于人的目的的管理。企业的目标应该是为了企业内全体员工的全面而自由的发展服务。当代企业经营管理的发展趋势已充分表明，人是企业最核心的资源和竞争力的源泉，企业的其他资源都是围绕着如何充分利用“人”这一核心资源，怎样服务于人而展开的。概括地说，把全体员工作为管理的主体，就是要把依靠全体员工作为管理理念，把开发全体员工的潜力作为管理任务，把尊重每一个人作为经营宗旨，把塑造高素质的员工队伍作为企业成功的基础，把凝聚人的合力作为企业有效运营的重要保证，把人的全面发展作为管理的终极目标。

2. 企业内外利益相关者是人本管理的对象

人本管理的“人”首先包括内部员工。根据新制度经济学的观点，企业是物质资本所有者和人力资本所有者订立的一种契约，而人力资本所有者就是全体员工，他们和物质资本所有者一样享有企业的权力。既然企业内部员工也是企业的所有者之一，自然也应是管理活动的服务对象。以人为本的“人”还包括企业外部的利益相关者如消费者、社区居民、自然环境等，他们也是企业经营发展不可或缺的必要条件。在当今社会，企业已不再是一个单纯的经济组织，而是被赋予了相当多的社会责任而演变为带有浓厚的社会经济角色性质的组织，因而企业除了要对股东负责，服务于企业全体员工外，还必须服务于消费者、社区居民，保护自然环境，关心公益事业，即把外部利益相关者也作为服务对象。只有这样，企业才能树立良好的形象，得到社会大众的支持，实现可持续发展，也才真正是以人为本的管理。

3. 企业目标和个人目标的实现是人本管理的目的

人本管理要求把全体员工作为管理的主体和服务对象，也就使得管理活动的衡量标准即效率发生了转变。管理的高效就不能仅仅看企业的经济目标是否实现，而是还要看人的目标是否实现，而在人的目标中关键是要看员工的个人目标是否实现。只有企业目标和员工个人的目标都能有效实现，员工才能发挥工作主动性、积极性和创造性；企业才能增强凝聚力，也才能获得稳定持久的发展。

（三）以人为本的伦理学内涵

从伦理学角度来看，以人为本的理念则是一种价值观念，是企业管理的一个基本的伦理理念。在管理活动中，人总是要把自己的意识、目的贯注到管理的计划、组织、控制、领导等过程之中，以求得发展，实现理想。在人的这种合目的性活动中，目的就是价值选择标准，因而管理自然也就是一种价值选择活动。在这种价值选择活动中，人所选择的价值目标必然包含伦理价值目标。因为人的任何行为都会受到某种价值观特别是伦理道德观的制约和影响，人们必定会把自己的价值观贯注到自己的行为包括管理行为之中。所以人的管理行为就不能不涵括伦理道德问题。也就是说，管理不能没有伦理道德的指导和规约，某种管理方法的选择不能不受伦理的制约，而其目的中也不可能没有伦理目的的介入。因此，以人为本的企业管理活动蕴涵着深厚的伦理意蕴，它包括对企业管理的目的与手段的道德考量，以人为本是企业管理的一个基本的伦理道德规律。

1. 强调充分尊重人的正当需要

企业是适应人的需要而产生的协作组织，其管理也是由人的需要所引起的，人的需要构成管理的内在驱动力。因此，要使企业管理成功，达到管理目的，就必须抓住管理成功的关键——人的需要，即以人的需要为本。在这里特别值得指出的是，企业管理角度的人的需要包括员工的需要和外部利益相关者的需要。充分尊重人的需要是包含充分尊重员工的需要和外部利益相关者的需要的。企业管理中的以人的需要为本，具体说来，体现在以下三方面。

第一，强调认识人的需要。人的需要是多种多样的、不尽相同的。人的需要的这种多样性特征决定了人的需要与生物的需要在质上的不同。“生物的需要由其机体所决定是比较简单的，主要是满足其生存。人则由于劳动和思维而开拓出一个无限的实践与认识的世界，人的需要也呈现出无穷多样性。人的现实生活是丰富多彩的，与其相对应，人的需要也是多种多样的。不论从质上讲还是从量上讲，人的需要都是不可穷尽的。”①马斯洛的需要层次论，赫兹伯格的双因素理论，美国哈佛大学心理学家大卫·麦克凯兰的三分法需要理论等都从不同角度对人的需要结构进行了划分，从而也就间接地证明了需

---

① 黄楠森主编：《人学原理》，广西人民出版社2000年版，第204页。

要的丰富多样性特点。

正由于人的需要的多样性特点,才导致人的需要与企业利益、社会利益之间并不表现出完全的正相关关系,而是有的与企业利益、社会利益相一致或相容,有的则违背或不符合企业利益、社会利益。以人为本的管理非常强调对人的需要的认识,并在这种认识的基础上,鼓励、支持和强化个人的那些符合企业和社会的需要,企业和社会所要求的愿望和追求,限制个人那些不符合企业和社会的需要,为企业和社会条件所不许可的愿望和追求,甚至对满足后一种需要的行为实行必要的惩罚。

第二,强调促进人的需要的生成。人的需要不仅具有多样性,而且具有变动性,其变动性表现为:一是人的具体需要的变动不居,即马克思恩格斯所说的:“已经得到满足的第一个需要本身、满足需要的活动和已经获得的为满足需要而用的工具又引起新的需要。”①当一些需要得到满足,而另一些需要又会产生,所以,人的需要是不会永恒地停留在某一些特定的需要上的;二是人的需要的不断发展,即人的需要总是处于不断前进、提升之中。旧需要与新需要总是表现出后者不断或替代前者,或辩证否定前者,或涵括前者,从而导致后者的产生并兴盛。同时在不同时代的更替中,人的需要也在质和量上表现出不一样的情形。正因为如此,改变时代和改造旧人的活动,本质上就是改变人的落后需要,扭转人的需要方向,提升人的需要的发展境界的活动。

企业的以人为本的管理实质上就是一个不断唤起和促进人的需要的生成的过程。在某种意义上,能否唤起员工和外部利益相关者的需要,促进他们的需要的生成,是这种管理活动有效、成功与否的测量器。只有不断地促进人的需要的生成,对员工和外部利益相关者施加信息影响,其管理活动才是成功有效的,管理境界才能提升,整个管理活动也才能具有人性化色彩。促进人的需要的生成,是由人的需要的变动性特点所决定的。以人为本的管理中强调促进人的需要的生成,就是强调管理者对员工和外部利益相关者沉睡着的潜力的唤醒,它主要是通过促进管理者与这些管理对象之间在利益、目标、信念等上的相互转换、双向互动融会而实现的。也就是说,管理者应该促使他们把个人利益、目标、信念等变成企业的利益、目标和信念,或使两者相一致,企业也应该尽量创造条件促成这种转换,并尽量满足他们的利益、目标和信念追求。

---

① 《马克思恩格斯选集》第1卷,人民出版社1995年版,第79页。

第三，强调满足人的需要。人的需要具有对象性和目的性，即人的需要总是指向一定对象，以达到一定目的为宗旨。人的需要以一定对象和目的为存在条件。如果离开了一定对象和目的，人的需要也就不复存在。而如果需要得到满足，即占有、获得了对象，达到了目的，需要主体对外部世界的依赖性、缺乏和等待状态也就消失了。正是需要的这种对象性和目的性，才促使人去从事各种活动来获得对象，达到目的。

企业以人为本的管理强调满足人的需要。从一定意义上讲，以人为本的管理就是要对作为管理对象的人在一定环境下的行动、对引导着他们工作的东西、对激励着他们前进的因素和动力——他们的需要——有尽可能准确的预测和了解。因此，创造条件，满足人的各种需要，解决、协调个人需要与企业需要、此种需要与彼种需要之间的矛盾，就是企业人本管理的重要内容。以人为本的管理强调管理者的重要任务就是要尽量满足员工和外部利益相关者的各种正当需要，这种满足不是一时一地、此时此刻，而是贯穿于企业管理的全过程。

2. **强调大力促进人际和谐**

对于一个企业来说，其内部人与人之间的关系的和谐有序，是“以人为本”原则在管理中的体现和要求，也是该企业管理成功的关键条件之一。这已为世界许多知名企业的经营管理经验所证实，如美国 IBM，日本的丰田、松下企业都是通过和谐而有活力的人际关系推动生产经营的发展，使企业获得巨大成功的。中国也素有“天时不如地利，地利不如人和”的说法，企业管理要有和谐的人际关系，才能维系企业的存在，才能生财，才能和谐一致、获得发展；如果人际不和谐，成员各自为政，甚至相互掣肘、拆台，其结果必然是失败。和谐的人际关系对于企业之发展的意义重大：不仅有助于减少由人际摩擦造成的“内耗”，保证企业员工把精力最大限度地投入工作，从而成为人际交往的润滑剂，而且有利于形成宽松、愉快、默契的团体气氛，有利于员工的身心健康，激发灵感和创造性思维，维持最佳的工作状态，从而使员工齐心协力，促进企业效益目标的实现。

以人为本的管理强调的和谐的人际关系是就企业内部人与人的关系而言的。就成员个体来说，它要求既自尊也尊重别人，与他人建立团结互助、平等友爱、和睦相处、共同前进的和谐关系。人既是个体存在物，也是一个社会存在物。作为社会存在物，为了满足自己的需要和利益，他必然要与他人、社会打交道,发生各种各样的联系和交往。任何人要满足自己的利益和需要,必须依靠他人和社会;如果离开他人和社会,就是不可能的。因此,人在发展自身、实现自我价值的同时,也要尊重他人即尊重他人的需要、权利、人格和价值等。马克思说:“每个人为另一个人服务,目的是为自己服务;每一个人都把另一个人当做自己的手段互相利用。这两种情况在两个个人的意识中是这样出现的:(1)每个人只有作为另一个人的手段才能达到自己的目的;(2)每个人只有作为自我目的(自为的存在)才能成为另一个人的手段(为他的存在);(3)每个人是手段同时又是目的,而且只有成为手段才能达到自己的目的,只有把自己当做自我目的才能成为手段,也就是说,每个人只有把自己当做自为的存在才把自己变成为他的存在,而他人只有把自己当做自为的存在才把自己变成为前一个人的存在。”①由此可见,尊重别人是企业员工个体自尊的必要条件,不以尊重别人为基础的自尊必然是狂妄自大,其自尊也是挺立不起来的。企业内部人与人的和谐关系就是靠这种员工与员工的相互尊重而建立起来并维持着的。

就企业整体来说,任何企业都有自己的效益目的,因而必然参与经济活动。而在参与经济活动时,必须按经济规则办事。但是企业内部的人际关系则不全是经济性的,因而对其进行的调节则不能完全按经济准则进行,而必须以伦理原则开展。如果按经济原则、经济关系来调节人际关系,那么人与人必然陷入赤裸裸的利害关系的泥坑,导致一种相互之间的利己主义打算的冰水局面的出现,人与人之间就不可能和谐相处,而只会相互算计,企业也不会有凝聚力、战斗力、生命力。相反,如果企业管理以伦理原则来调节人际关系,使人与人之间以平等、友爱的准则行事,相互之间讲究信任、理解、宽容、互帮互助,那么,企业就会出现和谐共生的良好环境。因而人本管理强调企业应大力促进人际和谐,应按照伦理原则来协调企业与个人的关系,塑造人际和谐的环境和条件。

3. 强调切实把人的全面发展作为根本目标

企业目标是企业的全部活动所要追求的对象和达到的境地,它基本上有两大目标:一是物的目标;一是人的目标。物的目标是企业的以经济利益为内容的目标,也即企业利润的最大化;人的目标是企业的以促进人的全面发展为

---

① 《马克思恩格斯全集》第30卷,人民出版社1995年版,第198页。

内容的目标,也即为内外利益相关者服务,造福社会。任何企业都必须追求物的目标的实现,否则企业无法生存。但企业物的目标的实现,离不开企业员工的劳动和外部利益相关者的支持,在企业管理实践中要把人作为目的。从价值哲学角度看,物的目标和人的目标这两大价值也是有层次之分的,一般说来,人是最根本的价值,也是最深层次的价值,因而人的目标在价值等级序列中居于最高地位。因此,企业管理活动,从根本上说,不应该把利益追求作为根本目标,而应该把促进人的全面发展作为根本目标。事实上,利润最大化与人的全面发展也并不矛盾,因为利润最大化终究也是服务于人、为了人的,它不过是实现人的全面发展的手段。

以人为本的管理强调在企业管理实践中管理者要尊重人对自身本质的占有,反对异化劳动,全面提高人的素质,促进人的全面发展。人的全面发展是指人对自己本质力量的全面占有和丰富展示。人通过实践活动来占有和展示自身本质,而人在占有和展示自身本质时,是通过在实践中创造价值来体现的。价值是"表示物为人而存在",表示客体为人而存在,对人有意义、有用,是发生在主客体之间的一种意义关系。价值是主体本质力量的对象化,正是这种对象化才显示出客体相对于主体的意义。"人的感觉、感觉的人性,都是由于它的对象的存在,由于人化的自然界,才产生出来的。"①"正是在改造对象世界的过程中,人才真正地证明自己是类存在物。"②人通过创造价值,化自在之物为为我之物,来满足自己的生存、享受和发展需要。人在创造价值时,一般有两种形式:一是人把自己的主体性客体化,即把自己的力量、知识、意图贯注到客体上去,改造客体,从而创造客体价值;一是把客体的特性内化为自身的特性即客体主体化,改变主体自身,把客体据为己有,完善自己,从而创造主体价值。人创造价值的过程实际上是把自在之物转化为为我之物的过程。为我之物就是人创造价值的对象化活动的结果,"劳动的对象是人的类生活的对象化:人不仅像在意识中那样在精神上使自己二重化,而且能动地、现实地使自己二重化,从而在他所创造的世界中直观自身"③。"工业的历史和工业的已经生成的对象性的存在,是一本打开了的关于人的本质力量的书,是感

---

① 《马克思恩格斯文集》第1卷,人民出版社2009年版,第191页。

② 《马克思恩格斯文集》第1卷,人民出版社2009年版,第163页。

③ 《马克思恩格斯文集》第1卷,人民出版社2009年版,第163页。

性地摆在我们面前的人的心理学”①。作为对象化活动的结果，为我之物是实现了的真理，同时又体现了人的本质力量，实现了人的目的，符合人的利益，具有善的价值。为我之物是人化了的自在之物，打上了人的印记，把人的本质力量、人的德性形象化了，它又成为美感的对象，欣赏的对象。所以，为我之物是真善美的统一。而人的对象化活动过程即实践过程，就是一个以培养真善美相统一的全面发展的理想人格为目标的过程。真善美相统一的人格、自由自觉的劳动、本质力量和智慧德性意志等的形象化、个性的丰富展示等就是人的全面发展。因而，人的全面发展实际上是一种道德评价尺度或伦理价值目标。显然，以人为本的管理所强调的，就是要努力实现人对自己劳动本质的占有，以促进全面发展为根本目标。

（四）以人为本的运用

苏东水先生认为，以人为本的管理要从三方面进行操作：阴阳平衡、公平公正、爱民富民②。以人为本的管理的实质是要求企业以人道主义的方式对待利益相关者，而人道主义则具体地体现为公正、宽容、民主等基本精神。企业管理中的人道主义体现为，要为员工提供适当的工作岗位和安全的工作环境，以人道主义的方式管理人，也就是要公正、宽容、民主地开展企业管理。

1. **公正地对待利益相关者**

这是人本管理的重要内容。它要求：第一，制定统一的管理标准。企业管理中所有利益相关者都要被当做人来看待，一视同仁，制定并实行统一的标准，而不能搞双重标准或多重标准。而且标准必须统一、完善，而不能混乱。第二，提供均等的发展机会。企业中的成员要拥有平等的发展机会，如职位晋升机会、学习与提高的机会、报酬获得的机会等，在赋予员工责任时，同时赋予相应的权利。第三，按照贡献进行分配。这一措施要求为企业成员提供平等的劳动、参与管理的权利，尊重并承认企业成员对于企业的不同的具体贡献。第四，建立保障机制。它包括两方面：一是要建立保障公正原则得以实施的机制；一是要为无法参与平等竞争或在分配过程中处于不利地位的弱者提供基本生活保障。前者要求企业把公正原则制度化，并在实施过程中加强必要的监督，保证公正原则能成为企业管理的准则，并得以有效贯彻施行。后者是由

---

① 《马克思恩格斯文集》第1卷，人民出版社2009年版，第192页。

② 苏东水：《东方管理学》，复旦大学出版社2005年版，第130—132页。

于在充满竞争的奋斗过程中，有许多在起点上不一致的弱者，他们因为诸多先天或后天因素而在竞争中处于不利地位。因此，要保证管理的公正性，企业应该为他们提供必要的基本生活保障，对他们进行道义性的支持和帮助，确保他们的基本权利得以有效行使。只有这样，企业才能缓和内部可能的冲突和抵触，增强凝聚力，得到相对稳定的正常运转和整体发展。

2. 宽容地对待企业员工

这也是人本管理的重要内容。它具体体现为：应该承认、尊重、包容企业员工的个性差异；允许他们犯错误、改正错误；体谅他们的具体困难，热情地关心他们的生活处境；信任他们，赋予其以一定的自主权和灵活性；允许他们提出不同意见，充分调动他们参与企业管理的积极性；要相信员工、尊重员工；在实施规章制度的过程中，应该采取原则性与灵活性相结合，等等。只有这样，才能创造出一种宽松、和谐的人际关系。当然，这种宽容也不是无原则的宽容，而是有限度的宽容，其限度就在于必须遵守企业管理的各种规章制度。

3. 实行民主

实行民主原则是现代企业管理发展的民主化的一项基本要求。它要求企业在对待利益相关者时不能歧视，如人种歧视、民族歧视、性别歧视；要多听取员工的意见，让他们有机会表达自己的看法，并尊重他们的看法；在作出决策时，应该以利益相关者的利益和愿望为根本标准，注意倾听利益相关者的呼声，尊重利益相关者的权力，如对本企业事关员工切身利益的问题的讨论权、对管理人员的建议权和监督权；要善于发现员工的优点、长处、成绩并及时给予赞扬、奖励等。

二、利益相关者观念

星巴克：从小作坊到咖啡王国

星巴克，即 starbucks，是美国一家经营咖啡饮料服务的企业，是世界上最成功的咖啡厅之一。星巴克的流行，让愈来愈多的人的早晨不再从电动咖啡壶中的苦水开始，而是像《电子情书》中知性的梅格·瑞恩一样，拿着咖啡大步走过纽约街头。星巴克最吸引人的，就是在平凡中创新，把存在了几百年的古老消费品，变成了挡不住的新流行，从而改写了现代人的生活。研究星巴克的成功经验,我们发现其企业管理伦理值得品味。

营造“第三生活空间”:星巴克的服务宗旨

星巴克诞生于1971年4月,当时美国经济已经从20世纪60年代的巅峰走向衰退,咖啡的销量也已经下滑,咖啡的消费人群不断减少。但星巴克依然故我地开发咖啡消费市场,并在以后的几十年获得了巨大成功。它早先只是一家卖咖啡豆的小店铺,其三位创始人鲍德温、波克尔、西格尔都不是正儿八经的生意人,但都是优质咖啡的爱好者。在每人出资1350美元,向银行贷了5000美元后,合资开了第一家咖啡店,志在传播咖啡文化。

1982年星巴克的另一位重要人物舒尔茨加入进来,1983年他到意大利米兰出差得出一个启示:咖啡体验比咖啡豆更重要。但他的新的经营思路遭到鲍德温和波克尔的强烈反对。1985年,舒尔茨跟不愿卖咖啡饮料而只想卖咖啡豆的星巴克分道扬镳,这时,星巴克元老们不但没有拖后腿,还鼎力相助。舒尔茨筹集了125万美元,连同朋友融得的25万美元风险资金,另外开设了他的第一家咖啡厅——每日咖啡厅。两年后,他已经有了三家分店,但这样的规模离他的预期还有很大的差距。

1987年3月,舒尔茨突然收到消息,鲍德温和波克尔要卖掉星巴克,包括店面、烘制设备及品牌。原因是波克尔想搞自己的其他公司,鲍德温厌倦了在西雅图与旧金山之间无休止的奔波。舒尔茨马上说服董事会,并请财务作出详细的并购计划。但是收购需要380万美元,而全部改造成咖啡吧,需要更多的资金。这成了舒尔茨一生当中最大的一次赌博。

5个月后,收购完成。舒尔茨将自己所有的咖啡厅都改名为“星巴克咖啡厅”,自己出任董事长。舒尔茨最终是要带星巴克走出西雅图的,但是,他追求的不是走得快,而是走得稳。因为没有好的管理人员,质量无法保证,品牌就会发生危机,此乃扩张之大忌。

他先要保证的是星巴克的优质服务,而这种服务体现在星巴克咖啡厅的每一处细节。星巴克的小提琴独奏、三色咖啡壶的陈列、咖啡的香浓、服务员的热情以及店主的好客,在这些细节上,到处都彰显着星巴克的个性。除了对咖啡豆的精挑细选、对烘制工艺的精益求精之外,每件商品的陈列、每种颜色的选择都要经过专门设计,与标语、音乐、香味都要风格一致,并全部用于营造咖啡文化的浪漫。

不少咖啡吧里还开设了专门的艺术咖啡区,展示各个时代的咖啡文化与艺术。让人们现场真实地感受咖啡的烘制,进行品评。星巴克还开设特殊座位区,供客户会友聊天、欣赏音乐。星巴克的目的,就是把咖啡厅变成家和办公室之外的"第三生活空间"。

正是基于这些细致入微的服务,星巴克得到了很大的发展。从1987年到1992年,5年间,星巴克开设了161家连锁经营店。这样的速度甚至超过了初期的麦当劳。1992年6月,星巴克在纳斯达克正式挂牌上市。到1996年的时候,星巴克已经在美国开设1000多家分店,同年,开始向海外扩张。

企业员工才是上帝:星巴克对员工的理念

星巴克为什么能获得今天这样大的成功,以至1994年美国总统克林顿都把舒尔茨请到白宫,向他讨教。因为星巴克在处理和员工关系方面,做得太棒了。

在星巴克,没有"员工",只有"伙伴"。舒尔茨给予伙伴的绝不仅仅是尊重,还有实惠。本来用于广告支出的费用改为用于员工的福利和培训。舒尔茨还说服董事会,将全部福利制度扩展到每周工作超过20小时的兼职员工。1988年,在发现员工吉姆患艾滋病之后,舒尔茨不仅热烈拥抱以示安慰,并保留了他的工作,还在吉姆因不能工作离开星巴克之后,报销了他长达29个月的治疗费用。舒尔茨不仅建立了完善的员工福利制度,还借鉴高科技行业的做法,给员工发放股票期权。这在餐饮服务业是绝无仅有的,这些期权的价值平均每两年翻一番。

星巴克多次入选《财富》"最适合工作的公司",每年员工流动率只有60%—65%,而美国同行业流动率高达150%—400%。在公司道德排行榜上,多年稳居前列。把员工当做伙伴的策略为星巴克培养出了忠诚的员工,他们也就服务出了高度忠诚的客户。

经过多年的经营,星巴克早已今非昔比。目前,星巴克在全球37个国家和地区总共拥有1万多家分店,在中国内地的店面达到200多家。经过几年的发展,已经有很多中国人喜欢上这种体验,并成为都市时尚的一个流行词。舒尔茨曾说过,星巴克的最终目标就是要在全球开设至少3万家分店,其中至少一半要设在北美以外的地区。

2007年3月12日,他们宣布将成立自己的唱片公司,未来所推出的音乐作品,在星巴克连锁店也可购买,这将是星巴克又一次大胆的尝试。

(资料来源:王小东:《星巴克:从小作坊到咖啡王国》,载《读者》2007年第12期。)

作为一种企业管理伦理理论——利益相关者理论——是美国企业伦理学家、战略管理学家、弗吉利亚大学教授 R. 爱德华·弗里曼于 1984 年在《战略管理——利益相关者方法》一书中正式提出的。此后,这种理论在管理领域风行开来,但其基本含义则与弗里曼所称的“可以影响公司目标的实现或受公司目标是否实现影响的团体”①的准确含义有一定差距。1988 年,弗里曼和美国宾州大学教授 M. 埃文又发表《现代公司利益相关者理论》一文,其中对利益相关者的定义是“影响一组织的目标成就或受它影响的任何集团或个人”,包括股东、雇员、顾客、经理、供应商和地方社会六类。其基本观点是,弗里德曼捍卫的传统观点违反了康德的绝对律令,它把其他五种利益相关者作为实现股东利润目的的工具。他们在文中从批评“管理资本主义”概念开始,围绕“私有财产主及其代理人的权利和义务与这种财产对其他人权利的影响”和“管理资本主义的后果与现代公司对其他人利益的影响”两个问题,运用现代康德主义道德论与后果论,提出现代公司的权利原则和后果原则及以此为基础的公司管理的合法原则和受托人原则,否定股东理论,伸张其他利益相关者的权益,并力图从公司法和组织上保障这些利益相关者的平等权益②。但是,在这种理论提出后,关于其定义问题,特别是谁是利益相关者的问题,学者们看法并不相同。

(一)利益相关者理论概述

利益相关者理论的宗旨是试图超越利润最大化公司理论,把个人或社会团体的利益与企业挂钩,要求企业在谋利时要与其环境结合起来。与企业有关的团体或个人并不仅限于股东、供应商或企业管理者。企业应该能够确定其利益相关者到底有哪些,到底是谁,而不能只考虑与其有密切关系的股东和供应商这一狭隘范围。这一问题涉及对利益相关者的定义问题,因此,对其进行一下梳理是必要的。

所谓“利益相关者”,其英文表达是 Stakeholder,由 Stockholder(股东)一词套用而来。据弗里曼考证,这一术语是 1963 年由斯坦福研究所在一份备忘录

---

① [美]R. 爱德华·弗里曼:《战略管理——利益相关者方法》,王彦华、梁豪译,上海译文出版社 2006 年版,第 58 页。

② 陆晓禾:《走出“丛林”——当代经济伦理学漫话》,湖北教育出版社 1999 年版,第 194—196 页。

中最早提出的。其本意是指企业经营者在经营决策中应对某些可能危及企业生存和发展的群体的利益予以关注。但应对利益相关者的利益负责的观点则在1929年通用电气公司的一名经理在一次讲演中就提出了。这名经理的“利益相关者”包括股东、雇员、顾客和广大社会公众。1947年,约翰逊等人出具的名单中只把那些仅与业务有密切关系的人确定为利益相关者。1950年,R.伍德提出为了提高效益,企业应予以考虑的利益相关者有顾客、雇员、股东和职业团体。1995年,克拉克森又提出,与企业有关的团体有不同类型,对此应进行区分,他区分为主要团体和次要团体,“主要团体是企业所离不开的,没有他们,企业的运转和生存就会成问题。所以,他们的持续参与是必不可少的。这包括股东、投资者、雇员、客户、供应商,此外还有政府和提供基础设施和市场的各种团体。次要团体指的是有影响或有关系、或者受企业影响或涉及,但是没有参与和企业的交易,而且对企业的生存来说,不是至关重要的和起决定作用的”。①

显然,弗里曼把利益相关者定义为“任何能够影响公司目标实现,或受公司目标实现影响的团体和个人”,这是一种广义的定义,其涉及面极为宽泛,涵盖范围也是开放的,这就有可能把什么人都包括进去。“在他的定义中,相互关系的基础可以是单向的也可以是双向的(‘可以影响或有关’),不一定要建立互惠互利关系,这与契约所确立的交易关系截然不同。”②而克拉克森的定义则是狭义的,其利益相关者限于企业赖以生存的团体。“他只把那些自愿或不自愿承担风险的团体或个人视为利害关系人。自愿承担风险的人是指不管以何种形式(物、人、财等)向企业投资的人;不自愿承担风险的人是指那些因公司活动而处于脆弱处境的人。”③

也有学者依与企业的不同关系性质,对这两种意见进行综合。詹姆斯·E.波斯特等人就将利益相关者分为“第一级利益相关者”和“第二级利益相关者”。第一级利益相关者是指企业执行其经济职能,在向社会提供产品和服

---

① [法]热罗姆·巴莱、弗郎索瓦丝·德布里:《企业与道德伦理》,丽泉、侣程译,天津人民出版社2006年版,第260—261页。

② [法]热罗姆·巴莱、弗郎索瓦丝·德布里:《企业与道德伦理》,丽泉、侣程译,天津人民出版社2006年版,第261—262页。

③ [法]热罗姆·巴莱、弗郎索瓦丝·德布里:《企业与道德伦理》,丽泉、侣程译,天津人民出版社2006年版,第262页。

务的过程中所与发生最直接利益关系的个人和团体。这部分利益相关者包括:雇员、股东、信用机构、供应商、顾客、批发商和竞争者。其中,股东和信用机构向企业提供金融资本,雇员提供劳动技能和智力,供应商提供原材料、动力和其他供应,批发商、零售商帮助企业将产品从工厂送到消费者手中,而所有的企业都要有顾客自愿购买它们的产品和服务,并在市场中与其他提供相同或相类似的产品与服务的企业竞争。可以看出,企业与其关系的特点在于:以正式契约的形式发生于市场的买卖过程中,约束着企业的战略和管理者的政策决定。第二级利益相关者是指除上述以外企业对之负有责任的所有的个人和团体。其与企业的关系在第一级利益相关者之后。波斯特等认为,把这些团体称为第二利益相关者,并不意味着它们与企业的关系较之第一级利益相关者不那么重要,而是指它们与企业的关系是作为指导企业正式行动的结果而发生的。另外,第一级和第二级利益相关者领域界限并不是很分明的,而是相互交叉和相互渗透的。例如,一种产品(比如汽车)的安全性和环境影响对一个消费者来说是第一级的利害关系,而该产品在使用中产生的影响会对整个社会产生第二级的安全和环境问题(如汽车尾气)。尽管如此,第一级利益相关者与第二级利益相关者仍有原则上的区别,这主要表现为企业与第一级利益相关者的关系主要是通过市场发生的,而与第二级利益相关者的关系则是非市场的①。像这种广义或狭义的定义还有许多,米切尔、阿格尔和伍德曾列表如下。

表7－1　谁是利益相关者

来源	定义
斯坦福(Stanford),1963年	“企业没有其支持就不能存活的团体”
雷曼(Rhenman),1964年	“依靠公司达到个人目标,而公司的生存又离不开者”
阿尔斯泰特和亚赫努凯宁(Ahlsted et Jahnukainen),1971年	“受自身利益和目的驱使而投身于企业、依靠企业而公司也有所依赖者”
弗里曼和里德,1983年	广义:“可影响企业目标的实现并受企业目标实现影响者” 狭义:“企业为继续生存而依赖的各方”

① 赵德志:《现代西方企业伦理理论》,经济管理出版社2002年版,第33—34页。

续表

来源	定义
弗里曼,1984 年	“可影响企业的各项目标的实现或受这些目标的实现情况影响者”
弗里曼和吉尔伯特(Gilbert),1987 年	“可影响企业或受企业影响者”
康乃尔和沙皮罗(Cornell et Shapiro),1987 年	“具有契约关系的需求者”
埃文(Evan)和弗里曼,1988 年	“承担或受到危害以及其权利受到企业行为的尊重或践踏者”
鲍伊(Bowie),1988 年	“企业生存不可或缺者”
阿尔克哈法吉(Alkhafaji),1989 年	“企业对之负责的团体”
卡罗尔,1989 年	“无论是在利益、权利(法律的或者道德的)方面还是在企业资产或产权的合法身份方面提出要求者”
弗里曼和埃文,1990 年	“契约持有者”
汤普森等人(Thompson 等),1991 年	“与企业有关者”
萨瓦奇等人(Savage 等),1991 年	“在企业活动中有利害关系并对其有影响者”
希尔和琼斯(Hill et Jones),1992 年	“通过交换关系对企业拥有合法要求者,他们向企业提供至关重要的资源(捐款),从而希望得到满意的利益作为回报”
布伦纳,1993 年	“同企业具有诸如交易那样的合法而非普通的关系者,他们对各种行为产生影响并负有道义责任”
卡罗尔,1993 年	“要求获得企业中的一项或几项利益者”;“可能受影响或产生影响者”
弗里曼,1994 年	“参与创造共同价值的人文过程者”
威克斯等人,1994 年	“与企业相互影响,赋予企业内涵并为其下定义者”
兰特里(Langtry),1994 年	“企业对他们的财产负有很大的责任,或者说他们对道义或法律有要求者”
斯塔里克(Starik),1994 年	“可能拥有或者拥有现实利益者,受企业影响或者可能受到其影响者,或者对企业具有潜在影响者”
克拉克森,1994 年	“对其在企业中的人力、财力或任何有价值的资本投资承担多种形式的风险者,或者因公司行为而身处险境者”
克拉克森,1995 年	“在企业及其活动中,具有或要求拥有所有权、权利或利益者”

续表

来源	定义
内西(Nasi),1995 年	“与公司相互影响者以及促成公司业务活动者”
布伦纳,1995 年	“受公司或组织影响或可能受其影响者”
唐纳森和普雷斯顿,1995 年	“在企业活动的程序或实际操作上具有合法利益者”

资料来源:［法］热罗姆·巴莱、弗郎索瓦丝·德布里著:《企业与道德伦理》,丽泉、侣程译,天津人民出版社 2006 年版,第 263—265 页。

从上表可以看出,利益相关者理论的发展历程表现出如下特点:

其一,“利益相关者”的概念逐步扩展为能够影响企业或受企业决策和行为影响的个人与团体,在原来的基础上把政府也纳入进来,使利益相关者从原来的六类扩展为七类,还有企业管理伦理学家考虑到拥有一个良好的生态环境也是广大利益相关者的需要,因此把环境也当做利益相关者的范畴。这就使得利益相关者概念有广义和狭义之分,两者的区别在于,广义的定义以经验主义的事实为基础,集中于参与者对企业行为的影响力方面;而狭义的定义则以合法性原则要求为基础,合同、法律和道德义务成为确定利益相关者的依据。

其二,人们把企业与利益相关者的关系看做是相互内在、双向互动的关系,从而扩展了企业的经营管理范围,利益相关者从被视为企业的经营环境或外生变量转变成被视为企业的构成要素或内生变量。

其三,研究者们认为,企业经营要处理好与利益相关者的关系,就必须正确认识不同利益相关者的各种不同的权利,具备回应和处理这些不同权利和要求的能力与技巧,承担起对利益相关者的责任和义务。比如,卡罗尔和巴克霍尔茨在已出到第五版(2003 年)的《企业与社会——伦理与利益相关者管理》一书中,把利益相关者定义为“在一家企业中拥有一种或多种权益的个人或群体”,把利益相关者分为外部利益相关者和内部利益相关者两类,外部包括政府、消费者、自然环境、社区,内部包括雇员、公司所有者。他们认为企业与这些利益相关者之间是互动、交叉影响的关系。具体到利益相关者的管理问题,他们认为必须处理好五个重要问题:谁是我们的利益相关者?我们的利益相关者都拥有哪些权益?我们的利益相关者给企业带来了哪些机会,提出了哪些挑战?企业对其利益相关者负有哪些责任?企业应采取什么战略或举措以最好地应对利益相关者方面的挑战和机会?①

(二)利益相关者理论的伦理维度

利益相关者理论是一个具有很深厚的伦理底蕴的管理学理论和管理方法,深入挖掘其伦理底蕴,揭示其伦理维度,能够为其提供充足的道德合理性基础。

1. 相互关系

利益相关者理论的一个关键因素是企业与利益相关者之间的相互性关系,这种关系使得双方建立起伦理关系。而伦理是处理社会生活中人我关系的规范,其重点在于人我之间的关系。企业经营管理中也存在这种"人"、"我"关系,即企业与利益相关者(股东、雇员、顾客、经理、供应商、社区、政府、生态环境等)的关系,企业与各利益相关者之间的任何一种关系都对企业经营管理的成败有着重大的影响。企业需要利益相关者提供的货币资本、空间资源、人力资源、生产要素、顾客资源、公共资源等,利益相关者需要企业提供的资本保值增值、社会财富、就业机会、工作岗位和收入、产品和服务、税收等,因此,企业与利益相关者之间是一种相互对待的关系,一种双边的互求关系。

企业与利益相关者的双边互求关系使两者在深层次上相互依赖,这种深层次的相互依赖使企业对利益相关者的管理成为一种伦理管理,而不同于非伦理管理,后者虽然也不否认关系的存在,但对关系的认识是比较肤浅的。非伦理管理在管理层次上只考虑到法律,认为求利只要合法就行;在相关利益人的范围上只考虑股东,至多也只考虑到雇员、顾客。而利益相关者理论则从社会的角度来看待企业的目的,以对利益相关者负责的态度获取企业利益,要求企业在经营管理过程中,不仅要守法,还要遵守企业伦理。有管理学家把"关系的发现"视为兴起于20世纪80年代的管理革命的两个前沿之一并提出了相互依赖原则即组织的成功部分地取决于利益相关者的选择和行为。非伦理管理忽视除股东外的利益相关者的存在,不尊重除股东以外的利益相关者的利益。而利益相关者理论则认为企业既有责任处理好企业与内部利益相关者的关系,也有责任处理好企业与外部利益相关者的关系。而良好的企业与内外利益相关者的关系反过来能促进企业的发展。企业伦理不仅能指导管理者

① [美]阿奇·B.卡罗尔、安·K.巴克霍尔茨:《企业与社会——伦理与利益相关者管理》,黄煜平等译,机械工业出版社2004年版,第51页。

处理好企业与内部利益相关者的关系，而且也能指导他们处理好与外部利益相关者的关系。

2. **信任**

任何一个企业都希望具有良好的信誉。卓越的信誉是无价之宝，而信誉丧失会给企业带来灭顶之灾。靠什么树立信誉？靠诚心诚意地考虑到利益相关者的利益，只顾自己赚钱的企业不可能得到社会的信赖。因此，信誉实质上是企业及其产品与服务在利益相关者中的信任程度的表现，是信任关系赖以建立的基本因素之一。塞尔韦（Servet）认为，信任是对如同信誉、对遵守承诺能力的肯定评价，信誉、证明所许诺言有效的材料、记性是信任关系离不开的三个基本因素[①]。由此可见，信誉与信任关系紧密相关：信誉是靠企业与利益相关者的信任关系获得的，反映的是企业与利益相关者的信任关系。因此，信任是利益相关者理论的重要伦理维度。

利益相关者理论提倡企业与利益相关者之间建立起良好的信任关系，这种信任关系的好坏同企业获利能力的强弱，存在着明显的正相关关系。所谓信任，按照比多和雅里约（Bidault & Jarillo）的定义，"是一种推定，就是说在无把握的情况下，包括面对不可预见的形势，对方将按照我们认为可以接受的行为准则采取行动"[②]。因此，信任是一个企业与各种参与者之间的关系都密切相关的概念，是反映企业与利益相关者之间的良好关系的概念。企业与利益相关者要建立良好的信任关系的原因在于，市场经济条件下存在各种风险，这些风险是由于以下至少两个因素导致的：一是信息不对称；一是与信息不对称密切相关的契约的不完全性。事实证明，现实市场经济中信息是不对称的，而广泛存在的契约如劳动合同、服务合同、合作合同、企业战略联盟等也因为人类的有限理性和行为动机的复杂性而不可能完备。正因为信息不对称性和契约不完全性，所以需要企业和利益相关者采取有道德的行为来加以弥补。信任是道德的重要内容之一，它能弥补因不对称的信息和不完全的契约带来的不确定性，并降低由此引发的交易费用。所以，利益相关者理论的信任之伦理维度实质上是促进企业发展的因素，它提倡企业与利益相关者之间的信任，也

---

① ［法］热罗姆·巴莱、弗郎索瓦丝·德布里：《企业与道德伦理》，丽泉、侣程译，天津人民出版社2006年版，第274页。

② ［法］热罗姆·巴莱、弗郎索瓦丝·德布里：《企业与道德伦理》，丽泉、侣程译，天津人民出版社2006年版，第272页。

就是在提倡企业管理伦理，而企业管理伦理能解决信息不对称和契约不完全所带来的问题。“要实现不完全契约的良好效果，关键看企业是否懂得运用‘软因素’（道德和文化等）来弥补不完全性所带来的问题。”①

3. **权利**

企业与利益相关者的相互对待的关系，必然使一方对另一方有不可忽视的需要和影响，之所以有这种需要和影响，是因为一方对另一方具有种种利益或权利要求。相对于企业来说，要处理好与利益相关者的关系，就必须正确认识不同利益相关者的各种不同的权利。利益相关者的权利就是利益相关者有运用其资源使一种事情发生或获得所期望的一种结果的能力，这种权利一般包括投票权利、经济权利和政治权利。投票权利不是指政治选举中的投票权，而是指利益相关者在企业的某些决策方面有左右的能力，有法定的投票权，如股东对企业政策选择的决定权；经济权利是指利益相关者对企业的行为有经济方面的约束能力，如顾客、供应商的意愿和要求对企业就具有直接的经济影响；政治权利主要是指政府通过制定行政规章和立法对企业进行规制，其他利益相关者也会运用其资源向政府施压，要求政府制定新的规章和法律去限制企业②。笔者以为，在这些权利束中，还有道德权利。

所谓道德权利，是指利益相关者基于一定的包括道德原则、道德理想等的道德体系而拥有的地位、资格、自由等，这种地位、资格、自由能为其利益进行道德辩护。道德权利没有法律权利那样的确切表现形式和维护保障机制，它是抽象的，一个人的道德权利得到尊重，往往靠的是尊重者的自觉的道德意识和被尊重者的道德人格力量；但它又是具体的，道德权利一般渗透在经济权利、政治权利和法律权利之中，所有的经济权利、政治权利和法律权利都不能排除道德的性质。利益相关者理论要求企业尊重利益相关者的经济权利、政治权利和法律权利，这种对权利的尊重显然不能停留在这一层次，而是还包含对道德权利的尊重，要求企业超越经济、政治和法律，追求道德。

4. **广泛的公正性**

非利益相关者的管理主要面向个体企业，衡量企业决策、政策、行为对与

---

① ［德］克里斯托夫·吕特格：《市场经济和伦理：秩序伦理和企业伦理》，单继刚、甘绍平、容敏德主编：《应用伦理：经济、科技与文化》，人民出版社2008年版，第9页。

② 赵德志：《现代西方企业伦理理论》，经济管理出版社2002年版，第35—36页。

错、好与坏就看是否对企业——股东有利，有利则是对的、好的；反之，则是错的、坏的，根本不考虑其他利益相关者的利益和权利。相对于其他利益相关者来说，这就有失公正。而利益相关者理论则不然，它要求以整体——企业与利益相关者构成一个共同体并处于社会中——视角来看问题，综合考虑和平衡企业和利益相关者双方的利益，使双方利益都处于一个合理的状态：双方都得所当得。利益相关者理论并非只考虑利益相关者，不考虑企业自身，而是力图把两者结合起来。这就是其公正性。

（三）利益相关者理论的运用

利益相关者理论是企业管理发展到与伦理相结合而产生的适应社会需要的企业管理伦理新观念。其出现标志着人们对企业的性质和使命有了新的认识，企业和社会的关系发生了新的变化。此前人们只是将企业看做单纯的经济组织，其使命就是以追求利润为唯一目标。因此，企业只对股东负责。但是，当劳动者和消费者权利意识逐渐觉醒、人力资源的重要性日益提高时，利益相关者理论应运而生，这种理论使企业不得不关注对企业生存发展具有极为重要意义的利益相关者的利益，并对与利益相关者的关系进行有效地管理。

1. 认清关系

这是有效运用利益相关者理论进行管理的第一步。一般说来，企业与股东、雇员、顾客、供应商等利益相关者的关系以市场和契约为基础，是最为重要的。因为他们的经济利益与企业密切相关，所以他们更倾向于支持企业并与企业合作。相应地，企业就应尽可能安排他们参与经营管理，在决策方面吸收他们的意见和建议。企业与竞争者、舆论媒体、其他社会团体等的关系往往是非合作的，甚至是对立的，因而企业必须谨慎处理与他们的关系，使其对企业的负面影响减少到最低限度。企业与社区、政府和一般公众等的关系则比较复杂。在一些情况下他们有可能对企业采取支持和合作行为，在另外一些情况下又可能采取限制行动。因之，企业必须尽最大努力与之展开广泛的合作，提高他们对企业的支持度①。

---

①　赵德志：《利益相关者：企业管理的新概念》，《辽宁大学学报》（哲学社会科学版）2002年第5期。

2. 认定权益

企业应明确认定属于自己的利益相关者，认定它们特有的利益和权利的性质。不同企业，因其性质类型和经营范围的差异，其利益相关者也不尽相同。如一家儿童食品公司，除股东和雇员外，直接利益相关者就是供应商、零售商及作为顾客的婴幼儿，此外还有政府食品卫生机构、消费者组织、各种妇女儿童组织等。再如一家化学工厂，其利益相关者除了与其有各种经济关系个人和团体，还广泛包括化学废物排放影响所及的地区和居民、环境保护组织、政府环境保护机构等。上述两类企业的一些利益相关者，如顾客和居民，都有使用安全产品和享受良好生存环境的权利，而政府的卫生和环保机构也有权利对企业经营的合法性作出裁决①。

另外要注意的是，即使同一个企业，利益相关者也是不断变化的。这些变化，有时间和空间两个方面。从时间方面说，不同时期企业的利益相关者及其权利和要求会有增加或减少的情况。当制止大气污染成为一项法律时，距离工厂遥远的地区和居民就成为企业的直接利益相关者。从空间方面说，任何一个企业一旦开展海外业务，东道国的雇员、顾客、其他利益团体和政府就与企业利益攸关。如果对利益相关者的类型、权利及其变化缺乏足够的敏感，企业就不可能成功地进行管理和经营②。

3. 对社会负责

企业给雇员提供满意的工作条件和工作保障，给顾客提供价格公平、质量高且安全的产品和服务，建立良好的供应商关系等，这都没有错，但是，雇员、顾客、供应商等都是企业最为直接的利益相关者，仅仅重视他们，仍然只是对股东负责。而当今的利益相关者概念已大大拓展，人们已视企业为公共产品，期望企业在社会责任意识的牵引下，对社会整体负责，增进社会利益，促进社会公正，自觉保护环境，支持公益活动。因此，企业必须适应这种社会需要，转换角色，做现代社会文明的领跑者。

① 赵德志：《利益相关者：企业管理的新概念》，《辽宁大学学报》（哲学社会科学版）2002年第5期。

② 赵德志：《利益相关者：企业管理的新概念》，《辽宁大学学报》（哲学社会科学版）2002年第5期。

三、追求卓越的精神

追求卓越:企业界的一个新的热门话语

20世纪80年代,美国IBM(美国国际商用机器公司)提出了一个口号:“追求卓越”。该公司力图在这一价值观的指导下,为用户提供最优服务及卓越的工作,尽力以最优的方式达成结果和尽可能完美。该公司认为,“追求卓越”不仅仅指突出的工作成就,而且指培养崇高的道德理想信念和巨大的工作热忱。IBM公司提出的这一价值观,在整个管理界掀起了巨大的波澜,许多知名企业纷纷提出了蕴涵着卓越理念的经营信条。如花旗银行提出:“最大、最好、最能创新、获利最高”;默克公司强调:“在公司的所有层面,明确追求完美”;诺思壮公司提出:“追求完美名声”;威名百货声称:“力争上游,对抗凡俗之见”、“永远追求更高的目标”;Nortel网络公司提出:“我们只有一个标准——卓越”;位于美国佛罗里达州西南部的康韦“计算机救援队”公司提出:“崇尚主人翁精神和追求卓越”;等等。这些情况表明,“追求卓越”已成为当代企业管理发展中的一股强劲的势头。卓越是企业管理的精神动力,是一种经营境界,其基本含义是指企业经济绩效与伦理道德双优,但其价值取向则是伦理道德,因而,毋宁说它是一种伦理精神。

(一)理论界对追求卓越的提倡

1982年,著名管理学家托马斯·彼得斯和罗伯特·沃特曼在《追求卓越:美国优秀企业的管理圣经》一书中说:“分析任何一家存在了多年的大企业,我相信你都会发现它的适应性不是归功于组织形式或管理技巧,而是归功于我们称之为‘信条’的力量以及它们所产生的对员工的巨大凝聚力。这就是我的理论:我坚持认为,为了生存和取得成功,任何一个企业首先要建立一套完整的信条作为所有政策和行动的前提。接下来,我认为企业取得成功的最重要的单一因素就是要忠诚地拥护这些信条。……比起技术或经济资源、组织结构、创新和调配来说,一个公司的基本生活观、精神活力和驱动力与它的成功有着更为密切的关系。”①在

① [美]托马斯·彼得斯、罗伯特·沃特曼:《追求卓越——美国优秀企业的管理圣经》,戴春平等译,中央编译出版社2004年版,第262页。

他们看来,一个企业要成功,必须确立起"追求卓越"的伦理信条并一以贯之。在研究了43家有代表性的著名企业后,他们提出了企业管理走向卓越的基本方法,即坚持"崇尚行动"、"贴近顾客"、"自主创新"、"以人促产"、"价值驱动"、"不离本行"、"精兵简政"、"宽严并济"八大伦理精神。他们认为,著名企业的这些行动表明当代企业管理伦理的发展出现了"追求卓越"的走向。

1984年,劳伦斯·米勒(Lawrence M. Miller)发表《美国的企业精神——未来企业经营的八大原则》。米勒指出,公司之组织和管理应有其价值和精神基础,像改进生产力、革新公司,单从管理技巧下手都只是治标,而治本还必须从新价值观的培养、倡导和实践上着手。他认为,"管理的灵魂与精神"就是成功的管理者所具备的崇高的情操、通达的胸襟和高尚的价值观,它是经理人管理的基础;对于企业本身来说,就是并非只建立在物质上,而是起源于对新价值、新观念和新精神的创造与接受而形成的,由领导者倡导和身体力行的企业文化。这种企业文化的具体内容就是确立崇高目标、形成一致共识、实现全员一体、永不满足追求卓越、按成效记功论赏、坚持实证系统思考、培育亲密感、倡导正直和诚实八种价值观①。在他看来,卓越并不是一项成就,而是支配个人或公司生命和灵魂的精神力量,是从永无止境的学习过程中求得满足的境界。

1988年,R.爱德华·弗里曼和小丹尼尔·R.吉尔伯特(Daniel R. Gilbert)把企业管理战略与伦理结合起来,发表《公司战略与追求伦理》一书。他们开门见山地指出:"我们的观点很简单,那就是,追求卓越与追求伦理是一回事,两者都必须与公司战略相联系。""追求卓越实质上就是追求伦理。"②这是把卓越与伦理直接联系起来,充分反映了伦理在企业管理中的重要地位和作用。

1989年,美国管理学家柯维(Stephen R. Covey)为了造就卓越型企业领导,在《高效者的七种习惯——全面造就自己》中提出,卓越企业的领导者应养成"操之在我、确立目标、掌握重点、利人利己、设身处地、集思广益、磨炼自

---

① 罗长海:《企业文化学》,中国人民大学出版社2006年第3版,第11、12页。

② Freeman, R. Edward & Gilbert, Daniel R., *Corporate Strategy and the Search for Ethics*, Englewood Cliffs, NT: Prentice-Hall, 1988, p. 5.

己”七种习惯。

1990年，美国管理学家P.圣吉为了打造卓越型企业组织，在《第五项修炼》中提出，企业管理要臻于卓越之境，必须采取“系统思考、自我超越、改善定见、建立共同愿景、团队学习”五项修炼方法。其中“共同愿景”就是合乎伦理的、崇高的目标，是卓越伦理的核心价值。他说：“在人类群体活动中，很少有像共同愿景能激发出这样强大的力量”，“共同愿景最简单的说法是‘我们想要创造什么？’”①通过共同愿景，“工作变成了是在追求一项蕴涵在组织的产品或服务之中，比工作本身更高的目的”②，“当人类所追求的愿景超出个人的利益，便会产生一股强大的力量，远非追求狭窄目标所能及。组织的目标也是如此。”③他还引用汉诺瓦保险公司总裁比尔·欧白恩的话说：“我们相信生活中高尚的美德与经济上的成功，不但没有冲突而且可以兼得；事实上，长期而言，更有相辅相成的效果。”④

1992年，著名经济伦理学家罗伯特·C.所罗门出版《伦理与卓越：商业中的合作与诚信》一书，对卓越伦理予以认同。他说，在企业经营管理中，“卓越”在某种程度上已成为一个时髦的词汇，但是，“‘卓越’暗指好的价值而不包括任何特殊的主旨或承诺。然而，不管在实际上还是哲学上，这是个意义不凡的词，它表现了一种使命感，一种超越了潜在盈利和底线的承诺。‘卓越’不仅要求‘做得漂亮’，而且要‘施予善行’。因而，这个词综合了市场的要求和伦理的要求。”⑤

1994年，柯林斯（Jim Collins）和杰里·波勒斯（Jerry I. Porras）发表《基业长青》一书，他们把卓越伦理称为“核心理念”，指出：“核心理念＝核心价值＋目的”，其中“核心价值＝组织长盛不衰的根本信条，即少数几条一般的指

---

① [美]彼得·圣吉：《第五项修炼——学习型组织的艺术与实务》，郭进隆译，上海三联书店1994年版，第237页。

② [美]彼得·圣吉：《第五项修炼——学习型组织的艺术与实务》，郭进隆译，上海三联书店1994年版，第239页。

③ [美]彼得·圣吉：《第五项修炼——学习型组织的艺术与实务》，郭进隆译，上海三联书店1994年版，第197页。

④ [美]彼得·圣吉：《第五项修炼——学习型组织的艺术与实务》，郭进隆译，上海三联书店1994年版，第168页。

⑤ [美]罗伯特·C.所罗门：《伦理与卓越：商业中的合作与诚信》，罗汉、黄悦等译，上海译文出版社2006年版，第183—184页。

导原则；不能与特定的文化或作业方法混为一谈；也不能为了财务利益或短期权益而自毁立场。目的－组织在赚钱之外存在的根本原因——地平线上恒久的指引明星，不能和特定目标和业务策略混为一谈。”①他们没有指出一个企业的卓越伦理精神是什么，而是认为不同企业有不同的卓越伦理精神，但只要是走向卓越的伦理精神，都具有表述的明晰性和广泛性、历史连续性、超越利润、与行动的一致性等特性。

2003年，以研究组织信誉和领导伦理著称的林恩·S. 佩因出版《公司道德——高绩效企业的基石》一书，其中提出：衡量企业管理业绩的最新标准正在“公司世界”里加速形成，这一全新标准就是有机整合了道德与财务业绩两个维度的“卓越”标准，为了在新标准下生存，企业不仅要有优异的财务业绩，而且必须在处理与员工、客户及社会的关系方面显示其道德智慧，卓越型企业就是那些能够同时满足社会期望和财务期望的企业。

上述著作和文献是论述当代企业管理伦理走向卓越这一过程的代表性文献。这些文献从理论上分别从当代企业管理如何成功、如何领导、如何进行组织再造及卓越之境的衡量标准等方面做了富有成效的总结，也雄辩地论证了管理之卓越并不仅仅在于优异的经济结果，而且还在于具备高尚的伦理道德品性。这些理论与现象表明，走向卓越、追求卓越已成为当代企业管理领域的强劲呼声，成为当代企业管理伦理发展的一种新的伦理观念。

（二）“追求卓越”的伦理内涵

卓越是一种境界。境界，从道德哲学上来看，正如我国当代著名哲学家张世英先生所言：“境界乃是个人在一定的历史时代条件下、一定的文化背景下、一定的社会体制下、以至在某些个人的具体遭遇下所长期沉积、铸造起来的一种生活心态和生活方式，也可以说，境界是无穷的客观关联的内在化。”②“‘境界’就是一个人的‘灵明’所照亮了的、他所生活于其中的、有意义的世界。”③境界主要是精神方面的，是支配人的行为的动机和精神。我国现代著名哲学家冯友兰先生把人的精神境界分为自然境界、功利境界、道德境界、天

① ［美］詹姆斯·C. 柯林斯、杰里·I. 波勒斯：《基业长青》，真如译，中信出版社2002年版，第94页。

② 张世英：《哲学导论》，北京大学出版社2002年版，第84页。

③ 张世英：《哲学导论》，北京大学出版社2002年版，第79页。

地境界四种。处在自然境界的人不明了所做事情的意义，浑浑噩噩，混混沌沌，不识不知；处在功利境界的人，有一定的觉解，但私心太重，其行为动机在于追求个人的功名利禄；处于道德境界的人，懂得社会与个人不可分离的关系，能够知礼行义，以给予、创造和贡献作为自己行为的目的；处于天地境界的人，除了了解社会的全之外，还了解宇宙的全，知性、知天，认为活着不但应该贡献于社会，而且贡献于宇宙，这种人可与天地参、与日月齐光，是一种最高的精神境界。如果按照此意对卓越境界进行定位的话，它大致属于道德境界，其含义就是，作为指导和支配企业管理活动的精神力量和灵魂，企业家应该力求达到经济绩效与伦理道德双优的状态和水平。

卓越是一种德性。卓越在古希腊时期是一个道德哲学词汇，由希腊文 arete 演化而来，本意为品行和才能。“在希腊文中 arete 原指任何事物的特长、用处和功能，《希英大辞典》解释为 goodness，excellence of any kind。人、动物和任何一种自然物都有自身所固有的，而其他物却没有的特性、品性、用处和功能。”①亚里士多德用它来既指“virtue”即美德，也指“excellence”即卓越。而“卓越”意指“做得好”。罗伯特·C. 所罗门把“卓越”运用到企业管理上，认为这个词综合了市场的要求和伦理的要求。也就是说，卓越暗指好的价值，“做得好”的“好”指市场价值，同时也指道德价值；因此，企业的经营管理活动既要符合市场的要求，也要满足伦理上的期望，才能算“做得好”。在市场价值方面，企业经营表现出优异的品性往往能得到回报，而评价“回报”的尺度是“成功”，但这种“成功”有一个预设——以德得得——靠“勤奋的工作、能力”来获得成功。“公司和大团体的繁荣要求其成员的智慧、才能和勤奋的工作。”“自由的公司系统的核心仍然是胆识、智慧、能力和勤奋工作，而不是运气。”②因此，虽然卓越应当得到适当回报，但其目的并不是为了回报。同时，强调卓越也不是鼓励盲目竞争，挤对别人，凸显自己。“卓越首先是合作与竞争。它本质上代表了对更大群体的贡献。”③“卓越意味着尽最大努力，并且激

① 汪子嵩等：《希腊哲学史》，人民出版社 1993 年版，第 167 页。

② ［美］罗伯特·C. 所罗门：《伦理与卓越：商业中的合作与诚信》，罗汉、黄悦等译，上海译文出版社 2006 年版，第 185 页。

③ ［美］罗伯特·C. 所罗门：《伦理与卓越：商业中的合作与诚信》，罗汉、黄悦等译，上海译文出版社 2006 年版，第 191 页。

发别人作出最大努力。”[1]卓越之于企业经营管理，就是强调企业合乎经营美德地通过市场，有规划地做好事。伦理道德并不是卓越的绊脚石，而是所有追求卓越的企业经营者们的必备素质。因此，企业经营管理是对伦理道德的一项重大试验，其是否成功“取决于其是否激励卓越，是否激发其从业者身上的美德”[2]。

根据所罗门的这一富有启发性的见解，我认为，卓越包含两方面：市场的要求和伦理的要求。所谓市场的要求，就是经济绩效好；伦理的要求，就是道德表现优良。这就是说，企业管理之达成卓越境界，不仅要有良好的经济绩效，而且要有良好的道德表现，两者处于双优状态。就两者的关系来说，经济绩效是企业的良好道德表现的物质基础，缺少了它，企业的道德表现是空洞的；道德表现是企业的良好经济绩效的价值指针，缺少了它，企业的经济绩效是盲目的。两者统合起来就构成企业管理的卓越伦理。佩因曾把它指称为企业世界里正在加速形成的一个新的道德评判标准。

所谓经济绩效，就是企业的经济成果或财务业绩。任何一个企业都必须有良好的经济绩效，这是不言自明的。因为没有经济绩效，企业就不能生存和发展。在企业管理活动中，管理者们通过物质变换过程而结成各种协作关系，把各种分散的人、财、物等要素有机地结合起来，其目的当然是为了取得经济绩效。而且现代社会企业与企业之间由于日益激烈的经济、人才、实力等方面的竞争，而把注意力转向管理方面，把竞争归结为管理水平的竞争，甚至提出“管理就是生产力”的论断，其根本原因在于，实行优化管理、科学管理能够带来高效率，从而保证企业经济绩效目标的顺利实现。但是，经济绩效虽然是企业的内在的目的性规定，然而它并非是企业的最终的目的性规定，经济绩效与伦理价值处于紧密的联系之中。阿奇·B.卡罗尔认为，企业在谋求经济绩效的同时，必须考虑企业社会回应、企业社会表现和企业品行。事实证明，一个既有良好的财务业绩，也有良好的道德表现的企业，才是成功的企业。《财富》杂志很多年以来一直进行“全美最受赞赏公司”的排名工作，2001 年最受赞赏的公司是杜邦、麦当劳、Waste Management 和赫尔曼·米勒。CEP 是一家

---

① ［美］罗伯特·C.所罗门：《伦理与卓越：商业中的合作与诚信》，罗汉、黄悦等译，上海译文出版社 2006 年版，第 192 页。

② ［美］罗伯特·C.所罗门：《伦理与卓越：商业中的合作与诚信》，罗汉、黄悦等译，上海译文出版社 2006 年版，第 193 页。

非营利组织,在长达30年时间里一直致力于鼓励在社会活动和环境保护中的积极表现。在制定社会和环境政策工作中,公司领导能够发挥其积极的作用,为了推出一些在这方面表现优秀的公司或公司领导人典型,该组织在1987年开始设立企业良心这一奖项。获得2000年度CEP良心奖的有:百时美施贵宝(全球伦理规范奖)、Carris Reels(对雇员授权奖)、Denny's(多样性奖)、Horizon Organic Holding(环境保护奖)、Collins Aikman Floorcoverings(环境保护奖)、Rich(环境保护奖)。早先获得此奖的包括下列一些组织:英国航空公司、雅芳公司、宝丽来、家乐氏公司、Levi-strauss以及通用食品公司①。这些企业在全球都赫赫有名,都是既有优异的财务业绩,也有不凡的道德表现,可以算得上是达到了卓越境界的企业。

(三)"追求卓越"的方法

1. 超法求德

所谓超法求德,是超越法律、追求道德的简称,它不是指越过法律,而是指企业应该先遵守法律,但仅仅守法还不行,还应该在此基础上向道德攀升。有许多企业管理者认为只要合法就行。比如美国埃克森公司声称:"我们公司的政策是,严格遵守与公司业务有关的所有法律。"这种认识是不够的。超法求德的伦理要求是,企业管理不仅要守法,而且还要符合超越于法律的道德,而不是停留在合法求利的得过且过的思想上,只有这种认识才能使管理"名利双收"。摩托罗拉公司就是超法求德的典范,公司指出:"公司存在的目的是以合宜价格,提供品质优异的产品和服务,光荣地服务社会","不断改造公司的一切作为:构想、品质与顾客满意度,在业务的所有层面追求诚实、正直,合于伦理"。波音公司倡言"正直与合乎伦理的业务"。正如林恩·S.佩因所说:"法律不能激发人们追求卓越,它不是榜样行为的准则,甚至不是良好行为的准则。那些把伦理定义为遵守法律的管理者隐含着用平庸的道德规范来指导企业。"②的确,法律只能"禁于已然之后",而不像伦理那样能"禁于将然之前"。管理者如果能在遵守法律这一"底线伦理"的基础上,进一步追求伦

---

① [美]阿奇·B.卡罗尔、安·K.巴克霍尔茨:《企业与社会:伦理与利益相关者管理》,黄煜平等译,机械工业出版社2004年版,第34—35页。

② Pain, Lynn S., "Managing for Organizational Integrity", *Harvard Business Review*, March-April, 1994, pp. 106-117.

理境界,能使管理者在管理活动中避免很多不必要的麻烦。

2. 自律

所谓自律,是指自己给自己制定道德准则,自己订立的道德法则自己自觉遵守。它是道德的特征。科学管理、人本管理方式主要依赖于法律和制度,而管理之所以可能,也主要在于企业及其员工对于法律和制度的惩罚的害怕心理,管理行为能够付诸实施,完全在于命令、制度使然。服从制度者可获承认、奖赏,否则就会受到批评和处罚。也就是说,科学管理和人本管理方式主要是一种依赖于异己的、外在的制度和法律即他律的方式。而当代管理则是一种德法并重、追求伦理境界的管理,它已从注重他律转向注重自律,即注重在遵守法律、制度等“底线伦理”的基础上,注重自我约束、自我管理,注重通过社会舆论、道德榜样和个体的内心信念唤起企业及其管理者的责任感和良心,从而向伦理境界攀升。当代管理中,企业大都注意给其成员订立道德法则。比如美国强生公司订立的《我们的信条》中说:“我们必须提供合格的管理,管理者的行为必须公正、道德。”这些公司法则让其成员了解到针对企业内外哪些是应该做的,哪些是不应该做的;哪些行为是道德的,哪些是不道德的。使其成员不仅遵守国家法律,遵守组织的制度规章,而且遵守企业道德,用“企业良心”来指导自己的行为,从而使其成员认识到自己的行为不仅应该合法,而且应该合德。

3. 提供服务

企业是为特定的社会需要服务并经公众同意而存在的制度性设置。只有当社会公众满意企业提供的服务,它才能生存下去,进而兴旺发达起来。从这个意义上说,企业的根本任务不是赢利,而是服务于社会,促进社会进步。“商业首先是以它的社会意义与目的来定义的,其目的就是要满足大众的需要,引进创新的、更有效率的、性价比更高的产品来满足需求,使生产者和消费者的关系达到最优化的状态。”①“商业的根本目的不是赚钱,而是在于提供重要的商品和服务并且为大众而不是个人带来富足。”②企业的管理就是协调,经营就是服务。企业当然要谋求利润,但是,“利润并不是如同人们所说的那

---

① [美]罗伯特·C.所罗门:《伦理与卓越:商业中的合作与诚信》,罗汉、黄悦等译,上海译文出版社2006年版,第13页。

② [美]罗伯特·C.所罗门:《伦理与卓越:商业中的合作与诚信》,罗汉、黄悦等译,上海译文出版社2006年版,第30页。

样是商业活动的终点或者目的。利润被用来分配和再投资。利润是构造整个商业以及奖励员工、行政人员、投资者的一种手段"①。利润必须以提供社会公众满意的服务的方式获得。当代经济发展的事实表明,服务是其中的一项基本内容和基本方式,一个企业在市场经济的汪洋大海里的命运取决于其服务质量的优劣,为适应这种"服务的年代",越来越多的企业把"为顾客提供尽善尽美的服务"作为经营的信条和成功的保证。

4. **增强竞合意识**

"竞合"这一新的概念是由美国耶鲁大学管理学院的拜瑞·内勒巴夫(B. J. Walebuff)和哈佛商学院的亚当·布兰登勃格(Adam M. Brandenburger)在1995年出版的《合作竞争》一书中提出来的。他们认为:"创造价值当然是一个合作过程,而摄取价值自然要通过竞争。这一过程,不能孤军奋战,必须认识到要相互依靠,就要与顾客、供应商、雇员及其他人密切合作。""传统的商业战略大多注重竞争,而忽视了互补性。"由此,他们将竞争(Competition)与合作(Cooperration)组合成一个新范畴,即竞合(Coo-opetition)。这种竞合并非否定竞争。事实上,当代企业管理中的"双赢"、"多赢"、"互利"模式,就是要将存在于传统竞争关系中的非赢即输、针锋相对的关系改变为更具合作性、共同为谋求更大利益而努力的关系②。当代企业管理伦理也把这种观念整合进来,要求企业内部形成既有适度竞争压力,也有齐心协力、团结友爱、互帮互助的和谐氛围,从而取得经济绩效;企业外部形成与竞争对手之间的既是对手,又是伙伴的关系,从而与对手"平分秋色",取得双赢、共同发展的结果。全球知名的两大饮料企业可口可乐和百事可乐之间,多年以来就既有竞争,也有合作,获得了双赢,这可以说是竞合伦理之生动例证。

5. **坚持可持续发展**

"可持续发展"是一个包含丰富思想的概念,其定义是挪威前首相布伦特夫人所提出的:"既满足当代人的需求,又不对后代人满足其自身需求的能力构成危害的发展。"这一定义包括两个关键性概念:一是人类需求;二是环境限度。衡量可持续发展有三方面的主要指标:经济的、环境的和社会的,这三

---

① [美]罗伯特·C.所罗门:《伦理与卓越:商业中的合作与诚信》,罗汉、黄悦等译,上海译文出版社2006年版,第45页。

② 魏文斌:《第三种管理维度:组织文化管理通论》,吉林人民出版社2006年版,第11页。

方面缺一不可。它既是一种经济观,也是一种伦理观。作为一种伦理观,它强调公平原则,包括代内公平和代际公平;强调共同性原则,即人与自然之间的和谐、全人类对于环境的共同责任。可持续发展的伦理观逻辑地构成当代企业管理伦理的重要内容,这一意义上的伦理提倡经济发展是必需的,经济获得发展必须依靠企业及其经营管理的推动来实现,从而满足人们物质和文化生活需要;但是,经济发展必须是可持续的,企业经营管理行为必须符合生态型、循环型、节约型、伦理型经济发展道路的要求,主动承担起节约资源、保护环境的责任,为经济发展、生态良好、社会和谐、人的身心健康的良好局面的形成作出贡献。

第八章

道德推理的多元化:当代企业管理伦理发展的新现象

道德推理方式是当代企业管理伦理研究中的一个重要内容。所谓道德推理,按照德·乔治的观点,就是人们从道德上列举出种种具有说服力的理由和观点为自身行为进行辩护的过程①,也就是企业运用某种道德理论为自身行为进行辩护,同时社会运用某种道德理论对其行为进行道德评价的过程。企业用来为自己辩护的道德理论与人们用以作出评价的道德理论可能不一致,甚至相互冲突,这就导致了道德推理方式多元化的可能。企业管理伦理研究的学理使命和实践任务就是要发展这些道德推理方式。它们构成企业管理伦理研究的基础性内容,决定其"伦理学属性"。为了完成这一使命,当代企业管理伦理发展中出现了一个值得注意的走向:道德推理方式的多元化。本章拟首先对这种道德推理方式多元化现象做基本交代,然后逐一探讨这些道德推理方式,最后作出自己的评论。

HQ 公司总经理的行为合理吗?

HQ 公司是一家生产化纤产品的大型企业,位于距 F 市 100 公里的 TP 镇上,该镇有 10 万人口,绝大多数家庭的适龄人员都在该公司就业。2007 年,该公司投入大笔资金开发一种新的化纤产品。巨额投入使得公司财务背上了

---

① [美]理查德·T.德·乔治:《经济伦理学》,李布译,北京大学出版社 2002 年版,第 61 页。

沉重的负担，生产经营陷入窘境。此时，如果公司能够获得一些前产品的大额订单，那么公司的生产经营就可以维系，否则将不得不关闭部分子公司，而这将造成1万名员工失业，甚至公司高层还商议，如果不能摆脱困境，将把公司总部迁往运输成本更低的F市郊区。这种结果无论对于员工还是他们所居住的TP镇来讲都是灾难性的。该公司总经理一直在与国外一家公司协商，采购他们的产品，也在谋求政府有关部门的支持。他为了公司能早日走上正常经营轨道，给这家国外公司总裁许诺，一旦国外公司订购他们的产品，将给予该总裁15万元作为酬劳。交易最终都达成了。

可是，2008年此事被人揭发，总经理被施以法律制裁。人们议论纷纷，总经理也感到委屈。总经理以功利主义伦理来为自己辩护，认为他的行为是合理的，因为这使企业得以生存，员工保住了工作，TP镇得以安定并获得了相应利益，政府获得了税收。一些人也认为他的行为所产生的利益远远大于贿赂行为可能造成的消极影响；而一些人则认为总经理的行为是不合理的，尽管他的行为确实给企业、员工、TP镇居民、政府有关部门带来了利益，但他也给那位国外总裁、同行企业、社会公众、社会招标体系、竞争行为及其参与者的品德等带来了消极影响，他的行为不符合公正原则。

（资料来源：根据德·乔治著、北京大学出版社2002年出版的《经济伦理学》第三章的“一个飞机制造厂商的案例”改编。）

一、当代企业管理伦理发展的道德推理多元化现象

道德推理方式多元化的走向基于这样一个基本信念：任何社会都具有多样性，都是多种多样的文化和传统的混合体，因此，世界各国、各地区，甚至同一个国家、地区在许多方面都具有多元化的特点，这不仅表现在文化方面，也同样表现在道德方面。这种现象非常复杂，大致可以这样归纳：就层次而言，有原理的、实践的和个体的层面之分；就程度而言，有激进的和温和的之分。德·乔治把这些多元论的道德推理总结为四种：激进的道德多元论、道德原理多元论、道德实践多元论、自我实现多元论①。这种划分对我们有很大启发，但他对层次和程度的区分不是很明显。

就层次来看，当代西方企业管理伦理的道德推理多元化走向首先是原理

① [美]理查德·T.德·乔治：《经济伦理学》，李布译，北京大学出版社2002年版，第56页。

层面的道德多元论。道德原理多元论认为，人们对同一种行为的道德评判都包含着不同的道德原理或道德价值标准。其次是实践层面的道德多元论。这种道德推理既有源于道德原理多元论的，也有源于道德事实或对事实的道德感知的。人们由于道德原理的差异，或由于对道德事实或对事实的道德感知的不同，而产生不同的道德实践。道德实践是一个最容易引起争论的问题。理论认识与实践上的巨大差异，极易导致理论认识上是一回事、实践上又是一回事的现象。中国古代伦理学史上长期讨论“知行”关系问题，但一直不能取得一致意见，就是明证。因此，即使人们在基本的道德原理上达成共识，但也不能保证人们在所有道德课题上取得明晰化、一致化的意见，而在实践问题上则具有更大的道德分歧。最后是个体层面的道德多元论，这也就是德·乔治所说的自我实现多元论。这一层面的多元论认为，处于多元化社会的人们只需在遵守那些基本的道德标准的基础上，自由选择价值理念与生活方式。也就是说，如果人们能够在社会的基本道德框架内追求个人的多样化、差异化自我实现，社会是能够容忍、允许与接受的；至于个人是否关心社会、整体利益以及组织生活则不重要。

就程度来看，当代西方企业管理伦理的道德推理多元化走向有激进的道德多元论和温和的道德多元论。激进的道德多元论认为，人们对道德的看法存在不可调和的分歧，彼此怀有截然不同的道德观念，包括对“什么是正确的、什么是错误的”，“什么是善、什么是恶”的理解，以及对行为“哪些是正确的、哪些是错误的”，“哪些是善的、哪些是恶的”等的评价；社会上不存在什么基本的道德价值准则、道德体系和基于统一道德规范的实践。温和的道德多元论认为，如果人们在道德观念上毫无共同之处，那么统一社会就无法构成。因为社会存在的基础就是人、群体对那些基础性的原则和理念的共同认可与接纳，而那些基础性的原则和理念与那些变动不居的多元化的原则和理念并非冰火难容。“一个社会中道德原理的多元性并不一定就意味着不可调和的分散性。这种在道德原理层次的多元论与具体道德内容的社会一致性是可以和谐共存的。人们用以评价道德现象的基本原理存在差异，但具体评价的结果却是殊途同归，不谋而合。”①“举例来说，我们社会中绝大多数成员都认为杀害他人的行为是错误的。其中一些处于道德习惯性遵从阶段的成员不会去

---

① ［美］理查德·T.德·乔治：《经济伦理学》，李布译，北京大学出版社2002年版，第56页。

探究其之所以得此评价的原因;另一些人则认为这种行为的错误在于它违背了上帝的意愿,还有一些人的评判依据是这种行为侵犯了人类的尊严;可能还有人是出于其对整体社会所造成严重后果的考虑而得出这一结论。每一种评判都包含着不同的道德原理。道德原理依据的差异性与道德评判结果的同一性和谐共生。"①温和的道德多元论者实际上就是原理层面的道德多元论者。

二、当代企业管理伦理的道德推理多元化的"原理"

当代企业管理伦理中,人们所运用的道德推理方式多种多样,但大都是从一般性的伦理学理论中引申而来,主要有后果论、非后果论,以及结合了后果论和非后果论而提出的综合社会契约论、规范性原则、德性论的方式等类型。这也就形成了道德推理的多元化的"原理"。

(一)后果论的道德推理

后果论的道德推理也称为目的论的道德推理、效果主义的道德推理,关注企业管理行为的后果或最终结果。根据这种理论,企业管理行为是否合乎伦理道德是由该行为所造成的后果或最终结果来判断的。其公式是:"一个行动(或者规则)是道德的,当且仅当,采取这个行动的效果或者后果是最好的。"②后果论的道德推理方式主要有利己主义和功利主义两种。

1. 利己主义

利己主义是注重行动者的自我利益的一种道德推理方式,它认为一个行动的后果好,是因为它增进了行动者的自我利益。"自我"在这里既可以指作为单个人的个体,也可以指一个群体,一个组织。其典型表达式是:"一个行动是道德的,当且仅当,采取这个行动最符合行动者的个人利益。"③

基于利己主义的企业管理行为,目的是为给企业本身带来最好的结果,而不管对利益相关者的后果如何。当然这并不意味着企业采取这一行动必然会损害利益相关者。对某一企业有益的行动也有可能对利益相关者有益。但对利益相关者有益的后果是不在企业管理者的考虑之内的。利己主义有开化的利己主义和极端的利己主义。开化的利己主义在一定程度上(时间、范围)考

---

① [美]理查德·T.德·乔治:《经济伦理学》,李布译,北京大学出版社2002年版,第56页。

② 陈真:《当代西方规范伦理学》,南京师范大学出版社2006年版,第22页。

③ 陈真:《当代西方规范伦理学》,南京师范大学出版社2006年版,第22页。

虑行动对利益相关者造成的后果，极端的利己主义则根本不考虑行动对利益相关者的后果，但它们都关注的是自我利益，在它们看来，伦理道德是谋求自我利益的工具。

2. **功利主义**

功利主义是英国伦理学家边沁和密尔提出的一种伦理学理论，也是一种根据行为的最终效果来判定行为的道德价值的道德推理方式，它认为一个行为如果造成了比其他行为更好的效果，它就是道德的。“效果好”在这里是相对于社会而言的。其典型表达式是：“一个行动是道德的，当且仅当，采取这个行动最符合社会的利益。”①

功利主义原则在企业决策中最能显示其价值，也运用得最广泛。根据功利主义原则，一个企业决策能够比采取其他决策带来更好的效用，它就是道德的。同样，为最多的人带来最多的好处的企业决策就是道德的。因此，企业决策者必须评估每个供选决策，进行成本收益分析，确定它们的正负效用，考虑所有利益相关者的成本和收益，然后选择能产生最大净效用的一个供选决策。

功利主义有两种类型：行为功利主义和准则功利主义。行为功利主义从短期角度来判断，考察某一特定行为的总体后果；准则功利主义从长期角度来判断，注重一系列行为的后果，因为规定了一套准则，所以持续遵循它会产生最大的净效用。两者的区别可以通过弗里切的一个例子来说明：企业管理伦理中有一条准则是，不要对顾客说谎。以行为功利主义来看，如果说谎的后果对顾客来讲是收益大大超过说谎带来的成本，那么它就是道德的。然而准则功利主义则会问：谎言对一系列顾客会产生什么长期影响？信任、顾客满意度和生意都会受损失。这样一来，说谎没有带来最大净效用。因此就会坚持“不要对顾客撒谎”的准则②。

3. **利己主义和功利主义的联系与区别**

利己主义和功利主义的联系是，如果利己主义考虑的是所有利益相关者的自我利益，则等同于功利主义；如果利己主义采取短期视角，则类似于评价单一行为后果的行为功利主义。

其区别是，行为功利主义用所有利益相关者获得的总净效用来评价单一

---

① 陈真：《当代西方规范伦理学》，南京师范大学出版社2006年版，第22页。

② ［美］戴维·J.弗里切：《商业伦理学》，杨斌等译，机械工业出版社1999年版，第48页。

行为所有的后果,而利己主义根据行为人的自我利益评价行为所有的后果。

(二)非后果论的道德推理

非后果论的道德推理也称义务论的道德推理。它由许多准则组成,认为决定特定企业管理行为是否道德与该行为的后果无关。非后果论的准则是基于原因,而不是基于后果的。这与准则功利主义的准则是基于后果而非基于原因相区别。其公式是:“一个行动是道德的,当且仅当,这个行动体现了道德的自有价值,或者和人们显而易见的义不容辞的义务一致。”①非后果论的道德推理可分为以义务为基础和以权利为基础两类,其中以义务为基础的理论主要是康德的道德义务论和罗斯的显见义务论,以权利为基础的理论在当代又以罗尔斯的正义论为代表。

1. 以义务为基础的非后果论:康德和罗斯

康德的道德义务论是非后果论的道德推理中最具代表性的理论。康德试图构建一种纯粹的道德哲学,这种道德哲学的基础不是我们人性的知识而是一种有关责任或义务的共同理念。这种责任或义务的共同理念不仅适用于所有的自然人而且适用于所有理性的存在,包括上帝。在康德看来,道德是由约束任何理性存在的责任或义务所组成的。那么,这种责任或义务的共同理念是什么呢?康德把它归结为“善良意志”,“善良意志,并不因它所促成的事物而善,并不因它期望的事物而善,也不因它善于达到预定的目标而善,而仅是由于意愿而善,它是自在的善”②。责任或义务就是善良意志的体现。道德行为只能出于责任。“只有出于责任的行为才具有道德价值。”③“一个出于责任的行为,其道德价值不取决于它所要实现的意图,而取决于它所被规定的准则。从而,它不依赖于行为对象的实现,而依赖于行为所遵循的意愿原则,与任何欲望对象无关。”④由此,康德提出这两个命题的结论:“责任就是由于尊重规律而产生的行为必要性。”⑤康德强调,道德义务是简单的,是像科学或物理定律一样应该是理性的、普适性的道德律令。他把这种道德律令表述为绝

① 陈真:《当代西方规范伦理学》,南京师范大学出版社 2006 年版,第 23 页。

② [德]康德:《道德形而上学原理》,苗力田译,上海人民出版社 2002 年版,第 9 页。

③ [德]康德:《道德形而上学原理》,苗力田译,上海人民出版社 2002 年版,第 15 页。

④ [德]康德:《道德形而上学原理》,苗力田译,上海人民出版社 2002 年版,第 15 页。

⑤ [德]康德:《道德形而上学原理》,苗力田译,上海人民出版社 2002 年版,第 16 页。

对命令："除非我愿意自己的准则也变为普遍规律，我不应行动。"①"要只按照你同时认为也能成为普遍规律的准则去行动。"②意指只有你希望所有人在类似情况下都作出同样一种行为，这种行为才是道德的，这一绝对命令为确定行为的道德价值提供了普遍的标准。这是他提出的第一个绝对命令，也称为普遍立法原理。第二个绝对命令又称人是目的原理："任何时候都不应把自己和他人仅仅当做工具，而应该永远看做自身就是目的。"③意指人永远不应被当做达到目的的手段，而应被当做目的本身来对待，因此，当你利用他人来实现自己目的时，不能把他人看做手段，而有义务把他人看做人、看做目的。第三个绝对命令又称意志自律原理："每个有理性东西的意志的观念都是普遍立法意志的观念。"④意指人是理性的，意志是自由的，意志并不简单地服从规律或法则，他之所以服从，由于他自身也是个立法者，正由于这规律，法则是他自己制定的，所以他才必须服从。简单地说，法由己出，自己制定的法则自己遵守。

在义务论伦理学中，罗斯同样是一个重要人物。但与康德不同的是，他把义务视作"显见的"（Prima Facie，也有译为当然的、自明的、直观的、初始的）或是有条件的，而非绝对的。罗斯认为，义务具有多元性，不同的义务之间可能发生冲突，在这种情况下，人们应该坚持"显见的义务"。"显见的义务"是在特定环境或情景里显现的义务，它们不是人们通常所说的一些具体义务，而是义务本身，在这种特定环境或情景下，它们高于其他义务，是必须遵守的。罗斯把"显见的义务"归纳为七种：诚信的义务、补偿的义务、感恩的义务、公正的义务、仁慈的义务、自我提高的义务、不作恶的义务⑤。

2. 以权利为基础的非后果论：霍布斯和洛克

权利论的道德推理理论是伦理学义务论方法的又一例。这种方法所关注的是尊重个人权利。所谓权利，就是一个人拥有某物的资格。它可分为法律权利和道德权利，法律权利是从法律制度中衍化而来的，并受这种法律制度保证的权利；道德权利是由道德体系所赋予的，由相应的义务所保障的主体应得

① ［德］康德：《道德形而上学原理》，苗力田译，上海人民出版社2002年版，第17页。
② ［德］康德：《道德形而上学原理》，苗力田译，上海人民出版社2002年版，第38—39页。
③ ［德］康德：《道德形而上学原理》，苗力田译，上海人民出版社2002年版，第52页。
④ ［德］康德：《道德形而上学原理》，苗力田译，上海人民出版社2002年版，第49页。
⑤ Ross, W. D. *The Right and the Good*, New York: Oxford University Press Inc., 2002, pp. 20－21.

的正当权利,人们之所以拥有道德权利是因为人之为人的缘故,由于这种权利的基础是人性,所以独立于法律权利而存在,是平等的、普适的。根据这种理论,权利与义务是对等的,他人有义务不侵犯你的权利,同样,你也有不得侵犯他人权利的义务。如果你有言论自由权,只要你的言论不侵犯我的权利,我就有义务不侵犯你的言论自由权。人们对道德权利的具体内容虽然有争论,但一般还是认为道德权利可分为主动权利和被动权利或积极权利和消极权利。前者如医疗权和教育权等,后者如言论自由权、人身自由权、隐私权等。权利论的伦理学理论渊源可追溯到霍布斯、洛克、卢梭等人。

霍布斯认为,道德的基础是社会契约。在国家形成以前,人类生活在一种人人平等自由、都具有同样的权利的“人对人像狼一样”的自然状态中,这种自由和权利就是保全自我生命的自由和权利,是人的自然权利。由于人人都可以运用自然权利以保全自我生命,但当人们同时想占有某物而又不能共享时,就必然产生纷争,使他人的或自己的自我保全遭到破坏。于是,人们为了避免彼此伤害,必须放弃自己的权利,摆脱自然状态。而可以采取的最好的方式便是人们相互订立“契约”,把自己的权利让渡给第三方,由他来进行治理,这样就产生了国家——“利维坦”。霍布斯还认为,国家的建立并不能取消人们的自由和权利。但此时的自由和权利是基于法律的自由和权利,即在法律未加限定的一切行为领域中去做合于理性的有利于自己的事情的自由和权利。在一切自由和权利中,最重要的就是经济自由和权利,包括买卖或其他契约行为的自由和权利,选择自己的生活方式的自由和权利等。他还强调,人们的自我保护的自然权利是不可让渡的,这是国家不得侵犯不得剥夺的基本权利。如果国家损害了个人的这一权利,那么个人有拒绝服从的自由。

与霍布斯一样,洛克也是一个权利论者。但与霍布斯不同的是,洛克的“自然状态”是一种完善的自由平等状态。在这种状态下,人们在理性的指导下生活在一起,每个人都是独立的和平等的,同等地享有各种“自然权利”,大家共同过着和平、友善、互助和安全的生活,个人的生命、自由和财产不受任何侵犯。如果有人侵犯了这些权利,受害者完全有权保护自己、惩罚犯罪和索取赔偿。但是,洛克也认为,这种自然状态也有种种不便之处,有不断受到别人侵犯的威胁。而当人们受到损害或发生争执时又无处可以申诉。因此,人们就可相互订立契约,组成国家,裁判争执,以保护自己的生命和财产。在洛克看来,生命、自由和财产等权利是天赋的、神授的权利,永远不能被国家所剥夺。否则,人们就有权起来推翻这种国家。总之,同霍布斯和其他社会契约论哲学家一样,洛克也强调权利是道德的基础。

3. 正义论的非后果论:罗尔斯

罗尔斯的正义论也是以权利为基础的伦理学类型,但是由于罗尔斯给义务论道德理论赋予了当代的内容和方法,而具有特别的重要性和深远的影响力,因此,本书在此作专门讨论。

同霍布斯、洛克等权利论者一样,罗尔斯也强调权利是道德的基础。他说:"每个人都拥有一种基于正义的不可侵犯性,这种不可侵犯性即使以社会整体利益之名也不能逾越。"①"在一个正义的社会里,平等的公民自由是确定不移的,由正义所保障的权利绝不受制于政治的交易或社会利益的权衡。"②他所强调的正义是作为公平的正义,优先考虑的是权利而不是善,认为正当的行为就是重视和尊重人的各种基本权利或与自由的正义原则相一致的行为。

罗尔斯强调,正义是社会制度的首要价值。"正义的主要问题是社会的基本结构,或更准确地说,是社会主要制度分配基本权利和义务,决定由社会合作产生的利益之划分的方式。所谓主要制度,我的理解是政治结构和主要的经济和社会安排。"③在罗尔斯看来,"作为公平的正义""并不把原初契约设想为一种要进入一种特殊社会或建立一种特殊政体的契约。毋宁说我们要把握这样一条指导线索:适用于社会基本结构的正义原则正是原初契约的目标。这些原则是那些想促进他们自己的利益的自由和有理性的人们将在一种平等的最初状态中接受的"④。人们以此来确定他们联合的基本条件,调节所有进一步的契约,指定各种可行的社会合作和政府形式。罗尔斯认为,正义原则可以在一种公平的原初状态中被人们一致同意。所谓原初状态,相应于传统的社会契约论中的自然状态,它不是一种实际的历史状态,也并非文明之初的那种真实的原始状况,而是一种用来达到某种确定的正义观的纯粹假设的状态。其基本特征是:"没有一个人知道他在社会中的地位——无论是阶级地位还是社会出身,也没有人知道他在先天的资质、能力、智力、体力等方面的

---

① [美]约翰·罗尔斯:《正义论》,何怀宏等译,中国社会科学出版社1988年版,第3页。
② [美]约翰·罗尔斯:《正义论》,何怀宏等译,中国社会科学出版社1988年版,第4页。
③ [美]约翰·罗尔斯:《正义论》,何怀宏等译,中国社会科学出版社1988年版,第7页。
④ [美]约翰·罗尔斯:《正义论》,何怀宏等译,中国社会科学出版社1988年版,第11页。

运气。”①甚至不知道他们特定的善的观念或他们的特殊的心理倾向。任何个人和团体都会在这一“无知之幕”后选择正义原则。因为“无知之幕”“可以保证任何人在原则的选择中都不会因自然的机遇或社会环境中的偶然因素得益或受害。由于所有人的处境都是相似的，无人能够设计有利于他的特殊情况的原则”②。在这种“无知之幕”后，人们会按“最大最小值”的规则来选择制度安排。所谓“最大最小值”规则，就是指使选择方案的最坏结果优于其他任何可选方案的最坏结果。人们按这种规则选择制度安排的原则就是正义原则。罗尔斯认为，处于原初状态的人会公平地对待每一个人，因为只有这样才能对自己公平。既然谁都不愿意冒险，谁都有可能成为社会中地位最不利者，那么，理性的和最安全的行为就是站在社会中潜在的最小受惠者的角度来考虑问题。

由此，罗尔斯给出了“公平的正义”的两个正义原则：

“第一个原则

每个人对与所有人所拥有的最广泛平等的基本自由体系相容的类似自由体系都应有一种平等的权利。

第二个原则

社会和经济的不平等应这样安排，使它们：

(1)在与正义的储存原则一致的情况下，适合于最少受惠者的最大利益；并且，(2)依系于在机会公平平等的条件下职务和地位向所有人开放。”③

这两个原则中，第一个原则为“平等自由原则”，第二个原则中的第一方面为“差别原则”，第二方面为“公平机会原则”。罗尔斯强调，两个正义原则应以词典式次序排列，根据社会政策的重要性，有两个优先规则：第一个优先规则是“自由的优先性”即“自由只能为了自由的缘故而被限制”，第二个优先规则是“正义对效率和福利的优先”即“优先于效率原则和最大限度追求利益总额的原则”。因此，第一个原则优先于第二个原则，第二个原则中公平机会原则又优先于差别原则。这两个原则贯穿着一个基本观念：所有的社会基本善，包括自由和机会、收入和财富及自尊的基础等，都应被平等地分配，除非对

---

① [美]约翰·罗尔斯：《正义论》，何怀宏等译，中国社会科学出版社1988年版，第12页。
② [美]约翰·罗尔斯：《正义论》，何怀宏等译，中国社会科学出版社1988年版，第12页。
③ [美]约翰·罗尔斯：《正义论》，何怀宏等译，中国社会科学出版社1988年版，第302页。

一些或所有社会基本善的一种不平等分配有利于最不利者。

(三)综合社会契约论的道德推理

综合社会契约论是当代企业管理伦理中的一种新的道德推理方式,但如果对其进行伦理学类型的归类,它应该是后果论与非后果论相结合的道德推理类型。

综合社会契约论由美国管理伦理学家托马斯·唐纳森和托马斯·邓菲于1999年出版的《有约束力的关系——对企业伦理学的一种社会契约论的研究》一书中系统地提出。该书以世界著名的壳牌石油公司1995年发生的跨国经营案例开头。该公司总部设在荷兰,在尼日利亚设有分公司,该公司一直在尼日利亚三角洲推行一项36亿美元的天然气开采计划。一些尼日利亚人出于对这项计划可能影响环境的义愤,发出了强烈抗议。在随后发生的暴力事件中,好几个土著男子被杀死。尼日利亚军人政府作出的反应是,把许多激进主义分子投入监狱,还威胁说要采取更严厉的惩罚。在一场令人生疑的审讯之后,尼日利亚政府最后把奥格地区的9名激进主义分子处以绞刑。壳牌公司的批评者断言,该公司的策略促使审讯加快,而如果它作出哪怕一点小小的努力,死刑本来是不会执行的。在本案例中该公司对尼日利亚政府践踏人权的“不作为”行为遭到西方世界的普遍谴责,从而直接导致其在欧美的贸易遭到抵制。1997年该公司发表修订过的企业声明,第一次正式承诺,支持“与企业的合法作用相一致的基本的人权”①,其形象才缓缓回升。作者以追寻此案例中壳牌公司“为什么”去做的答案为契机,在运用思想史上的经典社会契约方法和当时学界提出的企业社会契约论的基础上,提出一个十分重要的假设:在全球经济交往中有一种广义的、以两种形式存在的契约:一是“‘假设的’或‘宏观的’契约,反映一个共同体的理性的成员之间假设的协议”,即应然状态的契约;二是“‘现存的’或‘微观的’契约,反映一个共同体内的一种实际的契约”,即实然状态的契约②。两种契约把社会契约的宏观和微观的形式结合在一起,构成了综合社会契约。综合社会契约是一个对企业管理伦理具有重要

---

① [美]托马斯·唐纳森、托马斯·邓菲:《有约束力的关系——对企业伦理学的一种社会契约论的研究》,赵月瑟译,上海社会科学院出版社2001年版,第6页。

② [美]托马斯·唐纳森、托马斯·邓菲:《有约束力的关系——对企业伦理学的一种社会契约论的研究》,赵月瑟译,上海社会科学院出版社2001年版,第26页。

意义的道德推理体系,主要包括最高规范、宏观社会契约、微观社会契约、道德自由空间四个方面的内容。

1. 最高规范

最高规范,也称超规范,是综合社会契约的核心概念。所谓最高规范,是对社会中所有经济主体的经营管理行为提出的道德要求,是平等地适用于所有经济主体的普遍性的规范。最高规范代表了维系正常的经济秩序,乃至人类生存和发展的必要的基本原则。它是一种跨文化的伦理规范,提供了世界上基本的道德结构,因而是综合社会契约发展的基础。它们可能在宗教、政治和哲学思想中被发现,是对共同体一致意见的普遍限制。它包括权利和义务两个方面:贯穿权利方面的基本精神是真正的人权,义务方面则是尊重所有人的尊严①。

2. 宏观社会契约

宏观社会契约,也称实体性超规范,指根据各种文化的具体情况表述后的最高规范。它作用于全球范围内,提供了建立和发展微观社会契约的特定条件。宏观社会契约包括四个方面的条款:(1)地方的经济共同体拥有道德自由空间,使得它们可以通过微观社会契约为其成员形成伦理学规范;(2)形成规范的微观社会契约必须以同意为基础,以个体成员履行发言权和退出权为支撑;(3)为了具有强制力(合法),微观社会契约规范必须与超规范相符;(4)如果规范之间的冲突满足宏观社会契约的前三个条款,必须通过运用与宏观社会契约的精神和文字一致的规则来确立优先顺序②。

3. 微观社会契约

微观社会契约是在宏观社会契约提供的自由空间中发展出的指导企业管理行为的特殊社会契约。它是一个共同体的规范,这些共同体包括行业、国民经济体系、公司、同业工会等等组织,这些组织内部存在的、涉及组织某一方面或各个方面的各种具体的行为规范,就是微观社会契约,如,一些世界知名企业所颁布的企业经营信条,其中大都有关于诚实、守信、履约、优先雇佣本国人、优先向本地供应商购买、提供安全的工作场所等等具体规定。

---

① [美]托马斯·唐纳森、托马斯·邓菲:《有约束力的关系——对企业伦理学的一种社会契约论的研究》,赵月瑟译,上海社会科学院出版社2001年版,第88—89页。

② [美]托马斯·唐纳森、托马斯·邓菲:《有约束力的关系——对企业伦理学的一种社会契约论的研究》,赵月瑟译,上海社会科学院出版社2001年版,第61—62页。

4. 道德自由空间

所谓道德自由空间，是指宏观社会契约未涉及或最高规范未考虑到的特殊的具体道德领域。它使企业能够通过微观社会契约制定适用于自身特殊情况的规范。

就宏观社会契约与微观社会契约的关系来看，前者是全球性规范，给本地社团组织自由的道德空间；后者是社团性规范，对社团成员有强制性约束力。一般规范不可违反最高规范，最高规范管辖社团规范，社团规范服从最高规范。

5. 优先准则

为了调解各种规范之间的冲突，唐纳森和邓菲还提出了优先准则，这也是综合社会契约论道德推理的重要内容。所谓优先准则，就是预先作出若干规定，表明当两个或更多社团规范发生冲突时，首先应该尊重和服从哪个规范。优先准则共包括六条：(1)仅在一个共同体范围内的交易，对其他的人或共同体没有重大不利影响的，应当用这个东道主共同体的规范来约束；(2)表明愿意解决规范冲突的现有的共同体规范应当予以利用，只要它们对其他个体或共同体没有重大的不利影响；(3)作为规范创造者的共同体越是广泛、越是全球性，这个规范就越应得到优先考虑；(4)维护交易在其中发生的经济环境的规范，应当优先于可能危害那一环境的规范；(5)在涉及多种相互冲突的规范的地方，可供选择的规范中呈现一致方式的提供优先考虑的基础；(6)界定明确的规范通常应当比一般的、不那么精确的规范具有优先权①。

综合社会契约论的道德推理理论是一种新的应用伦理学理论，它既继承了西方经典社会契约论的传统，也综合了当代各种企业社会契约论的优点，从中人们既可发现霍布斯、洛克到罗尔斯的影响，也可发现它在总结了诺曼·鲍伊、达维德·哥梯尔、迈克尔·基利等当代契约论者的思想之后的创新，在1989年，唐纳森把他修订过的社会契约模式扩展运用到全球水平，从而显示了它的强有力的解释力。综合社会契约论没有像后果论和非后果论那样各执一端，而是把后果论和非后果论有机结合在一起，建构起了评判企业管理实践的道德标准。

---

① [美]托马斯·唐纳森、托马斯·邓菲：《有约束力的关系——对企业伦理学的一种社会契约论的研究》，赵月瑟译，上海社会科学院出版社2001年版，第234—240页。

(四)规范性原则

上述道德推理方式为人们评价企业管理行为提供了一般性的理论和方法,但这些理论都过于抽象,简明性和实用性不足。因此,在当代企业管理伦理研究中,学者们多注意从伦理学一般原理中发展出一些更为实际、直接的方法,或更为明确、具体的原则,供企业管理决策者们参考和遵循。这种道德推理方式就是"规范性原则"的应用。

1. 弗里切的"公正原则"

弗里切把公正原则分为三类:分配公正、惩罚公正、补偿公正①。

第一,分配公正。这是指在利益和责任方面,按照同等的人应同等对待,不同等的人应依其差别程度区别地对待。这种不平等必须是以各群体的相对差别为基础的。这一概念一般被称为正式公正原则。

第二,惩罚公正。惩罚公正涉及对错误行为的惩罚和处罚。这里的问题是何时惩罚是公正的以及惩罚的性质。要使惩罚是公正的,就必须通过一套相应的程序确认某人是否做了错事。公正的惩罚必须与罪行相适应,惩罚的严厉程度应与罪行的大小成比例,同时,对于不同的犯错者也应该是一致的。

第三,补偿公正。这是指对错误行为的受害方的补偿,使受害方被复原到伤害发生之前的状态。补偿应与受害方的损失相当,但也不应超出其损失。但当不可能提供完全补偿时,如失去生命,专有信息被提供给竞争对手等,就无法复原,此时能期望的最佳结果就是犯错者赔偿可以公平估计的损失。

2. 斯皮内洛的"规范性原则"

斯皮内洛在一般伦理学原理的基础上,提出了三种重要的规范性原则,这几条原则在处理企业管理道德问题方面都具有实用性②。

第一,自主原则。这一原则建立在康德关于所有人都具有平等价值和普遍尊严的哲学信条的基础上,强调所有的理性人均具有双重能力:有能力作出追求自认为是好生活的理性计划;有能力尊重他人同样的自我决定的能力。易言之,一个人要想成为真正的人,就应该不受约束地决定他或她的最佳利益所在。自主不仅是道德义务的必要条件,而且要通过行使自主权来塑造自己

---

① [美]戴维·J.弗里切:《商业伦理学》,杨斌等译,机械工业出版社1999年版,第51—53页。

② [美]理查德·A.斯皮内洛:《世纪道德——信息技术的伦理方面》,刘钢译,中央编译出版社1999年版,第51—58页。

的生活。因而自主原则便是：对每个人来说，不能拿自己的自由做妥协，同时，也要将他人作为应该受到尊敬的人来对待。

第二，无害原则。这一原则强调应尽可能避免给他人造成不必要的伤害。这是一条带有强制性的最低道德标准，其在行使时要求企业在管理活动中必须考虑谁受到了伤害，也就是说，要对实际的或潜在的损害或危害进行最初的道德检验，并进行避免。

第三，知情同意原则。这一原则强调某人对某事自愿表示出意见一致的意思，其前提必须是某人对某事"知情"，即他知道即将发生的事件的准确信息并了解其后果。例如，若某人同意接受一项危险的指派，他应该尽可能详细地被告知有关从事这个活动的危险信息。如果这类信息故意被阻止或由于粗心而不完整，那么同意便是在欺诈的情况下作出的，因而便是无效的。

斯皮内洛还在这三条原则基础上提出了对企业管理进行伦理学分析的一般框架。这一框架有以下七个步骤：一是确认并系统地提出每个案例中的道德问题。二是考虑一下你对这些问题的第一印象或反应。即是说，你的道德直觉是怎样考虑该行动或政策的：它是正当的还是错误的？三是道德问题是否关系到规范性原则？如果是，它们对解决道德问题具有什么样的影响？四是再从一个或多个伦理学理论的角度对这些问题进行考察，并将上面的问题纳入理论分析的框架。五是规范性原则和伦理学理论是否均指向一种决策或行为准则，抑或它们能使你得出不同的结论？如果是这样，哪个应优先考虑？六是你的规范性结论是什么？换言之，机构或个人的行为准则应是什么？七是该案例的公共政策的含义及你的规范性结论是什么？所建立的行为准则应如何确立下来，是通过立法还是通过行政命令？

3. 拉杰罗的道德判断三要素框架

文森特·R. 拉杰罗（Vincent R. Ruggiero）综合传统伦理学的目的论与义务论思想，提出了"道德判断三要素框架"，这对人们分析企业管理行为的道德问题也有很强的指导意义，运用它使得企业管理行为的道德问题的分析相比于其他分析方法变得相对容易。三要素是"义务（Obligations）"、"理想（Ideals）"、"效果（Effects）"。拉杰罗认为，考察企业管理行为是否道德就是看企业是否履行了义务、增进了理想、给人们带来了利益，在运用这三要素分析和评价企业管理行为时，要分两步：第一是确认义务、理想和效果；第二是确定三者中应特别重视哪一个①。

(五)德性论的道德推理

在当代企业管理伦理的道德推理方式中,除综合社会契约论、后果性原则、非后果性原则外,还有一种德性论的方式。在这里,我们先论述德性论的基本含义、特点及当代德性论企业管理伦理的代表性观点,然后论述当代德性伦理学的责任论和关怀论的基本内容。

1."德性伦理"的界定

在伦理学史上,德性伦理学是伦理学的最初的理论形态,在西方是以亚里士多德的德性论为代表,在中国则以儒家的伦理学为代表。随着基督教伦理学的产生和时代的变化,德性伦理学逐渐被边缘化。而当代世界伦理学领域,A.麦金太尔、M.桑德尔(M. Sandel)以及C.泰勒(C. Taylor)等人则企图通过复兴亚里士多德德性论传统,来诊疗现代社会的"道德碎片"和"德性失落"现实,从而掀起了声势浩大的带有强烈的现代性色彩的"德性伦理运动"。

所谓德性伦理学,顾名思义,就是把人的道德德性如何形成或培养作为关切的中心问题的伦理学。它是与元伦理学(或分析伦理学)、规范伦理学等处于同一层次的伦理学理论类型。元伦理学因为关注的中心问题是对道德判断和道德命题的语义和逻辑分析而明显区别于规范伦理学和德性伦理学。因此这三种伦理学相区别的关键就在于规范伦理学与德性伦理学的区别。规范伦理学的关键概念是"规范伦理",德性伦理学的关键概念是"德性伦理",因而这两种伦理学的区别又可转化为"规范伦理"与"德性伦理"的区别。所谓规范伦理,就是关于人的行为的各种规范和准则的道德价值类型,它关注的中心问题是"一个人应该如何行为";所谓德性伦理,就是以德性或美德的视野来理解和把握世界的一种实践理性,它关注的中心问题是"一个人应该成为什么样的人"。现代德性伦理学者赫斯特豪斯(Rosalind Hursthouse)在把德性伦理与规范伦理相比较后,认为德性伦理有以下特征:其一,它以行为者为中心,而不以行为为中心;其二,它关心的是人的"在"的状态,而不是"行"的规条;其三,它强调"我应该成为何种人",而不是"我应该做什么";其四,它采用特定的具有美德的概念,而不是义务的概念作为基本概念;其五,它排斥把伦理

---

① Shaw, William H. & Barry, Vincent, *Moral Issues in Business* (5th. Ed.), Belmont, California: Wadsworth Publishing Co., 1992, p. 81.

学当做一种能够提供特殊行为指导规则或原则的汇集。① 这五条实质上揭示了德性伦理的四个关键词：德性、实践过程、行为者、幸福。其中第一条所揭示的是“行为者”即德性伦理的主体，第二条所揭示的是“实践过程”即德性伦理是如何展开的，第三条所揭示的是“幸福”即德性伦理的目的，第四、第五条所揭示的是“德性”即德性伦理的核心。但“德性”作为德性伦理的核心，也渗透在其他几条里面，只不过第四、五条直接指向这一核心。在此，我们可以此为依据，具体地揭示德性伦理的特征。

其一，德性伦理的核心在于德性。规范伦理的核心是“规范”、“准则”，其价值指向是“行为”；而德性伦理的核心则是“德性”，其价值指向是“行为者”。内森·R.科勒（Nathan R. Kollar）说：“大多数当代伦理学（即规范伦理学——引者注）都以规范或效果所证明的特定行为为中心。美德伦理学则以作为善的品质之结果的善的评价为中心。”②而关于“德性”，由于道德历史的错综复杂，很难给其明确定义。它最先由希腊文 arete 演化而来，意为品行和才能。亚里士多德也是在这一意义上使用“德性”的，在他那里，这一词既指“virtue”即美德，也指“excellence”即卓越。而“卓越”意指“做得好”。亚里士多德说：“一切德性，只要某物以它为德性，就不但要使这东西状况良好，并且要给予它优秀的功能……德性就是种使人成为善良，并获得其优秀成果的品质。”③他还把德性分为理智德性和伦理德性两种，其中理智德性可教，而伦理德性则不可教。麦金泰尔在考察了历史上各种德性观后说：“德性是一种获得性人类品质，这种德性的拥有和践行，使我们能够获得实践的内在利益，缺乏这种德性，就无从获得这些利益。”④由此可见，所谓德性，就其一般意义而言，就是指人的优秀品质或品性，即美德。而美德本身就是优秀的，是我们生活中普普通通的、每个人都可以获得的品质，它有助于普遍向善，但并不因为其本身具有如此高尚的目的指向而变得高不可攀。正是在此意义上，所罗门说：“一种美德的本身就是优秀的；它可能并非一种特殊的技能或者特长（就

---

① Hursthouse, Rosalind, *On Virtue Ethics*, Oxford: Oxford University Press, 1999, p. 17.

② Roth, John K., *International Encyclopedia of Ethics*, London: Printed by Braun-Brumfield Inc, U. C, 1995, p. 915.

③ [古希腊]亚里士多德：《尼各马科伦理学》，苗力田译，中国社会科学出版社 1999 年版，第 35 页。

④ [美]A. 麦金泰尔：《德性之后》，龚群、戴扬毅等译，中国社会科学出版社 1995 年版，第 241 页。

像是一个好木匠或者优秀的篮球手)，而是一种如何与他人相处的范例，以个人的思想、感觉和行为的方式来证明整个社会的理想和目标。"[①]"从最根本的本质来说，美德有助于普遍向善。"[②]

其二，德性与多变的实践过程相联系。当代德性伦理学者都认为，德性伦理学以行为者为中心。但在具体谈到行为者的德性时，谁也脱离不了行为者的行为活动。亚里士多德早就说过，我们探讨德性的目的"不是为了知道德性是什么，而是为了成为善良的人"，"所以，我们所探讨的必然是实践，是应该怎样去行动"[③]。麦金泰尔在界定"德性"时，也联系"实践"，尽管他对"实践"的使用有其特殊的含义。他说："我要赋予'实践'的意思是：通过任何一种连贯的、复杂的、有着社会稳定性的人类协作活动方式，在力图达到那些卓越的标准——这些标准既适合于某种特定的活动方式，也对这种活动方式具有部分决定性的过程中，这种活动方式的内在利益就可获得，其结果是，与这种活动和追求不可分离的，为实现卓越的人的力量，以及人的目的和利益观念都系统地扩展了。"[④]我的理解是，所谓实践，就是身体力行美德，美德之所以为美德，是通过行为体现出来的。亚里士多德说："我们做公正的事情才能成为公正的，进行节制才能成为节制的，表现勇敢才能成为勇敢的。""品质追随着相同的实现活动。所以，一定要十分重视实现活动的性质，品质正是以实现活动而不同。"[⑤]一个人即使是非常真诚地从内心深处赞同善德和善举，但如果不身体力行的话，也是毫无意义的。美德的价值就寓于人的实实在在的行动之中。因此，"与多变的实践活动相联系是美德最重要的特征之一"[⑥]。只有在实践中才可能形成美德，同样，美德只有在实践中才能体现其价值。因

① ［美］罗伯特·C. 所罗门：《伦理与卓越：商业中的合作与诚信》，罗汉等译，上海译文出版社 2006 年版，第 236 页。

② ［美］罗伯特·C. 所罗门：《伦理与卓越：商业中的合作与诚信》，罗汉等译，上海译文出版社 2006 年版，第 239 页。

③ ［古希腊］亚里士多德：《尼各马科伦理学》，苗力田译，中国社会科学出版社 1999 年版，第 29 页。

④ ［美］A. 麦金泰尔：《德性之后》，龚群、戴扬毅等译，中国社会科学出版社 1995 年版，第 237 页。

⑤ ［古希腊］亚里士多德：《尼各马科伦理学》，苗力田译，中国社会科学出版社 1999 年版，第 28 页。

⑥ ［美］罗伯特·C. 所罗门：《伦理与卓越：商业中的合作与诚信》，罗汉等译，上海译文出版社 2006 年版，第 233 页。

此，要想让美德在实践中发挥作用，就必须让人能够在实践中践行美德。

其三，德性伦理强调个体与团体的互动。德性伦理所强调的"行为者"，既包括个体，也包括团体。麦金泰尔认为，以亚里士多德为代表的德性伦理关于德性与法则的关系，所隐含着的是德性与团体的关系。"团体"在亚里士多德时代是指城邦，他将团体放在一个非常重要的位置。按照麦金泰尔的看法，亚里士多德的"团体"是由对善与德性有着广泛一致看法的个体成员所构成的共同体。这种对德性的性质和意义的一致看法是团体形成的联结纽带，依这一纽带而建立的团体的目标或职能是：要实现共同计划，要为参与团体的所有成员带来共同享有的利益。亚里士多德将人们首先视为有组织的团体中的成员，即个体是团体中的个体，个体的职能由团体赋予，个体的意义在团体中展示，个体的目标在团体中实现。任何个体都不是纯粹的个体，而是社会化的构成。当然，亚里士多德在重视团体作用的同时，并不否定团体中个体的作用。毕竟，团体是由个体组成的，团体的价值和目标还得由个体来共同实现。因此，团体要得到个体的拥护、激发个体的潜能，就必须尊重个体正当的个性发展和利益需求。那么，如何让那些棱角分明、个性不一的个体融入一个团体并保持团体的和谐？一般情况下，个体必须遵循一定的规则，在一定道德规范的调配下生活，德性则意味着个人所具有的获得性品质。如果团体中的个体都具有了这些获得性品质，那么就可以在尊重个体个性的基础上维持团体的统一性了。

其四，德性伦理强调德性是幸福的根本要素。亚里士多德说："幸福是完满和自足的，它是行为的目的。"①也就是说，在他看来，幸福是人的一切活动的目的。然而幸福又如何获得？亚里士多德认为德性是获得幸福的根本要素。也就是说，德性有一种向善的力量，它能使人拥有善，从而获得幸福。在实践中美德是最根本、最重要的东西。在亚里士多德看来，"美满的生活、成功的事业和幸福的人生和道德早已合二为一，道德并不是作为一种约束与我们的自然倾向相抵触，而是与之协调并成为我们性格特征的一部分"②。

---

① ［古希腊］亚里士多德：《尼各马科伦理学》，苗力田译，中国社会科学出版社1999年版，第13页。

② ［美］罗伯特·C.所罗门：《伦理与卓越：商业中的合作与诚信》，罗汉等译，上海译文出版社2006年版，第234页。

2. 德性论的企业管理伦理：所罗门

德性伦理学的复兴虽然可以看做理论伦理学发展中的事件，但是其影响则已波及应用伦理学领域，包括经济和企业伦理学。在企业管理伦理中坚持这种德性论的道德推理方式的代表性人物就是美国著名经济和企业伦理学家罗伯特·C. 所罗门。他认为，企业管理伦理当然不是一些适用于个人的道德准则在企业组织上的套用，不能简单地与个人伦理等同，不能化约为个人伦理。但是，在企业管理伦理中也有德性论的企业管理伦理这种经济道德价值形态。

按照亚里士多德的看法，德性与商业是对立的；现实中也有很多人认为，商业是一个丛林，或是一场残酷的战争，或是一场游戏，或是一个以利润为唯一目的巨大的资本主义机器。总之，商业是一个不应该讲道德的领域。这些观点显然有失偏颇。历史证明，商业在人类发展的过程中发挥了巨大作用，是人类文明的一部分；当然，被人们所蔑视的缺乏道德的行为在古往今来的商业活动中又确实存在，而且在当今的表现方式更加复杂，影响更加恶劣。但这恰好证明企业管理行为不能缺乏伦理，经济美德是企业管理者必须具备的经营美德。

企业管理伦理既是企业在社会中存在和发展的道德基础，也是市场经济伦理属性在企业管理活动中的表现。企业管理伦理既包括规范伦理，也包括德性伦理。企业管理的规范伦理就是企业管理行为中所应遵循的伦理道德准则，企业管理的德性伦理就是企业家和员工所应具备的经营管理美德。企业管理伦理首先指企业整体的管理伦理。企业整体的管理伦理是团体伦理，因为企业是一个团体。作为一个正式的团体，企业具备三个要素：企业目标、企业结构、企业文化。目标、结构、文化都是以整体的形式即企业的团体性行为出现的。伦理就蕴涵于其中，即企业团体的伦理价值观，它也以企业整体的形式出现。企业管理伦理所要处理的伦理关系包括企业与企业、企业与社会和国家之间的外部关系，处理这些外部关系需要合法、诚信、公平、健全的责任意识等整体伦理意识。但这些整体伦理意识最终还是落实在企业家和员工即道德主体身上，是他或她所体现的经营管理美德，所以它最终还属德性伦理。企业管理伦理还包括企业中的个体伦理，而企业中的个体伦理又可分为企业家伦理和员工伦理。企业家伦理和员工伦理就是企业家的诚实、公平、信任、坚韧等美德和员工的友善、荣誉、忠诚、廉耻等美德，这些美德当然属于德性伦理。

由于企业管理伦理的最终落脚点仍然是德性伦理,因而企业管理伦理与德性伦理是相通的。那么德性伦理是否具有企业管理伦理可资利用之处?

德性伦理以“行为者”的“德性”为核心,具体到企业管理,就是企业家和员工的德性,这相对于企业管理行为具有独特的价值。

首先,德性能使人们正确地理解企业管理行为。企业管理行为虽然可分为企业整体行为和企业中的个体行为,但最终都是落实在企业中的个体行为上。所罗门说:“美德道德能够给我们对商业的理解和对商业伦理的特别关注带来……益处。”①这是美德作用于企业管理行为的内在表现,也是最根本的表现。在德性论看来,美德是一种力量,能够作用于人的内心,具有超越性和自律性的特点。其超越性的特点使企业能正确地理解美德与自身利益的关系:以美德为诉求的企业在管理活动中不会局限于狭隘的私利而思考和行动,而是从更高的层次上来理解管理活动,认为管理的目的是“实现普遍的繁荣,分配上的公平和对优秀的奖励”②,而牟取利润只是实现这一目的的手段。虽然企业也有自身的利益追求,有时候为了美德还需牺牲自身利益,但从根本上看,美德并不必然与自身利益相矛盾,而是会促进自身利益;其自律性则使企业能正确地理解美德与竞争的关系:将美德用于管理活动中的企业不以道德原则、规范为约束,而是自觉、自愿地体认美德。美德强调合作,合作对于企业来说,能够节省资源、提高效率。但是,美德也不排斥竞争,真正的竞争并不是尔虞我诈、你死我活或者两败俱伤,而是“健康、公平和积极,鼓励优秀、创新、效率和生产力,而不仅仅是领先对手或是消灭对手”③。竞争本身是智慧、才能的比赛,同时也是品德、人格的比赛,健康的竞争可以激发竞争参与者的积极性、创造性。“事实上所有的竞争预先假设着一个双方互相接受和尊重的基础。”④这样的竞争才是正当的、公平的竞争。在正当的目的、手段和方式下

---

① [美]罗伯特·C. 所罗门:《伦理与卓越:商业中的合作与诚信》,罗汉等译,上海译文出版社2006年版,第231页。

② [美]罗伯特·C. 所罗门:《伦理与卓越:商业中的合作与诚信》,罗汉等译,上海译文出版社2006年版,第324页。

③ [美]罗伯特·C. 所罗门:《伦理与卓越:商业中的合作与诚信》,罗汉等译,上海译文出版社2006年版,第75页。

④ [美]罗伯特·C. 所罗门:《伦理与卓越:商业中的合作与诚信》,罗汉等译,上海译文出版社2006年版,第276页。

的竞争,能使参与者的智慧、才能和人格都得到充分的发展和表现,从而大大提高企业生产经营的效率,实现理想目标。

其次,美德使交易成为可能。根据德性论,企业管理行为中是蕴涵着德性伦理的,商业和美德并不对立,正是企业管理行为中蕴涵的美德使得它具有了越来越强大的生命力,所罗门说:"商业伴随着文明的产生而产生,而且已经成为了文化的一个重要组成部分,这是因为它与美德、集体认识和最低限度的相互信任有着相互依存的关系,没有以上这些,就不会有各种生产、交换、互利互惠等活动,更不用说商业本身了。"①的确,没有一点点信任、坦白和诚实,就不会有管理活动,因为管理的前提就是管理所涉各方的美德。

最后,美德能够使管理的运行"更有效率,也更为成功"②。一方面,美德可以降低管理成本。以诚信为例,如果管理者们都具有这种美德,能对利益相关者的权利予以认可和尊重,则这一共识就能促进双方的信任,这样,他们就会选择互利互惠的方式来增进彼此的利益,从而使决策简单,减少交易费用和管理成本。尽管降低管理成本、牟取利润的最大化不是企业管理行为的目的,但它能够促进企业更好地实现经济目的。另一方面,美德可以使企业获得良好的声誉。虽然美德是一种内在的品质,但它总是会通过外在的行为表现出来,在企业内部体现为关心员工,生产高质量的产品,实行绿色生产、保护环境,等等;对外表现为承担一定的社会责任,不参与恶性竞争,诚信经营,等等。一个关爱员工的企业会让员工更愿意将这个环境作为实现自己价值的平台,这样可以激发员工的积极性和创造性,从而使企业的生产经营充满活力;股东更愿意为有信誉的企业投资,商家更愿意与诚信的企业合作;顾客更愿意购买质量好的产品……美德会为企业带来良好的声誉,从而可以吸引更多的投资和订单。

德性伦理强调与多变的实践过程相联系,强调德性的践履,这种实践论视野有利于达到两个目的:一是促使人们从企业管理行为就是一种谋利行为的传统看法转变为企业管理行为是一种实践的现代看法。强调德性伦理与企业管理伦理的可通约性的目的并不是为了告诉人们企业管理行为中有哪些美

① [美]罗伯特·C.所罗门:《伦理与卓越:商业中的合作与诚信》,罗汉等译,上海译文出版社2006年版,第9页。

② [美]罗伯特·C.所罗门:《伦理与卓越:商业中的合作与诚信》,罗汉等译,上海译文出版社2006年版,第235页。

德，而是让人们明白：企业管理是一种实践，它对利益相关者有着深远的影响，其目的是促进繁荣，满足人们的正当需要，使人们生活变得更宽裕、更美好。作为一种实践，企业管理行为是以伦理为基础的，或者说，伦理本来就定义着企业管理行为，其本质是为社会提供财富、服务大众、关心员工，而利润则不过是做到了这各方面的结果和回报，是实践的结果。二是希望企业家和员工能够身体力行经营美德，真正做到知行统一。

德性伦理的团体论有利于企业与企业、与员工关系的处理。前文指出，德性伦理以“行为者”为中心，而其行为者既包括个体，也包括团体，这种团体也可指企业。就企业与企业的关系来看，某一企业的生存和发展离不开它与其他企业之间的和谐共处。就企业与员工的关系来看，企业的生存和发展又离不开其内部成员的和谐共处，而这种共处并不是消极的、只求生存的共处，而是有着共同奋斗目标的、希望不断发展的共处。这是一种团体主义的企业管理伦理观：企业方面，它是一个团体，有着统一的价值观和目标，它要求任何员工都把自己当做企业团体中的个体，把目标放在和谐发展的团体中去实现，其行为不能仅仅是为了个人利益或者少数人的狭隘利益，而应该以企业团体的利益为出发点；个人方面，企业管理中不能把员工当做赚钱机器，而是当做有思想、有个性的人，要求企业尊重员工的利益需求。而这一切都离不开企业家和员工对各自德性的占有与践履。总之，以德性伦理的团体论来看待企业管理伦理，就是一种把企业和企业中的员工个人都不看做孤立的，而是都同等看待且两者是相互依存、紧密联系的——企业由个人组成，而个人也因企业而获得自己的身份即个人与企业和谐互动、共生共享的——企业管理伦理。

德性伦理的幸福观也可以引入企业管理伦理。用德性伦理的幸福观来看待企业管理伦理，就是持如此观点：作为一种实践活动的企业管理的目的也是追求某种幸福，这种幸福追求与其他幸福追求一样，也必须以德性为基础。现实中有很多人认为利润是企业管理行为的唯一目的。这是把幸福与德性错了位，其原因在于这些人混淆了企业管理行为的“目标”和“目的”这两个不同的概念，“目标是实践的内在东西。实践的目的是参与实践的原因”①。也就是说，在企业管理行为中利润只是阶段性的目标，而且利润的获得最终是为了实

① ［美］罗伯特·C. 所罗门：《伦理与卓越：商业中的合作与诚信》，罗汉等译，上海译文出版社 2006 年版，第 141 页。

现一种普遍的善、使人们得到幸福。正因为他们误把利润当做企业管理行为的目的,所以在发展经济的过程中迷失了方向。当然,德性伦理的幸福观的目的不是要否认利润目标在企业管理行为中的重要性,而是希望提醒人们——在企业管理行为中美德是最根本、最重要的东西。

尽管德性伦理具有诸多优势,它与企业管理伦理可以通约,但正如伦理学中规范与美德“一个都不能少”一样,企业管理伦理中企业管理的规范伦理和德性伦理都是必要的,人们评价一个企业、企业家、员工时,义务的概念和美德的概念、行为指导原则和德性同等重要。也就是说,企业管理的德性伦理需要企业管理的规范伦理的支撑。正如麦金泰尔所言:“任何充分的德性伦理都需要‘一种法则伦理’作为其副本。”①

企业管理的德性伦理需要企业管理的规范伦理的支撑首先是因为它也具有自身缺陷。德性伦理过分强调企业家和员工的德性,而德性往往是内在的东西,虽然它可以通过人们的一连串的长期的行为表现出来,但它终究关注的是主体的内在动机。因而,在评价方式上,它坚持的是动机论。而评价行为时,仅仅坚持动机,忽视后果,是要遇到如此困难的:按照德性伦理,人们到底如何确定一个企业的管理行为是道德的还是不道德的。虽然亚里士多德曾提出一个方法:像勇敢的或公正的人所做的那样去做,但这一方法可进一步追问:第一个勇敢的或公正的人像谁那样去做才能作出勇敢的或公正的行为呢?亚里士多德无法回答,只好诉诸人的良好的判断力或实践智慧,但这又与人的日常行为及其规范联系起来了。这说明,如果完全撇开规范伦理而依靠德性伦理来解决企业管理行为的伦理问题是不彻底的。

无论是规范伦理,还是德性伦理,都有与之相对应的历史、文化背景。历史地看,德性伦理适应于人际交往极其有限、生存空间相对封闭的传统社会。在那种社会背景下,德性伦理处于强约束的地位;而现代社会生活日益复杂化,利益与价值观念日益多元化,人和各种组织的伦理选择多样化,要对现代社会进行有效的社会控制,必然要依靠某种普遍的、基本的道德规范去规约人们的行为从而实现社会的有序与稳定。因而,在现代伦理理论研究中,规范伦理成为主导的形态,现代企业管理伦理研究的主流也采用规范伦理的研究方

---

① [美]A.麦金泰尔:《谁之正义?何种合理性·前言》,万俊人、吴海针、王今一译,当代中国出版社1996年版,第2页。

式，就是可以理解的。但是，如同社会生活中一样，管理活动领域各种道德价值观念也是相互冲突的，规范伦理并没有实现整合管理秩序、指导企业管理行为的预期，反而陷入了更深的管理价值观危机，各种企业败德行为频频上演。这又需要我们转向德性伦理，从中挖掘资源以从根本上解决当代企业管理伦理中的问题。企业管理伦理中仅有告诉企业应该怎样行动的规范伦理是不够的，因为它不能从根本上解决企业管理中为什么要遵守这些规范，以及这些规范从何而来等问题；企业管理伦理离不开对企业利润目的的追问、离不开对企业家和员工的品格和人生整体的关怀。强调企业管理的德性伦理不过是要对企业管理伦理价值进行不加渲染地实实在在地描述，这些价值通过激发企业管理工作中的人们——企业家和员工——来支配企业管理活动和企业。其目的是力图弥补规范伦理在企业管理伦理中的局限性，向人们证明：在现代企业管理中，除了规范伦理外，我们还需要德性伦理、需要挖掘德性的力量。因而，规范伦理并没被宣布为无效。在对企业管理行为的规约与激励中，德性伦理与规范伦理二者可以互为补充：德性伦理关注企业家和员工的自我完善和自我发展，作为一种"内指型"道德，它对他们提出较高的要求，在多层次道德体系中属于高层道德而非基本道德，可带给他们理想主义的诉求；规范伦理可作为一种底线伦理，可对企业家和员工的行为提出基本的要求。因此，我们可以用规范伦理去规范企业家和员工的行动，用德性伦理去指导企业家和员工的生活和自我完善，以及企业的经营活动及其发展。

同样不可忽视的是，一个尊重美德的社会环境以及相关的制度安排，也是德性伦理所需要的"法则伦理副本"。虽然美德的培养需要个体的自觉，但在一定的条件下，也需要社会政治、经济和法律规则等强制性力量来维系。"如果缺乏一个认同并褒奖美德的环境，个人的美德可能会逐渐消退，甚至带来自我挫败。"①企业管理伦理"不能仅仅局限于对美德的描述和赞美；它也必须参与到孕育这些美德并为它们提供组织环境的过程中。"②强调企业管理的德性伦理的目的也在于让有道德的人和企业能够在企业管理行为中践行经营美德。而这一目的也决定了培育一个"褒奖美德"的经营管理环

---

① ［美］罗伯特·C. 所罗门：《伦理与卓越：商业中的合作与诚信》，罗汉等译，上海译文出版社2006年版，第319页。

② ［美］罗伯特·C. 所罗门：《伦理与卓越：商业中的合作与诚信》，罗汉等译，上海译文出版社2006年版，第320页。

境至关重要。

3. 责任论:韦伯和约纳斯

伦理学意义上的责任是指行为主体对行为及其法律和道德后果的担当。作为伦理价值类型的"责任伦理"概念由德国著名社会学家、思想家马克斯·韦伯于1919年在其题为《作为职业的政治》的演讲中首次明确提出。他认为,根据行动的取向,可以把伦理学区分为责任伦理和信念伦理。信念伦理是以行为动机为道德根据而不考虑行为后果,并拒绝承担责任的;责任伦理是以行为后果为道德根据,强调对行为后果承担责任的。传统的、古典的伦理学属于信念伦理,而现代社会人们所面临的处境和各种因果关系则要求人们不能仅考虑个人自身的感受,而应理性而审慎地行动,考虑可能的后果,并承担责任。这种责任不是对自己负责,而是对组织结构、制度等的责任。

汉斯·约纳斯在《责任原理:技术文明时代的伦理学探索》一书中提出了一种技术时代的责任伦理。他认为,技术时代的责任伦理是技术突飞猛进、并取得了控制力量的时代的重要伦理形式,它并非像传统的和现代的各种伦理学那样去研究人与人之间的道德规范,而是"要求人类的政治、经济、行为要有一个新的导向;它甚至要求人们对道德观念从某种意义上重新加以定义:道德行为的根本任务并不在于'实践一种最高的善,而在于,阻止一种最大的恶'"①。这种责任伦理具有以下特点。

其一,责任伦理是一种"远距离伦理"。约纳斯认为,亚里士多德的德性论、基督教的良心论、康德的义务论、密尔的功利主义、罗尔斯的正义论及各种道德相对主义,在本质上都是强调一种"近距离的伦理",是人类中心论的伦理。人类中心论伦理学面对技术对地球的统治以及为争夺这种统治权的斗争无能为力。这就有必要开创一种"远距离的伦理":从时间上看,不仅目前活着的人是道德的对象,而且那还没有出生、当然也不可能提出出生之要求的未来的人也是道德的对象;从空间上看,人不再仅仅是对人才有义务,而且对人类以外的大自然、作为整体的生物圈也有保护的义务,并且这种保护并不是为了我们人类自己,而是为了自然本身②。约纳斯所说的"远距离的伦理"首先面对的不再是人的精神性的道德困境,而是在技术统治的威胁下人所应当承

---

① 甘绍平:《应用伦理学前沿问题研究》,江西人民出版社2002年版,第112页。

② 甘绍平:《应用伦理学前沿问题研究》,江西人民出版社2002年版,第115页。

担的责任。这种责任无疑是一种道德要求,但是它的本质首先是对自然的关注的义务,而不是首先对人的关切。"远距离的伦理"并不只是提出了一个新的范畴,而是意味着敞开了一个新的维度:已经存在的人的生存境况和未来的存在环境;也是一种新的审视自身行为和周围环境的价值尺度:现在的人对"已经存在"的自然和"未来"的生命的责任。约纳斯将责任原理的绝对命令表述如下:"你的行为必须是行为后果要考虑到承担起地球上真正的人的生命持续的义务。"其否定形式的表达是:"你的行为必须是行为后果不能破坏地球上人的生命的未来的可能性。"①

其二,责任伦理是一种"整体性伦理"。约纳斯认为,传统的伦理几乎都只与个体的行为和生活相关,善良的德性、义务等价值都是关于个人的。"而现代社会是一个越来越复杂的由设计与创新、生产与服务、交换与消费等领域与过程构成的巨大系统,其中个人的行为空间越来越窄。""我们每个人所做的,与整个社会的行为整体相比,可以说是零,谁也无法对事物的变化发展起本质性的作用。当代世界出现的大量问题从严格意义上讲,是个体性的伦理所无法把握的,'我'将被'我们'、整体及作为整体的高级行为主体所取代,决策与行为将'成为集体政治的事情'。"②责任伦理试图揭示的义务或责任不是作为个体而是作为我们政治社会整体的那种行为主管的责任,是一种整体性的伦理。

责任伦理在企业管理伦理中有很强的现实意义。其重要启示就在于,为人们合理地理解企业社会责任提供了一种本体论根据。以前人们认为,企业社会责任对于企业管理来说是一种额外负担,总是与企业利益相冲突,而责任伦理则把企业当做整个人类共同体的一分子,与人类其他分子一样,企业同样担负着对生态环境和人类未来的命运。如果企业管理具备了这种远距离的伦理眼光,那么承担各种在场的社会责任就不是一个难以理解的问题,相反,企业及其管理者还会积极主动地承担责任,为促进人类可持续发展做自己应该做的事。

4. 关怀论

"关怀"是一种重要的德性。一般而言,关怀是指一方对另一方(人或事)

① 张旭:《技术时代的责任伦理学:论汉斯·约纳斯》,《中国人民大学学报》2003年第2期。
② 甘绍平:《应用伦理学前沿问题研究》,江西人民出版社2002年版,第117页。

在精神上有所承担的状态，是一方对另一方的焦虑、担心或者挂念。

“关怀论”属于德性伦理学的重要流派的女性主义伦理学的一种理论形态。关怀论的伦理学家们认为，关怀有两种基本含义：第一，关怀与承担是等同的，如果一个人承担或者操心某种事态并为之烦恼，他就是在关怀这种事态；第二，如果一个人关注和关心某个人，他也就是在关怀这个人。

关怀的上述定义表明，首先，关怀是一种关系行为，必须由关怀方和被关怀方共同构成。一方面，关怀是否能够被保持，是否能够被他人体验到，首先要取决于关怀方如何来维系这种关系。关怀实际是人们在身心上对他人或他物所承担的责任，是关怀方把握他人的现实性，尽可能满足他人需要，通过自身行动来实现的，并能够得到被关怀方回应的一种关系行为。关怀意味着对某事或某人负责，保护或促进其利益，或者维持其发展。另一方面，关怀关系的维持也需要被关怀方能够表示出一种感受能力①。最后，关怀虽然是一种关系行为，但这种关系是一种非对等的关系。关怀是对他人的关爱、关照和顾及，其本质是对他者利益的考量，虽然需要他者的回应，但这种回应只是需要他者体会得到，并不是要他者给予相同利益的回报。也就是说，关怀并不是一种对等利益的理性交换，而是“以关怀者对被关怀者无私的、非对等的、非对称的情感投入为特征”②。关怀伦理的最佳范型就是母爱，或亲人之间的关爱，这种关爱是不求回报的。

关怀论的德性伦理在企业管理伦理中也有很高的应用价值。它要求企业管理者具备关怀德性，关爱员工、关心其工作场所和生命安全、关爱社会上的弱者的生存状况。当然，关怀美德与公正会经常发生冲突。比如，一个企业中的某一岗位同时有两个条件相同的应聘者，其中一名应聘者是总经理的亲人，另一名则与总经理没有任何关系，此时，按照关怀论就应该聘用那名总经理的亲人，而一旦如此，就与公正发生了冲突。这就要求企业管理者不能只按一种伦理理论来处理这种道德难题，而应该根据具体情况，充分运用道德智慧，综合权衡各种利弊，来寻求此类道德难题的最佳答案。

---

① 卢风、肖巍主编：《应用伦理学概论》，中国人民大学出版社 2008 年版，第 290 页。

② 甘绍平、余涌主编：《应用伦理学教程》，中国社会科学出版社 2008 年版，第 21 页。

三、对道德推理多元化的评论

梅梅的苦恼

梅梅是日本一家贸易公司的职员,几天前,她接到远在上海的大区经理的指令,要她去调查公司另外一名职员的销售状况,大区经理在给梅梅的邮件中再三叮嘱:一定不能让任何人知道此事。在邮件中,大区经理隐约透露出,怀疑该同事利用公司商品,私底下牟利的情况。接到指令后,梅梅只好硬着头皮到该同事负责的区域去调查,最后查证的结果,与大区经理的怀疑不谋而合。但在公司,这个情况很严重,如果一旦上报,同事将面临被开除的处境,而如果不报,自己也将受到大区经理的质疑。梅梅不知如何是好,面对大区经理的接连几封邮件询问结果,梅梅只好连称:还在调查中。调查后的几天里,梅梅每次看到该同事,都有上去和她聊聊的冲动,但她知道自己这样做肯定行不通,可一想到同事的处境,梅梅就很苦恼。从调查到现在的几天里,梅梅每天都睡得不安稳,面对大区经理的一再催促,她精神快崩溃了。梅梅懂得,做人应该要重视自己的道德,但不知道这种道德怎么界定。出卖同事肯定不道德,但作为公司员工,也有为公司效力的职业道德。现在她非常困惑。

(资料来源:徐玲玲:《上司要自己调查同事:道德感拷问职场良心》,载《楚天金报》2009 年 5 月 21 日,案例名称是引者加的。)

正如德·乔治所看到的,道德推理方式多元化预先假定了在道德实践方面存在一个广泛的共同背景:全球化的普遍交往,不同国家和文化的道德差异,种种道德相对论的出现,社会的多样性,人们道德生活从“角色遵从”的传统层次向“自主性或原则性”的后传统层次的发展,等等。但是,“我们所面临的道德实践的多样性往往使我们忽略了其中的共通之处:对人类的尊重,对真理的尊重以及对他人财产所有权的尊重”,而正是这些共性的内容确保“企业经营活动的正常持续的进行。道德多元论的存在并不妨碍我们制定法律推行共同的道德标准,界定信仰自由的范围,以及在某些重大社会问题引起道德争论时履行必要的裁决职能”①。因此,在面对道德生活多元化的基本现实时,

① [美]理查德·T. 德·乔治:《经济伦理学》,李布译,北京大学出版社 2002 年版,第 57 页。

激进多元论显然太极端,实践多元论只是反映了问题,自我实现多元论则消极了些,不关注组织社会的道德生活,而道德原理多元论似乎合理些,既体现了现代道德生活中的民主精神,又充分肯定了发挥道德规范社会功能的可能性和必要性①。

1. **道德推理方式要相互合作**

道德推理的多元化发展表明,各种道德理论要被人们有效运用于复杂的企业管理活动就必须相互合作。面对复杂的企业管理伦理问题,任何单一的道德推理方式都显得捉襟见肘,其原因就在于各种道德推理方式都有自己固有的优长缺失。

后果论的道德推理方法在企业管理实践中具有很强的可操作性,但也会遇到一些困难:第一,通常极难预见到一个管理决策的所有后果,决策越复杂,对行为后果的精确估计就越难;第二,许多决策的后果难以衡量;第三,效用最大化可能需要做对一些人造成很大危害的行为;第四,一个决策产生的效用对某个利益相关者集团内各成员是不均衡的②。

非后果论的道德推理方式在企业管理实践中有其重要的方法论意义,为人们深入分析企业经营管理的背景——如经济体制、各种社会制度以及社会行为——提供了分析方法和理论框架,其正义原则可以直接运用于对社会基本结构的探讨;也为企业考虑某一特定行为是否违反了个人的基本人权和法定权利,如隐私权、拥有财产和劳动成果的权利等提供了行之有效的思维方式和途径。因为它与功利主义者把权利看做是一般福利的附属品,认为为了使公共善最大化而对权利作出限制是合理的的主张是截然不同的。企业经营中经常出现侵犯雇员、利益相关者的权利的事情,如搜身、任意延长劳动时间、不足额支付劳动报酬、随意解雇等,这些都严重侵犯了企业员工的基本权利。所以,非后果论的道德推理方法对企业利益相关者维护自己的权利,企业本身了解利益相关者的权利并尊重他们的权利具有很强的现实价值。但是,非后果论的道德推理理论也并非完美无缺,就权利论道德推理来看,其中各种权利如何划界,对这些权利如何施加必要的限制、权利与权利的冲突如何协调、权利

---

① 陈泽环:《个人自由和社会义务——当代德国经济伦理学研究》,上海辞书出版社 2004 年版,第 5 页。

② [美]戴维·J. 弗里切:《商业伦理学》,杨斌等译,机械工业出版社 1999 年版,第 49 页。

与义务在总量上如何等值、如何促使人们在享有权利时考虑对他人的相关义务，等等，都使得这种理论在实际应用中有些难度。就罗尔斯正义论来看，这一理论也不能用于解决所有与正义相关的问题，如雇员的工资水平、企业的内部结构是否符合正义原则，就不是他的两个原则能解决的，因为企业的运营与社会的发展有着巨大差异，企业因管理方面的需要而存在的差别并不能用在社会基本结构方面适用的自由和权利原则来处理。同所有权利论者一样，罗尔斯的正义论也面临着各种权利的划定界限的困难，他的“最小受惠者”的确定在具体实施过程中几乎是不可能的，因为社会中不同的群体都可以按某种方式把自己说成是“最小受惠者”。因此，虽然罗尔斯提出了一种伟大的理论，但正如德·乔治所说的：“我们不应对其期望过高，它也并不是百试百灵的灵丹妙药。”①

就综合社会契约论来看，尽管它结合了后果论和非后果论的优点，增强了自己的解释力，提出了许多可以解决企业管理中的道德难题的标准和方法，但是，正如一般社会契约论一样，它也是建立在假设、理性、直觉等基础之上，从而具有很强的理想化色彩，尽管这一点是必要的，但这也使得它在面对实际问题时不可避免地显示出局限性。

上述表明，在日益全球化的企业管理活动和社会道德生活中，要寻找复杂的企业管理伦理难题的答案，各种道德推理理论就必须相互合作、紧密联系、共生共存。

2. 道德推理多元化有利于企业管理

第一，道德推理多元化发展有利于企业在管理活动的价值目标上进行多样化的选择。道德推理多元化有利于人们否定道德独断论，在价值选择上有多元化的选择。人们在分析企业管理行为时，因为考虑到某一道德理论体系的局限性，不至于偏执于道德理论之一种，而是或者运用后果论，或者运用非后果论，或者运用其他道德理论体系和道德原理。如果人们硬要在道德理论体系、深层的道德原理和道德规范上进行绝对的是非评判，作出非此即彼的选择，不仅会不明智地对正常的企业经营秩序和社会道德秩序造成伤害，可能还会由于各种道德价值体系的冲突，无法取舍，而使企业行为的道德评价变得不可能，从而不能达到对企业管理伦理问题的全面、真实、准确的认识。而采取

① ［美］理查德·T. 德·乔治：《经济伦理学》，李布译，北京大学出版社2002年版，第123页。

多元化的道德推理方法，则也许既能发挥各种道德理论体系、各种道德原理和道德规范合理性方面的作用，又能让道德理论体系所揭示的那些基本的、公认的道德原理和道德准则规范企业经营管理行为以形成正常的经济秩序的功能。

第二，道德推理多元化发展也有利于人们采取开放、灵活的态度，相互尊重、相互理解、相互宽容、平等交流。就企业内部管理来说，这有利于企业内部民主管理、人本管理的开展，形成和谐管理的局面；就企业外部管理来说，这也有利于"地方智慧"与全球企业管理伦理的辩证互动。它强调对企业经营行为发生地的道德价值观的尊重，这有利于企业经营特别是跨国经营的开展。企业管理伦理中一直强调的"入乡随俗"、"尊重地方道德智慧"这些伦理惯例，而这些伦理惯例如果融入全球化的企业管理和经济交往中，与现有的全球企业管理伦理规范相互冲撞、辩证互动，也有利于更加合理、公正的全球企业管理伦理的形成，从而为正常的国际经济和企业经营秩序的建构作出贡献。

3. 道德推理多元化与综合化是统一的

道德推理的多元化发展与综合化发展是同一个过程。在现实的企业管理活动中，任何一种道德推理都不可能独立地解决企业管理中的所有伦理问题，都必须与其他方式相互配合，才能发展出适宜的道德判断标准。所以，在多元化发展的同时，道德推理也在综合化发展。多元化并不代表没有统一性或综合化，其实，多元化是指在当社会道德生活中，任何道德推理都已失去唯我独尊的地位，人们在分析各种道德问题时必须综合利用各种道德理论资源，才能得出适宜的结论。多元化与综合化是当代企业管理伦理的道德推理方式发展过程中同时发生的不可分割的两个侧面。比如，德·乔治以责任为核心，综合运用功利论、义务论、美德论等道德理论的长处，构建了一个一般性的道德分析框架①。这一道德推理模式首先需要做的是：取得与原理相关的所有事实、确定需要解决的伦理问题、运用您的道德想象力来思考可能的选择、确定在您的分析中应该考虑到的那些受该行为影响的人、确定您正在分析的行为是否是道德上允许的或者它是否构成了您所期望的理想状态，从中发现是否有道德价值冲突的存在，如果有，则首先运用基本的、不言而喻的道德义务去分析，

---

① ［美］理查德·T. 德·乔治：《经济伦理学》，李布译，北京大学出版社 2002 年版，第 150—151 页。

如果这些道德义务仍然冲突，则综合选择功利论、义务论、美德论等分析其中的伦理问题。由此可以看出，这一道德推理模式的价值关键词是：不言而喻的义务、最大多数人的福利、权利或正义、责任等，道德推理就是运用这些价值词去一个一个地过滤事实和事实所影响的人，而其中所运用的分析工具显然都是思想史所提供的道德理论或道德原理。而这些道德理论或道德原理应该说是基本的，其基本价值也是具有永恒意义的，这也说明道德是一个普遍性与特殊性、绝对性与相对性对立统一的价值体系。

4. 道德推理多元化发展与道德相对主义有联系但不能等同于道德相对主义

道德推理多元化发展与道德相对主义有一定联系。道德相对主义是伦理学史上长期存在的一个非常复杂的理论现象和社会现象，其表现也五花八门。就层次来看，可以把它分为规范层面的道德相对主义、原则层面的道德相对主义、体系层面的道德相对主义①。根据道德相对主义讨论的论题，可以从类型上把它分为经验论题、元伦理论题、宽容论题：经验论题（或描述的，或文化的）道德相对主义认为通过经验观察就可以发现，在什么是道德的、什么是不道德的这类问题上，人们的看法在不同的社会之间存在着广泛和深刻的差别，因此不存在所有社会都承认的普遍的道德标准；元伦理论题（或元伦理的）道德相对主义认为道德标准不是绝对的或普遍的，是相对于一个人群生活于其中的文化、传统或社会实践的，不存在所有时候、所有地方、适用于所有人的道德标准；宽容论题（或规范的）道德相对主义认为一个群体不应该试图用自己的道德标准来衡量、评价，甚至干涉有不同道德标准的社会的道德实践，而应该宽容那些在道德观点和道德实践上与自己有分歧的人群或文化②。其基本信念是：不存在任何绝对的、普遍的，适用于一切时间、地点、族群的道德标准，人们的道德判断必须依条件的变化而灵活进行。元伦理的道德相对主义与道德推理多元论就有些类似。元伦理的道德相对主义认为，现实生活中的人们所遵循的道德判断标准不是唯一的，而是众多的；这些不同的道德判断标准之间不存在轻重缓急的先后关系，而是具有相同的重要性或价值。其隐含的逻辑是：对同一行为，人们可以运用不同的道德判断标准，而同一道德判断标准也可能被运用于不同的行为。道德推理多元论与这种伦理相对主义在“行为

---

① 聂文军：《西方伦理相对主义的层次和类型》，《伦理学研究》2008 年第 2 期。

② 程炼：《伦理学关键词》，北京师范大学出版社 2007 年版，第 109—110 页。

遵从不同的道德准则”方面显然是一致的，但由于人们对同一行为运用了不同的道德准则，实质上也是把某一道德准则运用于不同的行为，因此，两者在“对同一道德准则作不同解释也是合理的”方面也可以取得一致。当然，两者只是类似，而在程度上还是有差别的。

从学理上来看，道德相对主义既有社会实践方面的原因，也有认识方面的原因，但它的确触及了道德的普遍性与特殊性之间的关系这一深刻的理论难题，触及了具有普遍指导意义的道德原则或规范如何与变动不居的具体环境相结合的问题。因为它肯定道德的特殊性、有待性，否定道德独断论，这有助于人们采取开放、灵活的态度，形成相互尊重、理解、宽容的氛围，有助于不同文化之间的平等交流。对于企业管理活动来说，其积极意义是：首先，它使人们在分析企业经营管理行为时，因为考虑到道德理论体系或某一道德理论体系内部道德规范的冲突，不至于执道德理论之一种，而是或者运用另一道德理论，或者全面、综合运用各种道德理论，或者运用某一道德理论内部的其他道德规范。事实上，这就导致道德推理多元论的出现，而这种多元论有利于人们形成对企业管理中的道德问题的全面、真实的认识。其次，它有利于不同的企业管理道德判断标准之间的相互理解。但是它把道德的多变性、多样性做了过分夸大。正是这种不适当的夸大导致道德相对主义否认有任何关于企业管理行为的道德判断标准，认为企业管理的道德冲突不可避免，也不可解决，这不利于企业整体向心力、凝聚力的形成，走向极端则可能导致否认企业管理伦理价值观的存在，从而使人们没有合理的方法去衡量企业管理行为的是非对错。

这样，我们就不能把道德推理多元化归结为道德相对主义。因为道德相对主义否认道德的普遍性，强调具体环境的多变性，往往容易引发社会生活实践的道德冲突甚至道德危机，而极端的道德相对主义则往往流于诡辩，陷入道德虚无主义。而多元化“虽然承认有多种不同的道德体系或者道德判断标准，但是并不认为这些标准是随意的，可有可无的”，“道德多元主义者仍然认真对待其所属共同体的道德标准”①。多元化也是当代社会的一个无法消除的普遍性事实。罗尔斯把多元化当做良好社会的理念和事实，他说：“在现代民主社会里发现的合乎理性的完备性宗教学说、哲学学说和道德学说的多样

① 张言亮、卢风：《道德相对主义的界标》，《道德与文明》2009 年第 1 期。

性，不是一种可以很快消失的纯历史状态，它是民主社会公共文化的一个永久特征。”“各种相互冲突、互不和谐的——而更多的又是合乎理性的——完备性学说的多样性，并将长期存在。”①既然如此，多元化就当然是一个值得肯定的、可以愉快接受的好事情。

① Rawls, John, *Political Liberalism*, New York: Columbia University Press, 1996, p. 36.

第九章

从非正式到正式:当代企业管理伦理发展的规范化

"伦理学理论必须感兴趣于找到一系列有效的伦理原则,它们在所有真正的伦理陈述都能够从它推导出来的意义上得以完成,它也必须尽可能是短小精悍的、有特色的概念和原则形式。"①现实中的企业管理伦理一般表现为一种正式的书面文件。人们用各种名称,如企业经营信条、企业管理伦理宪章、企业行为准则等,来命名这些正式的书面文件。许多企业,特别是知名企业大都制定了这种指导行为的书面文件。在英国,调查显示,43%的大公司已制定了一整套的企业管理道德法则。韩国企业界为了强化自我约束和促进文明经营,由其民间联合组织"全国经济人联合会"代表企业界向政府和国民公布了内容广泛的《企业伦理宪章》。在美国,到20世纪90年代中期,《财富》杂志排名前500家企业中,90%以上的企业有成文的管理伦理守则来规范员工的行为②。企业管理中制定这种以国家颁布的法律、标准、法规、提倡的价值观等为内容的书面文件的行为,我们可以指称为企业管理伦理的规范化。它使当代企业管理伦理从非正式规则发展到正式规则,而一旦发展为正式规则,它们就具有了普遍性,就需要企业在经营管理行为中予以遵守。

---

① Jonsen, Albert R., *The Birth of Bioethics*, New York: Oxford University Press, 1998. p. 327.

② Jackson, John H., et al., *Business and Society Today*, Pacific Grove: West Publishing Co., 1997, p. 126.

《华为公司基本法》摘要

核心价值观

追求

第一条　我们的追求是在电子信息领域实现顾客的梦想，并依靠点点滴滴、持之以恒的艰苦追求，使我们成为世界级领先企业。

员工

第二条　认真负责和管理有效的员工是我们公司最大的财富。新生知识、新生人格、新生个性，坚持团队协作的集体奋斗和绝不迁就有功但落后的员工，是我们事业可持续成长的内在要求。

技术

第三条　广泛吸收世界电子信息领域的最新科研成果，虚心向国内外优秀企业学习，独立自主和创造性地发展自己的核心技术和产品系列，用我们卓越的技术和产品自立于世界通信列强之林。

精神

第四条　爱祖国、爱人民、爱事业和爱生活是我们凝聚力的源泉。企业家精神、创新精神、敬业精神和团结合作精神是我们企业文化的精髓。我们绝不让雷锋们、焦裕禄们吃亏，奉献者定当得到合理的回报。

利益

第五条　我们主张在顾客、员工和合作者之间结成利益共同体，并力图使顾客满意、员工满意和合作者满意。

社会责任

第六条　我们以产业报国，以科教兴国为己任，以公司的发展为所在社区作出贡献。为伟大祖国的繁荣昌盛，为中华民族的振兴，为自己和家人的幸福而不懈努力。

基本目标

顾客

第七条　我们的目标是以优异的产品、可靠的质量、优越的终生效能费用比（原文如此——引者注）和周到的服务满足顾客的最高需求。并以此赢得行业内普遍的赞誉和顾客长期的信赖，确立起稳固的竞争优势。

人力资本

第八条　我们强调人力资本不断增值的目标优先于财务资本增值的目标。具有共同的价值观和各具专长的自律的员工，是公司的人力资本。不断提高员工的精神境界和相互之间的协作技巧，以及不断提高员工独特且精湛的技能、专长与经验，是公司财务资本和其他资源增值的基础。

核心技术

第九条　我们的目标是在开放的基础上独立自主地发展具有世界领先水平的通信和信息技术支撑体系。通过吸收世界各国的现代文明，吸收前人、同行和竞争对手的一切优点，依靠有组织的创新，形成不可替代的核心技术专长，持续且有步骤地开发出具有竞争优势和高附加值的新产品。

利润

第十条　我们将按照我们的事业可持续成长的要求，设立每个时期的足够高的利润率和利润目标，而不单纯追求利润的最大化。

公司的成长

成长领域

第十一条　只有当我们看准了时机和有了新的构想，确信能够在该领域中对顾客作出与众不同的贡献时，才进入新的相关领域。公司进入新的成长领域，应当有利于提升我们的核心技术水平，有利于增强已有的市场地位，有利于共享和吸引更多的资源。顺应技术发展的大趋势，顺应市场变化的大趋势，顺应社会发展的大趋势，就能使我们避免大的风险。

成长的牵引

第十二条　机会、技术、产品和人才是公司成长的主要牵引力。这四种力量之间存在着相互作用。机会牵引人才，人才牵引技术，技术牵引产品，产品牵引更多更大的机会。加大这四种力量的牵引力度，促进它们之间的良性循环，并使之落实在公司的高层组织形态上，就会加快公司的成长。

成长速度

第十三条　我们追求在一定利润率水平上的成长的最大化。我们必须达到和保持高于行业平均的增长速度和行业中主要竞争对手的增长速度，以增强企业的实力，吸引最优秀的人才和实现公司各种经营资源的最佳配置。在电子信息产业中，要么成为领先者，要么被淘汰，没有第三条路可走。

成长管理

第十四条　我们不单纯追求规模上的扩展,而是要使自己变得更优秀。因此,高层领导必须警惕长期高速增长有可能给公司组织造成的紧张、脆弱和隐藏的缺点,必须对成长进行有效的管理。在促进公司迅速成为一个大规模企业的同时,必须以更大的管理努力,促使公司更加灵活和更为有效。始终保持造势与务实的协调发展。

我们必须为快速成长做好财务上的规划,防止公司在成长过程中陷入财务困境而使成长遭受挫折,财务战略对成长的重要性不亚于技术战略、产品战略和市场战略。

我们必须在企业文化建设,商业道德培养,人才、技术、组织和分配制度等方面,及时地做好规划、开发、储备和改革,使公司获得可持续的发展。

(资料来源:根据互联网上资料综合而成,网址:www. baidu. com。)

一、全球性的企业管理伦理规范

在当代企业管理伦理走向全球化的进程中,全球性的经营伦理信条的出现与发布是一个重要事件。这些经营伦理信条大都涉及企业经营管理与雇员、与消费者、与社区、与环境等几个方面的道德规范与责任,但是它们关注的问题和价值取向则不是相同的,而是各有侧重和选择,有的关注质量管理,有的关注环境问题,有的关注劳工、就业等社会问题,有的关注企业的利益相关者。这也使得这些经营伦理信条内容丰富,而又层次不同。层次不同主要表现在:有的经营信条是针对全球所有企业的,有的是针对某一行业或协会的,有的是针对本企业在全球各地的跨国公司的,也有的是包括所有前述情况,这也使得经营伦理信条在内容上相互交叉。我们在这里仅选取“联合国全球协议”、“考克斯原则”、“ISO 9000 质量管理体系”、“ISO 14000 环境管理体系”和“SA 8000 社会责任管理体系”等对全球企业都具有约束力的企业管理伦理准则,证明当代企业管理伦理正在走向规范化。

(一)自愿的企业公民意识倡议:联合国全球协议[①]

在 1995 年召开的世界社会发展首脑会议上,联合国时任秘书长安南提出“全球协议”(Global Compact)的设想。1999 年 1 月在达沃斯世界经济论坛年

① 联合国全球协议网站:www. ungolbalcompact. org;周祖城:《企业伦理学》,清华大学出版社 2005 年版,第 201—202 页。

会上，安南正式提出了“全球协议”计划，并于2000年7月在联合国总部启动。安南向全世界企业领导呼吁，遵守有共同价值的标准，实施一整套必要的社会规则，即“全球协议”。

“全球协议”是一项自愿的企业公民意识方面的倡议，它有两个相互补充的目标：使全球协议及其各项原则成为企业战略和业务的组成部分；推动主要利益相关者之间的合作，促进合作伙伴关系，以支持联合国的各项目标。“全球协议”希望成为一个不仅政府参与而且也有企业和民间组织、协会积极参与的论坛。“全球协议”使得各企业与联合国各机构、国际劳工组织、非政府组织以及其他有关各方结成合作伙伴关系，建立一个更加广泛和平等的世界市场。其目的是促成世界级公司认识自己对经济、环境和社会发展所应承担的责任，推进全球化朝积极的方向发展。

“全球协议”先有九项基本原则，分别是：人权原则：(1)企业应尊重和维护国际公认的各项人权；(2)绝不参与任何漠视与践踏人权的行为。劳工原则：(3)企业应该维护结社自由，承认劳资集体谈判的权利；(4)彻底消除各种形式的强制性劳动；(5)消灭童工；(6)杜绝任何在用工与行业方面的歧视行为。环境原则：(7)企业应对环境挑战未雨绸缪；(8)主动增加对环保所承担的责任；(9)鼓励无害环境技术的发展与推广。2004年6月24日，在美国纽约联合国总部举行的第一次全球协议领导人峰会上，安南宣布增加“反腐败”为第十条原则，即反腐败原则：(10)推广并且采用反对包括勒索和贿赂在内的各种形式腐败的举措。

“全球协议”的提出，为企业成为讲究伦理、对社会具有责任感的经济实体，为企业参与经济全球化条件下的国际事务，扩大国际知名度、建立国际联系、寻找商业机会提供了机遇。参与“全球协议”计划的企业虽然形式各异，但它们都是处于领导地位的，都致力于以一种负责任的方式来推动全球经济的发展，都注意兼顾广泛的参与者，包括雇员、投资者、顾客、舆论团体、商业伙伴和社区的利益。这一协议的创立可以帮助各企业制定新的发展战略及实施措施，改良现存全球化模式，以使全人类而非极少数人获益。企业参与“全球协议”计划，具有如下意义：(1)体现作为负责任的公民的表率；(2)与有共识的公司及组织交流经验，相互学习；(3)与其他公司、政府组织、劳工组织、非政府组织及国际组织建立合作关系；(4)与联合国各机构，包括国际劳工组织、联合国人权事务高级专员办公室、联合国环境计划署、联合国开发计划署等建立合作伙伴关系；(5)通过实施一系列负责的管理计划与措施，将公司发展视野扩大到社会范畴，从而使商业机会最大化；(6)参与旨在寻找解决世界重大问题的方法的对话。因此，企业参与“全球协议”的行动实质上是它的一种推动企业管理伦理走向全球化的积极努力。

(二)企业行为的世界性标准的出现：考克斯原则①

考克斯原则，是“考克斯圆桌商业经营原则”(Caux Round Table Principles for Business Conduct)的简称，它于1994年7月展示并出版。“考克斯圆桌”是于1986年8月由飞利浦电子的前任总裁弗雷德里克·飞利浦(Frederick Philips)、INSEAD副主席奥利维尔·基斯卡德·德埃斯丁(Oliver Giscard d'Estaing)和佳能公司前总裁加久(Ryuzaburo Kaku)等来自欧洲、美国和日本的企业领袖所组成的国际组织，每年在瑞士的考克斯召开会议。之所以选择在考克斯，是因为这个地方在20世纪30年代具有特殊的意义，当时全世界都忙于军事扩张，但弗兰克·布克曼(Frank Buckman)呼吁人们用道德代替武器来武装自己，发起了道德重整运动(Moral Re-Armament Movement)。第二次世界大战后，考克斯又成为法国与德国和解的具有重大历史意义的地方，并举办了战后与日本的第一次会议。将这一原则命名为“考克斯原则”，表明推动这些活动的根本动力是一股强烈的道德与精神力量，具有很强的教育意义②。

考克斯圆桌认为，全世界商业群体应在改善经济和社会条件中发挥重要作用，为此，必须确立共同准则，调和不同准则，制定一个能够被广为接受尊重的、共同的经济行为原则。因此，考克斯原则的目的在于建立一个能够为公司行为提供依据的世界性的标准。在考克斯圆桌看来，制定这种原则的可能性在于经济行为能够影响国家之间的关系，并与我们每个人息息相关。国家之间的接触往往始于商业。因为商业能够引起社会、经济以变化，所以极大地影响着全世界各民族人民的恐惧与信心程度。所以，考克斯圆桌成员们首先强调了内部工作的调整，探索的目标确定为什么是正确的，而不是谁对谁错。

考克斯原则的第一章即序言部分对企业管理伦理的作用进行了定位。认

---

① 考克斯圆桌委员会网站：www.cauxroundtable.org；[美]乔治·恩德勒主编：《国际经济伦理：挑战与应对方法》，锐博慧网译，北京大学出版社2003年版，第145—150页；周祖城：《企业伦理学》，清华大学出版社2005年版，第216—220页。

② [日]松岗利夫：《考克斯圆桌商业原则的提出与讨论》，[美]乔治·恩德勒主编：《国际经济伦理：挑战与应对方法》，锐博慧网译，北京大学出版社2003年版，第134页。

为就业与资本的流动性使经营管理活动及其影响不断地全球化。在这种背景下,法律和市场的制约很有必要,但是还不能充分地指导企业经营行为。对企业管理行为和政策负责、尊重利益相关者的尊严与利益是企业的基本职责和管理活动的基础。商业可以有力地带动积极的社会变化。因此,道德准则在管理决策中是合法的、有价值的。没有道德准则,就没有稳定的经营秩序和全球的可持续发展。第二章即通则部分提出了七条原则,以体现"为共同利益生活和工作"和"人格尊严"的精神实质。七条原则是:(1)商业责任:从所有者走向利益相关者;(2)企业的经济和社会影响:走向革新、公正及世界社会;(3)企业行为:遵守法律、信誉第一;(4)尊重规则;(5)支持多边贸易;(6)重视环境保护;(7)禁止非法活动①。第三章是利益相关者原则,是通则的实际应用,提出了企业对于客户、雇员、所有人或投资者、供应商、竞争商、社区或共同体等各方利益相关者的责任和义务。

从伦理学角度来看,正如考克斯原则所表明的,它源于两个基本的道德观念:为共同利益生活和工作;人格尊严。"为共同利益生活和工作"是指在健康和公平的竞争下和平共处,实现合作和共同繁荣。它实质上是日本文化中的"共生"概念的体现。"人格尊严"是指以神圣不可侵犯的人格和个人价值为最高目标,而不仅是以此尊严完成别人的任务或者是多数人的指令。它反映的是西方文化背景,极具西方特色。因此,考克斯原则在一定意义上是东西方企业管理伦理相连接的桥梁。其实,这一原则所具有的伦理意蕴并非仅此而已。美国著名经济伦理学家古德帕斯特认为,上述两个基本观念是其指导思想,而支撑这一原则的道德哲学则是三个:第一个观念是追求幸福。"经济活动的中心工作并不是分配财富,而是首先创造可以分配的财富。考克斯圆桌原则的指导思想之一就是追求社会的繁荣,至少创造物质财富。"第二个观念是公正观。即"确保财产分配公平、社会里每个人的权利都得到尊重的观念"。第三个观念是社区(共同体)观。"它有别于增加个人财产或保护个人权利,坚持整体大于各部分之和。""繁荣观、公正观和社区观三足鼎立,支撑着考克斯原则。"②而幸福或繁荣、公正、共生共存等正是人类世世代代孜孜以

---

① 周祖城:《企业伦理学》,清华大学出版社 2005 年版,第 217—218 页。

② [美]肯尼思·古德帕斯特:《考克斯圆桌商业原则的提出与讨论》,[美]乔治·恩德勒主编:《国际经济伦理:挑战与应对方法》,锐博慧网译,北京大学出版社 2003 年版,第 142 页。

求的基本价值,因而,这一原则所依凭的道德观念在全球化的进程中是有普适性的。

(三)科学的质量管理和质量保证方法:ISO9000质量管理体系

ISO9000质量管理体系是国际标准化组织(ISO)于1987年颁布的在全世界范围内通用的关于质量管理和质量保证方面的系列标准。1994年,国际标准化组织对其进行了全面的修改,并重新颁布实施。2000年,ISO对ISO9000系列标准进行了重大改版。这一标准既是质量管理理论与实践发展的产物,又是国际贸易迅速发展的产物。随着国际贸易的迅速发展,为了适应产品和资本流动的国际化趋势,寻求消除国际贸易中技术壁垒的措施,ISO/TC176组织各国专家在总结各国质量管理经验的基础上,制定了这一系列国际标准,迄今已被近200个国家或地区等同或等效采用。

对于企业管理来说,ISO9000为企业提供了一种具有科学性的质量管理和质量保证方法和手段,可用以提高内部管理水平;使企业内部各类人员的职责明确,避免推诿扯皮,减少领导的麻烦;文件化的管理体系使全部质量工作有可知性、可见性和可查性,通过培训使员工更理解质量的重要性及对其工作的要求;可以使产品质量得到根本的保证;可以降低企业的各种管理成本和损失成本,提高效益;为客户和潜在的客户提供信心;提高企业的形象,增加了竞争的实力;满足市场准入的要求。

ISO9000质量管理体系坚持八项质量管理原则,即以顾客为关注中心、领导艺术、全员参与、过程方法、管理的系统方法、持续改进、基于事实的决策方法、供需互利。这一标准用于证实组织具有提供满足顾客要求和适用法规要求的产品的能力,目的在于增进顾客满意。开展质量管理以增进顾客满意,实现供需双方互利共赢,显然是一个伦理准则。其"顾客"包括每一个与企业的产品和服务打交道的人,无论是内部的还是外部的。不管企业开展质量管理的动机是竞争所迫还是诚心诚意,都会导致一个结果:除了向顾客提供优质产品和服务外,没有其他办法。其中所体现的企业管理伦理精神是对人的尊重,而这一精神也是ISO9000质量管理体系流行于全球的真正的伦理动因。

(四)规范组织的环境行为:ISO14000环境管理体系

ISO14000标准是环境管理体系(EMS)标准的总称,是国际标准化组织于1993年6月正式成立的ISO/TC207环境管理技术委员会于1996年制定并发布,这是继ISO9000标准之后发布的又一重要的国际性管理系列标准。它有

14001到14100共100个号,统称为ISO14000系列标准,其目的是规范企业和社会团体等所有组织的环境行为,以达到节省资源、减少环境污染、改善环境质量、促进经济持续健康发展的目的。

该系列标准融合了世界上许多发达国家在环境管理方面的经验,是一种完整性很强的体系标准,包括为制定、实施、实现、评审和保持环境方针所需的组织结构、策划活动、职责、惯例、程序过程和资源。其中ISO14001是环境管理体系标准的主干标准,它是企业建立和实施环境管理体系并通过认证的依据。企业要想获得环境管理体系认证,必须按照环境管理体系标准要求明确其在运作过程中对环境造成的影响与环境保护法规和标准之间的差距,进而设定目标,编制计划,采取有效措施,改善环境状况。自从该系列标准发布以来,很快得到了世界各国的普遍响应和关注,目前已被近百个国家和地区采用,获得认证的企业数量近3万家,许多国际知名大企业如通用汽车、福特、三菱、埃克森、通用电气、丰田等走在了最前列。

该系列标准与以往的环境排放标准和产品技术标准相比,有很大的不同,具有如下特点:以市场驱动为前提;强调污染预防;可操作性强;具有广泛适应性;强调自愿性原则。在全球日益重视环境保护的今天,它对于提高各类组织的环境管理水平、节约资源、提高效益、降低风险具有全面的推进作用,是各类组织提高市场竞争力,进入世界市场特别是欧美市场的绿色通行证。企业实施ISO14000环境管理体系,可以有优良的回报:其一,对经营活动中的污染源有效地进行控制,实现污染物达标排放,减少对环境的影响;改进产品的环境性能,降低产品在制造或使用中对环境的影响;改革工艺和材料,降低生产过程对环境的影响;改造或更新设备,减少对环境的影响;通过对废弃物的分类处理和回收利用,实现污染防治;这些都可推动企业的技术进步。其二,降低能源和资源的消耗,有利于企业合理配置和利用资源。其三,有利于提高企业形象,增加企业知名度和影响力。其四,有利于降低成本,提高企业竞争力。其五,推动企业由粗放型管理向集约型管理转变。

实施环境管理体系标准有利于提高人们的遵法、守法意识,促进环境法规的贯彻实施;有利于提高全社会的环境意识,树立科学的自然观和发展观;可以规范企业和社会组织的环境行为,促进企业建立自律机制,减少人类各项活动所造成的环境污染;能最大限度地节省资源,有力促进企业对资源和能源的合理利用,对保护地球上的不可再生和稀缺资源起到重要作用;有利于改善生态环境质量,保持环境与经济发展相协调,促进经济的持续发展。从伦理理念上来说,环境管理体系标准蕴涵着公正、公平等生态伦理和可持续发展的伦理精神,而这一伦理精神也正是ISO环境管理体系走向全球的道德理性支撑。

(五)确保产品符合社会责任标准:SA8000社会责任管理体系

SA8000(Social Accountability 8000)即"社会责任标准",是根据《国际劳工组织公约》、《世界人权宣言》和《联合国儿童权益公约》等制定的全球首个道德规范国际标准,也是一个具有深厚的伦理意义的全球企业管理伦理规范,1997年10月公布。其宗旨是确保供应商所提供的产品,都符合社会责任标准的要求。它适用于世界各地、任何行业、不同规范的企业。

SA8000是一个以保护劳动环境和条件、保障劳工权益,规定企业必须承担的对社会和利益相关者的责任等为主要内容的标准管理体系,主要涉及童工、强迫性劳动、健康与安全、自由结社及集体谈判权利、歧视、惩戒性措施、工作时间、工资报酬及管理体系等九个方面的内容。具体说来,它对企业的要求包括:(1)不得使用或者支持使用童工;(2)不得使用或支持使用强迫性劳动,也不得要求员工在受雇起始时缴纳"押金"或寄存身份证件;(3)应尊重所有员工结社自由和集体谈判权;(4)反歧视原则;(5)不得从事或支持体罚、精神或肉体胁迫以及言语侮辱;(6)工作时间要严格遵守当地法律要求;(7)企业支付给员工的工资不应低于法律或行业的最低标准;(8)应具备避免各种行业与特定危害的知识,为员工提供安全健康的工作环境,采取足够的措施,降低工作中的危险因素,尽量防止意外或健康伤害的发生,为所有员工提供安全卫生的生活环境,包括干净的浴室、洁净安全的宿舍、卫生的食品存储设备等;(9)高层管理阶层应根据本标准制定公开透明、各个层面都能了解并实施符合社会责任与劳工条件的公司政策;(10)员工辞工需要提前一个月写出书面申请。

SA8000是全球第一个可用于第三方认证的社会责任标准,SAI是该标准的唯一认可组织。其制定工作由SAI的咨询委员会具体负责。企业向SAI认可的认证评审机构申请SA8000认证,须符合下列条件:一是证明其活动符合国家和地方的法律法规;二是对照SA8000规定进行自测检查;三是一年内能正式进入申请程序。认证评审机构一旦接受了企业(组织)的申请,该企业(组织)就成为SA8000申请人。认证评审机构在对企业(组织)审核且确认其完全符合标准后,将颁发 SA8000 证书。当然,SA8000 并不具有绝对约束力。

SA8000 已得到国际认可,正在激起全球企业界的广泛关注和热情。截至2004 年 5 月 20 日,全球共有 400 家组织机构获得认证,涉及 40 个国家、40 个行业、近 26 万名雇员。很显然,组织获得社会责任认证证书,将是对该组织道德行为和社会责任管理能力最为有效的认可。它将是未来国际竞争中组织获得成功的一个重要组成部分。从伦理学角度来说,SA8000 是将权利、平等、公平、自由、安全等社会伦理价值引入组织实践的重要标准,而社会伦理价值则是当今组织声誉的灵魂;SA8000 为企业提供了社会责任规范,但更为重要的工作则是开展一致性审核与监督;SA8000 无疑在保障有关各方的权益方面起到了重要推动作用,这表明企业管理伦理被全球企业界列入其全球化经营的议事日程之中。

二、美国企业管理伦理规范:偏重法律

美国社会深受西欧资本主义法制观念、平等观念等的影响,加上美国是一个移民社会,移民之间很少有血缘关系,从而形成了美国社会的理性主义——重法制的观念。这种理性主义使得美国文化充满了实用主义和功利主义的伦理内容。同时美国经济上实行的是自由竞争的市场制度。因此,美国法律至上主义观念盛行。反映企业管理伦理方面,美国企业管理伦理规范化工作就具有偏重法律的特点。

美国企业管理伦理规范化从 20 世纪 70 年代开始。当时,企业界出现了许多经济丑闻如破坏环境、贿赂、胁迫、欺骗、偷窃、不公平歧视等,经新闻媒体接连不断地曝光,使企业的不道德行为引起社会的注意。公众对企业的信任危机和伦理危机的密切注意及对其原因的思考,极大地推动了企业管理伦理规范化。当时有学者指出:“最近几年里普遍发生的企业丑闻有助于激起公众对经济伦理学(含企业管理伦理——引者注)的兴趣。因为对大多数人来说,他们对经济问题和惯例的了解大部分来自电视和报纸。而这些丑闻所提出的正是经济伦理问题。即便那些有比较深刻和广泛知识的人,也认为这些问题是经济伦理学的主要问题。”①不仅如此,人们还把企业界道德败坏问题与资本主义社会的伦理基础即个人主义哲学、自由企业制度的生存权等联系

① 陆晓禾:《走出“丛林”——当代经济伦理学漫话》,湖北教育出版社 1999 年版,第 23 页。

起来,认为个人主义哲学导致了西方经济社会的伦理混乱,自由企业制度导致了企业权力的无法无天、管理的非人性化和失控。公众对美国企业管理伦理规范化的推动功不可没。

美国联邦政府健全法规法令,是其企业管理伦理规范化的直接表现。联邦政府颁布的相关法规法令,主要有如下方面:

一是在环境保护方面。经环保主义者的努力,1970 年联邦政府颁布《水质改进法》,谋求对一系列威胁水质的事物加强保护措施。这些事物是:酸性矿物的排放、核电站的热污染、工程队的疏浚物、船舶倒出的垃圾、公共工程及石油污染。同年颁布全国大气质量标准法,包括以下几项重要内容:它要求汽车制造商在 1975 年之前将机动车辆排出的污染物降低 90%;要求政府对几种污染物确定大气质量标准,并给予各州以三年的时间落实执行这些标准的计划。此法还授权公民私人为实施这些标准提出控诉,对违犯者课以重罚。资源复原法为满意地处理固体垃圾采取了步骤。它提供拨款四亿五千三百万美元,用于建立资源回收复原体系、废物循环利用和规划废物的处理系统。1971 年 7 月,尼克松总统颁布一项行政命令,将几个处理杀虫剂、放射物、固体垃圾、汽车排出物、水质等问题的现有的联邦机构合并成一个部门,称为环境保护署。新成立的环境保护署对汽车制造商确立了汽车排放物控制标准,并对违反水质标准或污染航道的数十个城市和公司进行了起诉①。

二是在消费者权益保护方面。1972 年联邦政府通过了《消费品安全法》,此法规定设立一个新的独立管理机构,对产品安全问题进行考察、管理和确立标准,并对破坏规定者发动起诉。

三是在反公司腐败方面。联邦政府因出现贿赂问题于 1977 年颁布了一份关于涉外徇私舞弊的议案。该议案包括两项措施:对卷入腐败案件的人可重罚和判重刑;法律要求领导者在其企业中建立监控机制。1991 年,为了严惩企业的违法行为,美国政府颁布并实施"联邦组织审判条例"。它规定在宣判时应考虑一些"可轻罚或重罚的情况"。轻罚的情况有四种:领导者没有意识到事情是违法的;有与司法机关合作的愿望;企业为弥补损失、惩罚个人以及防止重犯而采取了措施;在发生违法事件时,已制定有预防和发现不法行为

① 谢芳:《美国企业道德规范的发展及其启示》,《中外企业文化》2000 年 8 月总第 71 期。

的有效计划①。从此可以看出，该准则的重点在于预防企业的不法行为，也在提倡企业把管理伦理规范制定为具有法律性质的正式文件。

从上述内容可以看出，美国企业管理伦理规范化的过程也是完善法治的过程，其偏重法律的特点也体现在许多企业制定的管理伦理规范的具体内容中，即都把“遵守法律”或“合法经营”作为管理伦理规范的重要条款，如美国埃克森公司声称：“我们公司的政策是，严格遵守与公司业务有关的所有法律。”对于这种价值取向，佩因曾称为“法律服从型”管理伦理规范，即“将伦理主要视做法律服从，并奉行‘只要合法就是讲求伦理’的格言”，“倾向于特别强调避免非法行为，依赖规则、控制和严格的纪律来维持标准，公司的伦理责任通常归属于公司首席法律官员”②。其特点可以列表如下。

表9－1　法律服从型的企业管理伦理规范的特点

项目	特征
道德准则	与外部强加的标准一致
目标	预防非法行为
领导权	律师驱动
方法	教育、降低自由度、稽核与控制、惩罚
行为假设	具体的自我利益指导下的自治人
	执行
标准	有关犯罪和调整法律
人事	律师
活动	制定服从标准、培训与沟通、处理不当行为报告、进行调查、监督对服从的稽核、实施标准
教育	服从标准与系统

资料来源：改编自［美］林恩·夏普·佩因著：《领导、伦理与组织信誉案例：战略的观点》中的《伦理管理战略》表格，韩经纶等译，东北财经大学出版社1999年版，第102页。

三、日本企业管理伦理规范：偏重集体的价值取向

日本也是一个重视企业管理伦理规范化的国家，其企业管理伦理规范深

① ［法］热罗姆·巴莱、弗朗索瓦丝·德布里：《企业与道德伦理》，丽泉、侣程译，天津人民出版社2006年版，第385—386页。

② ［美］林恩·夏普·佩因：《领导、伦理与组织信誉案例：战略的观点》，韩经纶等译，东北财经大学出版社1999年版，第99页。

受其文化价值观念的影响。日本文化的基本特征是儒家学说、神道、佛教等综合交融在一起，因此，集体主义是其主导性的价值观念。集体主义的价值观起源于江户时代。日本由于单一的民族特征、特殊的地缘环境、从事农耕等地理特征，所以集体主义价值观很容易为日本民族所认同和接受。忠诚、和谐、仁孝、泰然、喜福、爱劳等都是集体主义价值观的重要内容。集体主义价值观也被纳入企业共同体，成为指导企业管理伦理规范化的基本精神。

日本企业的管理伦理规范的关键词总是离不开忠诚、合作、和谐、公正、诚实、信任、奉献、顾客至上、团队精神等字眼。著名经济伦理学家水谷雅一先生曾总结过日本企业的二十四条经营理念及其具体表达例子，这里略举几例。理念："服务于社会、贡献于社会"；具体表达："企业是社会的公仆"、"促进社会公共福利"、"肩负社会责任"、"与社会共存共荣"、"我们为社会而存在"。理念："协调的组织运作"；具体表达："团结一致地为公司服务"、"以协作为基本指导思想"、"营造和谐协作的优良工作场所"、"和气是公司业务发展的基础"①。

日本经济团体联合会曾颁布过《企业行动宪章》，也是围绕产品质量、雇员个人的充分发展、尊重法律、尊重消费者和环境、公正、对自己行为负责等内容而制定，同样体现了集体主义价值观。这一宪章的具体内容见下表。

表 9-2　日本经团联企业行动宪章

（一）企业扮演社会角色的七原则
（1）提供对社会有效用的资金与服务。 （2）努力使员工有宽裕丰厚的收入。 （3）企业活动要顾及保护环境。 （4）尽力对社会作有益的贡献。 （5）改善事业所在地域的社会福利。 （6）严禁参与社会不良团体的反社会行动。 （7）促进与消费者及居民的交流。
（二）遵守公正的规章制度
（1）遵从所有法律及其精神。 （2）所有企业活动要透明、公正。 （3）彻底贯彻责任自负原则，自觉地不依靠行政支持。 （4）正当地获取、利用情报。 （5）遵从国际通用的商业惯例。

① ［日］水谷雅一：《经营伦理理论与实践》，李长明、连奇方译，经济管理出版社 1999 年版，第 167—168 页。

续表

(三)经营最高负责任人的责任义务三原则
(1)经营最高负责人要自觉地为实现宪章宗旨而努力。 (2)使全公司都不折不扣地遵守法律,贯彻行动宪章宗旨。 (3)企业内部设立监察部门,处分不公平、反社会行为。

资料来源:[日]水谷雅一著:《经营伦理理论与实践》,李长明、连奇方译,经济管理出版社1999年版,第170页。

各企业制定的管理伦理规范同样也体现了集体主义价值观。如富士银行的《企业行动原则》规定:"自觉履行由银行的公共性质带来的社会责任"、"实践顾客第一的思想"、"诚实公平地行动"、"对社会的贡献与协调"、"尊重人性";其《我们的行动规范》中提出:"诚实公正的业务活动"("基本的精神准备"、"遵守法规"、"遵守公约"、"公私分明"、"不歪曲、隐瞒事实"、"守秘密、正确使用情报")、"最佳的交流"和"实践'顾客第一'思想"。松下集团的《行为准则》提出了"为公司做贡献"、"公正与诚实"、"合作与团队精神"、"不懈努力,精益求精"、"礼貌与谦恭"、"应变"、"感激之情"七原则,其中对每条原则的具体阐述都是用"我们"这种第一人称复数开头。这就把全体员工都放在平等的地位上,每个人都必须立足自己的岗位遵守这些原则,任何人包括企业领导人都不得例外。这显然是把企业当做与所有员工休戚与共的命运共同体。

日本企业所提倡的集体主义价值观得到了雇员的高度认同和接受,因此企业所制定的管理伦理规范也能很容易地得到雇员的高度自觉的遵守。随着日本企业文化建设对西方经验的学习与接纳,其家族制传统,如终身雇用、社会保障、集体思维等,已有所弱化,但仍然深得人心。企业员工对所属企业的依赖性还是很大,遵守管理伦理规范的自觉性还是很高。但是,这种自觉性自20世纪80年代以来也受到了挑战,因为该国也出现了贿赂、非法融资、商业欺诈等各种经济丑闻,从而使人们对企业制定的管理伦理规范的有效性产生了怀疑。

四、中国企业管理伦理规范

(一)中国企业管理伦理规范研究概况

中国企业管理伦理规范的研究与制定始于20世纪70年代末期,这与中国经济体制改革的进程密切相关。1978年中国共产党十一届三中全会召开后，党和国家的工作重点转移到“以经济建设为中心”的轨道上来，实施改革开放战略，经济体制改革开始大幅进行，其目标被确定为发展有计划的社会主义商品经济，确立了以公有制为主体、多种所有制经济共同发展的基本经济制度。企业特别是国有企业实施承包责任制，被逐渐推向市场，成为有经营自主权的实体。非公有制经济也获得了很大发展。在此背景下，像正当竞争、提高效益、团结进取、提高质量、民主管理等与商品经济相适应的企业管理伦理规范被提出并盛行开来。而一些大型的企业也开始意识到企业文化的重大作用，开展企业文化建设，把遵守伦理规范贯穿于经营管理活动之中。但与此同时，由于商品经济发育不完善、经济体制不健全、有效约束机制的缺乏，许多企业禁不住利益诱惑，导致企业管理伦理方面也出现了不少困惑和道德规范上的“有规不守”现象。1992年中国共产党召开了十四大，此次大会把经济体制改革的目标确定为建立社会主义市场经济体制。这一经济体制是在以公有制为主体、多种所有制经济共同发展的基本经济制度上实行以市场为配置资源的基础性手段的经济运行机制。这对企业管理伦理规范提出了新的要求。社会主义这一根本制度决定了中国企业管理伦理规范的应有内容。在前述正当竞争、提高效益等规范的基础上，社会主义道德价值体系中的“为人民服务”、“集体主义”等规范因不断争论、得到制度层面的论证而获得了人们的认同，成为当代中国企业管理伦理规范的组成部分。然而，由于市场自身的弱点和消极方面，如趋利性、自发性等也反映到道德生活中来，反映到企业经营管理领域，就是有些企业极端自利、唯利是图、滥采资源、破坏环境、不正当竞争等不遵守伦理规范的现象频频上演。这正好说明了要形成社会主义市场经济条件下健康的经济秩序，企业管理伦理规范不可或缺。

从理论方面来看，1988年，温克勤等主编出版了大陆第一本《管理伦理学》①，初步建立了有中国特色的管理伦理学体系。随后，学界先后出版了各具特色的“管理伦理学”著作，发表了大量论文，尤其值得一提的是上海社会科学院经济伦理研究中心于2003年11月起主办了四次“经济伦理国际论

① 该著从哲学角度理解“管理”范畴，企业管理只是其中的一个方面，因而其关于企业管理伦理的研究是初步的，虽然有时间和资料上的局限性，但其开我国企业管理伦理研究之先河的意义不容忽视。

坛”,论坛的成果汇集成陆晓禾与美国金黛如主编的《经济伦理、公司治理与和谐社会》一书,集中反映了我国企业管理伦理研究的最新成果。而这些成果都比较自觉地集中于对企业管理伦理规范的探讨。万俊人教授在《文化资本与管理伦理》一文中说:“管理伦理是一种依据现代管理科学的技术性和组织化条件所形成的团体行为或企业行为的价值规范,其基本对象和范围是各特殊社会实业团体或行业的生产者、工作者以及其他从业人员的生产行为、工作方法、组织协调方式、企业内部的人际关系和全体从业人员的道德素质、职业伦理或工作伦理。”这明确地强调了企业管理伦理的规范性内容。苏勇认为管理伦理规范就是企业现场管理、企业财务与会计工作、企业人力资源开发与管理、企业市场营销、企业与社会环境等管理活动中的伦理规范。徐大建也认为其内容有市场营销、产品的安全性和厂商、财务管理、员工的基本权利和职业生活质量、知识信息与公平竞争、环境保护等方面的规范。我国的企业管理伦理规范研究具有如下特点。

首先,重视对中国传统伦理思想资源中对企业管理伦理规范有借鉴意义的内容的挖掘。中国传统伦理思想史中许多典籍,如《论语》、《孟子》、《孙子兵法》、《老子》、《荀子》、《管子》等,有着丰富的对于企业管理具有重要借鉴意义的思想,尤其是儒家典籍,其基本倾向就是在伦理道德规范的指导下来开展管理活动,把伦理道德规范当做治邦治企的工具或手段,基本内容如仁义规范、和谐规范、诚信规范、节用爱人规范、以德选才规范等既是伦理规范,也是管理规范。对这些内容,我国学者普遍重视花工夫加以探入挖掘,许多著作都设专门章节加以总结和耙梳,如温克勤的《管理伦理学》、苏勇的《管理伦理学》、陈炳富和周祖城的《企业伦理学概论》、陈荣耀的《企业伦理》等都做了艰苦细致的工作,这是非常有意义的。

其次,重视对当前中国的企业管理伦理规范的研究。学界普遍重视对企业管理的一般伦理规范的探讨,但所提出的规范的具体内容并不完全相同。苏勇认为是处理“功利与人文”、“民主与集权”、“公平与效率”、“权力与权威”、“竞争与合作”等对立统一关系中的规范;陈荣耀认为是制度与人伦、效率与均衡、索取与奉献、竞争与协作相统一的规范;戴木才认为是公正、平等、人道、效率、民主等规范。学界也非常注重管理者应遵守的道德规范的研究。许启贤、苑立强认为管理者应遵守秉公办事,不牟私利;造福社会,用户至上;平等待人;勇于负责,开拓创新;谦虚谨慎,团结协作等道德规范。陈荣耀认为企业家道德规范的内容包括注重经济责任，积极塑造员工，坚持以人为本，富有战略思维，执守诚信实干精神等规范。

（二）中国企业管理伦理规范的具体内容

在我国建立健全社会主义市场经济体制的过程中，受西方企业管理伦理学的影响，我国许多企业如荣事达、同仁堂、海尔公司等，在企业文化建设中，都制定了道德规范。我国企业制定的企业管理道德规范可分为两种：一是约束所有的或同一行业的企业管理道德规范。这些规范一般由类似企业协会、团体或该行业中规模较大、经营更有影响的少数企业发起并制定，这类规范的内容具有宏观性、粗略性的特点，比如企业经营自律守则、金融业经营守则、广告业道德规范等等。二是约束的只是本企业的经营行为的企业管理道德规范，这类规范很多，制定这类规范的企业一般都是很有影响、在企业文化建设上非常自觉的企业，这类规范的内容较前者微观、具体、深入，比如合肥荣事达自律宣言。具体说来，中国企业的管理伦理规范大都有以下内容。

1. 诚信经营

诚实守信是市场经济的要求，也是企业在市场竞争中的立业之道、兴业之本。为了社会主义市场经济的健康发展，适应经济全球化发展趋势，为了维护投资者、经营管理者和消费者的权益，践履企业的社会责任，深入实践科学发展观，推动我国经济的全面、协调、可持续发展，许多企业都把诚信经营作为重要的道德准则规定到经营守则之中。比如中国企业联合会、中国企业家协会颁布的《企业诚信经营自律守则》第一条就这样阐述：“企业诚信经营是指企业依照国家法律规定、市场规则和商业道德规范，在经营管理和市场营运中确立和执行的自律性理念和行为。”《企业诚信经营自律守则》还规定：企业要强化诚信意识，树立企业效益与社会效益相统一的经营思想。摒弃弄虚作假、见利忘义等不道德行为；企业从事市场活动要遵循“公开、公平、公正”的市场规则，绝不利用非法、不道德的手段及虚假广告等方式方法捏造、散布虚伪事实，诋毁竞争对手，搅乱市场秩序，损害消费者权益；企业要维护消费者的合法权益，兑现各项承诺，杜绝企业的非法传销、暴利经营、拖欠货款等违法违纪行为；企业要严格质量管理，不伪造或冒用认证标志、名优标志等质量标志，不在生产、销售的产品中以假充真、以次充好；企业要加强技术改造和产品开发，不侵害他人知识产权，不冒充、使用其他企业的商标、标记；企业要严格遵守《会计法》和有关财务、会计、审计的规定，保证会计资料真实、准确、完整，不做假账;企业要自觉接受行政、司法部门及中介组织的审计和监督,绝不采取不正当手段欺骗检查和监督。这些内容都是围绕“诚信”二字进行的。

2. 和谐合作

和谐是中国传统伦理文化的重要内容。“和为贵”、“天时不如地利,地利不如人和”、“和气生财”等是人们经常挂在嘴边的话。以胡锦涛为总书记的中共中央更是提出了“构建社会主义和谐社会”的命题,这对形成我国市场经济条件下正常的企业经营秩序具有重大指导意义。把“和谐”作为一个伦理理念指导企业行为的代表就是合肥荣事达集团。

荣事达集团在对内对外的各项活动中形成了自己的企业理念——“和商”理念。这一理念源于集团十几年来生产经营活动的实践。随着企业的发展,“和商”理念已成为荣事达全体员工的主导意识,成为处理企业与消费者、企业与企业、企业内部上下级以及企业职工之间关系的基本行为准则。集团制定的《荣事达企业竞争自律宣言》把“和商”理念的核心思想表述为,倡导相互尊重、互相平等,互惠互利、共同发展,诚信至上、文明经营,以义生利、以德兴企的道德规范和企业自律准则,并用它来调整企业对内对外的各种关系。在企业经营中,荣事达力倡“和商”理念,一切从消费者的利益出发,严于律己,宽以待人,在企业内部严格实行零缺陷管理,追求产品零缺陷和服务零缺陷。荣事达还把“和商”理念转化为全体员工共同一致、彼此共约的内心态度、理想境界和行为方式,以此激发全体员工的积极性、创造性,以实现“办一流企业,创一流品牌,树一流形象”的企业目标;把爱祖国、爱企业、爱岗位当做荣事达人在“和商”理念指导下正确处理国家、集体、个人三者利益关系的员工自律准则。“和商”理念高度概括了荣事达的企业价值。

3. 集体主义

我国企业都是在社会主义市场经济条件下自主经营、自负盈亏、自我约束、自我发展的经济主体,因此社会主义道德价值观念必然影响企业的经营。社会主义道德价值观念体系是以集体主义为基本原则的。因此,企业在经营管理中除了具有适应当代企业经营管理发展的伦理规范外,还应具有与社会主义根本制度相适应的伦理规范。我国著名伦理学者朱贻庭教授于 1996 年就撰文认为,发展传统的集体主义,使之成为在市场经济条件下处理群己关系的价值导向,是时代的要求。社会主义市场经济条件下的集体主义的含义就是维护集体、发展个性,把它具体落实到企业,就是“企业集体主义”。改革后的社会主义企业内部的"共生"关系，是企业与员工个人在利益一致基础上的互惠互动的共进关系，是注入生机活力的"命运共同体"，是企业集体主义的新的生长基础。所谓"企业集体主义"，就国家——企业——员工三者关系而言，是以企业为伦理本位，处理企业与国家、企业与员工个人三者两重关系的规范体系。表现在企业内部，是企业与员工关系的伦理规范。体现为企业与员工之间权利、义务双向结构模式，双方各自作为利益主体，既有自己的应得权益，又承担着满足对方正当权益的义务；既维护企业的集体权威，又尊重员工的个人利益和个性发展，形成一个相对稳固的"责任关系联盟"。[①] 这种被赋予新的含义的集体主义在我国企业特别是知名大中型企业的经营准则中都有体现。如中铁九局集团有限公司所制定的《企业员工守则》中就有"顾大局，识大体，自觉维护集团公司的声誉和权益"这样的条款。而华为技术有限公司颁布的《华公司基本法》中则有"爱祖国、爱人民、爱事业和爱生活是我们凝聚力的源泉"这样关于集体主义的明确表述。

4. 团队精神

团队精神是一种围绕实现企业的目标而相互沟通、相互合作、相互配合、相互补充、相互承担责任、共同树立先进理念、共同发挥集体智慧、共同创造辉煌成就、共同享有成果荣誉的精神[②]。企业团队精神一般包括三个要素：一是在团队与其成员之间的关系方面，团队精神表现为成员对团队的强烈归属感和一体感；二是在团队成员之间的关系上，团队精神表现为成员之间的相互协作及共为一体；三是在团队成员对团队事物的态度上，团队精神表现为团队成员对团队事务的尽心尽力和全方位投入[③]。作为一种企业伦理规范，团队精神为企业所有员工提供共同目标，并为员工所认同、信奉并成为他们日常工作中的行动指南。企业是人的机构，而不是豪华建筑、财政利润、战略分析或年度规则。企业绝不仅仅是一家工厂，而是一个有生命的组织。一个公司真正存在于员工的头脑与心灵之中靠的是价值观，这种价值观的核心就是团队精神。正是这种团队精神溶入了员工的血液，它才成为一个坚强的、富有生命活力的命运共同体。我国企业都非常注重团队精神规范，而且用企业经营守则

① 朱贻庭、徐定明：《企业伦理论纲》，《华东师范大学学报（哲学社会科学版）》1996 年第 1 期。
② 朱贻庭主编：《伦理学大辞典》，上海辞书出版社 2002 年版，第 216 页。
③ 卢风、肖巍主编：《应用伦理学概论》，中国人民大学出版社 2008 年版，第 452—453 页。

把它加以固定化。如中铁九局集团有限公司的《企业员工守则》的“基本守则”部分就有“发扬优良传统,树立团队意识,单位、部门、员工之间应相互尊重,团结合作,努力创造和谐的人际关系”的明文规定。而海信集团则把团队精神表述为“团结共进,众志成城”,海信集团认为,企业是职工的,海信的兴衰与每一个员工的切身利益休戚相关。厂兴我荣,厂衰我耻。有了大家才有小家,企业好了、强了,员工才能不断改善物质生活,提升精神品位。因此,在当今激烈的市场竞争中,海信员工只有团结协作、荣辱与共、众志成城,心往一处想,劲往一处使,才能增强企业的战斗力,使企业立于不败之地。

5. **义利统一**

企业管理伦理的基本规范也包括企业经营活动中如何处理义利关系的问题。毋庸讳言,谋利是企业的一个重要目的。但也必须追问的是,企业是如何谋利的,即企业谋利的手段是否道德,是否符合道义。义利关系问题是企业管理伦理规范体系的一根主线。企业管理伦理规范强调义利统一。

企业管理伦理规范中的“义”有三种含义:一是道义即道德精神;二是社会公共利益;三是合理适宜的法则、道理。“利”也有三种规定:一是指物质利益;二是指个人利益和好处;三是指获取物质利益的活动。作为企业管理伦理的基本规范,义利统一的基本规定有如下几种。

第一,义利统一就是要求企业在谋利时,其行为要合乎法律制度、规章和道德要求,即利因义取,以义驭利。这是义利统一的最基本要求。它一方面充分肯定企业谋利的合理性,认为追求效益和利益是维持企业生存、推动企业发展的重要动力,是符合道德的;另一方面,它要求企业的谋利行为必须合理,即必须在法律制度、规章和伦理道德准则规定的范围内进行,谋利的手段必须是道德的,而不能是通过不道德手段获得的。

第二,义利统一就是要求企业在经营管理活动中要把本企业的利益与其他企业的利益、社会公共利益有机结合起来。它一方面充分肯定本企业为维护自身的生存、发展与壮大而追求本企业的利益的行为是合理的、道德的;另一方面,它要求本企业在追求自身利益时,应该承担对社会的责任和义务,即既要考虑本企业要生存和发展,其他企业、整个社会共同体也要生存和发展,应该努力使自己的求利行为既利于本企业,也要利于其他企业和社会共同体,应该有一种服务于本企业,也服务于其他企业和社会共同体的价值取向。而不能为了本企业的利益,损害其他企业和社会共同体的利益。而应该把本企业利益的实现与其他企业利益、社会共同体利益的实现有机结合起来,求得本企业与其他企业、社会共同体的共同进步与发展。

第三,义利统一就是要求企业在管理活动中要把物质追求与道德追求有机结合起来。企业的一个重要目的是力求绩效,但又不能把目光仅仅盯在金钱等物质利益上,而应该把企业的经营管理活动当做一种服务于他人、服务于其他企业、服务于社会的活动。企业经营者在通过遵守管理规章和伦理准则积极获取利益,改善本企业的物质生活状况时,不能沉沦于物质利益的满足,而应有一种积极向上的精神追求、高尚的道德理想和情操。

义利统一规范可以另外表述为多方共赢。我国有不少企业把它作为指导经营活动的规范或理念。如湖南永通,它目前主要经营一汽奥迪、一汽大众、广汽丰田、一汽丰田、北京现代、沈阳华晨、北京奔驰等汽车品牌4S店,全面代理上述汽车品牌的销售与维修,并下辖一家汽车租赁公司和邵阳、永州、湘阴等5家出租车公司。公司曾获"一汽集团最佳经销商"称号,一汽大众4S店曾获全国销售第一名,一汽奥迪4S店曾获全国用户满意度第一名,北京现代4S店曾获"全国最佳代理商"称号,一汽丰田4S店进入该品牌全国销售前5名。2001年公司率先在行业中顺利通过ISO9001国际质量管理体系标准认证。公司在湖南地区乃至中南地区同行业中均处前列,有较高的知名度和良好的企业形象。公司2006年销售车辆9106台,完成维修产值9160万元,实现销售收入15.13亿元。与2005年相比,整车销售增长46%,维修产值增长20%,销售收入增长60%。2006年各项经济指标均有大幅增长,公司正在健康地发展壮大。

永通一直以来追求的就是"企业、员工、国家三者共赢"。

湖南永通携六个控股公司在2005年上缴国家税收1426万元,去年更是达到2046万元,增长34.5%。2007年纳税达到2600万元。提供社会就业岗位达1800余个,这其中有相当一部分员工为破产企业和国企下岗职工。

公司在董事长蒋宗平的带领下,积极参与到有利于湖南发展的各项社会活动。2003年全国第五届城市运动会在长沙举行,应省体育局之邀,蒋宗平三上沈阳,五访北京,与沈阳华晨和北京现代厂家之间反复磋商、斡旋,成功运作了第五届城运会308辆指定用车的赞助工作,解决了城运会用车之难,受到组委会的高度评价。

为响应长沙市委、市政府用高雅文化提升、改善长沙城市的品位和形象,打造新城市文化名片的号召,永通与田汉大剧院合作承办了以“湖南永通”命名的2005、2006两届国际音乐节,受到广大市民的欢迎,由省、市领导一同出席的“湘情湘韵”、“和谐之音”等专题活动更是反响强烈。

永通与长沙理工大学汽车机械学院签订协议,设立“湖南永通创新基金”,总金额为500万元,长期为高校学子提供创新平台和项目资助等。永通还一贯积极参与其他社会公益事业,曾为乡村学校改建、乡村公路建设及乡村敬老院条件改善等解囊相助。

正是这样,永通在蒋宗平的率领下,迅速发展壮大,处于湖南汽车销售行业前列。尤其是在企业发展壮大的同时,承担相应的社会责任,引导企业积极回报社会,在构建和谐社会中作了相应贡献,得到社会的广泛认同和好评①。

6. 讲究公平

公平就是指公正平等,是我国绝大多数企业的管理伦理规范的重要内容之一。公平的一般含义是指“相同情况相同对待、不同情况不同对待”,也可以表述为“一视同仁”、“得所当得”。我国企业大都从三方面来体现这一要求:一是从起点公平即机会均等方面。我国企业在制定管理伦理规范时,大都注意让企业员工拥有平等地获取报酬、参与管理、职位晋升、学习提高的机会,让顾客应该拥有平等地获得产品和服务的机会,让供应商应该拥有平等的供货机会等。二是从过程公平即规则公正方面。企业在制定各种制度、规范时力图向公平合理靠拢。比如制定统一的管理标准,对各利益相关者一视同仁;进行民主化的管理决策,注意以广大利益相关者的利益和愿望为根本标准,把民主决策与集中决策有机结合起来。三是从结果公平即结果均衡方面。我国企业的分配力图按照贡献——每个员工所投入的劳动的数量和质量、所投入的生产要素等——进行分配,这样使员工获得大致相当的收入,收入差别保持在一个合理的限度之内,不致两极分化。这一规定既体现了起点公平的要求,也尊重并承认了成员对于企业的不同贡献,因而能调动每个成员的工作积极性,激发整个企业的活力。同时企业也建立了保障机制,为无法参与平等竞争或在分配过程中处于不利地位的弱者提供了基本生活保障,这就为他们提供了道义性的支持和帮助,确保他们的基本权利得以有效行使,也缓和了企业内部冲突和抵触,增强了凝聚力。

---

① 余志敏:《湖南十大经济杰出人物——蒋宗平的人本情结》,《潇湘晨报》2007年5月28日。

7. **效率与进取**

效率是企业存在与发展的经济理由，也是企业存在与发展的重要价值与意义之一。企业创造了效率，也就获得了生存权。但是，企业要继续存在并获得较好的发展就必须进一步创造效率，而这种效率来自企业不断进取的精神。效率需要进取才能获得，进取需要效率予以支持。两者是相辅相成、互为条件的关系。所以，效率与进取也是企业管理伦理规范的又一重要内容。

所谓效率，本是一个经济学、管理学范畴。它有量和质的两重含义：从量上来看，它是指资源的投入与产出的比率；从质上来看，它是指资源的合理配置。效率的质的含义说明人们衡量它的尺度是合理性，而合理性在伦理学上是指合规律性与合目的性的统一。合规律性是指合乎事物本身存在与发展的客观规律，其追求的是事物的科学性；合目的性是指合乎人类存在与发展的根本目的，其追求的是事物的道德正当性或伦理性。效率必须资源配置到最佳状态才能获得，"最佳状态"是其规律性、科学性的要求；而达到最佳状态，也体现了节约人类劳动、改善经济福利的目的性、道德性的要求；同时，在市场经济条件下，达到最佳状态是以市场竞争为前提的，而市场竞争本质上是自由竞争，自由竞争实质上是强调企业的自由参与权。因此，强调效率也就是在强调企业的自由参与权。而自由参与显然是一种目的性、道德性要求。因此，效率本身具有成为企业管理伦理规范的依据。

一般说来，我国企业制定的管理伦理规范大都体现了这一精神。比如中国国际航空股份有限公司的经营信条中就有"加强飞机性能和可靠性管理、提高航班运行效率"的字眼。而《华为公司基本法》则表述得更为明确："我们追求在一定利润率水平上的成长的最大化。我们必须达到和保持高于行业平均的增长速度和行业中主要竞争对手的增长速度，以增强企业的实力，吸引最优秀的人才和实现公司各种经营资源的最佳配置。在电子信息产业中，要么成为领先者，要么被淘汰，没有第三条路可走。"

8. **服务社会**

"服务社会"也是一种重要的企业管理伦理规范。可以说，几乎所有制定了企业管理伦理规范的企业都规定了这一规范。这表明，现代市场经济的发展已使我国企业充分认识到服务社会是企业生存与发展的关键性价值观念。比如《华为公司基本法》的"基本目标"部分就写道："我们的目标是以优异的产品、可靠的质量、优越的终生效能费用比和周到的服务满足顾客的最高需求。并以此赢得行业内普遍的赞誉和顾客长期的信赖，确立起稳固的竞争优势。”著名的雅戈尔集团把“服务社会”当做自己的企业理念。为实践这一规范，雅戈尔曾把用于20周年厂庆的数百万元毫不声张地捐给了公益事业，还为希望小学捐款、下岗工人再就业工程、抗洪救灾、慈善事业等公益事业慷慨解囊。据不完全统计，创业20多年来，雅戈尔已累计向社会捐赠8000多万元，但这并非“服务社会”的全部。为消费者提供高素质的产品和服务，为国家创造利润和就业机会，还有创中国的世界品牌都深含回馈社会的情愫，这些都是雅戈尔“服务社会”实实在在的体现。雅戈尔带头人李如成说，“沉甸甸的社会责任感”，“这是企业的立身之本，更是企业家的必备素质。企业的资源来自社会，理所当然要反哺社会。要与国家同舟共济，既锦上添花，更雪中送炭。”人们认为企业的赢利与服务社会的企业伦理难以划一，似乎两者之间有一道不可逾越的鸿沟。但李如成不这样想，“把提高企业效益与合法经营、解决就业、创造税收结合起来，把企业家的职业责任与企业家的社会责任结合起来，从追求企业的最大利润，转向追求企业的健康和长寿，兼顾企业、员工、社会的共同利益。”这是李如成长期思考后，对企业和企业家社会责任的再认识。

（三）中国企业管理伦理规范的不足

1. 内容方面的不足

我国企业制定的管理伦理规范虽然都对上述内容进行了规定，但是这些内容严格说来都属原则性的内容，是所有企业管理伦理规范都应该具有的，而在一些具体的方面则付诸缺如。比如，根据利益相关者理论，一个企业的利益相关者至少有六方面，而对这六方面的利益相关者都有相应的伦理规范，但我国企业的管理伦理规范很少有规定得如此具体的，一般都是大而化之的几条，这就使得许多企业管理伦理规范显得不具体、空洞。这些泛泛而谈的规范也使员工不知所措，难以起到实际作用。同时，我国企业管理伦理规范也使用了一些理想主义概念，比如有些企业管理伦理规范中有“勇于拼搏”、“追求卓越”、“构建和谐企业”的字眼，但对这些精神层面的东西没有进一步阐述，从而使得这些内容在任何一个企业都可以套用。

2. 专业性不明显

企业可以分为生产性企业、商业性企业等类别，而这两类企业还可以进一步作专业性、行业性划分。与此相对应，不同企业的管理伦理规范都应该有所不同。而我国除了由中国企业联合会、中国企业家协会颁布的《企业诚信经营自律守则》这一要求所有企业的管理伦理规范外，许多企业的管理伦理规范并没有体现出其行业特点，或者是某些行业并没有制定管理伦理规范。比如，美国和日本的广告行业都以行业协会的方式制定了一些专门领域的道德规范，美国是《广告业务准则》，日本是《广告伦理纲领》。在其他行业，美国的行业性管理伦理规范有19大项，日本则有著名的《经团联企业行动宪章》①。但我国并没有这样的行业性的完整的管理伦理规范，因而专业道德建设方面明显滞后。

3. 制定规范的动机不纯

我国许多企业在制定管理伦理规范时没有摆正“伦理”与“利润”的关系，仍然坚持一种利润制导下的伦理观。当两者发生冲突时毫不犹豫地选择利润，让管理伦理规范靠边。比如2008年震动全国的“三鹿奶粉”事件就是明证。许多企业制定管理伦理规范并不是真正地要讲伦理，而是为了改善企业的“外部形象”，或者是把管理伦理规范当做一种获得效率的竞争手段，这使得管理伦理规范成了摆设。

4. 小企业制定规范的积极性不高

制定企业管理伦理规范单靠少数知名的大型企业是远远不够的，尽管知名企业在这方面要起带头和示范作用，这需要所有企业一起行动，形成一种潮流和氛围。但我国小企业制定规范的积极性并不高，也有些小企业虽然制定了规范，但都形同虚设。小企业积极性不高的原因有许多，比如有的企业领导人对自己道德方面过于自信，认为自己在伦理道德方面不会出问题；有的企业领导人漠视伦理道德，过于依赖法律制度；有的企业领导人相信“熟人交往”，拉关系、走后门，而不搞规范化运作；还有企业受风俗习惯的影响，外部压力不足等等。

把企业管理伦理规范化是一件极其重要、也非常复杂的工作，“什么时候做到正式化的道德伦理与非正式化的道德伦理协调一致，而且有广大职工的积极参与，道德伦理规范在企业中才算有效”②。企业管理伦理规范是企业文

① [日]水谷雅一：《经营伦理理论与实践》，李长明、连奇方译，经济管理出版社1999年版，第174、170页。

② [法]热罗姆·巴莱、弗郎索瓦丝·德布里：《企业与道德伦理》，丽泉、侣程译，天津人民出版社2006年版，第412页。

化、企业精神状态的反映,它需要企业员工、管理者、领导人之间的相互协商与信任,需要领导人的以身作则,需要其他企业的密切配合,需要社会环境的支持,才能成为一种极好的管理手段。当然,企业管理伦理规范化也只是企业道德建设工作的一个环节,人们不能期望通过它来解决企业管理中的所有伦理问题。

下　　篇

当代企业管理伦理的实现

第十章

价值驱动:当代企业管理伦理实现的方法(一)

康德认为,伦理道德是一种实践理性。马克思则将其改造为实践精神。其意是指,伦理道德首先是一种精神性的价值,但它又是以指导行为方式为内容和目的的,因此它又是实践的。人们只有在理解伦理道德的基础上又认真地践履它,做到知行统一,才能算得上真正懂得了它。企业管理伦理同样是企业管理领域的实践精神,也需要企业组织、企业管理人员真心实意地践履,才能取得普遍化的资格和旺盛的生命力。但是,这种效果的获得必须依赖于一定的中介或途径、桥梁。因此,在研究了当代企业管理伦理的发展所呈现的各种走向后,本书转入对其实现问题的研究。结合当代企业管理的具体过程或流程,本章提出当代企业管理伦理得以实现的基本方法之一:注重"价值驱动"。"价值驱动"就是企业管理要围绕价值观来进行。杰莱尔德·F.卡万纳基(Gerald F. Cavanagh)说:"一个公司的价值观不仅影响它对待顾客、工人的态度,而且决定它的运作和成就。"①

松下公司的企业管理伦理建设

松下电器公司是全世界有名的电器公司,松下幸之助是该公司的创办人和领导人。松下是日本第一家用文字明确表达企业精神或精神价值观的企

① Cavanagh, Gerald F., *American Business Values*, New Jersey: Prentice—Hall, Inc., 1984, p. 1.

业。松下精神,是松下及其公司获得成功的重要因素。

松下精神

松下精神并不是公司创办之日一下子产生的,它的形成有一个过程。松下有两个纪念日:一个是1918年3月7日,这天松下幸之助和他的夫人与内弟一起,开始制造电器双插座;另一个是1932年5月,他开始理解到自己的创业使命,所以把这一年称为"创业使命第一年",并定为正式的"创业纪念日"。两个纪念日表明,松下公司的经营观、思想方法是在创办企业后的一段时间才形成。直到1932年5月。在第一次创业纪念仪式上,松下电器公司确认了自己的使命与目标,并以此激发职工奋斗的热情与干劲。

松下幸之助认为,人在思想意志方面,有容易动摇的弱点。为了使松下人为公司的使命和目标而奋斗的热情与干劲能持续下去,应制定一些戒条,以时时提醒和警戒自己。于是,松下电器公司首先于1933年7月,制定并颁布了"五条精神",其后在1937年又议定附加了两条,形成了松下七条精神:产业报国的精神、光明正大的精神、团结一致的精神、奋斗向上的精神、礼仪谦让的精神、适应形势的精神、感恩报德的精神。

松下精神的践履

松下电器公司非常重视对员工进行精神价值观即松下精神的教育训练,教育训练的方式可以作如下的概括:

一是反复诵读和领会。松下幸之助相信,把公司的目标、使命、精神和文化,让职工反复诵读和领会,是把它铭记在心的有效方法,所以每天上午8时,松下遍布日本的87000名员工同时诵读松下七条精神,一起唱公司歌。其用意在于让全体职工时刻牢记公司的目标和使命,时时鞭策自己,使松下精神持久地发扬下去。

二是所有工作团体成员,每一个人每隔一个月至少要在他所属的团体中,进行10分钟的演讲,说明公司的精神和公司与社会的关系。松下认为,说服别人是说服自己最有效的办法。在解释松下精神时,松下有一名言:如果你犯了一个诚实的错误,公司非常宽大,把错误当做训练费用,从中学习,但是你如果违反公司的基本原则,就会受到了严重的处罚——解雇。

三是隆重举行新产品的出厂仪式。松下认为,当某个集团完成一项重大任务的时候,每个集团成员都会感到兴奋不已,因为从中他们可以看到自身存在的价值,而这时便是对他们进行团结一致教育的良好时机。所以每年正月,松下电器公司都要隆重举行新产品的出厂庆祝仪式。这一天,职工身着印有公司名称字样的衣服大清早来到集合地点,作为公司领导人的松下幸之助,常常即兴挥毫书写清晰而明快的文告,如:“新年伊始举行隆重而意义深远的庆祝活动,是本年度我们事业蒸蒸日上兴旺发达的象征。”在松下向全体职工发表热情的演讲后,职工分乘各自分派的卡车,满载着新出厂的产品,分赴各地有交易关系的商店,商店热情地欢迎和接受公司新产品,公司职工拱手祝愿该店繁荣,最后,职工返回公司,举杯庆祝新产品出厂活动的结束。松下相信,这样的活动有利于发扬松下精神,统一职工的意志和步伐。

四是“入社”教育。进入松下公司的人都要经过严格的筛选,然后由人事部门掌握开始进行公司的“入社”教育,首先要郑重其事地诵读、背诵松下宗旨、松下精神,学习公司创办人松下幸之助的“语录”,学唱松下公司之歌,参加公司创业史“展览”。为了增强员工的适应性,也为了使他们在实际工作中体验松下精神,新员工往往被轮换分派到许多不同性质的岗位上工作,所有专业人员,都要从基层做起,每个人至少用3—6个月时间在装配线或零售店工作。

五是管理人员的教育指导。松下幸之助常说:“领导者应当给自己的部下以指导和教诲,这是每个领导者不可推卸的职责和义务,也是在培养人才方面的重要工作之一。”与众不同的是,松下有自己的“哲学”并且十分重视这种“哲学”的作用。松下哲学既为松下精神奠定思想基础,又不断丰富松下精神的内容。按照松下的哲学,企业经营的问题归根结底是人的问题,人是最为尊贵的人,人如同宝石的原矿石一样,经过磨制,一定会成为发光的宝石,每个人都具有优秀的素质,要从平凡人身上发掘不平凡的品质。

松下公司实行终身雇佣制度,认为这样可以为公司提供一批经过二三十年锻炼的管理人员,这是发扬公司传统的可靠力量。为了用松下精神培养这支骨干力量,公司每月举行一次干部学习会,互相交流、互相激励,勤勉律己。松下公司以总裁与部门经理通话或面谈而闻名,总裁随时会接触部门的重大难题,但并不代替部门作决定,也不会压抑部门管理的积极性。

六是自我教育。松下公司强调,为了充分调动人的积极性,经营者要具备对他人的信赖之心。公司应该做的事情很多,然而首要一条,则是经营者要给职工以信赖,人在被充分信任的情况下,才能勤奋地工作。从这样的认识出发,公司把在职工中培育松下精神的基点放在自我教育上,认为教育只有通过受教育者的主动努力才能取得成效。上司要求下属要根据松下精神自我剖析,确定目标。每个松下人必须提出并回答这样的问题:“我有什么缺点?”“我在学习什么?”“我真正想做什么?”等等,从而设置自己的目标,拟定自我发展计划。有了自我教育的强烈愿望和具体计划,职工就能在工作中自我激励,思考如何创新,在空余时间自我反省,自觉学习。为了便于互相启发,互相学习,公司成立了研究俱乐部、学习俱乐部、读书会、领导会等业余学习组织。在这些组织中,人们可以无拘无束地交流学习体会和工作经验,互相启发、互相激励奋发向上的松下精神。

松下精神的价值

日本1984年经济白皮书写道:“在当前政府为建立日本产业所做的努力中,应该把哪些条件列为首要的呢? 可能既不是资本,也不是法律和规章,因为这二者本身都是死的东西,是完全无效的。使资本和法规运转起来的是精神……因此,如果就有效性来确定这三个因素的分量,则精神应占十分之五,法规占十分之四,而资本只占十分之一。”

松下精神,作为使设备、技术、结构和制度运转起来的科学研究的因素,在松下公司的成长中形成,并不断得到培育强化,它是一种内在的力量,是松下公司的精神支柱,它具有强大的凝聚力、导向力、感染力和影响力,它是松下公司成功的重要因素。这种内在的精神力量可以激发与强化公司成员为社会服务的意识、企业整体精神和热爱企业的情感,可以强化和再生公司成员各种有利于企业发展的行为,如积极提合理化建议,主动组织和参加各种形式的改善企业经营管理的小组活动;工作中互相帮助,互谅互让;礼貌待人,对顾客热情服务;干部早上班或晚下班,为下属做好工作前的准备工作或处理好善后事项等。

资料来源:代凯军编著:《管理案例博士点评:中外企业管理案例比较分析》,中华工商联合出版社2000年版,第293—297页,有改动,案例名称是引者加的。

一、“价值驱动”何所指

所谓“价值驱动”,本是美国著名管理学家托马斯·彼得斯和罗伯特·沃特曼在《追求卓越——美国优秀企业的管理圣经》中提出的一种使企业经营管理达成卓越境界的方法,他们认为,这是优秀企业的基本属性——都具有以明确而一贯的价值体系指导经营管理活动并且取得了成功。他们说:“设计出你的价值体系。决定你的公司应该代表什么,你的公司能给每个人带来的最值得骄傲的东西是什么;在未来10年或20年后,你最希望看到什么。"①英语里人们一般用Value-based Management或Managing By Values来表示这一词汇,汉语里人们又译为"价值观管理"或"管理价值观"即Managing Values。所以,"价值驱动"与"价值观管理"是同义的。

"价值驱动"就是指价值观管理,而关于价值观管理的基本含义,学界主要有四种认识②:第一,价值观管理是建构组织价值观。比如斯蒂芬·P.罗宾斯认为,价值观管理就是管理者建立、推行组织共享价值观的一种管理方式。在他看来,价值观是企业管理的对象要素或杠杆要素,管理者的任务是通过管理价值观而管理企业。我国学者张德认为:"价值观管理,或者基于价值观的管理、领导,是文化管理的重要内容之一,其核心在于培育企业的共同价值观。"③第二,价值观管理是企业制度管理的辅助。潘承烈、虞祖尧等认为:"价值观管理是在企业的价值观指导下,形成各种与之相适应的制度,辅助企业的管理。"④在他们看来,价值观管理是与"制度管理"即"硬管理"相对的"软管理",是对"硬管理"的缺陷的弥补和辅助。基于价值观的管理,管理者不是用制度去约束职工,而是用价值观引导和教育职工。第三,价值观管理是建立在价值观基础上的一种新的战略领导工具。有学者认为,价值观管理主要包括两点:一是它是一个新的战略领导工具。其作用是:简化——引入组织的复杂性思维以在组织的各个层面适应变化的需要;指导——在公司范围内让员工了解公司的战略意图,以协调员工朝着企业未来的目标努力;确保忠诚——把公司的战略意图和对待员工的政策统一起来,以建立和维持员工忠诚。二是它是建立在价值观的基础上的。第四,价值观管理是以价值观的批判与建构活动为核心的综合管理。比如乔东等人认为,价值观管理是一种以价值观为核心,以全面提高组织和人员的综合素质为目标,以更好地服务于社会大众和推进人类社会可持续发展为己任,制定和实施组织竞争战略的理论。这一理

---

① [美]托马斯·彼得斯、罗伯特·沃特曼:《追求卓越——美国优秀企业的管理圣经》,戴春平等译,中央编译出版社2004年版,第261页。

② 胡宁、张鑫:《价值观管理基础理论研究述评》,《道德与文明》2007年第4期。

③ 张德、吴剑平:《文化管理——对科学管理的超越》,清华大学出版社2008年版,第36页。

④ 潘承烈、虞祖尧:《振兴中国管理科学——中国管理科学引论》,清华大学出版社1997年版,第291页。

论具体包括三个方面的含义：首先，价值观管理的对象是价值观，是组织所面对纷繁复杂世界中的价值观和组织的价值观；其次，价值观管理过程是组织价值观的塑造、形成、创新和传播的过程；最后，价值观管理是以价值观的批判与建构活动为核心的综合管理，它把价值观的塑造和传播过程作为研究对象，把制度管理和实务管理看做是从属于价值观管理的部分，通过价值管理实现组织的各种管理职能①。

笔者同意第四种见解，并把价值观管理方法当做当代企业管理伦理得以实现的基本方法之一，但要特别指出的是，此处的价值观主要是指伦理价值观。因而，笔者对“价值驱动”的解释是，企业管理要成功，必须进行以价值观的批判与建构活动为基础的管理，即以价值观指导经营管理活动、驱动管理行为，以使企业经营管理行为合乎伦理。

二、“价值驱动”是文化管理的深化

企业采取“价值驱动”的方法离不开企业文化。企业文化管理理论是当代管理理论发展中的一支劲旅。据管理学者们考证，“企业文化”这一概念最早是1970年美国波士顿大学管理学教授S. M. 戴维斯在其《比较管理——组织文化的展望》一书中提出来的。1971年，管理大师彼得·德鲁克在《管理学》中提出“管理是文化。它不是‘无价值观’的科学”的论断，从而把经营管理与文化、价值观联系起来。1981年，理查德·T. 帕斯卡尔和安东尼·G. 阿索斯合著《日本的管理艺术》，威廉·大内出版《Z理论——美国企业界怎样迎接日本的挑战》，这两本书总结了日本企业管理发展的经验在于他们的“社风”即企业文化。1982年，特伦斯·迪尔和艾伦·肯尼迪撰写了第一本以“企业文化”命名的著作，提出“强大的企业文化几乎总是那些持续成功的……企业的幕后驱动力”的论断②。与此同时，托马斯·彼得斯和罗伯特·沃特曼也提出了相同的结论。从此，一股研究企业文化、建设并培育企业文化的热潮风行开来。而到目前，在企业管理中要充分发挥企业文化的功能，培育企业的文

---

① 乔东、李文斌、李海燕：《论21世纪管理理论新思路——浅析价值观管理理论中的超经济主义价值观》，《山东财政学院学报》2002年第4期。

② ［美］特伦斯·迪尔、艾伦·肯尼迪：《企业文化——企业生活中的礼仪与仪式》，李原、孙健敏译，中国人民大学出版社2008年版，第5页。

化氛围,开展企业文化管理,已经是当代管理学者和实业界人士的共识,有学者甚至认为当代企业管理已经进入到“文化管理”这一新阶段。如我国管理学者张德教授曾于1993年指出,纵观古今中外企业管理的整个历史,可以看到大致经历了经验管理、科学管理、文化管理三个阶段,从科学管理到文化管理是企业管理的第二次飞跃。进入21世纪,我国著名管理学家成思危也指出,如果说20世纪是由经验管理进化为科学管理的世纪,则可以说21世纪是由科学管理进化为文化管理的世纪①。“价值驱动”就是当代管理发展到文化管理阶段的产物。

(一)企业文化是什么

我国著名企业文化学者罗长海教授认为:“所谓企业文化,是企业对环境挑战所作的应战,包括企业的应战过程和结果,是企业在应战过程及其结果中所努力培育并实际体现出来的以文明取胜的群体竞争意识,以及人的其他全部本质力量。”②这一定义有三个优点:其一,反映了企业全部活动的核心即“竞争”,这使企业文化是“企业”的文化,而不是别的文化,文化的企业属性得到彰显;其二,把文化与“文明”联系起来,使“以文明取胜”成为企业文化的本质特征,企业在参与竞争时应该通过更好地为社会服务和尊重理解他人的行为来赢得优势,而不能采取野蛮的不正当的竞争手段,这就使企业文化具有了伦理内涵;其三,它使人们能全面地认识企业文化的内涵,企业文化是一个系统,其中既有物质载体,也有精神内容,而物质载体中则包括活动过程(生产经营活动、美化工作环境、处理人际关系、制定规章制度、组织科技攻关、进行教育培训、参加社会公益事业、开展文体知技竞赛)和活动结果(产品服务和利润、花园厂房和良性生态、坚强团队和英雄人物、零违法零违纪零事故、专利和自主知识产权、人才、社会赞助、技术能手和文体明星),精神内容中则包括精神现象(理想追求、价值观念、精神状态、道德境界、思维方式、行为规范、工作作风、风俗习惯)和精神本质(为社会服务和为社会发展做贡献、理解人尊重人和为人的全面发展做贡献)③。企业文化直接表现为企业价值观念、企业

---

① 张德、吴剑平:《文化管理——对科学管理的超越·序》,清华大学出版社2008年版,第2页。

② 罗长海:《企业文化学》,中国人民大学出版社2006年版,第34页。

③ 罗长海:《企业文化学》,中国人民大学出版社2006年版,第36页。

精神状态、企业宗旨目标、企业战略规划、企业工作作风、企业运作习惯、企业管理伦理、企业管理行为准则、企业思维方式等多种精神内容。

优异的企业文化是成功企业在管理上的基本特征。特伦斯·迪尔和艾伦·肯尼迪说:“强文化是指导行为的有力杠杆,它能帮助员工把工作做得更好。”①“它明确指出人们在大部分时间里应该如何行为”,“使人们对自己的工作感觉良好,因而更愿意加倍努力。”②Intuit 软件公司的创始人斯考特·库克认为,培育公司的文化是最值得做的,“文化最终成为公司成败的重要因素。你所建立起来的文化将会指引你的员工贯彻于他们的全部行动。”③惠普公司是 1939 年由威廉·休利特和戴维·帕卡德创立的,其最早的产品是用于通讯、勘探、医学和防务领域的声波振荡器。如今该公司专门生产计算机、电脑打印机、电子仪器等信息产品,已经在世界十大信息产业中仅次于 IBM 公司和富士通而名列第三。1999 年,《财富》杂志全球最大 500 家企业排行榜名列 41,营业收入额 470. 61 亿美元,利润 29. 45 亿美元,资产额 336. 73 亿美元。该公司有一套很著名的企业文化,人们一般称为“惠普方式”的商业哲学。其基本内容是:第一,信任并尊重个人;第二,注重高水准的成就和贡献;第三,以不妥协的正直进行商业经营;第四,通过团队工作实现共同目标;第五,鼓励灵活性和创新。摩托罗拉公司也是一个优秀的企业,成立于 1930 年,最早生产汽车收音机与音响,后来发展到无线对讲、宇航通讯产品。在 1999《财富》杂志全球 500 强排行榜上名列第 100 位,营业收入额 293. 98 亿美元,利润 9. 62 亿美元,资产额 287. 28 亿美元。该公司的企业文化的基本理念是精诚公正、以人为本、跨文化管理中的本土化。其以“以人为本”为理念的企业文化的具体内容是:尊重每一个员工作为个人的人格尊严,开诚布公,让每位员工直接参与对话,使他们有机会与公司同心同德,发挥出各自最大的潜能;让每位员工都有受培训和获得发展的机会,确保公司拥有最能干、最讲究工作效率的劳动力;尊重资深员工的劳动;以工资、福利、物质鼓励对员工的劳动作出相应的

---

① [美]特伦斯·迪尔、艾伦·肯尼迪:《企业文化——企业生活中的礼仪与仪式》,李原、孙健敏译,中国人民大学出版社 2008 年版,第 14 页。

② [美]特伦斯·迪尔、艾伦·肯尼迪:《企业文化——企业生活中的礼仪与仪式》,李原、孙健敏译,中国人民大学出版社 2008 年版,第 15 页。

③ [美]林恩·夏普·佩因:《公司道德——高绩效企业的基石》,杨涤等译,机械工业出版社 2004 年版,第 7 页。

回报；以能力为依据；贯彻普遍公认的——向员工提供均等发展的机会的政策①。美国著名管理学家约翰·P. 科特(John P. Kotter)和詹姆斯·L. 赫斯克特(James L. Heskett)曾对优秀的企业做了研究，他们在《企业文化与经营业绩》一书中提出：经营业绩出色的企业都有一个共同的特征，那就是都有出色的企业文化指导自己的行为。弗里切曾将这些特征总结为表 10－1 所示：

表 10－1　经营业绩出色的企业的一些特征

文化特征
1. 有强有力的公司文化。 2. 公司文化适合企业经营的环境。 3. 公司文化帮助公司预见环境的变化，并帮助其调整以成功地适应这些变化。
价值观系统的重点
(主要的利益相关者，特别是顾客、雇员和股东) 1. 真诚地关心主要的利益相关者。 2. 关心是长期的。 3. 强调正直。
公司行为
文化表现出色的公司是那些拥有促进符合伦理行为的共同价值观的组织。

资料来源：[美]戴维·J. 弗里切著：《商业伦理学》，机械工业出版社 1999 年版，第 111 页。

(二)企业文化的核心是价值观

企业组织成功的关键是企业文化，而企业文化的核心则是价值观。特伦斯·迪尔和艾伦·肯尼迪说："价值观是任何企业文化的基石。"②前文已述，企业文化包括物质文化和精神文化，但物质文化是死的东西，而精神文化则是活的东西，死的东西要靠活的东西来激活；精神文化是企业文化的关键，是企业成功的驱动力量。因此，企业成功必须充分发挥精神文化的能动作用。而精神文化的核心是价值观，因此，企业经营管理行为又是靠价值观来驱使的。

"价值"是一个含义十分复杂的范畴，在不同学科里有不同的含义。从哲学角度来看，价值的一般本质在于，它是现实的人的需要与事物属性之间的一种关系。某事物或现象具有价值，就是该事物或现象能满足人们某种需要，成为人们的兴趣、目的所追求的对象，就是该事物或现象相对于人有效用、意义、

① 刘光明：《中外企业文化案例》，经济管理出版社 2000 年版，第 12—14 页。

② [美]特伦斯·迪尔、艾伦·肯尼迪：《企业文化——企业生活中的礼仪与仪式》，李原、孙健敏译，中国人民大学出版社 2008 年版，第 21 页。

作用、功能，可以为人所赞赏、体验、享用。价值可以依据不同标准划分为不同的类型，如从价值主体人（需要）的角度，可分为目的价值和手段价值，其中目的价值是事物或现象满足人的需要所形成的价值，手段价值是与目的价值的实现与完善有关的价值，目的价值决定手段价值，手段价值检验目的价值①；从人的需要的类型即物质需要和精神需要的角度，可分为物质价值和精神价值，物质价值又可分为自然价值、经济价值，精神价值又可分为知识价值、道德价值和审美价值、宗教价值等等，精神价值就是真善美的统一。另外，还有一种与物质价值和精神价值并列的特殊的价值类型——人的价值，这是与人的全面而自由的发展相联系的价值种类②。

当人们用价值来评价事物或现象时，就形成价值观。所谓价值观，是指人们关于什么是价值、怎样评判价值、如何创造价值等问题的根本观点。其内容一方面表现为价值取向、价值追求，凝结为一定的价值目标；另一方面表现为价值尺度和准则，成为人们判断事物或现象有无价值及价值大小的评价标准。思考价值问题并形成一定的价值观是人们使自己的认识和实践活动达到自觉的重要标志。由此看来，价值观就是人和组织的信念。

同样根据价值类型的划分标准，也可以把价值观划分为若干种类。按第一种标准，有目的性价值观和手段性价值观；按第二种标准，有物质价值观、精神价值观和关于人的价值观，若进一步对物质价值观和精神价值观进行划分，那么我们大致可以归纳出自然价值观、经济价值观、知识价值观、道德价值观、审美价值观和宗教价值观等。在物质价值观与精神价值观之间，我们可以发现两者经常处于冲突和紧张中。因为前者的价值取向是利润、绩效、效率、富裕、繁荣，它通常以物质产品为载体，可用金钱来衡量，后者的价值取向是正确、道义、义务、责任、诚信、信仰、美丽，它通常以主体的行为或精神产品为载体，不可用金钱来衡量。从某种意义上说，人们的实践活动就是解决这两者的冲突，谋求两者的和谐与合作。

由价值观所引发的行为及其后果就是伦理。两者并非完全同一。美国著名企业管理伦理学者唐玛丽·德里斯科尔和迈克·霍夫曼说：“价值观是形成态度和促发行为的重要信念，价值观能在身边无人或无人知道怎么做时教

---

① 李德顺：《价值论》（第2版），中国人民大学出版社2007年版，第125页。

② 李连科：《价值哲学引论·前言》，商务印书馆1999年版，第9—11页。

你如何作为。”[①]“伦理是我们在对与错之间作出选择，或者更典型地说，员工在两种权利之间作出选择时所进行的思维过程的体现。”[②]但是，两者又是携手并进、密切联系的。“单有价值观而不作伦理决策显得空洞而抽象，而缺乏价值观引导的伦理决策犹如蒙住眼睛行事。价值观使我们明白伦理决策的重要性；遵照伦理行事有助于我们选择正确的价值观。”[③]如果打个比方的话，价值观就是一个包含丰富内容的框架或盒子，而伦理则是这个盒子里的东西。当然，价值观本身是一个中性的词汇，因为人们可以持不同的甚至相反的价值观。但是，我们的目的是为了让人们的行为趋向于“善”、“正当”，而不是“恶”、“不正当”。因此，我们假定给定的价值观是正面的，把伦理也视为正向的。“‘诚实’、‘责任’、‘公平’和‘忠诚’这类词都是价值观的具体化。”[④]

（三）价值观的管理功能

相对于企业管理活动，价值观具有重要功能。特伦斯·迪尔和艾伦·肯尼迪说：“价值观作为经营理念的核心，为所有员工提供了一个共同的目标，并成为他们日常工作中的行动指南。”“企业能成功经常是因为它们的员工能够认同、信奉和实践组织的价值观。”[⑤]他们在《企业文化》一书的开篇就举了一个令人感动、令人深思的故事。

NCR公司（National Cash Register）前董事会主席艾伦（S. C. Allyn）很喜欢和别人谈起发生在自己公司里的这样一个故事。那是在1945年8月，艾伦作为盟军方面战后进入德国的首批民间人士，前去了解该公司战前设在当地的一家工厂的状况。这家工厂在战前刚刚建成，不过很快就被德军下令充公，并服务于战争。艾伦乘坐军用飞机来到这里，然后需要步行穿过一大片残垣断壁，才能到达工厂。就在艾伦在废墟中艰难行进时，意外地遇到了两个已经六年未曾谋面的NCR员工。他们衣衫破旧，满面灰尘，正忙着清理残砖碎瓦。

---

① ［美］唐玛丽·德里斯科尔、迈克·霍夫曼：《价值观驱动管理·导论》，徐大建、郝云、张辑译，上海人民出版社2005年版，第4—5页。

② ［美］唐玛丽·德里斯科尔、迈克·霍夫曼：《价值观驱动管理·导论》，徐大建、郝云、张辑译，上海人民出版社2005年版，第5页。

③ ［美］唐玛丽·德里斯科尔、迈克·霍夫曼：《价值观驱动管理·导论》，徐大建、郝云、张辑译，上海人民出版社2005年版，第6页。

④ ［美］唐玛丽·德里斯科尔、迈克·霍夫曼：《价值观驱动管理·导论》，徐大建、郝云、张辑译，上海人民出版社2005年版，第5页。

⑤ ［美］特伦斯·迪尔、艾伦·肯尼迪：《企业文化——企业生活中的礼仪与仪式》，李原、孙健敏译，中国人民大学出版社2008年版，第21页。

当艾伦走近他们时，其中一个人抬起头来对他说："我们就知道你会来的！"艾伦加入了他们的行列，三个人一起开始清理废墟，重建被战火摧毁的工厂。NCR 公司就是这样在世界大战的炮火中生存下来的。几天后，当他们还在清理现场时，吃惊地看到一辆美军坦克径直开进了工地。一个美国士兵手握方向盘，冲他们咧嘴笑道："你们好！我是奥马哈，NCR 的员工，你们几位这个月的定额完成了吗？"艾伦走上前和那个美国士兵紧紧拥抱。战火可摧毁周围的一切，但 NCR 公司勤奋、开拓、强调销售的文化却完整地保留下来。迪尔和肯尼迪认为，这则故事意味着，企业是人的机构，而不是豪华建筑、财政利润、战略分析或五年规则。对于三个把 NCR 公司从废墟里挖出来的人来说，NCR 绝不仅仅是一家工厂，而是一个有生命的组织。一个公司真正存在于员工的头脑与心灵之中。NCR 公司过去和现在都具有一种企业文化，它是价值信念、传奇神话、英雄人物和象征标志的集合体，这一切对公司里工作的人们来说意义深远①。

在日本也发生过这样一个故事：有位丰田车的车主在下班走向自己的车时看到一位西装革履的老人在用一条真丝手帕为他擦车，感到特别奇怪，就走过去问道："老人家，看您老这么大年纪，又好像不缺钱，为什么要为我擦车呢？"老人答道："我退休前是丰田公司的职员，我无法容忍见到变脏了的丰田车！"这一故事说明，丰田公司具有一种使其发展壮大并成功走向世界的价值观：团队意识。正是这种价值观溶入了员工的血液，丰田才成为一个坚强的、富有生命活力的命运共同体。

上述两则案例都反映了企业管理为什么需要价值观。唐玛丽·德里斯科尔和迈克·霍夫曼认为，当今社会中多元化、全球化、成本的压力、实际工作、战略联盟、团队工作、企业家和企业家精神、被缩减和撤销了的政府规定、24 小时大众传播媒体的竞争等变化趋势，是人们大力提倡的"价值观驱动的管理"的理由②。这就是说，在他们看来，价值观是当今企业管理的驱动力。他们认为，价值观的管理功能至少有四：第一，价值观可以帮助企业避免违法行为，引导企业正确行为。第二，没有价值观的企业是冒险的企业，它们在市场

---

① ［美］特伦斯·迪尔、艾伦·肯尼迪：《企业文化——企业生活中的礼仪与仪式》，李原、孙健敏译，中国人民大学出版社 2008 年版，第 3—4 页。

② ［美］唐玛丽·德里斯科尔、迈克·霍夫曼：《价值观驱动管理》，徐大建、郝云、张辑译，上海人民出版社 2005 年版，第 15—16 页。

中声誉受损、股票价格下跌,并且侵蚀消费者的信誉。第三,在具有良好的价值观、并视其为生命的公司里,员工的士气就高涨。他们借用跨国会计事务所普华永道公司的主席尼古拉斯·穆尔的话说:“伦理价值观是将高度分散的组织聚在一起的黏合剂。”①第四,推崇共享的价值观,而不是推崇一种不信任员工的文化,会激励员工迈向成功。“加里·韦弗和琳达·特里维诺教授的研究结果表明,以价值观为基础的文化能够带来几个方面的利益,包括伦理问题意识的增强,对组织的委身(组织角色与非正式组织角色之间矛盾的减少)、员工的诚信、愿意敞开胸怀交流问题、愿意将违反道德规范的事汇报给管理人员、决策的改进、愿意就道德问题听取指导,并且减少不道德行为的发生等等。”②

综上所述,我们可以把价值观的管理功能大致归纳为如下几点:第一,价值观影响决策者的思路和感觉,是决策者的行动指南;第二,价值观使企业成员对企业管理目标和行为产生认同感,有助于增强企业的稳定性;第三,价值观体现了企业成员对企业管理活动中的善恶对错好坏判断和选择所坚持的标准;第四,价值观规定了企业的责任,包括对企业内部特别是成员的责任,有利于成员效忠于企业,也包括对社会的责任,有利于成员因企业履行这种责任获得很好的形象而增强自豪感;第五,价值观可以作为一种规范和控制机制,引导和塑造成员的道德观念、职业态度和行为选择;第六,价值观通过为企业成员提供言行举止标准,形成一种黏合剂,凝聚组织,提高士气,体现企业风范,推动企业发展。

总之,企业价值观的重要性就在于,它是企业成员思想和行为的“模塑剂”;是企业作为共同体的“黏合剂”;是激励员工行为的“兴奋剂”;是企业文化优势转化为核心竞争优势的“催化剂”③。正如得克萨斯仪器公司主席汤姆·恩格鲍斯在公司新的价值观文件的前言中所言:“如果得克萨斯仪器人打算继续在高度竞争的全球市场中获得成功,我们必须具有创造性,快速行动,我们必须有效地并肩战斗,我们必须深思熟虑地作出决策——在工作现

---

① [美]唐玛丽·德里斯科尔、迈克·霍夫曼:《价值观驱动管理》,徐大建、郝云、张辑译,上海人民出版社 2005 年版,第 26 页。

② [美]唐玛丽·德里斯科尔、迈克·霍夫曼:《价值观驱动管理》,徐大建、郝云、张辑译,上海人民出版社 2005 年版,第 26 页。

③ 胡宁、张鑫:《价值观管理基础理论研究述评》,《道德与文明》2007 年第 4 期。

场、在工厂、在办公室。要做到这些,我们就绝不能事事都要根据规则或政策,而要根据公司的价值观和原则行事。"①

三、何种价值观驱动管理

在"价值观驱动管理"的时代,企业文化建设中必须首先抓好价值观建设,人们对这一看法可能已没有很大分歧。但这只是在价值观为什么重要这一层面上取得共识,而在究竟是什么价值观这一层面上则仁者见仁、智者见智。这主要由于两个原因:其一,每一个企业都有自己的特殊性和丰富的个性,为了获得竞争优势,其价值观的选择以不与"他者"重复为宜;其二,价值观是一个丰富复杂的系统,在内容上可以说有无数条,古今中外思想史上的价值观无法枚举,在性质上有合理的与不合理的之分,在关系上相互补充也可能存在冲突,因而企业对于价值观有一个根据自身特点进行选择的问题。但是,根据人类社会的共有特点和人类的共有偏好,我们也应该承认一些基本的人类价值,正如德国制度经济学家柯武刚和史漫飞指出的:"每个人自己特有的目标都不同于他人的目标,并随时间不同而发生变化。但当个人追求自己的特有目标时,他们的行为一般仍要服从并依赖于大体相似的基本价值。不管人们的背景和文化是什么,绝大多数人,在选择范围既定的情况下,都会将实现若干极普遍的基本价值置于高度优先的地位上,甚至不惜为此损害其他较个人化的愿望。"②这些经营管理的 DNA 大体上有:自由、公正、安全、和平、繁荣、宜人的自然环境和人工环境等。而这些基本的、普遍的人类价值也是适用于企业,可以具体化为企业的价值观,并以之驱动管理的。企业应该将它们纳入自己的经营管理价值观中。"如果公司的伦理法则不是基于一套核心的普遍道德价值之上,那么,它将缺乏伦理上的正当性,进而缺少规范的合法性,招致伦理批评。"③因此,尽管我们并不要求所有企业都要选择一样的价值观,也不要求企业选择人类所有的基本价值,但是,只要企业有兴趣进行"价值观驱

① [美]唐玛丽·德里斯科尔、迈克·霍夫曼:《价值观驱动管理》,徐大建、郝云、张辑译,上海人民出版社 2005 年版,第 38 页。

② [德]柯武刚、史漫飞:《制度经济学——社会秩序与公共政策》,韩朝华译,商务印书馆 2000 年版,第 84—85 页。

③ Schwartz, Mark S. , Universal Moral Values for Corporate Codes of Ethics, *Journal of Business Ethics*, 2005, p. 30.

动管理”,那么企业的价值观就应该蕴涵如上基本价值并具有如下共性:以“顾客导向”为纲领、以“清晰简明”为特征、以“知行合一”为目的。

(一)“顾客导向”的纲领

“顾客导向”就是企业的经营管理活动中必须以重视、尊重顾客为工作核心,企业的计划、组织、控制、领导、营销、广告等事务都必须服从于顾客及其需要:以顾客的需要为管理的出发点,以顾客的需要为管理的归宿,以顾客需要的满足为管理成功的检验标准。“管理最基本的基石就是贴近顾客,满足他们的需求,并进一步预测其未来所需。”①

作为一种有效实现企业管理伦理的方法,顾客导向由企业的以下管理行为来确证。

1. 服务至上

“服务至上”几乎是所有优秀企业在管理上的基本特征。IBM 公司的托马斯·沃森在担任该公司总裁时曾对这一价值观念进行了令人折服的分析:“随着时间的积累,优质服务几乎已经成了 IBM 的象征。很多年以前,在一则广告上,我们用醒目的字体简短地写道:‘IBM 就是最佳服务的标志!’我始终认为这是我们最理想的广告。因为它真正表达出了 IBM 的经营立场,即要为顾客提供世界上最一流的服务。在与 IBM 签订的契约单上,不仅是机器的租售,同时还包括所有的服务项目(如机器本身的安装服务和顾客向 IBM 员工的进一步咨询和建议等)。”②为使这种价值观真正落到实处,IBM 采取了许多卓有成效的措施:每个月定期评估顾客的满意程度,把评估结果与员工特别是资深的主管人员的薪酬结合起来;要求高级主管经常外出拜访客户;开展密集训练;建立“联合损失核查制度”等。我国海尔公司也坚持优质服务的观念,他们提出了“三零”(产品零缺陷、使用零抱怨、服务零烦恼)服务目标,其产品售出后,贯彻执行“一、二、三、四服务模式”,即一个结果:顾客满意;两个理念:带走用户的烦恼——烦恼到零,留下海尔真诚——真诚到永远;三个控制:服务投诉率小于 1/10 万,服务遗漏率小于 1/10 万,服务不满意率小于 1/10

---

① [美]托马斯·彼得斯、罗伯特·沃特曼:《追求卓越——美国优秀企业的管理圣经》,戴春平等译,中央编译出版社 2004 年版,第 138 页。

② [美]托马斯·彼得斯、罗伯特·沃特曼:《追求卓越——美国优秀企业的管理圣经》,戴春平等译,中央编译出版社 2004 年版,第 141 页。

万；四个不漏：一个不漏地记录用户反映的问题，一个不漏地处理用户反映的问题，一个不漏地将处理结果反映到设计生产部门，一个不漏地进行跟踪服务和信息收集。他们认为，“用户永远是对的”。他们发现四川农民用洗衣机洗地瓜时洗衣机的水管常常堵住，于是立即从技术上加以改进，很快推出了可以洗地瓜的“洗地瓜机”，此后，还为公共食堂开发了削土豆皮的“洗衣机”、为青海和西藏地区人民打酥油茶的“洗衣机”，适应了用户的需求，受到用户的普遍欢迎①。

2. 质量至上

坚持“服务至上”观念的企业大都是坚持“质量至上”的，因为两者是一而二、二而一的关系，都以“顾客导向”为纲领，只不过前者考虑的是产品和服务提供之后，后者关注的是产品和服务提供之前，即从源头上做起。质量是企业生产和经营管理水平的综合反映，也是企业管理道德水平高低的重要标志。托马斯·彼得斯在《乱中求胜——美国管理革命通鉴》中指出，质量是实际的，但质量也是道义的和美学的，并且是感性的和主观的。它是一种出乎意料的微小感觉，能使用户感到设计者和生产厂家对顾客的关心。强调“质量至上”就是强调全面质量管理。罗宾斯认为，全面质量管理通过“强烈地关注顾客”，“坚持不断地改进”，“改进组织中每项工作的质量”，“精确地度量”、“向雇员授权”，特别重要的是，尊重企业内外“每一个与组织的产品和服务打交道的人”即顾客，树立起“建立组织对持续改进的承诺”之目标等措施体现出来②。所以，从伦理角度看，“质量至上”的背后隐藏的实质和根本原因就是尊重顾客的伦理动机在起作用。优秀企业对优秀质量的追求极为狂热，在质量管理上也极为苛刻。比如麦当劳，多年来一直坚持“质量过硬，服务到家，清洁卫生，货真价实”（Quality，Service，Cleanliness，and Value，简称 Q. S. C&V）的口号。其创始人雷·克劳克说：“我一有时间就会重复‘Q. S. C&V’这一口号。我认为它能帮我们架起通向大西洋的桥梁。”③他和高层领导小组中的其他管理者亲自参与对“Q. S. C&V”四个标准的检验。该公司 1980 年年度报告第四页的开头写着这样一句话：“质量是麦当劳的座右铭，是‘Q. S. C&V’的第一个

① 罗长海等：《企业文化建设个案评析》，清华大学出版社 2006 年版，第 352—353 页。

② [美]斯蒂芬·P. 罗宾斯：《管理学》，黄卫伟等译，中国人民大学出版社 1997 年版，第 41 页。

③ [美]托马斯·彼得斯、罗伯特·沃特曼：《追求卓越——美国优秀企业的管理圣经》，戴春平等译，中央编译出版社 2004 年版，第 153 页。

词,因为它是顾客每次光临麦当劳所要追求和享受的!"①正如托马斯·彼得斯和罗伯特·沃特曼所言:"真正以过硬的质量和服务作为经营导向的公司,的确是在竭尽所能地追求完美,也真的只有靠这种强烈的信念才能把整个公司团结起来。"②

3. **倾听顾客意见**

"倾听"已是当代社会人的第一大美德。倾听能够让人恢复尊严、消解不良情绪、平静心态、和谐交往。对于倾诉者而言,倾听可以使他们不再为不良情绪所干扰,也会缓解心中挥之不去的紧张、不安和焦虑;对于倾听者而言,倾听显示的是对他人的尊重、同情、宽容和理解。企业在经济交往和管理活动中为赢得竞争优势,必须时刻注意顾客的需要,而注意顾客需要就必须倾听他们的意见和呼声,把握他们的思想脉搏。像过去那种"我生产什么,你就消费什么"的不顾市场需求和顾客意见的生产经营行为,不免霸道和武断,其中没有丝毫倾听的道德意味;而像当今流行的"你需要什么,我就生产和销售什么"的社会营销观念和注重顾客满意度的生产经营行为,就显得人道和柔情,其中充盈着倾听的美德。倾听能密切企业和顾客的关系,提高自身的技术水平、管理水平、生产质量,确立良好形象。因此,优秀企业都非常注意倾听来自顾客的声音。"优秀公司不仅在服务、产品质量、可靠性和产品发展战略上表现突出,同时更是顾客的最佳听众。他们之所以能在各方面表现得如此突出,主要在于他们能尊重顾客的要求和建议,能聆听顾客的意见,并邀请顾客到公司来参观。事实上,顾客和这些优秀公司之间确实是最佳的合作伙伴关系。"③

(二)"清晰简明"的特征

企业所确立的价值观应该清晰简明。"基本价值观就应该非常清晰且独特,以便每个员工都能记入脑海中。"④比如,得克萨斯仪器公司的核心价值观是"诚信、创新和尽职"。每项价值观都有两个描述性的、也可以称为原则的

---

① [美]托马斯·彼得斯、罗伯特·沃特曼:《追求卓越——美国优秀企业的管理圣经》,戴春平等译,中央编译出版社2004年版,第154页。

② [美]托马斯·彼得斯、罗伯特·沃特曼:《追求卓越——美国优秀企业的管理圣经》,戴春平等译,中央编译出版社2004年版,第160页。

③ [美]托马斯·彼得斯、罗伯特·沃特曼:《追求卓越——美国优秀企业的管理圣经》,戴春平等译,中央编译出版社2004年版,第175页。

④ [美]唐玛丽·德里斯科尔、迈克·霍夫曼:《价值观驱动管理》,徐大建、郝云、张辑译,上海人民出版社2005年版,第35页。

短语对其加以解释,“诚信”的描述语是“尊重人”和“做诚实的人”、“创新”的描述语是“学习与创造”和“大胆行动”、“尽职”的描述语是“承担责任”和“献身”①。美国纽约州电力燃气公司的核心价值观是“卓越、创新、诚信、团队精神、关怀、责任”,公司行为准则还对每种价值观都做了简要的说明②。真正对“价值驱动”方法有清晰理解的企业,其价值观都是用清晰明白的语言表达的,这可以让所有的读者都能真切感受到该企业所要传播的信息,包括其价值吁求。

(三)“知行合一”的目的

价值观是用来指导行动的。因此,价值观确立之后,企业的一切人员就应该把它贯彻于行动中去。人们对于一个企业的评价并不是只看其说了什么,更重要的是看其做了什么。托马斯·彼得斯和罗伯特·沃特曼认为,优秀公司都具有如下特质:“它们喜欢立即着手解决问题,以行动为导向。”③“去干、去弄、去试”是它们最喜爱的格言。企业管理选择某价值观,还只是在“知”的范围,要取得积极的效果,必须企业所有人员都深入理解和消化价值观,并把践履它的实际行动统一起来,以促进价值观内化为企业及其所有人员的“品性”,外化为实际的行为,即进入“行”的领域。知而不行,知是无意义的;行而不知,行是盲目的。只有通过企业及其人员的群体化践履,在理解中做,在做中理解,不断增强践履价值观的能力,做到知行合一,才能达到价值观管理的目的。

---

① [美]唐玛丽·德里斯科尔、迈克·霍夫曼:《价值观驱动管理》,徐大建、郝云、张辑译,上海人民出版社2005年版,第33页。

② [美]唐玛丽·德里斯科尔、迈克·霍夫曼:《价值观驱动管理》,徐大建、郝云、张辑译,上海人民出版社2005年版,第79页。

③ [美]托马斯·彼得斯、罗伯特·沃特曼:《追求卓越——美国优秀企业的管理圣经》,戴春平等译,中央编译出版社2004年版,第105页。

第十一章

伦理管理:当代企业管理伦理实现的方法(二)

“价值驱动”所导致的实际行动就是“伦理管理”。价值驱动的重点在于价值观,主要表现为一种信念,是“道”;伦理管理的重点在于管理,主要表现为一种行为,是伦理价值观的践行机制,是“肉身”。“道”与“肉身”不可分离。在文化管理极为流行的今天,伦理管理作为一种行为,应成为当今企业界推崇的一种公司治(管)理方式。本章提出当代企业管理伦理得以实现的又一基本方法:开展“伦理管理”。所谓伦理管理,简单地说,是指企业自觉地以伦理价值观为指导,以企业管理中人与人、人与自然的和谐关系为中心,进行内部管理和外部管理的过程,它是当代企业管理伦理的践行机制。

中国国航:追求绩效与伦理的和谐

中国国际航空股份有限公司简称“国航”,英文名称为“Air China Limited”,简称“Air China”,其前身中国国际航空公司成立于1988年7月1日。

国航是中国航空集团公司的主业公司,是中国三大民用航空骨干公司之一。作为我国唯一载国旗的航空公司,承担着我国国家领导人出访专机任务及外国领导人来访我国国内航段专包机任务,被选定为2008年北京奥运会合作伙伴。

2004年12月15日,国航在香港和伦敦成功上市。2006年8月18日,国航在上海登陆A股市场,成为首家同时在伦敦、香港和上海三地上市的公司。

自2003年联合重组顺利完成以来，国航利润总额连续居国内航空公司首位，2005年利润占国内航空公司赢利总额的124.8%。2004、2005年连续获得“旅客话民航”活动用户满意优质奖。2005年获中国民航安全最高奖——“金鹏杯”。目前，国航拥有以波音、空客系列为主的各型飞机198架，通航22个国家和地区。航迹遍及100多个国家和地区，安全飞行500多万小时，运送旅客超过4亿人次，执行党和国家领导人专机飞行5000多架次。国航的综合实力已经跻身世界航空企业前20位。根据国航“十一五”发展规划，预计到2010年，国航运输总周转量将接近150亿吨公里，年均增长14.2%，跻身世界航空运输企业前15位。

国航的企业标志由一只艺术化的凤凰和邓小平先生书写的“中国国际航空公司”以及英文“AIR CHINA”构成。凤凰是我国古代传说中的神鸟，也是自古以来中华民族所崇拜的吉祥鸟。据《山海经》中记述：凤凰出于东方君子国，飞跃巍峨的昆仑山，翱翔于四海之外，飞到哪里就给哪里带来吉祥和安宁。国航标志是凤凰，同时又是英文“VIP”（尊贵客人）的艺术变形，颜色为中国传统的大红，具有吉祥、圆满、祥和、幸福的寓意，寄寓着国航人服务社会的真挚情怀和对安全事业的永恒追求。

作为中国民航业领军企业的国航正处于建设发展史最为辉煌的时期之一，历经改革重组、上市、加入联盟等诸多战略举措后，今天的国航这只“凤凰”已犹如重生，实力彰显。

当今国际航空市场风云变幻，国内外市场竞争不断加剧。如何使企业既能取得良好的经济绩效，又能更好地服务社会，谋求两者的和谐统一，是国航高层管理人员最为关注的话题，也是企业工作的重心。

追求高绩效

国航的企业文化对公司的定位和愿景是“具有国际知名度的航空公司”，其内涵是实现“主流旅客认可、中国最具价值、中国赢利能力最强、具世界竞争力”的四大战略目标。为实现四大战略目标，取得高经济绩效，国航采取如下措施：

一是推进五大战略。枢纽网络战略、成本优势战略（优化机队结构，提高机队与航线的匹配程度，提高飞机的使用效率；控制燃油消耗，降低燃油成本；推进集中采购，降低采购生产成本；利用电子客票、网上订票、电话销售中心、直销等方式节约销售费用；优化债务结构，降低财务费用）、客货并举战略、品牌战略(强力推进让旅客“放心、顺心、舒心、动心”的“四心”服务,以奥运为契机,改善服务质量,提升国航影响力)、联盟与合作战略(积极加入星空联盟,扩大销售渠道,提高市场管理能力,有效降低成本),打赢八场硬仗,并为此必须提升八种能力。

二是打赢八场硬仗。开山之战——圆满完成组织转型;修为之战——大幅提升运行品质;扭亏之战——欧美航线根本改观,创造更大经济效益;联盟之战——“两星”合作取得实效即管理水平和运行品质进一步提升、营销能力及渠道进一步扩展、国际化战略取得实质性进展;内陆之战——加快区域整合与区域枢纽建设;货运之战——强力提升货运经营能力;品牌之战——服务奥运提升品牌;突围之战——有力突破 IT 瓶颈。

三是建设八大能力。扎实的安全保障能力;战略配套和执行能力;可持续赢利的能力;团队合作能力;战略、理念和压力传导能力;风险管理和危机应对能力;资源的获取及利用能力;营造高效和谐环境的能力。

追求伦理:“四心”服务 顾客至上

纵观全球各大知名企业可以发现,企业成功的秘诀不仅在于要使企业的发展始终处于行业的领先地位,而且企业在发展壮大后应承担更多的社会责任。作为服务业的航空公司来说,可以有很多形式承担社会责任,但首要一条就是必须以服务社会的心态去做好本职工作。

国航自 2002 年推行“四心”服务以来,企业服务管理的规定与要求更加细化,服务意识在不断提高,顾客至上的服务理念也逐步增强,服务管理得到改善。

一是提升服务质量。国航的使命:满足顾客需求,创造共有价值。国航价值观:服务至高境界,公众普遍认同。国航精神:爱心服务世界,创新导航未来。国航经营理念:安全第一,旅客至上,诚信为本。

服务是企业竞争力的核心。一个企业要赢得顾客,每个环节的工作都要最大限度满足旅客合理需求。而服务质量既是航空公司生存和发展的根本也是航空公司的品牌。国航要打造世界品牌,综合服务质量必须要达到国际水平。

因此,国航董事长李家祥在 2002 年提出了“放心、顺心、舒心、动心”的“四心服务工程”。

所谓“放心”是以安全为核心的服务,是让旅客选择国航后,对生命财产感到放心和安心,安全是最重要的服务。“顺心”是以航班准点、旅途各环节顺利通畅为主要内容的服务要求。旅客从购票到乘机、到达目的地,全过程是顺利圆满的。“舒心”,是保证乘客在乘坐航班过程中感到舒适、惬意和愉快。“动心”是根据旅客的特殊要求和一些具体情况积极创造条件及时为顾客提供打动人心的个性化服务。

“四心”服务是指导国航整个运营服务系统提升水平、打造品牌、提高核心竞争能力重要理念。“四心”服务理念从旅客感受的角度,形象地表达了国航在安全、正点和人本服务、个性化服务等方面应该达到的要求,从内容上涵盖了整个服务系统,既是对服务过程的要求,也是服务必须达到的结果,从更高的层次、更宽的视野,深化了对服务内涵和外延的认识,对提高服务质量,提升市场竞争力有重要指导意义。

从实际执行效果来看,从事客舱服务的空中乘务员推行让旅客“放心、顺心、舒心、动心”的“四心服务”工程,服务品质一直受到广大旅客的赞赏。

二是服务奥运、展国航风采。国航作为基地航空公司、2008 年北京奥运会合作伙伴,是奥运会的直接参与者,因而国航服务质量的高低,不仅关系到国航的形象和声誉,更直接代表着的中国的形象。为认真抓好“迎奥运、讲文明、树新风”活动,国航党委十分重视,多次对活动进行研究部署,对工作进展作出具体安排,统一思想,明确目标和任务。

国航在全体员工特别是一线员工中开展“弘扬奥运精神、倡导优质服务”活动,以深化“放心、顺心、舒心、动心”的“四心”服务理念为主要内容,在售票口、值机柜台、客舱、货运等窗口服务人员中开展文明礼仪、职业礼仪、涉外礼仪教育,增强国航员工的国门意识、首都意识,较好地展示了国航良好的公众形象。国航飞行总队在新学员、飞行队伍和员工中,开展以“入总队门”、“登驾驶舱门”和“出国门”为主要内容的“三门教育”,增强员工的光荣感、社会责任感、职业使命感。国航客舱服务部开展“感动客舱”活动。

以奥运吉祥物为题材的彩绘“奥运吉祥号”飞机的一系列首飞活动,对营造奥运氛围,传播奥运理念,分享奥运精神产生了积极影响。

2006 年 11 月 13 日下午,一架喷绘有奥运福娃的 B737——800 飞机在北京精彩亮相。成为中央电视台、新华社、各省市电视台等 200 多家媒体的关注热点,也成为广大旅客的直接奥运体验。在互联网上,有关“奥运吉祥号”的相关报道和网页达 6 万多条,一架以飞机为载体的活动,在新闻媒体中享受如此殊荣，在中国民航史上非常罕见。在上海、成都、杭州、重庆、呼和浩特、广州、青岛、沈阳八个城市的首飞活动中，共承运旅客2075人次。“奥运吉祥号”的活动，激发了国航两万多名员工作为国航员工的自豪感，使他们体会到奥运精神与国航精神的结合。正如李家祥董事长所说，国航与奥运和中国体育的发展有着深厚的历史渊源。国航见证了中国奥运的发展，为中国体育做出了贡献。

国航正在借助奥运会平台，努力提升品牌知名度，实现效益最大化，开展互利双赢的良好合作，提升运营管理水平和服务品质，促进企业文化建设。

（资料来源：中共中央党校学习时报社国有企业改革与创新调研组：《追求企业发展与服务社会的和谐统一》，载《学习时报》2007年8月6日，有改动，案例名称是引者加的。）

一、“伦理管理”何所指

西班牙企业管理伦理（学）教授安东尼奥·阿根多纳把伦理管理当做一种管理体系来对待。在他看来，任何管理体系的首要特征都是它的合理性重点，管理体系的设计主要是为了监督、规范以及（如果必要的话）认证和审计过程，在此认识的基础上，他说：“伦理管理体系或方案是一套内部规则，公司的管理层用这些规则来规范和塑造行为，并监督与指导过程，以着眼于在组织内实现某些伦理性的目的。”①这一界定给我们如下启示：第一，伦理管理应被合理地理解为一种活动过程；第二，伦理管理要将伦理价值观与实际行为结合起来，“某些伦理性的目的”就是价值观，这体现了伦理管理对于价值驱动的重要作用；第三，伦理管理的具体内容就是他指出的“规范和塑造行为”、“监督与指导过程”；第四，伦理管理依赖于规则。

国内也有学者对伦理管理提出理解，较有代表性的是周祖城教授。他把伦理管理和道德管理当做意义相同的概念，认为：“所谓道德管理，是指通过对组织资源和组织成员的工作进行计划、组织、领导、控制，制定组织希望达到的道德目标，并尽可能以好的效果和高的效率实现道德目标的过程。”②这一

---

① ［西］安东尼奥·阿根多纳：《伦理管理体系的作用》，陆晓禾、［美］金黛如主编：《经济伦理、公司治理与和谐社会》，上海社会科学院出版社2005年版，第398页。

② 周祖城：《企业伦理学》，清华大学出版社2005年版，第311页。

界定也突出了伦理管理的过程性、伦理性特点，尤其值得肯定的是，它有机地联系了企业管理的效率目标与道德目标，揭示了两者的相互制约、相互促动的特性，并从理论上平衡了两者的关系，“以好的效果和高的效率实现道德目标”一语表明，企业管理的道德目标的实现并非没有成本的，它同样需要节约道德资源和其他成本。

结合价值驱动和安氏的“伦理管理体系”概念以及周祖城的定义，笔者认为，所谓伦理管理，是指企业在把握了伦理价值观后自觉地用伦理价值观来指导自己的经营管理活动的行为，或者说是企业用伦理价值观来进行公司治理的行为。它包括两个方面：其一，企业运用合理的伦理价值观来处理企业与内部员工的关系，即进行内部的伦理管理；其二，企业在合理的伦理价值观的指导下，确立经营目标、战略、战术，进行市场调研、产品设计与开发，树立品牌，开展市场营销（价格、广告、竞争等）、售后服务，塑造形象等活动，处理企业同消费者、供应者、竞争者、环境、社区、政府等的关系，即进行外部的伦理管理。

一般说来，公司治理主要有三种模式：基于政府或法律的；基于市场的；基于伦理的。我们可以通过对这三种模式的比较来凸显伦理管理的优势。当然，把这些治理模式进行比较，并不是说企业管理中只要进行伦理管理就行了。没有企业不是在管理中综合运用多种管理方法的。基于政府或法律的模式有明显的局限性：其一，法律的管辖范围是有限度的。法律是人们必须遵守的最为基本的行为规范，它并不约束所有的行为，只是对那些触犯了“最为基本的行为规范”的行为予以追究，而对那些一般的不道德行为并不追究。其二，法律是必须明确表述并公开颁布的，其制定或认可必须是合程序的、精确的、在一定时间内稳定的，这使其具有明显的滞后性，因此，法律不能被不断地更新，也不能很快地适应经济社会的发展。其三，法律大多是禁止性的，激励性较弱，它只是对那些“不应该的”行为作出禁止性规定，而对那些“应该的”行为则不作出说明，这使它只能惩恶，而不能劝善。其四，法律的实施成本高，它必须依靠强制性力量如各种司法机构来为自己开辟道路。基于市场的模式也有局限性：完全基于市场的治理模式必须具备完全竞争、信息充分、产权明晰等条件，而现实中的市场都是不完全竞争的、信息不充分的、存在外部性效果的。所以，经济活动和管理活动中常常出现“政府失灵”和“市场失灵”的现象。

基于伦理的治理模式则可以对上述两种治理模式进行纠偏。因为，其一，伦理管理是选择性的、自主的。企业管理是一种在经济目标与伦理目标之间进行取舍的价值选择性活动，经济目标是企业的压力，也是铁的规律，而伦理目标则不是，企业可以在伦理目标上进行努力，但人们不能强迫企业合乎伦理地行动。“在真正的伦理管理体系中，需要给予有关代理人以一定的自主空间。”“伦理管理体系必须为有关的当事人留有其自主决策的空间。”①其二，伦理管理是超越性的。一旦企业选择了伦理目标，其眼光就超越（不是掠过）了当下的经济目标，也超越了最低限度的伦理，而追求卓越。其三，伦理管理是无形的。虽然伦理管理也有一个节约道德资源的问题，但它不需要像法律那样的实施成本，企业管理一旦进入伦理领域，其良好效果就会物化在企业的组织结构、制度框架、人际关系、管理方式和企业员工的行为之中，通过企业价值观体现出来，但这些不太容易看见。最后，伦理管理是因时因地而变化的。一般说来，伦理价值观具有相对性。“每一个阶级，甚至每一个行业，都各有各的道德。”②适合于此企业的伦理价值观，就不一定适合于彼企业。因为每一个企业的具体情况都不完全相同。比如，大企业一般都把履行社会责任、追求卓越当做自己的经营信条，但这对于小企业就不合适，因为它们没有这种经济实力。所以，伦理管理是企业具体情况具体分析的优秀的管理方法论。

伦理管理与文化管理紧密联系在一起，可以说，它是文化管理的核心，是文化管理的具体化。张德教授认为，作为一种管理思想和管理理念的文化管理的特点在于“以人为中心”；作为一种系统的组织的管理学说和理论的文化管理的特点在于“以文化竞争力作为核心竞争力”；作为一种管理模式的文化管理的特点在于“把组织文化建设作为管理中心工作”③。笔者以为，这些都在一定程度上反映着伦理管理的特点，但考虑到当代企业管理的生态环境保护责任，因此我把伦理管理的特点归纳为以下几点。

其一，伦理管理以人与自然、人与人的和谐关系为中心。此处的“自然”不同于科学管理的“以物为中心”的“物”，“自然”是指生态环境和企业的环保责任，“物”在市场经济条件下是指货币、金钱等物质利益和物化了的人与人之间的关系。人与自然、人与人的关系是指企业管理中发生的各种与自然

---

①　［西］安东尼奥·阿根多纳：《伦理管理体系的作用》，陆晓禾、［美］金黛如主编：《经济伦理、公司治理与和谐社会》，上海社会科学院出版社2005年版，第397页。

②　《马克思恩格斯选集》第4卷，人民出版社1995年版，第240页。

③　张德、吴剑平：《文化管理——对科学管理的超越》，清华大学出版社2008年版，第29页。

的、人际的关系。

其二,伦理管理以道德竞争力作为核心竞争力。道德竞争力是文化竞争力的内核,主要表现为企业的道德形象、决策的道德正当性、道德行为、道德目标等伦理方面的造诣。它强调企业道德建设,重视发挥道德竞争力的作用,但是不同于企业道德或伦理理论。

其三,伦理管理把企业道德建设作为管理中心工作。企业文化建设包括企业物质文化建设、企业精神文化建设和企业制度文化建设等,过去只是把企业道德建设当做企业精神文化建设的一个组成部分。而伦理管理则要求把企业道德建设当做中心工作来对待,其他建设要围绕道德建设来进行。

二、如何开展"伦理管理"

宝洁的个性化留人之道

早在19世纪80年代,宝洁就首创了一周五天工作日及利润分享制;宝洁的工资水平通常由专业咨询公司在市场调查的基础上确定,以确保具有足够的竞争力吸引和留住员工,并使20%的优秀员工保持更高的工资水平。除工资外,宝洁的福利包括退休养老、医疗、住房、人身安全意外保险等。当然,宝洁的激励手段也不仅仅限于物质层面。

自我实现

在宝洁,内部选拔的职位晋升比率只有5%左右,为什么大部分员工仍心甘情愿一辈子为宝洁服务?这有两个方面的原因,首先宝洁的员工有着很强的归属感和认同感,更重要的是宝洁对个人有明确的期望和目标,并总是能够提供足够多的资源来帮助他们实现,这使员工的才能得到发展和发挥,成就感得到了极大的满足。

宝洁在与员工签订的劳动合同中,一般不含有关最低服务年限之类的条款。宝洁自信能够通过自身的魅力吸引和留住人才,并提供合适的待遇和发展机遇,使员工在自我实现中得到满意。

批评与褒奖不冲突

1999年,一位员工经常地被他的顶头上司批驳得体无完肤,几乎所有的方案都受到了驳斥。到了年底,他认为需要卷铺盖走人的时候,上司却意外地在绩效考核中给他打了高分。理由是,批评是因为他提出的方案的前瞻性不足,但他认真思考的程度和出色的工作业绩理应得到肯定。高标准、严要求和认可员工的努力和成绩在宝洁得到了完美的统一。后来,这位员工成长为一位出色的品牌经理。

多样的个性化激励

宝洁的激励措施既有荣誉激励,如荣誉称号,口头、书面和大会表扬,邀请员工参加各种决策等,还有物质激励,如提升工资,给予住房、股票等。此外,还有一个25%的员工都会拿到的特殊奖励。员工在获得该奖项后,他的上级经理会根据他的喜好奖励他,比如对喜欢看戏的员工,可以给他戏票;对喜欢美食的员工,公司会准许他出去大吃一顿回来报销等等,这项富有个性化和人性化的奖励,使员工直接感受到了公司和上级对自己的贴身关注,拉近了员工和公司的距离。

宝洁也十分重视员工的业余生活。员工拨打免费电话即可获得心理健康、理财、婚育、购房、交友等方面的服务;另外公司还支持组织各类业余俱乐部,开展多种文体活动,丰富员工的业余生活。

核心价值观的执守

宝洁公司的核心价值观是:领导才能(Leadership)、主人翁精神(Ownership)、诚实正直(Integrity)、积极求胜(Passionforwinning)和信任(Trust)。特别值得一提的是,在"主人翁精神"的核心价值观之下,宝洁给予员工高度的信任与自由度,不仅让员工自行安排工作内容与优先顺序,也不必打卡考勤,一切由员工自我管理,并赋予员工自主权与决策空间。因为宝洁相信员工会按照对公司整体最有利的方式进行规划,这种信任员工、尊重员工的信念,也是主人翁精神核心价值观能够有效落实的关键之一。

在核心价值观指导下,宝洁人力资源管理有了三大准则:第一,宝洁应该只雇佣具有优秀品质的人;第二,宝洁支持员工拥有明确的生活目标和个人专长;第三,宝洁公司应该提供一个支持和奖励员工个人成长的工作环境。

企业文化的养成教育

在中国,宝洁要求所有管理人员都必须通过一项极其严格的英文培训。这是因为在公司内部是必须说英文的,以便宝洁全球各个公司之间以及与宝洁总部之间保持直接、高效的沟通,同时也有利于共同继承、分享原汁原味的宝洁企业文化。

据说在宝洁(中国)公司的一次集体活动中,许多宝洁员工一同乘飞机,在飞机上大家继续用英文对话,结果飞机乘务员及其他旅客纷纷对他们侧目而视,认为都是中国人为什么还要用英文说话。殊不知,宝洁员工相互用英语讲话的习惯乃是宝洁企业文化传承的一个关键工具。

(资料来源:佚名:《宝洁的个性化留人之道》,中国人力资源开发网2008年8月27日,有改动网址:http://www.7158.com.cn/webs/articleInfo.aspx?articleID=2668。)

安东尼奥·阿根多纳认为伦理管理体系以"遵守、控制和培训为中心",有18个步骤①。周祖城认为,道德管理可以理解为对道德品质形成过程的管理,可以遵循管理的职能,从计划、组织、领导、控制等四个方面来展开②。这是以管理为中心,把伦理道德渗透到管理中去的方法。笔者以为,开展伦理管理,任何时候都不能遗忘伦理价值观,应该以伦理为中心,用伦理牵引管理。因此,最为关键的是如下三步:进行伦理决策——从源头上进行伦理管理、制定伦理准则——使伦理管理有章可循、建立操作机制——实现伦理管理的保障。这是一个从开始经过程到结束的管理运行流程。

(一)伦理决策

伦理管理的第一步是要进行伦理决策。决策是管理的核心功能,管理的第一步就是决策。著名管理学家西蒙说过,管理就是决策。罗宾斯把决策总结为一个共有八个步骤的过程:识别问题、确定决策标准、给标准分配权重、拟订方案、分析方案、选择方案、实施方案、评价决策效果③。他还说:"决策对管理者每一方面工作的重要性是怎么强调也不过分的。"④决策渗透于管理的职能特别是计划、组织、领导和控制之中。正因为决策是管理的关键,而伦理又在决策中发挥着非常重要的作用——从源头上保证管理是符合伦理的,因此,要对决策进行伦理考虑。对决策进行伦理考虑后形成的选择与行动(决策)就是伦理决策。所以,所谓伦理决策就是人们运用合适的伦理价值观念分析和评判具有伦理意义的问题(包括人和事)并作出适宜的道德选择的过程,包

① [西]安东尼奥·阿根多纳:《伦理管理体系的作用》,陆晓禾、[美]金黛如主编:《经济伦理、公司治理与和谐社会》,上海社会科学院出版社2005年版,第400—401页。

② 周祖城:《企业伦理学》,清华大学出版社2005年版,第311页。

③ 斯蒂芬·P.罗宾斯:《管理学》,黄卫伟等译,中国人民大学出版社1997年版,第119页。

④ 斯蒂芬·P.罗宾斯:《管理学》,黄卫伟等译,中国人民大学出版社1997年版,第123页。

括人和事的具有伦理意义的问题、有意识地进行伦理决策的人即决策者、进行伦理决策时的背景或境遇是其基本变量。这就要求决策主体(无论是企业中的个人,还是企业整体)具有很强的道德敏感性,决策时能顾及诸多道德因素。也就是说,决策主体在做决策时,要对决策进行伦理上的反思和追问。

决策总是与权力和这种权力的行使方式联系在一起。决策"首先表现为一种权力——决策权;其次表现为一定的方法或程序——决策方法和决策程序",所以,在决策中,"'谁拥有决策权'和'应该根据什么程序进行决策'是两个关键"①。人们对决策进行研究时,首先是根据效率原则进行技术分析,这时需要的是知识;而对决策进行伦理追问,最为关键的则是要考虑这几个范畴:动机、效果、利益、德性。

1. 决策的动机和效果因素

动机和效果可以转化为如下问题:动机方面,是为了什么做决策?效果方面,决策将会影响谁或带来什么后果?决策一定要考虑效果,因为其最终目标是效益,效益也就是伦理学中的功利或功效。但不能仅仅考虑效果,还必须对决策的动机进行分析。动机与效果要紧密结合起来,两者紧密结合的最好的工具就是责任。这种责任分为追溯性责任与前瞻性责任,追溯性责任"是指行为者为其行为承担后果的那种责任",这种责任模式"是以过去为导向的";前瞻性责任"是以未来的、要做的事情为导向。它是一种新型的责任模式"②。显然,企业决策的伦理动机相当于前瞻性责任,效果相当于追溯性责任。两者都不能忽视。

2. 决策的利益因素

利益可以转化为如下问题:决策将会影响谁的利益?同时还要考虑程序方面,决策符合法律和伦理规范吗?这里的关键是根据法律和伦理原则,把利益相关者纳入决策之中。利益相关者的利益并非完全一致,而是有差别,甚至冲突的。因而,决策行为应该民主化,考虑众多利益相关者的利益要求,而在考虑他们的利益要求时,最恰当的方式就是使众多的利益相关者都能够以适当方式表达他们的利益要求,把他们纳入到决策中来,让他们也能参与决策。"利益相关者在决策舞台上的出场是一件意义重大和影响广泛的事情,它不

① 李伯聪:《工程伦理学的若干理论问题》,《哲学研究》2006年第4期。

② 甘绍平:《应用伦理学前沿问题研究》,江西人民出版社2002年版,第125页。

但影响‘剧情结构和发展’，即舞台人物的博弈策略和博弈过程，而且势必影响‘主题思想和结局’，即应该作出什么性质的决策和最后究竟选择什么决策方案。”①

过去，人们往往把企业决策仅仅当做领导者、管理者、决策者或股东的事情，而现在“许多人都认识到：从理论方面看，决策应该是民主化的决策；从程序方面看，应该找到和实行某种能够使利益相关者参与决策的适当程序。应该强调指出，以适当方式吸纳利益相关者参加决策过程，不但是一件具有利益意义和必然影响决策结局的事情，同时也是一件具有重要的知识意义和伦理意义的事情”②。从知识方面看，利益相关者的知识和信息可以使决策更全面和完善，方案选择更为合理；从伦理道德方面看，利益相关者“能明显地帮助决策工作达到更高的伦理水准”，更为民主化，使决策更符合伦理道德标准。正如决策伦理学者德汶（R. Devon）所说：“把不同的利益相关者包括到决策中来会有助于扩大决策的知识基础，因为代表不同的利益相关者的人能带来影响设计过程的种种根本不同的观点和新的信息。也有证据表明在设计过程中把多种利益相关者包括进来会产生更多的创新和帮助改进跨国公司的品行。”“最后作出的决策选择也可能并不是最好的伦理选择，但扩大选择范围则很可能会提供一个在技术上、经济上和伦理上都更好的方案。在某种程度上，设计选择的范围愈广，设计过程就愈合乎伦理要求。因此，在设计过程中增加利益相关者的代表这件事本身就是具有伦理学意义的，它可能表现为影响了最后的结果和过程，也可能表现为扩大了设计的知识基础和产生了更多的选择。”③由此可见，企业与其利益相关者共同构成一个休戚与共的利益共同体，企业在决策中更多地考虑了利益相关者的利益，其行为就更符合伦理。

3. 决策者的德性因素

这涉及伦理决策的一个非常重要的问题，即伦理决策的主体是什么？企业决策的主体既有个体，也有企业整体。针对个体决策，决策者的德性因素考虑可以转化为如下问题：决策能使我满意并自豪吗？它符合我的道德价值观

---

① 李伯聪：《工程伦理学的若干理论问题》，《哲学研究》2006年第4期。

② 李伯聪：《工程伦理学的若干理论问题》，《哲学研究》2006年第4期。

③ 李伯聪：《工程伦理学的若干理论问题》，《哲学研究》2006年第4期。

吗？个体即企业领导者、管理者是否进行伦理决策比较好确定，只要考察其是否愿意进行伦理决策，也就是考察其道德观念、道德规范意识、道德态度，就可以得出答案。如果伦理决策主体是企业整体，情况就非常复杂。但是，当代企业管理中的决策在很大程度上是由企业整体作出的。其原因在于现代社会是一个越来越复杂的巨型系统，个人的行为活动空间越来越小，任何个人都无法宰制事物的变化发展。因此，事关多方面、多层次的决策都由整体性的主体来作出。

企业整体在作伦理决策时，关键是要认识到企业的社会本性。企业的社会性决定企业伦理决策必须站在社会立场上进行，也就是必须舍弃私人性和情感性，从社会或公众的角度进行抉择。企业整体的伦理决策会导致一系列的后果，所影响的绝不仅仅是作出决策的企业本身，而是会给利益相关者、社会带来非常大的影响。因此，企业整体的伦理决策必须以社会利益、长远利益、整体利益为重，而不能局限于本企业的眼前利益、局部利益和小团体利益。只有这样，企业决策才能彰显其内在具有的"德性"。

(二)伦理准则

伦理管理的第二步是制定伦理准则。在企业中开展伦理管理必须在企业内创建一种以伦理为基础的文化，而建设这种文化又需要一个蓝图，这个蓝图中必须包括一份正式的、书面的伦理准则，伦理准则对于企业管理活动意义重大。它既能够直接影响员工的伦理价值导向，也能影响员工对伦理价值的理解，还能影响企业文化建设和企业管理伦理的实现。最直接的意义在于它从行为上给员工和企业中的其他人提供充分的指导。托夫勒(B. L. Toffler)认为，伦理规范可以减轻员工了解复杂的伦理道德难题的感觉，并找到最好的解决方式①。福林和吉利安(Flynn & Gillian)认为，伦理规范可以增强员工在是非、对错判断上的理解水平，提高对法律规定的认识，从而让员工在工作中更得心应手②。

伦理准则也称道德规范，是人们的道德行为和道德关系的普遍规律的反

① Toffler, B. L., "*Managers Talk Ethics: Mak ingTough Choices in as Competitive Business World*", New York: Wiley, 1991.

② Flynn & Gillian, "Make Employee Ethics YourBusiness", *Personnel Journal*, Volume 74, 1995, pp. 30-37.

映和概括。伦理准则的出现有两种形式:一是“俗成”即自发形成;二是“约定”即人们有意识地制定。但无论哪种形式,伦理准则都是建立在人们的定的道德意识基础上的,集中体现社会价值观念的要求。伦理准则总是以“应该做什么”、“不应该做什么”等命令式语言为人们行为给出标准或划定边界,与其他社会规范相比,它的宗旨在于善与恶、正当与不正当的区分。一份伦理准则应当具有完整性,它不仅要包括一系列的密切联系、相互配合但又各有分工、各有所指的行为要求,而且要包括人们为什么要遵循这些要求的理由。伦理准则一旦形成就具有普遍性和公开性,它体现的是社会的整体意志,是针对一定时空内的所有的人和事的,必须相同情况相同对待;它也不能秘而不宣,而必须公开,让它所指向的对象对行为标准或界限清晰明白,否则,人们就会无所适从、不知所措。像这种完整、普遍、公开的伦理准则才能给人们的行为提供有效的指导。

企业管理伦理准则就是人们从道德方面对企业行为的愿望和要求。对于某一企业来说,它反映了企业所坚持的最重要的价值观,是企业为贯彻这种价值观而订立的公约或规章,它是该企业与其他企业、与社会、与员工等进行交往沟通的工具,因此其内容大致说来要包括企业对员工的要求、企业的运作标准、企业与社会和自然环境的关系等事务。因此,任何企业的管理都应该具有伦理准则。伦理准则也不只是做给企业员工看的,而是向整个社会展示其经营方式和企业形象。

不同企业,伦理准则的性质和宗旨各有不同,因而在内容和形式方面也就多种多样。詹姆斯·E.波斯特等认为:“伦理规范所涵盖的典型问题包括制定接受或者拒绝供应商所提供的礼物的指导原则,避免利益的冲突,保持专有信息的安全,避免人事实践中的歧视行为以及环境保护。最有效的准则是那些得到雇员的合作以及雇员规范参与其中的准则。”①缪尔·卡普坦因(Muel Kaptein)于2004年通过分析全球200多家大公司的伦理守则,发现大都包括如下内容:关于产品和服务质量、对当地法律和规则的遵守、对自然环境的保护方面的内容;对处理与利益相关者关系方面的内容;关于公司核心价值观方面的内容;关于伦理守则的遵守方面的内容。涉及的“伦理”主要有:诚实、公

---

① [美]詹姆斯·E.波斯特、安妮·T.劳伦斯、詹姆斯·韦伯:《企业与社会:公司战略、公共政策与伦理》,张志强等译,中国人民大学出版社2005年版,第139页。

平、合作精神、责任感、创新意识、透明与公开、不得歧视、不得贪污和欺诈等[①]。这已经是关于伦理准则的内容的非常具体的阐述了。一般说来,企业的管理伦理准则应包括两部分内容:一是表达企业的价值观或企业哲学的信条,阐明企业的目标和责任的一般性陈述;二是企业员工的行为准则。其目的在于给企业员工提供伦理决策的指导。形式方面,企业管理伦理准则应该是公开的、词句能清楚表达文件内容的。

企业管理伦理准则首先应强化核心价值观。这一核心价值观构成企业管理伦理的原则。任何一种伦理准则都有一个原则来统领。这个原则不是先验的,而从某种伦理实践活动中总结、抽象出来的,但是,一旦这个原则被人们通过理论思维抽绎出来,它就作为一根红线贯穿这个伦理准则体系,统领其他规范。企业管理伦理原则也是如此。在市场经济条件下,企业管理伦理准则体系的原则就是互惠互利。

企业管理伦理准则应有法律和道德两个方面的内容,也就是说,企业管理伦理准则制定的准绳是法律和道德。一是企业管理法规。伦理准则是以法律为底线的系统,分享这一伦理准则的人必须首先识别法律。企业管理法规是各企业的愿望、意志和根本利益的反映和表达,其目的是为了维护经营秩序,也是为了企业自身权利和利益得到实现。经营秩序的维护和企业自身权利的顺利实现,都需要制定企业管理法规。因此,企业管理法规是一种伦理,而遵守管理法规则成为一种道德义务。企业管理伦理准则也就必须将企业管理法规的内容吸纳进来。二是企业管理道德。企业管理法规虽然也是企业管理伦理的要求,但只是企业管理伦理的底线。从伦理学角度来看,企业管理法规仍然是"他律"性的,企业之所以守法,是由于对于管理法规的处罚的害怕心理使然,并非自觉地遵从。而"他律"性准则也仅仅是企业管理伦理准则的低层次要求。因此,如果说,企业管理伦理准则要取得很好的实践效果,就必须既有"他律"性要求,也有"自律"性要求。这就必须还包括企业管理道德方面的准则,以推动企业从合法向求德的发展和升华。企业管理道德的具体内容由诚实守信、公平交易、社会责任等构成。

(三)操作机制

伦理管理的第三步是建立操作机制。企业管理伦理的操作机制的关键是

---

① Kaptein, Muel, Business Codes of Multinational Firms: What Do They Say? *Journal of Business Ethics*, 2004, 50, pp. 13 - 31.

要做到三点：一是建立管理伦理平台；二是领导支持；三是教育培训。

1. **建立管理伦理平台**

伦理管理的伦理平台就是管理伦理委员会。对于“伦理委员会”，甘绍平教授和余涌教授在他们主编的《应用伦理学教程》中，从整个社会的角度给出了一个一般性的定义，“是一个由科学家、法学家、伦理学家、政治家、社会组织代表等组成的，对科研计划的伦理层面以及科技发展中呈现出的伦理冲突进行审议，通过理性论证寻求道德共识的机构”①。无论是国际层面，还是国家层面，“伦理委员会已日益成为决策形成的重要舞台”，“这种委员会既是一个科学机构，又是一个‘伦理上敏感的’机构”②，其主要功能在于为各种道德难题的解决提供最低限度的道德共识，帮助决策者作出符合道德的决策。它是民主原则向伦理学推广的必然产物。

企业管理决策中经常会遇到道德难题。“对于这些道德难题的解决，已不可能仅仅诉诸于个人的道德直觉和决疑术，它不但需要决策者的相关领域的知识，而且由于没有现成的规范可以依凭，就要求决策者要有道德反思和道德推理的能力。”③这样，建立一个保证企业决策的道德质量的机构——管理伦理委员会就是非常必要的了。事实上，伦理委员会在20世纪80年代中期起就开始在美国各个企业内部得到推广，到90年代中期，美国约有3/5的大企业建立了专门的企业管理伦理机构，欧洲约有一半的大型企业建立了负责企业管理伦理工作的机构。企业管理伦理委员会的出现既是社会经济发展的需要，也是现代企业管理活动自身发展的内在要求。

建立管理伦理委员会就是把企业管理伦理组织化的过程，也就是通过这一平台使企业管理伦理被员工接受和内化的过程。管理伦理委员会的功能在于：其一，咨询建议。这主要包括三个方面：一是对企业重大决策进行伦理评价，并提出建设性的意见；二是对可能涉及伦理问题的企业管理模式和生产技术的使用提供咨询；三是对企业和利益相关者之间出现的分歧或纠纷提供伦理方面的建议。其二，审查监督。这具体体现为：对企业决策的目的进行审查；对决策者和执行者的资格审查；对设计方案的审查；对决策涉及的相关事

---

① 甘绍平、余涌主编：《应用伦理学教程》，中国社会科学出版社2008年版，第42页。

② 甘绍平、余涌主编：《应用伦理学教程》，中国社会科学出版社2008年版，第42页。

③ 曹刚：《关于企业伦理委员会的伦理学思考》，《湖南社会科学》2008年第6期。

物的审查①。

基于民主原则的道德共识是"以相互尊重基础上的理性交谈与对话"而形成的，因此，管理伦理委员会成员需要有各方面的人员参加，"理想化的情形自然是所有的社会成员都应参与这种对话"，但在多元化的复杂的宏观社会里，这并没有实际可能性。因此，管理伦理委员会的建构就应采取代表制，当然，代表越全面、越广泛越好。社会上的伦理委员会尤其需要具有广泛性。

一个企业的管理伦理委员会相对简单，但也没必要所有的员工都参加，也可以选取利益相关者代表。其成员要有相关专家（包括企业管理及技术专家、伦理学专家）、管理人员、普通员工及其他利益相关者代表。其中的专业人员"必须掌握道德理论和相关的专业知识，必须拥有敏锐的判断力及前瞻性思维能力"②。"伦理委员会作为道德决策者，无论是哪一类人，不但需要具有一定的知识能力，而且更应普遍的具有起码的道德能力。其内涵有三个方面，即无偏私、规则意识和责任心。"③如此，一个符合伦理的企业决策才是可能的。

2. 领导支持

领导的支持在企业伦理管理中同样也是非常关键的。没有处于最高管理层的领导的支持，就不会有企业管理伦理建设活动，也就不会有伦理管理，而企业管理也就谈不上取得长期的成功。之所以如此，是因为企业领导才对企业管理事务拥有决策权。领导对企业开展伦理管理的支持主要体现在：

首先，企业董事会及其成员要讲伦理道德，并要对伦理道德负责。如果董事会及其成员本身不讲伦理道德，对企业员工的影响是非常大的，因为员工会效仿其行为；如果董事会及其成员不对伦理道德事务负责，对高级管理人员致力于发展企业文化的事务表现出冷漠或漫不经心的态度，那么，伦理管理的开展就是非常困难的事情。董事会对伦理道德负责的表现是对企业的伦理管理方案给予特别关注，当企业发生伦理危机时，能迅速作出正确的决策，提出合理的应对措施。

其次，设置伦理主管（或专门人员）来管理和监督这些方案的实施。伦理

---

① 曹刚：《关于企业伦理委员会的伦理学思考》，《湖南社会科学》2008 年第 6 期。

② 甘绍平、余涌主编：《应用伦理学教程》，中国社会科学出版社 2008 年版，第 43 页。

③ 曹刚：《关于企业伦理委员会的伦理学思考》，《湖南社会科学》2008 年第 6 期。

主管是专门负责指导并行使监察职能的管理人员，即道德领导。对担任伦理主管的人员应该有严格的要求。曾主持过Nynex公司的获奖伦理项目的前伦理主管格雷顿·伍德认为，伦理主管的理想条件包括：在公司里拥有高级职位；与首席执行官、董事会或董事会所属的委员会的沟通渠道畅通；在高层管理人员中受到高度的信任和尊重；能够获得所需的资源来影响内部程序的改变和进行调查；能够掌握必要的信息和支持机制来进行监督、评估、早期预警和侦察；能够提供必要的激励和奖励来有效地贯彻法纪；能够有效地利用媒介、公共论坛和法律等手段①。

最后，领导的率先垂范。“由组织领导首先示范很可能是建立和维持组织信誉最重要的因素。显然，企业雇员会首先观察传达组织伦理标准的直接上级所做的示范。通常，拥有大量权利的个体行为对塑造公司的伦理姿态关系重大，因为他们的行为能够传递的信息比写在公司声明中的信息要明确得多。”②许多调查结果也表明，领导讲道德，其所领导的企业也才讲道德。领导是管理战略的设计者、执行者，其本身的道德素质对整个经营战略的影响是关乎全局的。如果领导自身在道德素质上出问题，企业的伦理管理就是一句空话。因此，企业伦理管理的有效开展，与领导的率先垂范、遵法守德的行为密切相关。

领导既要有能力，也要讲道德。讲道德的领导由三个基本的要素构成③：一是关系。领导是要有追随者的，追随者包括高级管理人员、员工、顾客、供应商、社区成员等。领导与他（们）的追随者要建立互动的关系，这种互动关系是领导必须激起追随者对价值观的认同，认识到追随者的利益，给他们以权力，给他们创造机会，而追随者又会通过自己接纳企业价值观的回应来影响领导。二是激情。“展现自己对某些价值观的信奉还需要激情，需要对号召行动的情景作出热情地响应。”而追随者也要相信这些价值观，为其所激发、感动，并热情地响应领导。三是自主自愿的选择。领导应允许追随者对是否信

---

① [美]唐玛丽·德里斯科尔、迈克·霍夫曼：《价值观驱动管理》，徐大建、郝云、张辑译，上海人民出版社2005年版，第58—59页。

② [美]林恩·夏普·佩因：《领导、伦理与组织信誉案例：战略的观点》，韩经纶、王永贵、杨永恒主译，东北财经大学出版社、McGraw-Hill出版公司1999年版，第107页。

③ [美]唐玛丽·德里斯科尔、迈克·霍夫曼：《价值观驱动管理》，徐大建、郝云、张辑译，上海人民出版社2005年版，第60—61页。

奉、接纳他(们)所信奉的价值观进行自主决定。“伦理道德——包括讲道德的领导——若没有自由选择的余地，那就根本不是伦理道德。”

企业伦理管理是一个复杂的过程，并不是领导一声称开展伦理管理就能做到上行下效。许多企业积极进行道德建设，但仍然有不道德的行为出现，给企业生存发展带来危机，这就是“伦理管理失败”。“伦理管理失败”的重要原因之一是领导与追随者之间的信任关系和价值观链条出了问题，或者是领导言行不一，或者是追随者表里不一，这都可以归结为“道德领导失败”。唐玛丽·德里斯科尔和迈克·霍夫曼总结了失败的道德领导的七种征候①，笔者将其列表如下。

表10－2　七种失败的道德领导的征候

征候	表现及原因
道德盲点	领导应该看到而没能看到一种道德问题——或许是因为他们不注意，或许是他们根本就没有佩戴“道德眼镜”。
道德沉默	领导者没有或者不使用道德概念和道德语言。他们可能会说自己是信奉价值观的，但他们不谈论价值观，或者不强调价值观的重要性。
道德不连贯	领导者未能或者不想认识到，自己可能信奉的价值观中存在着不一致之处。或者他们未能仔细地考虑可以取得合适结果的各种可能的行动。
道德麻木	领导者不能把自己的价值观落实到行动上，其原因或者是因为他们不知道怎样做，或者是因为担心结果而止步不前。
道德虚伪	领导者并不真正信奉自己口头上赞成的价值观。他们说一套做一套，或者不愿意自己去做的事情便让别人去做。
道德分裂	领导者没有一套统一的价值观。
道德自满	领导者相信，由于他们是他们自己，所以永远不会做错事。或许因为他们认为自己是好人，因此就认为自己不会犯道德错误。

总之，企业开展伦理管理与领导支持紧密联系在一起。领导支持才能给伦理管理注入动力。领导支持听起来很容易做到，但事实上并非如此。企业开展伦理管理时遭遇领导漠然置之，或者口头支持而实际行动上并不合作的现象并不少见。这就要求领导不仅要对伦理管理给予足够重视和关心，而且一定要付诸持续的实际行动。

---

①　[美]唐玛丽·德里斯科尔、迈克·霍夫曼：《价值观驱动管理》，徐大建、郝云、张辑译，上海人民出版社2005年版，第63—64页。

3. **教育培训**

教育培训即在企业内开展道德教育与伦理培训活动。道德教育与伦理培训对于企业员工道德素质的培养和提高具有极为重要的作用,它不仅有助于提高企业员工的道德认识水平,陶冶他们的道德情感,锻炼他们的道德意志,而且有助于确立和坚定员工的道德信念,形成道德行为习惯,从而提高整个企业的伦理管理水平,推动整个企业的前进与发展。事实证明,也只有通过这种教育培训活动,才能使员工对伦理管理产生基本的认同,也才能使企业的道德水准不断提升,从而更好地实现企业的经济目标和伦理管理的道德目标。

道德教育与伦理培训可以有多种多样的方式。既可以是定期的,也可以是非定期的;既可以是面向公司所有成员的一般性教育,也可以是针对不同专业人员的具有专业特点的教育;既可以采取问题启发引导式,也可以采取强化灌输式或案例分析式。内容也可以丰富多样。但也必须始终围绕一个目标:将公司经营的核心价值理念贯彻到员工的行为中去。总之,开展道德教育与伦理培训是企业管理伦理建设行之有效的途径,它可以增强员工对道德的敏感性,提高人们作出良好决策的能力和水平。

结　语

企业管理伦理的未来走向与中国企业管理伦理建设

日本著名企业家松下幸之助曾说,企业是社会的公器。当今时代,企业是大多数人度过自己大部分生命时光的活动场所,而且一些经营规模特别大、项目特别多的跨国企业对世界经济、政治、文化等事务的影响力甚至超过了政府。因此企业的经营管理行为总是会对企业内外的许多人产生影响。从这一意义上说,企业讲究管理伦理、履行社会责任,在人类经济、政治、文化和社会领域,不是一个小问题,而是涉及人类应当如何生活、将会如何生活的一件大事。

企业是在市场中活动的最重要的经济主体,而市场经济体制是以企业管理伦理为道德理性基石的经济运行机制。如果没有企业管理伦理支撑,市场经济活动就不可能长久。"互不信任、徇私舞弊、姑息养奸、坑蒙拐骗犹如流沙,在流沙上面不可能建起任何经济体制的大厦。"①

企业讲究管理伦理,实际就是企业要有智慧地处理经济绩效与企业管理伦理、公平与效率、利润与伦理、股东利益与社会责任、企业整体利益与企业员工利益等之间的关系。所有这些关系都可从根本上归结为经济与伦理之间的关系。而这一关系的处理并不能像过去那样是在"利润先于伦理"和"伦理先于利润"、"股东利益优先"与"社会责任优先"之间作出非此即彼的选择。而

---

① [美]柯林斯·菲舍尔、艾伦·洛维尔:《经济伦理与价值观:个人、公司和国际透视·导论》,范宁译,北京大学出版社 2009 年版,第 1 页。

是要富有高度地如此看待：当今社会，人们评价企业绩效的标准已不单纯只有效率标准，而是包含了越来越丰富的伦理内容，伦理价值成为企业管理活动的应有诉求。这实质上就要求企业在管理活动中把经济绩效与伦理道德价值有机融合。这是社会公众对企业经营管理者们提出的衡量企业行为成功的新标准。这种新标准要求企业不仅要有优异的财务业绩，也要在处理与企业员工、服务对象和利益相关者的关系方面显示其道德智慧。

从企业管理发展进程的角度来说，经济绩效与伦理道德价值的有机融合就是卓越境界。如果说科学管理取代经验管理是企业管理发展中的一次革命，那么文化管理取代科学管理则是企业管理发展中的又一次革命，这次革命是对企业管理单纯科学化的纠偏，其主旨是回归价值、追求伦理，从而走向卓越。从这一意义上讲，文化管理的核心是伦理管理。所以，文化管理取代科学管理的革命，又可指称为伦理管理取代科学管理的革命。这场革命所追求的卓越境界表明，伦理并不仅仅是个人的事情，也是企业组织的事情，任何企业要成为卓越的、处于领导地位的企业，其行为就应在合理的道德价值观的指导下，实现绩效与伦理的双优化。

卓越境界的道德智慧就是当代企业管理伦理，它是企业在市场经济中得以生存和发展的道德灵魂，也是企业的内在本性的外化和对象化。当代企业管理伦理的发展正在走向一个新阶段。把这一阶段的内容具体地展开，就主要表现为凸显社会责任意识、呼吁企业成为好企业公民、讲究企业生态伦理、强调领导者道德、坚持以人为本、关注利益相关者权益，并通过走向多元化的道德推理、使企业管理伦理规范化、注重价值驱动、开展伦理管理的方法来追求成功。

企业管理伦理还会继续发展，面向市场经济、面向全球化、面向世界，是其正在呈现的新趋势。当代社会，市场经济已成为普遍的经济体制。与自然经济、中央集权的行政计划经济根本不同，市场经济条件下人们的经济关系已经从其他各种非经济性的相互关系中分离出来，成为人们相互关系中的主要方面，商品的生产者和交换者在市场上形成了独立的经济主体。市场上的商品生产者和交换者主要是数不胜数的企业或公司。因为利益的驱动，企业或公司必须参与市场竞争，而且竞争会越来越激烈。为了参与这种激烈竞争，企业或公司就要既追求制度、技术、资源上的优势，也要谋求伦理上优势。企业管理伦理必须适应这一实际，担当起作为企业核心竞争力的使命。与此同时，全球化的趋势愈演愈烈。全球化也在呼唤企业管理伦理，而企业管理伦理也吸引了世界各国的广泛兴趣，日益走向世界。正如德·乔治所言："现在经济伦理学（含企业管理伦理——引者注）已经是一个无论企业或政府都不能忽略的全球现实了。"①这就要求企业管理要努力寻求经济绩效与伦理的平衡与和谐，使企业既体现"经济人"的角色又不忘"道德人"的责任；理性对待国家的政治干预和社会力量的介入，把伦理价值观纳入自身的管理体系之中，作出良好的社会回应。同时，人们关于企业管理伦理的研究也必须面向企业、面向操作。

走向世界的企业管理伦理不可不影响中国企业管理伦理的发展。中国自从确立建立社会主义市场经济体制的经济体制改革目标以来，许多企业也进行了管理伦理建设。但是，效果不尽如人意。这主要体现在两方面：一是企业不道德经营的现象屡屡上演，如假冒伪劣商品屡禁不止——安徽阜阳奶粉事件、广州假酒中毒事件、四川彭州的毒泡菜、天津的假鸡蛋、金华毒火腿、糖精水勾兑的劣质葡萄酒、香港毒鱼刺事件、"非食用冰醋酸"的山西老陈醋、南京冠生园"月饼"事件、肯德基苏丹红事件、雀巢奶粉事件、宝洁公司高露洁事件、立顿的茶叶、中美史克的药品、三鹿奶粉事件；财务失真行为比较普遍——银广厦、郑百文、大庆联谊、蓝田股份；环境污染状况日益恶劣；劳工方面问题日益突出；等等。二是人们对中国发展企业管理伦理的怀疑。这些人的怀疑理由主要有四条②：其一是中国还是发展中国家，其主要任务不是发展企业管理伦理，而是首先发展生产力；其二是中国发展市场经济的头等大事是发挥市场的作用和力量，市场力量得到充分发挥后自然而然地会带来富裕和道德的结果，这是一种伦理自然主义的观点；其三是在计划经济向市场经济转型的过程中，中国必须首先建立强有力的法律制度，通过法律来约束市场和强烈的个人利益冲动；其四是即便人们赞同伦理是中国企业管理发展的极为重要的力量，但这种伦理到底是什么？即价值体系无从选择。

然而，正如恩德勒教授所言的，发展中国经济伦理学和企业管理伦理的时机已经到来。因为任何经济体都不能摆脱这一规律——"经济和企业行为对

---

① 陆晓禾：《经济伦理学研究》，上海社会科学院出版社 2008 年版，第 400 页。

② ［德］乔治·恩德勒：《面向行动的经济伦理学》，高国希、吴新文等译，上海社会科学院出版社 2002 年版，第 204—205 页。

人们生活的影响愈大,伦理价值观和信念愈益分化和冲突,经济伦理学(含企业管理伦理——引者注)的挑战也就愈益严峻和不可避免,因而一般地和特殊地把握这些挑战的需要也就愈大"①——而得到发展。那么,中国进行企业管理伦理建设到底面临着什么样的伦理资源状况呢?恩德勒教授曾从发展中国经济伦理学的角度提出过建议,他认为,中国企业管理伦理建设要注意三方面的前提,宏观上注意可持续性的人类发展和相对自主的现代社会机构体系两大挑战,注意儒家伦理、社会主义伦理和西方伦理三套伦理资源;中观上关注国有企业改革的伦理方面——要特别强调"经济责任",兼顾社会责任和环境责任;微观上关注个体道德对企业领导、雇员、消费者和投资者的重要性②。这一建议非常具有启发性,值得认真吸取。

中国自加入 WTO 后才真正算是参与了经济全球化。在这一背景下,中国正在党的十七大精神的指引下,高举中国特色社会主义伟大旗帜,以邓小平理论和"三个代表"重要思想为指导,深入贯彻落实科学发展观,继续解放思想,坚持改革开放,推动科学发展,促进社会和谐,为夺取全面建设小康社会新胜利而奋斗。这就是说,中国是以中国特色社会主义的面貌参与经济全球化的。中国特色社会主义的现代化文明包括物质文明、政治文明、精神文明、生态文明、社会文明等多个维度,同时,中国又是一个有着丰富的伦理思想和管理思想这种传统文明的国度。在改革开放的过程中,中国的这种文明与西方优秀文明相互激荡,形成了有中西特色的当代综合文明。对这种文明进行分析,我们可以归纳出中国企业管理伦理建设应该达到以下要求。

——以社会主义伦理为指导。社会主义伦理是以爱国主义、集体主义、社会主义为思想基础,以诚信意识为重点,以社会公德、职业道德、家庭美德、个人品德建设为路径,发挥道德模范榜样作用,引导人们自觉履行法定义务、社会责任、家庭责任的伦理道德价值体系。它是中国共产党领导中国特色社会主义建设实践中总结出来的经验,是中国特色社会主义建设的道德保证,是社会主义市场经济发展的伦理动力,也是中国企业管理改革和发展、企业管理伦理建设的伦理指导。

---

① [德]乔治·恩德勒:《面向行动的经济伦理学》,高国希、吴新文等译,上海社会科学院出版社 2002 年版,第 205 页。

② [德]乔治·恩德勒:《面向行动的经济伦理学》,高国希、吴新文等译,上海社会科学院出版社 2002 年版,第 208—213 页。

——以科学发展观为牵引。中国企业管理伦理建设还必须坚持科学发展观。科学发展观,是立足社会主义初级阶段基本国情,总结我国发展实践,借鉴国外发展经验,适应新的发展要求提出来的。科学发展观,第一要义是发展,核心是以人为本,基本要求是全面协调可持续,根本方法是统筹兼顾。科学发展观既是一种发展观,又是一种伦理观①:在认识和处理人与物的关系时,科学发展观体现的是以人为本的伦理精神;在认识和处理人与人的关系时,科学发展观体现的是追求公平的伦理精神;在认识和处理人与自然的关系时,科学发展观体现的是和谐共处的生态伦理精神。这些伦理精神充分说明科学发展观内涵着丰富的伦理底蕴,有着广阔而深远的伦理诉求。具体到企业管理,科学发展观要求企业降低资源成本,关注员工的利益需求,摒弃不顾质量和效益,以大量消耗自然和经济资源为代价来支撑发展的做法,走资源节约型、环境友好型道路,加强自主创新,与其他企业平等竞争、相互促进、合作共赢。

——超越经营管理法规。道德与法律从来就是相辅相成、相互促进的规则体系。"一个强有力的法律框架是必要的。然而,它只能协调人类行为非常有限的部分。它本身需要有共同的伦理基础来支持和完善。如果没有共同的伦理基础,仅仅是分化和分离过程的现代化就会混乱不堪。"②这表明,企业管理伦理既要与社会主义市场经济条件下的企业经营法规相协调,又要超越它,企业在进行管理伦理建设时既要把相关法律内容纳入自身的经营信条和规则之中,但又不能就此止步,而必须寻求比法律更高的目标,超越法律。

——与中华民族传统经济美德相承接。中国传统文化中有着丰富的经济伦理和企业管理伦理智慧,这应该是我们当今进行企业管理伦理建设的智慧源泉。新制度经济学家诺思在北京大学中国经济研究中心成立大会上曾说:"路径依赖仍然起着作用。这也就是说我们的社会演化到今天,我们的文化传统,我们的信仰体系,这一切都是根本性的制约因素,我们仍然必须考虑这些制约因素。"企业管理伦理建设离不开中国传统文化和国情,必须与中华民族传统经济美德和企业管理美德结合起来。在这一意义上,许多管理学家所

① 廖小平:《科学发展观也是科学发展的伦理观》,《湖湘论坛》2009年第3期。

② [德]乔治·恩德勒:《面向行动的经济伦理学》,高国希、吴新文等译,上海社会科学院出版社2002年版,第210页。

呼吁的“中国式管理”才是可能的。

——遵守当代国际企业管理伦理规则。中国积极参与经济全球化表明中国企业走向世界，其经营活动与世界市场就建立起了密切的联系。这就需要中国企业履行对世界市场的承诺，体现责任感和使命感。其中要兑现的最起码的承诺就是遵守当代国际通行的企业管理伦理规则，如国际标准化组织(ISO)颁布的系列标准、SA8000社会责任认证体系、考克斯原则等，同时还要遵守基本的人类价值，如自由、平等、公正、富裕、安全、环保、诚信等。只有这样，我们才可以说，中国企业是负责任的、开放的、亲和力强、受正确伦理价值观滋养而成长并不断发展进步的企业。

参考文献

一、马克思主义经典著作

1.《马克思恩格斯选集》第1—4卷，人民出版社1995年版。

2.《马克思恩格斯文集》第1—10卷，人民出版社2009年版。

3.《马克思恩格斯全集》第3、30、31、44、47卷，人民出版社2002、1995、1998、2001、2004年版。

二、外文译著

4.［古希腊］亚里士多德：《尼各马科伦理学》，苗力田译，中国社会科学出版社1999年版。

5.［德］霍尔斯特·施泰因曼、阿尔伯特·勒尔：《企业伦理学基础》（中译本序），李兆雄译，上海社会科学院出版社2001年版。

6.［德］康德：《道德形而上学原理》，苗力田译，上海人民出版社2002年版。

7.［德］柯武刚、史漫飞：《制度经济学——社会秩序与公共政策》，韩朝华译，商务印书馆2000年版。

8.［德］马克斯·韦伯：《新教伦理与资本主义精神》，于晓、陈维纲等译，三联书店1987年版。

9.［德］乔治·恩德勒：《面向行动的经济伦理学》，高国希、吴新文等译，上海社会科学院出版社2002年版。

10.［德］乔治·恩德勒等主编：《经济伦理学大辞典》，王淼洋译，上海人民出版社2001年版。

11. [法]阿尔贝特·施韦泽:《敬畏生命》,陈泽环译,上海社会科学院出版社2003年版。

12. [法]热罗姆·巴莱、弗郎索瓦丝·德布里:《企业与道德伦理》,丽泉、侣程译,天津人民出版社2006年版。

13. [加]戴维·J.夏普主编:《企业道德案例》,李成军、李玉峰译,格致出版社、上海人民出版社2008年版。

14. [加]威尔·金里卡:《当代政治哲学》(上下),刘莘译,上海三联书店2004年版。

15. [加]威廉·莱斯:《自然的控制》,岳长龄等译,重庆出版社1996年版。

16. [美]A.麦金泰尔:《德性之后》,龚群、戴扬毅等译,中国社会科学出版社1995年版。

17. [美]A.麦金泰尔:《谁之正义?何种合理性》,万俊人、吴海针、王今一译,当代中国出版社1996年版。

18. [美]奥利弗·E.威廉姆森、西德尼·G.温特编:《企业的性质——起源、演变和发展》,姚海鑫、邢源源译,商务印书馆2007年版。

19. [美]阿奇·B.卡罗尔、安·K.巴克霍尔茨:《企业与社会:伦理与利益相关者管理》,黄煜平等译,机械工业出版社2004年版。

20. [美]彼得·德鲁克、约瑟夫·马恰列洛:《德鲁克日志》,蒋旭峰等译,上海译文出版社2006年版。

21. [美]彼得·圣吉:《第五项修炼——学习型组织的艺术与实务》,郭进隆译,上海三联书店1994年版。

22. [美]巴里·康芒纳:《与地球和平共处》,王喜六等译,上海译文出版社2002年版。

23. [美]保罗·萨缪尔森、威廉·诺德豪斯:《经济学》(第十六版),萧琛等译,华夏出版社1999年版。

24. [美]丹尼尔·A.雷恩:《管理思想的演变》,赵睿等译,中国社会科学出版社2000年版。

25. [美]丹尼尔·R.福斯菲尔德:《现代经济思想的渊源与演进》,杨培雷等译,上海财经大学出版社2003年版。

26. [美]戴维·J.弗里切:《商业伦理学》,杨斌等译,机械工业出版社

1999 年版。

27. [美]E. 博登海默:《法理学:法律哲学与法律方法》,邓正来译,中国政法大学出版社 1999 年版。

28. [美]富勒:《法律的道德性》,郑戈译,商务印书馆 2005 年版。

29. [美]弗兰克·梯利:《伦理学导论》,何意译,广西师范大学出版社 2002 年版。

30. [美]弗朗西斯·福山:《信任:社会美德与创造经济繁荣》,彭志华译,海南出版社 2001 年版。

31. [美]格林沃尔德主编:《现代经济辞典》,商务印书馆 1981 年版。

32. [美]霍尔姆斯·罗尔斯顿:《环境伦理学》,杨通进译,中国社会科学出版社 2000 年版。

33. [美]金黛如:《地方智慧与全球商业伦理》,静也译,北京大学出版社 2005 年版。

34. [美]加勒特·哈丁:《生活在极限之内:生态学、经济学和人口的禁忌》,戴星翼等译,上海译文出版社 2001 年版。

35. [美]柯林斯·菲舍尔、艾伦·洛维尔:《经济伦理与价值观:个人、公司和国际透视》,范宁译,北京大学出版社 2009 年版。

36. [美]罗伯特 C. 所罗门:《伦理与卓越:商业中的合作与诚信》,罗汉等译,上海译文出版社 2006 年版。

37. [美]罗伯特·F. 哈特利:《商业伦理:西方经典管理案例集》,胡敏等译,中信出版社 2000 年版。

38. [美]L. H. 牛顿、C. K. 迪林汉姆:《分水岭:环境伦理学的 10 个案例》,吴晓东等译,清华大学出版社 2005 年版。

39. [美]理查德·A. 斯皮内洛:《世纪道德——信息技术的伦理方面》,刘钢译,中央编译出版社 1999 年版。

40. [美]理查德·P. 尼尔森:《伦理策略——组织生活中认识和推行伦理之道》,伏宝会等译,中国劳动社会保障出版社 2005 年版。

41. [美]理查德·T. 德·乔治:《经济伦理学》,李布译,北京大学出版社 2002 年版。

42. [美]林恩·夏普·佩因:《公司道德——高绩效企业的基石》,杨涤等译,机械工业出版社 2004 年版。

43. [美]林恩·夏普·佩因:《领导、伦理与组织信誉案例:战略的观点》,韩经纶等译,东北财经大学出版社、McGraw-Hill 出版公司 1999 年版。

44. [美]里基·W. 格里芬:《实用管理学》,杨洪兰等译,复旦大学出版社 1989 年版。

45. [美]劳伦斯·科尔伯格:《道德发展心理学:道德阶段的本质与确证》,郭本禹等译,华东师范大学出版社 2004 年版。

46. [美]拉瑞·托恩·霍斯默:《管理伦理学》第五版,张初愚等译,中国人民大学出版社 2005 年版。

47. [美]米尔顿·弗里德曼:《弗里德曼文萃》,高榕等译,北京经济学院出版社 1991 年版。

48. [美]O. C. 弗雷尔等:《商业伦理:伦理决策与案例》第五版,陈阳群译,清华大学出版社 2005 年版。

49. [美]P. 普拉利:《商业伦理》,洪成文等译,中信出版社 1999 年版。

50. [美]乔治·恩德勒主编:《国际经济伦理:挑战与应对方法》,锐博慧网译,北京大学出版社 2003 年版。

51. [美]乔治·斯蒂纳、约翰·斯蒂纳:《企业、政府与社会》,张志强等译,华夏出版社 2002 年版。

52. [美]R. 爱德华·弗里曼:《战略管理——利益相关者方法》,王彦华等译,上海译文出版社 2006 年版。

53. [美]R. 爱德华·弗里曼、杰西卡·皮尔斯、里查德·多德:《环境保护主义与企业新逻辑》,苏勇、张慧译,中国劳动社会保障出版社 2004 年版。

54. [美]R. T. 诺兰等:《伦理学与现实生活》,姚新中等译,华夏出版社 1988 年版。

55. [美]诺曼·E. 鲍伊:《经济伦理学:康德的观点》,夏镇平译,上海译文出版社 2006 年版。

56. [美]斯蒂芬·P. 罗宾斯:《管理学》,黄卫伟等译,中国人民大学出版社 1997 年版。

57. [美]特伦斯·迪尔、艾伦·肯尼迪:《企业文化——企业生活中的礼仪与仪式》,李原、孙健敏译,中国人民大学出版社 2008 年版。

58. [美]唐玛丽·德里斯科尔、迈克·霍夫曼:《价值观驱动管理》,徐大建、郝云、张辑译,上海人民出版社 2005 年版。

59. [美]托马斯·彼得斯、罗伯特·沃特曼:《追求卓越——美国优秀企业的管理圣经》,戴春平等译,中央编译出版社 2004 年版。

60. [美]托马斯·贝特曼、斯考特·斯奈尔:《管理学:构建竞争优势》,王雪莉等译,北京大学出版社 2004 年版。

61. [美]托马斯·唐纳森、托马斯·邓菲:《有约束力的关系——对企业伦理学的一种社会契约论的研究》,赵月瑟译,上海社会科学院出版社 2001 年版。

62. [美]托马斯·雅诺斯基:《公民与文明社会》,柯雄译,辽宁教育出版社 2000 年版。

63. [美]小约瑟夫·L. 巴达拉科、玛丽·C. 金泰尔等:《伦理化商业决策》,吴易明、张巨勇译,中国人民大学出版社 2003 年版。

64. [美]约翰·罗尔斯:《正义论》,何怀宏等译,中国社会科学出版社 1988 年版。

65. [美]约翰·P. 科特、詹姆斯·L. 赫斯克特:《企业文化与经营业绩》,李晓涛译,中国人民大学出版社 2004 年版。

66. [美]约翰·W. 巴德:《人性化的雇佣关系——效率、公平与发言权之间的平衡》,解格先、马振英译,北京大学出版社 2007 年版。

67. [美]约瑟夫·熊彼特:《经济分析史》第 1 卷,朱泱等译,商务印书馆 1994 年版。

68. [美]约瑟夫·P. 德马科、理查德·M. 福克斯编:《现代世界伦理学新趋向》,石毓彬等译,中国青年出版社 1990 年版。

69. [美]詹姆斯·C. 柯林斯、杰里·I. 波勒斯:《基业长青》,真如译,中信出版社 2002 年版。

70. [美]詹姆斯·E. 波斯特、安妮·T. 劳伦斯、詹姆斯·韦伯:《企业与社会:公司战略、公共政策与伦理》,张志强等译,中国人民大学出版社 2005 年版。

71. [日]水谷雅一:《经营伦理理论与实践》,李长明、连奇方译,经济管理出版社 1999 年版。

72. [日]松下幸之助:《松下经营成功之道》,秦忆初等译,军事译文出版社 1987 年版。

73. [日]涩泽荣一:《〈论语〉与算盘》,宋文、永庆译,九州图书出版社

1994 年版。

74. [日]稻盛和夫:《论新经营·新日本》,吴忠魁译,国际文化出版公司1996 年版。

75. [西]阿莱霍·何塞·西松:《领导者的道德资本》,于文轩、丁敏译,中央编译出版社 2005 年版。

76. [英]亚当·斯密:《道德情操论》,蒋自强等译,商务印书馆 1997年版。

77. [英]亚当·斯密:《国民财富的性质和原因的研究》(上、下卷),郭大力、王亚南译,商务印书馆 1972、1974 年版。

78. [英]帕特里夏·沃海恩、R. 爱德华·弗里曼主编:《布莱克维尔商业伦理学百科辞典》,刘宝成译,对外经济贸易大学出版社 2002 年版。

79. [印]阿马蒂亚·森:《伦理学与经济学》,王宇、王文玉译,商务印书馆2000 年版。

80. [印]阿马蒂亚·森:《以自由看待发展》,任赜、于真译,中国人民大学出版社 2002 年版。

三、中文著作

81. 曹凤月:《企业道德责任论——企业与利益相关者的和谐与共生》,社会科学文献出版社 2006 年版。

82. 程炼编:《伦理学关键词》,北京师范大学出版社 2007 年版。

83. 成中英:《C 理论:中国管理哲学》,中国人民大学出版社 2006 年版。

84. 陈炳富、周祖城:《企业伦理学概论》,南开大学出版社 2000 年版。

85. 陈真:《当代西方规范伦理学》,南京师范大学出版社 2006 年版。

86. 陈泽环:《个人自由和社会义务——当代德国经济伦理学研究》,上海辞书出版社 2004 年版。

87. 董德刚等:《经济哲学》,中共中央党校出版社 2003 年版。

88. 丁一凡:《大潮流——经济全球化与中国面临的挑战》,中国发展出版社 1998 年版。

89. 高朴:《道德营销论》,江苏人民出版社 2005 年版。

90. 甘绍平:《伦理智慧》,中国发展出版社 2000 年版。

91. 甘绍平:《应用伦理学前沿问题研究》,江西人民出版社 2002 年版。

92. 甘绍平、余涌主编:《应用伦理学教程》,中国社会科学出版社 2008 年版。

93. 龚天平:《追寻管理伦理——管理与伦理的双向价值解读》,中国社会科学出版社 2004 年版。

94. 霍季春:《企业公民:对企业社会责任的匡正与超越》,中共中央党校博士论文,2008 年。

95. 焦国成、李萍主编:《公民道德论》,人民出版社 2004 年版。

96. 纪良纲主编:《商业伦理学》,中国人民大学出版社 2005 年版。

97. 刘可风主编:《企业伦理理论与实践》,湖北人民出版社 2007 年版。

98. 陆晓禾:《走出"丛林"——当代经济伦理学漫话》,湖北教育出版社 1999 年版。

99. 陆晓禾:《经济伦理学研究》,上海社会科学院出版社 2008 年版。

100. 陆晓禾、[美]金黛如主编:《经济伦理、公司治理与和谐社会》,上海社会科学院出版社 2005 年版。

101. 陆晓禾、[南非]G. J. 迪恩 · 罗索夫主编:《中国经济发展中的自由与责任:政府、企业与公民社会》,上海社会科学院出版社 2007 年版。

102. 卢代富:《企业社会责任的经济学与法学分析》,法律出版社 2002 年版。

103. 卢风:《应用伦理学——现代生活方式的哲学反思》,中央编译出版社 2004 年版。

104. 卢风、刘湘溶主编:《现代发展观与环境伦理》,河北大学出版社 2004 年版。

105. 卢风、肖巍主编:《应用伦理学概论》,中国人民大学出版社 2008 年版。

106. 罗长海:《企业文化学》,中国人民大学出版社 2006 年第 3 版。

107. 罗长海等:《企业文化建设个案评析》,清华大学出版社 2006 年版。

108. 罗国杰主编:《伦理学》,人民出版社 1989 年版。

109. 罗能生:《义利的均衡——现代经济伦理研究》,中南工业大学出版社 1998 年版。

110. 李德顺:《价值论》(第 2 版),中国人民大学出版社 2007 年版。

111. 李洪彦主编:《中国企业社会责任研究》,中国统计出版社 2006

年版。

112. 李连科:《价值哲学引论》,商务印书馆1999年版。

113. 李立清、李燕凌:《企业社会责任研究》,人民出版社2005年版。

114. 李萍:《企业伦理:理论与实践》,首都经济贸易大学出版社2008年版。

115. 李培超:《自然与人文的和解——生态伦理学的新视野》,湖南人民出版社2001年版。

116. 黎红雷:《人类管理之道》,商务印书馆2000年版。

117. 聂文军:《西方伦理学专题研究》,湖南师范大学出版社2007年版。

118. 欧阳润平:《义利共生论——中国企业伦理研究》,湖南教育出版社2000年版。

119. 潘承烈、虞祖尧:《振兴中国管理科学——中国管理科学引论》,清华大学出版社1997年版。

120. 庞元正主编:《当代中国科学发展观》,中共中央党校出版社2004年版。

121. 乔法容、朱金瑞主编:《经济伦理学》,人民出版社2004年版。

122. 苏东水:《东方管理学》,复旦大学出版社2005年版。

123. 苏勇、陈小平主编:《管理伦理学教学案例精选》,复旦大学出版社2001年版。

124. 沈洪涛、沈艺峰:《公司社会责任思想:起源与演变》,上海人民出版社2007年版。

125. 孙耀君主编:《西方管理学名著提要》,江西人民出版社1995年版。

126. 单继刚、甘绍平、容敏德主编:《应用伦理:经济、科技与文化》,人民出版社2008年版。

127. 唐凯麟:《伦理大思路——当代中国道德和伦理学发展的理论审视》,湖南人民出版社2000年版。

128. 唐凯麟、龚天平:《管理伦理学纲要》,湖南人民出版社2004年版。

129. 吴忠等:《市场经济与现代伦理》,人民出版社2003年版。

130. 韦森:《经济学与伦理学——探寻市场经济的伦理维度与道德基础》,上海人民出版社2002年版。

131. 万后芬主编:《绿色营销》,高等教育出版社2001年版。

132. 万俊人:《寻求普世伦理》,商务印书馆 2001 年版。

133. 王小锡等:《道德资本论》,人民出版社 2005 年版。

134. 王小锡:《道德资本与经济伦理》,人民出版社 2009 年版。

135. 王泽应:《义利观与经济伦理》,湖南人民出版社 2005 年版。

136. 魏文斌:《走向形而上的管理学》,吉林人民出版社 2006 年版。

137. 魏文斌:《第三种管理维度:组织文化管理通论》,吉林人民出版社 2006 年版。

138. 徐大建:《企业伦理学》,上海人民出版社 2002 年版。

139. 许建良:《伦理经营——21 世纪的道德学》,人民出版社 2006 年版。

140. 许淑萍:《决策伦理学》,黑龙江人民出版社 2005 年版。

141. 向玉乔:《经济 · 生态 · 道德——中国经济生态化道路的伦理分析》,湖南大学出版社 2007 年版。

142. 余谋昌:《生态伦理学——从理论走向实践》,首都师范大学出版社 1999 年版。

143. 余涌:《道德权利研究》,中央编译出版社 2001 年版。

144. 张德、吴剑平:《文化管理——对科学管理的超越》,清华大学出版社 2008 年版。

145. 朱金瑞:《当代中国企业伦理的历史演进》,江苏人民出版社 2005 年版。

146. 朱贻庭主编:《伦理学大辞典》,上海辞书出版社 2002 年版。

147. 郑若娟:《经济伦理:理论演进与实践考察》,厦门大学出版社 2007 年版。

148. 张世英:《哲学导论》,北京大学出版社 2002 年版。

149. 赵德志:《现代西方企业伦理理论》,经济管理出版社 2002 年版。

150. 赵廷宁等:《生态环境建设与管理》,中国环境科学出版社 2004 年版。

151. 周祖城:《企业伦理学》,清华大学出版社 2005 年版。

152. 中国企业家调查系统:《企业家看社会责任:2007 中国企业家成长与发展报告》,机械工业出版社 2007 年版。

四、中文期刊论文

153. 曹刚:《关于企业伦理委员会的伦理学思考》,《湖南社会科学》2008年第6期。

154. 东方朔:《经济伦理思想初探》,《华东师范大学学报》1987年第6期。

155. 戴木才:《西方管理伦理的发展趋势》,《中国党政干部论坛》2002年第12期。

156. 冯梅、姜艳庆:《浅析优秀企业公民的基本特征》,《中国经贸导刊》2009年第15期。

157. 甘绍平:《伦理学的新视角——团体:道义责任的载体》,《道德与文明》1998年第6期。

158. 龚天平:《企业伦理:社会的普遍约束与企业的内在构成》,《哲学动态》2006年第4期。

159. 龚天平:《经济伦理学视阈中的卓越价值观》,《道德与文明》2008年第5期。

160. 胡宁、张鑫:《价值观管理基础理论研究述评》,《道德与文明》2007年第4期。

161. 刘可风:《我国经济伦理研究的反思》,《江汉论坛》2006年第6期。

162. 李伯聪:《工程伦理学的若干理论问题》,《哲学研究》2006年第4期。

163. 李萍:《工业民主对管理哲学研究的时代意义》,《中国人民大学学报》2006年第4期。

164. 陆晓禾:《国际企业、经济学和伦理学研究面临的五大挑战》,《哲学动态》2005年第4期。

165. 廖小平:《科学发展观也是科学发展的伦理观》,《湖湘论坛》2009年第3期。

166. 厉以宁:《企业的社会责任》,《中国流通经济》2005年第7期。

167. 卢正惠:《管理学演化中的人性问题》,《云南财贸学院学报》2002年第2期。

168. 沈晓阳:《责任的伦理学分析》,《湖州师范学院学报》2005年第3期。

169. 汤正华、韩玉启:《管理思想的伦理转向》,《中国科技论坛》2004 年第 2 期。

170. 王珏:《组织伦理与当代道德哲学范式的转换》,《哲学研究》2007 年第 4 期。

171. 王小锡:《六论道德资本》,《道德与文明》2006 年第 5 期。

172. 王小锡:《经济伦理学论纲》,《江苏社会科学》1993 年第 2 期。

173. 吴新文:《国外企业伦理学:三十年透视》,《国外社会科学》1996 年第 3 期。

174. 谢芳:《美国企业道德规范的发展及其启示》,《中外企业文化》2000 年 8 月总第 71 期。

175. 赵德志:《利益相关者:企业管理的新概念》,《辽宁大学学报(哲学社会科学版)》2002 年第 5 期。

176. 赵德志:《当代美国企业伦理学特点论析》,《辽宁大学学报(哲学社会科学版)》2007 年第 4 期。

177. 张旭:《技术时代的责任伦理学:论汉斯·约纳斯》,《中国人民大学学报》2003 年第 2 期。

178. 宗晓兰:《企业社会责任:企业公民的伦理维度》,《中共山西省委党校学报》2009 年第 1 期。

179. 朱贻庭、徐定明:《企业伦理论纲》,《华东师范大学学报(哲学社会科学版)》1996 年第 1 期。

180. 周蕾:《当代美国经济伦理学的演变与发展》,《山东社会科学》2009 年第 5 期。

181. 周祖城:《管理与伦理结合:管理思想的深刻变革》,《南开学报(哲学社会科学版)》1999 年第 3 期。

182. 周祖城:《论道德管理》,《南开学报》2003 年第 6 期。

五、外文原著及期刊文献

183. Croll, A. B., Corporate Social Responsibility: Evolution of A Definitional Construct, *Business and Society*, 1999, 38(3).

184. Matten, Dirk & Crane, Andrew, "Corporate Citizenship: Toward a Extended Theoretical Conceptualization", *Academy of Management Review*, 2005, Vol. 30

(1).

185. Vogel, D. , The Globalization of Business Ethics: Why America Remains Distinctive, *California Management Review*, 1992: 30 – 49.

186. Epstein, Edwin M. , "Business Ethics, Corporate Good Citizenship and the Corporate Social Policy Process: A View from the United States", *Journal of Business Ethics*, 1989, Vol. 8.

187. Luijk, H. J. L. Van, Recent Development in European Business Ethics, *Journal of Business Ethics*, 1990, 9(7): 537 – 544.

188. Johnson, H. L. , *Business in Contemporary Society: Framework and Issues*, Belmont, CA: Wadsworth, 1971.

189. Logsdon, Jeanne M. & Wood, Donna J. , "Business Citizenship: From Domestic to Global Level of Analysis", *Business Ethics Quarterly*, 2002, Vol. 12(2).

190. Desjardins, Joseph, *Business Ethics*, Englewood Cliffs, NJ: McGraw Hill, 2003.

191. Davis, Keith & Frederick, William C. , *Business and Society: Management, Public Policy, Ethics.* , 5th ed. New York: McGraw-Hill, 1984.

192. Hartman, L. P. , *Perspectives in Business Ethics*, Chicago: Irwin/McGraw-Hill Companies, 1995.

193. Velasquez, Manuel G. , *Business Ethics: Concepts and Case*, 4th ed. Upper Saddle River, NJ: Prentice-Hall, 1998.

194. Stackhouse, M. L. , *On Moral Business-Classical and Contemporary Resources for Ethics in Economic Life*, Grand Rapids, Michigan: William B. Eerdmans Publishing Company, 1999.

195. Murphy, P. E. , Corporate Ethics Statements: Current Status and Future Prospects, *Journal of Business Ethics*, 1995, 14: 727 – 740.

196. George, R. D. , The Status of Business Ethics: Past and Future, *Journal of Business Ethics*, 1987, 6(3): 201 – 211.

197. Freeman, R. Edward & Gilbert, Daniel R. , *Corporate Strategy and the Search for Ethics*, Englewood Cliffs, NT: Prentice-Hall, 1988.

198. Hursthouse, Rosalind, *On Virtue Ethics*, Oxford: Oxford University Press, 1999.

199. Waddock, Sandra, "Parallel Universes: Companies, Academics, and the Progress of Corporate Citizenship", *Business and Society Review*, 2004, Vol. 109(1).

200. Beauchamp, T. L., *Ethical Theory and Business*, 5th ed., New Jersey: Prentice-Hall Inc., 1997.

201. Dunfee, Thomas, Business Ethics and Extant Social Contracts, *Business Ethics Quarterly*, 1991, Vol. 1, No. 1.

202. Donaldson, Thomas, *Corporations & Morality*, Englewood Cliffs, NJ: Prentice-Hall, Inc. 1982.

203. Dunfee, Thomas & Donaldson, Thomas, Contractarian Business Ethics: Current Status and Next Steps, *Business Ethics Quarterly*, 1995, 5(2): 173 – 187.

204. Manley, Walter W., *Critical Issues in Business Conduct: Legal, Ethical, and Social Challenges for the* 1990*s*, Westport: Quorum Books. 1990.

205. Hoffman, W. M. & Moore, J. M., *Business Ethics*, New York: McGraw-Hill, 1990.

后 记

本书是我主持完成的国家社会科学基金项目“当代企业管理伦理的走向及其实现”的最终成果，也是我这些年来研究企业管理伦理问题的总结。从2000年我考入湖南师范大学伦理学研究所攻读伦理学专业博士学位，在恩师唐凯麟教授和王泽应教授的指导下研究企业管理伦理，到今年正好整整十年。这十年，我与唐老师合著过《管理伦理学纲要》，也出版了专著《追寻管理伦理——管理与伦理的双向价值解读》，这本书是我研究企业管理伦理问题的第三本书。

我是把企业管理伦理当做经济伦理学的一个重要组成部分来进行研究的。我认为，所谓经济伦理，就是经济主体在经济交往中的伦理意识、伦理关系、伦理规范、道德实践的总和，经济伦理可分为生产伦理、交换伦理、分配伦理、消费伦理等类型；根据经济主体及主体行为层次，可以把经济伦理分为宏观即国家和政府制定的制度和政策等的经济伦理、中观即企业伦理、微观即个体经济伦理等层次；当代经济活动中的占绝对优势的主体是企业，企业的最为核心的行为是经济行为和管理行为，因此，当代经济伦理的重中之重是企业伦理；企业伦理是指企业在生产、经营和管理过程中应该遵循的伦理道德的总和，它是一个包括企业伦理关系、企业伦理规范、企业道德活动等在内的价值系统，可以按照企业的活动，把它划分为企业经济伦理和企业管理伦理，企业管理伦理就是企业的管理活动中的伦理。因为企业管理伦理属于企业伦理，而企业伦理又属于经济伦理，因而，企业管理伦理当然是经济伦理学的重要部分。按照上述思路，我先后发表了一系列的论文，这些论文都产生了比较好的社会反响。于是在2006年我把各种材料进行整理，以“当代企业管理伦理的走向及其实现"为题，申报了当年国家社科基金年度项目，并顺利通过通讯评审，经过国家社科基金项目评审专家的评议，课题顺利获得立项，经过3年的研究，于今年结项。

在本书付梓之际，我要感谢这十年来在我研究企业管理伦理的过程中给予我指教和帮助的师友、学生：

在我申请结项时，五位匿名通讯评审专家本着帮助同行的精神，对本成果的优点给予充分肯定和较高评价，同时也提出了中肯的意见和修改建议，特别是有一位专家写下了长达3页的评审意见，这使我深受感动！在接到国家社科规划办公室反馈的鉴定意见后，我接受了专家们提出的全部修改建议，对成果进行了认真修改。所以，在这里我要对建议立项的匿名评审专家、国家社科规划办负责同志、最终成果的匿名评审专家表示由衷感谢！

感谢我的导师王泽应教授和唐凯麟教授。两位老师在若干年前引领我进入经济伦理和企业管理伦理研究的殿堂，毕业后仍然关注我的研究进展，时常在我的研究陷入困境时给予及时的指导和建议，这些建议每次都能给我很大的启发。本课题完成后，两位老师又在百忙中拨冗为本书赐序。两位老师的序使本书大为增色，也对本书给予了很高的评价。当然，对这些评价我愧不敢当，但我可以当做是对我的鞭策和激励。

感谢我现在的工作单位中南财经政法大学副校长刘可风教授、哲学院院长王雨辰教授和副院长陈食霖教授、伦理学学科的所有同仁，感谢我校工商管理学院熊胜绪教授、武汉大学哲学学院汪信砚教授、湖北省教育考试院院长江畅教授、湖北大学哲学学院院长戴茂堂教授、武汉理工大学文法学院朱哲教授、中南林业科技大学副校长廖小平教授，他们对我的研究工作一直鼓励有加，我们也经常在一起讨论经济伦理和企业管理伦理问题；感谢伦理学硕士点的研究生同学和我校企业管理学、经济学、会计学、金融学等专业听过我的《管理学前沿 · 企业伦理与文化》课程的博士生，我每次在向他们倾诉我的企业管理伦理观点的时候，他们都在认真地倾听，他们的观点和话语也给了我很大启发。

感谢《哲学研究》、《哲学动态》、《光明日报》、《国外社会科学》、《伦理学研究》、《道德与文明》、《武汉大学学报》等报刊的编辑同志，是他们让我关于企业管理伦理的先期研究成果及时面世，这大大增强了我的信心和勇气。

感谢本书写作中引用、参考过的文献的作者。对这些文献我都以脚注一一注明，而没有引用但参考过的文献则以参考文献的形式陈列于后，但仍恐有所遗漏。果真如此，实非有意为之，可能是因时间仓促而疏忽了，在此，谨向这些作者致谢和致歉。

本书第五章即“与生态伦理交融：当代企业管理伦理发展的新逻辑”的初稿是由我的研究生窦有菊提供的，她在我提出的思路的基础上写做了一篇质量很高的硕士学位论文，在纳入本书时，我也在她提供的初稿的基础上作了很大的修改，这是必须向读者交代的。

需要指出的是，我在研究过程中力图全面地反映当代企业管理伦理的发展状况，力图清晰地介绍当代企业管理伦理研究的成果，并准确地勾勒当代企业管理伦理的实现方法，但是，由于本人学识能力、视野、资料、时间及篇幅的限制，书中肯定存在这样或那样的不足，甚至错讹之处，我诚恳地请求时贤多多批评指正，也恳请大家多多见谅，但愿以后有机会再版时能够弥补这些缺陷，纠正错讹。

感谢本书的责任编辑杜文丽女士，是她的辛勤劳动使本书增色不少。

本书的出版受到中南财经政法大学重点建设学科“经济伦理学”经费的资助，在此一并致谢。

龚天平　谨识

2010年11月30日

责任编辑:杜文丽
装帧设计:周方亚

图书在版编目(CIP)数据

伦理驱动管理——当代企业管理伦理的走向及其实现研究/龚天平 著.
-北京:人民出版社,2011.4
ISBN 978-7-01-009724-4

Ⅰ.①伦… Ⅱ.①龚… Ⅲ.①企业管理-伦理学-研究 Ⅳ.①F270-05

中国版本图书馆 CIP 数据核字(2011)第 034586 号

伦理驱动管理
LUNLI QUDONG GUANLI
——当代企业管理伦理的走向及其实现研究

龚天平 著

人民出版社 出版发行
(100706 北京朝阳门内大街 166 号)

北京市文林印务有限公司印刷 新华书店经销

2011 年 4 月第 1 版 2011 年 4 月北京第 1 次印刷
开本:710 毫米×1000 毫米 1/16 印张:23.25
字数:390 千字 印数:0,001-3,000 册

ISBN 978-7-01-009724-4 定价:49.00 元

邮购地址 100706 北京朝阳门内大街 166 号
人民东方图书销售中心 电话 (010)65250042 65289539